Un bébé pour le cheikh

Un espoir dans la tourmente

Séduite malgré elle

FIONA BRAND

Un bébé pour le cheikh

Passions

HARLEQUIN

Collection : PASSIONS

Titre original : THE SHEIKH'S PREGNANCY PROPOSAL

Traduction française de TATIANA ANDONOVSKI

HARLEQUIN

83-85, boulevard Vincent-Auriol, 75646 PARIS CEDEX 13.
Service Lectrices — Tél. : 01 45 82 47 47

www.harlequin.fr

ISBN 978-2-2803-4792-1 — ISSN 1950-2761

- 1 -

Plus que vingt-quatre heures avant de signer un contrat qui dicterait le restant de sa vie.

Un contrat de mariage.

Avec une inconnue.

Cette pensée poussa le cheikh Kadin Gabriel ben Kadir à mettre fin à une nuit courte et agitée. Inutile de rester au lit à ruminer. Soulevant le drap de lin sous lequel il s'était tourné et retourné pendant des heures, il se leva et enfila un jean noir.

La belle luminosité de l'aube néo-zélandaise éclairait la suite royale qu'il occupait, au premier étage du consulat du Zahir à Wellington.

La réalité de son mariage imminent revint le hanter.

C'était la dernière chose à laquelle il avait envie de penser et, pourtant, il devrait rapidement se faire à l'idée de commencer une nouvelle vie maritale, qu'il le veuille ou non.

Pour le bien de son pays, on lui avait fait comprendre qu'il se devait d'épouser une riche héritière. Cependant, après l'échec de son premier mariage, et le drame qui en avait sonné le glas, il n'avait aucunement envie de replonger dans cet enfer.

Torse nu, il alla ouvrir les grandes tentures parant les portes-fenêtres qui donnaient sur la terrasse.

Préoccupé, il contempla le ciel sombre au-dessus de Wellington. Son ouïe ne lui avait pas joué de tour. Pour son dernier jour de célibat, il pleuvait sur la capitale néo-zélandaise. De plus, les nuages au loin étaient très chargés.

Cela ne présageait rien de bon.

Soudain, alors que Gabe était absorbé dans ses songes maussades, le soleil réussit à percer l'épaisse nébulosité orageuse qui menaçait d'éclater sur la ville.

Et, plus étonnant encore, lorsqu'il se retourna, il vit que ces rayons inattendus éclairaient le tableau de ses ancêtres du XIIe siècle, qui ornait l'un des murs de la pièce.

Etait-ce un signe du destin ?

Il reporta son attention sur le tableau, représentant le premier cheikh Kadin, dont il partageait le nom et la date de naissance. Chevalier enhardi ayant gagné ses lettres de noblesses en se battant sous l'ordre des Templiers, Kadin était surtout connu pour avoir épousé une femme promise à un autre, s'appropriant au passage une dot faramineuse. D'après la légende, la jolie jeune femme menue à la chevelure rousse flamboyante, aux yeux sombres et à l'allure exotique avait ensorcelé le cheikh de ses charmes magiques. Certains récits rapportaient même que le cheikh Kadin était devenu littéralement obsédé par Camille de Vallois.

Personnellement, Gabe, n'y croyait pas.

Instantanément, il sentit son estomac se nouer quand il repensa à sa première épouse, Jasmine, à l'obsession qu'elle lui avait vouée et qui avait détruit à petit feu leur union.

En effet, une fois marié avec l'amoureuse de son enfance, les choses s'étaient envenimées. Jasmine s'était montrée toujours plus dépendante de lui, au point de l'étouffer. Elle pleurait souvent, faisant des crises de nerfs lorsqu'elle n'obtenait pas ce qu'elle voulait de lui ou de son entourage.

Au fil des mois, elle lui avait reproché de trop travailler et de ne pas s'occuper assez d'elle. D'un tempérament jaloux, elle avait fini par se persuader qu'il avait une maîtresse. Lorsqu'il avait refusé d'avoir des enfants tant que leur couple ne serait pas plus équilibré, elle avait mal réagi, interprétant son refus comme une négation de leur mariage.

Cette accumulation de tensions et de reproches à répétition

avait fait naître en lui un profond sentiment d'amertume et de culpabilité. Culpabilité qui avait atteint son paroxysme lorsque après un échange houleux, alors qu'ils naviguaient en mer non loin de la côte, Jasmine était montée à bord d'un canot pneumatique, avait heurté un rocher et s'était noyée.

Le souvenir de l'eau salée glacée se brisant contre les rochers alors qu'il tentait de sauver Jasmine provoqua une douleur vive au niveau de la cicatrice qui lui avait marqué le visage à vie. Ce stigmate sur la joue gauche était comme le rappel indélébile de son malheur passé.

D'après la légende, l'ancêtre de Gabe avait eu la chance de vivre un mariage heureux avec la jeune femme qui avait échoué sur l'île et dont il avait été passionnément amoureux toute sa vie.

Gabe, au contraire de son ancêtre, s'était juré de ne plus jamais ouvrir son cœur à une femme et de ne plus jamais se laisser manipuler par des émotions comparables à celles qui avaient engendré son désastre matrimonial.

D'après lui, la passion n'était tolérable et gérable que dans des liaisons de courtes durées. Pour ce qui était de l'amour, c'était une tout autre histoire. Là aussi, il avait juré que plus jamais on ne l'y reprendrait.

Quelqu'un frappa à la porte, le tirant de ses pensées moroses.

Il enfila un T-shirt à la hâte avant d'ouvrir.

C'était son ami de toujours et le chef de la sécurité du Zahir.

Xavier, qui venait d'arriver à Wellington, pénétra dans le salon spacieux adjacent à la suite et lui tendit une enveloppe cachetée.

Gabe savait ce qu'elle contenait. Le contrat de mariage qu'il avait demandé à ses avocats d'établir en vue de l'union à laquelle il devrait bientôt se soumettre.

— Je n'arrive pas à croire que tu te sois enfin décidé à passer à l'acte, dit Xavier, sceptique.

— Tu sais bien que je n'ai pas le choix, déclara Gabe en se dirigeant vers l'espace kitchenette qui ouvrait sur le salon.

Entre la faillite qui menaçait le royaume et la dot miraculeuse qui avait été égarée lors de la confusion générée par la Seconde Guerre mondiale, on avait fait comprendre à Gabe qu'il se devait d'épouser une jeune femme fortunée par le biais d'un mariage arrangé. Celui-ci permettrait de renflouer les caisses de l'Etat et, de toute façon, il lui fallait un héritier.

Signer ce contrat matrimonial était une question de convenance et non une affaire de cœur.

— Je pensais qu'après Jasmine…

— Il était temps de passer à autre chose ?

— Non, ce n'est pas ce que j'allais dire. Quand tu as épousé Jasmine, vous étiez tous les deux trop jeunes et immatures. Il est temps pour toi de vivre un vrai mariage.

— Un vrai mariage ? Crois-moi, mon mariage avec Jasmine était bien vrai.

Gabe but son jus d'orange d'un trait, puis reposa son verre sur le comptoir.

De son point de vue, leur mariage n'avait été que trop vrai.

Chaque fois qu'il repensait à son union avec Jasmine, sa gorge se serrait, son estomac se nouait, et la culpabilité l'envahissait aussitôt, l'emportant tel un raz-de-marée émotionnel.

Il n'avait pas été à la hauteur, incapable d'être à l'écoute de sa femme, alors qu'elle avait été en détresse et qu'elle lui avait probablement lancé des signaux d'alarme qu'il n'avait pas été en mesure de comprendre.

Revenant au moment présent, il regarda Xavier droit dans les yeux.

— En revanche, mon prochain mariage n'aura rien de « vrai ». Il s'agit d'un arrangement, ni plus ni moins, scellé par un contrat d'affaires.

Xavier, qui était marié, très proche de sa femme, et très heureux avec elle, lui lança un regard incrédule.

— Tu plaisantes ? Tu penses vraiment que ça peut fonctionner ? C'est mal connaître les femmes.

Gabe feuilleta l'annexe du contrat. Un dossier sur les

candidates potentielles. De riches héritières dont les familles avaient manifesté un intérêt tout particulier envers cet arrangement matrimonial qui les unirait au futur cheikh du Zahir.

— Je pense que c'est une erreur, mais après tout c'est toi qui creuses ta propre tombe, dit Xavier.

Dès l'instant où il entendit le mot « tombe », Gabe sentit que Xavier regrettait ses propos. Mais il n'était pas d'humeur et n'écouta pas les excuses de son ami.

Ils avaient grandi ensemble, Xavier avait été témoin à son mariage. A la mort de Jasmine, il avait géré la presse de main de maître. Leur amitié était solide.

— En plus, c'est le devoir que je dois accomplir envers mon pays. Je dois le sauver de la faillite, et je dois lui donner un héritier. C'est mon destin.

Une fois Xavier parti, Gabe gagna la salle de bains. Sous la douche, alors que la vapeur chaude emplissait l'espace, il repensa au commentaire de Xavier sur le fait que Jasmine et Gabe avaient été trop jeunes pour se marier. A l'époque, il avait vingt ans, Jasmine dix-huit. Leur mariage avait duré deux ans.

Aujourd'hui, il en avait trente et, en tant que fils unique, il lui incombait de perpétuer la lignée familiale.

Ce mariage de convenance lui faisait l'effet d'un mur de béton qui lui bloquait l'horizon. Il avait pensé à d'autres moyens de faire prospérer son pays, en faisant appel à des fonds d'investissement, à l'occidentale. Mais cela ne faisait pas partie des méthodes envisagées par la Constitution, et son père, convalescent après un cancer, lui avait fait comprendre qu'il préférait s'en tenir à la tradition.

En fils docile, il s'était soumis à la volonté de son père, se ralliant à l'idée d'épouser une inconnue fortunée.

Après sa douche, vêtu d'une chemise blanche, d'un costume sombre et d'une cravate rouge, il sirota son café préféré tout en regardant la pluie tomber en un rideau fin sur le port de Wellington.

Cette vue n'avait rien de commun avec le paysage

ensoleillé qu'il avait l'habitude de contempler le matin au Zahir, mais elle était néanmoins familière : il avait fait ses études en Nouvelle-Zélande, qui était en outre le pays natal de sa mère.

Reposant sa tasse à côté du contrat de mariage, il vérifia l'heure.

Il avait rendez-vous pour un petit déjeuner d'affaires avec les ministres du tourisme du Zahir et de Nouvelle-Zélande. Puis les réunions s'enchaîneraient, culminant par une réception au consulat, visant à faire la promotion du Zahir et à le présenter comme une destination attirante pour les touristes.

Homme de parole, Gabe honorerait ses engagements, mais il ne put s'empêcher de penser qu'il aurait eu mille et une autres façons beaucoup plus agréables pour lui de passer cette dernière journée de célibat.

Elle était faite pour être aimée… passionnément.

La sonnerie de son réveil tira Sarah Duval de son rêve, mais le moment passionné qu'elle vivait était trop irrésistible et poignant pour l'en sortir complètement.

Les yeux fermés, refusant l'idée de devoir se lever pour se plier à la routine de sa vie d'enseignante, elle arrêta le réveil, enfonça le visage dans son oreiller et replongea dans son rêve. Où en était-elle ?

Le guerrier la scrutait d'un regard intense et passionné. Après des années d'attente, elle vivait enfin ce moment inespéré. Un homme, ou plutôt un demi-dieu, la contemplait avec ravissement. Dans ses yeux, elle lisait qu'il la trouvait attirante. Mieux encore, il semblait fasciné.

De ses mains fermes et viriles, il lui entoura le visage. Sarah leva les yeux vers lui, après avoir observé la cicatrice qui tel un sceau du destin lui fendait la joue gauche. C'était un moment incroyable. Cet apollon aux allures dangereuses semblait la désirer plus que tout au monde. Etait-ce possible ? La chaleur irradiant de son torse hâlé, les rapides battements de son cœur sous ses paumes… tout portait à croire qu'il était sincère.

Faisant fi d'années d'inhibition, elle se hissa sur la pointe des pieds, enfouit sa main dans la chevelure noire et soyeuse de cet inconnu aux charmes mystérieux, puis se plaqua contre son corps athlétique.

Quand sa bouche avide vint recouvrir ses lèvres tremblantes, elle fut parcourue d'une vague d'émotions d'une intensité inédite. Jamais elle n'avait éprouvé un tel raz-de-marée sensuel.

Elle allait enfin savoir ce qu'une femme ressentait quand un homme la désirait plus que tout…

La sonnerie du réveil l'interrompit de nouveau, mais elle eut tout juste le temps d'entendre la déclaration du guerrier anonyme.

— *Tu es à moi.*

Un frisson électrisant lui parcourut le corps, la paralysant sous sa couette alors qu'elle faisait taire le réveil.

S'éveillant au monde, elle constata que la matinée était grise et qu'elle allait être obligée de se lever.

Après une grande inspiration, elle revint à la réalité, même si, l'instant d'avant, elle avait eu l'illusion d'être l'objet de désir d'un beau guerrier à la carrure olympienne, de stature noble et majestueuse.

Un bruit sourd attira son attention. Ç'était le journal de son ancêtre, Camille de Vallois. Elle le lisait la veille avant de s'endormir, et le volume avait dû glisser de son lit. L'ouvrage, écrit en vieux français, avait été en partie traduit par un cousin érudit, mais elle n'avait pas besoin de la traduction car elle avait appris le vieux français à l'université.

Sarah repensa alors à l'épopée de son ancêtre, Camille de Valois. Femme lettrée, elle avait été vendue par sa famille lorsque son père avait jugé qu'elle ne pouvait plus attendre l'amour pour se marier. Emportée sur un navire, elle avait échappé à un naufrage non loin des côtes du Zahir. Là-bas, débarrassée de son époux, qui avait péri dans les eaux profondes, elle s'était fait passer pour une aventurière et s'était mise à la recherche de l'homme de sa vie.

Aidée d'une dot conséquente, Camille avait été prête à affronter tous les dangers dans sa quête d'amour. Et ses efforts avaient porté leurs fruits.

Remettant les choses en perspective, Sarah constata que les moments féeriques qu'elle venait de vivre relevaient davantage du fantasme que du rêve.

Déçue, elle repensa à son rêve et aux émotions puissantes qu'elle avait éprouvées pendant cette rencontre fortuite et imaginaire.

Quel dommage ! C'était tellement bon, tellement fort !

A regret, elle laissa les dernières sensations la quitter puis disparaître comme un mirage.

Pourtant, elle connaissait l'origine de son rêve.

D'une part, il y avait l'histoire de Camille de Vallois, qui avait manifestement stimulé son esprit romantique et érotique.

D'autre part, la veille, désireuse d'en savoir plus sur le pays d'adoption de son ancêtre, elle était passée au consulat du Zahir. On lui avait appris qu'aujourd'hui se tenait justement une soirée d'information sur l'histoire et la culture du pays. Elle s'y était inscrite.

En sortant du bâtiment, munie de son parapluie, tête baissée pour se protéger de l'averse qui faisait rage, elle était entrée en collision avec le plus bel homme qu'elle ait jamais vu.

Elle ne s'était toujours pas remise de cette rencontre fortuite et, bizarrement, le héros de son rêve ressemblait de manière étrange à l'inconnu du consulat du Zahir.

En effet, même s'ils ne s'étaient croisés qu'un bref instant, en relevant la tête après la collision, elle avait eu le temps de voir la cicatrice qui lui balafrait la joue gauche, et avait été frappée par son allure noble, sa stature athlétique et son aura princière.

Subjuguée, elle avait perdu l'usage de la parole pendant

quelques instants. Il lui avait souri — un sourire des plus charmants —, puis avait disparu, la laissant pantoise.

Le temps que son esprit se remette à fonctionner normalement, l'inconnu était loin.

Elle rougit en repensant à l'homme de la veille et à l'érotisme des scènes de son rêve. Le baiser qu'ils avaient échangé en songe l'avait fait fondre. Elle en frissonnait encore.

Son ancêtre avait eu la chance de voir son rêve se réaliser, mais pour sa part, le héros de ses rêves resterait dans ses rêves.

Il était temps de reprendre sa vie d'enseignante d'histoire.

Elle ramassa le livre et le posa sur sa table de nuit.

Une rafale de vent fit vibrer les fenêtres et grincer la charpente en bois de kauri.

Enfin, elle décida de s'extirper de son cocon. Soulevant la lourde couette, elle posa les pieds par terre. Puis après avoir enfilé des chaussons molletonnés et une robe de chambre douillette, elle se dirigea vers la fenêtre pour voir le temps qu'il faisait.

Le temps était orageux.

La rue en pente dans laquelle elle vivait était enveloppée d'un voile de brouillard. La lumière des lampadaires jetait un halo brumeux sur les haies minutieusement taillées et les barrières blanches délimitant les jardins.

Les maisons collées les unes aux autres n'avaient rien d'extraordinaire, mais elles étaient abordables pour les célibataires comme elle, ou les jeunes couples.

Remettant le voilage en place, elle gagna la cuisine pour amorcer son rituel du matin. D'abord une tasse de thé, puis une douche avant de se préparer pour aller au travail.

Dans sa kitchenette, elle se fit la réflexion que son environnement familier était à mille lieues des descriptions exotiques du Zahir dans le journal de son ancêtre.

Tout en buvant son thé, elle examina son reflet dans la vitre. Les cheveux relevés en un chignon désordonné, le visage pas maquillé, la robe de chambre qui lui donnait des allures informes… Elle semblait vidée, fatiguée, et… tellement ordinaire !

L'air renfrogné, le corps tendu, elle remarquait qu'à vingt-huit ans elle n'était plus dans la fleur de l'âge et qu'elle avait vieilli. Elle aurait bientôt vingt-neuf ans, et trente ans l'an prochain.

Elle inspira profondément, sans parvenir à refouler la panique qui la gagnait à l'idée d'avoir bientôt trente ans. Elle fut soudain consciente du temps qui passait, sans l'attendre. Elle n'avait pas réussi à trouver un homme qu'elle aimait et qui l'aimait en retour.

Cette pensée prit des allures de constat d'échec. Finalement, peut-être que ses mésaventures avec les hommes n'étaient pas liées à la malchance ou à des erreurs de jugement, mais tout simplement à elle. Peut-être que la raison qui l'empêchait de trouver l'homme de sa vie était liée à sa personnalité.

Elle était portée sur les gens bien éduqués qui avaient fait des études. Elle n'y allait pas par quatre chemins quand elle avait quelque chose à dire. Elle était assez vieux jeu dans son approche des relations amoureuses et ne voulait pas passer à l'acte avant que l'homme se soit engagé envers elle.

Elle repensa aux deux fois où elle s'était fiancée et qui s'étaient soldées par un échec. Son premier fiancé, Roger, n'avait pas supporté qu'elle ne veuille pas faire l'amour avec lui la semaine de leurs fiançailles et avait fini par rompre.

Soit.

La seconde fois, elle était sûre d'elle. Elle s'était fiancée avec un dénommé Mark, professeur dans son lycée, qui semblait en accord avec sa volonté d'attendre d'être mariés pour qu'ils aient des rapports sexuels. Mais le jour de leur mariage, elle avait découvert qu'il était tombé amoureux d'une autre femme. Une jolie blonde qu'il voyait depuis quatre mois.

En général, elle ne s'appesantissait pas sur ses déboires amoureux, préférant se plonger corps et âme dans son travail d'enseignante.

Cependant, avec la lecture du manuscrit et le rêve qu'elle venait de faire, un changement s'opérait en elle. A moins qu'il s'agisse de son horloge biologique qui commençait à s'emballer ?

Quoi qu'il en soit, elle se sentait à la fois terriblement en vie et terriblement vulnérable, comme si elle se trouvait au bord d'un précipice et qu'elle dût faire un choix.

Ce choix, elle ne tarda pas à le faire. Quitte à choisir, elle était prête à tout pour vivre une folle nuit d'amour avec un inconnu, tant qu'elle était l'unique objet de son attention et de son désir.

Elle sentit une poussée d'adrénaline fuser dans son corps mince, alors qu'elle venait de décider de mettre au placard ses principes traditionnels démodés.

Elle en avait assez d'attendre et de rater des occasions palpitantes.

En cet instant, elle était prête à courir le risque. Tous les risques. Elle voulait trouver un homme qui la désirerait et qu'elle désirerait en retour. Un homme comme celui qu'elle avait rencontré la veille en sortant du consulat de Zahir.

Elle continua à siroter ton thé, quasiment froid.

Par le passé, elle avait toujours eu une approche très tranchée dans ses choix. Tout noir ou tout blanc. Tout ou rien.

Elle ignorait d'où cette approche lui venait.

De son père quasiment absent du foyer ?

De son naturel passionné ?

Mais cette approche ne lui avait rien apporté de bon, comme le prouvaient ses deux échecs amoureux.

A en juger par son amitié platonique avec un importateur d'antiquités, historien à ses heures perdues, elle était en passe de vivre un troisième échec cuisant.

En cet instant, elle eut une révélation.

Si elle voulait vraiment trouver un homme à aimer, quelqu'un avec qui elle pourrait se marier et avoir des enfants, elle devrait revoir ses exigences à la baisse et se montrer plus flexible que par le passé.

En un mot comme un cent, elle devrait changer d'état d'esprit.

La solution ? Tenter une liaison d'un soir, sans penser au lendemain. Et surtout, se reprendre en main et mettre en valeur son potentiel féminin.

Elle n'avait pas de temps à perdre.

Après avoir reposé sa tasse sur le plan de travail, elle enleva l'élastique de son chignon. Passant les mains dans sa chevelure épaisse, soyeuse et noire, elle tenta de lui donner du volume.

Les cheveux descendant en cascade jusqu'à la taille, elle se trouva plus jeune et plus attirante. Ses grands yeux bleus étaient un atout et sa peau laiteuse pourrait séduire un homme.

Elle reprit soudain confiance en elle.

Otant sa robe de chambre qui ne la mettait pas du tout en valeur, elle constata que, malgré une nuisette délavée peu seyante, elle avait une belle silhouette, une jolie poitrine, bien arrondie, une taille fine, et des jambes longues et fermes grâce aux kilomètres de marche qu'elle accomplissait chaque jour.

Frissonnante, elle remit sa robe de chambre et retourna dans sa chambre.

Après avoir allumé la lumière, elle ouvrit grand sa penderie et se mit à étudier les tenues qu'elle avait achetées en vue de sa lune de miel avec Mark. La lune de miel n'avait pas eu lieu, et les vêtements étaient restés sur leurs cintres.

Chassant les sentiments amers qu'elle nourrissait encore envers Mark et sa compagne actuelle, elle sortit la sélection de vêtements coûteux et les posa sur son lit.

Soit elle devait porter ces vêtements, et faire comme si elle ne les avait pas achetés pour une occasion spéciale, soit elle devait les donner à un magasin de seconde main.

Alors qu'elle contemplait les vêtements colorés étalés sur son lit, elle prit soudain conscience que son histoire avec Mark avait pris fin depuis quatre ans.

Quatre ans !

Abasourdie, elle choisit une robe d'un rouge éclatant. Une couleur sensuelle et riche, et un tissu soyeux très agréable au toucher. Manches trois quarts, col en V, c'était un modèle classique qui n'était pas démodé, même quatre ans plus tard. Achetée en vue d'un voyage romantique à Paris, qu'elle avait payé elle-même, puis annulé, la robe était aussi sophistiquée que sexy.

Avant de changer d'avis, elle enleva sa robe de chambre et sa chemise de nuit pour enfiler le vêtement. Le tissu tomba merveilleusement sur ses formes, lui procurant une vague de frissons inattendus.

Elle se plaça devant la glace de sa coiffeuse pour voir le résultat. Sans soutien-gorge, les cheveux lâchés, elle avait des allures de femme fatale, le rouge foncé faisant ressortir sa chevelure noire, accentuant la teinte laiteuse de sa peau et conférant à ses yeux bleus une profondeur inhabituelle.

L'image qu'elle renvoyait n'était pas celle d'une jeune femme ordinaire et pâle, mais celle d'une jolie jeune femme dynamique et disponible.

Cela faisait quatre ans que Mark l'avait quittée, pratiquement devant l'autel. Quatre ans qu'elle avait gâchés sans réussir à se remettre dans la course et à faire valoir son potentiel féminin.

Si elle s'était concentrée en mettant toutes les chances de son côté, elle aurait eu le temps de trouver l'homme de sa vie, de l'épouser et d'avoir eu au moins un bébé.

Pour expliquer ses échecs sentimentaux, elle s'était toujours réfugiée derrière son volume de travail. Mais d'après sa mère, Hannah, elle était paralysée par la peur.

La solution d'Hannah avait été de lui présenter une série d'hommes célibataires qu'elle rencontrait dans son milieu de décoratrice d'intérieur. C'est ainsi que Sarah avait fait la connaissance de Graham.

Sans parler de l'aspect physique ou du lien qui avait pu s'établir entre eux après quelques rendez-vous platoniques, Sarah sentait que Graham était davantage intéressé par son lien de parenté avec Camille de Vallois que par elle-même.

Justement, elle avait prévu de passer la soirée avec Graham. Après la révélation du rêve, elle ne pouvait pas envisager le rendez-vous de ce soir comme une nouvelle impasse. Ce soir, ce serait l'occasion pour elle de mettre en pratique les changements qui s'opéraient en elle.

Plus question d'attendre bien sagement l'amour de sa vie.

Et pas question non plus de limiter son horizon à Graham.

Comme son ancêtre Camille, elle devait prendre le taureau par les cornes, faire preuve de courage, braver les dangers et, surtout, échafauder un plan d'attaque.

Le temps qu'elle se douche et finisse de se préparer pour partir travailler, elle avait mis au point une stratégie semblable à celle de Camille quand elle s'était mis en tête de trouver l'homme de sa vie.

Elle avait trouvé sa tenue de femme fatale.

L'heure venue, quand son regard tomberait sur l'homme de ses rêves, elle saurait braver tous les dangers pour le séduire.

- 2 -

Sarah trouva une place sur le parking adjacent au bâtiment historique qui abritait le consulat du Zahir. Situé en bordure de l'avenue donnant sur le port, le quartier était formé de bâtiments victoriens et edwardiens d'une part, et d'une série d'entrepôts convertis en bars et restaurants d'autre part.

Quand elle descendit de voiture, une bourrasque venue de l'océan la bouscula. Comme il pleuvait de plus en plus, elle sortit son parapluie de son sac pour protéger ses cheveux, qu'elle avait structurés pendant une heure à l'aide d'un fer à friser et qui tombaient en boucles soyeuses le long de son visage et de ses épaules.

Elle frissonna. Elle avait beau avoir mis un manteau, la robe qu'elle portait en dessous n'était pas faite pour une soirée froide et pluvieuse à Wellington.

Les portières verrouillées, elle se dirigea vers le consulat.

Légèrement tendue, elle repensa aux petits changements auxquels elle avait procédé pour se mettre en valeur. Sa chevelure, son maquillage, ses bottes à talons plus hauts que d'habitude, sa robe rouge de femme fatale…

Un peu mal à l'aise, se sentant exposée, elle accéléra le pas en passant devant une bande de jeunes sous l'auvent d'un café.

Une nouvelle bourrasque souffla, soulevant son manteau et sa robe, révélant au passage ses jambes, qu'elle n'avait pas l'habitude de montrer.

Son téléphone sonna alors qu'elle tentait de dompter

son manteau malgré le vent. Ignorant les sifflements et remarques désobligeantes des jeunes, elle tira le téléphone de sa poche.

Graham était arrivé plus tôt dans l'espoir d'apercevoir le cheikh qui, paraît-il, se trouvait actuellement en Nouvelle-Zélande. Comme il faisait froid et qu'il pleuvait, il était entré, décidant de ne pas attendre Sarah à l'extérieur comme ils en étaient convenus à l'origine.

Agacée par le comportement de Graham, Sarah ne fut néanmoins pas surprise de son manque de tact légendaire. Elle saurait se montrer aussi indépendante que lui. Après tout, elle n'avait pas besoin de lui.

Quittant le froid et la pluie, elle entra avec plaisir dans le hall chauffé et agréablement éclairé du consulat.

Elle fut accueillie par un homme solidement charpenté, au crâne rasé, portant un costume strict. Il vérifia son invitation et cocha une case à côté de son nom sur la liste des invités. Quand il lui rendit son invitation, il la transperça du regard.

En Nouvelle-Zélande, c'était inhabituel de faire l'objet d'une attention aussi particulière par un inconnu. Elle eut l'étrange impression qu'il n'était pas un simple employé administratif du consulat. Si le cheikh était bel et bien présent à Wellington, cet homme devait sans aucun doute faire partie de son armada de gardes du corps. Voire d'espions.

Le Zahir était une petite île de la Méditerranée, à la croisée entre le Proche-Orient et l'Europe, ce qui expliquait certaines différences de cultures et de mœurs.

Elle accrocha son manteau sur le portant prévu à cet effet. Ayant quitté l'enveloppe protectrice du long vêtement, elle paniqua à l'idée d'assumer son nouveau style, mais il était trop tard pour faire machine arrière.

Après avoir longé un couloir admirablement décoré, elle entra dans une salle de réception cossue et déjà bondée.

Cette soirée avait pour but de présenter le Zahir comme destination touristique, en faisant valoir son histoire en tant qu'étape des Templiers.

Sarah s'attendait à voir des femmes vêtues de robes aux couleurs exotiques, mais elle se retrouva dans une mer de costumes gris et de robes de soirée noires. Sur cet arrière-plan monochrome, le rouge de sa robe tranchait comme un oiseau du paradis.

Elle sentit son estomac se nouer.

Quand elle s'était inscrite, elle avait compris qu'il s'agissait d'une soirée d'information. Mais à en juger par la foule de gens présents, c'était davantage une soirée d'affaires, avec des responsables d'agences de tourisme, des voyagistes et probablement de nombreux représentants du gouvernement néo-zélandais.

Au lieu de prendre ses jambes à son cou, elle s'arma de courage et alla se poster devant une vitrine dédiée à son ancêtre, Camille de Vallois, ainsi qu'à la mystérieuse disparition d'une partie de sa dot considérable. Elle avait été cachée par un membre de la famille du cheikh qui avait péri lors d'une évacuation pendant la Seconde Guerre mondiale, et il avait été depuis impossible de la localiser.

Un homme de petite taille et chauve s'arrêta aussi pour regarder la vitrine, mais il semblait davantage attiré par le décolleté de Sarah que par le contenu historique exposé. Agacée par son manque de manières, elle lui lança un regard qui aurait fait frémir ses élèves les plus coriaces.

L'espace d'un instant, elle envisagea d'aller remettre son manteau, puis se ravisa, se rappelant ses résolutions du matin. Elle s'était composé une tenue et une coiffure pour attirer les hommes. Restait à trouver celui qui la ferait vibrer.

Un serveur passant avec un plateau lui présenta un verre de vin qu'elle prit avec un peu trop d'empressement. Sirotant le breuvage, elle se dirigea vers un présentoir dédié aux Templiers.

Absorbée par l'histoire du pays depuis qu'elle avait commencé la lecture du journal de Camille de Vallois, elle se plongea avec délectation dans le récit des Templiers menés par le cheikh Kadin.

Posant son verre sur une table, elle s'approcha d'une grande épée en exposition. Vu son usure, elle devait avoir servi dans plus d'une bataille. Une légende indiquait qu'elle avait appartenu au cheikh. Sarah se souvint alors du passage dans le journal relatant la rencontre de Camille et de Kadin.

« Un guerrier plus grand que nature sur une monture noire comme les ténèbres et trempée par la pluie, les yeux sombres, une lame majestueuse tenue solidement, face au vent, tel un demi-dieu invincible. »

La fascination qu'elle éprouvait dépassait le domaine de l'entendement. Une pancarte interdisait de toucher aux objets en exposition, mais c'était plus fort qu'elle. Impossible de résister à l'envie de toucher cet objet hors du commun.

Retenant son souffle, elle caressa l'incrustation usée taillée dans le bronze du manche. La froideur du métal la fit frissonner.

L'instant d'après, le support sur lequel reposait l'objet céda, si bien que l'épée se décrocha, allant s'écraser sur le sol, qui était couvert de moquette, heureusement.

Terriblement gênée, Sarah se baissa pour ramasser l'épée, espérant la replacer sur le présentoir avant que quelqu'un s'aperçoive de ce qui venait de se passer.

A peine eut-elle le temps d'agir qu'une grande main virile et brune vint recouvrir la poignée en bronze.

Avec une grâce naturelle, l'homme venu à sa rescousse se releva, épée en main, les épaules larges, l'allure fière et noble…

Elle crut défaillir.

En cet instant, la réalité et le rêve de la nuit précédente ne faisaient plus qu'un.

Le guerrier de ses rêves.

C'était la seule description possible.

Le cœur battant la chamade, elle leva les yeux vers lui.

Elle sentit sa gorge se serrer quand elle reconnut le bel inconnu qu'elle avait bousculé la veille en sortant du consulat.

Des cheveux noirs coupés court, le nez droit et la cicatrice impressionnante sur la joue gauche.

Il fronça les sourcils. Comme s'il la reconnaissait, mais n'arrivait pas à la remettre dans un contexte précis.

Quelques secondes s'écoulèrent, puis elle le sentit tressaillir. Ou était-ce le fruit de son imagination ?

Soudain, elle se posa la question clé.

Etait-il marié ?

Après des années passées à tenter de trouver la perle rare, il lui était arrivé plusieurs fois de tomber sur des hommes qui se rappelaient à la dernière minute qu'ils avaient déjà une femme.

De ses yeux intenses, il examina ses mains.

— Tout va bien ?

— Oui, mentit-elle, cherchant à dissimuler le trouble intense qui s'était emparé d'elle.

— J'ai cru que vous vous étiez coupée.

Le timbre bas et rauque, l'accent étranger… Une intonation qui évoquait l'Europe. Mais le débit ralenti donnait à penser qu'il avait passé du temps aux Etats-Unis.

L'accent, les cheveux courts et le costume… Il était soit un garde du corps du cheikh, soit un membre de son cabinet.

Etant donné sa carrure imposante, et la rapidité à laquelle il était intervenu, elle aurait penché pour le service de sécurité.

Elle parvint à esquisser un sourire en lui montrant ses paumes.

— Non, je n'ai rien. J'étais étonnée que l'épée ne soit pas mieux fixée. Je voulais juste toucher le manche.

L'espace d'un instant, le regard de son interlocuteur sembla fixé sur sa bouche, comme hypnotisé. Mais peut-être était-ce le fruit de ses fantasmes nocturnes ?

— Vous avez raison, elle aurait dû être mieux fixée. Je vais me renseigner et trouver la personne responsable de l'exposition.

Craignant qu'un employé, ou plusieurs, aient des ennuis par sa faute, elle protesta.

— Oh ! non, vraiment, c'est ma faute. Je n'aurais jamais dû essayer de toucher l'épée. C'était écrit sur la pancarte.

D'un geste leste, il remit l'épée en place sur le présentoir. Le spot qui éclairait la vitrine souligna alors la cicatrice de sa joue, projetant une ombre sur ses sourcils noirs comme de l'encre de seiche.

Soudain, même le guerrier de ses rêves faisait pâle figure à côté de ce héros des temps modernes, grandeur nature, en chair et os. Cet homme n'avait rien d'une version édulcorée du héros de son rêve. Il semblait aussi puissant et intransigeant que le Templier qui avait tenu cette épée des siècles plus tôt.

A sa grande surprise, il ne passa pas son chemin.

Il lui tendit la main et se présenta. Gabriel. Gabe pour les intimes.

Surprise de la tournure informelle que prenait cette rencontre, elle lui serra la main, se présentant à son tour.

A son contact, elle sentit une chaleur qui bientôt se diffusa dans tout son corps.

Etait-il possible d'éprouver une telle passion pour quelqu'un qu'elle venait de rencontrer ?

— Je suis enseignante d'histoire.

Elle capta l'expression de surprise sur son visage d'apollon ténébreux. Aussitôt, elle sentit son humeur changer, son courage flancher, et ses espoirs sombrèrent.

Cet homme était beau, grand, séduisant, aussi différent de Graham qu'un lion majestueux l'était d'un vulgaire chat de gouttière.

Et curieusement, il avait l'air de s'intéresser à elle.

Mais voilà qu'avec une seule petite phrase elle venait de gâcher toute sa tentative de se faire passer pour une femme fatale exotique et sophistiquée.

Si elle n'avait pas eu l'esprit complètement tourneboulé par ce mystérieux inconnu qui s'était matérialisé comme par miracle à ses côtés, elle aurait pu avoir le réflexe de ne pas mentionner son métier, et de justifier sa présence au consulat en invoquant un intérêt particulier pour les destinations lointaines.

— Alors, j'imagine que votre domaine de prédilection est l'histoire des Templiers ? s'enquit-il, naturellement.

Son humeur se dégrada davantage quand elle se vit dans l'obligation de dévoiler la véritable nature du sujet qu'elle enseignait.

— Non. Je suis spécialisée dans la Révolution industrielle et les deux guerres mondiales.

Elle poussa un soupir, à présent convaincue qu'ils n'avaient rien en commun.

— Et vous ? demanda-t-elle, tentant néanmoins de relancer la conversation.

— J'ai étudié cinq ans à Harvard. J'avoue que ça m'a été utile.

— Harvard ? Vous avez étudié le droit ? L'économie ?

— L'économie, malheureusement, ajouta-t-il, amusé.

Elle sentit son cœur se mettre à battre plus fort.

Elle sourit intérieurement. S'il avait étudié à Harvard, il n'était pas garde du corps, même s'il avait le physique de l'emploi. Il faisait peut-être partie de l'équipe de conseillers financiers du cheikh.

Alors qu'elle cherchait une autre question pour entretenir la conversation, deux hommes en costume s'approchèrent d'eux. L'un d'eux, équipé d'un tournevis, entreprit de resserrer le support soutenant l'épée. L'autre, plus râblé, avait un badge le présentant comme « Tarik ben Abdel, chef de l'administration du consulat ». Celui-ci lui jeta un regard glacial avant d'accaparer Gabe en se lançant dans une tirade en une langue étrangère. Du zahirien, sans doute.

Gabe le fit taire avec une phrase aux sonorités douces mais fermes.

Ne comprenant pas ce qui se passait, Sarah reporta son attention sur ce qui se passait autour d'elle.

Son regard se posa sur Graham, qui tournait la tête dans tous les sens comme s'il s'était soudain souvenu qu'il devait la chercher. Il la vit dans son champ de vision, prit le temps de remarquer son décolleté, puis tourna de nouveau la tête avant de fouiller dans sa poche pour en sortir son portable, l'air agacé.

Elle fut amusée de constater qu'il ne l'avait pas reconnue… mais qu'il n'hésitait pas à admirer la poitrine des femmes quand l'occasion se présentait.

Après un dernier coup d'œil désapprobateur dans sa direction, le fameux Tarik s'éclipsa, et l'homme au tournevis lui emboîta le pas. Mission accomplie, l'épée était à présent fixée en toute sécurité sur son présentoir.

Sarah fut soudain consciente que le beau Gabe était toujours auprès d'elle, la fixant intensément de son regard énigmatique.

Gênée d'avoir perturbé le déroulement de la soirée à cause de ses rêveries romanesques, elle s'empressa de s'excuser de nouveau.

— Je suis vraiment désolée. J'ai lu le panneau qui disait qu'il ne fallait pas toucher à l'épée. Je sais que ces objets sont difficiles à préserver…

— Tarik ne s'inquiétait pas pour la préservation de l'épée. Elle vient directement de la troisième croisade, donc une chute sur de la moquette ne devrait pas l'avoir abîmée. Il s'inquiétait davantage de la légende liée à l'épée.

— Quelle légende ?

— La légende voulait que si une femme touchait l'épée d'un homme, il perdait ses pouvoirs de guerrier.

Elle se sentit gagnée par une étrange onde de chaleur, bienfaisante, qui l'enveloppa comme dans une bulle ouatée.

Alors qu'au début de l'échange elle s'était sentie en faute, désormais, elle sentait son corps se détendre et son esprit s'éclaircir.

Surtout, elle trouvait cette expérience très agréable… Incontestablement, le mystérieux Gabe était l'homme le plus séduisant qu'elle ait jamais rencontré.

— Moi, je dis que la légende a bon dos et que certains chevaliers s'en sont servis pour justifier leurs piètres performances.

Gabe esquissa un petit sourire, manifestement amusé par cette théorie fantasque.

— C'est possible. Mais à l'époque, au Zahir, si une femme touchait à l'épée d'un homme, c'était considéré comme une déclaration d'intention.

— Et si c'était de la simple curiosité de la part de la femme ? s'enquit-elle, les joues pivoines.

Il la scruta, comme s'il voulait fouiller son âme.

Le souffle coupé, elle fut assaillie d'une émotion bien plus intense que celle qu'elle avait éprouvée dans son rêve la nuit précédente.

Il la retenait prisonnière de ses yeux ténébreux.

— Le guerrier pouvait demander un gage.

— Un gage ?

La tension entre eux s'intensifia, au point de devenir presque palpable.

— Je vous laisse deviner la nature des gages. Mais sachez que la plupart des Templiers ont abandonné leur vœu de chasteté dès qu'ils ont accosté au Zahir.

— Y compris le cheikh, qui s'est marié.

Elle frissonna en voyant le visage de son charmant interlocuteur se glacer en un instant.

Pour la deuxième fois au cours de leur échange, elle se demanda s'il était marié.

Etait-ce la raison pour laquelle il avait réagi aussi froidement quand elle avait parlé de mariage ?

A cette idée, elle éprouva une intense déception.

Vérifiant sa main gauche, elle constata qu'il n'avait pas d'alliance. Mais cela ne voulait rien dire. Il pouvait très bien être marié, avoir des enfants et ne pas porter de bague.

Son téléphone vibra dans sa poche de costume.

Il se renfrogna.

Elle songea, réconfortée, qu'il était peut-être frustré de devoir interrompre leur conversation.

S'excusant, il se tourna légèrement pour prendre l'appel.

Comment cet inconnu pouvait-il la fasciner à ce point ? se demanda-t-elle.

Prenant son verre qu'elle avait laissé sur une table, elle but une gorgée de vin. Entendant son téléphone vibrer, elle reposa son verre et fouilla son sac à la recherche de son portable.

C'était un message de Graham.

Rien de romantique.

Où es-tu ?

Agacée par son ton et se souvenant qu'il n'avait même pas pris la peine de l'attendre à l'entrée comme ils l'avaient décidé la veille, elle éteignit son portable sans autre forme de procès et le rangea au fond de son sac.

Gabe se tourna de nouveau vers elle.

— Vous avez rendez-vous avec quelqu'un ? J'ai vu que vous étiez arrivée seule.

Elle s'étonna qu'il l'ait remarquée dès son arrivée. Cependant, elle était la seule femme à porter une robe rouge, parmi une mer d'invités vêtus de gris et de noir. Difficile de la rater.

— Oui, j'avais rendez-vous avec quelqu'un.

— Un homme ?

Son premier réflexe fut de mentir. Puis elle se ravisa.

— Oui.

Il acquiesça, l'air distant.

Quelque chose lui dit que si elle avait répondu par la négative, la soirée aurait pu prendre une tournure bien plus palpitante et exotique que ce qui l'attendait avec Graham.

Il regarda sa montre.

— Excusez-moi, j'ai un appel à passer, dit-il, son expression redevenue neutre.

Elle réprima l'immense déception qui la submergea tel un raz-de-marée. Puis, à contrecœur, elle se mit à chercher Graham.

Elle l'aperçut à l'autre bout de la pièce en pleine discussion avec un homme vêtu d'un costume et de la coiffe traditionnelle arabe.

Examinant l'homme avec plus d'attention, elle en déduisit qu'il s'agissait du cheikh.

Elle avait lu beaucoup de choses sur le Zahir, mais c'était surtout des faits historiques, puisque le pays était de petite taille, neutre, et figurait rarement dans les médias.

Tout ce qu'elle savait, c'est que le cheikh était un homme âgé qui avait épousé une Néo-Zélandaise de Wellington, ce qui expliquait les liens étroits qui unissaient les deux pays.

Alors qu'elle s'approchait, l'homme à la coiffe mit fin à sa conversation avec Graham, et elle put enfin croiser son regard.

La lueur impassible laissa rapidement place à une expression d'incrédulité.

— C'est toi !

Elle le toisa, étonnée qu'un homme plutôt plaisant à regarder puisse déclencher en elle une exaspération aussi viscérale.

— Oui, c'est bien moi.

Il secoua la tête, peinant manifestement à croire ce qu'il voyait.

— Alors là, si tu m'avais dit que tu allais changer à ce point…

Elle sentit son exaspération atteindre son paroxysme.

Comment pouvait-il manquer de tact à ce point ?

Elle avait mis une robe, s'était maquillée, et coiffée différemment. Rien de plus.

— Je n'ai pas changé. Je suis toujours la même.

Il semblait subjugué par ses lèvres.

— Non, crois-moi, tu n'es plus la même. Si tu avais toujours été comme ça, on serait déjà passé, à l'étape supérieure.

Décidément, elle avait une fois de plus tiré le mauvais numéro. Graham était égoïste, narcissique et un vrai goujat.

— Tu sais quoi, Graham ? Je vais nous faciliter la vie. Je ne veux plus que tu m'appelles, que tu m'envoies des messages ou que tu viennes dîner chez ma mère. Je ne veux plus te voir.

— Et le journal ? Tu avais dit que je pourrais y jeter un coup d'œil ?

— En fait, c'est tout ce que tu voulais ?

— Mais non…

Non, tout ce qu'il voulait, c'était trouver la partie manquante de la dot et s'enrichir au passage.

Prenant une grande inspiration, elle expira tout doucement, pour garder son calme et s'éclaircir l'esprit.

Les deux premiers hommes sérieux dans sa vie l'avaient quittée pour une autre femme. A la limite, elle pouvait l'accepter. Le fait que Graham s'intéresse à elle pour accéder à un livre et une fortune éventuelle ? C'était la goutte qui faisait déborder le vase.

— Oublie le journal de Camille. C'est un document de famille, et jamais plus je ne te permettrai d'y avoir accès.

En colère et meurtrie, mais soulagée d'en avoir fini avec Graham, elle tourna les talons.

Puis elle se figea.

Gabe était à deux pas d'elle, l'observant attentivement, ou du moins c'est l'impression qu'il donnait. Il était assez proche pour avoir entendu sa conversation avec Graham.

Il la regarda droit dans les yeux, la fixant avec une intensité déconcertante. L'espace d'un instant, la foule emplissant la pièce cessa d'exister. Puis un serveur passa entre eux avec un plateau, brisant la magie.

Des papillons dans le ventre, elle ne put réprimer les pensées les plus folles qui se bousculaient dans son esprit.

Et si Gabe était revenu dans la salle après son appel téléphonique dans le but de la chercher, tout en sachant qu'elle avait rendez-vous avec un homme ?

Et s'il s'était posté de façon stratégique pour la garder à l'œil et lui donner le choix entre cet inconnu et lui ?

Graham ne la trouvait pas attirante, mais elle sentait qu'il n'en allait pas de même pour Gabe.

Elle avait apprécié leur premier échange devant le présentoir à l'épée, simple et sans arrière-pensées.

Instinctivement, elle sut qu'un deuxième échange entre

eux les ferait passer à une autre étape. Une étape où elle devrait prendre une décision.

Soudain, le fait d'abandonner la règle d'or qui consistait à ne pas faire l'amour avec un homme avant le mariage lui sembla utopique. Comment pouvait-elle réellement abandonner cette règle alors que tout ce qu'elle voulait, c'était justement de l'amour, et non avoir des rapports sexuels sans lendemain avec un inconnu ?

Perdue, elle se dirigea vers les toilettes, espérant y trouver un havre où elle pourrait reprendre ses esprits.

Poussant la porte, elle se retrouva dans un lieu de petite taille couvert de jolis carreaux. La glace lui renvoya un reflet qu'elle n'était pas habituée à voir : des cheveux bouclés tombant en cascade sur ses épaules, son regard océan de femme fatale, une robe rouge moulante et des bottes noires.

Elle rougit en pensant à la vision que Gabe pouvait avoir d'elle. En cet instant, elle comprit pourquoi Graham ne l'avait pas reconnue. Elle ne se reconnaissait pas elle-même.

La femme qu'elle voyait dans son reflet donnait l'illusion d'être exotique, sexy, sûre d'elle. Expérimentée.

Gabe voyait-il en elle la possibilité d'une nuit divertissante sans lendemain ? Et si Gabe, comme Graham, était attirée par elle pour des raisons qui n'avaient rien à voir avec qui elle était vraiment ?

Elle se remit un peu de rouge à lèvres, les doigts tremblants. C'était déstabilisant de sentir que Gabe était attiré par elle. Jamais elle n'aurait cru que sa métamorphose ait un effet aussi immédiat.

Elle aurait dû s'en réjouir et s'en féliciter, mais au lieu de cela, elle se sentait à cran et vulnérable. Etait-ce parce que Gabe était étroitement lié au rêve qui avait déclenché sa métamorphose ?

Elle ne savait rien de lui et, pourtant, dès l'instant où il avait ramassé l'épée sur le sol, il l'avait marquée à jamais, devenant pour elle le symbole de l'homme idéal.

En sortant des toilettes, et après s'être sermonnée sur les

dangers de fantasmer sur un inconnu, elle se mit aussitôt en quête de Gabe.

Elle fut déçue de ne pas le trouver.

Dans la pièce adjacente à la salle de réception, la conférence sur le Zahir avait déjà commencé.

En entrant, elle le vit en conversation avec un homme politique néo-zélandais.

Les papillons dans le ventre, le soulagement, l'onde de chaleur dans tout son corps... Ces signes auraient dû suffire à lui faire prendre ses jambes à son cou.

En l'espace d'une heure, elle s'était entichée d'un inconnu.

Mais au lieu de fuir, elle avait envie d'aller plus loin, tant les sensations qu'il suscitait en elle étaient irrésistibles.

Alors qu'elle hésitait entre quitter le consulat au plus vite de peur de commettre une erreur, ou bien aller parler ouvertement à Gabe de ses émotions, une jeune femme élégante arriva à la hauteur de Gabe et le prit dans ses bras.

Déçue, Sarah tourna les talons et se dirigea vers le hall d'entrée pour reprendre son manteau.

Heureusement qu'elle avait hésité à aller lui parler, puisque manifestement il avait une petite amie, voire une femme.

Sur le portant à vêtements, elle trouva un manteau qui ressemblait au sien mais qui n'était pas le sien. Quelqu'un avait dû le prendre par erreur. Elle décida de ne pas prendre le manteau qui ne lui appartenait pas.

Il ne lui restait qu'à utiliser le parapluie qu'elle gardait toujours dans son sac à main, quand bien même il ne résisterait sûrement pas longtemps à la tempête.

Dehors, les éclairs illuminaient le ciel à intervalles réguliers, tandis qu'au loin le tonnerre grondait avec une force renouvelée. Il tombait une pluie diluvienne.

Sortant son parapluie de son sac, elle se posta devant les portes du consulat, peu désireuse d'affronter ce déluge, sans manteau, qui plus est.

Alors qu'elle tergiversait, elle vit Gabe sortir de la salle de conférences et parler à l'homme qui avait vérifié son billet à l'entrée.

De peur qu'il l'aperçoive, elle prit son courage à deux mains et sortit sans réfléchir dans la nuit orageuse.

Le vent soufflait, la pluie battait. A peine eut-elle descendu les marches que sa robe était déjà trempée et que ses pieds pataugeaient dans ses bottes. S'accrochant à son parapluie comme s'il en allait de sa vie, elle essaya de se faufiler parmi les voitures qui brillaient sous les lumières des réverbères.

Le parking où elle s'était garée lui sembla plus loin qu'à l'aller. Repoussant d'une main ses cheveux dégoulinant derrière son oreille, elle fouilla dans son sac pour trouver ses clés.

Elle appuya sur le bouton pour déverrouiller les portières. Ses phares s'allumèrent dans la nuit.

Alors qu'elle s'installait au volant, elle perçut des ombres s'approcher d'elle. Apeurée, elle verrouilla les portes, le cœur battant.

Après avoir inséré la clé dans le contact, elle la tourna pour démarrer. Le starter fit son couinement habituel, mais le moteur refusa d'obtempérer. Paniquée, elle essaya une seconde fois, puis une troisième. Rien. Lors de la dernière tentative, elle comprit que la batterie était noyée.

Elle était coincée.

Son premier réflexe fut d'appeler sa mère. Puis elle se ravisa. Hannah était en voyage d'affaires. Le seul qui pouvait l'aider était Graham, qui se trouvait encore à l'intérieur. Même si elle avait décidé de couper les ponts avec lui, elle lui envoya un message pour lui demander de venir l'aider. Après quelques instants, n'ayant pas de réponse, elle l'appela mais bascula immédiatement sur sa boîte vocale.

Quelques instants de réflexion lui suffirent pour en arriver à la conclusion que la seule façon d'obtenir de l'aide était de retourner au consulat.

Prenant son sac, elle sortit après avoir retiré la clé du contact. Heureusement, la pluie s'était légèrement calmée.

Une tape sur l'épaule la fit tressaillir et s'immobiliser.

— Un problème, chérie ?

Elle recula pour s'éloigner de l'odeur d'alcool.

— Non, c'est bon, je n'ai pas besoin d'aide, merci.

— Pourtant, j'aimerais bien t'aider, bafouilla l'inconnu.

Des rires étouffés se firent entendre derrière lui. Elle se rendit alors compte que l'homme qui lui parlait n'était pas seul. Deux acolytes l'avaient rejoint.

Elle se raidit. Leurs piercings, les effluves d'alcool et le parking désert, cela n'augurait rien de bon.

— Ty, ne sois pas égoïste. On a tous envie d'aider la dame.

Terrorisée, elle hésita à rentrer dans la voiture pour s'y enfermer en attendant que quelqu'un vienne l'aider. Mais elle se ravisa. Si jamais elle n'arrivait pas à refermer la portière assez rapidement, elle pourrait se retrouver coincée dans sa voiture avec cette bande de voyous.

Soudain, elle entendit des pas sur le parking.

Il fallait penser vite, d'autant plus que sa seule arme était son parapluie.

— Je vous ai dit que je n'avais pas besoin d'aide. Mon fiancé va s'en occuper.

— Quel fiancé ? lui demanda le plus grand, l'empoignant par le bras.

— Moi, dit Gabe, sortant de l'ombre.

- 3 -

L'homme qui la retenait par le bras la lâcha aussitôt.

Face à Gabe, son agresseur était beaucoup moins impressionnant.

— Désolé, mec, je ne savais pas qu'elle était prise.

S'approchant davantage, Gabe tendit la main à Sarah.

Elle la prit, mêlant ses doigts aux siens.

— Même si elle n'était pas « prise », vous n'auriez pas dû l'importuner. Mais elle est prise, alors laissez-la tranquille.

— Ouais, mec, pas de problème, dit le voyou qui semblait soudain moins sûr de lui.

Il alla rejoindre ses deux acolytes dans une voiture cabossée qui démarra aussitôt dans un crissement de pneus.

Gabe lui lâcha la main.

— Tout va bien ? Ils ne vous ont pas fait mal ?

Elle remit ses clés de voiture dans son sac tout en s'efforçant de respirer plus calmement.

Peu lui importait d'être frigorifiée et tremblante. Tout ce qui comptait était que Gabe était là, près d'elle. Il était venu la chercher.

Elle ignorait comment il l'avait trouvée et pourquoi il avait éprouvé le besoin de la chercher, mais toujours est-il qu'il était arrivé à temps pour la tirer d'une situation délicate.

— Oui, ça va merci. Maintenant, je suis rassurée.

— Vous avez un problème de voiture ?

Elle fut étonnée par le soudain changement de sujet.

Levant les yeux vers lui, elle vit qu'il observait encore les phares de la voiture qui venait de partir, un regard d'acier imperturbable, la carrure athlétique encore en position d'attaque.

Non seulement il était venu à son secours, mais il avait été prêt à en découdre physiquement pour la défendre. Elle en éprouva un étrange sentiment de satisfaction.

Quand il lui demanda de nouveau si sa voiture avait un problème, elle comprit qu'il cherchait à lui changer les idées.

— Je crois qu'il y a eu un court-circuit à cause de la pluie.

Gabe sortit son téléphone et appuya sur un bouton, sûrement pour appeler de l'aide.

— La batterie est à plat ?

— Non, j'ai arrêté avant de la noyer complètement.

— Tant mieux.

Quelqu'un décrocha. Il parla dans sa langue en un flot ininterrompu, onctueux et calme.

Une fois sa conversation terminée, il raccrocha puis rangea son téléphone dans sa poche.

— Xavier va venir jeter un coup d'œil. Il n'est pas mécanicien, mais il passe du temps sur ses voitures. Il devrait pouvoir déterminer l'origine de la panne.

Le brouillard formait un halo autour des lampadaires, de la brume s'élevait du parking, nimbant les voitures d'un voile mystérieux. Le vent s'était tu, apportant un calme surprenant.

A présent, la nuit paraissait silencieuse.

Elle se frotta les bras. L'adrénaline retombait, et elle était frigorifiée.

— J'imagine que Xavier est l'un des gardes du corps du cheikh ? s'enquit-elle, sans cacher sa curiosité.

Elle voulait en savoir plus sur Gabe, sur ce qu'il faisait dans la vie, combien de temps il restait à Wellington, et s'il comptait y revenir dans un avenir proche…

Une lueur approbatrice dans le regard de Gabe lui fit prendre conscience de sa robe trempée qui la moulait comme une seconde peau et de ses cheveux dégoulinants qui lui collaient au visage.

— Uniquement quand le cheikh quitte le Zahir.

Sa réponse la rendit perplexe.

Gabe lui laissait entendre que le cheikh était encore au Zahir, alors qu'elle pensait qu'il était à Wellington.

Mais elle n'y pensa plus dès que Gabe s'approcha d'elle. Son pantalon noir mettait en valeur sa taille athlétique et ses longues jambes, sa veste légèrement mouillée moulait sa large carrure, sa chemise blanche collait à sa peau bronzée.

Il était magnifique.

— Vous êtes gelée. Vous n'avez pas de manteau dans votre voiture ?

— Non. Quelqu'un s'est trompé et a pris le mien.

Quelques secondes plus tard, il lui passait sa veste autour des épaules. Elle se laissa aller à la magie du moment, savourant la chaleur masculine et musquée de son chevalier sauveur.

Troublée, elle se souvint qu'il avait dit aux voyous qu'il était son fiancé, qu'elle était prise.

Le temps de lui passer sa veste autour des épaules, il s'était approché d'elle. Elle avait alors pu sentir la chaleur virile et sensuelle émanant de son corps. Et elle avait dû se faire violence pour ne pas combler la distance minuscule qui les séparait et se blottir contre lui.

Malgré tous les avertissements qu'elle se lançait, elle ne pouvait s'empêcher de savourer ces moments hors du commun. Elle était avec Gabe, il était venu la chercher, la secourir, elle portait sa veste…

Il consulta sa montre.

— Xavier ne va pas tarder. En attendant, je suggère que vous reveniez avec moi jusqu'au consulat. Il y a une suite pour les invités. Vous pourrez vous sécher là-bas.

L'image de la jeune femme se jetant à son cou revint aussitôt semer le trouble dans son esprit.

— Votre petite amie n'y verra pas d'inconvénient ?

Il marqua un temps d'arrêt, visiblement surpris par la question.

— Je n'ai pas de petite amie. Si vous parlez de la jeune femme de tout à l'heure, dans la salle de conférences, c'est une cousine que je n'avais pas vue depuis longtemps. Elle est venue me voir car elle savait que je repartais demain matin.

D'un côté, elle fut soulagée d'apprendre que ce n'était pas sa petite amie, de l'autre, elle fut attristée d'apprendre qu'il repartait quelques heures plus tard.

— C'est à cause d'elle que vous êtes partie, tout à l'heure ? s'enquit-il alors qu'il la prenait par le bras en bas des marches du consulat.

Elle sentit sa gorge s'assécher, mais bizarrement, après tous les événements de la soirée, la question ne la choqua pas. Elle aurait pu se contenter de dire qu'elle s'était disputée avec Graham. Mais tout ce qu'elle faisait ce soir était influencé par sa rencontre avec Gabe, alors pourquoi le nier ?

De plus, dans quelques heures, il quitterait le sol néo-zélandais.

Levant les yeux vers lui, elle croisa son regard.

Inutile de cacher ce qu'il devait lire sur son visage.

— Oui.

Il y eut un moment de silence assourdissant, troublé seulement par le bruit de leurs pas sur le sol mouillé, la mer au loin et l'eau débordant des gouttières.

Elle sentit son estomac se nouer alors que Gabe la guidait vers une porte latérale du consulat.

En l'espace d'une heure, ils étaient arrivés à un niveau d'intimité étrange. Mais bientôt, cette bulle éclaterait, d'autres personnes arriveraient et rompraient la magie de ce moment éphémère.

Comme pour la conforter dans sa théorie, Tarik, l'homme à la mine renfrognée, vint à leur rencontre dès qu'ils furent dans le couloir.

Il était déjà trop tard pour qu'elle pose à Gabe la question qui lui brûlait les lèvres.

Il savait qu'elle avait quitté le consulat pensant qu'il était pris. Mais lui, était-il sorti du consulat dans le but de la retrouver ?

*
* *

Gabe laissa Sarah se sécher dans la suite des invités, puis gagna ses quartiers, repensant à l'instant où il était intervenu sur le parking.

Il se raidit en revoyant les images dans son esprit.

En prenant conscience du danger auquel elle était exposée, il avait également pris conscience des sentiments puissants qui l'animaient.

La réalité lui était apparue, claire, vibrante, brûlante.

Il désirait Sarah Duval plus que tout.

Il n'avait pas aimé le fait qu'elle ait rendez-vous avec un homme. Il avait encore moins aimé le fait qu'un voyou ose la toucher. Bizarrement, alors qu'il était sur le point de se fiancer à une inconnue, il ressentait des émotions fortes à l'égard d'une autre inconnue.

Et même si la raison lui intimait de cesser tout contact avec la belle Sarah, il savait qu'il était trop tard et qu'elle l'avait ensorcelée.

Il n'avait qu'une idée en tête : la faire sienne.

Alors qu'il entrait dans sa suite, Xavier sortit de l'ascenseur, lui emboîtant le pas.

— Alors ? Tu as réussi à faire démarrer sa voiture ? s'enquit-il tout en se séchant les cheveux.

— On pourrait facilement la faire redémarrer si on l'amenait au garage du consulat. Mais pour ça, il faudrait la tracter. Or, aucun des véhicules de service n'est équipé pour ça. Donc, le plus simple, c'est de lui appeler un taxi.

— Non ! dit Gabe en enlevant sa cravate et sa chemise mouillée.

Xavier offrait la solution la plus raisonnable. Pourquoi chercher à compliquer la situation, alors que le lendemain il devrait choisir sa future épouse ?

Pourtant, depuis que Sarah Duval était entrée dans l'enceinte du consulat, l'attirant telle une balise avec sa robe rouge écarlate, il était comme possédé, incapable de se concentrer sur son devoir de cheikh héritier.

Qu'elle ait osé toucher l'épée de son ancêtre et qu'elle l'ait lâchée sur le sol la rendait d'autant plus intéressante à ses yeux.

Elle lui avait dit être une enseignante d'histoire.

Il sourit.

Jamais il n'avait imaginé qu'une enseignante d'histoire puisse être aussi sexy.

Tout retirant de sa penderie une chemise sèche, il se fit la réflexion qu'il se sentait différent. Plus libre, plus léger, plus insouciant.

En effet, pour la première fois depuis des années, il n'avait pas été hanté par des images de Jasmine en présence d'une autre femme.

Certes, que Sarah soit tout le contraire de Jasmine y participait. Sarah était grande, pulpeuse, vibrante, décidée, tandis que Jasmine était une jeune femme gracile d'un plus petit gabarit, timorée et introvertie.

Pour Gabe, la chute de l'épée avait marqué un moment décisif dans sa vie. Une coupure définitive avec un passé qui n'avait rien de reluisant. Jasmine n'avait jamais supporté de parler de l'histoire violente des Templiers alors que cette même période semblait fasciner Sarah.

Il mit du temps à choisir sa chemise, car il ne voulait pas avoir l'air d'un homme d'affaires ou d'un officiel gouvernemental. Il voulait montrer qu'il avait une vie en dehors de sa vie professionnelle, même si Sarah ne connaissait toujours pas son identité.

— Je vais la raccompagner moi-même.

— Je ne crois pas que ce soit une bonne idée, murmura Xavier.

Gabe enfila une chemise foncée puis la boutonna.

L'attirance qui l'avait poussé à sortir dans la nuit à la recherche de Sarah sur le parking s'imposait à lui comme une évidence, le confortant davantage dans chacune de ses décisions.

Xavier avait raison de s'inquiéter. Gabe ne voulait pas

simplement passer du temps avec Sarah l'espace d'une nuit. Il la voulait.

— Je suis conscient que ce n'est pas une bonne idée, mais je vais quand même le faire.

— Tu sais, ce mariage n'est qu'un arrangement, tu pourrais envisage d'avoir une…

— Non.

Le Zahir était un pays occidental de par sa position géographique, mais très conservateur dans ses traditions. Une fois qu'il serait marié, il ne ferait rien qui soit susceptible de déshonorer ses vœux matrimoniaux ou sa famille.

— Et si cette jeune femme était une journaliste à la recherche une histoire à sensation ?

— Sarah n'est pas journaliste et elle ne cherche pas un scoop.

— Tu n'en sais rien. Tu la connais depuis quelques heures à peine.

Une fois de plus, Xavier avait raison, il venait à peine de la rencontrer, et pourtant il avait l'impression de la connaître depuis toujours. Et il la trouvait tout simplement irrésistible.

Ses yeux bleus d'une profondeur et d'une sincérité insondables, ses traits fins exquis, ses lèvres rouges et généreuses à souhait. Plus il pensait à elle, et plus il avait envie d'elle. C'était une véritable obsession. Un revirement fulgurant au fond de lui.

Il n'arriverait pas à convaincre Xavier, mais il était intimement convaincu que Sarah était une enseignante d'histoire. C'était justement ce qui lui plaisait le plus chez elle.

Alors qu'il évoluait habituellement dans des cercles assez superficiels où les gens étaient rarement ce qu'ils prétendaient être, Sarah était tout l'opposé. Elle était elle-même et n'avait pas peur de ses actes. Elle apportait dans sa vie un vent de fraîcheur comme jamais il n'en avait fait l'expérience auparavant.

Soudain, il eut une révélation.

— Je l'ai rencontrée hier, lâcha-t-il.

— C'est encore pire, rétorqua Xavier, l'air inquiet.

— Mais elle ne sait pas qui je suis.

— Comment est-ce possible ?

— Pour Sarah, le cheikh, c'est mon père.

— Tu es sûr de toi ?

— Oui, absolument sûr. Merci, je te donne le reste de la soirée, dit-il en ouvrant la porte à Xavier.

Une fois seul, il décida d'aller voir où en était Sarah. En entendant le bruit du sèche-cheveux, il fit demi-tour et retourna dans sa suite où il ralluma son ordinateur portable pour consulter ses e-mails. Il y avait un message de son père et un message de son avocat. Ils traitaient tous les deux du même sujet : le contrat que Xavier venait de lui faire parvenir.

Après leur avoir répondu, il se mit de nouveau à étudier les candidates potentielles. La préférée de ses parents était Nadia Fortier. Grande, mince, élégante, une chevelure brune et longue… Elle avait vingt ans. Dix ans de moins que lui.

En tout, il y avait quatre candidates. Jeunes, fortunées, venant de bonnes familles, bien éduquées, issues de sang royal ou noble… De futures épouses parfaites pour un cheikh héritier.

Il rangea le document sur la table basse et vint se placer devant la grande baie vitrée.

Comment choisir, alors qu'aucune d'entre elles n'éveillait le désir que Sarah avait fait naître en lui, pareil à une drogue dont il ne pouvait plus se passer ?

En cet instant, si une once de bon sens ne l'avait pas retenu dans la réalité de la situation, il aurait annulé ce mariage factice et tout abandonné pour se lancer corps et âme dans une relation passionnée avec Sarah.

Se massant le cou, il ferma très fort les yeux puis les rouvrit pour se secouer et chasser ces scénarios abracadabrants.

Décidé à agir, il chercha la clé de la jeep qui lui avait été louée pour la durée de son séjour à Wellington. Il ne pouvait pas se soustraire à ses responsabilités, mais il avait quelques heures de liberté devant lui avant de sceller à jamais son destin.

Il repartit vers la suite des invités où se trouvait Sarah.

Xavier avait des raisons de s'inquiéter. Gabe ne se reconnaissait pas lui-même, mu par des forces irrésistibles.

De retour au Zahir, il agirait selon son devoir, comme il l'avait toujours fait. Mais pour l'heure, il allait mettre son avenir en suspens et accepter l'invitation qu'il avait lue dans les yeux de Sarah.

Son but ? Passer ses dernières heures de liberté en compagnie de la belle et fascinante demoiselle en rouge.

Enfin sèche, Sarah regarda le résultat dans le miroir au cadre doré qui trônait au milieu de la salle de bains en marbre. Avec sa robinetterie dorée et une baignoire à la romaine, la pièce était indéniablement d'un style décadent. Sarah n'avait plus de maquillage, et ses cheveux, qu'elle avait mis tant de temps à boucler, tombaient en une cascade raide le long de son visage et de ses épaules, jusqu'à sa taille.

A présent, un peu à la manière de Cendrillon après les douze coups de minuit, elle avait quitté son déguisement de femme fatale pour redevenir l'enseignante d'histoire ordinaire qu'elle avait toujours été.

Néanmoins, elle ne se sentait plus aussi ordinaire. En effet, ses yeux étincelaient d'une lueur renouvelée, ses joues brillaient d'un rouge avenant, son visage semblait plus épanoui que jamais.

De plus, elle n'en revenait pas que Gabe soit parti à sa recherche et qu'il l'ait secourue tel un prince des ténèbres sorti de nulle part.

Maintenant qu'elle avait été admise dans les appartements privés du cheikh, tout semblait possible.

Après avoir vérifié qu'elle n'avait rien oublié, elle sortit de la salle de bains, traversa la chambre aménagée luxueusement, puis passa dans le bureau attenant.

Elle s'immobilisa.

Gabe était là. Elle ne l'avait pas entendu rentrer.

Le regard qu'il lui lança lui fit savoir qu'il aimait ce qu'il voyait. Au passage, elle remarqua qu'il avait changé de chemise. Elle le trouva plus beau que jamais.

— Avec le temps qu'il fait, on n'arrivera pas à faire démarrer la voiture ce soir. Je peux vous raccompagner. Ou on peut appeler un taxi, si vous préférez.

Son cœur se mit à battre frénétiquement.

La raison lui imposait d'appeler un taxi, mais…

— Si vous pouviez me déposer, ce serait parfait.

— Pas de problème. Allons-y.

En sortant dans le couloir, elle vit un tableau qui attira son attention.

— C'est un portrait du cheikh ?

— Oui, répondit Gabe sans s'attarder.

Le tableau avait dû être réalisé quand le cheikh était jeune. Mais même avec l'habit traditionnel, elle voyait bien que l'homme à qui Graham parlait hier n'était pas le cheikh.

— Existe-t-il un tableau du cheikh Kadin au consulat ?

— Kadin le premier ?

— J'ignorais qu'il y en avait plus d'un.

— C'est un nom qui revient régulièrement, dit-il d'un ton neutre qui l'étonna.

— Je suis fascinée par l'histoire du premier cheikh Kadin. Mais cela n'a pas l'air de vous intéresser plus que ça.

— C'est du passé.

— Je dirais que c'est surtout une formidable histoire d'amour.

— C'est ce que veut la légende.

— Vous n'y croyez pas ?

Lorsqu'ils furent arrivés dans le garage souterrain, il lui indiqua une jeep Cherokee.

— Kadin n'avait plus un sou et elle était riche. Comment croire à l'amour ?

Même si la réalité de la situation ne lui avait pas échappé, elle fut néanmoins surprise de sentir à quel point Gabe était sceptique, voire cynique.

Après avoir lu le récit de Camille et son attirance fulgurante pour le cheikh, elle ne put s'empêcher de réagir, comme si elle était vexée à la place de son ancêtre.

— Donc, vous pensez que le cheikh a accepté d'épouser Camille uniquement pour son argent et que sa dot a permis de tout pallier, y compris le manque d'amour entre eux ?

— Non. Je dis juste que si Camille n'avait pas eu une dot aussi faramineuse, l'histoire aurait pu prendre une autre tournure.

Il lui ouvrit la portière, puis l'aida à s'installer sur le siège passager.

Ses attentions la calmèrent, l'empêchant de renchérir pour défendre son ancêtre.

En compagnie de Gabe, elle avait l'impression d'être au cœur de sa vie, l'unique objet de ses actions et de ses pensées.

Elle attacha sa ceinture tandis qu'il faisait le tour et s'installait au volant.

Une fois la portière du conducteur fermée, l'habitable sembla soudain très intime.

Gabe démarra la voiture, et Sarah tenta de se détendre, même si elle sentait que la dynamique entre eux avait changé. Tout cela parce qu'elle n'avait pas pu tenir sa langue, se dit-elle, exaspérée par son comportement intempestif.

Quelques minutes plus tard, il se garait devant chez elle.

D'ici peu, malheureusement, ce qu'elle avait partagé avec Gabe appartiendrait au passé.

Elle sentit sa gorge se serrer.

— Merci de m'avoir raccompagnée, c'est vraiment gentil.

Avant même qu'elle ait eu le temps de trouver la poignée, il fit le tour pour lui ouvrir la portière.

— Je vais vous raccompagner jusqu'à la porte, dit-il une fois qu'elle fut sortie de la jeep.

Il claqua la portière, puis verrouilla les portes d'un bip.

Ils avancèrent en silence jusqu'au perron.

Une fois à l'abri, elle fouilla dans son sac pour en sortir la clé de la porte d'entrée.

A l'intérieur, il faisait bon et sec, la chaleur contrastant avec le froid et la pluie qui sévissaient à l'extérieur.

Levant les yeux vers Gabe, elle se sentit soudain maladroite. D'un côté, elle aurait aimé retrouver la hardiesse qui l'avait animée en début de soirée et avoir le courage de se jeter au cou de ce bel homme qui la mettait dans tous ses états. De l'autre, elle n'avait aucune envie de se ridiculiser au cas où elle ait mal interprété les signes.

— Merci pour tout. Je viendrai au consulat demain matin pour récupérer ma voiture.

— Pas de problème. Xavier sera reparti, mais la personne qui sera à la réception aura la clé de votre voiture, dit-il, après avoir sorti une carte et écrit un nom et un numéro au dos.

Elle prit la carte en prenant garde de ne pas le toucher.

— Vous partez demain matin, si j'ai bien compris ?

— Oui, j'ai des affaires à régler au Zahir.

Triste à l'idée que leur rencontre touchait à sa fin, elle chercha un moyen de le retenir. Tout ce qu'elle trouva fut de lui poser la question qui lui avait brûlé les lèvres en rentrant au consulat la seconde fois.

— Pourquoi m'avez-vous suivie quand je suis partie du consulat ?

Ses yeux s'illuminèrent d'une intensité émouvante. Comme s'il avait longuement été à la recherche d'une chose et que cette chose qui lui manquait, c'était elle.

Il la fixa du regard, sans ciller.

— Je ne pouvais pas vous laisser partir.

Ses mots provoquèrent en elle comme une décharge électrique.

En cet instant, toute notion de risque disparut. Elle était sortie ce soir dans l'idée de faire une rencontre qui enraillerait sa suite d'échecs sentimentaux, tout en mettant fin à son inhibition et en la forçant à sortir de son schéma traditionnel.

Gabe avait eu exactement cet effet sur elle.

Entre eux, le lien s'était fait de façon immédiate et

intuitive. Leur attirance réciproque était palpable, tangible, électrique. Elle le voyait dans ses yeux, elle le sentait dans son corps.

C'était une rencontre fortuite qui n'avait pas de sens.

Ils se connaissaient à peine, et pourtant elle sentait au plus profond d'elle-même qu'ils étaient faits l'un pour l'autre, unis par une force extérieure inconnue qui les avait projetés l'un vers l'autre avec une force inouïe. Comme si, sans le savoir, il existait depuis toujours entre eux un lien profond et invisible, qui s'était matérialisé ce soir, par hasard.

Gabe s'était montré tour à tour tendre et distant, attentionné et sérieux, enjoué et possessif.

En l'espace de quelques moments décousus, elle avait trouvé l'homme qui lui correspondait.

L'homme dont elle avait rêvé.

L'homme parfait.

Et il était sur le point de disparaître de sa vie.

— Reste. Ne pars pas tout de suite.

- 4 -

Gabe murmura quelques mots puis sa bouche vint recouvrir la sienne.

Un tourbillon de sensations chaudes l'envahit, et le temps sembla s'arrêter. Se hissant sur la pointe des pieds, elle noua ses bras autour de son cou et se plaqua contre lui, son torse ferme contre sa poitrine, ses bras virils autour d'elle, son sexe tendu de désir.

Jamais elle n'avait été embrassée avec une telle douceur, une telle langueur. C'était à en perdre la tête.

Pendant un temps, elle en était arrivée à se demander si elle n'était pas frigide. Mais à en juger par ses réactions en présence de Gabe, ce n'était pas le cas. Elle n'était tout simplement jamais tombée sur l'homme capable de faire naître en elle un émoi aussi intense.

Il sentait bon, il était beau, il embrassait à merveille… A son contact, tout son corps vibrait, et ses jambes la soutenaient à peine.

Auparavant, en embrassant un homme, jamais elle n'avait ressenti des sensations aussi intenses.

Et plus leur baiser s'approfondissait, plus elle ressentait le besoin de se fondre en lui, de ne faire qu'un avec lui.

Il s'écarta un court instant, puis reprit ses lèvres, l'emportant avec lui vers des flots inconnus mais tellement attirants.

Elle fut vaguement consciente que la lanière de son sac glissait le long de son épaule et que la pluie continuait de tomber. Des bribes d'images de son rêve de la veille lui revenaient.

Puis il s'écarta de nouveau, fouillant son regard, comme pour évaluer la situation et chercher une réponse à la question qu'il se posait.

— Sarah, tu es sûre que tu veux que je reste ?

Il avait envie d'elle.

Après des années passées à se sentir peu désirable, c'était un véritable choc. Enfin, elle venait de trouver ce lien fort et unique qui devait l'unir à un homme.

Cette révélation la soulagea au plus haut point, l'emplissant d'un sentiment de bien-être et de sérénité.

Le destin avait voulu que Gabe soit l'homme qui lui donnerait envie de tout oublier pour une nuit d'amour.

Elle en eut le vertige.

Certes, ce serait un risque de s'offrir à Gabe, mais ce serait encore plus risqué de ne pas s'offrir à lui. En effet, elle pourrait passer à côté de la chance de sa vie. La chance d'être désirée par un homme qu'elle désirait en retour et qu'elle avait élu comme le prince de ses rêves, avant même de l'avoir rencontré en chair et en os.

Elle caressa la joue de Gabe, se régalant du contact rugueux de sa barbe de fin de journée. Des images de son rêve lui revenant, elle s'autorisa à effleurer la cicatrice sur sa joue gauche.

Elle vit une lueur étrange passer dans son regard, avant que, de nouveau, sa bouche vienne recouvrir la sienne.

Soudain, son monde bascula, alors qu'il la prenait dans ses bras pour la soulever du sol.

En un pas, ils furent chez elle. Elle entendit la porte claquer derrière eux.

— Où est ta chambre ?

Elle lui indiqua la pièce sur la gauche.

La seule lumière qui pénétrait dans la chambre provenait de la lampe qu'elle laissait toujours allumée dans le couloir et du lampadaire de la rue.

Il la déposa par terre puis enleva sa veste, qu'il laissa tomber sur le sol. Ensuite, il entreprit de faire descendre la fermeture Eclair de sa robe.

L'air de la pièce vint lui caresser la peau alors qu'il l'aidait à ôter le vêtement.

A son tour, elle se mit à déboutonner sa chemise, mais elle fut interrompue dans son élan par Gabe, qui lui avait aussi enlevé son soutien-gorge.

Il prit un sein dans sa bouche, puis l'autre, les malaxa, les palpa jusqu'à la faire gémir de plaisir.

Chaque attention de Gabe ne faisait qu'attiser le brasier qu'il avait déclenché en elle.

Délaissant sa poitrine, il décida de finir de déboutonner sa chemise seul, l'enleva, puis serra de nouveau Sarah contre lui.

Elle haleta au contact de sa peau.

Enhardie, elle le prit par le cou et plaqua sa bouche sur la sienne.

Sans cesser de l'embrasser, il la guida à reculons jusqu'au lit.

Quand elle toucha le matelas, elle se laissa aller en arrière, et Gabe vint s'allonger sur elle.

A peine un quart d'heure plus tôt, elle s'apprêtait à lui souhaiter bonne nuit, et à présent, elle était prête à s'offrir à lui.

Elle était chamboulée par la rapidité des événements. Cette soirée était encore plus enchanteresse que son rêve de la nuit précédente. Des sensations divines déferlaient dans tout son corps. Comment pouvait-elle se soustraire aux caresses de Gabe, à ses baisers ? Il était comme une drogue pour elle. Elle en voulait toujours plus.

Ses doigts virils s'immiscèrent sous sa culotte pour la faire glisser. Frustrée d'être déshabillée alors qu'il avait encore son pantalon, elle tendit la main pour ouvrir la fermeture Eclair de son pantalon, puis elle sentit sous ses doigts la peau douce et soyeuse de son sexe en érection.

Haletant, il se plaça entre ses jambes, prêt à la pénétrer, et elle s'arqua pour mieux s'offrir à lui.

Il se figea, comme s'il avait eu un instant de doute, mais

elle l'entoura de ses bras pour lui faire comprendre qu'il ne pouvait plus faire machine arrière.

D'un coup de reins, il la pénétra, les entraînant tous les deux dans un tourbillon sensuel, alors que l'orage, dehors, éclatait, écho du déchaînement de leur passion.

Plus tard, Gabe la regarda, pensif, effleurant d'un doigt ses lèvres.

— Serait-il possible que tu tombes enceinte ?

Une grossesse non planifiée.

Jamais elle n'aurait cru devoir réfléchir à une telle éventualité.

Cette question la ramena brusquement à la réalité, sans passer par la case rêve. Manifestement, Gabe était un pragmatique, et elle ferait mieux de suivre son exemple pour éviter toute déconvenue. Dans leur empressement, il n'avait pas pris le temps d'enfiler un préservatif.

Elle déglutit pour chasser la boule qui s'était formée dans sa gorge.

Elle avait voulu faire l'amour avec lui ; et elle savait que cela représentait un risque. A tous les niveaux. Hors de question de regretter ce moment incroyable.

Un bébé ?

Etait-ce possible qu'ils aient fait un bébé en l'espace de quelques minutes ?

Si Gabe voulait s'en tenir à une aventure sans lendemain et passer son chemin, soit. Mais s'ils avaient fait un bébé, elle voudrait le garder. Elle adorait les enfants et rêvait depuis toujours d'être mère.

Elle prit une grande inspiration pour réunir le peu de courage qui lui restait.

Le silence de Gabe était éloquent. Clairement, un bébé n'était pas une option envisageable. Puisqu'il partait le lendemain et qu'il n'avait pas évoqué un éventuel retour en Nouvelle-Zélande, elle devait supposer qu'ils ne se reverraient peut-être jamais.

— Ne t'inquiète pas pour le bébé, ce ne sera pas un problème.

Si elle était enceinte, c'était trop tard. Ce qui était fait était fait. Et si Gabe ne voulait pas se lancer dans une relation avec elle, alors tant pis, elle prendrait seule la responsabilité du bébé.

Il lui prit le visage dans les mains, le regard intense, mais visiblement soulagé par sa réponse.

— Bien. Je n'ai jamais fait ça, donc tu n'as pas à te soucier des MST.

Sa remarque lui fit l'effet d'une gifle. Gabe semblait habitué à faire l'amour avec de nombreuses femmes, et il avait supposé qu'elle avait une contraception.

— Pareil, dit-elle, lèvres serrées.

Il parut d'autant plus soulagé.

— Tant mieux.

Quand il sortit du lit pour aller tirer les rideaux, elle se fit la réflexion qu'il n'avait pas remarqué qu'elle était vierge. Bizarrement, elle en fut contrariée, même si, étant donné la rapidité à laquelle il l'avait prise, il n'avait pas eu le temps de s'en apercevoir.

Alors qu'il finissait d'enlever ses chaussures et son pantalon, elle entreprit de se couvrir avec la couette.

— Non, ne te couvre pas. J'ai envie de me souvenir de toi comme ça.

Ses mots furent une nouvelle blessure. Pour lui, c'était comme s'ils s'étaient déjà dit au revoir.

Alors qu'elle, pendant leur étreinte, avait naïvement laissé libre cours à ses espoirs, échafaudant un scénario où ils s'échangeraient leurs numéros, il l'appellerait du Zahir et ils entameraient une relation à distance. Et à un moment donné, dans un avenir incertain, ils pourraient créer quelque chose à deux. Quelque chose de fort et de solide.

Elle le contempla, torse bronzé, muscles fermes, abdominaux impeccables, biceps parfaits. Il était beau comme un dieu, et elle avait envie de lui. Mais il n'était pas à elle.

Une fois nu, il la rejoignit sur le lit.

— Tu es marié ? lui demanda-t-elle, en le regardant droit dans les yeux.

— Non.

Elle fut soulagée.

Au fond d'elle-même, même si Gabe tenait à rester mystérieux, elle avait besoin de savoir s'il partait rejoindre une compagne au Zahir. Si oui, alors ce qu'ils avaient partagé n'avait rien à voir avec l'amour.

L'amour. Ce concept était tellement incroyable et complexe. Tout ce qu'elle ressentait depuis sa rencontre avec Gabe était nouveau, intense et passionné.

Elle se rendait compte à quel point elle avait été affectée par cette rencontre. Jamais elle n'aurait cru qu'il était possible de tomber folle amoureuse d'un homme en l'espace de quelques heures, mais c'était pourtant ce qui venait de lui arriver.

Elle sentit son cœur se serrer. Réprimant l'envie de pleurer et refoulant la douleur qui se répandait dans son corps, elle embrassa Gabe, se penchant sur lui, ses cheveux venant le recouvrir comme un rideau soyeux.

L'idée qu'elle puisse être enceinte lui donna le vertige, mais déjà Gabe la prenait par la taille pour l'attirer à lui.

En un dernier élan de passion, elle s'efforça de ne plus penser à son éventuelle grossesse et d'oublier que Gabe partirait bientôt.

S'ils ne partageaient qu'une seule nuit, elle voulait qu'elle soit mémorable.

Sarah fut réveillée par la lumière qui filtrait à travers le rideau entrouvert.

Bâillant, les yeux mi-clos, elle tendit le bras, cherchant Gabe. Tout ce qu'elle trouva fut un oreiller froid. Elle souleva légèrement la tête.

Aucune affaire à lui. Il était parti.

A cet instant, on frappa à la porte.

Elle enfila une robe de chambre qu'elle noua à la taille,

puis se passa rapidement la main dans les cheveux en guise de brossage express. Gabe était peut-être parti acheter le petit déjeuner ?

En ouvrant, elle se retrouva face à un livreur tenant un énorme bouquet de roses rouges.

Le moral au plus bas, elle posa le bouquet sur la console dans l'entrée le temps de signer la tablette pour confirmer qu'elle avait bien reçu le bouquet.

Une fois la porte refermée, elle s'y adossa, contemplant le bouquet magnifique. Il n'y avait pas de carte.

Elle alla dans la cuisine pour chercher un vase.

Dans sa vie, on lui avait offert deux fois des fleurs.

Pour son anniversaire, Roger s'était fendu d'un bouquet, acheté dans un supermarché. Mark lui avait envoyé une rose pour la Saint-Valentin.

Jamais un homme ne lui avait envoyé deux douzaines de roses.

Elle trouva un vase assez grand pour les fleurs, même si, au fond d'elle-même, elle n'avait pas envie de les garder, de peur qu'elles veuillent vraiment dire « au revoir ».

En cet instant, elle s'aperçut qu'elle ne connaissait que le prénom de son beau chevalier, et qu'elle ne lui avait pas laissé son numéro de téléphone. Lui, en revanche, connaissait son nom, son prénom et son adresse. Il devrait donc être en mesure de la retrouver. S'il le désirait.

Elle se baissa pour humer le parfum des fleurs.

Elle devait garder espoir. Elle sentait que Gabe était quelqu'un de spécial, qu'ils avaient partagé des moments uniques et qu'il referait surface, un jour ou l'autre, le tout était de se montrer patiente.

Il finirait par la contacter.

Pour rien au monde Gabe ne pouvait se permettre de contacter Sarah.

Cette pensée le fit se renfrogner davantage, alors qu'il attendait d'embarquer dans son avion personnel.

Xavier s'approcha de lui.

— Je pensais que j'allais devoir venir te chercher.

Gabe prit place à bord de son jet privé.

— Ne me dis pas que la jeep était équipée d'un système de pistage.

— Enfin Gabe, ne sois pas naïf, tu le sais très bien. Tous les véhicules que tu loues sont équipés d'un GPS qui te piste. Tu es le fils héritier du cheikh. Si je ne faisais pas ça pour ta sécurité, je me ferais renvoyer.

Gabe attacha sa ceinture, résistant à l'envie de quitter l'avion et de retourner dans la maison de Sarah, au chaud, avec elle, sous la couette.

— J'espère que tu ne la reverras pas.

Gabe s'abstint de toute réponse.

Xavier était déjà en colère.

Pourtant, tout ce que Gabe voulait, c'était une nuit d'indépendance, la dernière avant son mariage. Et cette fameuse nuit, il avait voulu la passer avec la belle Sarah. Mais le scénario s'était révélé plus compliqué que prévu.

Au départ, il avait espéré que faire l'amour avec Sarah lui permettrait d'exorciser son désir et de passer à autre chose. Il s'était trompé.

Malgré la fulgurance de leur rencontre et le peu de temps passé ensemble, il sentait qu'une attirance incontrôlable le poussait vers elle, et que c'était une raison de plus pour partir au plus vite, le plus loin possible.

Quand l'avion fut dans les airs, une jolie hôtesse vint lui proposer du café.

Ensuite, il entreprit de consulter de nouveau les profils des candidates au mariage. Il retomba sur celle qui avait été sélectionnée par ses parents. Elle avait un joli visage, mais aucune personnalité.

Xavier posa le journal qu'il lisait.

— Si tu comptes vraiment te lancer dans un mariage arrangé, tu n'aurais pas dû passer une nuit sans lendemain avec une enseignante d'histoire âgée de vingt-huit ans.

— Vingt-huit ?

— Bientôt vingt-neuf.

— Merci pour l'info, rétorqua Gabe, sans cacher son agacement.

— J'étais obligé de contrôler.

Vingt-neuf ans… Pas étonnant qu'elle lui ait paru si intéressante et mûre. Et pourtant, quand ils avaient fait l'amour dans la lueur de la nuit, avec ses cheveux soyeux et sa peau laiteuse, elle lui avait paru plus jeune. Ils étaient presque du même âge. Un point commun supplémentaire.

Il la revoyait, endormie entre les draps mêlés, les cheveux épars sur l'oreiller, le visage angélique.

Revenant au présent, il reprit en détail les clauses du mariage. La plus stupéfiante et démodée était que sa future femme devait être « pure », à savoir « vierge ». C'est pour cela que les candidates étaient jeunes.

Une vierge de vingt-huit ans, c'était impossible.

Ou peut-être pas.

Soudain, son cœur se mit à battre fort contre sa poitrine.

Il venait de percer le mystère Sarah Duval.

Elle était vierge.

Avant de s'offrir à lui.

Voilà ce qui expliquait son comportement étrange. Elle s'était montrée à la fois timide et enjouée, adoptant une approche simple et passionnée, se contentant de lui faire l'amour. C'était cet aspect-là qui l'avait le plus marqué. Aucune femme ne lui avait jamais fait l'amour comme Sarah lui avait fait l'amour, sincèrement, du fond du cœur, sans arrière-pensées.

Il s'en voulait tellement de ne pas avoir pris davantage le temps de se protéger, de la protéger. Quel idiot ! Il avait bien senti une certaine résistance au début mais, dans la fougue du moment, il n'avait pas vraiment réfléchi.

Xavier était très fort pour lire dans ses pensées.

Le voyant la mine renfrognée, il intervint.

— Que se passe-t-il ? Tu as vu un fantôme ?

— Non.

— Ne me dis pas que tu as oublié de te protéger…

Depuis sa rencontre avec Sarah Duval au consulat, il ne savait plus où il en était, perturbé par des émotions qui le prenaient au dépourvu.

Si l'avion avait été au sol, il aurait sûrement agi sans réfléchir, refusant un contrat de mariage factice ayant pour but d'assurer l'avenir du Zahir, et choisissant de suivre son cœur, même s'il savait que ce choix pouvait détruire des espoirs et des vies.

A contrecœur, il se pencha sur la fiche descriptive de Nadia. Il connaissait sa famille. Son père était un milliardaire qui avait fait carrière dans les chantiers navals.

Gabe envoya un e-mail où il spécifiait qu'il acceptait d'épouser Nadia Fortier. Son père serait satisfait.

Dans le contrat, il était stipulé que les fiançailles dureraient quelques mois. Quelques mois pour apprendre à connaître sa nouvelle épouse.

Et pour oublier Sarah Duval.

- 5 -

Quatre mois plus tard, Sarah regardait les résultats que son médecin lui avait donnés.

— Tu es sûre que je suis enceinte ?

Evelyn, une amie depuis le lycée, la regarda d'un air réprobateur.

— Tu n'es pas enceinte. Tu es très enceinte. Je crois que tu le savais et tu aurais dû venir me voir plus tôt.

En effet, au cours des dernières semaines, Sarah avait remarqué certains symptômes, tout en se voilant la face, résignée, ne voulant pas reconnaître cette possibilité parce qu'elle était trop impensable, trop compliquée et à la fois… tellement probable.

Quand elle n'avait pas eu ses règles le premier mois, elle s'était réfugiée dans le déni, attendant un autre mois.

Quand, le second mois, ses règles n'avaient pas fait leur apparition et qu'elle avait commencé à se sentir nauséeuse, elle avait dû accepter le fait qu'elle était enceinte, dans un tourbillon de pensées confuses et contradictoires. D'un côté, elle rêvait d'avoir un bébé, de l'autre, vu les conditions, cette grossesse était le scénario le plus compliqué qu'elle ait pu envisager.

— Tu as raison. Mais j'avais besoin d'un peu de temps pour me faire à l'idée.

Heureusement, Evelyn s'abstint de lui faire la morale sur le fait qu'elle n'était pas en couple.

— Tu veux le garder, j'imagine ? s'enquit Evelyn d'un air détaché, faisant mine de fouiller dans une pile de papiers.

— Oui.

— Tu peux me donner des informations sur le père ?

Même si elle s'attendait à cette question inévitable, Sarah la redoutait.

Elle sentit aussitôt ses joues s'enflammer.

— Non.

Un silence soudain tomba dans la pièce.

Evelyn connaissait le passé sentimental de Sarah. Son amie aurait dû être témoin à ses deux mariages… et s'était retrouvée à lui offrir à chaque fois son épaule consolatrice.

Cette fois, elle ne pleurerait pas sur l'épaule d'Evelyn, car l'erreur était d'une tout autre ampleur et, surtout, elle l'avait commise en connaissance de cause, ou presque.

Le père de l'enfant n'était pas un ami de la famille que tout le monde connaissait bien. Non, le père de l'enfant était un bel inconnu avec qui elle avait partagé quelques heures passionnées, puis qui l'avait abandonnée sans donner de nouvelles.

Après des années passées à respecter des principes auxquels elle croyait dur comme fer, elle les avait enfreints un à un en un temps record.

Elle avait eu le coup de foudre pour un inconnu, elle avait fait l'amour, pour la première fois et sans être protégée, et elle était tombée enceinte. Pour couronner le tout, elle ne connaissait même pas le nom de famille du père.

Tout ce qu'elle savait de lui, c'est qu'il habitait sur une île de la Méditerranée à des milliers de kilomètres de Wellington et qu'il travaillait au service du cheikh du Zahir. Comme il avait pris soin de rester mystérieux sur son identité et qu'il ne lui avait pas laissé de coordonnées pour le contacter, elle en avait facilement conclu qu'il n'avait pas envie d'aller plus loin dans leur relation.

Il avait coupé les ponts en quittant Wellington après la nuit passionnée qu'ils avaient partagée.

Sarah avait agi aux antipodes de son comportement habituel, tout en faisant preuve d'une naïveté confondante. Séduite par un inconnu qui ressemblait étrangement au chevalier de ses rêves, ses actions avaient été guidées par ses échecs sentimentaux passés et la peur de finir vieille fille et sans enfants.

Elle avait agi sans réfléchir.

A présent, elle devait en assumer les conséquences.

Tout d'abord, elle devrait abandonner son poste d'enseignante à plein temps pour se consacrer à son enfant. Elle devrait donc trouver un autre emploi, qu'elle pourrait faire de chez elle ou du moins n'importe où, mais avec son bébé.

Cela ne l'inquiétait pas trop, car elle avait déjà une petite idée en tête, liée au journal de Camille.

Elle s'efforça de se détendre. Inutile de paniquer. Elle réussirait à résoudre les problèmes, un à un, méthodiquement, se dit-elle, revenant à la situation présente.

— Et maintenant, je fais quoi ?

— Tu vas faire une prise de sang et tu reviendras me voir dans une semaine avec les résultats. Comme tu n'as aucun problème de santé, tout devrait bien se passer.

Evelyn ouvrit un tiroir d'où elle tira une pile de prospectus.

— Tiens, lis ça pour te documenter. Et bien sûr, ne bois pas d'alcool et ne prends pas de médicaments sans me demander la permission au préalable. Même des antidouleur. Si tu as des nausées, c'est normal. Mais si tu te sens vraiment mal, viens me voir au plus vite.

Evelyn tapa un document sur son ordinateur puis l'imprima.

— Tiens, c'est pour une échographie. Comme tu dois être enceinte d'environ quatre mois, c'est le moment. La clinique te contactera pour prendre rendez-vous.

Sarah prit la feuille, emplie d'un sentiment de joie.

Cette échographie rendrait le bébé encore plus vrai à ses yeux.

Elle avait hâte.

— Merci, Evelyn, dit-elle après s'être levée et avoir mis la feuille dans son sac.

Evelyn l'accompagna jusqu'à la porte du cabinet.

— Si tu as besoin de parler maintenant, je peux faire

attendre ma prochaine cliente. Et si tu veux parler à n'importe quel moment, appelle-moi chez moi.

Pour toute réponse, Sarah lui adressa un sourire reconnaissant.

Elle consultait Evelyn depuis des années. Et son amie connaissait tout de sa vie, ou presque. Mais jamais elle ne pourrait lui avouer à quel point elle avait été naïve.

— C'est gentil, merci. Pour le moment, ça va. Et puis, n'oublie pas que j'ai une mère, ajouta-t-elle pour alléger la conversation.

— Bien sûr ! lança Evelyn.

Son amie était soulagée, Sarah en était certaine.

Evelyn était mariée à un médecin, ils avaient trois enfants et une nourrice pour s'occuper d'eux pendant qu'ils travaillaient. C'était un schéma parfaitement organisé, qui n'avait rien de commun avec ce que vivait Sarah. Quand bien même Evelyn saurait faire preuve de compassion, jamais elle ne comprendrait comment Sarah avait pu avoir ces rapports d'un soir avec Gabe, l'homme sans nom. Qui plus est, des rapports non protégés.

Quand Sarah sortit du cabinet dans la chaleur de l'été, elle sentit des papillons dans son ventre.

S'immobilisant, elle y posa la main.

De nouveau, la même sensation.

Emerveillée, elle songea que, dans quelques mois, elle serait mère.

Elle se sentit submergée par une joie incommensurable.

Elle resta sans bouger sur le trottoir pendant un long moment, sans se soucier de la foule autour d'elle.

Elle n'avait pas tout ce qu'elle voulait dans la vie.

Elle n'avait pas de mari à aimer et qui l'aimait en retour.

Mais elle allait avoir un bébé, alors qu'il y a peu de temps encore, elle pensait qu'elle n'en aurait jamais.

Sentant les larmes lui monter aux yeux, elle mit ses lunettes de soleil et marcha jusqu'à sa voiture.

Au lieu de rentrer chez elle, elle se rendit au consulat du Zahir.

Elle se gara sur la première place qu'elle trouva.

Depuis que cette idée avait germé dans son esprit, son cœur s'était mis à battre plus fort. Maintenant qu'elle était sûre d'être enceinte, elle voulait prévenir Gabe.

Avant de sortir de la voiture, elle se regarda dans le rétroviseur. Elle replaça quelques mèches de cheveux, remit un peu de gloss sur ses lèvres et se pinça les joues pour faire venir un peu plus de couleur.

Une fois dehors, elle lissa la tunique blanche en lin qu'elle avait enfilée sur un pantalon beige en coton.

Une tenue classique, simple et chic. Et surtout, confortable ! Sa taille s'épaississait de jour en jour, et certains vêtements étaient déjà trop serrés.

La réceptionniste d'aujourd'hui était différente de celle qui lui avait remis les clés le jour où elle était revenue chercher sa voiture après le départ de Gabe.

— Nous n'avons personne qui s'appelle Gabe dans nos services. Vous n'avez pas un nom de famille ?

Sarah expliqua qu'elle avait rencontré Gabe quelques mois auparavant, au consulat, et qu'elle avait l'impression qu'il travaillait dans l'entourage du cheikh.

Plus la jeune femme semblait vague dans ses réponses, plus Sarah était persuadée qu'elle savait très bien de qui elle parlait.

— Attendez un instant, finit par annoncer la jeune femme.

La réceptionniste disparut pour réapparaître quelques instants plus tard en compagnie… du fameux Tarik.

Il l'emmena dans un bureau où elle raconta de nouveau son histoire.

Tarik fit semblant de ne pas comprendre de quoi elle parlait, après avoir feint de ne pas la reconnaître.

A bout de nerfs, Sarah perdit son sang-froid.

— Vous voulez me faire croire que vous avez déjà oublié l'homme qui a ramassé l'épée que j'avais laissée tomber sur le sol ? Pourtant, à l'époque, vous sembliez bien le connaître. Vous vous êtes parlé, je m'en souviens très bien.

— Vous avez une photo de lui ?

— Non ! répondit-elle, exaspérée.

— Je me souviens vaguement de lui, mais il ne travaille plus pour le cheikh. Il était là uniquement pour une courte mission.

— Mais vous ne pouvez pas m'aider à le contacter ?

— Non.

Furieuse et contrariée d'être traitée comme une groupie de bas étage, elle tourna les talons et quitta le consulat en trombe, consciente que deux paires d'yeux la fixaient dans son dos. Elle était convaincue qu'ils savaient qui était Gabe, où il se trouvait et ce qu'il faisait en ce moment même, mais que pour une raison qui lui échappait, ils le protégeaient.

Il était sûrement marié, pensa-t-elle amèrement, même s'il lui avait dit ne pas l'être.

Avec la grossesse, son humeur était en dents de scie, et cet épisode n'aidait pas à lui faire relativiser la situation.

Hors d'elle, soumise à ses fluctuations hormonales, elle rentra chez elle pour être un peu au calme.

Malheureusement, elle trouva Graham chez elle.

— Je pensais que tu serais au travail, dit-il, comme si l'excuse évidente était suffisante.

— En effet, normalement, j'aurais dû être en train de faire cours. Et tu aurais eu encore environ deux heures pour te servir et voler ce que tu es venu chercher.

Graham tenta de sourire.

— Tu as l'air en pleine forme, Sarah, on devrait sortir, un de ces quatre.

Quel culot ! Elle n'en revenait pas.

Sur la table basse, elle vit le journal de Camille, le dos aplati.

— Tu as imprimé le journal !

Et d'après un rapide état des lieux, il avait utilisé son papier et son imprimante.

— Je me suis dit que cela ne te dérangerait pas…

— Tu pensais surtout que je ne m'en apercevrais pas et que ça passerait inaperçu !

Il rougit instantanément.

Puis il regarda sa montre.

— Désolé, je dois y aller. J'ai un avion qui part dans deux heures pour le Zahir, et je n'ai pas encore préparé mon sac.

Elle était incapable de réagir, de se battre contre lui, de l'empêcher de partir.

N'ayant pas encore refermé la porte d'entrée, elle attendit qu'il sorte.

— Bonne chance pour ta chasse à la dot. Et ne t'avise pas de revenir chez moi sans invitation. La prochaine fois, j'appelle la police.

Graham leva enfin son masque d'hypocrisie en franchissant le seuil de chez elle.

— Il n'y aura pas de prochaine fois, puisque j'ai eu ce que je voulais, lâcha-t-il d'un ton acerbe.

Elle claqua violemment la porte, furibonde, puis alla dans son petit salon et s'assit dans un fauteuil pour se calmer.

La rencontre avec Tarik au consulat, plus la visite surprise de Graham avaient eu raison d'elle.

Elle se sentait épuisée, nerveusement et physiquement.

Décidant d'aller ranger le journal de Camille dans sa chambre, elle se leva.

A peine eut-elle fait quelques pas qu'elle eut la nausée.

Sans réfléchir, elle se précipita dans les toilettes.

Quelques minutes plus tard, après s'être rincé la bouche, elle réussit à atteindre sa chambre. Maintenant qu'elle avait dépassé sa période de déni et que son esprit avait reconnu et accepté sa grossesse, c'était comme si son corps avait décidé de rattraper le temps perdu et de la mettre au fait de quelques symptômes supplémentaires.

En ouvrant un pan de son armoire pour y ranger le journal, elle vit une tache rouge par terre.

La robe qu'elle portait le soir où elle avait rencontré Gabe, le père de son enfant.

Elle fut saisie d'une nouvelle vague de nausée.

Après avoir ramassé la robe, elle s'assit sur le lit en attendant que son malaise passe. Elle songea qu'elle aurait dû se débarrasser de cette robe et de tout ce qui lui rappelait Gabe.

Mais elle n'en avait pas eu le cœur.

Au fond d'elle-même, elle ne pouvait s'ôter de l'idée que le lien qui les avait réunis ce fameux soir au consulat était plus fort que tout, et que leur rencontre avait été trop profonde et trop vraie pour être considérée comme un événement superficiel.

Agacée par ce sentimentalisme exacerbé, elle se leva d'un bond, marchant d'un pas résolu jusqu'à la cuisine où elle jeta la robe à la poubelle.

Soudain, elle fut prise de vertiges.

S'agrippant au plan de travail, elle se demanda si elle trouverait la force de traverser cette épreuve toute seule.

Oui. Elle y arriverait. Elle adorait les bébés, et ce bébé, elle le voulait depuis longtemps. Il était à elle, et elle l'aimerait et le chérirait de tout son cœur. Elle serait une mère irréprochable, faute de pouvoir être une compagne ou une épouse.

De toute façon, après ce troisième échec, elle avait tiré un trait sur les hommes.

Trois jours plus tard, dans la salle d'échographie, Sarah contemplait avec admiration et émotion le petit être qui grandissait en elle.

— Vous voulez connaître le sexe du bébé ?

— Oui !

— C'est une fille.

Elle sentit son cœur se gonfler de joie et d'amour.

Non seulement elle était enceinte, mais elle attendait une fille. Elle n'était pas du genre à pleurer, mais ces derniers temps, les larmes coulaient sans qu'elle puisse s'en empêcher.

L'infirmière lui adressa un sourire amical tout en lui tendant un mouchoir en papier.

— Votre mari sera content, ou voulait-il un garçon ?

Sarah se moucha en essayant de ne pas penser au souhait de Gabe.

— Je n'ai pas de mari.

— Oh ! pardon, je ne voulais pas…

— Ne vous inquiétez pas, j'ai l'habitude qu'on me pose la question.

Sarah assumait pleinement sa grossesse de mère célibataire et n'avait aucune honte à dire aux gens qu'elle était seule.

En sortant de la clinique, elle croisa un bel homme qui lui sourit.

Par réflexe, elle lui sourit en retour, sans même le connaître. Quand elle tourna la tête, elle vit qu'il la regardait encore. Etait-il en train de flirter avec elle ?

Décontenancée, elle s'installa au volant.

Avant de démarrer, elle se regarda dans le rétroviseur. Ses cheveux étaient noués sur la nuque en un chignon désordonné et sensuel, ses yeux bleus étaient plus profonds que d'habitude et ses joues étincelaient d'un rouge resplendissant.

Malgré la fatigue et les moments de doute, elle ne s'était jamais trouvée aussi jolie.

Dans une certaine mesure, étrangement, elle se sentait plus légère, plus libre, comme si elle avait tourné la page et que ses échecs passés n'avaient plus d'importance.

La désertion de Gabe ne remontait qu'à quelques mois et, pourtant, cet épisode aussi semblait appartenir au passé.

Elle était plus forte, plus sûre d'elle.

Après tout, même si elle jurait de ne plus jamais laisser un homme s'approcher d'elle, il ne fallait jamais dire jamais. Peut-être qu'un jour, elle tomberait amoureuse d'un homme qui serait capable de l'aimer en retour. Elle et son bébé.

Cette révélation fut une véritable libération.

Un poids énorme venait de s'ôter de son esprit, laissant place à l'espoir.

Après avoir accroché sa ceinture, elle démarra et s'inséra dans le flot de la circulation.

Il lui restait une question à démêler. Devait-elle oui ou

non tout mettre en œuvre pour retrouver la trace de Gabe et lui permettre de connaître sa fille ? Si oui, peut-être apprendrait-elle à découvrir l'homme qui lui avait fait perdre la tête et sa virginité en quelques heures à peine.

- 6 -

Gabe était venu à Dubaï pour un rendez-vous d'affaires.

Maintenant que ses fiançailles avec Nadia Fortier avaient été officialisées, les caisses de l'Etat se renflouaient, et un énorme projet de construction venait d'être relancé.

Quand il monta à bord du jet privé qui devait le ramener au Zahir, il trouva Xavier à l'intérieur, déjà installé.

— J'ai essayé de te contacter.

— Pourquoi ? C'est mon père ?

— Non, ton père va bien. Ta mère est à son chevet, et il sait qu'il n'a pas d'autre choix que de prendre soin de sa santé.

Gabe sourit.

— C'est vrai qu'il est quasiment impossible de dire non à ma mère ou de lui refuser quelque chose, ajouta-t-il, amusé.

Aînée de huit enfants et titulaire d'un diplôme de droit, elle avait de l'expérience et le sens de la formulation.

Xavier se tut quelques instants.

— Alors, quel est le problème ?

— Tu es entré en contact avec Sarah Duval ?

Gabe se raidit alors qu'il attachait sa ceinture.

A son ton, on aurait dit que Xavier parlait d'une manipulatrice. Or, elle était tout le contraire.

— Tu sais très bien que je ne suis pas entré en contact avec Sarah. Pourquoi tu me demandes ça ? Que se passe-t-il ?

— D'après les dernières nouvelles, Tarik pense qu'elle est peut-être enceinte.

Gabe sentit son cœur faire un bond violent dans sa poitrine.

— Je pensais que nous avions passé le stade du risque de grossesse.

Il avait pensé à ce scénario pendant des semaines après leur séparation. Et malgré les complications que cette situation aurait engendrées, l'idée lui plaisait considérablement.

— Tu as parlé à Tarik ?

— Oui. Apparemment, Sarah serait passée il y a quelques jours au consulat. Elle te cherchait. Cela fait quatre mois, pourquoi aurait-elle attendu si longtemps ?

Quatre mois et onze jours.

Gabe imagina aussitôt la scène de bras de fer entre Sarah cherchant à tout prix à avoir ses coordonnées et Tarik lui offrant une résistance bornée et implacable.

— Peut-être avait-elle simplement envie d'avoir de mes nouvelles.

Sa mission à Dubaï lui avait laissé un goût amer. Les projets qui reprenaient grâce aux liquidités de son futur beau-père étaient une bonne nouvelle pour le pays, mais Gabe ne ressentait que frustration. Il avait l'impression d'avoir été acheté, et se sentait coincé, prisonnier.

Xavier soupira.

— Toi et moi nous vivons vraiment dans deux univers différents. Je n'arrête pas de te dire qu'il te faut un ou deux gardes du corps, et là je crois que tu devrais m'écouter.

— Je pense que tu délires. Je n'ai pas besoin de gardes du corps, et qu'elle soit ou non enceinte, je sais que je n'ai rien à craindre de Sarah.

— Toujours est-il que même la réceptionniste a trouvé qu'elle avait l'air d'être enceinte. Une blouse un peu large et des joues colorées.

— Deux caractéristiques infaillibles pour diagnostiquer une grossesse ? ironisa Gabe.

— Tarik a aussi découvert que Sarah était une descendante de Camille de Vallois.

— Il doit y avoir des milliers de descendantes de Camille de Vallois.

— Soit, mais c'est la première fois que tu as une liaison avec l'une d'elles.

Gabe se tut, admirant la vue par le hublot.

Il savait très bien où Xavier voulait en venir.

Peut-être Sarah était-elle fascinée par l'histoire de son ancêtre au point que son obsession l'ait poussée à vouloir revivre la même aventure romanesque.

Or, ce scénario ne marchait pas pour la simple et bonne raison que Sarah ne savait pas qui était Gabe.

De plus, elle n'avait pas cherché à le recontacter avant.

Peut-être venait-elle seulement d'apprendre qu'elle était enceinte et elle cherchait à le joindre pour lui annoncer la nouvelle ?

Après le décollage, Gabe détacha sa ceinture et sortit son ordinateur. Il voulait étudier de plus près le dossier de surveillance sur Sarah. Désireux de ne laisser personne d'autre que lui suivre Sarah, il avait demandé à Xavier de se charger du dossier.

Il connaissait tout de Sarah, ou disons qu'il savait tout de son quotidien. Il savait aussi qu'elle s'était inscrite dans une salle de gym, qu'elle avait changé de coiffeur et qu'elle allait à l'institut de beauté une fois par semaine. Ce qu'il préférait, c'était voir les photos d'elle.

Sarah vêtue d'un ensemble rouge très chic, et surtout très séduisant. Sarah en jean et sweater allant faire ses courses. Sarah portant une robe d'été rose fendue sur le côté. Pas de signe de grossesse. Mais peut-être était-il trop tôt.

Sur chacune des photos, elle était plus resplendissante que jamais. Et surtout, elle était libre pour qui voudrait bien la prendre.

A cette pensée, il se rembrunit.

En effet, quand il pensait à elle, ce qui le contrariait le plus, c'était qu'elle soit libre pour d'autres hommes que lui.

Elle ne lui appartenait pas, loin de là, et pourtant

l'idée qu'elle puisse connaître d'autres hommes lui était insupportable.

Et si elle était enceinte de lui, même si elle ne lui appartenait pas, peut-être pourrait-il avoir un droit de regard sur ses agissements ?

Il se raidit. Il ne se reconnaissait pas.

Possessif, jaloux, obsessionnel. Alors qu'il s'était juré de ne jamais céder aux affres de la passion destructrice.

Il se devait d'agir. Rapidement et de façon rationnelle.

Si Sarah était enceinte de lui, ils trouveraient un terrain d'entente. Il en était convaincu. Bien entendu, elle lui en voudrait sûrement. Il l'avait quittée sans jamais la recontacter ni donner de signe de vie. La raison pour laquelle il avait agi ainsi était toujours d'actualité. Mais si elle portait son enfant, il n'était pas question pour lui de se soustraire à ses obligations.

— Je vais en Nouvelle-Zélande.

— Impossible. La date de ton mariage est arrêtée, et ton père aura un arrêt cardiaque s'il apprend que tu as eu une liaison d'un soir avec une enseignante d'histoire de vingt-huit ans.

— Vingt-neuf. Elle les a fêtés il y a quelques semaines.

Xavier le regarda, interloqué.

— Tu as pensé à son anniversaire ? En fait, tu as encore des sentiments pour elle. J'en étais sûr.

— Mes sentiments n'ont rien à voir là-dedans. Sa date d'anniversaire était dans le rapport.

— Tu es censé faire connaissance avec ta future épouse et non pas te bercer d'illusions quant à une idylle impossible.

Ecoutant Xavier d'une oreille distraite, Gabe envoya un e-mail à son assistant personnel lui demandant d'organiser son voyage pour la Nouvelle-Zélande.

Dès qu'il eut atterri au Zahir, il appela Sarah dans un mouvement d'impatience. Avec le décalage horaire, il ignorait si elle serait chez elle ou au travail.

Il essaya son portable. En vain.

Puis il laissa sonner longuement chez elle.

Alors qu'il allait raccrocher, il entendit sa voix à l'autre bout de la ligne. Il sut aussitôt qu'il l'avait réveillée.

Les mots lui manquaient.

— Sarah, c'est Gabe.

Silence.

— Gabe ?

Elle raccrocha tellement violemment qu'il dut éloigner son portable de son oreille.

Xavier lui jeta un regard horrifié.

— Je n'arrive pas à y croire ! Tu l'as appelée ? Tu ferais mieux de me laisser faire. Surtout si elle est enceinte.

— Enceinte ou pas, si tu t'approches d'elle, tu peux quitter mes services.

— Enfin, Gabe, sois raisonnable. Tu ne peux pas te permettre un scandale. Surtout maintenant.

Il ne pouvait pas non plus se permettre de ne pas connaître la vérité.

Il tenta de rappeler Sarah.

Cette fois, son téléphone fixe sonnait occupé.

Elle avait sûrement dû le décrocher.

Dès qu'il arriva au palais, il confirma son voyage et annula ses engagements pour les quatre jours à venir, y compris un dîner avec ses futurs beaux-parents.

Une fois dans ses quartiers, il se rendit sur la terrasse pour se calmer, admirant la vue sur la mer au soleil couchant avec la lune dorée qui montait déjà dans le ciel.

Si Sarah avait tenté de le contacter et qu'elle avait senti qu'on lui cachait quelque chose, elle n'aurait sûrement pas envie de lui parler dès son premier appel.

De son point de vue à elle, il l'avait abandonnée. Pire, il avait coupé les ponts et fait en sorte qu'elle ne puisse pas le contacter.

Une fois qu'il lui expliquerait sa situation, elle comprendrait. Du moins, c'est ce qu'il souhaitait.

* * *

Sarah observait l'ombre du téléphone dans sa chambre, partagée entre choc et colère.

Impossible de se rendormir.

Elle alluma.

Il était minuit. Elle avait dû dormir environ deux heures.

Elle aurait dû être épuisée mais, en quelques secondes, la fatigue et les nausées avaient disparu, chassées par la montée d'adrénaline.

De peur que Gabe tente de la rappeler, elle avait décroché le combiné. C'était un réflexe étrange, puisque quelques jours auparavant, elle avait justement tenté d'entrer en contact avec lui.

Ses hormones continuaient de lui jouer des tours, si bien qu'un instant elle voulait Gabe dans sa vie, et l'instant d'après, elle changeait d'avis.

En entendant sa voix, après quatre mois, elle avait raccroché sans réfléchir, par peur, par surprise, encore à moitié endormie.

Maintenant, elle se demandait pourquoi il avait cherché à la joindre.

Voulait-il renouer avec elle ? Jusqu'à quel point ?

Le bébé remua, ce qui la rappela à l'ordre. Il n'était plus question de se sentir meurtrie par le comportement de Gabe.

Non. La période romantique était terminée. A présent, elle devait s'occuper de son bébé.

Elle se leva et gagna la cuisine.

Avec la chute d'adrénaline, la nausée revint au galop.

Elle se fit une assiette de snacks salés et un thé sans théine puis retourna se coucher. Pour s'occuper l'esprit, elle prit le livre de prénoms qu'elle lisait en ce moment.

Mais impossible d'oublier l'appel de Gabe.

Finalement, la fatigue ayant raison d'elle, elle se sentit partir dans un sommeil perturbé.

Beaucoup plus tard, on sonna chez elle.

Après avoir enfilé sa robe de chambre, elle se précipita vers la porte d'entrée. Les battements de son cœur s'accélérèrent en pensant qu'il s'agissait peut-être de Gabe.

Ouvrant grand la porte, elle se retrouva face à un énorme bouquet de roses rouges, identique à celui qu'elle avait reçu lors du départ de Gabe.

Un homme de petite taille, costaud et chauve la détailla avec curiosité alors qu'elle signait pour confirmer la réception de la livraison.

Encore sous le coup de la surprise, un peu furieuse, elle regarda le livreur repartir puis rentra avec le bouquet de fleurs qui venait du même fleuriste que la fois précédente.

Cette fois, il y avait une enveloppe et une boîte de chocolats.

La carte dans l'enveloppe contenait le nom entier de Gabe et son numéro de téléphone.

Un coup classique du destin !

Maintenant qu'elle avait décidé de tourner la page, il réapparaissait dans sa vie en lui donnant son numéro de téléphone.

Furieuse, elle déchira la carte.

Faible et vacillante, elle s'assit. Un instant, elle grelottait, l'instant d'après, elle brûlait. Son cœur battait trop vite.

Elle contempla le bouquet de fleurs et la boîte de chocolats. Non seulement Gabe avait décidé de donner de ses nouvelles et de reprendre contact avec elle, mais il semblait vouloir lui faire la cour.

Pendant de longues semaines, c'est ce qu'elle avait espéré.

Mais là, non, pas question de céder aux espoirs les plus fous et les plus ridicules pour se retrouver de nouveau le bec dans l'eau et le cœur meurtri.

S'il revenait vraiment à la charge, elle lui ferait savoir que c'était trop tard, il n'avait qu'à se réveiller avant.

Pareil pour son numéro de téléphone, c'était trop tard.

Elle ne l'appellerait pas.

S'il avait vraiment eu des sentiments pour elle, il lui aurait fait signe il y a des mois. Il aurait pris de ses nouvelles, ou mieux encore, il serait venu sonner chez elle pour la surprendre.

Il n'avait rien fait de tout cela, et il ne s'était même pas préoccupé de savoir si elle était finalement tombée enceinte.

Son sang ne fit qu'un tour.

A moins que, peut-être, il se fût renseigné sur elle ?

D'où les fleurs et les chocolats.

Elle sentit son moral chuter. Par réflexe, elle posa la main sur son ventre.

Peut-être que Tarik-la-Fouine avait eu des soupçons, qu'il l'avait fait suivre puis qu'il avait informé Gabe ?

Cela expliquerait l'appel de Gabe en pleine nuit et la livraison matinale.

C'était décidé. Elle donnerait les fleurs à l'église au coin de la rue et les chocolats à l'hospice qui se trouvait à côté de l'école. Gabe se trompait s'il pensait pouvoir l'acheter avec des roses et des sucreries.

Le lendemain matin, alors qu'elle finissait de se préparer pour aller travailler, on sonna à sa porte. Avec une impression de déjà-vu, elle alla ouvrir en s'attendant à se retrouver nez à nez avec le livreur.

Or, c'est Gabe qu'elle trouva sur le seuil de sa porte.

Sous le choc, elle se figea.

Avant qu'elle ait pu lui claquer la porte au nez, il mit son pied dans l'embrasure.

— S'il te plaît, j'aimerais te parler. Ce ne sera pas long.

Le cœur serré, l'estomac noué, elle s'efforça de ne pas se laisser hypnotiser par son regard ambré et sa cicatrice de vaillant guerrier.

Néanmoins, elle se réjouit d'avoir été prête pour la journée, habillée et coiffée, et non en robe de chambre. Son chignon élaboré mettait en valeur les nouvelles mèches caramel que son coiffeur lui avait recommandées. Et sa robe bleu turquoise à taille haute masquait à merveille ses rondeurs de femme enceinte.

— A t'entendre, on dirait un vendeur de porte-à-porte.

— Désolé, je n'ai rien à vendre.

— Que fais-tu là, alors ? demanda-t-elle sans se laisser impressionner.

Il la scruta intensément.

Aussitôt, elle fut transportée dans le passé, lors d'une nuit orageuse, la pluie battant contre les vitres de sa chambre, un fouillis de draps et de corps enchevêtrés…

— J'avais besoin de te voir.

Au son de sa voix rauque et basse, elle frissonna, ses jambes la soutenant à peine.

Elle gardait le silence, trop hébétée pour ordonner des mots dans son cerveau en ébullition.

— Tu as reçu mes roses ?

— Oui.

— Tu les as données ?

— Oui.

— Pourquoi ?

— Si tu veux vraiment le savoir, ce n'était pas un bouquet porteur d'espoir, dans la mesure où tu as disparu sans donner de nouvelles il y a plus de quatre mois.

— Tu savais que je devais partir. Je te l'avais dit.

Que répondre à cela ?

C'est vrai qu'ils ne s'étaient rien promis et qu'ils avaient partagé cette nuit d'un commun accord. Le seul problème était qu'elle s'était laissée aller à des sentiments profonds pour lui.

Evitant de le regarder dans les yeux, elle fixa un point sur son visage, tentant de susciter la colère qui montait en elle chaque fois qu'elle repensait au fait qu'il n'avait pas cherché à la contacter.

— Merci de me le rappeler, dit Sarah sèchement en regardant sa montre, feignant d'être pressée.

Le trimestre était terminé depuis plusieurs jours, mais aujourd'hui elle avait décidé de se rendre dans son établissement pour préparer la rentrée suivante et son remplacement, qui arriverait en cours d'année.

— Tu dois partir ?

— Oui. Si c'est tout ce que tu voulais savoir, j'aimerais qu'on en reste là, car je dois finir de me préparer.

— Tu travailles encore ? s'enquit-il en la détaillant de la tête aux pieds.

Bizarrement, la voix de Gabe lui sembla soudain sourde et étouffée, comme si elle venait de loin.

Sa vision lui jouait-elle des tours ou voyait-elle trouble ?

D'un coup, elle se sentit vidée, sans force.

Vacillante, elle s'appuya contre la porte.

— Pourquoi je ne travaillerais pas ? arriva-t-elle à articuler, la voix pâteuse.

— J'ai appelé la réceptionniste de l'école. Elle m'a dit que l'année scolaire était terminée.

Malgré ses vertiges, elle fut à la fois furieuse et enchantée qu'il ait voulu avoir de ses nouvelles par des voies détournées.

Soudain, il fut assez proche d'elle pour qu'elle sente la chaleur de son corps.

Elle s'agrippa à ses épaules pour ne pas tomber.

— Je ne suis pas prête à te pardonner, dit-elle, tentant de se montrer ferme et résolue, alors que sa voix devenait à peine audible.

Tout tournait autour d'elle.

Elle sentit Gabe la prendre par la taille, puis un voile noir s'abattit sur elle.

Quand elle reprit connaissance, elle était allongée sur le canapé, et Gabe était près d'elle.

Tendue, contrariée d'avoir baissé sa garde, elle tenta de s'asseoir. Mais le mouvement fut trop soudain, car de nouveau sa tête se mit à tourner.

Gabe lui tendit un verre d'eau. Elle voulut le refuser, mais elle avait tellement soif qu'elle n'en eut pas le courage.

Après avoir bu le verre d'un trait, elle le reposa sur la table puis regarda Gabe droit dans les yeux.

Au moins, elle était contente d'avoir donné les fleurs.

Cela montrait à Gabe qu'elle n'était pas aussi faible qu'il aurait pu le penser.

— Je ne me souviens pas de t'avoir invité chez moi, dit-elle d'un ton neutre.

— Normal, tu n'en as pas eu le temps, puisque tu t'es évanouie.

Il portait un jean noir, une chemise décontractée, et son corps semblait plus athlétique que jamais.

Non, pas question de retomber dans le même panneau.

— J'ai trouvé le numéro de ton médecin à côté du téléphone. J'ai pris rendez-vous. D'ailleurs, on devrait y aller, dit-il après avoir consulté sa montre.

— Je n'ai pas besoin d'aller chez le médecin. Je vais très…

— Je crois que tu es enceinte.

— Qu'est-ce qui te fait dire ça ?

Gabe se passa la main dans ses cheveux ébouriffés. Il avait l'air plus jeune… et tellement mignon.

Mais non ! Elle devait être forte et lui résister.

— Tarik m'a dit que tu étais passée au consulat.

Elle se raidit. Jamais elle n'aurait dû aller au consulat. C'était une erreur.

Il la scruta d'un regard intense et chaud.

— Sarah, es-tu enceinte ?

Elle rougit.

Impossible de mentir, même si elle ne voulait pas qu'il s'immisce dans sa vie.

— Oui.

- 7 -

Quarante minutes plus tard, Sarah était assise dans le cabinet d'Evelyn, et Gabe se tenait debout devant la fenêtre.

Evelyn revint dans le cabinet en jetant un coup d'œil furtif mais curieux vers Gabe. Même si Sarah en voulait encore à Gabe d'être revenu à l'improviste dans sa vie et de l'avoir forcée à aller chez le médecin, elle était néanmoins ravie qu'il soit là avec elle, ne serait-ce que pour montrer à Evelyn qu'en dépit de ses déboires amoureux passés, cette fois, elle était tombée sur un demi-dieu. Qui était réapparu dans sa vie, comme par miracle.

Evelyn lui tendit une feuille avec les résultats de l'analyse d'urine.

— Les nouvelles ne sont pas très bonnes. Tu as du diabète. D'où les vertiges. Quand on est enceinte, c'est normal, ça arrive. Et cela explique aussi la soif.

Evelyn lança un regard préoccupé à Sarah.

— Dorénavant, tu dois m'appeler dès qu'il y a quelque chose d'anormal. Tu vas devoir surveiller ton alimentation et faire des prises de sang régulières.

Elle fouilla dans un tiroir, puis en sortit une liste des aliments à éviter.

Gabe la prit, puis adressa à Evelyn toute une série de questions qui prouvait qu'il s'était renseigné sur la grossesse.

Evelyne s'adossa à son siège, croisa ses jambes élégantes et prit le temps de répondre à chacune de ses demandes. Manifestement, elle savourait l'exercice.

Se sentant exclue, alors que c'était elle la patiente, Sarah se leva.

Evelyn s'interrompit.

Gabe prit Sarah par le bras pour la soutenir, mais elle n'avait pas besoin de son aide.

Elle était contente d'avoir prouvé à Evelyn que le père de l'enfant existait dans sa vie. Mais pour le reste… elle était désolée d'éprouver un tel sentiment de jalousie, alors que le matin même elle était prête à ne plus jamais avoir de nouvelles de Gabe.

Ils quittèrent le cabinet. Sur le parking, il l'aida à monter dans sa jeep.

— Ce n'est pas la peine d'être jalouse, dit-il une fois installé au volant.

Sarah fit mine d'être occupée à attacher sa ceinture pour masquer son visage soudain cramoisi.

Elle se sentait pitoyable d'avoir été démasquée.

— Pourquoi je serais jalouse ? demanda-t-elle, pour toute défense.

Il démarra sans rien dire.

Le silence s'installa entre eux.

Enfin, elle trouva le courage de lui poser la question qui lui brûlait les lèvres depuis que Gabe avait sonné chez elle ce matin-là.

— Pourquoi es-tu là ?

Elle avait compris qu'il s'était renseigné sur son état et qu'il soupçonnait qu'elle était enceinte avant de venir à Wellington.

A priori, elle aurait pensé que cette nouvelle l'aurait fait fuir. Pourtant, il était venu jusqu'à elle.

— Si tu es enceinte de moi, ça change la donne.

— Quelle donne ?

Il s'arrêta à un feu rouge.

— Je suis fiancé et je vais bientôt me marier.

Immédiatement, elle sentit la colère monter en elle. Elle se serait bien défoulée sur quelque chose. Sa réaction la chiffonnait. Elle n'aimait pas la personne passionnée et instable qu'elle était devenue. Ces changements étaient sûrement liés aux hormones, soit, mais elle ne se reconnaissait pas.

En général, elle était plutôt calme et posée, elle réfléchissait aux choses et n'agissait jamais de manière impulsive. Du moins, elle ne s'emportait pas à la première contrariété.

— Je m'en doutais ! Enfin, d'après mes calculs, tu étais déjà marié, ironisa-t-elle.

Il se raidit.

— Tu te trompes si tu penses que je suis du genre à avoir des relations extraconjugales, affirma-t-il d'un ton sec.

— Tu as quand même trompé ta fiancée.

— A l'époque, je n'étais pas encore fiancé.

Son cœur se mit à battre d'autant plus vite. Elle aurait dû être rassurée par ce détail, mais bizarrement la colère laissa place à la rage.

— Donc, si je comprends bien, tu t'es autorisé une passade d'un soir avant de rentrer chez toi pour te fiancer ? Au moins, ça explique pourquoi tu n'as pas cherché à me joindre.

Il avait eu mieux à faire que de se soucier d'une enseignante d'histoire de vingt-huit ans.

Mâchoires serrées, elle repartit à l'attaque.

— Si tu t'es fiancé aussi rapidement, c'est que tu connaissais déjà ta future épouse.

Il se gara devant chez elle.

— Non. C'était un mariage de convenance.

Elle ne put cacher son amertume.

— Tu veux dit que ta nuit avec moi était un peu comme ton enterrement de vie de garçon ?

Elle tira sèchement sur sa ceinture, mais le mécanisme refusa d'obéir.

Calmement, Gabe se tourna vers elle, le visage toujours aussi beau malgré son air soucieux.

— Non, tu te trompes. Ce n'était pas ça.

Tout en tentant de soutenir son regard, elle s'efforça

de ne pas se laisser hypnotiser par la lueur sensuelle qui animait ses yeux.

— Alors, c'était quoi ?

Un silence assourdissant emplit l'habitacle.

— Tu sais très bien comment c'était entre nous.

Il voulut l'aider à détacher sa ceinture. Elle le repoussa.

— C'est bon, je suis une grande fille, je vais y arriver. En plus, je suis habituée à m'en sortir toute seule.

— Tu n'es plus toute seule, maintenant.

Même si elle était résolue à ne plus rien ressentir pour lui, sa remarque fit renaître en elle les espoirs les plus fous.

D'une part, il avait utilisé l'imparfait pour parler de son mariage arrangé.

D'autre part, il aurait pu rester chez lui et continuer à ignorer son existence, enceinte ou pas, mais il était là, auprès d'elle, parce qu'elle était enceinte, et il se montrait très attentionné.

Elle l'observa encore, en proie à de vives émotions, toujours en colère, mais au bord des larmes.

— Alors, c'était comment entre nous ?

— Comme ça, dit-il en entourant son visage de ses mains.

Soudain, toute la passion qu'elle s'était efforcée de refouler au plus profond d'elle-même refit surface, plus intense que jamais.

Il recouvrit sa bouche de ses lèvres viriles et fermes, et elle sentit toutes ses belles résolutions partir en fumée.

Plus question d'être raisonnable, de se battre, de résister…

Elle le laissa l'embrasser, et le monde alentour disparut.

Gabe referma la porte d'entrée et suivit Sarah dans le salon. La chaleur qu'il avait ressentie dans tout son corps au moment où leurs lèvres s'étaient scellées était encore vivace.

Cependant, conscient qu'il avait mal géré leur rencontre depuis le départ, il tenta de calmer ses ardeurs, pour s'abstenir de tout faux pas supplémentaire.

Pour l'heure, il devait réprimer son désir.

Alors qu'elle ouvrait les portes-fenêtres pour aérer la pièce, il remarqua un bloc-notes sur la table basse. Sur la première page, il y avait une liste de prénoms.

— Tiphany, Tanesha, Tempest… Ce sont des idées de prénom pour le bébé ? s'enquit-il, alors que Sarah revenait de la cuisine avec deux verres d'eau.

Elle les posa sur la table basse, puis lui arracha le bloc-notes des mains.

— Ce sont juste quelques idées, c'est tout.

— C'est quoi ton préféré ?

— Je ne sais pas encore. C'est une décision importante.

Pendant qu'elle rangeait le bloc-notes dans le tiroir d'une commode, il s'avança jusqu'aux portes-fenêtres qui donnaient sur une petite terrasse avec vue sur le port de Wellington et les collines environnantes.

Il prit alors vraiment conscience qu'il allait être père. La situation était d'autant plus complexe que son mariage imminent représentait un double engagement, envers son pays et envers Nadia.

Mais le fait que Sarah soit enceinte de lui changeait tout.

Il avait besoin de réfléchir clairement à la situation, en tant que futur cheikh du Zahir.

Il devait aussi contrôler la possessivité qu'il éprouvait dès qu'il était question de Sarah.

Pour l'heure, son esprit bouillonnait. Il devait pourvoir aux besoins de Sarah et du bébé. Pour cela, il devait envisager d'épouser la mère du bébé. Ce qui impliquait qu'il devrait annuler son mariage avec Nadia et trouver d'autres solutions pour pallier le marasme financier dans lequel le Zahir se trouvait. Si son père était heureux d'être grand-père, peut-être qu'il se rallierait à l'idée des investissements occidentaux comme solution de rechange.

Ce serait une entreprise colossale, mais Gabe se sentait prêt à relever le défi.

Confiant, il se tourna vers Sarah, occupée à faire du rangement dans le salon.

Son corps pulpeux, ses gestes gracieux et les mèches de cheveux qui entouraient son visage resplendissant lui donnaient une allure tout à la fois sensuelle et vulnérable. Le tissu fin de la robe moulait légèrement son ventre, et il put apercevoir les premiers signes de sa grossesse.

Il se raidit. S'il ne parvenait pas à contrôler le désir qui le submergeait en présence de Sarah, il s'exposerait à une situation bien plus complexe que la situation financière du Zahir.

Le mariage était l'unique solution pour officialiser le statut de Sarah et du bébé, mais en aucun cas il ne pouvait s'agir d'un mariage éprouvant comme celui qu'il avait vécu avec Jasmine. Il devrait le faire comprendre à Sarah, mais ils n'en étaient pas là.

Chaque chose en son temps.

— Donc, si je comprends bien, c'est une fille ?

— On ne peut rien te cacher, rétorqua-t-elle sans chercher à masquer son sarcasme.

Elle prit une grande inspiration pour se calmer.

Le comportement de Gabe l'exaspérait, mais pas question de s'emporter. C'était plus fort qu'elle. Elle ne supportait pas qu'il essaie de glaner des informations sur sa grossesse, alors qu'elle n'était pas encore tout à fait prête à en parler avec lui.

Tout était si soudain, si précipité.

— C'est ce que l'échographie a révélé, ajouta-t-elle, conciliante.

Elle perçut sur son visage une émotion qu'elle ne parvint pas à déchiffrer.

Etait-il déçu ?

— Evelyn a dit que tu avais une copie de l'échographie. Tu veux bien me la montrer ?

Il regarda la vidéo sans dire un mot.

Une première fois.

Une seconde fois.

Puis une troisième fois.

— Ce bébé change tout. Nous devons discuter des arrangements.

Elle sentit son cœur se mettre à battre la chamade, son sang bouillir en elle, ses oreilles bourdonner. Ses jambes la soutenaient à peine.

Etait-il sur le point de lui proposer ce dont elle rêvait il y a quatre mois après leur nuit d'amour ? Une relation de couple ?

Si oui, elle se retrouverait face à un dilemme.

En effet, aujourd'hui, et après ce qui s'était passé, elle n'était plus sûre de vouloir être en couple avec lui.

D'un côté, l'idée la comblait de joie, lui laissant entrevoir les espoirs les plus fous, de l'autre, elle était encore furieuse contre lui de l'avoir laissée sans nouvelles pendant quatre mois.

— A quoi tu pensais ?

Il sortit une carte de crédit de sa poche.

De nouveau, elle sentit la colère monter en elle.

— Si tu penses que je vais prendre ton argent, tu te trompes.

Avant qu'il ait eu le temps de réagir, elle lui arracha la carte des mains, alla sur la terrasse et la jeta sur la pelouse au-dessous.

— Je ne veux pas de ton argent. Alors oublie. Et oublie-moi.

— Je ne peux pas, dit-il d'un souffle en la serrant contre lui.

Sa bouche se plaqua sur la sienne. Elle aurait pu repousser son étreinte, mais les montagnes russes de ses émotions la firent passer de la rage au désir en une fraction de seconde.

Elle n'était plus maîtresse de ses sentiments et elle ne voulait pas de son argent. Mais après le moment d'intimité partagé dans la jeep, elle n'avait qu'une envie, qu'il l'embrasse encore et encore.

Plus tard, quand ils mirent fin à leur étreinte passionnée, elle s'arracha à lui, lèvres brûlantes, corps en feu. Elle adorait qu'il ait envie d'elle, mais la première et dernière fois qu'ils avaient laissé libre cours à leur passion, elle était tombée enceinte.

Maintenant, avant d'aller plus loin, elle devait savoir si le plan qu'il avait à lui proposer contenait l'ingrédient essentiel à la vie d'un couple : l'amour.

— Je peux savoir où tu te situes dans ce scénario et dans ma vie ?

— Je te propose de m'épouser.

Elle sentit ses jambes se dérober sous elle.

— Et ta fiancée ?

— Je vais devoir retourner au Zahir et rompre mes fiançailles avec Nadia.

Son ton indiquait qu'il n'éprouvait pas de sentiments profonds à l'égard de cette Nadia. Mais elle le connaissait à peine et devait donc se garder d'interpréter ses propos.

Nadia. Bizarrement, le prénom lui disait quelque chose.

En réfléchissant un peu, elle se souvint qu'elle avait vu ce prénom sur Internet à propos de fiançailles au Zahir. Avec cet indice, plus le comportement étrange de Tarik, elle se rendit compte qu'elle ne savait toujours pas qui était Gabe. Peut-être était-il plus haut placé qu'elle le pensait ?

Soudain, elle tenta de se remémorer le nom sur la carte avant qu'elle la déchire en mille morceaux.

N'y figurait-il pas le nom de Kadin ?

Son sang ne fit qu'un tour.

Et si…

— Qui es-tu, au juste ?

— Je m'appelle Kadin Gabriel ben Kadir. Je suis le cheikh héritier du Zahir. A la mort de mon père, c'est moi qui prendrai le pouvoir.

- 8 -

Gabe, alias le cheikh Kadin Gabriel ben Kadir, insista pour l'inviter à déjeuner et discuter de la situation.

Trop choquée pour refuser, Sarah monta dans la jeep rutilante.

A présent, un peu tard, elle repensait à tous les indices qui auraient pu lui mettre la puce à l'oreille. La voiture de luxe, les vêtements sur mesure, sa relation avec le personnel du consulat, le fait qu'il lui ait donné accès aux quartiers privés pour qu'elle puisse se sécher, son éducation à Harvard…

— Comment te sens-tu ?

— Je me sentirai mieux quand tu m'auras expliqué pourquoi tu ne m'as pas dit qui tu étais.

Il se dirigeait vers les montagnes, à l'opposé du centre.

— Je pourrais dire pour ma défense que tu ne m'as pas dit que tu étais une descendante de Camille de Vallois.

Elle rougit. Elle n'avait pas dévoilé cet élément, mais elle ne lui avait rien caché sur son identité.

— Comment tu l'as appris ? Suis-je bête. Si tu es le cheikh héritier, j'imagine que tu as des hordes de gardes du corps et d'espions à ton service. Et j'imagine que je suis surveillée.

— Nous avons fait l'amour sans protection, dit-il, sans confirmer ou infirmer ses soupçons.

— Donc, tu devais t'assurer que tout était sous contrôle et tu t'es renseigné sur moi ? Pire, tu as peut-être cru que j'étais une journaliste en quête de ragots croustillants sur la famille royale du Zahir ?

Cette pensée lui glaça le sang.

Il tourna dans une allée magnifique en direction d'une propriété privée. Elle n'était jamais venue ici.

— Je ne t'ai pas révélé ma véritable identité parce que je savais que nous ne pouvions passer qu'une seule nuit ensemble. Je savais que tu étais une enseignante d'histoire, je n'ai jamais eu aucun doute sur tes intentions. Mais pour des raisons de sécurité et de protocole, j'ai dû autoriser qu'on fasse un dossier sur toi. J'ai insisté pour superviser le dossier.

— Ton seul souci était de t'assurer que je n'étais pas enceinte de toi.

Un voiturier vint lui ouvrir la portière, une fois que Gabe arrêta la jeep. La présence du jeune employé ne la gêna pas pour continuer.

— Si tu m'avais laissé tes coordonnées, j'aurais pu te prévenir directement, et tu n'aurais pas eu à te donner toute cette peine pour avoir des informations sur moi.

Gabe garda le silence.

Il donna les clés au voiturier, puis un autre membre du personnel les escorta dans le restaurant jouissant d'une vue imprenable sur l'océan.

Avant de s'asseoir, elle balaya la salle du regard. Une clientèle sophistiquée habituée au luxe, vêtue essentiellement dans des tons clairs et pastel, qui tranchaient avec sa robe turquoise et sa coiffure sortant de l'ordinaire. La retenue du lieu ne fit qu'accentuer l'impression qu'elle avait depuis que Gabe lui avait appris sa véritable identité : ils ne venaient pas du même monde. Entre leurs mondes, un fossé béant existait.

— Qu'y a-t-il ? s'enquit Gabe, conscient de sa gêne.

— Je ne me sens pas à l'aise dans cette atmosphère guindée et confinée. Qu'arrivera-t-il si j'ai envie de vomir ?

— Tu ne te sens pas bien ?

— Les nausées sont imprévisibles, se contenta-t-elle de répondre, peu désireuse d'entrer dans les détails.

Le serveur qui leur apporta de beaux menus reliés en cuir blêmit quand Gabe lui apprit qu'il annulait la réservation.

Quelques minutes plus tard, le voiturier leur amenait la jeep.

Au lieu de la laisser monter seule, il la prit par la taille pour la soulever.

— Je ne suis pas encore infirme, j'aurais pu monter sans aide.

— Puisque nous sommes fiancés, je pense qu'il faut qu'on commence à se comporter comme un couple.

Elle marqua un temps d'arrêt, hors d'elle.

Il n'avait pas donné signe de vie pendant quatre mois, après avoir passé la nuit chez elle et lui avoir fait l'amour, et voilà que le jour où il réapparaissait, elle devait se plier à ses quatre volontés.

Il n'en était pas question.

— Nous ne sommes pas fiancés. Je n'ai pas encore dit oui, et je n'aime pas qu'on me mette la pression.

Sarah redoutait surtout qu'il veuille l'épouser pour des raisons de convenance, et garder ensuite ses distances « pour le bien de la maman et du bébé ».

Une fois Gabe au volant, Sarah lui indiqua comment aller à un café en bord de mer qu'elle aimait bien. Là-bas, il y aurait assez de bruit pour qu'ils puissent parler sans que personne entende leur conversation. D'autant que les sujets à aborder étaient de nature privée.

Gabe ôta sa cravate et sa veste.

Avec la brise marine qui soufflait dans ses cheveux, il était des plus séduisants.

Pendant le déjeuner, ils parlèrent de leur famille réciproque.

Inévitablement, il reparla de son projet de mariage.

Un mariage avec Gabe, cheikh du Zahir.

Ses deux premières tentatives s'étant soldées par des échecs, elle avait du mal à imaginer que ce mariage, aux enjeux bien plus grands, puisse être une réussite. Pourtant, pour le bébé, elle le souhaitait de tout son cœur.

A la fin du repas, Gabe suggéra une balade sur la plage.

Quand il lui prit la main, elle tressaillit, submergée par raz-de-marée d'émotions. Il n'était peut-être pas conscient du romantisme de son geste, mais elle, si. Et elle avait peur de laisser le bonheur éclater en elle.

D'après son expérience, dès que le bonheur était à portée de main, il s'évaporait, tel un mirage.

— Tu es sûr de vouloir te marier ? On pourrait simplement opter pour une garde partagée, lança-t-elle sans réfléchir, comme pour contrer le destin.

Il s'arrêta, se tourna vers elle en la prenant par la taille, les yeux rivés aux siens, intenses et inquisiteurs.

— Nous sommes tous les deux des personnes sensées, et je ne vois pas pourquoi on ne pourrait pas arriver à fonder un foyer équilibré.

Elle se renfrogna.

Elle n'aimait pas la vision qu'il avait du mariage, même s'il était rassurant de savoir qu'elle avait affaire à un homme rationnel qui prenait ses responsabilités. Pour le bébé, c'était essentiel.

Quand il se baissa pour l'embrasser, elle accepta volontiers le baiser, en essayant de ne pas trop aimer les sensations qu'il faisait naître en elle.

Puis elle posa ses mains sur son torse, pour mettre un peu de distance entre eux.

— On ne peut pas aller plus loin tant que les choses ne sont pas réglées de ton côté, dit-elle.

— Et tant que tu n'as pas accepté de m'épouser.

Deux semaines plus tard, un jour où elle pensait trop à Gabe, Sarah s'adonna à sa nouvelle passion : consulter les dernières informations sur Internet relatives au Zahir.

Pendant la visite éclair de Gabe, ils ne s'étaient pas quittés un seul instant. Elle avait tenté d'en savoir plus sur sa vie passée et, surtout, sur le rôle qu'il envisageait pour elle dans sa vie de cheikh héritier. Il lui avait promis qu'il repartait pour régler la situation et qu'il la tiendrait au courant.

Lors de son départ, ils s'étaient mis d'accord pour rester en contact par téléphone. La première semaine, ils s'étaient parlé tous les jours.

Mais il ne l'avait pas appelée depuis plusieurs jours.

Elle s'inquiétait, même s'il l'avait prévenue qu'il devrait peut-être se déplacer dans des endroits où il n'y avait pas de réseau téléphonique. De nos jours, elle avait du mal à y croire.

Si bien que, à mesure que les jours passaient, elle revivait l'attente dont elle avait fait l'expérience après la nuit torride qu'ils avaient passée chez elle.

Elle commençait même à douter de l'engagement de Gabe. Qui lui disait qu'il finirait par la choisir, elle, plutôt que Nadia ? De plus, il avait vaguement fait allusion à son premier mariage tragique, sans s'étendre sur le sujet.

Décidée à en savoir plus sur Nadia et sur sa première épouse décédée, elle consulta Internet.

Sa mère, qui avait pris l'habitude de passer à l'improviste, arriva au moment où elle venait de trouver un article sur les fiançailles de Gabe.

En voyant son écran, sa mère réagit aussitôt.

— Si tu lui avais dit que tu attendais un garçon, je suis sûre qu'il t'aurait tout de suite passé la bague au doigt.

Sa mère donnait son avis sans y aller par quatre chemins. Comme à son habitude, elle portait une tenue extravagante composée d'une tunique safran sur un legging turquoise et de grandes boucles d'oreilles mises en valeur par ses cheveux blonds à la brosse.

Hannah sortit de son sac deux smoothies de fruits frais.

Sarah but une gorgée de son smoothie, puis décida de dire la vérité à sa mère.

— Gabe m'a proposé de l'épouser. Je n'ai pas encore donné ma réponse.

Sa mère la regarda, interloquée.

— Je croyais que tu rêvais de l'épouser.

— C'est le cas. Mais la situation est compliquée.

Hannah sortit deux sandwichs de son sac.

— Oui, c'est compliqué, mais tu as toujours voulu te marier. Et maintenant, tu hésites à épouser l'homme le plus beau de la planète ? Parfois, je ne te comprends pas, dit-elle en se laissant tomber dans un fauteuil.

Sarah se retint de faire remarquer à sa mère qu'elle venait de lui exposer deux idées contradictoires au sujet de Gabriel.

De toute façon, elle se devait d'être prudente et ne pas en dire trop à sa mère. Rien n'était fait. Pour l'heure, Gabe avait même disparu de la circulation, ce qui n'augurait rien de bon.

L'appétit coupé, elle lut l'article qu'elle avait trouvé sur un site, où elle n'allait jamais, car trop porté sur la presse à scandales.

Bizarrement, l'article avait été posté deux jours auparavant. Sur l'une des photos, on voyait Nadia Fortier en maillot de bain, une flûte de champagne à la main.

Elle était accompagnée d'un bel homme brun aux épaules larges et à la carrure athlétique. Il était de dos, mais il ressemblait à Gabe. La légende le confirmait. Le texte apprenait aussi aux lecteurs que Gabe et Nadia passaient quelques jours à deux dans un lieu inconnu en Toscane avant leur mariage.

Sarah se leva d'un bond, renversant sa chaise.

Quel choc !

Pas étonnant qu'il ne prenne pas ses appels s'il était en train de roucouler en Italie avec Nadia.

Sa mère l'observait.

Sans rien dire, Sarah releva la chaise, peu soucieuse d'expliquer son comportement à sa mère.

Quelle naïveté !

Dès qu'il avait passé le seuil de sa maison, elle avait recommencé à lui faire confiance, se réjouissant de sa présence, puis, une fois qu'il avait été reparti, de ses appels le soir.

Les deux jours qu'ils avaient passés en tête à tête l'avaient convaincue que Gabe ferait un père formidable. Il s'était montré très attentionné envers elle, soucieux de sa santé et de son bien-être, voulant tout savoir sur elle, sa vie, ses envies.

Mais tout cela n'avait été qu'un écran de fumée.

Il lui avait menti !

Il n'était pas retourné au Zahir pour régler ses affaires et organiser sa vie autour de Sarah et de leur bébé. Il était en train de courtiser sa jeune et jolie fiancée mince à souhait dans une propriété privée en Toscane.

En cet instant, elle comprit pourquoi elle se sentait perdue et malheureuse depuis le départ de Gabe.

Ce n'était pas lié aux hormones. Non. C'était lié au fait qu'une nouvelle fois elle était tombée amoureuse de Gabe. Le père de son enfant et l'homme qui s'apprêtait à épouser une autre femme qu'elle.

Elle en eut des vertiges.

Gabe l'avait trompée, sans vergogne.

Ce n'était pas la première fois qu'un homme lui jouait ce tour, mais c'était la première fois qu'elle se sentait aussi meurtrie.

Sarah ferma son navigateur Internet.

Elle était furieuse.

Contre elle.

Contre Gabe.

Pour se calmer, elle alla faire un tour sur sa terrasse. Il faisait gris et humide.

L'air frais lui permit de mettre de l'ordre dans ses pensées.

Fini les rêves de déménager au Zahir, fini les rêves de grand amour avec Gabe. Elle devait se reconcentrer sur sa vie à Wellington, sur son bébé. Mais pour tourner véritablement la page, elle devait régler ses comptes avec Gabe.

Sa décision prise, elle rentra dans son salon.

Des objets pour bébé étaient éparpillés çà et là.

Son regard tomba sur un ours en peluche rose tellement gros qu'il prenait tout un fauteuil. Un cadeau de Gabe.

Agacée, elle prit l'ours et alla le ranger dans le placard de la chambre d'amis, pour le placer hors de sa vue, puis elle claqua la porte.

Sa mère, qui était partie se faire un thé dans la cuisine, la rejoignit dans le salon.

— Tout va bien ?

— Oui, mentit-elle.

En réalité, cela n'allait pas du tout. Mais pour que les choses aillent mieux, elle avait pris la décision de se rendre au Zahir. C'était la seule solution pour aller au fond des choses et en avoir le cœur net.

Retournant devant l'ordinateur, elle chercha des billets d'avion.

Une fois la réservation terminée, elle se sentit soulagée et aussi effrayée.

Elle avait perdu deux maris potentiels, parce qu'elle n'avait pas osé s'imposer et faire valoir son avis. Cette fois, il y avait un bébé en jeu, et elle se sentait plus mûre.

Pas question de rester les bras croisés à ne rien faire.

Dans deux jours, elle sortirait de l'ombre.

Que Gabe le veuille ou non, elle allait venir le rejoindre sur son territoire pour tirer leur histoire au clair.

- 9 -

Peu avant minuit, Gabe pénétra dans le bureau parisien de Gerald Fortier, accompagné de Xavier et Hasim, son assistant personnel. Ils étaient tous trois vêtus de l'habit traditionnel du Zahir.

Gabe avait exigé ce rendez-vous après avoir appris que Nadia n'était pas en vacances chez une de ses tantes dans le Sud de la France, mais qu'elle était avec un comte italien en Toscane.

Fortier, conscient que Gabe pouvait annuler le mariage, n'avait cessé de repousser l'entrevue.

A l'entrée, le garde en poste sembla impressionné par Gabe, sa cicatrice, son habit traditionnel et sa stature.

Quelques instants plus tard, ils pénétraient dans l'ascenseur menant au penthouse.

Fortier les attendait, debout devant une gigantesque baie vitrée qui donnait sur la tour Eiffel.

Il se tourna pour accueillir Gabe, tout en regardant sa montre.

— Vous avez de la chance. J'étais sur le point de partir pour prendre mon avion.

— Pour la Toscane ?

Fortier blêmit, alors qu'il indiquait aux trois hommes de prendre place dans les fauteuils en cuir installés autour d'une table basse en marbre.

Gabe n'obtempéra pas.

Au lieu de cela, il parla de l'article qui stipulait que Gabe était en vacances en Toscane.

— Vous savez très bien que j'étais en voyage d'affaires à New York et aux Emirats Arabes Unis ces derniers jours.

— Oui, mais c'était la seule façon de sauver la face.

— Si je voulais encore épouser votre fille.

Fortier se raidit, prenant conscience de la gravité de la situation.

— Le contrat est signé, et un acompte conséquent a déjà été versé. Vous ne pouvez pas revenir sur les termes de départ.

— Si justement. Je suis venu vous dire que les termes de départ ont changé.

A présent, Fortier était pâle comme un linge.

Dans les termes d'origine, la future épouse devait être vierge. Ce qui, à en juger par la vie dissolue que menait Nadia Fortier, n'était plus le cas depuis longtemps.

De plus, Gabe avait toutes les raisons de croire que son père était au courant de la situation, mais qu'il s'était abstenu d'en parler lors de la signature du contrat.

Il était temps d'annoncer la mauvaise nouvelle à Fortier.

— Etant donné la situation, et la conduite de votre fille, j'ai le regret de vous annoncer que le contrat n'est plus valable.

Le silence se fit. Tendu, palpable.

— Dans ce cas, j'exige le remboursement intégral des sommes que j'ai versées.

— Vous serez remboursé dès que la banque avec qui je viens de signer un contrat à New York aura mis les fonds à notre disposition. En échange de votre patience, je veillerai à ce que la liaison de Nadia en Toscane soit étouffée.

— Merci.

Manifestement, le père se souciait de la réputation de sa fille, et Gabe était prêt à faire ce geste, même si c'était risqué pour lui.

Une heure plus tard, il était de retour dans son jet privé.

Ses fiançailles avec Nadia étaient officiellement annulées, mais il ne pouvait pas encore se réjouir pleinement de la situation.

Il devait d'abord prendre des nouvelles de Sarah et s'assurer qu'elle était prête à franchir le pas.

Les préparatifs du mariage étaient pratiquement terminés. Les invitations avaient été envoyées et les hôtels réservés. Accepterait-elle de prendre le mariage en marche ?

Rien n'était moins sûr. De plus, ses derniers jours, il n'avait pas réussi à la joindre, entre le manque de réseau, le décalage et sa volonté de résoudre les problèmes avant de la recontacter. Bien sûr, il s'inquiétait qu'elle interprète mal son silence.

Il avait eu plusieurs appels en absence de Sarah et deux messages. Le dernier remontait à quatre jours. Depuis, rien. Il espérait que tout allait bien pour elle et qu'elle comprendrait la situation.

Il tenta de l'appeler, mais tomba directement sur sa boîte vocale. Il essaya de nouveau de l'appeler. Rien.

Il éteignit son portable pour le décollage.

Si elle avait eu un problème, elle lui en aurait sûrement parlé. A moins qu'elle refuse de répondre car elle lui en voulait d'avoir été silencieux pendant quatre jours.

— Tout va bien ? s'enquit Xavier, sentant qu'il était tendu.

— Oui, mentit-il.

Tout n'allait pas bien. Il n'avait pas de nouvelles récentes de Sarah et il ne l'avait pas vue depuis deux semaines. Elle lui manquait.

Enormément.

D'un côté, il redoutait de se sentir dépendant d'elle.

De l'autre, il mourait d'impatience de la retrouver.

Le Zahir étincelait sous le soleil matinal.

Elle donna un pourboire au garçon d'étage qui avait porté ses bagages dans la grande suite qu'elle avait louée pour dix jours.

Après s'être changée et s'être munie d'un appareil photo et d'un bloc-notes, elle prit l'ascenseur pour redescendre au rez-de-chaussée.

Evelyn l'avait autorisée à voyager, car ses résultats sanguins s'étaient nettement améliorés depuis qu'elle avait modifié son régime alimentaire.

Ce fut un plaisir de se fondre dans les ruelles de la ville, parmi la foule qui vaquait à ses occupations. Les maisons en chaux blanche ornaient les flancs des collines qui entouraient la baie.

Elle prit des photos du souk, de la rue principale qui longeait le bord de mer et des maisons scintillantes sous les rayons du soleil.

Son humeur fut légèrement contrariée par une affiche publicitaire félicitant le cheikh Kadin et Nadia pour leurs fiançailles.

Elle s'était lancée comme mission d'enquêter sur la vie de Gabe, mais elle ne s'attendait pas à ce que son investigation lui confirme ce qu'elle redoutait le plus.

Le cœur lourd, assoiffée, elle s'arrêta dans un café pour prendre une boisson fraîche.

La jeune et jolie serveuse se montra très accueillante, prête à répondre à toutes ses questions.

— Personne n'a encore vu Nadia. On pense que sa famille la garde à l'abri avant le grand jour. Mais si vous allez en ligne, vous trouverez des photos. Elle est tellement belle. Avant, elle était très active sur les réseaux sociaux. Mais depuis l'annonce des fiançailles, rien, dit-elle en faisant un geste en travers de la gorge.

— Oui, Gabe… le cheikh aime contrôler son monde, dit Sarah en sirotant sa citronnade glacée.

La serveuse la regarda, étonnée.

— Moi, je parlais de son père. Kadin est un ange. Beaucoup de femmes s'intéressent à lui, mais depuis le décès de sa première épouse, il n'a plus jamais été le même. Il devait être très amoureux d'elle. D'après les rumeurs, c'est pour ça qu'il a choisi un mariage de convenance. Après tout, il lui faut un héritier. Et les Fortier sont très riches, donc j'imagine que, ça aussi, ça a dû peser dans la balance.

Sarah reposa son verre.

Elle n'avait plus soif et ne voulait plus parler du mariage de Gabriel avec la belle et riche Nadia.

Ses rêves de mariage avec Gabe s'évanouissaient à l'horizon, tel un mirage.

Non seulement il y avait Nadia, mais aussi la première femme de Gabe, dont il ne parlait pas, mais dont il était apparemment encore amoureux, d'après les dires de la serveuse.

Epuisé après son détour marathon par Paris et contrarié de ne pas avoir réussi à joindre Sarah, Gabe rentra au Zahir les nerfs à fleur de peau. Dans la ville, les décorations et les messages de félicitations ne firent rien pour arranger son état.

Son téléphone sonna.

Il se gara sur le bas-côté pour répondre.

C'était Xavier.

— Des nouvelles de Sarah ? s'enquit aussitôt Gabe.

— Non, toujours pas. Et d'après Tarik, elle n'est pas chez elle.

Le mauvais pressentiment qu'il avait éprouvé avant le décollage de Paris le submergea de nouveau.

Il se raidit en imaginant qu'elle avait pu s'évanouir seule chez elle. Depuis son nouveau régime, son diabète était sous contrôle, mais peut-être avait-elle eu des complications et avait-elle été admise à l'hôpital ?

Soudain, la situation lui apparut sous un jour nouveau. Il était allé à Wellington pour découvrir si oui ou non Sarah était enceinte, puis il était reparti, la laissant seule.

Quel manque de tact !

Pendant ses déplacements, il s'était conforté dans l'idée qu'il agissait pour le bien de Sarah et du bébé, mais tout en mettant une distance physique entre eux, il avait aussi entretenu une distance émotionnelle, par peur de perdre le contrôle.

A présent, il voulait faire disparaître ces deux distances.

Dès qu'il aurait des nouvelles de Sarah, il ferait le nécessaire pour qu'elle vienne le rejoindre au Zahir.

Il rappela Xavier pour lui dire d'insister et de localiser Sarah à tout prix.

Son inquiétude s'accrut. Sarah lui avait raconté que l'homme avec qui elle avait rendez-vous au consulat le soir où ils s'étaient rencontrés, le fameux Graham Southwell, s'était introduit chez elle un jour pendant son absence et qu'elle l'avait surpris en flagrant délit. Peut-être était-il revenu l'importuner ?

— Et localise aussi Graham Southwell, s'il te plaît.

Même si Sarah lui avait affirmé qu'elle avait coupé les ponts avec lui, ce dernier avait peut-être essayé de revenir à la charge.

— Demande à Tarik de vérifier si Sarah a quitté le pays.

Gabe se réinséra dans la circulation dense.

Il réagissait peut-être de façon exagérée. Sarah pouvait très bien être partie quelques jours. Sans son portable ? Peu probable, mais possible. A moins qu'elle ait choisi délibérément de ne pas répondre. Pour lui donner une leçon.

Cette pensée le contraria.

Pourquoi aurait-elle fait cela ?

Une seule raison lui vint à l'esprit : elle avait eu vent du scandale autour de Nadia.

Il serra les dents, frappant le volant. Quel idiot !

Il aurait très bien pu essayer de lui donner des nouvelles plus tôt, même avant d'avoir annulé officiellement son mariage avec Nadia. Il aurait dû la rassurer, lui dire qu'il était là, pour elle, qu'elle pourrait toujours compter sur lui.

Il devait le faire au plus vite.

Il voulait la voir, lui parler, lui expliquer, s'assurer qu'elle viendrait à lui.

Pour le moment, rien n'était moins sûr, pensa-t-il, sa vulnérabilité atteignant son paroxysme. Même s'il était sûr des sentiments qu'elle nourrissait à son égard, elle lui avait aussi prouvé qu'elle pouvait vivre sans lui.

Il freina brusquement alors qu'un camion sorti de nulle part vint de lui barrer la route.

Et si elle avait décidé qu'elle pouvait vraiment vivre sans lui, pour toujours ?

Il sentit son cœur se serrer.

Coincé dans la circulation un jour de canicule, il venait d'avoir l'une des plus grandes révélations de sa vie.

Il avait commis une erreur monumentale en laissant Sarah seule et sans nouvelles pendant aussi longtemps. Plus jamais il ne commettrait cette erreur. Maintenant qu'il avait annulé ses fiançailles avec Nadia, il allait tout mettre en œuvre pour officialiser ses fiançailles avec Sarah.

Il était quasiment arrivé au palais quand Xavier le rappela pour lui annoncer que Sarah avait quitté la Nouvelle-Zélande et qu'elle avait atterri au Zahir ce matin même.

Cette nouvelle l'emplit de joie : elle ne l'avait pas rayé de la carte.

Elle était là.

Il n'y voyait qu'une raison : elle était venue pour lui.

Elle l'aimait, c'était une certitude.

C'était pour cela qu'elle s'était offerte à lui le soir où ils s'étaient rencontrés, et c'est pour cela qu'elle avait accepté de le reprendre quatre mois après sa désertion.

En d'autres temps, il aurait probablement paniqué à l'idée que Sarah soit venue sans lui demander son avis. Mais là, c'était un soulagement. Il avait toujours redouté les requêtes exigeantes et possessives de Jasmine, mais avec Sarah, la dynamique entre eux était très différente. Il aimait son indépendance d'esprit, son désir pour lui.

Et si elle était amoureuse de lui, finalement, c'était d'autant mieux, car cela permettait de contrebalancer son tempérament de femme indépendante.

A ses yeux, en cet instant, il était plus que jamais important de sceller leur union.

Il revint au présent en entendant Xavier à l'autre bout de la ligne.

— Tu as écouté ce que je disais ?

— Non.

— Graham Southwell est aussi sur l'île, mais ils ne sont pas arrivés ensemble, et ils ne sont pas descendus au même hôtel.

Southwell était au Zahir ?

Il fit demi-tour en direction de l'hôtel de Sarah.

Un flot de piétons à un passage clouté devant le souk ralentit sa progression.

Une femme vêtue de blanc et aux cheveux caramel noués en un chignon sensuel attira son attention. Il ne voyait pas son visage, mais la confiance qui émanait d'elle le replongea quelques mois en arrière au consulat du Zahir à Wellington.

On aurait dit Sarah.

La circulation n'avançait pas, mais la jeune femme s'apprêtait à s'enfoncer dans le souk. Replaçant la lanière de son sac sur ses épaules, elle consulta sa montre.

Le sang de Gabe ne fit qu'un tour alors que son cœur tambourinait dans sa poitrine.

La forme élégante de ses pommettes, l'angle délicat de ses yeux, et ce nez légèrement impérieux… il l'aurait reconnue parmi des milliers.

C'était elle.

Il ne pouvait pas se garer dans la rue congestionnée. Il recula de quelques mètres et tourna dans une ruelle longeant le souk. Impossible de se garer. Il trouva une place de livraison devant un vendeur de diamants.

Quand il fut descendu de la voiture, le gardien du magasin vint à sa hauteur. Quand il reconnut à qui il avait affaire, il prévint son chef qui ne tarda pas à venir parler à Gabe. D'une part, il lui assura qu'il pouvait laisser sa voiture aussi longtemps qu'il le souhaitait, et, d'autre part, il lui fit l'article sur des boucles d'oreilles en diamant qui raviraient sa future épouse.

Gabe promit au marchand de diamants que, s'il envisageait un tel cadeau pour sa future épouse, il ne manquerait pas de venir le voir.

Ce qui était certain, c'est que maintenant qu'il allait demander officiellement Sarah en mariage, il devrait lui offrir une bague. Une bague qui scellerait leurs fiançailles et indiquerait au monde entier qu'elle était sienne.

Il se demanda quel genre de diamant plairait à Sarah. Jamais il n'avait pensé à des choses pareilles auparavant. Jasmine avait insisté pour choisir sa bague, et il n'avait jamais passé assez de temps avec Nadia pour connaître ses goûts.

Il se hâta de rejoindre la foule dans le souk, à la recherche de Sarah. Il y avait beaucoup de touristes, ce qu'il devait à son ministre du Tourisme, Faruq Malik. Faruq, qui avait étudié à Harvard, comme Gabe, était revenu au pays, décidé à présenter l'île comme un lieu idyllique, mystique et historique. De plus, c'était un génie des relations publiques.

Gabe aperçut une tache de blanc parmi un océan de couleurs éclatantes. Bravant touristes et locaux, il atteignit enfin le magasin de soie où était entrée Sarah.

A l'intérieur, il y avait un groupe de touristes japonais, et Sarah, enveloppée d'un drapé de soie rouge.

Gabe se figea, subjugué.

Le rouge était vraiment sa couleur.

Alors que le vendeur la faisait tourner sur elle-même, elle croisa son regard.

— Gabe !

Son regard flamboyant le transporta dans la jeep le jour où il lui avait dit qu'il s'était fiancé après avoir passé la nuit avec elle. Après son accès de rage, elle l'avait embrassé.

Si elle avait été indifférente, il aurait eu de quoi s'inquiéter. Mais ce n'était pas le cas. Elle était loin d'être indifférente.

Elle était folle de rage, et si elle avait eu vent de sa prétendue idylle avec Nadia dans la presse italienne, elle avait de quoi l'être.

Pour sa part, il la désirait toujours autant.

Elle lui avait manqué, et il était soulagé de pouvoir enfin la voir.

— Sarah, quelle bonne surprise !

- 10 -

Sarah n'avait pas reconnu Gabe sur le coup, dans son costume traditionnel.

Sous le choc, elle décida de jouer la surprise.

— Pour rien au monde, je n'aurais voulu rater ton mariage.

Dans la boutique, la lumière naturelle ne filtrait que légèrement. Il portait un costume foncé, et sa barbe de quelques jours lui assombrissait le visage. Ses yeux ambrés brillaient dans la pénombre. Il semblait plus exotique que jamais, plus grand que nature.

Après avoir passé des jours à lui en vouloir de l'avoir une nouvelle fois abandonnée, et de ne pas avoir tenu sa parole, elle perdit toute volonté belligérante dès l'instant où elle le vit.

S'il était là, c'est qu'il l'avait vue entrer dans cette boutique. Et s'il l'avait vue entrer dans cette boutique, c'est qu'il l'avait suivie. Et s'il l'avait suivie…

Cette pensée suscita en elle une vague de désir chaud et impérieux qu'elle tenta d'étouffer.

N'ayant plus rien à perdre, elle opta pour la franchise.

— Où est Nadia ?

Instantanément, le silence se fit dans la boutique. D'autant que la clientèle était essentiellement féminine.

— Nous devons parler, mais… pas ici, murmura-t-il.

Sarah prit conscience que les clientes avaient des téléphones, et qu'en un clic elles pourraient relayer la scène sur les réseaux sociaux.

C'est sûrement ce qui était arrivé à Gabe en Italie.

Comme elle n'obéissait pas spontanément, il la fusilla du regard, comme si c'était elle qui l'avait trahi et non l'inverse.

Quelques instants plus tard, non sans avoir au préalable acheté une tenue traditionnelle d'un rouge éclatant, elle se retrouva en pleine rue, sous les rayons puissants du soleil.

Dans la foule, il se mit à lui parler.

— Sarah, écoute-moi. Je n'ai pas été en contact avec Nadia, et je n'ai pas non plus été avec elle en Italie. J'étais dans les Emirats Arabes Unis où le réseau n'est pas fiable. Je voulais attendre d'avoir résolu deux grandes questions avant de te recontacter. Je n'aurais pas dû te laisser sans nouvelles aussi longtemps, et j'en suis vraiment désolé. J'espère que tu accepteras de me pardonner d'avoir manqué de tact à ce point.

Elle s'arrêta net, le regardant droit dans les yeux pour voir s'il était sincère.

— Donc, ce n'était pas toi sur les photos en Italie ?

— Je ne suis jamais allé en Toscane, se contenta-t-il de répondre.

Il n'avait pas été avec Nadia.

Le soulagement qu'elle éprouva lui fit monter les larmes aux yeux. Elle fouilla dans son sac pour prendre un mouchoir.

— Alors, qui était-ce ?

— Raoul Fabrizio. Un comte italien.

— Ah…, se contenta-t-elle de dire, déboussolée.

— Oh ! tu pleures.

Alors qu'elle se mouchait et essuyait ses larmes, il la prit dans ses bras. Sa voix rauque et les battements rapides de son cœur suffirent à la calmer. Après des jours de stress et de rage, elle prenait conscience qu'il n'était pas aussi diabolique qu'elle le pensait.

— Je ne pleure jamais. Je pense que c'est la grossesse.

Alors qu'elle cherchait un autre mouchoir en papier, il lui tendit un magnifique mouchoir en tissu.

— Comment te portes-tu ?

Elle le fixa, le regard vide.

— C'est maintenant que tu t'en soucies ?

Des touristes marchant en direction de la plage, serviette autour de la taille, passèrent en les dévisageant.

— On ne peut pas rester ici pour parler. Si tu veux bien me suivre, je connais un endroit intime.

Elle vérifia l'heure comme si elle avait un emploi du temps chargé et qu'elle ne savait pas si elle pourrait trouver du temps pour lui.

— Tu penses que ça prendra combien de temps ?

— Pourquoi ? Tu as d'autres rendez-vous ?

Elle se figea.

Quel toupet !

Insinuait-il qu'une enseignante d'histoire enceinte était bonne pour la casse ?

— Je ne suis pas venue en vacances. Maintenant que je vais avoir un enfant, je dois trouver d'autres moyens de gagner ma vie. Je me reconvertis dans le journalisme de voyage.

Il lui jeta un regard à la fois sérieux et sévère.

— Tu n'as pas besoin de travailler. Je veillerai à ce que toi et le bébé ne manquiez de rien.

— Pas question de dépendre de toi.

— Ce n'est pas ce que j'ai dit. Suis-moi.

Quelques minutes plus tard, ils se retrouvèrent dans une ruelle. Les phares d'une berline noire s'illuminèrent.

— C'est ta voiture ? s'enquit-elle.

— Oui.

— Tu as dit que tu connaissais un endroit où on pourrait parler en privé. Tu n'as pas dit que tu voulais me faire monter en voiture pour m'emmener je ne sais où.

— Pardon, j'aurais dû préciser. J'aimerais t'emmener dans un endroit où nous ne serons pas entourés d'une foule de badauds qui pourraient me reconnaître, et surtout retranscrire notre échange par le menu. J'ai une maison de plage à quelques minutes d'ici. Si cela ne te convient pas, on peut aller à ton hôtel.

— Tu sais à quel hôtel je suis descendue ?

— Tu sais, l'île n'est pas grande.

— Donc, tu m'as fait suivre, c'est ça ?

— Non, j'ai simplement demandé à Xavier de se renseigner.

— Ton bras droit diabolique, ajouta-t-elle avant de prendre place à bord de son Audi de luxe.

L'air conditionné lui fit le plus grand bien.

— Xavier n'est pas mon bras droit diabolique. C'est un ami qui est chef de la sécurité. Et il s'occupe de garder un œil sur la famille royale et ses proches.

— Or, je ne rentre dans aucune de ces catégories, puisque ta famille ignore mon existence.

Son regard tomba directement sur ses lèvres, faisant naître en elle des sensations hors du commun.

— Tu te trompes. Je n'ai pas donné de mes nouvelles ces derniers jours, mais j'ai accompli beaucoup de choses. Et je peux t'assurer que ma famille connaît ton existence. Votre existence. Je leur ai parlé de toi et du bébé.

Elle en eut les larmes aux yeux.

C'était tellement bon de savoir qu'il leur avait parlé d'elle. Savourant l'air conditionné, elle s'enfonça dans son siège avec délectation.

Il s'arrêta à un passage piéton.

Elle se raidit en entendant sonner son téléphone.

Consciente de la proximité de Gabe, elle répondit néanmoins à sa mère, tout en sachant qu'il pourrait entendre sa conversation.

L'échange fut de courte durée. Hannah voulait savoir comment elle allait et si elle avait pris ses quartiers dans son hôtel. Elle lui annonça également qu'elle avait appris par une connaissance commune que Graham avait entrepris un voyage au Zahir.

Elle en fut contrariée. Manifestement, il était venu pour retrouver la trace de la dot disparue. Elle ne l'avait pas revu depuis qu'il s'était introduit chez elle et n'avait aucune envie de le revoir.

Ce serait le comble de tomber nez à nez sur lui ici, mais c'était une possibilité, et mieux valait le savoir.

Gabe tourna dans une jolie allée étroite bordée d'oliviers. Il arrêta son véhicule devant une villa construite à flanc de rocher donnant sur une baie splendide.

Elle raccrocha.

— C'était Southwell ?

Elle aurait pu simplement dire que c'était sa mère, mais après les semaines d'incertitude qu'elle venait de passer, elle ne se sentait pas d'humeur à être espionnée par Gabe.

— Cela ne te regarde pas, dit-elle en s'apprêtant à sortir.

Il se pencha pour refermer la portière, la retenant prisonnière.

— Je ne veux pas que tu voies Southwell.

Maintenant qu'il était près d'elle, elle pouvait voir les traits tirés sous ses beaux yeux, comme s'il n'avait pas beaucoup dormi dernièrement.

— Je n'ai aucune intention de revoir Southwell, même si c'était le dernier homme sur terre.

Il lâcha la poignée.

— Alors, à qui parlais-tu ?

L'idée d'entretenir le mystère lui plaisait. Après tout, cela ne lui ferait pas de mal de faire l'expérience des nombreux moments de doute qu'elle avait vécus par sa faute.

Mais avec la proximité du corps de Gabe, qui irradiait une chaleur virile irrésistible, il lui était difficile de tenir une ligne de conduite ferme et résolue.

En sa présence, elle perdait ses moyens. Le moindre effleurement lui faisait tourner la tête.

De plus, elle aimait l'idée que Gabe puisse être jaloux.

— C'était ma mère.

Ses yeux tombèrent sur sa bouche, comme s'il était prêt à la dévorer.

— Pardon d'avoir insisté, mais Xavier m'a appris que Southwell était sur l'île, et je m'inquiète pour toi.

Elle tenta de ne pas se perdre dans ses iris couleur ambre.

— Ce n'est pas la première fois qu'il vient ici. Il est obsédé par la partie manquante de la dot de Camille de Vallois, et il voyage aussi pour son métier.

Gabe lui jeta un regard noir.

Elle jouait avec le feu.

Il était jaloux qu'elle parle de Graham. Elle en ressentit une intense satisfaction. Comme une mini-revanche. Après tout, hormis cette pointe de jalousie, elle ignorait tout de ses sentiments à son égard.

Quant à elle, elle l'aimait. De tout son cœur.

Il était le père de son enfant, il avait disparu pendant des jours, après avoir disparu pendant des mois.

Chaque jour, il lui avait manqué.

De plus, pendant cette période d'incertitude, elle avait aussi craint qu'il poursuive ses projets de mariage comme si ce qui s'était passé entre eux n'avait pas eu d'importance.

Elle avait souffert et n'avait pas envie d'être sur ses gardes quand elle lui parlait, comme si elle était en faute, alors que son comportement était justement irréprochable.

— J'ai demandé à Xavier d'engager un détective privé pour enquêter sur les agissements de Southwell.

Elle sourit, amusée.

— Ce n'est pas un peu parano de ta part ?

Il la regarda, offusqué, l'air sérieux.

— Pas du tout. Je dois m'assurer qu'il ne cherchera pas à t'approcher.

Il était jaloux, elle en avait maintenant la preuve.

Soudain, elle se sentit plus légère.

Il n'était pas parti en Toscane avec Nadia et pendant son absence, même s'il n'avait pas donné de nouvelles, il s'était inquiété pour elle. Et il ne voulait pas non plus qu'elle s'intéresse à un autre homme.

Soulagée, elle sortit de la voiture, s'engageant dans une allée de coquillages blancs.

Gabe lui indiqua un passage qui menait vers une terrasse ombragée.

Il ouvrit des portes-fenêtres. Elle le suivit dans un salon plongé dans une semi-obscurité.

Les dalles restituaient une fraîcheur bienfaisante par cette chaleur, tandis que des tapis orientaux offraient luxe et confort. Des canapés bas étaient positionnés de manière à profiter de la vue imprenable sur la mer.

Il se dirigea vers l'espace cuisine ouvrant sur le salon.

— Tu veux boire quelque chose ?

Sa question indiquait qu'ils resteraient dans cette partie de la maison, alors que par curiosité elle aurait aimé faire le tour du propriétaire.

Manifestement, ce n'était pas sa résidence principale, puisque tout semblait avoir été fermé pendant longtemps.

— De l'eau, merci.

Il lui fit signe de s'asseoir.

Elle se laissa tomber sur un canapé.

Après avoir déposé un verre d'eau sur la table basse, il gagna la porte-fenêtre ouverte, lui tournant le dos.

Impatiente, elle rompit le silence.

— Alors, de quoi voulais-tu parler ?

Il se tourna vers elle.

— De nous. Depuis hier soir, je ne suis plus obligé d'épouser Nadia Fortier. Je suggère qu'on se marie le mois prochain.

- 11 -

Sarah avait-elle bien entendu ?

Elle but une gorgée d'eau, puis reposa le verre sur la table en ébène.

— Tu veux vraiment m'épouser ?

Il la regardait, l'air impénétrable.

Bizarrement, il semblait sur ses gardes.

Compte tenu de sa réaction quand elle avait parlé de Graham, elle savait qu'il avait des sentiments pour elle. Mais elle savait aussi qu'il avait une approche du mariage différente de la sienne. Pour lui, c'était davantage un contrat d'affaires qu'une histoire d'amour.

D'ailleurs, il ne lui avait jamais parlé d'amour.

Elle sentit son cœur se serrer en repensant qu'il n'avait presque jamais fait allusion à sa première femme.

La situation imposait qu'ils se marient, soit. Mais elle avait espéré sentir quelque chose entre eux, au-delà du bébé. Un aperçu de l'amour qu'ils pourraient partager et peut-être voir grandir lorsqu'ils vivraient à deux.

Or, pour le moment, rien de tout cela ne transparaissait dans sa proposition.

Et même si elle avait essayé de garder ses distances, comme il savait si bien le faire, son amour pour lui ne cessait de grandir, jour après jour, qu'elle le veuille ou non.

C'était un vrai problème. Elle l'aimait et avait envie de l'épouser, même si lui ne l'aimait pas autant en retour.

Mais n'était-ce pas une entreprise risquée ?

— Le mois prochain ?

Il lui proposa une date.

N'y tenant plus, elle se leva d'un bond, furieuse.

— Tu proposes qu'on se marie le jour où tu devais te marier avec Nadia ?

— Oui.

La joie qu'elle avait éprouvée en entendant sa proposition de mariage s'évanouit, remplacée par un profond sentiment de frustration et d'incompréhension.

— C'est vrai, après tout, les invitations ont été envoyées, le lieu est réservé, et pour que le mariage ait lieu, il faut deux personnes.

Elle parlait d'expérience, puisqu'elle avait elle-même déjà annulé deux mariages.

— Je sais que ce n'est pas idéal, mais nous devons nous marier rapidement, et cette date a déjà été fixée. De plus, c'est un événement important pour le pays, et tout le monde attend ce jour avec impatience.

Elle comprenait l'aspect pratique de la chose, mais comment aurait-elle pu se réjouir de cet arrangement ? Tout sonnait faux, semblait forcé, et elle n'aimait pas l'idée de jouer les doublures à son propre mariage.

Incapable de répondre, elle fit le tour de la pièce, tombant sur un portrait où elle reconnut Camille.

— Elle avait beaucoup de classe.

— Elle savait ce qu'elle voulait. Comme toi.

— Tu vois ça comme un problème ?

— Non, tant que tu acceptes de m'épouser.

En effet, elle n'avait pas encore accepté de l'épouser.

Elle le regarda droit dans les yeux, tentant d'évaluer sa sincérité.

— Tu veux vraiment m'épouser ?

Il s'approcha d'elle, le visage fermé, le regard soucieux. Puis il l'enlaça.

— Oui. Je veux vraiment t'épouser. On s'entend bien. On s'apprécie. Et on va avoir un bébé.

Et quand ils faisaient l'amour, c'était extraordinaire.

— Et l'argent ?

— Ce n'est plus un problème.

Il l'étreignit un peu plus, comme pour la faire céder.

— Sarah, je te veux, et je crois que tu le sais. Cela fait deux semaines que je fais et défais des contrats pour que tu sois ma femme. Acceptes-tu de m'épouser ?

Le temps ralentit, comme s'il était sur le point de s'arrêter.

Elle avait voulu changer sa vie, prendre des risques, et elle l'avait fait. A présent, pouvait-elle envisager de reprendre sa vie routinière à Wellington ? Non.

La proposition de Gabe n'était pas idéale, mais elle comportait de nombreux éléments porteurs d'espoir.

Et surtout, elle devait penser au bébé.

Comment résister à l'envie de fonder un foyer avec son enfant et le père de son enfant ?

Elle ne pouvait pas passer à côté de cette occasion.

— Alors ?

Elle prit sa décision, sur-le-champ.

— Oui.

Les traits du visage de Gabe s'illuminèrent, sous l'effet du soulagement que lui procurait sa réponse.

Il se baissa pour effleurer ses lèvres.

Son baiser, long et langoureux, la fit frissonner, puis une vague de chaleur l'envahit.

Sans réfléchir, s'appuyant sur ses épaules, elle se hissa sur la pointe des pieds pour approfondir leur baiser.

C'était ce qu'elle attendait depuis longtemps.

Il resserra son étreinte, la plaquant contre lui.

Elle éprouva un soulagement en sentant son sexe en érection contre sa hanche. Sa réponse virile et brute la rassura, après ces jours d'anxiété à se demander s'il avait encore envie d'elle.

Quand il leva la tête, elle s'agrippa à son cou pour l'attirer de nouveau à lui et l'embrasser avec fougue.

Il entreprit de défaire son chignon, enlevant les pinces une à une, jusqu'à ce que ses cheveux tombent en cascade sur ses épaules. Puis il la souleva dans ses bras et, sans cesser de l'embrasser, la porta jusqu'à un canapé.

Quand il l'y déposa, le cuir frais contre sa peau la fit frissonner, augmentant son excitation.

— Tu es assez en forme pour faire l'amour ? murmura-t-il, le regard incandescent.

— Prends-moi ! se contenta-t-elle de répondre, au comble du désir.

Il s'empara de sa bouche, l'embrassant avec avidité, comme s'il ne la laisserait jamais quitter ce canapé.

Ils allaient faire l'amour.

Dire que, quelques heures plus tôt encore, elle n'était pas sûre de le revoir, et elle le soupçonnait d'être dans les bras de Nadia.

Les doigts tremblant, elle lui défit sa cravate, puis se mit à déboutonner sa chemise.

Elle avait tellement hâte de le sentir en elle.

Même si la situation de leur couple n'était pas parfaite, quand ils faisaient l'amour, c'était toujours parfait.

Il lui ôta délicatement sa robe.

Puis il retira sa veste, sa chemise et son pantalon.

Quand il jeta son caleçon gris sur le sol et qu'elle put admirer la splendeur de sa nudité, elle sentit sa gorge s'assécher.

Quel spectacle enivrant et excitant !

Elle l'avait déjà vu dans la pénombre de sa chambre, mais jamais à la lumière du jour. Le soleil du Zahir était très flatteur, et son corps était magnifique.

Enfin, il la rejoignit sur le canapé.

Il se plaqua contre elle, puis il l'immobilisa de son regard, comme s'il cherchait à fouiller son esprit avant de fouiller son corps.

Soudain, elle eut un mouvement de panique.

Elle portait son bébé, ils allaient se marier…

Et si elle le décevait ?

Et si elle n'était pas à la hauteur de ses attentes ?

Quelques secondes plus tard, ses doutes s'envolèrent alors qu'il la pénétrait délicatement.

Ses baisers, ses caresses, son sexe qui la désirait…

En cet instant, elle sentait qu'elle était la seule femme à ses yeux. Il la tenait comme s'il ne voulait jamais plus la laisser partir, comme si elle comptait plus que tout.

Elle s'abandonna aux émotions toujours plus fortes qui la submergeaient.

En cet après-midi ensoleillé, dans la chaleur de leurs corps, mus par le même désir, ils se laissèrent porter sur la vague du plaisir vers le firmament des amants.

Plus tard, douché et habillé, Gabe prit son téléphone, indiquant que les affaires reprenaient.

Une fois sa conversation terminée, il lui donna les dernières informations.

— Hasim va s'occuper du changement des invitations. En attendant que le palais fasse un communiqué de presse pour annoncer la nouvelle, j'ai besoin que tu restes dans ton hôtel et que tu ne parles de nos fiançailles à personne.

L'esprit et le corps encore emplis de leurs ébats, elle fut choquée par son ton.

Il semblait tout à fait à l'aise à gérer leur mariage comme un contrat d'affaires, sans se soucier des sentiments qu'elle pouvait avoir pour lui.

— Tu veux que je reste enfermée dans ma chambre et que je ne parle à personne ? s'enquit-elle, incrédule.

— Oui, ce serait mieux, même si ce n'est pas idéal.

Heureusement, le regard qu'il lui lança — et qui l'enflamma sur-le-champ — lui indiqua que, sous ses dessous d'homme d'affaires, il lui restait encore une once de vulnérabilité virile.

— En effet, c'est loin d'être idéal, surtout pour moi.

— Je sais, mais si la presse s'emparait de l'affaire avant que…

Il avait composé un autre numéro, et la personne à l'autre bout avait répondu.

Se détournant, il eut une conversation rapide en zahirien.

Quelques minutes plus tard, il raccrocha.

— C'était Faruq, le ministre du Tourisme. Il va se charger du communiqué de presse. Une fois l'annonce faite, nous pourrons emménager au palais tous les deux.

Il la reconduisit à son hôtel.

En route, il lui posa quantité de questions sur elle et le bébé. Il lui demanda aussi de lui dire mot pour mot les conseils que lui avait donnés Evelyn.

Elle ne pouvait s'empêcher d'interpréter ses attentions pour elle comme la preuve de ses sentiments.

Mais l'aimait-il réellement ?

Perplexe, encore sous l'effet du merveilleux orgasme qu'elle avait connu, elle entra dans le hall de l'hôtel plongé dans la semi-obscurité.

Elle ne s'attendait pas à y trouver Graham. Elle fut aussitôt sur ses gardes. Elle n'était pas prête à lui pardonner son comportement de goujat.

— Que fais-tu là ? Que veux-tu ?

— Qu'est-ce qui te fait dire que je veux quelque chose ?

Il ouvrit les bras, comme pour lui donner l'accolade.

Elle eut un mouvement de recul.

Elle ne voulait pas qu'il la touche. Pas question d'opter pour une amitié biaisée.

— D'après mon expérience, tes actions sont toujours intéressées. Tu te sers des gens pour parvenir à tes fins et tu t'es déjà servi de moi. Je t'ai déjà dit que je ne voulais plus jamais te revoir. Chez moi ou ailleurs.

— Je sais, mais c'est de l'histoire ancienne.

— Pour moi, c'est très frais dans mon esprit. J'aimerais que tu me laisses tranquille.

— En fait, j'ai besoin de toi pour déchiffrer une partie du journal. Je crois que j'ai une piste.

— C'est non, dit-elle en montant dans l'ascenseur.

Alors que les portes se refermaient, elle vit qu'il était rouge de colère. Peu lui importait. Elle n'avait pas besoin de lui et elle était trop absorbée par Gabe pour se soucier des problèmes de traduction de Graham.

En sortant de l'ascenseur, elle tomba sur un jeune couple,

probablement en lune de miel. Collés l'un à l'autre, se buvant du regard, la mine béate et les alliances qui brillaient.

Une fois sans sa chambre, elle regarda l'heure.

Incroyable !

Seulement trois heures s'étaient écoulées et, pourtant, sa vie avait changé du tout au tout. Gabe l'avait retrouvée au souk, ils avaient fait l'amour et elle avait accepté sa demande en mariage. Bientôt, leurs fiançailles seraient officielles.

Le cœur battant la chamade en repensant à leurs ébats, elle se regarda dans le miroir. Les joues roses, les yeux étincelants, le visage reposé… et le cou rougi par la barbe de Gabe. Cette pensée la fit chavirer, lui donnant envie d'être de nouveau dans ses bras, soumise à ses mille et une caresses.

Sa vie avait changé, mais elle aussi !

La Sarah ordinaire, enseignante d'histoire qui ne sortait jamais le soir, n'existait plus.

Elle était devenue la Sarah femme fatale, intrépide, qui avait attiré un cheikh dans son lit et qui maintenant portait son enfant.

Gabe lui avait fait l'amour comme si elle était la femme la plus désirable à ses yeux, comme si elle était irrésistible, comme s'il ne pouvait pas se passer d'elle.

Comme si elle lui appartenait.

De même que Gabe lui appartenait.

Mais lui appartenait-il vraiment ?

Elle posa son sac à main et alla se servir une boisson fraîche.

Tout en buvant, elle repensa au fait qu'elle n'en savait toujours pas plus sur la première femme de Gabe, et qu'il ne semblait pas désireux de lui parler d'elle.

Prenant sa tablette, elle s'installa sur le canapé, curieuse d'en savoir plus.

Gabe et Jasmine avaient été des amis d'enfance. Ils s'étaient mariés jeunes. Elle était décédée dans un accident de bateau tragique.

Sur les photos, elle put voir à quel point Jasmine avait été une jeune femme fragile d'une beauté époustouflante. Au passage, Sarah remarqua la taille du solitaire que Jasmine portait à la main gauche.

Une bague. Gabe et Sarah n'avaient pas encore eu le temps d'aborder le sujet.

Le téléphone de sa chambre sonna.

En entendant la voix de Graham, elle raccrocha aussitôt. Puis décrocha l'appareil. Pour faire bonne mesure, elle éteignit son portable avant de reprendre sa tablette.

Quelques heures plus tard, un léger bruit à la porte la tira de son sommeil. Elle s'était assoupie sur le canapé.

Elle vérifia par le judas, de peur que ce ne soit Graham. C'était Gabe.

Toujours aussi beau.

— Je ne m'attendais pas à te voir si tôt.

— Je voulais te prévenir d'un changement de programme, mais le téléphone de ta chambre sonnait toujours occupé et ton portable était éteint. Alors, je suis venu.

— Je vois. Quel changement de programme ?

Elle était encore absorbée par les questions qu'elle se posait sur sa première femme, et avec la sieste qu'elle venait de faire, elle avait du mal à ordonner ses idées.

Il sentit sa réticence.

— Tout va bien ?

— Oui. Alors, tu me dis de quoi il retourne ?

— J'ai fait le nécessaire pour que tu sois installée dans une maison en attendant de venir au palais. Ce sera plus sûr que l'hôtel. C'était une ancienne forteresse. Je peux t'aider à faire ton sac et t'y conduire tout de suite. Ensuite, nous pourrions dîner tous les deux, si tu veux.

Elle se raidit à l'idée qu'il soit capable d'organiser sa vie comme bon lui semblait, alors qu'il avait déjà disparu deux fois de sa vie sans crier gare.

Avant de tourner sa langue sept fois dans sa bouche, elle posa la question qu'elle s'était juré de ne jamais poser.

— Pourquoi tu ne me parles jamais de ta première femme ?

Il blêmit.

— C'est de l'histoire ancienne, répondit-il, crispé.

— Mais tu ne l'as pas oubliée.

— Ma femme est morte, quasiment devant mes yeux, donc ce serait difficile pour moi de l'oublier, à moins d'être frappé d'amnésie.

Aussitôt, elle se sentit coupable d'avoir fait remonter à la surface des souvenirs douloureux pour lui.

Cependant, elle ne put s'empêcher de se poser la question suivante : si Gabe était encore amoureux de sa femme défunte, pouvait-elle espérer un jour qu'il tombe amoureux d'elle ?

Deux femmes de ménage passèrent dans le couloir, l'une poussant un chariot, l'autre tenant un saut. Elles les dévisagèrent.

Quant à Gabe, il avait toujours les yeux rivés sur elle.

— Pourquoi as-tu éteint ton portable ?

Elle lui jeta un regard désapprobateur.

Pas question qu'il se transforme en mari dominateur vérifiant le moindre de ses faits et gestes. Elle n'avait éteint son portable que pendant quelques heures, alors qu'il avait été injoignable pendant des jours.

Néanmoins, sentant son inquiétude, elle répondit sans faire d'histoires.

— J'ai rencontré Graham dans le hall de l'hôtel. J'ai refusé de lui rendre un service. Puis il a appelé dans ma chambre.

— Southwell, je m'en doutais, dit-il, furieux.

— Pourquoi ?

— Il trame quelque chose, c'est pourquoi je veux que tu ailles t'installer ailleurs.

Il jeta un regard en direction des deux femmes de ménage qui s'étaient arrêtées non loin d'eux et semblaient fascinées par leur conversation.

— On ne peut pas continuer à parler de ça dans le couloir. Tu veux bien me laisser entrer ?

Elle recula d'un pas pour le laisser passer, puis elle referma la porte.

Elle qui avait plutôt en tête une visite romantique en fut pour ses frais. Debout devant elle, il croisa les bras sur sa poitrine.

— Que voulait-il ?

— Il voulait que je lui traduise une partie du journal de Camille qui est en vieux français.

— Et tu comprends le vieux français ?

— Oui. Je l'ai appris à l'université.

— Impressionnant. Mais revenons-en à Southwell. La prochaine fois qu'il entre en contact avec toi, préviens-moi.

— Oui, chef, plaisanta-t-elle.

Il prit un air solennel.

— Sarah, je suis sérieux. Je m'inquiète pour toi et je veux te savoir en sécurité.

Elle frissonna, à la fois intriguée et ravie. Intriguée de savoir pourquoi il craignait pour sa sécurité, et ravie de sentir qu'elle était importante à ses yeux.

Dans tous les cas, en cet instant, elle sut qu'il tenait à elle, au-delà du fait qu'elle portait son enfant et au-delà de leur mariage arrangé.

Elle repensa au premier soir où ils s'étaient rencontrés au consulat, au temps orageux et au fait qu'il avait quitté le cocktail pour partir à sa recherche, sous la pluie, dans un parking sombre.

Son envie d'en savoir plus sur son mariage avec Jasmine disparut. Elle s'était trop penchée sur le passé, alors que ce qui importait, c'était le présent et son avenir avec Gabe.

Malgré une situation complexe, il s'était démené pour la demander en mariage. Il avait dû annuler ses fiançailles, convaincre son père et le conseil du gouvernement, conclure des accords financiers pour assurer la viabilité de son pays…

Il la voulait. Elle et leur enfant.

Et il voulait la mettre en sécurité.

Son comportement n'avait rien à voir avec celui d'un homme d'affaires cherchant à conclure un mariage de convenance. Gabe agissait en guerrier au grand cœur, chevalier servant, amant époustouflant. Et son cœur n'était pas enterré aux côtés de Jasmine.

Non, son cœur était bien vivant et il vibrait pour elle.

- 12 -

Le trajet jusqu'à la demeure située sur un rocher surplombant la baie du Salamandre dura un quart d'heure, le long d'une route sinueuse.

En arrivant, Sarah en eut le souffle coupé. Même si la bâtisse avait été entièrement remodelée, on voyait bien qu'elle avait servi de forteresse à une époque lointaine. Ou peut-être pas si lointaine…

Gabe lui présenta le couple de gardiens chargés de l'entretien de la propriété. Marie et Carlos.

Elle choisit une chambre aux murs blancs, au plancher foncé et aux tapis colorés. Un lit à baldaquin entouré d'une moustiquaire trônait au milieu de la pièce. De grandes portes-fenêtres donnaient sur une terrasse en pierre et, comme dans beaucoup des pièces qu'elle avait aperçues, la vue sur la mer était imprenable.

Elle s'empressa de défaire ses affaires, puis enfila pour le dîner une robe rouge assez évasée au niveau des épaules, mais moulant son corps aux endroits stratégiques.

Quand elle redescendit, Gabe rentra de la terrasse qui longeait un grand salon luxueusement décoré et orné de nombreuses œuvres d'art.

Elle fut particulièrement intriguée par une malle en bois dans l'un des coins de la pièce.

— On dirait que cet objet est tombé d'un navire il y a une éternité.

— En effet. Cette malle était à bord de *La Salamandre*, le navire qui transportait Camille de Vallois. C'est l'une des rares pièces ayant survécu au naufrage. Si tu veux voir les vestiges de la coque, suis-moi sur la terrasse.

Curieuse, elle ne se fit pas prier.

En se penchant sur la rambarde, il lui montra une zone près des rochers où un sanctuaire avait été érigé en mémoire du navire naufragé.

Puis il la fit rentrer un peu précipitamment à l'intérieur.

— Qu'y a-t-il ? s'enquit-elle, étonnée.

— Mes parents vont venir nous voir.

— Quand ça ?

— D'un instant à l'autre, dit-il, l'air contrit.

— Tu aurais pu me prévenir…

La cloche de l'entrée sonna.

— C'est eux, désolé. Ils viennent seulement de me prévenir.

Quelques instants plus tard, elle fut présentée au cheikh et à sa femme.

Le cheikh était un homme grand et mince au regard pénétrant. La mère de Gabe était une femme de taille moyenne, et à la silhouette impeccable.

Elle avait un peu plus de cinquante ans, mais avec ses cheveux blonds coupés court et coiffés avec style, elle faisait dix ans de moins.

Dès que Hilary Kadir vit Sarah, son visage s'adoucit, et Sarah sut que tout irait bien.

Hilary la serra dans ses bras.

— J'espère que mon fils vous traite bien, dit-elle avant d'entamer des présentations plus formelles.

Le cheikh se montra courtois mais distant.

Voyant qu'il était pâle et sachant qu'il se rétablissait d'une longue maladie, elle lui offrit un siège, puis rougit instantanément puisque la maison ne lui appartenait pas.

— Je sais que c'est un peu précipité et que vous venez à peine d'arriver, mais nous voulions faire votre connaissance. Gabriel nous a parlé du bébé, bien sûr. Vous savez, si nous avions su que vous étiez enceinte, nous serions entrés en contact avec vous bien avant.

— Maman…

Marie arriva avec un plateau pour le thé, juste à temps pour faire diversion.

Gabe regardait de loin Sarah répondre aux questions de sa mère. Jusqu'à cet instant, il ne s'était pas rendu compte à quel point il redoutait cette entrevue entre Sarah et ses parents.

Pour lui, sa vie avait changé du tout au tout en un court laps de temps. Tout du moins, ses perspectives d'avenir.

En l'espace de quatre mois, il était passé d'un scénario où il devait s'engager dans un mariage de convenance avec une inconnue jeune et fortunée, à un scénario où il avait enfin le droit d'épouser la femme qu'il voulait.

Bien entendu, son père était réticent, même avec un bébé en route. Il avait surtout du mal à se faire à l'idée que l'aide financière devait venir de fonds étrangers à leur famille. Mais il avait fini par l'accepter, cédant les rênes des finances à Gabe.

De nouveau, il posa son regard sur Sarah, toujours en grande conversation avec sa mère, qui était une linguiste chevronnée. Elle serait sûrement impressionnée et ravie de découvrir que Sarah lisait le vieux français, comme elle.

Alors que Sarah replaçait une pince dans ses cheveux, il repensa au moment où il l'avait décoiffée, laissant sa chevelure soyeuse tomber en cascade sur ses épaules. Aussitôt, son corps frémit, et il sentit son sexe durcir.

Ce n'était vraiment pas le moment !

Ses réactions en présence de Sarah ne cessaient de l'étonner, et il se demandait d'où venait cette attirance et jusqu'où elle le mènerait.

Il se remémora aussi la question qu'elle lui avait posée sur Jasmine. Que répondre ? Non, il n'avait jamais éprouvé pour Jasmine ce qu'il éprouvait pour Sarah. Et oui, Sarah était en tout point différente de Jasmine. Il aimait sa fraîcheur, sa vitalité, son enthousiasme, son indépendance.

Sarah lui donnait des ailes.

Puis il sentit son humeur s'assombrir en repensant au fait que Graham avait tenté d'entrer en contact avec elle.

Là aussi, il ne se reconnaissait pas et avait du mal à expliquer ses réactions jalouses.

La visite des parents de Gabe touchait à sa fin. Alors que le cheikh s'entretenait avec son fils, Hilary en profita pour poser une dernière question à Sarah.

— Vous l'aimez, n'est-ce pas ?

Sarah rougit.

— Eh bien…

— Je le sais, ça se voit.

— Oui, je l'aime, dit-elle, soulagée de pouvoir enfin l'avouer à quelqu'un.

C'était aussi simple que ça.

Elle aimait Gabe, et ce depuis son coup de foudre au consulat.

De nombreux obstacles auraient pu entraver cet amour, mais malgré tout ses sentiments avaient perduré, survivant aux assauts du destin, et ils semblaient profondément ancrés, grandissant chaque jour. Elle ne s'imaginait pas se lasser un jour de Gabe. Tout ce qui le touchait la fascinait. Elle avait envie de mieux le connaître, de renforcer le lien qui les unissait et d'approfondir leur complicité. Dans l'intimité d'une chambre et en public.

— Je sais que vous lui plaisez et qu'il vous apprécie. Et je sais aussi qu'il est enchanté que vous portiez son bébé. C'est déjà beaucoup, pour commencer un mariage, conclut Hilary, se faisant l'avocate de son fils.

Gabe emmena Sarah dîner dans un restaurant au bord de l'eau qui avait une salle privée. Avec la terrasse rien que pour eux, le décor était on ne peut plus romantique.

Mais le contenu de leur conversation tourna essentiellement autour des aspects pratiques de leur futur engagement.

Il lui donna de multiples informations, notamment sur le personnel du palais, la famille proche et le fonctionnement du pays.

— Maintenant que tu as rencontré ma mère, tu comprends l'intérêt d'en savoir plus sur la famille. Elle adore les grandes familles.

— J'aime bien ta mère.

Elles avaient beaucoup parlé toutes les deux, et Sarah lui avait plus ou moins raconté toute sa vie, y compris ses deux mariages ratés. C'était étrange d'entrer dans autant de détails avec sa future belle-mère, mais Hilary s'était montrée pleine de compassion.

Après le dîner, ils se promenèrent sur la plage. La scène idyllique éclairée par un clair de lune éclatant fut quelque peu gâchée par la présence d'un garde du corps derrière eux pendant toute la balade.

— Tu as toujours un garde du corps derrière toi ? s'enquit-elle, curieuse.

Il la prit dans ses bras.

— Non, ça dépend. Il m'arrive de les semer, plaisanta-t-il.

Plus tard, il la ramena dans sa maison forteresse.

Il n'avait pas suggéré qu'ils passent la nuit ensemble, mais il y avait pensé toute la soirée.

Quand elle sentit ses doigts virils se mêler aux siens, elle se sentit si bien que ses dernières hésitations tombèrent, et elle l'invita à entrer avec elle.

La maison était plongée dans l'obscurité, hormis quelques lampes dans le salon. Tout de suite, Sarah gagna la terrasse pour admirer la vue. Gabe se plaça derrière elle, l'enlaçant. Elle se retourna pour l'embrasser.

Après un long baiser langoureux, il l'attira à l'intérieur.

La chaleur parfumée de la nuit les enveloppa tandis qu'ils se déshabillaient dans sa chambre.

Cette fois, ils avaient tout leur temps, ce qui rendait le moment d'autant plus intime, d'autant plus fort.

Ils avaient toute la nuit devant eux.

Avec agilité, il la souleva et la déposa sur son lit. Puis il vint s'allonger à côté d'elle. Il caressa son ventre arrondi puis palpa l'un de ses seins.

— Ils sont différents. Plus ronds…

— Ils ont changé dès le début.

Tout à tour, il goûta ses seins, mordillant la pointe raidie jusqu'à la faire gémir de plaisir. Puis il s'arrêta, plongeant son regard dans le sien.

— Je sais que tu as souvent douté de moi et que je t'ai fait vivre des moments d'incertitude, mais je voulais que tu saches que, depuis le soir où nous avons fait l'amour au consulat, je n'ai fait l'amour avec aucune autre femme.

Sa déclaration la combla de joie.

Ce n'était pas une déclaration d'amour, mais ses propos étaient profonds et sincères.

En silence, elle contempla son beau visage tout en caressant sa cicatrice d'un doigt.

Il lui prit la main, interrompant son geste, puis l'embrassa avec fougue.

Elle s'accrocha à ses épaules pour mieux l'attirer à elle.

Cette fois, ils prirent leur temps, et leur étreinte fut douce, et alors que la nuit les enveloppait dans leur cocon charnel, elle eut le sentiment qu'un lien précieux les unissait.

En ouvrant les yeux, elle constata que Gabe était dans la douche et que le temps était gris. En sortant de la salle de bains, il remit ses vêtements de la veille, puisqu'il n'avait pas de garde-robe dans cette maison. Il devrait repasser dans ses appartements avant d'honorer ses engagements du jour.

Avant de partir, il vint l'embrasser alors qu'elle était

encore à moitié endormie et lui proposa de le rejoindre pour le déjeuner. Elle accepta volontiers.

Il appela le garde du corps de la veille pour lui demander de passer prendre Sarah à 11 heures.

Une fois Gabe parti, elle se leva et prit son petit déjeuner sur la terrasse, tout en prenant connaissance des événements du jour. Il y avait une journée portes ouvertes au palais, dans le cadre des manifestations organisées pour le mariage du cheikh.

Comme il s'agissait maintenant de son mariage, elle décida de s'y rendre en se fondant dans la foule et de participer à l'une des visites guidées.

Elle enfila une robe bleue qui lui allait à merveille et l'assortit de sandales à talons, néanmoins pratiques pour marcher.

Après avoir parlé à Marie, elle réussit à savoir où se trouvaient les clés de la voiture garée sous l'auvent.

Arrivée aux abords de la ville, elle se gara.

Le ciel était d'un bleu impeccable, tandis que le soleil accablait de sa chaleur les terres somptueusement entretenues du palais. Le bâtiment en lui-même était de toute beauté et d'un romantisme inouï.

Et dire qu'un jour elle allait y habiter !

Elle avait du mal à y croire.

Elle prit part à une visite guidée. Même si elle avait déjà vu des photos, elle fut subjuguée de constater les merveilles par elle-même. Les plafonds voûtés, les colonnes de marbre et les mosaïques au sol. La visite tournait autour des salles qui seraient utilisées le jour du mariage.

Alors qu'elle flânait dans un couloir aux allures de galerie d'art, son regard fut attiré par une jeune femme entourée de deux gardes.

Son cœur fit un bond dans sa poitrine.

La jeune femme n'était autre que Nadia.

Que faisait-elle ici ?

Une seule explication à ses yeux.

Elle était venue pour tenter de récupérer Gabe.

Après la journée que Gabe et elle avaient partagée, elle n'avait pas lieu de douter de Gabe.

Pourtant, elle ne put s'empêcher de se poser la question : était-ce pour cette raison que Gabe n'avait pas voulu qu'elle vienne s'installer au palais la veille ?

- 13 -

Contrariée, Sarah regarda où allait Nadia, alors que le groupe de la visite guidée se dirigeait vers la bibliothèque du palais.

Tendant le cou pour jeter un coup d'œil dans la pièce où Nadia entrait, elle vit un homme de dos dont elle reconnut instantanément la carrure.

Elle ne s'attendait pas à voir Gabe.

Il lui avait dit avoir des rendez-vous toute la matinée ; certes, il ne lui avait pas précisé avec qui.

Gabe avait rendez-vous avec son ex-fiancée ?

La porte se referma, l'empêchant de voir la suite de la scène.

Bouleversée, elle se dirigea vers la grande porte qui venait de se refermer.

Appuyant sur la poignée, elle entra comme si elle était attendue.

Gabe, appuyé sur un bureau en acajou, se retourna. Leurs regards se croisèrent.

Nadia se tourna également, visiblement contrariée par cette interruption.

Sarah, arborant un sourire faux, parfait pour l'occasion, s'adressa à Gabe en le regardant droit dans les yeux.

— Chéri, je ne veux surtout pas t'interrompre, dit-elle en s'approchant, mais je voulais juste savoir si on irait choisir la bague de fiançailles avant ou après le déjeuner.

A sa hauteur, elle se hissa sur la pointe des pieds,

s'accrocha au revers de sa veste et l'embrassa sur la bouche, alors qu'il esquissait un sourire amusé.

Il la prit par la taille pour la serrer contre lui, comme si son apparition était tout à fait naturelle.

— Avant le déjeuner ?

— Parfait, dans ce cas, je vais finir les recherches que je faisais à côté. A tout à l'heure.

Elle quitta la pièce après l'avoir embrassé une dernière fois sur la bouche.

Gabe l'arrêta dans sa lancée.

— Tu as besoin de combien de temps pour finir tes recherches ?

— Oh ! je vais continuer le temps que tu aies fini avec ce rendez-vous.

— C'est bien ce que je pensais. Alors, à tout à l'heure.

Nadia se mit à parler en français. Sarah, qui parlait couramment le français, comprit la teneur de ses propos. Des paroles véhémentes et colériques.

Elle laissa la porte claquer derrière elle, laissant Gabe se débrouiller avec les retombées de son intervention.

Stimulée par la montée d'adrénaline, elle rejoignit le groupe tout en sachant qu'elle avait perdu tout intérêt pour l'aspect architectural du palais.

S'extirpant du groupe, elle réussit à traverser la bibliothèque sans être repérée par le guide, puis elle sortit de la pièce par des portes-fenêtres qui donnaient sur la cour intérieure.

Comme le bureau de Gabe était adjacent à la bibliothèque, en sortant elle pourrait peut-être espionner ce qui se passait à l'intérieur, ou du moins capter des bribes de conversation.

Avançant sur la pointe des pieds pour faire le moins de bruit possible sur l'allée de gravier, elle se mit en embuscade derrière un buisson tropical.

De là où elle était, elle ne pouvait rien voir. Elle décida d'opter pour une autre tactique.

— Alors, les recherches avancent ?

Sursautant, elle se retourna et se retrouva nez à nez avec Gabe.

— Pas vraiment dit-elle, chancelant quand son talon droit se retrouva coincé dans la terre.

Gabe, amusé, l'aida à se redresser, lui enlevant une feuille des cheveux.

— Je croyais qu'on avait dit que tu ne devais pas venir au palais.

— Parce que tu ne voulais pas que je sache que tu avais rendez-vous avec ta fiancée ?

— Mon ex-fiancée.

— Chacun sa version.

— Tu as vu Nadia dans mon bureau parce que son père pensait qu'en l'envoyant me faire du gringue et en m'offrant une carotte financière, je changerais d'avis.

— Et alors ? Il a réussi ?

Il la prit par la nuque, l'attirant à lui, puis se baissa pour déposer un baiser léger sur ses lèvres, la faisant trembler des pieds à la tête.

— S'il avait réussi, tu crois que je serais là avec toi ?

Elle s'agrippa au revers de sa veste.

— Je ne compte pas m'excuser d'avoir interrompu ton entrevue avec Nadia.

— Oublie Nadia. C'est de l'histoire ancienne. Xavier va la ramener à son hôtel, puis il va s'assurer qu'elle reparte pour Paris au plus vite.

Gabe la fit rentrer dans le palais par la bibliothèque, puis ils gagnèrent son bureau.

— J'ai quelque chose pour toi. J'allais te le donner après le déjeuner mais comme tu es là, on peut faire ça maintenant. De plus, à cause de fuites dans la presse, Faruq a avancé la conférence de presse, et j'aimerais que tu sois à mes côtés. Elle aura lieu après le déjeuner.

— Tu vas annoncer officiellement nos fiançailles ?

Gabe ouvrit un coffre-fort caché dans un mur et en sortit un trousseau de clés. En quelques mots, il lui donna le contenu de la conférence de presse.

D'une part, ils annonceraient que Nadia et Gabe avaient décidé de rompre leurs fiançailles d'un commun accord après être arrivés à la conclusion qu'ils n'étaient pas faits l'un pour l'autre.

D'autre part, ils annonceraient que le mariage aurait quand même lieu, mais avec une autre femme que Gabriel connaissait depuis plus longtemps et qui était une descendante de la famille de Vallois.

Sarah était mal à l'aise d'entendre la version édulcorée de son histoire, mais elle comprenait que, pour la presse, il faille faire des concessions pour éviter le scandale.

Gabe ouvrit la porte donnant sur le couloir et lui fit signe de le précéder.

Lui emboîtant le pas, il posa la main dans le creux de son dos. Aussitôt, elle sentit tout son corps s'enflammer. Elle adorait quand il se montrait possessif et goûtait particulièrement toutes ses marques d'attention.

Quelques instants plus tard, après avoir été dévisagés par des touristes, ils furent suivis par des gardes du corps. En tant que femme de Gabe, elle allait devoir s'y habituer.

Derrière un rideau, il poussa une lourde porte en bois menant à un escalier en pierre qui descendait. Ils quittèrent la lumière naturelle pour rejoindre la lumière artificielle.

Avec le changement de température, elle frissonna. Sans tarder, il ôta sa veste pour la lui passer autour des épaules.

— J'avais oublié qu'il fait froid quand on descend.

Aussitôt, elle sentit sa chaleur virile l'envelopper.

Ils arrivèrent devant une nouvelle porte, plus petite et sous alarme.

Une fois l'alarme désactivée, elle le suivit dans une salle qui avait dû servir de cave auparavant. Puis ils se retrouvèrent devant une porte blindée qu'il ouvrit après avoir tapé un code dans un boîtier.

La petite salle où ils entrèrent, une chambre forte, pour ainsi dire, était éclairée par des lampes halogènes et les murs étaient tapissés d'armoires vitrées où se trouvaient enfermés objets et reliques.

Aussitôt, elle fut attirée par des livres anciens. En tant qu'historienne, elle adorait examiner les vieux manuscrits, même si c'était un exercice rare, les textes anciens étant souvent trop fragiles pour être manipulés régulièrement.

— C'est ici qu'était gardée la dot ?

— Oui, mais à l'époque la sécurité était inexistante. Deux portes verrouillées à l'ancienne. C'est pour ça qu'ils ont voulu déplacer le butin pendant l'évacuation de l'île.

Il ouvrit un tiroir d'où il sortit deux coffrets en velours bleu foncé.

Etant donné qu'il venait de lui annoncer que leurs fiançailles allaient être officialisées, elle s'attendait à ce qu'il lui offre une bague… Mais en voyant le bijou, elle eut le souffle coupé.

La bague n'était pas un vieux bijou de famille, comme elle s'y attendait, empruntée pour l'occasion.

Non, la bague montée d'un saphir ovale serti de diamant était impressionnante de beauté et de modernité.

Prenant la bague dans son écrin, il lui souleva la main gauche.

— Vous permettez, madame ? dit-il, la vouvoyant pour plus de solennité.

Quand il lui glissa la bague au doigt, elle eut envie de pleurer.

— Elle est magnifique.

Et elle lui allait parfaitement.

Dans l'autre boîtier, il y avait des boucles d'oreilles somptueuses et un pendant assorti.

— Prenons tout ça, et remontons à la surface. Tu pourras les porter pour la conférence de presse tout à l'heure.

Elle eut toutes les peines du monde à contenir son émotion.

Il l'aida à mettre les deux écrins dans son sac, puis ils remontèrent.

Finalement, son déjeuner avec Gabe fut annulé, car Faruq, un génie du marketing et des relations publiques, décida que Sarah devait passer chez le coiffeur et l'esthéticienne en plus d'aller dans un salon d'essayage pour choisir sa tenue.

Hilary, qui les avait rejoints pour savoir si elle pouvait aider, proposa d'emmener Sarah chez sa styliste.

En voyant Gabe entouré d'une foule d'officiels et de personnel du palais, Sarah se rendit soudain compte de la pression qu'il subissait et des responsabilités qu'il devait honorer à tout moment de la journée.

Deux heures plus tard, coiffée, maquillée et vêtue d'un tailleur bleu mettant en valeur la couleur de ses yeux, Sarah entra aux côtés de Gabe dans la salle de conférences.

Elle avait répété ce qu'elle avait le droit de dire, et on lui avait vaguement expliqué comment les choses allaient se dérouler.

Tout en gardant une expression sereine, elle fut vite déboussolée par la rapidité des questions. Souvent, Gabe se contentait de répondre « pas de commentaire ».

Grâce à la réception avec champagne et canapés organisée par Faruq, ils avaient réussi à amadouer la presse pour qu'elle ne pose pas trop de questions sur leur idylle avant ses fiançailles avec Nadia.

D'après l'annonce, Nadia avait disparu de l'équation. Il ne restait plus que l'histoire d'amour de Gabe le cheikh avec Sarah l'enseignante en histoire, et le fait qu'ils venaient de deux milieux opposés.

Elle n'approuvait pas le choix d'insister sur leur différence de niveau social, mais transportée par l'ambiance joviale de la conférence de presse, elle laissa certains journalistes photographier la bague.

Quand l'un des reporters demanda à Gabe ce que cela lui faisait de se remarier et s'il s'était vraiment remis du décès de Jasmine, il se leva et emmena Sarah.

Tout en remerciant la presse d'un ton glacial, il quitta la conférence en tenant Sarah par la main.

Un garde du corps leur emboîta le pas.

Une fois dans son bureau, il passa un appel.

Puis il se tourna vers Sarah, le regard indéchiffrable.

Il lui annonça qu'il devait s'occuper d'une affaire urgente et qu'un garde du corps la ramènerait à la maison sur la falaise.

En quittant le palais, Sarah ne se demanda pas quelle était la nature de l'urgence que Gabe devait gérer.

Une seule question la turlupinait. Celle qui avait mis une fin abrupte à la conférence de presse.

Gabe s'était-il remis du décès de Jasmine ?

- 14 -

En sortant du parking du palais, Sarah aperçut aussitôt une voiture noire qui se mit à la suivre. Contrariée, elle fit le trajet jusqu'à la maison sans chercher à comprendre ce qui se passait.

Une fois devant la demeure, elle se gara.

Elle se sentait oppressée. Elle avait besoin d'air, sans être suivie par son garde du corps, Yusuf.

Après être montée dans sa chambre, elle se changea.

Un jean, un débardeur en coton et un petit gilet blanc à boutons nacrés.

En ressortant de sa chambre, elle vérifia où se trouvait Yusuf. Il était dans la cuisine, en train de parler au téléphone.

Profitant de son inattention, elle prit son sac, son appareil photo et sortit par une porte latérale, pour faire le moins de bruit possible.

Elle monta en voiture, mit la clé dans le contact, puis démarra au plus vite.

Alors qu'elle quittait la propriété, elle vit Yusuf courir après elle. Stimulée par une montée d'adrénaline, elle prit la route qui menait vers la côte.

Son téléphone sonna, elle ne répondit pas.

Une fois qu'elle serait en bas, elle appellerait Gabe pour lui dire qu'elle était sortie se promener, et qu'elle rentrerait d'ici une heure.

Quelques virages sinueux plus tard, elle se retrouva sur le parking de la plage.

Enfin, elle aperçut la baie du Salamandre.

Elle sourit, exaltée et subjuguée par la vue de ce lieu sauvage, magnifique et encore peu développé.

Il n'y avait qu'une dizaine de voitures sur le parking.

Ne sachant plus quoi penser de sa relation et de son mariage à venir avec Gabe, elle tenta de chasser ses pensées moroses pour se concentrer sur le paysage.

Une plage de sable d'un blanc spectaculaire et un promontoire rocheux escarpé qui s'avançait sur la mer tel un doigt indiquant l'horizon.

Après avoir envoyé un texto à Yusuf pour lui dire que tout allait bien, elle prit une photo de la plage, sur laquelle se trouvaient quelques vacanciers, équipés pour certains de parasols.

Puis elle prit une photo du promontoire rocheux, spectaculaire et impressionnant, avant de descendre sur le sable.

Une fois sur la plage, elle eut une vue superbe sur la falaise et la forteresse, sur le point le plus haut de la baie.

Troublée par le silence de Gabe sur sa femme défunte, elle s'avança sur le promontoire, d'où elle avait une meilleure vue de la plage. Et surtout, elle apercevait mieux les vestiges de l'épave du bateau de son ancêtre, la Salamandre, qui avait donné son nom à la baie.

Un reflet métallique attira son attention sur le parking. Une voiture venait d'arriver.

C'était Graham !

Elle n'en revenait pas ! Savait-il qu'il la trouverait ici ?

Il eut le culot de lui faire signe.

Elle fit semblant de ne pas le voir et continua à prendre des photos.

Irritée qu'il trouve toujours un moyen de s'immiscer dans sa vie, elle continua d'avancer sur le promontoire.

Une vague énorme, plus grosse que les précédentes, vint se briser contre les roches, les recouvrant quasiment en l'espace de quelques secondes, et l'éclaboussant au passage.

Copieusement mouillée, elle manqua de glisser.

Soudain consciente du danger auquel elle s'exposait, elle rangea son appareil photo et entreprit de rebrousser chemin.

Tête baissée, redoublant de précaution pour ne pas glisser, elle sentit une silhouette s'avancer vers elle.

Levant les yeux, elle vit Gabe.

Elle soupira, exaspérée.

Pourrait-elle jamais se faire à cet espionnage incessant de ces moindres faits et gestes ?

Quand il fut à sa hauteur, elle s'adressa à lui comme une adolescente prise en faute.

— J'imagine que Yusuf t'a appelé pour te prévenir ?

— Oui. Nous avions un accord. Tu ne devais pas quitter la maison sans lui.

— J'avais juste envie de prendre l'air.

— Tu aurais pu prendre l'air sans mettre ta vie en danger. Tu as lu le panneau ?

— Quel panneau ? s'enquit-elle, feignant de ne pas être consciente du danger qu'elle avait encouru.

Le son d'une vague qui venait de se briser la fit se retourner, lui faisant perdre l'équilibre.

Heureusement, Gabe était là.

Il la prit par la taille pour la stabiliser.

— Le panneau qui dit qu'il ne faut pas avancer sur ce promontoire rocheux. C'est ici que Jasmine est morte.

Son annonce lui glaça le sang, la figeant sur place.

Une autre vague vint les éclabousser, plus bruyante et plus puissante que la précédente.

Leurs doigts mêlés, il l'aida à monter sur un rocher plus en hauteur, puis ils rebroussèrent chemin en direction du rivage.

Essoufflée, elle avait du mal à garder le rythme de Gabe.

Une autre vague les prit par surprise, les aspergeant. Elle glissa sur les rochers mouillés, et Gabe la rattrapa de justesse.

— Pas aujourd'hui, grommela-t-il dans sa barbe.

Elle frissonna, prenant pleinement conscience de la situation et du traumatisme de Gabe.

Quand il la souleva dans ses bras, elle s'accrocha à son cou.

Elle était désolée d'avoir fait revivre des moments d'anxiété à Gabe, mais en définitive elle se réjouit qu'il soit venu à sa rescousse. Une fois de plus.

L'eau dégoulinait de ses cheveux.

Il la regarda avec intensité.

Ils étaient tous les deux trempés, mais cela n'avait aucune importance.

Ce qui importait, c'était qu'ils étaient tous les deux, et qu'il était à elle. Rien qu'à elle.

— Pardonne-moi. Je suis vraiment désolée. Je ne voulais pas t'inquiéter. Je suis venue ici sur un coup de tête, pour prendre quelques photos. Puis Graham est arrivé, et j'ai eu peur qu'il cherche à me rejoindre, et j'ai avancé sur le promontoire, sans réfléchir.

Il se rembrunit.

— Ne t'inquiète pas pour Graham. Xavier le fait surveiller.

— C'est comme ça que tu m'as retrouvée, j'imagine ? demanda-t-elle en se blottissant contre lui, humant son parfum rassurant.

Elle sentit qu'il souriait.

— Dis-moi, *kalila*, tu es toujours aussi difficile ?

La douceur de son ton la prit par surprise.

— Seulement le jour de mes fiançailles.

— Et aussi quand tu vois une épée de chevalier, quand tu te bats avec ton parapluie contre une bande de voyous, ou quand tu te lances dans un affrontement verbal avec Tarik pour obtenir mes coordonnées ?

Elle écarquilla les yeux en pensant à l'image qu'elle donnait d'elle.

— Oui, après tout, je suis difficile.

Il eut alors une expression indéchiffrable.

— Ne change jamais, dit-il avant de l'embrasser.

Elle sentit son cœur se gonfler de bonheur.

— « Kalila », ça veut dire quoi ?

Lorsqu'ils furent arrivés au bout du promontoire, il la reposa sur le sable.

— C'est un mot affectueux. Un peu comme « chérie », répondit-il en la détaillant d'un regard approbateur.

Avec son débardeur et son gilet en coton trempés qui moulaient ses seins, elle devina que le spectacle était des plus agréables pour lui. Cette pensée l'excita instantanément, enflammant ses sens.

Le moment était mal choisi, alors elle s'efforça de chasser ses pensées troublantes.

Lui aussi, manifestement, car son impression se fit plus sérieuse dès qu'il tourna les yeux en direction du parking.

Soucieux, Gabe se tourna vers elle.

— Tu vas venir t'installer au palais dès ce soir.

Il s'arrangea pour que ses affaires y soient portées le soir même.

Il faisait nuit quand ils s'y installèrent. Il lui fit faire rapidement le tour des quartiers résidentiels, l'ancien harem qui avait été transformé en appartements pour les membres de la famille royale.

— Là, c'est l'appartement de mes parents. Il y a d'autres appartements et des chambres qui sont vides, mais qui servent quand on a de la visite.

Il ouvrit la porte de leur appartement, et elle se laissa happer par l'atmosphère feutrée et luxueuse.

Le salon était équipé de fauteuils et de canapés en cuir donnant envie de s'y enfoncer. Des tables basses étaient disposées harmonieusement sur des tapis orientaux.

La table à manger en bois, probablement une pièce de collection, occupait une alcôve qui donnait sur une cuisine moderne rutilante.

La table était mise pour deux, et les arômes du dîner gardé au chaud dans des grands tagines métalliques emplissaient l'atmosphère.

Gabe continua la visite.

La pièce suivante était une chambre d'amis avec une

salle de bains attenante ornée d'une baignoire aux dimensions d'une piscine.

— C'est très beau, mais on ne pourrait pas mettre un enfant dans cette chambre, c'est trop dangereux, tu ne trouves pas ?

— Alors, on déménagera. On achètera une maison.

Cette remarque en apparence anodine la combla de bonheur.

Ils fonctionnaient de plus en plus comme un vrai couple, échangeant sur des sujets divers, apprenant à se connaître.

La pièce suivante était la chambre de Gabe.

Dans la penderie, elle vit sa valise.

— Je dors ici ? demanda-t-elle en se tournant vers lui.

Gabe, remplissant l'embrasure de la porte, l'observait.

— Oui, si tu veux. Mais tu peux dormir dans la chambre d'amis, si tu préfères.

Sans le quitter du regard, elle avança vers lui, hypnotisée par la profondeur de ses yeux ambrés.

— Je choisis cette chambre, dit-elle tout contre lui, les doigts effleurant les muscles fermes de son torse.

— J'espérais bien, murmura-t-il dans un souffle.

Son téléphone vibra.

La magie de l'instant fut rompue.

La mine renfrognée, il vérifia l'appel.

— Je suis désolé, mais je dois décrocher.

— Je comprends, dit-elle en s'éloignant de lui.

Pendant que Gabe gérait ses affaires, elle défit sa valise et prit une douche pour se débarrasser des résidus de sel de sa promenade périlleuse.

Après s'être séchée, elle enfila des sous-vêtements en dentelle puis opta pour la tenue traditionnelle en soie rouge qu'elle avait achetée au souk le matin où Gabe l'avait retrouvée. Elle se sécha les cheveux puis les coiffa pour obtenir un effet soyeux. Enfin, elle se maquilla légèrement.

Une fois prête, elle se regarda dans la glace, satisfaite du résultat.

Elle était beaucoup moins ouvertement sexy que lorsqu'elle

s'était rendue au consulat vêtue de sa robe rouge écarlate et décolletée. Néanmoins, l'effet était intéressant.

Sa tenue était plus modeste, mais d'autant plus féminine et mystérieuse. Les cheveux tombant en un voile soyeux dans son dos, ses yeux aux contours plus exotiques et aguicheurs grâce au mascara, sa tenue traditionnelle dans les tons chauds et riches… Quelle métamorphose. Aussi bien extérieure qu'intérieure. Elle ne ressemblait plus à l'enseignante d'histoire de Wellington, et elle avait l'impression d'être une personne différente. Pas seulement parce qu'elle portait l'enfant de Gabe.

Quand elle arriva dans la pièce à vivre, elle vit que Gabe aussi s'était douché. Il avait les cheveux humides et avait troqué son costume contre un pantalon noir à la coupe décontractée et un polo.

Il était en train de leur servir à manger.

Le regard approbateur, il prit le temps de contempler sa tenue, une lueur d'approbation dans le regard.

— Tu as faim ?

— Oui, très faim !

La nourriture était délicieuse, mais Sarah était davantage concentrée sur la présence de Gabe, qui faisait naître en elle de multiples sensations toutes plus délicieuses les unes que les autres.

— Tu veux un dessert ? s'enquit-il en débarrassant leurs assiettes.

— Pas vraiment, dit-elle en se levant à son tour pour le rejoindre avec le saladier vide.

— Moi non plus, dit-il avant de la prendre dans ses bras.

Il la porta comme une princesse jusqu'à la chambre.

— Quand je t'ai vue sortir de la chambre dans cette tenue, je me suis fait violence pour rester concentré sur le repas, mais là, je n'y tiens plus.

Dans la chambre, il la posa à terre.

Un baiser menant à un autre baiser, elle finit par sentir la soie quitter petit à petit son corps embrasé.

Deux petits pas les séparaient du lit.

Ils ne tardèrent pas à les franchir.

Elle se retrouva sur lui, les cheveux tombant en cascade sur son torse athlétique.

Quelques minutes plus tard, ils étaient tous les deux nus, unis en un corps-à-corps sensuel enivrant.

Prenant le temps d'admirer le corps de Gabe, elle se dit pour la première fois qu'il pouvait réellement lui appartenir. Pour la vie.

Elle prit son visage entre ses mains et le regarda droit dans les yeux.

— Je t'aime, déclara-t-elle.

Au lieu des mots qu'elle attendait en retour, elle sentit la tension qui se forma en lui, regrettant aussitôt d'avoir fait cette déclaration qui venait pourtant du fond de son cœur.

C'était peut-être trop tôt. Il n'était pas encore prêt.

Un instant plus tard, il l'embrassa langoureusement.

Décidant de mettre ses doutes de côtés, elle s'abandonna corps et âme à leur étreinte passionnée.

Un appel téléphonique dans la nuit tira Sarah d'un sommeil profond sans rêve. Elle roula dans le lit pour enlacer Gabe qui parlait rapidement en zahirien.

Dès qu'il raccrocha, il la tint au courant.

— C'était Xavier. Graham a trouvé le restant de la dot dans une grotte de la baie du Salamandre. C'est pour ça que tu l'as vu hier. Il était en train de préparer les caisses pour les transporter au port et les affréter par bateau.

Elle écouta, somnolente.

Puis elle l'entendit marmonner dans sa barbe.

— Pourquoi fallait-il que cette fouine de Southwell trouve la dot maintenant ?

D'un bond, il se leva, s'habilla et quitta l'appartement.

Incapable de se rendormir, elle se leva à son tour et gagna le salon.

Elle ne cessait de se repasser en boucle les paroles de

Gabe. Qu'avait-il voulu dire par : « Pourquoi fallait-il que cette fouine de Southwell trouve la dot maintenant » ?

Aurait-il voulu qu'il la trouve à un autre moment ? Il y a un mois ? Un an ?

Ainsi, il n'aurait pas dû accepter un mariage de convenance pour sauver son pays ?

Ainsi, il n'aurait pas cédé à la passion l'espace d'une nuit et fini coincé avec une Néo-Zélandaise enseignante d'histoire enceinte de lui ?

Car après tout, même son mariage avec Sarah était similaire à un mariage de convenance.

Elle erra sans but dans le grand appartement dont les pièces étaient illuminées par un clair de lune éclatant. Sa promenade nocturne l'amena jusqu'au bureau de Gabe, qu'elle n'avait pas vu en arrivant la veille au soir.

Curieuse, elle alluma et se dirigea vers les grandes portes-fenêtres qui donnaient sur une jolie cour intérieure. En se retournant, elle vit un épais album photo en cuir trônant sur la table basse en acajou.

Tout en sachant qu'elle se mêlait de ce qui ne la regardait pas, elle ouvrit l'album. La première section comprenait des photos des fiançailles de Gabe et Jasmine. Puis venaient les photos d'un mariage somptueux. Enfin, en troisième partie, une série de photos de leur lune de miel romantique.

Elle sentit son cœur se serrer.

Jasmine semblait tellement heureuse sur chaque cliché, enlaçant Gabe, le tenant par l'épaule, la main ou le cou, comme si elle ne pouvait pas envisager de le laisser s'éloigner d'elle.

Elle referma brusquement l'album. En le reposant, un dossier attira son attention. Sans réfléchir, elle le prit et se mit à le feuilleter.

Un quart d'heure plus tard, écœurée, elle replaça les documents. Elle avait su que Gabe s'était renseigné sur elle, mais elle avait dans les mains un dossier de surveillance poussé, visant à déterminer si elle était ou non enceinte de lui.

Quel fossé entre leur relation et son histoire d'amour romantique avec Jasmine !

Elle en était choquée et blessée.

Il était cheikh héritier, et elle comprenait les contraintes liées à son rang. Mais cela ne changeait rien au fait qu'elle avait tout abdiqué pour lui, y compris son cœur, alors que lui n'avait rien abandonné pour elle. Il n'avait même pas daigné lui parler de son premier mariage.

Déçue, le cœur meurtri, elle reposa le dossier sur la table.

Elle s'était montrée compréhensive, mais elle venait d'atteindre ses limites.

En aimant Gabe, elle avait pris des risques.

En venant le rejoindre, aussi.

En acceptant de l'épouser, encore plus.

Il avait souffert par le passé, elle en était consciente, mais elle avait toujours gardé bon espoir qu'un jour il saurait l'aimer comme il avait aimé sa première femme.

A présent, elle ne pouvait plus l'épouser. Elle ne se sentait pas capable de se lancer dans un mariage biaisé, fondé sur rien.

Impossible de se voiler la face sur la réalité de leur union. Si elle n'avait pas été enceinte de lui, jamais elle ne l'aurait revu. C'était aussi simple que cela.

Elle quitta le bureau, humiliée de savoir que l'homme qu'elle aimait avait diligenté une enquête sur elle, la soupçonnant de n'être qu'une vulgaire coureuse de dot. Sous le choc, elle rejoignit leur chambre. Mais ce n'était déjà plus leur chambre.

Le souffle court, elle ouvrit les portes-fenêtres qui donnaient sur le balcon. Sous les lumières et le clair de lune, la ville scintillait.

C'était un spectacle féerique, tout était calme et paisible, mais elle allait devoir partir.

Elle comprenait pourquoi Gabe avait accepté de s'engager dans un mariage de convenance avec Nadia et pourquoi il n'avait jamais voulu se confier au sujet de Jasmine.

Il refusait ce qu'elle désirait plus que tout au monde : une relation intime fondée sur un amour profond et réciproque.

Ce fut un moment décisif.

Un tournant dans sa vie.

Elle avait accepté d'épouser Gabe, mais comment pouvait-elle s'unir à lui en sachant qu'il n'était pas prêt à lui offrir son cœur ?

Elle aimait Gabe de tout son cœur, mais elle n'était pas prête à jouer les épouses de second choix.

Avant Gabe, elle avait toujours cru qu'elle ne connaîtrait pas la passion. Avec lui, elle avait découvert qu'elle pouvait être tour à tour femme fatale, séductrice, fougueuse et sensuelle. Elle avait rêvé d'un amour brûlant, éclatant et émouvant.

Mais elle n'aurait jamais cet amour, et elle devait désormais agir au plus vite. Sans hésiter, elle sortit ses valises de la penderie. Ne sachant pas de combien de temps elle disposait avant le retour de Gabe, elle fit ses bagages à la hâte.

Elle remit la bague de fiançailles dans son écrin et posa le boîtier à côté de celui qui contenait les boucles d'oreilles et le pendentif.

Elle passa rapidement dans le bureau de Gabe pour prendre l'album photo et le dossier sur elle, qu'elle déposa ensuite sur la coiffeuse, à côté des bijoux.

Elle consulta sa montre. Gabe était parti depuis déjà une heure, elle devait se presser pour s'en aller avant son retour, et surtout avant de changer d'avis.

Afin de se donner un peu d'énergie, elle passa dans la salle de bains pour s'asperger le visage d'eau fraîche, puis appela un taxi à qui elle donna rendez-vous dans une rue adjacente au palais pour ne pas éveiller les soupçons.

A la hâte, elle enfila un jean, un sweat-shirt et des baskets. Elle devait passer inaperçue, et décida de couvrir ses cheveux d'un foulard.

Valises en main, sac à l'épaule, l'estomac noué, elle ferma la porte de l'appartement, puis traversa le palais sans faire de bruit jusqu'à la sortie latérale où elle avait rendez-vous avec le taxi.

En sortant, des phares éclairaient la rue. Le cœur serré, elle s'engouffra dans la voiture.

- 15 -

Gabe revint au palais, gara sa voiture et gagna son appartement.

Maintenant que les choses étaient réglées concernant Southwell et la dot, il avait hâte de profiter d'un moment d'intimité avec Sarah… avant que la presse s'empare de l'affaire.

Faruq lui avait promis de faire le nécessaire pour présenter la découverte de la dot comme un signe propice lié au mariage imminent de Gabe et Sarah. Il en profiterait aussi pour remettre au goût du jour l'histoire d'amour romantique de leurs ancêtres respectifs. Il pensait que cela suffirait à amadouer même les plus sceptiques.

En entrant dans ses quartiers, Gabe fut surpris du silence presque absolu qu'il y régnait. Aussitôt, il eut un mauvais pressentiment.

La chambre était vide.

La salle de bains aussi.

Retournant dans la chambre, son regard se posa sur les deux écrins sur la coiffeuse, ainsi que sur l'album photo et le dossier de surveillance qu'il avait sortis dans le but de les détruire.

Il sentit son sang se glacer.

S'ils se trouvaient là, c'est que Sarah les y avait placés, et qu'elle en avait consulté le contenu.

Alors, il comprit : Sarah était partie.

Sans perdre de temps, il appela Xavier pour lui demander qu'elle soit arrêtée à l'aéroport.

Abattu, il feuilleta l'album photo. Un cadeau que lui avait fait Jasmine et qui donnait une fausse impression de leur mariage. A regarder les photos, on aurait pu croire qu'ils formaient un couple heureux et comblé, mais dans la réalité leurs deux ans d'union avaient été marqués par la souffrance, l'insatisfaction et le déchirement.

Puis il ouvrit le dossier de surveillance, même s'il le connaissait par cœur, ayant passé de nombreuses nuits d'insomnie à le consulter.

Il imaginait ce que Sarah avait dû éprouver en voyant à quel point sa vie avait été décortiquée, mise à nue. A en lire les comptes rendus, elle avait dû en conclure qu'il avait douté d'elle et de son amour.

Or, jamais il n'en avait douté.

Honteux, il se remémora la simplicité avec laquelle elle lui avait dit qu'elle l'aimait, pour la première fois, la veille au soir.

Dès qu'il l'avait entendue prononcer ces mots puissants, il avait paniqué, se refermant sur lui-même.

Sarah l'aimait, et son amour pour lui n'avait rien à voir avec celui que Jasmine avait éprouvé pour lui.

Sarah était tout le contraire Jasmine. Elle était indépendante, fière, décidée. Pendant des années, elle avait refusé de faire l'amour avec des hommes qui ne l'appréciaient pas pour qui elle était vraiment.

Elle avait attendu, pour être sûre, et elle l'avait choisi, lui.

Quand elle avait appris qu'elle était enceinte, elle n'avait pas paniqué. Elle avait cherché à le joindre, non pas pour le forcer à l'épouser, mais pour lui annoncer la nouvelle et lui donner la possibilité de faire partie de la vie de leur enfant.

Elle avait agi rationnellement tout en étant amoureuse de lui.

En cet instant, il eut une révélation. Il se rendait compte de ce qu'il lui avait infligé en lui interdisant l'accès à son cœur.

Cette pensée fut suivie par une autre, d'autant plus vaste.

La raison pour laquelle il se sentait coupable par rapport

à Jasmine n'était pas liée au fait qu'il n'ait pas réussi à la sauver. Non. C'était lié au fait qu'il ne l'avait jamais véritablement aimée.

Or, en cet instant, son esprit, son corps, son âme, tout en lui vibrait à l'unisson d'une seule et même émotion : l'amour qu'il vouait à Sarah. Un amour total, inébranlable.

Mais l'ironie du sort avait encore frappé et il avait compris trop tard.

Sarah l'avait quitté. Il l'avait perdue.

Pouvait-il la retrouver, la reprendre, lui prouver son amour ?

Accepterait-elle de lui donner une dernière chance ?

Reposant le dossier sur la coiffeuse, il sortit en trombe de l'appartement et gagna le parking.

Arrivé à l'aéroport, il se rendit compte de son erreur. Sarah était intelligente, elle savait qu'il essaierait de la bloquer à l'aéroport. Elle avait probablement opté pour le bateau.

Faisant demi-tour, il repartit vers le terminal des ferrys.

Hormis l'avion, il y avait trois autres possibilités pour quitter l'île. Monter à bord d'un bateau de croisière, d'un yacht privé ou d'un ferry pour l'île voisine.

Il n'y avait pas de bateau de croisière qui quittait l'île aujourd'hui, et affréter un yacht nécessitait beaucoup de temps en raison des contrôles douaniers. Le plus simple était donc de prendre un ferry pour l'île d'Al Jahir.

En route, il se remémora leur dernière conversation. Elle avait tourné autour de la dot que Southwell s'était mis en tête de retrouver. Même si cette dot était liée à son ancêtre, Camille de Vallois, Sarah n'y avait pas prêté d'intérêt particulier.

Elle ne s'intéressait pas au butin de son ancêtre. Ce qui l'avait toujours intéressée, en revanche, était de savoir si le cheikh Kadin avait véritablement aimé Camille ou s'il ne l'avait épousée que pour sa fortune.

Ses mains se crispèrent autour du volant.

Arrivé au port, il trouva une place et se gara à la hâte.

Sarah était une jeune femme sincère qui lui avait déclaré son amour. Et lui n'avait pas été capable d'en faire autant.

Pour éviter d'avoir à s'exposer, il avait opté pour le silence. Un silence lâche.

Sarah avait pris des risques pour honorer son amour pour lui, et lui, en retour, n'avait pris aucun risque.

Mais il allait changer.

Pour Sarah, qu'il ne voulait pas perdre.

Il était prêt à tout pour la récupérer et pour la garder.

Tous les risques, tous les défis, tous les combats.

Sarah était montée à bord du ferry pour Al Jahir.

Descendant dans la cabine déjà à moitié remplie par des voyageurs, elle prit place près d'un hublot.

Un écran de télé diffusait les dernières informations. A la une ? La découverte du butin dans une grotte de la baie du Salamandre. Les passagers écoutaient attentivement, mais Sarah n'avait pas du tout envie de suivre les nouvelles. Quand elle vit Gabe apparaître à l'écran, elle se leva et remonta sur le pont, tentant de s'abriter de la brise marine.

Mélancolique, elle regarda en direction du palais dont les fenêtres brillaient dans la lumière du soleil levant.

Elle ne devait rien regretter.

Elle avait pris la bonne décision.

Pour se le prouver, elle se tourna en direction d'Al Jahir, une forme encore floue à l'horizon.

Sur le pont, elle acheta un thé au bar pour contrer la fatigue. Elle aurait probablement dû manger, mais son estomac était trop noué pour qu'elle puisse envisager d'ingurgiter quelque chose.

Le bateau n'était pas encore parti.

Elle craignait que Gabe tente de l'arrêter dans sa fuite. S'il arrivait avant le départ du bateau, aurait-elle le courage d'aller jusqu'au bout de sa décision ?

*
* *

Gabe entra dans le bâtiment du terminal. Il avait raté le départ du bateau d'environ vingt minutes. Il voyait encore l'embarcation à l'horizon.

Pour en avoir le cœur net, il demanda à voir la liste des passagers.

En voyant le nom de Sarah, il sentit tout son corps se raidir.

Il sortit son téléphone de sa poche.

En premier, il appela son cousin éloigné, Kalil, prince d'Al Jahir.

Puis il passa un second appel pour qu'un hélicoptère soit mis à sa disposition.

Une demi-heure plus tard, il atterrissait non loin du port d'Al Jahir.

Quand le bateau arriva à quai, les passagers n'eurent pas le droit de débarquer.

Gabe monta à bord.

Quand Sarah l'aperçut, elle le regarda fixement, le visage fermé, et il comprit que son expression ne laissait rien augurer de bon. Il avait accumulé erreur après erreur, bafouant les sentiments qu'elle nourrissait pour lui.

Avait-il finalement réussi à détruire son amour pour lui ?

Ignorant les murmures de mécontentement des passagers, il se dirigea vers Sarah.

— Tu veux bien me suivre, s'il te plaît ?

D'un bond, elle se leva.

— Pourquoi ?

— Parce que ta place est à mes côtés.

Un touriste qui somnolait à côté d'elle ouvrit les yeux.

— Chérie, si t'as besoin d'aide, dis-le-moi. Ne te laisse pas emprisonner par ce fou furieux.

Elle sourit.

Gabe n'avait pas le cœur à sourire.

— Sarah, tu es libre de partir quand tu veux, mais j'ai besoin de te parler. En privé.

*
* *

Quelques minutes plus tard, partagée entre l'envie de sauter dans les bras de Gabe et de le gifler, elle accepta de le suivre sur la passerelle.

Un trajet rapide en hélicoptère, et ils se retrouvèrent sur l'héliport du toit du palais de Gabe.

Ils avaient voyagé dans un silence total, mais sans tension.

Dès qu'ils furent revenus dans l'intimité de l'appartement qu'elle avait quitté peu de temps auparavant, Gabe brisa le silence.

— Pourquoi es-tu partie ?

— Je ne voulais pas que tu te sentes obligé de m'épouser parce que je suis enceinte. Tu es le père de notre fille, c'est normal que tu fasses partie de sa vie, si tu le souhaites. Il faut simplement qu'on trouve un arrangement qui fonctionnera pour tous les trois.

Il ôta sa veste et la posa sur le dossier d'une chaise, comme pour mieux réfléchir à sa réponse.

— Le Zahir est un vieux pays aux traditions très ancrées dans la mentalité des gens. Le seul arrangement possible, c'est le mariage. Et je veux t'épouser, ajouta-t-il, la fouillant intensément du regard.

Elle frissonna.

— J'ai trouvé le dossier de surveillance.

— Je sais. J'avais prévu de le détruire.

— Pourquoi as-tu fait ça ?

— J'y ai été contraint. Etant donné ma situation, je ne pouvais pas entrer de nouveau en contact avec toi, à moins que tu ne sois enceinte. Ce que j'ai espéré pendant des semaines. De plus, j'ai insisté auprès de Xavier pour être le seul à avoir accès au dossier, pour te protéger.

En entendant ses mots qui, elle le savait, étaient sincères, elle sentit son corps se détendre. Elle était encore en colère contre lui, mais c'était bon de savoir qu'il avait cherché à la protéger, et qu'il avait espéré qu'elle soit enceinte, pour avoir l'occasion de la recontacter.

— Je pensais que tu te sentais piégé par ma grossesse, et que tu étais obligé de m'épouser. Comme tu l'as dit, si Southwell avait découvert la dot auparavant…

— Je n'aurais pas été obligé de m'engager dans un mariage de convenance avec Nadia, et la suite des événements aurait été plus « normale »…

Son corps se détendit davantage.

Elle ne pouvait pas encore se remettre à nourrir des espoirs fous autour d'un avenir commun avec Gabe, mais elle était soulagée d'entendre ses aveux sincères.

— Et Jasmine ? osa-t-elle demander.

— J'ai épousé Jasmine parce que je pensais que je l'aimais, mais c'était il y a des années.

Je pensais que je l'aimais.

Elle laissa résonner ces mots dans son esprit et dans son cœur.

— Tu l'aimes encore ? demanda-t-elle, dans un souffle.

— C'était une amourette d'enfance. Les médias en ont fait une histoire d'amour romantique, mais notre mariage était une erreur. Nous étions trop jeunes. Moi, je voyageais beaucoup, et Jasmine n'aimait pas rester seule au palais.

En quelques mots, il lui fit le récit succinct de son mariage et du jour de la noyade de Jasmine.

Il passait de plus en plus de temps à l'étranger, surtout pour éviter les querelles conjugales, las de leurs disputes incessantes et du mécontentement grandissant de Jasmine.

Au retour d'un de ses voyages, Jasmine avait insisté pour l'accompagner faire de la plongée. Sur le bateau, un désaccord avait dégénéré en une nouvelle altercation entre eux. Pour finir, Gabe lui avait dit qu'il voulait se séparer, puis il était descendu dans la cabine pour étudier leur trajectoire.

En remontant, il avait constaté avec effroi que Jasmine était montée à bord d'un canot pneumatique. Elle avait été poussée vers les rochers, et son canot s'était retourné, l'engloutissant.

Il avait aussitôt plongé à sa rescousse.

— Et c'est comme ça que tu t'es fait ça, dit-elle en effleurant sa cicatrice.

Il prit sa main.

— J'ai voulu la sauver.

Ce stigmate indélébile était un rappel constant qu'il n'avait pas réussi à sauver sa femme. Et surtout, qu'il ne l'aimait pas comme il aurait dû l'aimer.

Pas étonnant qu'il ait voulu se replier sur lui-même et s'empêcher d'aimer.

— Tu ne dois pas te sentir coupable.

— Si on ne s'était pas disputés, elle ne serait pas morte.

— Je suis désolée qu'elle soit morte mais, en prenant le canot, elle a mis sa vie en danger, mais aussi la tienne.

A en juger par son expression d'étonnement, elle sut qu'il n'avait jamais envisagé le scénario sous cet angle, choisissant de prendre l'entière responsabilité de la catastrophe. Le problème était qu'à force de se sentir coupable, il était devenu incapable d'engager ses émotions, voire incapable d'aimer.

Il mêla ses doigts aux siens.

— Quand je t'ai rencontrée, j'ai su que ce serait compliqué. J'ai voulu voir notre relation comme une liaison purement sexuelle, mais je n'y suis pas parvenu.

Elle lui caressa le visage. C'était bon tellement de sentir sa sincérité et sa tendresse.

— En effet, c'était compliqué. Et je suis tombée enceinte, pour compliquer davantage les choses. Tu aurais pu m'oublier, m'ignorer, et pourtant tu as prouvé que tu voulais que je fasse partie de ta vie, même si les conditions ne me convenaient pas forcément.

Elle se tut.

Il garda le silence.

Elle reprit, curieuse d'aller jusqu'au bout.

— Pourquoi ?

Il la fixa intensément.

— Parce que je suis amoureux de toi.

Son cœur manqua de s'arrêter, tandis qu'une joie immense l'envahissait.

— Depuis quand ?

— Depuis que je t'ai vue faire tomber l'épée de mon ancêtre, alors qu'il y avait un panneau interdisant de toucher aux objets en exposition.

— Vraiment ?

— Tu penses que je ne suis pas capable de t'aimer éperdument ?

Il l'enlaça et l'attira à elle.

Elle posa ses mains sur son torse, heureuse de sentir son cœur battre pour elle.

— Pourtant, tu as avoué que tu m'avais vue comme une dernière aventure avant ton mariage, le taquina-t-elle.

Maintenant qu'elle était sûre de son amour, elle pouvait se détendre et aborder des sujets sensibles.

— Oui, c'est vrai. Mais quand je t'ai rencontrée, j'étais sur le point de signer un contrat de mariage qui devait sauver mon pays de la faillite et assurer la descendance de ma famille. J'avais mis des mois à l'accepter, et j'ai tout risqué en cédant à mon désir fulgurant pour toi. Ce n'est pas une preuve suffisante ?

Elle l'observa de longs instants, prenant du recul pour la première fois sur leur récente histoire en commun. Ses engagements en tant que cheikh héritier, son mariage houleux, la perte tragique de sa femme, sa rencontre avec elle…

— Tu as eu le coup de foudre pour moi au consulat, alors ? s'enquit-elle.

— Tu peux dire que j'ai été terrassé sur place.

— Moi aussi.

Leurs regards se croisèrent et tout se mit en place. Leur passion, leur amour, leur amitié, leur complicité…

Puis leurs bouches avides se trouvèrent, et ils s'embrassèrent longuement, avec fougue.

Enfin, ils se comprenaient.

Enfin, ils s'étaient retrouvés.

Enfin, ils pouvaient envisager un avenir commun. Avec leur bébé.

Elle savait qu'elle pouvait faire confiance à cet homme pour le restant de ses jours.

Car il était l'homme de sa vie.

- 16 -

Pour finir, ils décidèrent d'un commun accord de se marier à la date fixée à l'origine avec Nadia, même si Gabe avait proposé à Sarah de modifier cet arrangement.

Ils en avaient beaucoup parlé, en privé.

Sarah, confiante de l'amour de Gabe, avait choisi d'honorer humblement son engagement envers son futur époux et son nouveau pays d'adoption. Tous les invités ayant déjà leurs billets et les préparatifs étant en cours pour cette date, elle s'était ralliée à l'idée qu'il aurait été déplacé de faire la fine bouche et d'altérer les plans de tous les gens qui se réjouissaient de participer à un mariage, d'autant que ce mariage était à présent placé sous le signe de l'amour.

Le jour suivant, ils accueillirent Faruq dans le bureau de Gabe pour peaufiner quelques éléments de la cérémonie.

Après avoir accepté de garder un certain nombre d'arrangements prévus au préalable, Sarah aborda les points sur lesquels elle n'était pas prête à faire de concessions. En effet, Gabe lui avait promis qu'elle pourrait adapter la cérémonie.

— Pour ce qui est de l'heure de la cérémonie, contrairement au souhait de Nadia, je n'ai pas envie de me marier à minuit, comme s'il s'agissait d'un mariage secret.

— Avec quatre cents invités, on peut difficilement parler d'un mariage secret.

— J'ai surtout envie que le fils de ma cousine Laine soit page. Et que ses filles soient des demoiselles d'honneur.

Minuit serait trop tard pour eux. Je pense que 13 heures conviendraient mieux à des enfants de cet âge.

— Bien sûr, pas de problème, dit Faruq tout en prenant des notes.

— Et j'aimerais aussi que tout le monde sache que Gabe, enfin le cheikh Kadin, n'a pas été contraint de m'épouser.

Gabe sourit, amusé.

— Je crois que personne ne pensera ça du cheikh Kadin, mais je ferai le nécessaire pour couvrir cet aspect-là, ajouta Faruq, légèrement gêné.

— Je vous en serais très reconnaissante. Le mariage prévu à l'origine était un mariage de convenance. Là, je veux que ce soit clair qu'il ne m'épouse pas pour mon argent, ni parce que je suis enceinte, mais parce que…

— Parce que tu es irrésistible, ajouta Gabe en riant de bon cœur.

— Irrésistible ?

— Complètement ! lança-t-il en la prenant dans ses bras.

Alors qu'elle se hissait sur la pointe des pieds pour chercher ses lèvres, ils entendirent la porte se refermer discrètement.

La réunion avait été succincte et s'était terminée de façon un peu précipitée, mais Gabe était content d'avoir Sarah pour lui tout seul.

Faruq était un génie de la communication et des relations publiques. Il saurait orchestrer les changements de dernière minute. D'ailleurs, le ministre du tourisme et des relations publiques était d'autant plus ravi qu'il pouvait à présent fonder la politique touristique sur deux aspects clés liés à Sarah. D'une part le cheikh épousait une descendante de Camille de Vallois et, d'autre part, ils avaient retrouvé la dot perdue.

Cette nouvelle donne offrait des perspectives d'avenir intéressantes pour le pays. Et avec l'histoire d'amour de Gabe et Sarah, ils pourraient même faire du Zahir une destination romantique.

En montrant un front uni, soudé et complice, l'annonce

de la grossesse ne poserait pas de problème, puisque le pays était gagnant sur tous les tableaux.

Quant à lui, c'était tout ce qu'il avait jamais voulu.

Pour la première fois, Gabe aimait passionnément une jeune femme ravissante et fascinante qui l'aimait en retour d'un amour profond et sincère. De plus, ils attendaient une petite fille, fruit de leur union enflammée.

Le jour du mariage, tout se passa à merveille, dans des conditions optimales et sous un ciel éclatant. La cérémonie eut lieu dans la petite église en pierre à côté du palais. Une lumière dorée filtrait par les vitraux et illuminait le lieu saint rempli d'invités.

Une vague de murmures admiratifs monta de part et d'autre de l'allée centrale quand les parents de Gabe pénétrèrent dans l'enceinte.

Son père, qui marchait à présent sans canne, avait une mine reposée et hâlée après un séjour dans un pays exotique qui lui avait fait le plus grand bien.

Sa mère était d'une élégance rare, et semblait plus heureuse que jamais. Elle se réjouissait à l'idée d'être grand-mère.

Mais Gabe attendait surtout l'arrivée de Sarah.

Il ne doutait pas un instant de son amour et de son engagement, mais, malgré les nuits et les jours qu'ils avaient partagés, il mettrait du temps à oublier la panique qu'il avait éprouvée lorsqu'il avait découvert qu'elle l'avait quitté le matin où il avait dû se rendre en hélicoptère à Al Jahir pour la récupérer et lui demander de lui donner une dernière chance.

— Ne t'inquiète pas, lui dit Xavier, sentant sa tension.

— Je sais, les femmes aiment se faire désirer, ajouta Gabe, tout en regardant nerveusement sa montre.

— Elle a dû être bloquée par la circulation, dit le prêtre, pragmatique.

Soudain, des clameurs se firent entendre au dehors.

Gabe sentit tout son corps se détendre.

Ses doutes et ses incertitudes s'envolèrent.

Elle était là.

Sarah entra dans l'église, chancelante après être restée assise à l'arrière d'une limousine bloquée dans les embouteillages, trépignant d'impatience.

A peine eut-elle franchi le seuil qu'une musique aux intonations mélodieuses s'éleva dans la nef, emplissant les voûtes.

Le silence se fit.

Au bout de l'allée centrale, digne et solennel, Gabe se tourna vers elle, grand, beau, séduisant, vêtu d'un costume impeccable digne d'un cheikh royal.

Malgré la distance, et le voile de mariée qui lui couvrait le visage, leurs regards se croisèrent, intenses et complices.

Lisant la joie dans ses yeux ambrés, elle sentit son cœur se gonfler d'amour.

Serrant son joli bouquet de roses crème assorti à sa robe en soie et en dentelle, simple et délicatement coupée, elle s'avança vers son futur mari.

A chaque pas, elle se remémorait un événement de leur histoire récente.

Gabe ramassant l'épée sur le sol du consulat.

Leurs premiers échanges.

Gabe venant la secourir sur le parking.

Leurs premiers regards incandescents.

Gabe lui proposant de la raccompagner.

Leur premier baiser.

Gabe la soulevant dans ses bras.

Leurs premiers ébats.

Gabe sur le seuil de sa porte.

Des bouquets de roses rouges…

Tremblante de ravissement, retenant ses larmes, elle arriva devant l'autel, enveloppée dans une bulle de bonheur, aux anges d'être aussi comblée par la chance.

Euphorique et intimidée, elle se tourna vers le cheikh

héritier, l'homme qu'elle adorait de tout son cœur et qui l'avait choisie pour épouse.

Quand il souleva le voile et qu'il lui prit la main, la chaleur de son regard et de son contact lui donnèrent le courage nécessaire pour continuer, malgré le trac et l'émotion.

Les murmures admiratifs dans l'église, la beauté des mots de la cérémonie et la présence rassurante de Gabe l'emplirent d'une joie sans bornes.

Quand il lui glissa la bague au doigt, elle laissa ses larmes couler.

Enfin, il déposa un baiser délicat sur ses lèvres tremblantes, ses mains fermes embrasant sa peau à travers la soie de sa robe, tandis que les bougies qui illuminaient l'enceinte dégageaient un doux parfum de thym et de miel.

Elle se hissa sur la pointe des pieds pour lui rendre amoureusement son baiser.

En ce jour de réjouissance ultime, elle était la femme la plus heureuse du monde.

Elle avait tout ce dont elle avait toujours rêvé, et bien plus encore.

Un mari qui l'aimait, prêt à la choyer.

Le père de l'enfant qu'elle attendait.

Le premier homme qu'elle ait jamais aimé et qu'elle chérirait jusqu'à la fin de ses jours.

MICHELLE MAJOR

Un espoir dans la tourmente

Passions

HARLEQUIN

Titre original : SUDDENLY A FATHER

Traduction française de MURIEL LEVET

83-85, boulevard Vincent-Auriol, 75646 PARIS CEDEX 13.
Service Lectrices — Tél. : 01 45 82 47 47

www.harlequin.fr

- 1 -

Tout en prenant une profonde inspiration, Millie Spencer frappa à la porte pour la seconde fois.

Perdue dans ses pensées, elle jeta un œil sur la véranda, totalement déserte. C'était plutôt curieux. Elle y aurait bien vu un transat, où s'allonger les soirs d'été pour siroter une citronnade en regardant le soleil se coucher. Petite, elle avait souvent rêvé d'un lieu semblable. Mais, dans le minuscule studio qu'elle partageait avec sa mère, elle n'avait pas le moindre coin pour elle.

Toujours pas de réponse. Elle décida tout de même de faire une dernière tentative. La maison était située à la périphérie de Crimson, mais elle ne se trouvait qu'à quelques minutes de la grande villa victorienne de sa sœur, au centre-ville.

Elle était arrivée quelques jours plus tôt à Crimson, chez Olivia, sa demi-sœur pour être tout à fait exact. Elle se sentait complètement déprimée et accablée, mais, à son grand soulagement, Olivia et son mari, Logan Travers, ne lui avaient pas posé trop de questions : ils s'étaient contentés de l'accueillir chaleureusement. Depuis, elle avait passé la plus grande partie de son temps recroquevillée sur le canapé, à regarder distraitement de mauvaises émissions de téléréalité.

Mais ce jour-là, on lui avait demandé de venir aider le frère de Logan et sa fille. Qui, apparemment, ne se trouvaient pas chez eux. Ce qui était très étrange, puisque Logan lui avait expliqué que Jake, son frère, ne pouvait plus conduire. Cela dit, par une si belle journée d'été, peut-être était-il allé se promener à pied avec sa fille ?

Elle s'apprêtait à partir, quand la porte s'entrouvrit devant elle.

— Non merci, on n'en veut pas, lui dit un homme dont elle ne pouvait voir qu'une partie du visage.

— Vous ne voulez pas de quoi ? demanda-t-elle en se penchant un peu pour distinguer l'intérieur de la maison.

Elle avait toujours été du genre curieux.

— De biscuits, de pop-corn ou je ne sais quoi, répondit-il rapidement.

Elle observa ses yeux. Le même bleu que celui de Logan. Il devait donc s'agir de son frère.

— Tes parents sont avec toi ? lui demanda-t-il brusquement.

Surprise et un peu vexée, elle se redressa. Certes, elle ne mesurait qu'un petit mètre cinquante-cinq. Ou soixante quand elle portait des talons. Mais tout de même…

— Je ne suis pas…, commença-t-elle à bredouiller.

Marmonnant un juron, l'homme tourna les talons et disparut de son champ de vision.

La porte étant restée entrouverte, elle passa sa tête dans l'ouverture.

Personne.

— Hé ho ! cria-t-elle.

Elle n'entendit que l'écho de sa voix.

L'entrée était complètement vide : pas un meuble ou objet de décoration. Olivia lui avait appris que le frère de Logan venait tout juste de rentrer à Crimson. Peut-être n'avait-il pas encore eu le temps de faire des achats ?

Tout à coup, une voix se fit entendre en provenance du fond de la maison : un nouveau juron, suivi de ce qui ressemblait à des pleurs d'enfant. Agacée, elle sortit son téléphone de son sac pour dire à sa sœur et son beau-frère qu'elle laissait tomber. Mais les pleurs de l'enfant se firent plus intenses.

— Non ! entendit-elle crier.

La voix, celle de l'homme, était pressante, et comme empreinte de panique. Alertée, elle se précipita à l'intérieur.

Elle s'arrêta devant une porte ouverte qui donnait sur un grand séjour avec cuisine intégrée. Contrairement à l'entrée, la pièce était meublée et décorée. Mais dans quel style ? Il aurait été difficile de le dire. Tout était complètement recouvert de poupées, de peluches et d'objets de tailles diverses en plastique rose. On aurait dit qu'un camion de jouets s'était déversé dans la pièce. Jake Travers n'avait-il vraiment qu'un enfant ? Il y avait là assez de choses pour occuper une armée de bambins… Stupéfaite, elle se força à détourner le regard de cette pagaille pour observer la partie cuisine.

La table disparaissait littéralement sous des boîtes de céréales, des bouteilles de lait et de jus de fruits. Et un liquide qui ressemblait à un mélange de lait chocolaté et de jus de raisin était en train de couler sur le sol carrelé, formant une flaque à côté d'un petit tas de céréales, qui semblaient s'être déversées d'une des boîtes.

Debout au milieu de la cuisine, Jake lui tournait le dos. Elle remarqua immédiatement qu'il était grand et bien bâti. Son T-shirt gris mettait en valeur ses larges épaules, son short de sport révélait des cuisses musclées, mais l'un de ses mollets était dissimulé par un plâtre.

Ce fut néanmoins autre chose qui retint son attention : le tutu violet qu'il portait autour de la taille. Malgré la situation, elle ne peut s'empêcher de sourire. Pas étonnant qu'il n'ait pas voulu lui ouvrir la porte !

Devant lui, une petite fille sautait sur place pour essayer d'attraper la peluche qu'il tenait dans ses mains. Le jouet ressemblait vaguement à un lapin, mais il était complètement imprégné d'un liquide de la même couleur que celui qui inondait le sol. La fillette n'avait cependant aucune chance de l'atteindre : son père devait faire un bon mètre quatre-vingt-dix. Quand Olivia lui avait demandé d'aller aider le frère blessé de Logan, Millie s'était imaginé une personne invalide et affaiblie. Pas le colosse qui se trouvait devant elle.

Elle était sur le point de tourner les talons et de prendre ses jambes à son cou quand la petite leva les yeux vers elle. Ils étaient du même bleu que ceux de son père, et si grands qu'ils en étaient presque trop imposants pour son visage poupin. Ses cheveux, longs, étaient plus sombres que ceux de son père, et très emmêlés. Avec son justaucorps rose pâle et son tutu assorti, on aurait vraiment dit une ballerine miniature… toute tachée de chocolat.

Sans qu'elle puisse se l'expliquer, Millie se sentit immédiatement liée à cette enfant.

Les yeux grands ouverts, la petite garda le silence quelques instants.

— Une fée, finit-elle par dire, en pointant son doigt vers Millie.

Tout en poussant un soupir de soulagement, Jake Travers se retourna pour voir ce que Brooke montrait du doigt. Une fée, avait-elle dit ? De toute façon, ça lui était complètement égal. L'important, c'était qu'elle ait arrêté de pleurer.

Mais non, ce n'était pas une fée. Il reconnut la petite fille qu'il avait essayé de chasser quelques minutes plus tôt. Debout de l'autre côté de la pièce, elle leur fit un bonjour hésitant de la main. Ce ne fut qu'à ce moment-là qu'il comprit qu'il ne s'agissait pas d'une enfant, mais d'une femme. Un tout petit bout de femme, vêtue d'une robe à fleurs qui mettait en valeur des courbes douces et sensuelles.

— Je suis Millie, dit-elle, comme s'il s'attendait à sa visite.

Perplexe, il lui jeta un regard interrogateur.

— Millie Spencer. La sœur d'Olivia. C'est elle et Logan qui m'ont envoyée.

L'air mal à l'aise, elle repoussa derrière son oreille une mèche de ses cheveux mi-longs couleur caramel, faisant ainsi tinter les bracelets qu'elle portait au poignet.

— Regarde, Papa, elle brille ! s'exclama Brooke d'un air émerveillé.

Tout en reposant la peluche dégoulinante sur la table, il plissa les yeux. On aurait vraiment dit que cette jeune femme scintillait à la lumière du soleil matinal, qui filtrait à travers les fenêtres.

Alors qu'il se faisait cette réflexion, elle baissa les yeux vers son poignet et se mit à rire. Un son aussi pétillant et cristallin que celui qu'avaient produit ses bracelets.

— C'est mon huile pour le corps, dit-elle en commençant à avancer vers eux. J'ai dû me tromper et prendre celle qui est pailletée.

Le visage de sa fille s'illumina.

— J'aimerais bien avoir des paillettes, murmura-t-elle d'un air rêveur.

— Vous dites que c'est Logan qui vous a envoyée ? lâcha Logan en croisant ses bras sur sa poitrine.

Des paillettes ? Comme s'il n'y avait pas déjà assez de bazar comme ça… C'était vraiment la dernière chose dont il avait besoin.

— Je pensais que Logan vous en avait parlé, répondit-elle d'un air gêné. Je croyais que vous aviez besoin d'aide à cause de…

Sans finir sa phrase, elle désigna son corps d'un geste de la main. De nouveau, ses bracelets tintèrent.

Et, au même instant, il sentit son corps se crisper. Il avait beaucoup de mal à accepter ses blessures, la façon dont elles avaient changé sa vie et le sentiment d'impuissance qu'elles lui avaient laissé. Il se souvenait vaguement d'un coup de fil de son frère, la veille au soir, au cours duquel il avait en effet dû être question de baby-sitter, et de quelqu'un pour le conduire à ses rendez-vous médicaux. Mais c'était à ce moment de la conversation que sa pizza surgelée avait commencé à brûler. Et il n'avait rien écouté.

Quoi qu'il en soit, il n'avait pas besoin d'aide. En tout cas, il ne *voulait* pas d'aide. Et surtout pas venant d'une fille qui ressemblait à la meilleure amie de la fée Clochette.

— Ça va aller, je vous remercie, finit-il par dire.

— Vous êtes sûr ? lui demanda-t-elle en jetant un coup d'œil autour d'elle dans la pièce, avant de regarder fixement sa taille.

— On prend des cours de danse, marmonna-t-il.

Vaguement gêné, il retira le tutu que Brooke avait insisté pour lui faire porter, avant d'adresser à la jeune femme un hochement de tête qu'il voulut persuasif. Il pouvait très bien se débrouiller seul. Ne l'avait-il pas toujours fait ? Ce n'était pas maintenant que les choses allaient changer.

Brooke coupa court à ses pensées.

— Je veux des paillettes, dit-elle en tirant sur le bas de son T-shirt.

De sa main valide, il se mit à lisser les longs cheveux de sa fille. Et soudain, il sentit sous ses doigts quelque chose qui ressemblait étrangement à un chewing-gum. Troublé, il se força néanmoins à sourire.

— Pas aujourd'hui, Brooke. Tu veux que je te mette un dessin animé ?

Sa fille le regarda en faisant la moue.

— Non ! Je veux des paillettes ! Et Lapin aussi !

Sur ces mots, elle s'écarta brusquement de lui et, sans qu'il puisse l'en empêcher, reprit sur la table la peluche trempée, qu'elle serra fermement contre elle. En voyant le liquide violet imprégner son justaucorps rose, il ne put s'empêcher d'émettre un grognement agacé. La situation était en train de lui échapper totalement.

Désespéré, il se tourna vers la nommée Millie. Mais la jeune femme avait disparu.

Oh non ! Pas maintenant !

Comme par hasard : juste au moment où il était disposé à s'avouer vaincu.

De son bras valide, il attrapa Brooke et Lapin, faisant de son mieux pour ignorer le liquide collant, qui commença aussitôt tremper sa chemise.

— Allons chercher notre fée, dit-il à sa fille, qui lui répondit par un large sourire.

*
* *

Millie ne s'arrêta pas quand Jake Travers cria son nom. Elle se concentra sur la chaleur du soleil et la fraîcheur de la brise du Colorado. Elle avait promis de rendre service à Olivia. Mais elle ne pouvait pas rester si on ne voulait pas d'elle.

C'est alors que la petite fille poussa un cri. Alertée, elle se retourna. Ou, plutôt, elle commit l'erreur de se retourner.

Jake était en train de descendre maladroitement les marches de la véranda, serrant la petite sur la partie de son corps qui n'était pas blessée.

— Ça vous amuse de me faire courir ? demanda-t-il en fixant son regard azur sur le sien.

— Je croyais que ça allait.

Tandis qu'elle retournait sur ses pas, il s'arrêta dans l'herbe, en bas des marches.

— J'ai toujours été seul. Je n'ai pas l'habitude de demander de l'aide.

— On a tous besoin d'aide, de temps en temps.

— Pas moi, répondit-il d'un air dégoûté.

Manifestement, il n'était pas à l'aise avec sa situation actuelle. Et, à bien y réfléchir, elle pouvait parfaitement le comprendre. Elle avait, pour sa part, beaucoup de mal à accorder sa confiance. Et plus encore quand il s'agissait de l'accorder à un étranger.

Pendant qu'elle se faisait ces réflexions, Brooke s'était mise à gigoter pour se libérer des bras de son père. Il la déposa prudemment sur le sol et, quand il se redressa, elle remarqua que le liquide qui imprégnait la peluche avait taché sa chemise et coulait désormais librement dans son plâtre.

Le regard fixé sur sa fille, il ne semblait néanmoins pas s'en soucier.

— Excusez-moi…, finit-il par dire en relevant les yeux vers elle. Ça ne fait pas longtemps que je suis papa. J'ai encore du mal à prendre conscience que c'est vraiment ma fille.

— Quel âge as-tu, Brooke ? demanda-t-elle en s'accroupissant devant la petite.

Brooke, qui paraissait soudain intimidée, baissa les yeux vers son lapin. Mais elle leva vers elle les quatre doigts de sa main.

De plus en plus déconcertée, Millie jeta à Jake un regard interrogateur.

— Que vous ont dit Logan et Olivia sur moi ? demanda-t-il.

— Pas grand-chose. Que vous étiez chirurgien et que vous voyagiez beaucoup. Que vous avez été blessé lors d'un tremblement de terre dans une île près d'Haïti. Et que vous avez besoin de quelqu'un pour vous aider à vous occuper de votre fille pendant votre convalescence.

— C'est un résumé très succinct, répondit-il, avec un sourire en coin.

— C'est bien ce qu'il me semblait.

Elle tourna son regard vers Brooke.

— Et si on allait faire prendre un bain à Lapin, ma chérie ? On pourrait le regarder pendant qu'il fait un petit tour dans la machine à laver.

Tout en souriant timidement, la petite hocha la tête.

Millie se redressa et lui tendit la main.

— Tu me montres où est la machine à laver ? On va s'occuper de lui.

Brooke acquiesça et commença à avancer vers son père.

— Il faudrait que vous m'expliquiez toute l'histoire, chuchota-t-elle en passant à côté de lui.

Tout en hochant la tête, il la regarda droit dans les yeux.

— Je me change, et je reviens.

Il baissa d'un ton lorsqu'il poursuivit :

— Mais je préférerais ne pas discuter de ça devant Brooke.

La petite fille la tira vers la maison.

— Lapin a envie de prendre son bain !

Millie commença à la suivre, mais elle s'arrêta quand elle sentit la main de Jake se poser sur son bras nu. Elle sursauta légèrement, mais se concentra sur la sensation de chaleur qui s'empara aussitôt de son corps. Une très agréable sensation.

— Merci, dit-il, en retirant sa main, un peu trop vite à son goût.

— Mais… je n'ai encore rien fait, balbutia-t-elle.

— Ma fille n'a pas pleuré depuis au moins dix minutes, chuchota-t-il tout près de son oreille. Vous ne vous rendez pas compte, mais c'est un véritable exploit.

Malgré elle, Millie se laissa gagner par un vague sentiment de fierté. Et un autre sentiment… Quelque chose qui ressemblait à de l'attirance pour l'homme qui venait de la toucher. Mieux valait, néanmoins, se concentrer sur la fierté. Cela faisait si longtemps qu'elle n'avait pas accompli d'action digne d'intérêt…

— Ne vous inquiétez pas, Jake : tout va bien se passer, affirma-t-elle, en espérant que ses propos s'avéreraient prophétiques.

- 2 -

Il fallut à Jake plus de temps qu'il ne l'avait imaginé pour se laver, ce qui ne fit qu'ajouter à la longue liste de choses qui avaient tendance à l'agacer. En tant que chirurgien au service de Médecins sans Frontières, il avait l'habitude d'agir rapidement. Et il avait fait de l'efficacité l'une de ses priorités. Efficacité dans les mouvements, dans le temps, et surtout dans ses relations avec les autres. Il avait toujours vécu simplement et sans attaches, pour être à même de partir chaque fois que des malheureux, quelque part dans le monde, avaient besoin de lui.

Mais désormais, c'était Brooke qui avait besoin de lui, ici. Et à son grand regret, il se sentait incapable de satisfaire ce besoin. Il n'avait même pas pu prendre une douche : ç'aurait été beaucoup trop laborieux, avec sa jambe et son poignet. Il s'était donc contenté d'une toilette de chat, et s'était ensuite revêtu d'un nouvel ensemble T-shirt et short larges, seuls vêtements qu'il pouvait enfiler rapidement en dépit de ses blessures.

Quand il sortit de la salle de bains, la porte de la buanderie était fermée. Il était vraiment ravi de cette maison, si spacieuse, que sa belle-sœur lui avait trouvée. Avec le bruit de la machine à laver, il ne pouvait pas entendre ce que sa fille disait, mais il percevait néanmoins le son de sa petite voix cristalline, chaque fois qu'elle parlait à Millie.

Déterminé à montrer qu'il n'avait pas besoin d'aide, il commença à nettoyer la cuisine. Et il avait épongé la plus grande partie de ce qui se trouvait sur la table quand Millie et Brooke refirent leur apparition.

— Regarde, Papa ! s'exclama sa fille en lui tendant sa peluche enveloppée dans une serviette. Lapin sent bon, maintenant.

— Super, Brooke, dit-il en inspirant profondément.

Millie lui adressa un grand sourire.

— On va le mettre dans le sèche-linge, maintenant. Tu pourras le regarder tourner, pendant que je discuterai avec ton papa ?

A sa grande surprise, Brooke acquiesça. Depuis qu'ils étaient arrivés à Crimson, elle était toujours collée à lui. Littéralement. Sauf quand elle dormait. Manifestement, Millie parvenait à établir un bon contact avec les enfants. Chose qui, de toute évidence, lui faisait défaut.

— Alors comme ça, vous êtes la sœur d'Olivia ? lui dit-il quand elle réapparut dans la pièce, quelques minutes plus tard.

Elle acquiesça.

— Vous ne vous ressemblez pas…

— En réalité, c'est ma demi-sœur. On a le même père.

— Vous avez été élevées ensemble ?

Il remarqua qu'à ces mots ses épaules s'étaient affaissées. Mais elle lui sourit.

— J'imagine que votre fille ne va pas tarder à se lasser de regarder tourner le sèche-linge. Nous n'avons que quelques minutes devant nous. Est-ce vraiment ainsi que vous voulez utiliser ce temps ? demanda-t-elle.

Et là-dessus, elle se mit à ramasser le papier absorbant qu'il avait posé sur le sol.

— Ce n'est pas à vous de vous en occuper. Laissez-moi faire.

Elle ne s'arrêta même pas pour le regarder.

— Et si vous me parliez un peu de vous et de Brooke ?

Ses cheveux retombèrent devant son visage, mais elle ne se donna pas la peine de les repousser. Il eut, pour sa part, envie de les toucher, afin de savoir s'ils étaient aussi doux qu'ils en avaient l'air. La peau de ses bras, elle aussi, paraissait lisse et soyeuse. Appétissante.

— Il n'y a que deux mois à peine que je sais que j'ai une fille.

Comme elle continuait de s'activer, il fit de même. Sans contact visuel, les choses étaient plus faciles.

— La mère de Brooke était médecin ; elle faisait partie de l'organisation. Je l'ai connue lors de l'un de mes voyages. Mais nos chemins ne se sont croisés que trois ou quatre fois. Et puis Stacy a disparu.

Il serra la tasse qu'il venait de ramasser, si fort qu'il eut peur de la briser. Faisant de son mieux pour se calmer, il la déposa dans le lave-vaisselle.

— Quand elle m'a retrouvée, il y a deux mois, dans l'île où je travaillais près d'Haïti, elle m'a annoncé que j'avais une fille de quatre ans, à Atlanta, qui réclamait son père. Elle voulait me donner l'occasion de participer à la vie de Brooke.

— Ç'a dû être un véritable choc, dit Millie en se relevant pour aller mettre les essuie-tout à la poubelle.

En la voyant prendre la serpillière pour commencer à laver le sol, il eut soudain des scrupules :

— Je vous assure que vous n'êtes vraiment pas obligée de faire ça.

— Mais ça va coller, sinon, répondit-elle. Poursuivez, je vous en prie.

Il fallait qu'il le fasse. Mais il détestait cette partie de l'histoire, ainsi que les sentiments d'impuissance et de culpabilité qui l'accompagnaient. Des sentiments qui n'étaient pas sans lui rappeler son enfance : impuissance face au comportement destructeur de son père, et culpabilité à l'égard de ses frères et sœurs, qu'il avait laissés derrière lui lorsqu'il avait fini par quitter la maison familiale.

Il n'avait jamais pensé revenir un jour dans le Colorado, mais c'était la seule terre qui lui fût vraiment familière. Ses deux frères, d'ailleurs, étaient revenus s'y installer, et c'était en partie pour cette raison qu'il y avait amené

Brooke. Quand il était arrivé, il avait espéré que les lieux auraient sur lui un effet apaisant. Mais il s'était trompé : d'amers souvenirs lui étaient revenus à la mémoire, et il se sentait désormais complètement piégé.

Heureusement, ses frères et belles-sœurs avaient eu le bon sens et la courtoisie de ne pas trop lui poser de questions.

— Le moins qu'on puisse dire, reprit-il, c'est que j'ai été choqué. Je n'ai jamais envisagé d'avoir des enfants. Mon travail, c'est toute ma vie. La paternité n'a jamais fait partie de mes projets. Mais je n'ai pas eu le choix. Bref, Stacy et moi nous sommes disputés, et elle a quitté l'hôpital tard dans la nuit. Nous n'étions là que depuis quelques jours à cause d'un tremblement de terre, et avec tout le travail qu'on avait, je manquais vraiment de sommeil. Je n'ai pas vraiment assimilé ce qu'elle m'a dit, mais je l'ai suivie jusqu'à l'hôtel. C'est à ce moment-là qu'il y a eu une réplique, presque aussi forte que le tremblement de terre originel. Le toit de l'hôtel s'est effondré, et elle est morte enterrée sous les décombres.

Manifestement très choquée par ses propos, Millie se redressa brutalement.

— La mère de Brooke est morte.

Il acquiesça.

— Elle n'aurait jamais dû venir là-bas. La situation était encore très instable.

Inconsciemment, il détourna son regard d'elle. La culpabilité pesait si lourd sur ses épaules qu'il se sentit obligé de lui expliquer comment il avait causé tant de mal.

— Stacy a essayé de me contacter plusieurs fois, dans les mois qui ont précédé notre dernière rencontre. Mais comme je croyais qu'elle voulait que nous nous remettions ensemble, je l'ai ignorée. Du coup, elle n'a pas eu d'autre choix que de me traquer. Et dans ses derniers instants, je n'ai rien pu faire d'autre pour elle que de lui tenir la main : j'étais moi-même à moitié enterré sous des décombres.

De plus en plus mal à l'aise, il croisa ses bras sur sa poitrine.

— Brooke se trouvait chez les parents de Stacy, mais Stacy m'a fait promettre de veiller sur elle. Elle voulait que ce soit moi qui en aie la garde. Moi, un homme qui ne connaissait même pas sa propre fille.

N'arrivant toujours pas à croire aux événements qui l'avaient mené jusqu'ici, il secoua la tête.

— Je me suis fait opérer du poignet et de la cheville, et ensuite, je suis allé chercher Brooke.

— Ses grands-parents ont accepté de vous la laisser ?

— Temporairement, et avec pas mal de réticences, répondit-il en serrant son poing valide. Mais Brooke n'a pas hésité une seule seconde à partir, c'est ça qui est incroyable. Stacy lui avait parlé de moi, elle lui avait expliqué qu'elle allait essayer de me retrouver. Il y avait une photo de moi sur la table de nuit de Brooke. Quand je suis arrivé chez ses grands-parents à Atlanta, elle est venue vers moi comme si j'avais toujours été son papa. Comme si elle m'attendait.

— Le comportement des enfants est parfois très surprenant, murmura-t-elle.

— Brooke et sa mère ont fait beaucoup d'efforts pour que je joue mon rôle, mais les parents de Stacy préféreraient élever leur petite-fille eux-mêmes. Du coup, pour le moment, je n'ai pas la moindre idée de ce que je vais faire… Les nerfs de ma main ont été endommagés, et je ne sais même pas si je pourrai un jour reprendre mon travail.

— Mais vous n'envisagez pas de quitter Brooke ?

Le ton qu'elle avait employé était accusateur. Et il eut presque envie de la remercier. Depuis qu'il était revenu dans le Colorado, toutes les personnes qu'il connaissait semblaient marcher sur des œufs quand elles se risquaient à évoquer son avenir.

— Je veux ce qu'il y a de mieux pour elle, finit-il par répondre. Et je ne pense pas que ce soit moi. Vous m'avez vu, aujourd'hui…

Les pommettes de la jeune femme devinrent légèrement plus roses.

— Mais vous êtes son père. Vous ne pouvez pas la laisser tomber, maintenant qu'elle dépend de vous.

— Je suis complètement dépassé par la situation, dit-il en haussant les épaules.

— Mais je peux vous aider, répondit-elle immédiatement. Il émanait d'elle une sorte de tension, une nervosité qui paraissait en contradiction avec sa coupe de cheveux mutine, sa robe d'été colorée et sa peau pailletée.

— Pourquoi voulez-vous m'aider ? demanda-t-il en s'approchant d'elle. Et si vous me racontiez un peu votre histoire, vous aussi ?

Elle prit un air paniqué, mais se reprit aussitôt.

— J'ai travaillé dans plusieurs écoles maternelles et élémentaires, mais pour le moment je suis sans emploi. J'ai quasiment terminé mes études d'institutrice, mais je fais actuellement une petite pause, et j'en ai profité pour venir voir Olivia. Nous n'avons pas été élevées ensemble et nous voulons apprendre à nous connaître. Elle m'avait dit de venir la voir à Crimson, quand j'aurais un peu de temps. J'envisage donc de passer plusieurs mois ici. Mais j'ai besoin d'un emploi. Je suis plutôt douée avec les enfants, vous savez…

— Vous avez des références ?

— Naturellement. Mais je viens de sauver ce cher Lapin et de nettoyer le sol de votre cuisine. Je pensais que ça constituerait des références suffisantes à vos yeux.

En un geste d'apaisement, il leva ses deux mains devant lui.

— Comme je vous l'ai dit, la paternité est une chose nouvelle pour moi. Et je veux être sûr de faire ce qu'il y a de mieux pour Brooke.

Comme pour lui montrer qu'elle approuvait et admirait sa réponse, elle hocha vivement la tête.

— J'ai un CV dans la voiture. J'irai le chercher avant de partir. Brooke est à la maternelle ?

Tout en se passant nerveusement une main sur le visage, il lui indiqua la pile de papiers qui se trouvait sur le bureau.

— Il faut que je m'occupe de son inscription. Tous les

soirs, je me dis que je vais le faire. Mais jusqu'ici, je n'ai pas eu le courage de m'y mettre.

— Je peux vous aider, répéta-t-elle.

— Je ne peux pas encore conduire, et j'ai des rendez-vous médicaux réguliers.

— Ce n'est pas un problème non plus, répondit-elle d'un air légèrement plus confiant. Olivia m'a dit de m'installer dans l'appartement au-dessus de son garage. Logan et elle habitent tout près ; je pourrai venir à chaque fois que vous aurez besoin de moi.

Il secoua la tête.

— Il y a une grande chambre d'ami au bout de la maison. Je préférerais que vous restiez ici.

L'air surpris, elle ouvrit de grands yeux.

— Mais…

— Ecoutez-moi… Je ne peux pas conduire. Je peux à peine me baisser pour ramasser quelque chose par terre. S'il arrivait quoi que ce soit à Brooke, je ne voudrais pas que vous soyez à l'autre bout de la ville.

Il omit de parler du soulagement qu'il éprouvait déjà à l'idée de ne plus être le seul responsable de la santé de sa fille. Il avait connu dans sa vie énormément de situations périlleuses et difficiles. Mais rien ne lui avait jamais paru plus effrayant que ses responsabilités de père.

Il observa son visage. Elle paraissait toujours aussi décontenancée.

— Je ne vais pas vous manger, vous savez ? dit-il en lui adressant son sourire le plus convaincant.

— Je me doute bien, répondit-elle en levant les yeux au ciel.

— J'ai besoin de vous, Millie, murmura-t-il.

L'air attendri, elle lui sourit.

— Je sais. Mais vous êtes sûr que c'est une bonne idée ?

— Bonne, je ne sais pas. Il n'y a rien de bon dans ma vie en ce moment, mais…

Il s'interrompit. Brooke venait d'entrer dans la pièce.

— La machine s'est arrêtée, dit-elle. Tu crois que Lapin est prêt ?

— Rien, vraiment ? demanda Millie.

— Si. Une seule bonne chose. Mon unique rayon de soleil, répondit-il en baissant les yeux vers sa fille. Ça te plairait, si Millie devenait ta nounou ?

— C'est Mary Poppins ! s'exclama joyeusement la petite.

L'air émerveillé, elle se tourna vers Millie en ouvrant de grands yeux.

— Tu pourras amener tes paillettes ?

— Bien sûr, répondit Millie avant de relever la tête vers son père. Ecoutez, je ne suis pas Mary Poppins, mais je pense qu'on va pouvoir faire affaire.

— Comment as-tu pu me faire ça ? s'exclama Millie en rentrant chez sa sœur une demi-heure plus tard. La prochaine fois que tu m'envoies en plein chaos, préviens-moi avant !

Olivia Travers se trouvait à l'autre bout de l'immense cuisine. Elle eut un petit sourire amusé, qu'elle essaya vainement de dissimuler.

— Si je t'avais expliqué toute l'histoire, tu y serais allée ?

— Aller où ? demanda une femme qui se trouvait sur l'un des tabourets du bar.

Millie se tourna vers elle. Elle reconnut aussitôt Natalie Holt, l'une des amies de sa sœur, qu'elle avait déjà rencontrée lors d'une de ses précédentes visites à Crimson. Et elle ne put s'empêcher d'éprouver une petite pointe de jalousie. Olivia avait su se forger une existence très agréable dans cette petite ville de montagne ; elle, pour sa part, n'avait jamais été très douée pour cultiver les amitiés.

— Chez Jake, finit par répondre Olivia. Qu'est-ce qui s'est passé ? Raconte.

— Oui, raconte, répéta Natalie en se tournant vers elle. Jake a toujours été mon préféré de tous les frères Travers. Grand, blond, intelligent…

— Eh bien maintenant, il est grand, blond, intelligent et dans le pétrin jusqu'au cou, dit Millie.

— Mais toujours grand et blond…, fit remarquer Natalie d'un air rêveur, en lui tendant une assiette de biscuits au chocolat. Tu en veux un ?

Millie se laissa d'autant plus facilement distraire qu'elle avait toujours adoré tout ce qui était au chocolat.

— C'est Logan qui les a faits ? demanda-t-elle en se penchant vers l'assiette.

— Oui, répondit Olivia. Ecoute, Mill, je suis désolée… Mais il a besoin d'aide. Et je pense sincèrement que tu es la personne qu'il lui faut. Logan et Josh sont très inquiets, tu sais ?

— Et c'est pour ça qu'ils l'ont laissé seul avec sa fille ? s'exclama-t-elle. Comment peut-on laisser un membre de sa famille seul quand il est dans cet état ?

— Quel état ? demanda Natalie d'un air surpris. Je ne savais même pas que Jake était en ville. Pourquoi est-ce que je suis toujours la dernière au courant, quand il se passe quelque chose d'intéressant ?

— Désolée, répliqua Olivia. Mais Jake a expressément demandé à être un peu tranquille, le temps qu'il s'installe.

— Bon, dit Natalie en se mettant à tapoter doucement le bras de Millie. Tu sais, Millie, c'est vraiment difficile de se fâcher contre sainte Olivia. Elle est tellement gentille…

— Ça, on peut le dire, répondit Millie, avant de croquer dans un cookie.

Elle ferma les yeux. Délicieux… Même si elle avait des doutes sur ses qualités de frère, Logan était vraiment un excellent pâtissier.

— Assieds-toi, dit Natalie en tirant une chaise. J'ai encore une heure devant moi avant d'aller chercher mon fils, et je suis sûre que la situation de Jake est bien plus intéressante que ce qui passe à la télé en ce moment.

Elle regarda Olivia, puis Millie.

— Alors, vous me racontez ?

Olivia soupira.

— Jake a été blessé lors d'une mission médicale près d'Haïti, dans une réplique de tremblement de terre. Au même moment, il a découvert qu'il avait une fille de quatre ans.

Natalie ouvrit de grands yeux, mais Olivia poursuivit :

— La mère est morte dans la réplique du tremblement de terre, mais elle lui a laissé la garde de la fille. Et donc, Jake a amené Brooke à Crimson, où il s'est installé le temps de se remettre de ses blessures. La petite est adorable, vraiment. Quant à Jake, il doit faire de la rééducation à l'hôpital. Mais pour le moment, les médecins ne sont pas en mesure d'évaluer les conséquences de ses blessures, et ils ne peuvent pas dire s'il pourra un jour exercer de nouveau.

— Je n'arrive pas à croire que tu ne me l'aies pas dit ! s'exclama Millie.

— J'ai pensé qu'il valait mieux que ce soit Jake lui-même qui t'explique la situation, répondit doucement Olivia. Et je voulais que tu rencontres Brooke avant de prendre ta décision.

— Parce que je me fais toujours avoir par les gamins ! s'exclama Millie en se mettant à mâcher furieusement son biscuit.

— Non. Parce que tu aimes travailler avec les enfants. Et parce que je pense que tu as un véritable don.

— Comment peux-tu dire ça ? Tu me connais à peine. Comment peux-tu savoir que je ne vais pas mettre cette enfant en danger ?

Olivia poussa un soupir de déception.

— Je ne sais pas ce qu'il t'est arrivé à l'université, mais je trouve vraiment dommage que tu aies abandonné tes rêves…

— Je n'ai rien abandonné ! J'ai pris un semestre pour me reposer. C'est tout.

— Du calme, les filles, coupa Natalie en levant une main devant elle. Revenons à Jake. Je ne sais pas grand-chose de lui, mais j'imagine qu'il a refusé de se laisser aider par qui que ce soit. Il a toujours été du genre solitaire.

— Il ne nous laisse faire que le strict minimum,

reconnut Olivia. Sara est partie quelques jours pour la première d'un film.

— Ça fait quoi, de fréquenter une star du cinéma ?

Millie n'avait pu s'empêcher de poser la question. Elle était étrangement fascinée par la vie que sa demi-sœur s'était faite à Crimson. Sara Wellens, une amie d'Olivia, qui avait été une star dans son enfance, avait repris sa carrière d'actrice avec succès quelques années plus tôt. Elle était mariée avec le frère cadet de Jake, Josh, et, ensemble, ils dirigeaient une maison d'hôtes dans une ferme rénovée des environs de la ville.

Pendant que Millie songeait à tout cela, Olivia s'était mise à sourire.

— Quand elle est à Crimson, elle est juste Sara. Je crois que tu l'apprécierais beaucoup, Millie. Elle est très tenace, comme toi.

Millie ne voyait pas ce qu'elle pouvait avoir en commun avec une star de Hollywood. Mais elle ne chercha pas à contredire sa sœur.

— Juste avant qu'elle parte, reprit Olivia, on est allées ensemble leur apporter de quoi manger. On voulait emmener Brooke se promener pour le libérer un peu, mais la petite a refusé de quitter son père. Logan et Josh se sont proposés régulièrement, depuis. Mais ç'a été pareil.

— Pauvre petite…, murmura Natalie. Ça doit être dur pour elle.

Elle se tourna vers Millie.

— Mais toi, elle t'aime bien ?

Millie hocha la tête.

— Les enfants ont confiance en moi. C'est peut-être parce que je suis petite ? Ma mère est pareille. On a un air innocent.

Olivia se mit à rire.

— Ah oui ? Et pourtant, ta mère a représenté une menace pour ma famille pendant plusieurs décennies. Petite, mais costaude.

Millie ne sut que répondre. Olivia et elle avaient le

même père, un sénateur, qui avait été marié à la mère d'Olivia jusqu'à sa mort, survenue quelques années plus tôt. Marié, mais infidèle. Joyce, la mère de Millie, avait été la maîtresse de Robert Palmer pendant plus de trente ans. Elle avait organisé toute sa vie pour être disponible chaque fois qu'il avait besoin d'elle, sans jamais rien lui demander en retour : ni de l'aider financièrement, ni de quitter sa femme pour elle. Elle s'était toujours arrangée pour que les moments que Robert passait avec elle soient agréables, et lui permettent d'oublier les problèmes de sa vie quotidienne. La maîtresse parfaite, en somme.

Mais la vie quotidienne, Millie la subissait à cette époque de plein fouet. Et elle avait envie de plus que cela. Elle avait envie d'un père qui assiste à ses spectacles scolaires et compétitions sportives. Elle aurait été tellement heureuse de pouvoir dire à ses amies qu'elle avait un père… Mais sa mère lui avait strictement interdit d'en parler, pour la réputation et la carrière du sénateur. Tout avait toujours été fait en fonction de lui.

Une menace, sa mère ? Pas vraiment, non. Elle avait, tout comme elle, le don de mettre les gens à l'aise. Suffisamment, même, pour qu'ils se sentent en droit de leur marcher sur les pieds.

— Je ne suis pas ma mère, finit par répondre Millie, sans pouvoir s'empêcher de trembler.

— Et c'est tant mieux. Mais Jake fait partie de ma famille, désormais, répondit Olivia d'une voix grave. Logan est tellement inquiet pour son frère qu'il ne ferme quasiment pas l'œil de la nuit. Si je t'ai demandé ça, Millie, c'est parce que je te fais confiance. Peut-être que je vois en toi quelque chose que tu ne peux pas voir en ce moment, mais je suis sûre que cette chose est là. Et j'espère que ton séjour à Crimson te permettra de la découvrir. C'est un endroit spécial, tu sais ? conclut-elle en souriant.

Millie sentit soudain en elle un déferlement d'émotions. Si Olivia pensait qu'elle pouvait aider Jake Travers et sa fille, il fallait qu'elle lui prouve qu'elle avait raison.

Personne n'avait jamais parié cher sur elle. On lui avait appris dès son plus jeune âge que, pour avancer dans la vie, il ne fallait pas se montrer exigeant, l'essentiel étant d'être sympathique et aimable.

Mais Jake et Brooke allaient avoir besoin de bien plus que cela, s'ils voulaient former une véritable famille.

— Je ne suis pas d'accord avec toi quand tu dis que Crimson est un endroit spécial, intervint Natalie. Mon expérience tendrait plutôt à prouver le contraire…

Manifestement, elle cherchait à alléger l'ambiance. Millie lui adressa un sourire reconnaissant.

— Tu es née à Crimson, je me trompe ? lui demanda-t-elle.

— J'y suis née et j'y ai grandi, répondit Natalie en dégageant son épaule de ses cheveux. Et je n'ai même pas honte de l'admettre.

— Et tu vis toujours ici, intervint Olivia. Ce qui prouve que c'est vraiment un endroit merveilleux.

Natalie haussa les épaules.

— Il est vrai que Crimson a ses avantages. Dont les trois frères Travers, pour commencer. Bon, dit-elle en se tournant vers Millie, qu'est-ce que tu vas faire, alors ? Rester et aider Jake, qu'il le veuille ou non ?

Il fallait qu'elle prenne une décision. Millie s'était récemment promis de faire passer ses besoins en priorité. Mais il fallait croire qu'elle n'avait pas l'instinct de conservation de soi.

Tout en se mordant douloureusement la lèvre, elle hocha la tête.

— Oui, je reste. Même si je sais déjà que je vais le regretter.

- 3 -

Quand il entendit le petit cri de joie de Brooke, Jake comprit aussitôt que Millie était revenue.

Elle était partie à peine deux heures plus tôt pour aller chercher ses affaires chez Logan et Olivia. Mais durant ce laps de temps, il s'était demandé plusieurs fois si elle allait vraiment revenir.

En tout cas, si elle ne l'avait pas fait, il n'aurait pu lui en vouloir.

Elle avait beau avoir besoin d'un emploi, le chaos qu'était devenue sa vie n'avait rien de particulièrement attrayant. Ses frères et belles-sœurs, certes, lui avaient proposé leur aide un nombre incalculable de fois depuis son retour à Crimson. Mais il était l'aîné de la famille et, surtout, celui qui n'avait jamais eu besoin de rien.

Comment pouvait-il admettre devant eux qu'il se sentait à présent démuni ?

Leurs aimables propositions avaient fait renaître en lui le flot de culpabilité qui l'avait submergé quand il avait quitté la maison familiale, quelques années plus tôt. Son admission à l'université lui avait permis de laisser Crimson et leur père alcoolique derrière lui. Et il ne s'était pas retourné, même quand ses frères cadets avaient eu besoin de lui. Même quand la jumelle de Logan, Beth, avait trouvé la mort dans un tragique accident de voiture. Même quand sa propre mère était décédée. Ses études, puis ses voyages et son travail, avaient été un alibi pour éviter le passé.

S'il était revenu, c'était uniquement parce qu'il n'avait

aucun autre endroit où aller. Mais il était déterminé à faire tout ce qui était en son pouvoir pour ne pas dépendre de ses frères. Il ne méritait pas leur compassion.

Et pourtant, ils la lui avaient accordée. Millie en était d'ailleurs la preuve. Seul, il aurait eu beaucoup de mal à trouver une nourrice pour Brooke, d'autant qu'il n'était pas sûr de pouvoir supporter la pitié dans les yeux d'un étranger.

Perdu dans ses pensées, il se releva du canapé où Brooke et lui étaient en train de regarder un dessin animé. De toute façon, la petite ne tenait pas en place : toutes les cinq minutes environ, elle courait à la fenêtre pour regarder si « la fée Poppins » allait arriver.

Il ouvrit la porte. Millie portait à son épaule un bagage à main et avait à côté d'elle une grande valise à roulettes.

Elle le regarda dans les yeux.

— Vous croyiez que j'allais vous laisser tomber.

— Merci d'être venue, répondit-il, sans se donner la peine de nier.

Ses longues années à exercer la chirurgie lui avaient appris à dissimuler ses émotions. Aussi fut-il très surpris qu'elle ait pu lire si facilement en lui.

— Je vais vous aider, dit-il en tendant le bras vers sa valise.

— Je peux le faire, protesta-t-elle.

Son regard était rivé sur sa main blessée.

— Je ne suis pas complètement handicapé, vous savez ?

Il souleva la valise de sa main valide, mais ne put s'empêcher de grimacer : elle était lourde, et son poids tirait douloureusement sur le côté blessé de son corps.

— Handicapé, non, mais un peu bête…, lui sembla-t-il entendre murmurer.

Il préféra cependant ne pas relever.

— Tu veux voir ta chambre ? demanda Brooke en prenant la main de Millie. On a fait le ménage, Papa et moi.

— Je suis très impressionnée.

— Attendez d'avoir vu.

Il y avait au fond de la maison une grande chambre

avec salle de bains. C'était Sara qui lui avait trouvé cette location. Et il faudrait qu'il pense à la remercier d'avoir choisi une maison suffisamment grande pour qu'il puisse y loger des employés.

Quand il arriva sur le seuil, des gouttes de sueur commencèrent à couler le long de son dos, lui rappelant son état de faiblesse. Les bras grands ouverts, Brooke, qui l'avait précédé dans la chambre, se précipita vers lui.

— Tu viens, Papa ?

Papa...

Il n'avait rien fait pour mériter ce titre. Et pourtant, elle utilisait ce mot si librement… Mais cela ne voulait pas dire grand-chose. Si le titre de père avait été attribué au mérite, le sien l'aurait perdu bien des années avant sa mort.

Plongé dans ses pensées, il resta sur le pas de la porte. Pour une raison qu'il ne parvenait pas à expliquer, il préférait ne pas entrer dans la chambre temporaire de Millie Spencer, qui s'était assise sur le bord du lit.

— Ça vous va ? demanda-t-il en évitant son regard.

L'air vaguement embarrassé, elle se leva lentement. Manifestement, il n'était pas le seul à se sentir gêné.

— C'est parfait, répondit-elle en regardant sa montre. Vous avez des projets pour le dîner ?

— Des pizzas ! s'exclama Brooke. Papa, est-ce que la fée Poppins peut manger avec nous ?

Millie étouffa un rire.

— Tu peux m'appeler Millie, tu sais ?

— Millie Poppins ?

— Millie tout court.

— Qu'est-ce que vous aimez, comme pizzas, madame Poppins ? demanda-t-il d'un air taquin.

Elle lui fit une petite grimace.

— Vous, ne commencez pas… Mais pour répondre à votre question : tout.

— Bacon et pepperoni ! cria Brooke.

— Moins fort, murmura Millie.

L'air vaguement contrarié, Brooke croisa ses bras sur sa

poitrine. Il ne connaissait pas sa fille depuis bien longtemps, mais, de toute évidence, elle avait du caractère.

— Elle adore les pizzas, expliqua-t-il à Millie.

— Moins fort, répéta-t-elle à son attention.

Et il se rendit soudain compte que la fée Poppins avait plus de cran qu'il n'y paraissait.

— On mange beaucoup de pizzas, dit Brooke.

Il remarqua qu'elle avait baissé d'un ton. Du cran, et des compétences…

— Demain, on ira faire les courses en ville, dit Millie en caressant les cheveux de l'enfant. Vous avez du beurre de cacahuètes ?

— Euh… oui.

Brooke secoua la tête.

— Les pizzas et le beurre de cacahuètes, ça ne va pas ensemble.

— C'est pour le chewing-gum que tu as dans les cheveux, expliqua Millie. On le retirera après le dîner.

— Maman ne voulait pas que je mange de chewing-gum, dit Brooke, avant d'enfoncer son pouce dans sa bouche.

Millie s'accroupit doucement devant elle.

— J'imagine qu'elle te manque beaucoup.

La fillette s'immobilisa. Le pouce toujours enfoncé dans la bouche, elle passa sa main libre sur ses yeux.

Soudain mal à l'aise, Jake se racla la gorge.

— On va laisser Millie s'installer, maintenant, Brooke. Tu viens m'aider à commander les pizzas ?

L'enfant ne bougea pas. Cela lui était arrivé deux fois depuis qu'il l'avait ramenée de chez les parents de Stacy. Et chaque fois, il s'était senti lui-même bouleversé. Il savait ce que c'était qu'être paralysé par l'émotion…

— Si tu viens avec moi, finit-il par dire, on prendra aussi des pâtisseries à la cannelle.

Cette manœuvre, quoiqu'un peu grossière, fut couronnée de succès : sans dire un mot, Brooke sortit son pouce de sa bouche et glissa une main dans la sienne. Il ne parvenait toujours pas à croire à la confiance absolue qu'elle avait en lui.

Les bras croisés sur sa poitrine, Millie s'était mise à le dévisager.

— Je crois que vous avez beaucoup de choses à me dire, fit-elle remarquer.

Il hocha la tête.

— Les pizzas d'abord ! cria Brooke, avant de couvrir sa bouche de sa main et de répéter, un ton en dessous : Les pizzas d'abord.

— Les pizzas d'abord, acquiesça-t-il en conduisant sa fille hors de la chambre.

Un peu plus tard, alors que Jake était occupé à coucher Brooke, Millie trouva une bouteille de vin dans le réfrigérateur. Elle s'en servit un grand verre. Elle n'avait pas l'habitude de boire, mais elle avait vraiment besoin de quelque chose pour se donner du courage avant de parler à Jake.

Quand il arriva dans la cuisine, elle se resservit un verre.

— Je me suis permis…, dit-elle en se tournant vers lui.

— Faites comme chez vous.

— Vous en voulez un ?

Il secoua la tête.

— Je prends des antidouleur. Ça ne fait pas bon ménage avec l'alcool.

— Vous avez vraiment très mal ?

— D'ordinaire, ça peut aller, répondit-il en évitant son regard. Mais quand je reste trop longtemps sur mes jambes et quand je ne me repose pas assez, c'est plus douloureux.

— Mais vous ne pouvez pas vous reposer, puisque vous êtes père au foyer.

Il étira son bras blessé devant lui et serra le poing plusieurs fois.

— J'ai un rendez-vous médical demain, puis une séance de rééducation. J'ai dû annuler mes deux dernières consultations, parce que Brooke ne voulait pas rester avec qui que ce soit. Je ne pouvais pas l'emmener…

— Elle est vraiment très attachée à vous.

Il releva enfin les yeux vers elle. Et son regard était si intense qu'elle s'en retrouva presque hypnotisée.

— Je ne comprends pas…, dit-il. Je ne sais pas m'y prendre. Je suis complètement nul avec elle, mais ça lui est égal.

— Vous essayez. C'est ça qui compte.

Comme s'il cherchait à lire dans ses pensées, il se mit à la regarder en plissant légèrement les yeux. Ce fut alors qu'elle se rendit compte qu'elle était en train de se comporter exactement comme sa mère l'avait toujours fait : elle essayait d'arrondir les angles, de faire en sorte que l'homme qui se trouvait en face d'elle se sente bien, alors qu'elle comprenait à peine sa situation. C'était là sans doute sa plus grande faiblesse, directement héritée de sa mère : toujours portée par ses émotions, elle avait tendance à s'attacher trop rapidement.

A première vue, elle aurait dit que Brooke aurait été bien mieux chez ses grands-parents. D'un autre côté, elle savait parfaitement ce que c'était qu'avoir un père qui ne passait à la maison qu'occasionnellement, les mains toujours pleines de cadeaux. Mais les cadeaux ne compensent pas les longues absences, surtout chez les petites filles qui se sentent seules et abandonnées.

Brooke était certainement très différente d'elle. Mais elle avait déjà perdu un parent. Il fallait donc impérativement qu'elle aide Jake à comprendre qu'il pouvait très bien l'élever, qu'un père imparfait qui faisait partie intégrante de la vie de sa fille valait bien mieux qu'un père absent.

Déterminée, elle prit donc le carnet et le stylo qu'elle avait trouvés un peu plus tôt, et les posa sur la table de la cuisine.

— Et si on faisait votre emploi du temps, à vous et à Brooke, pour voir où je peux me glisser là-dedans ?

Ses yeux bleus s'obscurcirent, et elle eut soudain une

image très nette de l'endroit où elle aurait aimé se glisser : entre ses bras virils et musclés. Il faisait au moins trente centimètres de plus qu'elle, et elle n'avait aucun mal à imaginer le sentiment de sécurité qu'elle pourrait éprouver, tout contre sa peau. Jusqu'ici, c'était Brooke qui avait requis son attention. Mais maintenant qu'elle était seule avec Jake, elle ne pouvait s'empêcher d'admirer son physique, de ses lèvres pleines et sensuelles aux muscles de ses épaules et de son torse, qu'on pouvait aisément deviner sous son T-shirt.

Son regard finit par tomber sur les ombres pourpres qui cernaient ses beaux yeux. Des marques évidentes de fatigue, qui la ramenèrent brutalement à l'instant présent. Elle n'était pas là à cause de son indéniable attirance pour cet homme. Mais le fait était qu'elle ressentait quelque chose de fort. Comme l'avait dit Natalie, les trois frères Travers étaient très attirants. Mais il y avait chez Jake quelque chose de plus. Quelque chose qui provoquait en elle des sentiments qu'elle n'avait jamais connus jusqu'ici.

Et ces sentiments, il fallait absolument qu'elle les mette de côté. Leur relation devait rester strictement professionnelle.

— Et l'argent ? demanda-t-elle maladroitement.

Il alla s'installer sur la chaise qui se trouvait en face d'elle.

— Vous ne perdez pas le nord, à ce que je vois. Mais vous avez raison. Nous n'avons pas encore discuté de votre salaire. Disons mille.

— Mille quoi ?

— Mille dollars. Ecoutez, j'ai six semaines de rééducation. Après ça, je saurai si je pourrai de nouveau exercer mon métier. Les grands-parents de Brooke ont prévu de venir dans deux semaines, mais je veux que vous restiez au service de ma fille pendant toute la durée de mon séjour à Crimson.

— Mille dollars pour six semaines de travail ?

Millie n'avait jamais gagné beaucoup d'argent au cours de ses divers stages en école maternelle. Mais cela lui paraissait tout de même très peu.

Il eut un petit sourire en coin.

— Mille dollars par semaine. Vous restez à la maison, et donc c'est comme si vous travailliez vingt-quatre heures sur vingt-quatre. Mais vous serez bien sûr nourrie et logée gratuitement.

— Mais c'est beaucoup trop..., murmura-t-elle, stupéfaite.

— Ce n'est pas une chose à répondre ! s'esclaffa-t-il. D'autant que vous ignorez encore que je ne sais pas du tout cuisiner. Il faudra donc que vous fassiez les courses et les repas. Je ne supporte plus les pizzas.

— Vous êtes un très mauvais négociateur. Personne ne commence jamais avec sa meilleure offre.

Son sourire devint plus large encore.

— Qui vous dit que c'est ma meilleure offre ?

— Alors comme ça, vous seriez un millionnaire prêt à dépenser sans compter ?

— J'ai des économies et une très bonne assurance.

Il se pencha vers elle et, du bout de ses doigts, effleura le dos de sa main.

— Et je pense vous offrir ce que vous méritez.

Il n'avait touché qu'une infime partie de sa peau, et, pourtant, elle éprouvait à présent une douce sensation de chaleur, qui se propageait lentement dans son corps tout entier. Et puis, il y avait autre chose : jamais personne ne lui avait dit qu'elle méritait quoi que ce soit d'intéressant. Si elle avait travaillé dans des écoles maternelles, c'était parce qu'elle aimait être entourée d'enfants. Néanmoins, il lui avait fallu des années pour se rendre compte qu'elle avait un véritable don pour l'enseignement. Elle avait donc essayé d'en faire son métier. Mais elle avait commis une erreur stupide. Une erreur qui l'avait obligée à mettre un terme à ses études.

A bien y réfléchir, elle avait besoin de cet emploi tout autant que Jake avait besoin de ses services. Non pas pour l'argent, mais pour récupérer un peu de l'assurance qu'elle avait perdue. Elle devait se prouver à elle-même qu'elle pouvait apporter quelque chose à quelqu'un.

A cet homme, en l'occurrence.

— Vous ne le regretterez pas, dit-elle en tapotant son stylo sur son carnet. Bon, et cet emploi du temps, on le fait ?

- 4 -

Jake se réveilla brutalement, le cœur battant. Il avait encore rêvé de la réplique du tremblement de terre, de l'hôtel qui s'était effondré devant lui. Son esprit était encore tout imprégné de ces souvenirs quand il essaya de se lever. Mais la douleur intense qu'il éprouva quand il posa son pied droit sur le sol le ramena brutalement à la réalité. Pour se clarifier l'esprit, il se rassit sur le bord du lit et prit plusieurs longues et profondes inspirations.

Ce genre de cauchemar était devenu récurrent. Stacy et lui n'avaient jamais été amoureux : c'étaient les circonstances qui les avaient rapprochés. Mais il avait de l'affection pour elle, et il ne parvenait toujours pas à accepter l'idée qu'il n'avait pu la sauver. Et qu'une petite fille, sa fille, soit désormais orpheline de mère.

Il aurait préféré que ce soit lui, la victime. Ses frères, certes, auraient eu du chagrin, mais il n'y avait personne qui eût besoin de lui autant que Brooke avait besoin de sa mère. La fillette était triste de temps à autre, mais elle semblait avoir accepté la situation. Une situation qu'il aurait tout fait pour changer, s'il avait pu revenir en arrière. Mais comme c'était impossible, il faisait de son mieux pour honorer la promesse faite à Stacy, même s'il se sentait complètement dépassé par les événements.

Perdu dans ses pensées, il regarda l'horloge, puis la fenêtre. Le soleil était déjà haut dans le ciel. D'ordinaire, ses cauchemars le réveillaient avant l'aube, et il restait allongé dans le noir, submergé par ses regrets et son angoisse, jusqu'à ce qu'il entende Brooke se lever. Mais il était quasiment 8 heures. Il avait dormi beaucoup plus que d'habitude. Surpris, il se leva avec difficulté et se dirigea prudemment vers la cuisine.

— Papa ! s'exclama joyeusement Brooke quand elle le vit arriver dans l'encadrement de la porte.

Même si elle était encore dans son pyjama à pois, elle portait un diadème en plastique sur la tête. Lorsqu'il la vit courir vers lui, il sentit son cœur se gonfler d'amour.

Prenant sa main dans la sienne, elle le conduisit vers le séjour, qui était étonnamment propre et bien rangé, comparé à ce qu'il était encore la veille au soir.

— Moi et la fée Poppins, on a fait le ménage, dit Brooke, comme si elle avait lu dans ses pensées.

— Millie ! fit une voix qui semblait provenir de la buanderie. Tu sais bien que mon nom est Millie, Brookinette.

Alors que Brooke éclatait de rire, Millie apparut dans le séjour. Ce matin-là, elle ressemblait moins à une fée des bois qu'à un fantasme ambulant. Elle portait un short marron et une chemise en flanelle légère ouverte sur un haut couleur crème. Ses cheveux étaient retenus en arrière par un large bandeau, qui mettait en valeur les traits délicats de son visage. Elle avait beau être petite, le short révélait ses jambes fuselées, qui paraissaient longues pour sa taille. Il dut fermer les yeux pour s'empêcher de trop la regarder.

— On a fait des pancakes, lui dit Brooke, coupant court à ses pensées. Des vrais.

— Des pancakes maison ? demanda-t-il en s'accroupissant devant elle. Ça sent délicieusement bon, ma chérie. Merci d'avoir préparé le petit déjeuner.

— Il faut que tu dises merci à la fée… enfin à Millie, aussi.

Tout en se redressant, il se tourna vers Millie, qui était en train de verser du jus d'orange dans des verres.

Jusqu'à présent, il n'avait mangé que des céréales pour le petit déjeuner.

— Merci, Millie.

— Je suis payée pour ça, répondit-elle.

Pour une raison qu'il n'aurait su expliquer, ces cinq mots lui firent l'effet d'une gifle.

— Vous voulez du café ? demanda-t-elle.

— Je vais aller le chercher.

Exactement au même moment, ils se tournèrent vers le plan de travail. Leurs corps se heurtèrent, et celui de Millie se mit à vaciller. Ignorant la douleur qui se fit aussitôt ressentir dans sa jambe droite, il la rattrapa et laissa ses mains sur ses épaules jusqu'à ce que son regard rencontre le sien.

— Merci pour le petit déjeuner.

— De rien, répondit-elle d'une voix basse et légèrement saccadée, qui lui fit comprendre qu'elle n'était pas totalement insensible à son charme.

Il ne put s'empêcher de sourire de satisfaction.

— Je vais servir le café, dit-il en la libérant à contrecœur. Vous, mesdames, vous pouvez vous asseoir.

Quand il revint à table avec la cafetière, Millie était en train de servir de la salade de fruits frais.

— Papa, tu peux me couper mon pancake ? lui demanda Brooke en lui tendant son assiette.

— Je vais le faire, intervint Millie en se penchant au-dessus de la table.

— Non, c'est Papa !

— Bon, bon…

De sa main blessée, il coupa maladroitement le pancake en quatre et, après y avoir versé du sirop d'érable, donna l'assiette à sa fille.

— Miam miam ! s'exclama-t-elle à la première bouchée.

— Combien de séances de rééducation sont prévues ?

Un peu gêné, il reposa son couteau et releva les yeux vers Millie. Ses difficultés motrices étaient-elles si évidentes ?

— Trois fois par semaine pendant six semaines. J'en ai raté deux, mais j'ai fait les exercices à la maison.

— Je ne veux pas que Papa me laisse, intervint Brooke.

— Mais ton papa doit faire des exercices pour aller

mieux. On s'amusera bien, toutes les deux, pendant ce temps-là.

— Je pourrai avoir mon temps d'écran alors ?

Il jeta un regard interrogateur à Millie.

— C'est le temps dont Brooke peut disposer chaque jour pour regarder la télévision ou jouer à des jeux vidéo.

— Tu sais, comme quand je regarde *George le petit curieux*.

— Je croyais que c'étaient des programmes éducatifs, dit-il en commençant à couper son pancake avec sa fourchette. Alors comme ça, il faut limiter les émissions éducatives ?

Millie lui adressa un sourire aimable. Un sourire de prof, songea-t-il, un brin irrité. Un sourire qui ne fit que lui rappeler qu'il n'avait aucune compétence en matière d'éducation des enfants.

— Les émissions éducatives, c'est bien, mais…

— Pas comme les zombies, coupa Brooke, en se cachant le visage dans les mains.

— Les zombies ? répéta Millie, l'air sidéré.

Il soupira.

— Une bande-annonce pour une série qui est passée pendant que je regardais le sport, expliqua-t-il. C'était très violent. Mais j'ai changé de chaîne dès que je m'en suis rendu compte.

— Ça m'a donné des cauchemars, expliqua Brooke en léchant un peu de sirop qui avait coulé sur ses doigts. Comme Papa quand il pense à Maman.

Il entendit Millie prendre une profonde inspiration. Mais, incapable de trouver une réponse appropriée, il garda les yeux fixés sur la table.

— Moi, quand je rêve de Maman, c'est toujours des beaux rêves. J'en ai fait un bien, de quand elle m'avait amené au zoo et qu'on avait vu des bébés singes. Il faudrait que je donne un peu de mes rêves à Papa. Comme ça, on pourrait dormir mieux, tous les deux.

Emu, il releva enfin les yeux vers sa fille.

— Merci, ma chérie. Mais je préfère que tu gardes ces beaux rêves pour toi.

Il avait eu du mal à parler tant les émotions qu'il éprouvait étaient intenses.

— Ne t'en fais pas, j'en ai plein, répondit Brooke, avant de s'emparer de sa fourchette pour commencer à tracer des dessins dans le sirop restant dans son assiette.

Millie renifla légèrement. Quand il se tourna vers elle, elle était en train de s'essuyer le coin des yeux avec sa serviette.

— Et si on gardait ton temps d'écran pour ce soir, Brooke ? On pourrait louer un film et le regarder après le dîner ? Pendant que ton papa sera à son rendez-vous, on ira au parc. Ça te dit ?

Brooke acquiesça. L'air satisfaite, Millie commença à débarrasser les assiettes.

Il l'accompagna jusqu'à l'évier.

— Vous savez, chuchota-t-il, si je lui ai laissé autant de « temps d'écran », c'est parce que j'avais peur de craquer. Je suis complètement dépassé, Millie. Et je n'aime pas ça du tout.

— Ça va s'arranger. C'est une situation nouvelle pour vous autant que pour elle. Et puis, il ne faut pas oublier que Brooke a perdu sa maman. Le plus important, c'est que vous soyez présent. Elle a besoin de vous, Jake.

Mais pourrait-il supporter l'idée que quelqu'un soit dépendant de lui ? Aurait-il la force de se battre pour que les choses fonctionnent au mieux ? L'amour inconditionnel de Brooke, associé à la pression que Millie faisait peser sur lui, lui paraissait presque aussi dérangeant que ses blessures. Il avait toujours vécu au jour le jour et, pour le moment, il n'avait envie de se consacrer qu'à une chose : sa rééducation.

— Merci pour le petit déjeuner, dit-il à Millie, avant de tourner les talons.

Elle posa sa main sur son bras nu, et il s'immobilisa. Sa peau était fraîche et douce contre la sienne.

— Ça va s'arranger, Jake, répéta-t-elle. On va veiller à ça, tous les trois.

Il lui adressa un hochement de tête tendu, avant de redresser le diadème de sa fille.

— Ce sont les meilleurs pancakes que j'aie jamais mangés, fit-il remarquer.

Brooke lui adressa un sourire radieux.

— Demain, Millie va m'apprendre à faire du pain perdu.

— J'ai hâte de goûter ça, répondit-il en dégageant doucement une mèche de son visage. Je vais aller me préparer pour mon rendez-vous. Mais d'abord, lave-toi les dents et les mains. On va aller choisir une tenue pour aujourd'hui.

Elle secoua la tête en souriant.

— Non, c'est Millie qui va m'habiller. C'est une fille. Elle est plus forte que toi, pour les vêtements.

Et pour tout ce qui concerne les enfants, songea-t-il. Mais il préféra garder ce commentaire pour lui.

— Ça roule, Raoul.

La petite se mit à glousser.

— Papa ! Tu sais bien que je ne m'appelle pas Raoul !

Il se frappa le front, d'un geste comiquement exagéré.

— Ah oui, j'avais oublié ! Ça roule, Brooke.

— Ah, c'est mieux.

Oui, c'était mieux. Et il aurait aimé pouvoir régler le reste de leurs problèmes aussi facilement.

Quand elle eut fini de ranger la cuisine et d'habiller Brooke, Millie avait presque réussi à contrôler ses émotions.

Presque.

Elle avait eu, pour sa part, une enfance difficile : elle ne pouvait jamais parler de son père en public, ni même dire à qui que ce soit qu'elle le connaissait. Quand elle le voyait, c'était toujours dans un lieu clos. Elle détestait avoir à mentir. Elle détestait entendre sa mère lui demander de ne pas les déranger quand ils étaient ensemble. Il ne l'avait jamais aidée à faire ses devoirs, n'avait jamais assisté à l'un de ses spectacles scolaires. Mais elle le connaissait. C'était une présence, quoique intermittente, dans son existence.

Brooke, elle, avait perdu sa mère. A quatre ans, la fillette ne pouvait sans doute pas bien comprendre le caractère définitif de la situation. Mais il n'en restait pas moins que ce devait être un véritable traumatisme. Et pourtant, Brooke affrontait la situation avec une gaieté poignante qui la touchait au plus profond de son cœur.

La fillette sourit tandis qu'elle se démenait pour l'attacher dans son siège auto. Sa petite Coccinelle n'était pas bien pratique, mais quand elle l'avait achetée, jamais elle n'aurait imaginé qu'elle aurait un jour à installer un enfant à l'arrière et son père à l'avant. Tout en réajustant la ceinture de la petite, elle essaya de ne pas trop penser que ses fesses devaient être pleinement exposées au regard de Jake, juste derrière elle.

Quand elle se retourna, il affichait un petit sourire en coin. Elle le regarda en plissant les yeux.

— Ce n'est pas du tout ce que vous pensez, murmura-t-il. Je vous assure.

Ses yeux bleus s'étaient obscurcis.

— Passez-moi Lapin, dit-elle en en faisant de son mieux pour ignorer l'étincelle qui venait de crépiter entre eux.

Il se rapprocha d'elle, tout près, et lui remit la peluche. Puis il fit doucement glisser ses doigts de son menton à son cou pour redresser le col de son haut.

— Vous êtes toute rouge.

— J'ai chaud.

— Ah oui ?

— Vous voyez très bien ce que je veux dire… Ça n'a pas été facile, de mettre le siège à l'arrière.

— Pour ma part, j'étais en train de me demander comment j'allais entrer à l'avant.

— Ce n'est pas si petit que ça. Ça va rentrer.

A ces mots, le sourire de Jake s'élargit encore. Elle poussa un petit grognement, mais ne put s'empêcher de sourire à son tour.

— Vous avez l'esprit mal tourné, monsieur Travers, dit-elle avant de se retourner pour donner sa peluche à Brooke.

Tâchant de ne pas trop regarder Jake pendant qu'il se tortillait pour rentrer, elle alla ensuite se glisser derrière le volant.

— Combien mesurez-vous, Millie ?

— Un mètre soixante.

Il la regarda d'un air dubitatif.

— Bon, d'accord, admit-elle. Un mètre soixante dont cinq centimètres de talons. Et vous ? Un mètre quatre-vingt-dix ?

— Quatre-vingt-douze, corrigea-t-il en reculant son siège.

— Papa, tu m'écrases ! s'exclama la fillette.

Il avança alors le siège. Ses genoux étaient de nouveaux écrasés contre la boîte à gants.

— C'est mieux, comme ça ?

— Oui. Lapin a besoin d'un peu de place pour jouer.

— Il y en a qui ont de la chance, marmonna-t-il.

Elle s'apprêtait à démarrer quand elle se rendit compte que les lèvres de Jake étaient pincées. Il ferma les yeux et s'adossa fermement au siège.

Alertée, elle plaça sa main sur son bras.

— Quelque chose ne va pas ?

Il lui adressa un petit hochement de tête, mais n'ouvrit pas les yeux.

— C'est juste que j'ai perdu l'habitude de bouger autant, le matin. C'est triste, mais c'est comme ça.

— Ça va s'arranger.

Elle se rendit soudain compte que cela devait faire dix fois au moins qu'elle prononçait ces mots depuis son arrivée. Naturellement, ce n'était pas en les répétant qu'elle les rendrait pertinents. Mais elle ne voyait pas ce qu'elle pouvait dire d'autre. Et elle y croyait, surtout.

Il lui indiqua le chemin de l'hôpital. La dernière fois qu'elle était venue rendre visite à sa sœur à Crimson, il y avait encore de la neige. Mais en cette belle journée d'été, la vallée semblait déborder de vie. Dès qu'ils arrivèrent dans les faubourgs de la ville, les montagnes s'élevèrent devant eux, dans l'écrin de verdure sombre des pinèdes et des forêts de trembles. Même Brooke, qui garda le silence pendant la plus grande partie du trajet, paraissait émerveillée par le paysage.

Ils finirent par arriver sur le parking de l'hôpital.

— Vous n'avez qu'à me laisser devant l'entrée principale, dit-il sans lui laisser le temps de poser la question.

— Non ! s'exclama aussitôt Brooke. Je ne veux pas que tu t'en ailles, Papa. Je ne veux pas que tu ailles à l'hôpital !

Il se tourna maladroitement vers elle.

— On en a déjà parlé, Brooke. Je vais à mon rendez-vous, et ensuite, tu reviens me chercher. Entre-temps, Millie va rester avec toi.

— Non ! répéta la petite, qui paraissait désormais sur le point de pleurer. Je ne veux pas que tu me laisses.

Millie serra les poings. Elle avait mal pour Brooke.

Elle remarqua soudain que Jake s'était tourné vers elle.

— Qu'est-ce que je fais ? lui demanda-t-il d'un air désemparé.

Elle se tourna vers la fillette.

— Viens, Brookinette. On va accompagner ton papa à l'hôpital. Comme ça, tu pourras voir l'endroit où il fait ses exercices et les médecins qui s'occupent de lui. Et si tu veux rester, on peut l'attendre…

— D'accord, répondit Brooke d'une toute petite voix.

Elle vit des gouttes de sueur couler sur le front de Jake tandis qu'il débouclait la ceinture de sa fille et l'aidait à sortir de la voiture. Au moment où ils passèrent ensemble les portes vitrées, Brooke prit la main de son père. Manifestement apaisée, elle se mit à chantonner.

Millie alla se placer de l'autre côté de Jake.

— Elle croit qu'elle va vous perdre si elle ne vous voit pas pendant longtemps, chuchota-t-elle.

— Je vais en avoir pour au moins deux heures, répondit-il. Vous comptez vraiment rester ici toute la matinée ?

— J'espère qu'en voyant les locaux et les personnes qui y travaillent, elle se sentira rassurée. Sinon, tant pis, on restera.

Elle lui adressa un large sourire.

— Vous me payez très cher pour m'occuper de votre fille. Je peux bien faire ça.

Ils montèrent au troisième étage par l'ascenseur et, quand ils furent arrivés au service de rééducation, Jake s'approcha du bureau de la réception. La fillette était toujours collée à lui.

— J'avais rendez-vous à 9 h 30, dit-il à la personne qui se trouvait derrière le comptoir.

La femme releva la tête. Et, soudain, elle ouvrit de grands yeux.

— Oh… Mon Dieu ! C'est vraiment toi ?

Il lui adressa un regard perplexe.

— Tu ne te souviens pas de moi ? demanda-t-elle en souriant. Lauren Bell. On était au lycée ensemble. Tu n'es jamais venu à nos réunions d'anciens élèves, ajouta-t-elle d'un air déçu. Je vois tes frères de temps en temps en ville, mais ça fait des lustres que je n'ai pas entendu parler de toi. On m'a dit que tu étais devenu chirurgien et que tu voyageais partout dans le monde. Ça doit être vraiment passionnant.

Il se tourna vers Millie et lui adressa un regard qui était un véritable appel à l'aide. Mais elle secoua la tête. C'était à lui de se débrouiller.

— Je… Euh… Oui, je suis chirurgien. Enfin, j'étais chirurgien, corrigea-t-il en levant sa main blessée.

— Ne t'inquiète pas : on va bien prendre soin de toi.

Alors que la nommée Lauren parlait, Brooke s'était hissée sur la pointe des pieds pour regarder derrière le comptoir. Quand Lauren la vit, son sourire disparut.

— Je ne savais pas que tu avais un enfant…

— Moi non p…

Millie l'interrompit en se raclant la gorge.

— C'est ma fille, Brooke.

La petite fit un signe de la main, avant de lui présenter sa peluche.

— Et ça, c'est Lapin.

— Et ta femme ? demanda Lauren en jetant un regard curieux à Millie.

— Je ne suis pas marié. Millie est la nourrice de Brooke.

Lauren eut un sourire satisfait. Un sourire de prédatrice, que Millie trouva particulièrement irritant.

— Tu sais, avec quelques autres anciens de la promo, on se réunit tous les vendredis soir au Two Moon Saloon. Tu pourrais venir nous rejoindre, si ta nounou travaille le soir ?

— Les anciens de la promo…, répéta-t-il lentement. Oui, je vais voir ce que je peux faire.

A ces mots, Brooke se mit à tirer sur sa main.

— Tu ne vas pas me laisser, hein, Papa ?

Il ferma les yeux pendant un instant. Et quand il les rouvrit, le sourire qu'il affichait était extrêmement séduisant.

— Puisque nous sommes amis, Lauren, dit-il en se penchant vers elle comme s'il allait lui confier un secret, est-ce que tu penses que Brooke pourrait visiter un peu les locaux, avant ma consultation ? Tu pourrais peut-être la présenter à quelques médecins, qu'elle puisse voir ce que je vais faire pendant que je suis ici ?

Il fit un clin d'œil à Lauren. Millie dut se mordre la lèvre pour ne pas éclater de rire.

— Elle est un peu anxieuse, conclut-il, et je suis sûr que tu connais tous les secrets de cet endroit.

Lauren se leva avec empressement.

— Rhonda ! cria-t-elle par-dessus son épaule. Tu pourrais prendre ma place quelques minutes ?

L'air ravi, elle se retourna vers lui.

— La nourrice vient avec nous ? demanda-t-elle.

Sans regarder Millie, il secoua la tête.

— Juste toi, moi et Brooke.

Millie s'attendait presque à ce que Lauren pousse un petit cri de joie. Mais la jeune femme se contenta de sourire.

— Je vous emmène. Passez la porte qui est à votre gauche. Je vous retrouve de l'autre côté.

— Bon départ, hein ? dit-il à Millie quand Lauren eut disparu.

— Pas mal, pour quelqu'un qui n'a aucun charme.

— Qui a dit que je n'avais aucun charme ?

— C'est une observation personnelle.

— J'ai énormément de charme, fée Poppins, dit-il en faisant bouger ses sourcils de façon suggestive. Mais je réserve ça à quelques privilégiés.

Elle se mit à rire.

— Je crois que votre vieille amie a déjà succombé. Faites attention à la façon dont vous vous en servez, docteur Travers.

Il haussa les épaules en souriant.

— Allez, viens, Brooke. Mais reste bien à côté de moi.

— On revient vite, Millie, dit la fillette en s'accrochant encore plus à la main de son père.

Dix minutes plus tard, les portes de la salle d'attente s'ouvrirent à nouveau. Millie reposa le magazine qu'elle faisait semblant de lire, tandis que Brooke se précipitait vers elle, suivie de son père.

— Regarde ! s'exclama-t-elle, ils m'ont donné une balle antistress, et aussi un stylo et un carnet avec le numéro de téléphone d'ici. C'est pour si on veut appeler Papa pendant qu'il sera là.

— Alors on n'a pas besoin de rester ?

Brooke secoua la tête.

— Papa va m'envoyer des photos sur mon téléphone pour que je voie ce qu'il fait. En attendant, on va préparer le déjeuner, parce que, quand il va rentrer, Papa va avoir très, très faim.

— Tout va bien ? demanda-t-elle à Jake.

Il acquiesça.

— Votre idée a bien fonctionné, répondit-il en caressant les cheveux de sa fille. Maintenant que Lapin a vu où je serai, il se fait moins de souci.

Lentement, il se pencha vers Millie.

— Merci, murmura-t-il contre son oreille.

Un délicieux frisson lui parcourut le dos. Mais la fillette la ramena brutalement à la réalité.

— Papa, s'exclama-t-elle, fais un bisou à Lapin pour lui dire au revoir !

— Et si je lui serrais plutôt la patte ? répondit-il en faisant une petite grimace.

Elle prit un air obstiné qui rendit la ressemblance avec son père encore plus frappante aux yeux de Millie.

— Non, un bisou !

Il finit par se pencher d'un air réticent pour embrasser la peluche.

— A moi aussi, poursuivit la fillette en lui tendant la joue.

Le regard empreint d'émotions, il embrassa sa fille sur la joue puis sur le sommet de la tête. Quand il se redressa, Millie remarqua que des larmes brillaient dans ses yeux, et elle sentit son cœur se serrer. Pourquoi la vulnérabilité était-elle si attirante quand elle émanait d'un homme viril ?

L'air légèrement gêné, il finit par se tourner vers elle.

— J'ai rendez-vous avec un orthopédiste après ma séance. Je vais en avoir pour au moins trois heures.

— Tu n'oublies pas les photos, hein, Papa ?

— Non, ma chérie, je n'oublierai pas. Amusez-vous bien, toutes les deux.

Lentement, il commença à s'éloigner, mais avant que les portes ne se referment sur lui, il se retourna une dernière fois.

— Merci encore, Millie. Pour tout ce que vous avez fait ce matin.

Encore toute tremblante d'émotion, elle lui fit un petit signe d'au revoir.

— Je n'ai fait que mon travail, répondit-elle en s'efforçant de prendre un ton naturel et désinvolte.

Ses yeux, toujours fixés sur elle, devinrent légèrement brumeux, et elle regretta immédiatement ses propos. Mais avant qu'elle ait eu le temps d'ajouter quoi que ce soit, il avait disparu.

- 5 -

Après avoir lutté pour réinstaller Brooke dans son siège auto, Millie envoya un message à sa sœur. Il fallait absolument qu'elle change de voiture si elle devait continuer de transporter régulièrement Jake et sa fille.

Sur le chemin du retour, elle s'arrêta à l'épicerie. En ce bel après-midi de fin d'été, la rue principale de la ville était complètement bondée. A Crimson, le tourisme était une activité économique importante. Elle le savait par sa sœur, qui avait été mariée à l'ancien maire de la ville avant de divorcer et de rencontrer le frère de Jake. Depuis, Olivia était devenue la directrice de l'office de tourisme.

Elle n'avait aucun mal à comprendre pourquoi les touristes étaient si attirés par Crimson. La ville était une véritable image de carte postale. Les rues étaient bordées de maisons victoriennes colorées, qui se détachaient majestueusement sur l'arrière-fond montagneux des Rocheuses. Crimson avait gardé tout le charme et la convivialité des petites villes isolées, des qualités qui devaient certainement faire défaut aux stations de ski plus importantes.

— Quels sont tes muffins préférés ? demanda-t-elle à la fillette, alors qu'elles se dirigeaient ensemble vers la pâtisserie salon de thé, joliment nommée « La vie est douce ».

— Aux myrtilles, répondit-elle sans hésiter.

— C'est vrai ? Moi aussi. Je parie qu'ils en ont.

— Il faut aussi acheter du pain pour le pain perdu.

— C'est vrai.

Et un grand café au lait, ajouta-t-elle mentalement.

Quand elle ouvrit la porte de la pâtisserie, elle se sentit comme enveloppée par une délicieuse odeur de sucre, de pain chaud et de café fraîchement moulu. Elle prit une profonde inspiration et, serrant la main de Brooke dans la sienne, s'approcha du comptoir en bois. Le magasin était adorable : des murs peints en jaune pâle et de petites lampes anciennes accrochées aux poutres du plafond. Les présentoirs étaient remplis de pâtisseries qui avaient toutes l'air plus appétissantes les unes que les autres, et, sur les quelques tables qui meublaient la partie gauche du magasin, des clients avaient l'air de savourer leur sélection.

Alors que Millie regardait autour d'elle, émerveillée, Brooke poussa un soupir de ravissement.

— J'adore ici, murmura-t-elle.

— Moi aussi, ma chérie, répondit-elle en souriant.

Ce fut alors qu'elle reconnut Natalie Holt, à l'autre bout de la salle.

— Coucou, les filles ! s'exclama la jeune femme en leur faisant signe de se joindre à elle.

Elle était en compagnie d'une autre femme, qui leur sourit quand elles s'approchèrent.

— Comment s'est passée ta première journée avec Dr Sexy ? demanda Natalie.

Millie fit une petite grimace.

— Je te présente Brooke, la fille de Jake.

— Ah…, fit Natalie, d'un air vaguement embarrassé. Ravie de te rencontrer, ma chérie.

La fillette serra plus fort la main de Millie. Mais elle sourit à Natalie.

— Millie m'appelle « Brookinette ». Tu peux m'appeler comme ça aussi, si tu veux. Et ça, c'est Lapin. C'est ma maman qui me l'avait offert pour mon anniversaire. Elle est morte, tu sais ?

Natalie lui sourit tendrement, avant de se mettre à caresser l'animal en peluche.

— Je parie que Lapin t'aide à te souvenir de ta maman.

Brooke hocha la tête avant de se tourner vers Millie.

— Je peux avoir un muffin à la myrtille, maintenant ?

— Je crois que tu as de la chance, dit Natalie en désignant la femme qui se trouvait en face d'elle, et qui les regardait toutes deux d'un œil curieux. Je vous présente Katie. C'est la patronne de la pâtisserie.

La femme en question, qui paraissait très jeune pour être à son compte, se leva en tendant la main à Millie.

— Katie Garrity. Ravie de te rencontrer. Je suis également amie avec ta sœur. C'est une femme merveilleuse, dit-elle avant de se pencher vers Brooke. J'ai cru comprendre que tu aimais les muffins à la myrtille…

— C'est mes préférés.

— Il y en a qui viennent tout juste de sortir du four. Tu viens en chercher avec moi à la cuisine ?

La fillette se tourna vers Millie.

— Je peux y aller ?

— A partir du moment où tu écoutes Katie… Tu me laisses Lapin ?

— Non, il veut venir avec moi, répondit-elle en la regardant de ses grands yeux innocents. Tu ne vas pas partir, hein ?

— Je ne bouge pas d'un pouce.

— Qu'est-ce qui vous ferait plaisir, Millie ?

— Un café au lait, si c'est possible. Merci.

Le sourire de Katie fut aussi doux que l'odeur de ses pâtisseries.

— Pas de problème. Je vous apporte ça.

— La fée Poppins aime bien les muffins à la myrtille, aussi, intervint Brooke.

Millie entendit Natalie étouffer un rire.

— Je t'ai déjà dit de m'appeler Millie.

— Mais Papa t'appelle comme ça, aussi.

— Il va vraiment falloir que j'aie une petite discussion avec lui, alors, dit-elle en soupirant.

— Alors, on va les chercher, ces muffins ? demanda Katie en posant doucement sa main sur le dos de la fillette.

Alors qu'elles disparaissaient toutes deux dans le fond du magasin, Millie s'installa en face de Natalie.

— C'est bien plus compliqué que je ne l'avais imaginé, murmura-t-elle.

— Tu regrettes ? lui demanda l'amie de sa sœur.

Elle secoua la tête.

— Non. Ce que je regrette, c'est de ne pas être à la hauteur. Quand Brooke a fait ce commentaire sur le décès de sa mère, tout à l'heure… Eh bien, je trouve que tu as beaucoup mieux réagi que moi la première fois qu'elle m'a fait le coup.

— Je travaille dans une maison de retraite, lui rappela Natalie en haussant les épaules. Parfois auprès de personnes qui souffrent de la maladie d'Alzheimer. Les enfants sont différents des personnes âgées, mais comme eux ils ressentent le besoin de parler des gens qu'ils ont perdus. Ça ne sert à rien de faire comme si tout était normal quand ce n'est pas vrai.

— Tu as raison. D'ailleurs, je l'avais appris dans un cours sur les enfants face à la mort. Mais dans les faits, ça paraît toujours très différent.

— Où est Jake, aujourd'hui ?

— A l'hôpital. Il a une séance de rééducation et un rendez-vous avec un médecin, ensuite.

— D'après ce que j'ai pu comprendre en parlant avec Olivia et Sara, c'est plutôt bon signe que Brooke ait accepté de rester seule avec toi.

— Je pense, oui. Mais il y a tellement de choses à faire… Brooke a besoin d'un emploi du temps normal. Et Jake a besoin de temps pour méditer sur tout ce qui vient de se passer. Or, la petite mobilise toute son attention quand ils sont ensemble.

— Mais elle ira bientôt à l'école, non ?

— Jake envisage de l'y inscrire, oui.

— Ça sera bien pour elle. Je suis sûre qu'elle avait des activités avant… avant le drame. Il y a une école maternelle géniale, ici. Mon fils y est allé et il a adoré.

— Quel âge a-t-il, maintenant ?

— Huit ans, répondit Natalie en sortant de son sac à main un répertoire.

Elle recopia un numéro de téléphone sur un coin de nappe en papier.

— C'est le numéro de l'école maternelle, dit-elle en l'arrachant. Tiens. Demande à parler à Laura Wilkes. C'est la directrice. Dis-lui que tu appelles de ma part.

— Merci.

— Tu sais, dit Natalie en se levant, Crimson est un endroit génial, où les gens sont toujours prêts à s'entraider. Tu devrais penser à t'installer définitivement. Ça ferait plaisir à Olivia, et je suis sûre que ça te ferait du bien, à toi aussi.

— Je ne…

Millie se mit à pianoter nerveusement sur la table. Elle arrivait à peine à s'imaginer vivre à Crimson. Ce serait beaucoup trop beau pour être vrai.

— Je vais y réfléchir, dit-elle.

Ce fut à ce moment-là que Katie et Brooke ressortirent de la cuisine. Katie portait deux assiettes dans une main et une grande tasse à café dans l'autre. Brooke, pour sa part, tenait un grand sac en papier sous le bras.

— Il faut que je retourne travailler, dit Natalie. Merci pour la pause-café, Katie.

— De rien, répondit la jeune femme en s'approchant de la table. Je suis contente de garder ton petit Austin ce soir. Tu ne peux pas savoir comme j'ai hâte de passer la soirée avec lui.

— Tu es formidable, répondit Natalie en souriant, avant de se diriger vers la porte.

Tout en la regardant s'en aller, Katie posa les assiettes et la tasse sur la table, et s'installa en face de Millie.

— Brooke m'a dit que tu avais aussi besoin de pain pour faire du pain perdu. Tu sais qu'avec de la brioche c'est encore meilleur ?

Millie prit une longue gorgée de café avant de répondre.

— Je pense en effet que ça pourrait être très bon. Tu en as ?

— Je t'en donnerai quand tu t'en iras.

La conversation fut interrompue par le téléphone de Millie, qui bipa pour signaler la réception d'un message.

— Ton papa t'a envoyé une photo, Brookinette.

Elle montra à la fillette l'écran sur lequel s'affichait une photo de Jake, agitant devant lui sa main valide tout en serrant une petite balle de l'autre.

— Il fait du sport pour que sa main soit plus forte.

— Moi aussi je faisais du sport où j'habitais avant, dit Brooke en installant sa peluche sur une chaise. Katie, elle a un mixeur grand comme ça, poursuivit-elle en écartant ses bras. Et des tonnes et des tonnes de sucre pour faire des pâtisseries.

— Comme ces muffins, dit Millie en tapotant la chaise à côté d'elle. Allez, viens t'asseoir pour manger.

Elle sortit son portefeuille de son sac à main et se tourna vers Katie.

— Combien est-ce que je te dois ?

— C'est pour moi, répondit Katie sans hésiter. C'est mon cadeau de bienvenue.

— Tu n'es pas obligée, protesta-t-elle en essayant de lui tendre un billet de vingt dollars.

— Ça me fait plaisir, répondit la jeune femme en repoussant doucement sa main. Je trouve ça bien, ce que tu fais. Je veux dire, d'aider Jake.

— Mais il me paie, pour ça.

Katie sourit.

— Je connais bien les frères Travers, surtout Josh, qui est du même âge que moi. Ça doit être difficile, pour Jake, de se retrouver dans une petite ville comme ça. Il a toujours été du genre loup solitaire.

— Il a beaucoup de problèmes à régler, mais il ne se débrouille pas mal du tout.

Millie fut assez surprise par ce qu'elle venait de dire. Pourquoi éprouvait-elle le besoin de le valoriser face à quelqu'un qui en savait probablement bien plus qu'elle sur la situation ?

Pendant qu'elle s'interrogeait, Katie s'était penchée pour observer la photo sur son téléphone.

L'air impressionné, elle soupira.

— Ça fait des années que je ne l'ai pas vu, mais il est devenu plus beau encore avec le temps. Je sais que toute sa famille s'est fait beaucoup de souci pour lui. Jusqu'ici, ils ont réussi à garder son retour dans un secret relatif, mais plus le temps passera, plus les gens finiront par parler. C'est une petite ville, ici.

— Déjà, la réceptionniste de l'hôpital l'a reconnu. Si j'ai bien compris, elle était au lycée avec lui. Elle s'appelle Lauren.

— Lauren Bell ? s'exclama Katie en faisant une petite grimace. Dans une heure, elle aura mis ça sur sa page Facebook, et toute la ville sera au courant.

— Ce n'est pas une violation du secret médical ?

— Pas si elle se contente de parler du physique de Jake, ou même du fait qu'il ait une fille.

— Le retour d'un médecin séduisant et célibataire est une grande nouvelle, ici, hein ?

— Pour certains.

Ce fut à ce moment de la conversation que l'un des jeunes employés qui se trouvaient derrière le comptoir fit signe à Katie.

— Excuse-moi, dit-elle, il faut que je retourne travailler. Au mois de septembre, ce sera plus calme. Si tu veux, on pourrait aller faire une randonnée ensemble ?

— Une randonnée ? répéta Millie, étonnée.

Katie se mit à rire.

— Oui, tu sais ? Marcher ensemble sur un chemin, dans les bois. C'est une activité assez populaire, dans le Colorado.

— Ah, d'accord…

Millie savait parfaitement ce qu'était une randonnée ; ce qui l'étonnait, c'est que Katie Garrity l'ait invitée à en faire une avec elle. Décidément, il y avait quelque chose dans cette petite ville de montagne qui l'attirait étrangement. Quelque chose qu'elle avait envie de prendre le temps d'explorer.

— Je suis originaire de la ville, finit-elle par dire. Je n'ai pas vraiment l'habitude de tous ces trucs liés à la nature. Mais je serais vraiment ravie de faire une randonnée avec toi.

— Alors, j'imagine que tu n'as jamais pêché.

— Jamais.

Une lueur d'enthousiasme s'alluma dans les yeux de Katie.

— Bon, je vais te transformer en une véritable petite montagnarde. J'en fais une affaire personnelle.

— Moi aussi, je veux que tu me transformes ! intervint soudain Brooke en reposant brutalement sa cuillère. Je pourrais être une princesse montagnarde ?

— Pourquoi pas ? répondit Katie en souriant. On manque un peu de princesses, par ici. Bon, à bientôt, toutes les deux.

Millie ne put s'empêcher de sourire en regardant Katie partir. Elle était en train de tomber amoureuse de la petite ville de Crimson.

Jake se demandait dans combien de temps il pourrait enfin quitter sa ville natale. S'il n'était pas retourné à Crimson pendant tant d'années, c'était pour une bonne raison : il aimait l'intimité, l'imprévu et l'aventure. Il n'était pas à sa place, ici. Il se sentait mal à l'aise, et terriblement à l'étroit.

Mais à bien y réfléchir, sa mauvaise humeur était peut-être aussi due aux deux heures qui venaient de s'écouler. D'après le médecin et le chirurgien orthopédiste, la guérison avançait comme prévu. Mais la question demeurait : retrouverait-il un jour le plein usage de ses doigts ? Au cours de la semaine passée, il avait reçu plusieurs messages du directeur de l'organisation pour laquelle il travaillait, qui voulait s'informer de son état de santé et connaître ses plans pour l'avenir.

Mais comment pouvait-il élaborer des projets alors qu'il

ne savait pas s'il pourrait un jour reprendre l'exercice de ce métier qu'il avait choisi et aimé ?

D'humeur maussade, il finit par sortir de l'hôpital en cherchant du regard la Coccinelle jaune de Millie. Mais ce fut d'une Ford Explorer que la jeune femme lui fit signe. En s'approchant, il put lire sur la portière du SUV l'inscription « Crimson Ranch » : le nom de la maison d'hôtes tenue par son frère.

— Où avez-vous trouvé ce truc ? lui demanda-t-il sans chercher à dissimuler son irritation.

— Quelqu'un l'avait laissé au coin d'une rue avec les clés sur le contact, alors je l'ai pris, répondit-elle en haussant les épaules.

— Très drôle, dit-il en secourant la tête, même s'il avait envie de sourire. C'est à Josh ?

— Tout à fait.

— Où est votre voiture ?

— Au ranch. On a fait un petit échange.

— Je ne vois pas ce que Josh pourrait faire avec une Coccinelle…

— Rien. Mais nous, nous avions besoin d'une voiture plus grande.

— Je n'ai pas besoin de mon frère. Votre voiture me va très bien.

— Eh bien moi, je préfère nettement celle-ci, dit-elle en tapotant le capot de l'Explorer.

Cette fois, il ne put s'empêcher de rire. Ce fut alors qu'il entendit un petit cri en provenance de l'arrière du véhicule.

— J'aimerais bien continuer à me disputer avec vous, mais je crois que votre fille voudrait vous voir. Je lui ai interdit de sortir sur le parking, mais je peux vous dire qu'elle a vraiment hâte de vous retrouver.

Espérant se libérer un peu de la tension qui le tenaillait, il prit une profonde inspiration, avant d'ouvrir la portière arrière du SUV.

— Coucou, ma chérie.

L'Explorer étant en effet beaucoup plus grand que la

Coccinelle, il put facilement se pencher à l'intérieur pour caresser les cheveux de sa fille.

— Papa ! Tu es là ? Tu n'es pas mort à l'hôpital ?

Sous le coup de l'émotion, il sentit sa bouche s'assécher.

— Mais non, ma petite princesse. Je vais très bien. Les médecins m'ont même dit que je pourrais retirer mon plâtre et mon attelle dans quelques semaines.

Sa fille lui adressa un sourire si touchant qu'il dut s'accrocher au chambranle de la portière.

— Je suis contente que tu ne sois pas mort. Millie et moi, on s'est bien amusées. On est allées au parc, et à la pâtisserie, il y avait un giga mixeur. J'ai pris un muffin aux myrtilles, et Millie aussi, et comme je n'ai pas fini le mien, elle a mangé les deux. On a acheté plein de trucs bons pour la santé à l'épicerie, et aussi des trucs que tu aimes bien. Et ensuite, on a fait des sandwichs. On va faire un pique-nique. Et à l'épicerie, j'ai eu un filet à papillons. Mais avec, on peut aussi attraper des coccinelles ou des libellules et plein de trucs.

— On dirait que tu as passé une meilleure matinée que la mienne…

— C'était génial ! confirma-t-elle.

A ces mots, il ne put s'empêcher de ressentir une petite pointe de jalousie. Manifestement, la meilleure matinée qu'avait passée sa fille depuis son arrivée à Crimson s'était faite sans lui.

— Bon, on le fait, ce pique-nique ? demanda-t-il d'un ton qu'il voulut naturel, en allant s'installer sur le siège passager.

— Vous lui avez manqué, dit doucement Millie quand il se fut assis.

— Alors qu'elle a passé une matinée géniale, répondit-il d'un air boudeur.

— Je vous assure, Jake. Elle n'a parlé que de vous durant toute la matinée, et elle était toute contente chaque fois que vous lui envoyiez une photo ou un texto.

Ils prirent la route de la ville. Au volant du gros véhicule,

Millie paraissait vraiment minuscule. Mais pour sa part, il était ravi d'avoir un peu plus de place pour ses jambes.

— Vous avez vu Josh quand vous êtes allée chercher le SUV ?

Elle secoua la tête.

— Il était parti emmener des touristes à la montagne. Mais Sara était là, avec son amie April. Nous allons dîner au ranch, ce soir. Logan et Olivia sont invités, aussi.

— Non.

Elle se tourna vivement vers lui.

— Pourquoi ? Vous êtes fatigué ? On peut rester à la maison, si vous voulez vous reposer ?

— Je ne suis pas fatigué, répondit-il en se passant la main sur le visage. Il y a quelques semaines encore, je pouvais passer trois jours sans dormir, à pratiquer des opérations pendant des heures et des heures. Alors ce n'est pas une matinée de rééducation qui va m'impressionner.

Ce n'était pas tout à fait vrai. Mais c'était sa fierté qui avait parlé pour lui.

— Vous avez d'autres projets ? demanda-t-elle d'une voix vaguement suspicieuse. Peut-être avec votre « vieille amie » Lauren ?

— Je n'ai pas envie de dîner avec mes frères. C'est aussi simple que ça.

Elle secoua la tête.

— Ce n'est pas aussi simple que ça. Ils vous aiment, Jake. Ils ont envie de savoir que vous allez bien.

Il ferma les yeux, serrant fort les paupières.

— Je ne vais pas bien, Millie. Je ne suis plus que l'ombre de ce que j'étais avant l'accident. Je n'ai pas envie qu'ils se mettent tous à rôder autour de moi pour essayer de m'aider.

— Mais ils vous aiment, répéta-t-elle. C'est votre famille. Pourquoi êtes-vous revenu ici, si vous ne vouliez pas les voir ?

— Je n'avais pas d'autre endroit où aller.

Elle lui jeta un regard en coin, et il se tourna vers la fenêtre. Des couleurs se mirent à défiler devant ses yeux : le vert sombre des pins et celui, plus clair, du bois de trembles menant aux pâturages ouverts où paissaient paisiblement des troupeaux. Il adorait se promener dans les bois quand il était enfant, seul, à l'écart de ses frères cadets. Il était discret, studieux, et faisait rarement des bêtises, contrairement à ses frères.

Il avait quasiment huit ans de plus que les jumeaux. A l'époque où ils étaient nés, il entretenait déjà le rêve de laisser derrière lui la vie qu'il connaissait. Leur père était alcoolique et violent, et leur mère prenait toujours son parti, même dans les pires moments. Jake aurait aimé ne rien avoir en commun avec son père, Billy. Mais sur le plan physique, pour commencer, c'était tout son portrait. Billy lui avait toujours dit que, adulte, il serait exactement comme lui. Naturellement, son père voyait cela comme un compliment, mais pour lui, c'était une idée totalement terrifiante. Le talent que Jake avait pour les mathématiques et les sciences faisait la fierté de son père, qui disait à qui voulait l'entendre qu'il était tout aussi brillant et prometteur que lui jusqu'à ce que Janet se retrouve enceinte de leur premier enfant, c'est-à-dire lui-même, à l'âge de dix-sept ans.

Jake avait toujours pensé qu'il mentait. La vérité, c'est qu'il avait lui-même détruit son avenir en buvant ; cela n'avait rien à voir avec sa famille. Mais au fond de lui, il avait tout de même eu peur : peur de se transformer un jour en un alcoolique aigri et haineux. Et c'était pour cette raison qu'il avait quitté Crimson sans se donner la peine de regarder derrière lui, même quand des événements plus graves avaient commencé à frapper sa famille. Même quand il avait su que sa petite sœur avait des problèmes.

Lorsqu'il s'était enfin décidé à intervenir, il était trop tard. Beth était morte dans un accident causé par un chauffard ivre. Logan ne voulait plus rien avoir à faire avec lui, et Josh était trop occupé par ses compétitions de rodéo pour s'intéresser à son grand frère. A ce moment-là, Jake terminait ses études de médecine ; il manquait de temps et de sommeil. Il n'avait pas eu le courage d'insister.

Il avait laissé tomber ses frères. Et c'était pour cette raison qu'il avait tant de mal, désormais, à accepter leur soutien, même s'il en avait vraiment besoin.

La petite voix de Brooke, qui chantait doucement à l'arrière de la voiture, le ramena lentement à la réalité du présent.

C'était à elle qu'il devait penser, c'était pour elle qu'il devait agir. Même si c'était dur pour lui, Brooke devait rester sa priorité.

Déterminé, il tourna lentement la tête vers Millie.

— D'accord pour le dîner de ce soir. Je vais le faire. Pour Brooke.

- 6 -

Assis entre Brooke et sa belle-sœur Sara, Jake serrait son poing valide, mais se forçait à sourire. Il ne savait pas comment il allait tenir jusqu'à la fin de la soirée.

Il comprenait bien que Millie ait pensé que ce grand dîner familial constituerait pour lui une distraction, mais avec ses frères qui ne cessaient de le regarder d'un air anxieux, il n'arrivait à penser à rien d'autre qu'à ses blessures. A ses faiblesses.

C'était pourtant une parfaite soirée d'été. Il faisait chaud, mais pas excessivement. Une brise rafraîchissante soufflait en provenance de la rivière, à l'autre bout du Crimson Ranch. Ils avaient mangé sur la grande terrasse du corps de ferme, et la vue sur les montagnes était tout simplement époustouflante. Plus il les regardait, mieux il comprenait pourquoi tant de familles choisissaient de venir passer leurs vacances ici.

Josh lui avait expliqué que ses derniers clients étaient partis dans l'après-midi et que les prochains devaient arriver le surlendemain. Le dîner de ce soir était donc exclusivement familial.

Tout en avalant sa dernière bouchée de hamburger, Brooke se tourna vers la maison.

— J'ai laissé Lapin dans la maison.

Ravi de constater que sa fille avait enfin abandonné sa peluche, même pour quelques minutes, il se tourna vers elle.

— Je vais aller te le chercher.

— Laisse, je vais le faire, se hâta de dire Josh.

— Ne bouge pas, dit Logan, exactement au même moment.

Ses deux frères se levèrent ensemble. Irrité, il les regarda d'un air incrédule.

Millie se mit à rire.

— Combien de gros bras faut-il pour porter un lapin en peluche ?

Il y eut un silence gêné.

— J'ai fini de manger, dit Claire, la fille de Josh, une adolescente de quatorze ans qui s'était manifestement prise d'affection pour sa cousine. Viens, Brooke. On va aller le chercher. Ensuite, on ira dans ma chambre. Tu voudrais que je te mette du vernis ?

— Je peux y aller, Papa ?

— Bien sûr, répondit-il, avant de se tourner vers sa nièce. Merci, Claire.

— C'est cool, répondit la jeune fille. Je suis contente d'avoir une petite cousine.

Pour sa part, Jake n'était pas spécialement content d'avoir deux frères cadets, en ce moment…

Au moment où les filles entrèrent dans la maison, Olivia se leva.

— Logan a fait ses célèbres brownies, ce soir, annonça-t-elle.

— J'ai une glace qui devrait très bien aller avec, intervint Sara en se levant à son tour. Je viens avec toi.

Olivia se tourna vers Millie en lui adressant un regard entendu.

— Et si on allait faire du café ?

Il regarda Josh et Logan, tous deux occupés à empiler les assiettes pour les remettre à leurs épouses. Manifestement, tout avait été combiné pour le laisser seul avec ses frères. Comme s'il avait besoin de ça…

La voix de Millie coupa court à ses pensées :

— Vous êtes sûres que vous avez besoin de moi pour le café ? marmonna-t-elle, manifestement hésitante.

Mais elle finit par se lever pour prendre des assiettes.

Mal à l'aise, Jake but une gorgée de bière.

— Ce n'est pas déconseillé, de mélanger alcool et médicaments ? lui demanda Josh d'un air inquiet.

— C'est juste de la bière, répondit-il, avant d'en reprendre délibérément une longue gorgée.

— Tu ne veux pas un verre d'eau ? demanda à son tour Logan.

Ce fut à ce moment que Millie intervint :

— Qu'est-ce que vous avez, tous les deux ? dit-elle en continuant de débarrasser des assiettes. Je ne vois pas où est le problème. Il boit un verre, c'est tout.

— Jake ne boit pas, répondit Josh.

— Jamais, ajouta Logan.

— Quand vous étiez plus jeunes, peut-être, dit-elle. Mais maintenant, c'est un adulte, non ?

Visiblement décidée à ne pas se laisser écarter aussi facilement, elle reposa les assiettes sur la table et alla se rasseoir.

— Vous devriez arrêter un peu de le couver, reprit-elle en croisant les bras.

Une lueur de colère s'était allumée dans ses yeux. Courageusement, elle regarda à tour de rôle ses frères, qui devaient bien faire deux têtes de plus qu'elle. Décidément, sa petite fée Poppins était bien plus combative et tenace qu'elle en avait l'air. Jake était ravi d'avoir quelqu'un à son côté. Mais il fallait cependant qu'il mette les choses au clair : elle ne pouvait pas savoir pourquoi Logan et Josh paraissaient si troublés de le voir boire de la bière.

— Notre père était alcoolique, lui dit-il doucement, en posant sa main sur sa nuque.

Et au moment où ses doigts touchèrent sa peau, une agréable sensation se répandit dans son corps. Il se sentit plus fort, tout à coup, et comme stabilisé.

— Il a toujours dit que je finirais comme lui, ajouta-t-il.

Elle se tourna vers lui, l'air sidéré.

— Mais vous n'êtes pas…

Il secoua la tête.

— Je crois que c'est parce que je lui ressemblais beaucoup sur le plan physique. Ou peut-être parce que j'étais assez renfermé, comme lui… Qui sait ? Mais à l'époque, quand il disait ça, je pensais qu'il entendait par là que je deviendrais alcoolique comme lui. Et c'est pour cette raison que j'ai juré de ne jamais boire la moindre goutte d'alcool.

— Il nous a même fait faire une sorte de pacte avec lui, confia Logan.

Jake faillit sourire en se remémorant cette scène douce-amère.

— Beth et toi deviez avoir à peine sept ans, à cette époque.

— Tout ce dont je me souviens, intervint Josh, c'est que tu nous as fait une petite coupure à l'index pour qu'on puisse mêler notre sang. Il a toujours voulu être médecin, ajouta-t-il en se tournant vers Millie.

— Des frères de sang ? demanda-t-elle d'une toute petite voix.

Jake leva son index pour lui montrer la minuscule cicatrice en forme de croissant qui se trouvait au bout. Ses deux frères firent de même.

— Mais Beth n'a pas voulu ! ajouta Logan en riant.

Soudain, il s'immobilisa.

— Millie a le même problème qu'elle, d'ailleurs, je viens de m'en souvenir, reprit-il. Il y a quelques mois, elle a failli s'évanouir, chez nous, rien qu'en voyant une petite goutte de sang.

Alerté, Jake se tourna vers Millie. Elle était blanche comme un linge.

— Ça va ? lui demanda-t-il.

Il la vit porter sa main à sa gorge, comme si elle avait du mal à déglutir.

— Je peux bien supporter d'entendre parler de sang. Tout comme vous pouvez bien supporter de boire une bière ou deux. Non ?

— Ça fait bien longtemps que j'ai compris que je ne serais jamais comme mon père.

En tout cas, pas sur ce plan-là, ajouta-t-il mentalement.

— Alors fichez-lui la paix, dit-elle en pointant un doigt menaçant vers Josh et Logan. Vous ne pouvez pas lui demander de respecter tous les engagements qu'il a pris quand il était enfant.

— Nous sommes inquiets, c'est tout, répondit Josh en croisant les bras.

— Et nous voulons l'aider, ajouta Logan. Cet accident... ça nous a vraiment fait très peur, tu sais, Jake ? Nous ne sommes peut-être pas une famille très unie, mais tu restes tout de même notre frère. Alors n'hésite pas à venir nous parler, si tu as besoin de quelque chose.

« C'est d'un miracle que j'aurais besoin », eut-il envie de répondre. Car la vérité, c'était qu'il ne savait pas vraiment ce qu'il voulait. Revenir en arrière pour pouvoir sauver Stacy ? Avoir la certitude qu'il pourrait un jour exercer de nouveau ? Savoir ce qu'il devait faire pour le bien de sa fille ?

— Il faut juste que vous me laissiez un peu de temps, finit-il par répondre.

— Tu peux rester, tu sais ? fit remarquer Josh. Crimson, c'est une ville géniale pour élever un enfant. Et même pour s'installer.

S'installer. Le mot se mit à tourner en boucle dans sa tête. Et il se rendit compte, soudain, que c'était ce que ses deux frères avaient fait. Ils avaient fait de cette ville leur ville, en dépit du passé et des douloureux souvenirs qui l'avaient entachée.

— Je ne vais pas m'en aller demain, répondit-il. Pour le moment, c'est tout ce que je peux vous dire. N'essayez pas d'exiger de moi autre chose.

Troublé, il se passa la main dans les cheveux.

A côté de lui, il entendit Millie prendre une profonde inspiration.

— En réalité, cette petite conversation sur le sang m'a fait plus de mal que je ne le pensais, dit-elle en se tournant vers lui. Ça vous dérange, si on rentre ?

Il regarda attentivement ses beaux yeux, qui ne lui révélèrent malheureusement rien. Néanmoins, quelque chose lui disait que son désir de partir n'avait pas grand-chose à voir avec sa phobie du sang. Elle avait deviné qu'il était à cran, qu'il ne pourrait en supporter davantage. Curieusement, elle avait l'air de le comprendre mieux que quiconque. D'un côté, il s'en voulait de ne pouvoir passer une soirée entière avec sa famille. Mais de l'autre, il ne pouvait pas se voiler la face : il était à bout de nerfs.

— Je vais chercher Brooke, dit-il en se levant.

Vers 23 heures, ce soir-là, Millie sortit de son lit, quitta sa chambre et s'arrêta dans le couloir. Cela faisait déjà cinq ou six fois qu'elle se relevait depuis qu'elle avait couché Brooke, après leur retour du ranch.

Jake ne lui avait quasiment pas parlé pendant le trajet, et elle se demandait si elle n'avait pas outrepassé son rôle en s'immisçant dans la conversation entre ses frères et lui. Elle savait que Josh et Logan étaient bardés de bonnes intentions, mais il lui avait semblé tout aussi évident que Jake n'avait pas envie de se retrouver au centre de leur attention. Et, surtout, que cette démonstration d'inquiétude et d'amour fraternel ne pouvait en rien l'aider.

Une fois au lit, la fillette avait voulu que son père lui lise une histoire. Au départ, Jake avait protesté en disant que Millie pouvait tout aussi bien le faire. Mais quand il s'était retrouvé dans la chambre, assis sur le bord du lit avec Brooke pelotonnée contre lui, il avait semblé se détendre un peu. Il ne s'en rendait peut-être pas compte, mais il avait besoin de sa fille tout autant que sa fille avait besoin de lui.

Millie en avait profité pour se retrancher dans sa chambre, mais elle avait pris soin de laisser la lumière allumée et la porte entrouverte, au cas où il aurait éprouvé le besoin d'aller la chercher. Chose qu'il n'avait pas faite, évidemment. Il était beaucoup trop fier pour cela.

Depuis, elle entendait le vague brouhaha de la télévision. Et elle avait envie d'être avec lui. Elle avait du mal à l'admettre, mais il lui manquait. Tout en se dirigeant vers le séjour, elle songea aux problèmes qu'il semblait avoir avec sa ville natale, et à ses réticences à faire des projets d'avenir. C'était peut-être un prétexte, mais il fallait absolument qu'elle en parle avec lui en privé. Et comme la petite dormait…

Le séjour n'était éclairé que par une petite lampe et par la lueur que produisait la télévision. Le son d'une explosion, en provenance du poste, la fit sursauter. Un vieux film d'action avec Bruce Willis. Elle tourna son regard vers le canapé où il était assis, son pied plâtré appuyé sur la table basse.

Hésitante, elle s'arrêta dans la partie cuisine. Le carrelage était froid sous ses pieds. La fenêtre, au-dessus de l'évier, était ouverte, et le léger souffle d'air nocturne qui s'y engouffrait lui donna la chair de poule. Soudain prise de doutes, elle faillit tourner les talons pour regagner sa chambre. S'approcher de lui, si tard dans la nuit… Ce n'était peut-être pas une si bonne idée qu'il y paraissait.

Mais brusquement, le bruit de la télévision cessa.

— Vous pouvez venir, vous savez, dit-il doucement. Je ne vais pas vous manger.

Son cœur se mit à battre à tout rompre, mais elle s'approcha lentement du canapé, regrettant soudain de ne pas avoir enfilé quelque chose par-dessus son fin pyjama d'été.

— Comment saviez-vous que j'étais là ? demanda-t-elle.

— Je vous attendais.

La télévision étant éteinte, son visage était plongé dans le noir. Troublée, elle alla s'asseoir sur le bord du canapé, à l'opposé de lui, mais tout près de la petite lampe. Elle ne se sentait pas prête à rester seule dans l'obscurité avec lui.

Sans la regarder, il prit un verre qui reposait sur l'accoudoir, et but une longue gorgée du liquide transparent qu'il contenait.

— C'est de l'eau gazeuse, au cas où vous vous poseriez la question.

— Je ne me la posais pas.

Il se retourna vivement vers elle.

— Ah oui ? Après tout ce que vous avez entendu ce soir, vous ne vous demandez pas si je ne vais pas tout à coup me transformer en alcoolique aigri et violent, à cause de mon accident ? C'est comme ça que les choses ont commencé pour mon père. Il s'était blessé en tombant d'une échelle. Il travaillait dans le bâtiment. Après ça, il a fini par reprendre le travail, mais le travail est devenu de moins en moins abondant et sa consommation d'alcool de plus en plus régulière. Alors, tel père, tel fils ? En tout cas, c'est ce que Josh et Logan craignent. C'est la base de toutes leurs inquiétudes.

Elle secoua la tête.

— Si vous voulez mon avis, vous vous servez des problèmes de votre père comme prétexte pour éviter d'affronter la réalité. Et je pense que vous êtes bien content que vos frères soient passés à côté de votre véritable problème.

— Et quel est-il ? demanda-il en fronçant les sourcils.

— Vous avez peur de l'échec.

A la lueur de la lampe, elle remarqua qu'il avait brutalement serré son poing gauche.

— Regardez-moi bien, Millie. Vous ne pensez pas que j'ai déjà échoué ?

— Dans quel domaine ?

Il y eut un long silence.

— Je n'ai pas pu sauver Stacy, finit-il par murmurer.

Sous le coup de la colère, elle se rapprocha brusquement de lui.

— Vous n'êtes pas invincible, Jake. Elle a été victime d'un tragique accident. Mais c'est elle qui a pris la décision de venir sur cette île, alors qu'elle était parfaitement au courant de la situation sismique. C'est *elle* qui a pris cette décision.

Il fit mine de l'interrompre, mais elle leva la main devant elle pour lui intimer le silence.

— Vous n'avez aucune idée de ce qu'est un échec. Croyez-moi, je suis une experte en ce domaine. Je suis certaine que vous n'avez jamais subi le moindre échec dans votre vie. Parce que vous avez tendance à fuir quand les choses deviennent trop compliquées. A privilégier les solutions de facilité.

— Les solutions de facilité ? répéta-t-il en plissant les yeux. Je me suis payé tout seul mes études de médecine. Je suis devenu un chirurgien renommé. Je suis allé dans je ne sais combien de villes détruites par des guerres ou des catastrophes naturelles. Vous trouvez ça facile ?

— Je ne dis pas que vous n'êtes pas disposé à travailler dur, répondit-elle en haussant les épaules. Mais je sais aussi que vous êtes malin.

Elle se montrait sans doute un peu trop agressive, mais elle avait le sentiment que c'était le seul moyen de briser ses défenses. Aussi décida-t-elle de poursuivre :

— Je crois que vous vous êtes servi de votre intelligence pour fuir cette ville, et il n'y a rien de mal à cela. Mais au passage, vous avez sacrifié vos relations avec vos frères. Et en tant que fille unique, je peux vous dire que c'est dommage. Pour ma part, j'ai beaucoup regretté de grandir seule, sans personne de proche pour me comprendre.

— Je vois, dit-il, laissant retomber sa tête contre le dossier du canapé, exposant la peau hâlée de son cou et de sa gorge.

— Vous êtes un brillant chirurgien, reprit-elle en veillant à maintenir un ton mesuré. Mais vous avez délibérément choisi une voie qui ne vous permettait pas de nouer des relations à long terme avec les autres. Vous m'avez vous-même dit que vous étiez toujours prêt à partir là où on avait besoin de vous. Cela devait être un véritable défi, mais vous avez réussi à le relever. Avoir une fille, ce n'est pas si différent. Changer d'orientation professionnelle non plus.

— Vous croyez que je ne le sais pas ?

— Je crois que vous refusez d'affronter cette réalité. Parce que pour la toute première fois de votre vie, les enjeux du problème sont vraiment déterminants. Si vous échouez, vous perdrez énormément. C'est angoissant, et je le comprends. Mais ce n'est pas en refusant d'affronter votre peur que vous la vaincrez, Jake.

Il retira lentement sa jambe de la table basse pour appuyer ses coudes sur ses cuisses.

— Alors comme ça, vous êtes nounou *et* psy.

— Et d'ailleurs, vous êtes sur le divan.

Il se tourna vers elle. Un léger sourire flottait sur ses lèvres.

— Et comique, aussi. J'ai de la chance.

— Je n'ai pas raison ?

Avant de répondre, il poussa un profond soupir de lassitude.

— Même si c'était le cas, qu'est-ce que je pourrais faire ?

— On va échafauder un plan.

Son sourire s'accentua.

— Je ne pensais pas que vous étiez du genre calculatrice.

— Mais ce sera pour vous, ce plan. Moi, je suis un esprit libre. C'est comme ça que ma mère m'a élevée.

— Je ne vous crois pas.

— Ah bon ? Demandez à qui vous voulez. Je n'aime pas les attaches. Mais pas parce que je suis du genre à fuir. J'aime le mouvement, la flexibilité.

Comme s'il ne la croyait pas, il leva les yeux au ciel.

— Mais le problème n'est pas moi, Jake, reprit-elle, avant de pointer son doigt vers lui. C'est vous. Vous et Brooke. Vous devez tisser des liens avec elle.

— Je l'ai amenée avec moi dans le Colorado.

— Ça, c'est un voyage. Ce n'est pas un lien.

Jake passa de longues secondes à regarder Millie. Il devait reconnaître qu'elle venait de marquer un point. S'il avait amené sa fille à Crimson, c'était parce qu'il avait fait une promesse à la mère de la fillette, pas parce qu'il avait soudain été rattrapé par l'instinct paternel. Au fond de lui, il pensait toujours que Brooke serait mieux avec ses grands-parents. Il pourrait alors lui rendre visite régulièrement, voire assister à ses spectacles scolaires quand elle serait plus grande.

En tout cas, il ne pensait pas être disposé à en faire beaucoup plus.

— Qu'est-ce que vous voudriez que je fasse ?

— Dans combien de temps pensez-vous être guéri ?

— J'ai encore quatre semaines de rééducation. Après ça, la situation devrait avoir suffisamment évolué pour qu'on puisse évaluer les éventuels dommages définitifs. Et savoir si je pourrai continuer d'exercer.

— Votre décision concernant Brooke ne devrait pas être fondée sur l'avenir de votre carrière. C'est elle qui devrait passer en premier.

— Mais je la fais toujours passer en premier !

— Il faut absolument que vous réfléchissiez à votre rôle de père, dit-elle d'une voix plus douce. Que vous réfléchissiez aux efforts que vous allez faire, aux moyens que vous allez employer. Si vous ne prenez pas cette peine, vous passerez le reste de votre vie à vous demander si vous n'auriez pas pu mieux faire.

— Mais je prends les choses très au sérieux, protesta-t-il, avant de désigner d'un vaste geste de la main les jouets qu'elle avait rangés le long d'un des murs du séjour. J'ai acheté deux tonnes de plastique rose et loué une maison dans une ville où je ne pensais jamais remettre les pieds. Vous trouvez vraiment que je ne fais pas d'efforts ?

— Halloween.

— Quoi, Halloween ?

— Je voudrais que vous me promettiez de rester avec Brooke jusque-là. Ça vous laisse deux bons mois ensemble. Quoi qu'on puisse vous dire ensuite sur votre état de santé, restez et gardez-la avec vous. Même si ses grands-parents débarquent et essaient de vous convaincre qu'elle serait mieux avec eux.

Il se prit à rire.

— On dirait que vous avez deviné comment ils sont.

— Ce que je sais, c'est que vous avez tous enduré

quelque chose de dramatique, dit-elle en se rapprochant de lui et en plaçant ses doigts sur son poignet. Et que la relation que vous allez tisser avec votre fille la marquera jusqu'à la fin de sa vie.

L'espace de quelques secondes, il se perdit dans ses yeux lumineux. Une fois de plus, ce petit bout de femme lui avait donné envie de devenir un homme qu'il n'était pas certain de trouver au fond de lui.

— Je sais que vous avez peur de la décevoir, murmura-t-elle.

Il baissa les yeux vers sa main. Et instinctivement, il finit par la prendre doucement dans la sienne. Ses doigts étaient si petits qu'ils arrivaient à peine à la moitié des siens.

— Est-ce que ton père t'a déçu, Millie ? demanda-t-il.

A ces mots, il sentit sa main se crisper, mais il se hâta d'entrelacer ses doigts aux siens pour l'empêcher de la retirer.

— Mon père est en effet une bonne illustration de ce que je cherche à démontrer. On ne peut pas décevoir quand on ne cherche même pas à essayer.

Ses yeux étaient devenus tristes, légèrement brumeux.

— Les choses seront bien pires encore pour Brooke si elle grandit en pensant qu'elle ne vaut même pas la peine qu'on fasse un effort pour elle. J'en suis certaine.

Une douleur lancinante se manifesta soudain dans sa poitrine alors qu'il songeait à la petite fille que Millie avait dû être, une petite fille qui ne se pensait pas digne de l'attention de son père. Il avait beau avoir peur, il ne voulait pas que sa fille grandisse avec ce fardeau. De sa main blessée, il se mit à caresser doucement la joue de Millie. Régulièrement, ses doigts s'engourdissaient et devenaient totalement insensibles, mais, en cet instant précis, il n'eut aucun mal à ressentir la douceur de sa peau contre la sienne. Et il eut l'impression que c'était exactement ce dont il avait besoin.

Elle ferma les paupières, et il prit cela pour une invitation. Lentement, il se pencha pour effleurer ses lèvres des siennes, savourant leur douceur tandis que son souffle se mêlait au sien.

— Tu es si belle…, murmura-t-il en faisant glisser sa main sur son cou pour l'attirer plus près de lui.

Tout en passant ses bras autour de ses épaules, elle poussa un petit gémissement. Ce fut alors comme si son corps tout entier s'était enflammé. Jamais il ne s'était senti aussi attiré par une femme. Le besoin instinctif qu'il sentait battre dans ses veines était entièrement nouveau pour lui. On aurait dit que tout, en elle, était fait pour l'exciter, de son parfum fleuri et printanier à la douceur soyeuse de sa peau. Elle était un mélange enivrant de force et de vulnérabilité dans un corps gracieux et intensément féminin.

— Ton père était un imbécile, murmura-t-il contre sa bouche. Tu vaux largement la peine qu'on se donne du mal. Pour te donner du bien.

A ces mots, elle se redressa brusquement. Et tout en réajustant le haut de son pyjama, elle se leva.

— On ne peut pas faire ça, dit-elle d'un air paniqué. On ne peut pas, Jake.

Il se leva à son tour pour s'approcher d'elle. Mais elle s'écarta de lui.

— Ce n'était qu'un baiser, Millie. Rien de plus. Je ne suis tout de même pas le premier à t'embrasser.

L'air attristée, elle secoua la tête.

— Je ne suis pas comme ça.

— Qu'est-ce que tu veux dire par là ? demanda-t-il, surpris.

— Je ne suis pas… Tu ne peux pas… On ne peut pas…

Elle ferma les yeux, serrant fort les paupières.

— Je travaille pour toi, Jake. C'est tout.

— Parce que tu crois que je prends ça comme un bonus ? s'exclama-t-il, vexé. Que je pense que je te paie pour t'occuper de ma fille et pour pouvoir ensuite profiter de toi le soir quand elle est couchée ? C'est vraiment ce que tu penses ?

— Non. Ce n'est pas ce que…

— Oublie ça, l'interrompit-il en se passant la main sur le visage. Oublie que je t'ai embrassée. Tu as raison : ça ne faisait pas partie du marché. Et j'ai compris : peu importe mon état de santé, je resterai ici jusqu'à Halloween. Et je vais tout faire pour que les choses fonctionnent avec Brooke, même si je doute fort que je sois ce qu'il y a de mieux pour elle.

Ou pour qui que ce soit, ajouta-t-il mentalement.

— Mais je vais faire des efforts. Comme ça, même si j'échoue, je pourrai me dire que j'ai essayé. C'est ce que tu veux, non ?

Tout en se mordillant la lèvre inférieure, elle hocha la tête. Mais elle ne le regarda pas en face.

Un petit baiser, et elle cherchait à éviter son regard… C'était tout de même curieux.

— Tu as gagné, dit-il en quittant la pièce. Félicitations. J'espère que tu es sûre de ton coup.

- 7 -

Millie s'interrogeait, en proie au doute. Allongée dans son lit, elle revécut chacun des événements de la veille au soir. Jake l'avait embrassée. Et elle avait eu envie de lui ; c'était indéniable. Au moment où leurs lèvres s'étaient jointes, elle avait senti tout son corps s'enflammer. Et son baiser avait eu un impact incroyable sur elle. Il avait complètement ébranlé son univers. Comme s'il n'était pas déjà assez bouleversé…

Il fallait impérativement qu'elle réagisse. Qu'elle refoule cette attirance, quoi qu'il lui en coûte. Non seulement parce qu'elle travaillait pour lui, mais aussi pour se prouver à elle-même qu'elle pouvait y résister. Elle ne voulait pas devenir comme sa mère, qui s'était toujours montrée calculatrice avec les hommes, utilisant sa sexualité comme une arme pour les manipuler.

Même si son univers s'effondrait totalement, elle resterait debout, droite dans ses bottes.

Sûre de sa décision, elle s'habilla et descendit dans la cuisine pour commencer à préparer le pain perdu. Mais, à sa grande surprise, quand elle arriva dans la pièce, la fillette et son père étaient déjà là. Jake était aux fourneaux et Brooke occupée à mettre la table.

— Coucou, dit-elle. Vous êtes bien matinaux.

— Papa fait des *quesadillas*, annonça Brooke. Moi, je ne savais pas qu'il savait cuisiner. Je croyais qu'il savait que commander des pizzas.

— Des *quesadillas* ? répéta-t-elle en se tournant vers Jake.

Et au moment où son regard croisa le sien, elle sentit le feu lui monter aux joues.

— Des *quesadillas* de petit déjeuner, précisa-t-il. Asseyez-vous, mesdames. Nous allons servir.

Elle s'exécuta à contrecœur. Elle n'avait qu'une envie, en réalité : s'enfuir. La douce intimité de la veille au soir l'avait troublée. Mais elle trouvait la scène de ce matin tout aussi perturbante, voire davantage. Jake en train de cuisiner, vêtu d'un short de sport et d'un T-shirt de l'université du Colorado qui mettait en valeur les muscles de son dos et de ses épaules. Ses cheveux ébouriffés, ses joues pas encore rasées…

Pourquoi les hommes étaient-ils si séduisants quand ils faisaient la cuisine ?

Quand il s'approcha de la table, elle se hâta de prendre son verre de jus d'orange. Elle ne voulait pas le regarder dans les yeux, de peur qu'il ne lise dans ses pensées et ne devine qu'elle lui avait menti, la veille au soir. Dans son esprit, elle souhaitait que leur relation reste strictement professionnelle. Mais dans son cœur, dans son corps… c'était une tout autre histoire.

Alors qu'elle se perdait dans ses pensées, il avait fait glisser quelques morceaux de *quesadillas* de la poêle à son assiette. Quand il passa à celle de Brooke, elle observa les mouvements de ses mains. Elle ne pouvait détacher son regard de ses bras puissants et musclés. Mais il fallait qu'elle se secoue. A bien y réfléchir, elle aurait peut-être dû commencer sa journée par une douche froide ?

Il y avait un saladier de fruits frais au milieu de la table. Pour s'occuper les mains, elle entreprit d'en distribuer à chacun d'entre eux.

— Café ? lui demanda-t-il d'une voix légèrement amusée.

Elle releva les yeux vers lui. Les sourcils levés, il la regarda comme s'il avait deviné la turbulence de ses pensées.

— Merci…, bredouilla-t-elle pendant qu'il lui remplissait sa tasse.

— C'est super bon, Papa, dit Brooke, avant de se tourner vers elle. On pourrait faire du pain perdu demain, d'accord ?

— Du pain perdu ? répéta-t-il en se penchant vers sa fille. Mais s'il est perdu, on ne va pas pouvoir le manger.

La petite se mit à rire gaiement.

— N'importe quoi, Papa ! Mais en tout cas, ce que tu as fait, c'est très bon.

— Content que ça te plaise, répondit-il, avant de se tourner vers Millie en souriant. Et toi, qu'est-ce que tu en penses ?

Cette question avait naturellement deux significations. Elle le lut dans son regard. Un regard de défi.

— 20 sur 20 pour les efforts, mais je n'ai pas encore goûté.

Elle en prit une bouchée. Un délicieux mélange d'œufs, de fromage et de *tortilla* croustillante.

— C'est très bon. Où as-tu appris à faire ça ?

— Dans un petit village du sud du Mexique appelé Chiapas.

— Je croyais que tu ne savais pas faire la cuisine.

— Mes compétences sont limitées, mais j'essaie, répondit-il en haussant les épaules.

Son regard n'avait désormais plus rien de taquin. C'était un regard plein d'espoir, si intense qu'il lui fallut s'accrocher à sa chaise pour ne pas vaciller. Manifestement, quand Jake Travers se donnait la peine d'essayer quelque chose, il n'avait aucun mal à réussir. Et d'ailleurs, sans même se donner la peine d'essayer, il était en train de la toucher au plus profond de son cœur.

La voix de Brooke la ramena brutalement à la réalité :

— Maman, elle disait que le petit déjeuner était le repas le plus important de la journée, murmura-t-elle.

Ils se tournèrent ensemble vers elle. Et comme il la regardait fixement, l'air bouleversé, Millie décida de rompre le silence :

— Je vois que tu as appris beaucoup de choses de ta maman.

Brooke hocha la tête, avant de prendre une gorgée de jus de fruit.

— Qu'est-ce que tu as prévu de faire, aujourd'hui, après ta séance de rééducation ? demanda Millie à Jake au bout de quelques secondes.

Il se tourna vers elle en la regardant comme s'il s'agissait d'une question piège.

— J'ai appelé l'école que Natalie Holt m'a recommandée, dit-elle. Brooke va visiter la classe, et la directrice aura un peu de temps après le déjeuner pour l'inscription. J'avais espéré que tu pourrais venir.

— Je ne veux pas aller à l'école ; je connais personne, là-bas, intervint Brooke en serrant brusquement sa peluche contre elle, comme elle le faisait chaque fois qu'elle était perturbée. Je veux rester avec Papa.

Millie se tourna vers Jake, qui ne semblait pas disposé à insister.

— On pourrait faire un essai ? dit-elle à la fillette d'une voix douce. On visite, on rencontre la maîtresse, et ensuite, ton papa et toi décidez si c'est bien ou pas. Après ça, on pourrait aller à la pâtisserie de Katie pour manger des cookies, non ?

— Aux pépites de chocolat, demanda Brooke, les yeux brillants d'espoir.

— Aux pépites de chocolat, promit Millie.

— Bon, je vais essayer, répondit l'enfant d'un air résigné. Mais je suis presque sûre que je ne voudrais pas rester. J'ai fini de manger. Je peux avoir mon temps d'écran ?

— Bien sûr, répondit aussitôt son père.

Brooke quitta la pièce en prenant la direction du bureau.

— Belle attitude, laissa tomber Millie une fois qu'elle fut partie.

— Comment est-ce que tu fais pour éviter les crises, comme ça ? Avant que tu n'arrives, elle pleurait tout le temps. Je vivais dans la peur constante de ses larmes.

— Si incroyable que ça en ait l'air, les enfants ont besoin d'horaires fixes et de règles. Ça les aide à se sentir en sécurité. C'est important d'avoir un plan. D'ailleurs, j'ai remarqué le changement chez toi, depuis que tu en as un.

— Deux mois. Je vais tout donner pendant deux mois. Après, on verra…

— Je croirais entendre Brooke au sujet de l'école. Mais j'ai foi en toi et en elle.

Il eut un petit rire amusé.

— Ce qui nous amène à un point important. Je ne vois pas du tout comment je vais faire pour juger et choisir l'école. Toi, en revanche, tu as un diplôme d'enseignement.

— Pas encore. Comme je te l'ai dit, j'ai décidé de faire une petite pause dans mes études. Mais je ne sais pas encore si je retournerai à l'université.

Soudain nerveuse, elle se mit à débarrasser la table rapidement. Mais qu'est-ce qui lui avait pris de lui confier cela ? Prenant soin de garder le dos tourné, elle commença à mettre les assiettes dans l'évier.

Il y eut quelques secondes de silence.

— Peur de l'échec ? finit-il par demander.

Elle se retourna vivement.

— Pas du tout, répondit-elle, en tâchant de conserver un ton calme et posé. Et je ne cherche pas à fuir non plus.

— Je n'ai jamais dit ça.

Gênée, elle se tourna de nouveau vers l'évier.

— Hé ! fit-il en posant doucement sa main sur son épaule. Je disais ça pour rire, tu sais ? Le problème, c'est moi.

Il s'interrompit quelques secondes, avant d'ajouter :

— Je suis désolé pour hier soir, Millie. En tout cas, sache que je n'avais aucune intention ni de profiter de toi ni de te mettre mal à l'aise.

Elle fit un petit geste désinvolte de la main.

— Ce n'est rien. C'est probablement ma faute. Je sais que je…

Les mains toujours posées sur ses épaules, il l'interrompit en l'obligeant à se tourner vers lui.

— Tu n'as rien fait de mal, affirma-t-il en se penchant vers elle pour la regarder droit dans les yeux.

Et son regard azur était si intense et sincère qu'elle se sentit contrainte d'acquiescer.

— Toi non plus. On a fait ça sur un coup de tête. C'était juste l'ambiance du moment.

Le regard toujours fixé sur le sien, il approcha encore son visage du sien.

— Tu es sûre de ça ?

Tout en hochant la tête, elle fit un pas en arrière.

— Bon…, dit-il, avant de se détourner d'elle pour continuer à débarrasser la table.

Quelques minutes plus tard, comme la veille, elle le conduisit à l'hôpital. Cette fois, Brooke le laissa partir sans paraître s'inquiéter.

Mais avant de quitter l'Explorer, il se pencha vers Millie.

— Pour ma part, chuchota-t-il, ça n'avait rien à voir avec un coup de tête ou l'ambiance du moment.

Elle déglutit avec peine en entendant ces mots. Mais sans lui laisser le temps de dire quoi que ce soit, il sortit du véhicule et partit vers l'hôpital.

En quittant le service de rééducation, Jake se massa le poignet. Il trouvait les exercices à la fois revigorants et épuisants. Il était content de pouvoir les faire, mais un peu frustré de ne pas pouvoir y arriver plus rapidement.

Alors qu'il s'apprêtait à passer les portes de l'hôpital, il entendit quelqu'un l'appeler par son prénom. Surpris, il se retourna. Un homme et une femme en blouses blanches s'approchèrent de lui.

— Lana ? dit-il, sidéré.

La jeune femme, grande et brune, lui sourit.

— J'ai entendu dire que tu étais en ville.

Il secoua la tête.

— Mais qu'est-ce que tu fais à Crimson ? demanda-t-il.

— Je finis mon internat, répondit-elle. Et j'ai eu la chance de retrouver l'un de mes anciens professeurs, ajouta-t-elle en se tournant vers l'homme qui était à côté d'elle. Jake, je te présente Vincent Gile, le directeur de l'hôpital.

L'homme d'âge mûr lui tendit la main.

— Ravi de vous rencontrer. Vous êtes presque une légende, ici.

— Comment ça… une légende ? balbutia Jake en lui serrant la main.

— Les gens de Crimson sont extrêmement fiers de leur « médecin sans frontières ». Vous ne vous imaginez même pas le nombre de personnes qui me demandent si je vous connais, ajouta-t-il en riant. Comme si je pouvais connaître tous les médecins du coin… Mais je suis content de pouvoir enfin mettre un visage sur votre nom et vos exploits.

— Mes exploits ?

— Ne fais pas le modeste, Jake, intervint Lana. Tu as toujours eu une excellente réputation.

— Nous avons tous été navrés d'apprendre que vous aviez eu cet accident, ajouta le nommé Vincent. Mais nous allons prendre grand soin de vous, ici. Si vous avez besoin de quoi que ce soit, n'hésitez pas à venir me le demander. J'espère également que vous accepterez de déjeuner avec moi, tant que vous êtes en ville. J'aimerais beaucoup discuter avec vous de vos projets d'avenir.

De plus en plus gêné, Jake sentit sa bouche s'assécher.

— C'est très aimable de votre part. Mais comme vous devez le savoir, nous ne sommes pas encore en mesure d'évaluer les conséquences de mes blessures sur le long terme. Il se pourrait que…

Vincent l'interrompit d'un geste de la main.

— Si vous êtes intéressé, nous pouvons parfaitement vous trouver une place. Nous serions ravis de compter parmi notre équipe un médecin spécialiste de votre qualité et…

Les propos de Vincent furent interrompus par un bip, qui semblait provenir de son téléphone.

— Excusez-moi, dit-il. J'ai une réunion. Mais que diriez-vous d'un déjeuner la semaine prochaine ?

— D'accord, répondit Jake, toujours aussi abasourdi par l'intérêt que lui portait son interlocuteur.

— Parfait. Alors, je vous laisse.

Après avoir adressé un bref hochement de tête à Lana, Vincent tourna les talons pour se diriger vers l'ascenseur. Jake et la jeune femme le regardèrent tous deux partir.

— Il est toujours comme ça ? demanda-t-il.

— Tu veux dire surmené et direct ? répondit-elle en riant. Oui. Mais tu sais, je trouve qu'il a vraiment fait quelque chose de bien pour cet endroit si reculé.

— Tu trouves que Crimson est un lieu reculé ?

Elle sourit.

— N'oublie pas que j'ai fait mes études à Chicago. J'ai l'impression que tout se déroule au ralenti, ici.

— Tu n'aimes pas cet endroit ?

— Ça me va pour le moment, répondit-elle en haussant ses délicates épaules. Surtout depuis que je sais que tu n'es pas loin.

— Merci, se contenta-t-il de répondre.

Il avait rencontré Lara au cours de sa deuxième année de médecine. A cette époque, il avait très envie de prouver qu'il pouvait se plier à la rigueur requise par ce genre d'études. Mais ç'avait été un véritable défi car, parallèlement, il avait dû travailler dans un restaurant le soir pour pouvoir payer la fac, son logement et ses maigres dépenses courantes. Ce qui, naturellement, ne lui laissait pas beaucoup de temps pour avoir une vie sociale. Lana était tout aussi ambitieuse que lui, mais ses motivations étaient différentes : son but était de prouver à son père, un neurochirurgien renommé, qu'elle avait hérité de son talent.

Ils étaient plusieurs fois sortis ensemble, mais de façon sporadique, aucun d'entre eux n'ayant le temps ou l'énergie de s'engager dans une relation à long terme. Ils logeaient dans la même résidence universitaire, mais ils avaient perdu contact quand leurs chemins professionnels s'étaient séparés.

Lana, quand il l'avait rencontrée, était l'extrême inverse

de tout ce qu'il avait connu au cours de son enfance à Crimson : sophistiquée, sûre d'elle, d'une beauté froide. Le temps, apparemment, n'avait rien changé. Contrairement aux autres médecins qu'il avait rencontrés à Crimson, elle ne portait pas de tenue décontractée, voire négligée : le tailleur qu'il pouvait voir sous sa blouse était extrêmement élégant et bien coupé, et ses cheveux soyeux étaient impeccablement coiffés en une queue-de-cheval basse.

Une image, soudain, lui vint à l'esprit : Millie. Millie avec ses cheveux savamment ébouriffés. Comment se faisait-il qu'il pense à elle alors qu'il était en train de parler à Lana ?

— Tu m'as manqué, quand tu es parti, lui dit cette dernière, le ramenant à la réalité.

— Désolé, marmonna-t-il en se souvenant des nombreux textos qu'elle lui avait envoyés après son départ. Je voyageais beaucoup ; je n'ai pas eu le temps de maintenir le contact avec mes amis.

Tout en relevant le menton, elle lui sourit.

— Je termine à 18 heures. Et si on allait dîner ensemble pour rattraper le temps perdu ? J'ai vraiment hâte que tu me racontes tes aventures, dit-elle en posant sa main sur son bras. J'aurai terminé mon internat à la fin du mois de septembre. Et j'envisageais d'essayer quelque chose de nouveau. Pourquoi pas avec Médecins sans Frontières ? Ça serait bien, si on pouvait travailler ensemble.

Elle serra doucement son bras.

— Comme au bon vieux temps, ajouta-t-elle.

Le bon vieux temps où son seul souci était d'ingurgiter suffisamment de caféine pour pouvoir suivre ses cours et mener de front ses deux emplois. En comparaison, les quelques jours qu'il avait passés seul avec Brooke avaient été d'un calme reposant…

— Je suis un peu fatigué, tu sais ? répondit-il laconiquement. Mais une autre fois ?

— D'accord, dit-elle d'un air un peu déçu. En tout cas, je suis contente de t'avoir retrouvé.

Elle se hissa sur la pointe des pieds pour l'embrasser sur la joue.

— Je trouve cette ville beaucoup plus intéressante, maintenant que je sais que tu y vis.

Embarrassé, il fit un pas en arrière. Il n'aimait pas beaucoup la lueur qui s'était mise à briller dans ses yeux.

— A bientôt, Lana, dit-il en se hâtant de passer les portes de l'hôpital.

Une fois dehors, il aperçut aussitôt l'Explorer. En s'approchant, il entendit de la musique qui s'échappait des fenêtres ouvertes. C'était une chanson dont la mélodie lui disait vaguement quelque chose. En arrière-fond, on entendait la petite voix haut perchée de Brooke. Mais aussi… celle de Millie.

Une voix qui lui ressemblait totalement : lumineuse et pétillante. Captivante.

Il se pencha vers la fenêtre ouverte. Elle lui fit signe de ne pas parler.

A l'arrière de la voiture, Brooke, les yeux fermés, continuait de chanter d'un air ravi. Elle ne s'était même pas aperçue de sa présence.

Un couple âgé passa à côté d'eux en les regardant. Tout sourires, Millie continua de chanter en leur adressant un petit signe de la main.

Il ne pouvait plus détacher son regard d'elle. De délicieux frissons s'étaient mis à lui parcourir le dos. Sa voix était vraiment douce comme une caresse.

A son grand regret, la chanson finit par s'achever. Il aurait pu l'écouter pendant des heures.

Sans cesser de sourire, elle baissa le volume de la radio.

— C'était génial, dit-elle en se tournant vers la fillette pour lui taper dans la main. Tu es la meilleure Ariel que j'aie jamais entendue.

— Quand tu chantes, on dirait une vraie princesse, répondit Brooke.

Le sourire de Millie s'était encore élargi.

Jake finit par s'installer sur le siège passager.

— Quand j'étais petite, lui expliqua Millie en se tournant vers lui, *La Petite Sirène* était mon dessin animé préféré. Je me suis peigné les cheveux avec une fourchette pendant des mois après l'avoir vu pour la première fois. Comment s'est passé ton rendez-vous ? C'était un peu plus long que prévu…

Faisant de son mieux pour se concentrer et ne pas céder à son trouble, il cligna plusieurs fois des yeux.

— J'ai rencontré une amie qui était à la fac avec moi. Pourquoi t'es-tu peigné les cheveux avec une fourchette ?

— Papa ne regarde pas les dessins animés de princesses, dit Brooke.

— Tout le monde devrait regarder des dessins animés de princesses ! s'exclama Millie en prenant un air faussement outré. Du reste, on va en louer un ce soir. Je suis sûre que tu vas adorer.

— Euh… tu crois ?

Tout en conduisant, Millie lui raconta leur matinée. Elle finit par garer le SUV devant une petite maison de briques située dans l'une des rues qui menaient au centre-ville.

— C'est vraiment très mignon, murmura-t-elle.

Et elle avait raison. Les briques avaient été peintes en jaune pâle, la porte et les cadres des fenêtres en bleu foncé. A chaque fenêtre, de grandes jardinières pleines de fleurs aux couleurs chaudes accueillaient gaiement les visiteurs qui empruntaient l'allée.

— Je ne veux pas y aller, murmura Brooke depuis le siège arrière.

— C'est juste une visite, répondit Millie en se tournant vers elle. Tu es courageuse comme une princesse, Brookinette.

Comme s'il était censé ajouter quelque chose, elle se tourna vers lui en lui adressant un regard entendu.

Mal à l'aise, il sortit de la voiture et ouvrit la portière arrière sans rien dire.

— Je te tiendrai la main tout le temps, finit-il par déclarer.

Mais il regretta aussitôt ses propos. Qu'est-ce que ça changerait, de toute façon ?

A sa grande surprise, sa fille acquiesça.

— D'accord, Papa. Moi, je ne veux pas que tu me laisses.

— Je te promets que je resterai avec toi, répondit-il en souriant, avant de la prendre par la main pour la conduire vers l'entrée.

Ils furent accueillis par une femme d'une cinquantaine d'années aux cheveux gris coupés au carré. Avec sa blouse rose et son sourire doux, elle avait l'air de l'institutrice de maternelle idéale.

Ils échangèrent une poignée de main.

— Bonjour, je suis Laura, dit-elle, avant de se pencher vers la fillette. Tu dois être Brooke ?

Tout en hochant la tête, Brooke fit un pas en avant.

— Et ça, c'est Lapin. Il a un peu peur ; c'est pour ça qu'il doit rester avec moi.

La dame tapota gentiment la tête de la peluche.

— Ravie de te rencontrer, Lapin.

— Merci de nous avoir invités à venir aujourd'hui, intervint Millie. Nous nous sommes parlé au téléphone. Je suis Millie Spencer, la nourrice, et voici le père : Jake Travers.

— Laura Wilkes. Bienvenue à tous, répondit-elle avant de désigner du doigt l'entrée du bâtiment. Allez faire une petite visite, je vous en prie. L'école recommence la semaine prochaine ; nous faisons donc de petits groupes d'orientation pour parler aux enfants de la façon dont leurs journées se dérouleront. Comme je vous l'ai expliqué, c'est moi qui m'occupe de la classe des moyens.

— On vient juste pour visiter, dit Brooke sans regarder l'institutrice, comme si elle s'adressait à sa peluche.

— D'accord, répondit Laura en s'accroupissant devant elle. Mais si ça te plaît et si ça plaît à ton papa, j'espère que tu reviendras. Je suis sûre que tu t'amuseras beaucoup ici, Brooke.

L'air soudain impatient, celle-ci leva les yeux vers son père.

— On y va, Papa ?

Il commença à avancer dans le couloir, mais, soudain, il se rendit compte que Millie ne les avait pas suivis.

— Tu viens ? lui demanda-t-il en se retournant.

Elle lui adressa un sourire rassurant.

— J'arrive. Je vous rejoins, répondit-elle avant de se tourner vers Laura.

Comprenant qu'elle voulait qu'il reste seul avec Brooke, il se laissa guider vers l'une des pièces.

Mais quand il arriva dans la petite salle aux murs couverts de dessins d'enfants, il sentit l'angoisse monter en lui. Les quatre mamans qui s'y trouvaient déjà se tournèrent toutes dans sa direction, et deux enfants se mirent également à les regarder fixement. Paniqué, il serra plus fort la main de sa fille, mais s'efforça de se composer un visage souriant.

— Bonjour, dit-il en agitant devant lui sa main libre. Je suis Jake, et voici ma fille, Brooke. Nous venons d'arriver à Crimson et nous sommes venus visiter l'école.

Les femmes restèrent quelques instants à le regarder. Et soudain, elles se précipitèrent vers lui. Tout en se présentant à tour de rôle, elles l'attirèrent vers le centre de la salle. Brooke essaya de lâcher sa main, mais il la retint. C'était lui, désormais, qui avait besoin de réconfort.

— T'inquiète pas, Papa, dit-elle en lui tendant sa peluche. Je vais aller jouer dans le coin cuisine.

Elle partit avec une autre petite fille à l'autre bout de la pièce.

Et soudain, il se retrouva complètement seul.

— Ça ne fait pas longtemps que je suis papa, annonça-t-il. Brooke vivait avec sa mère, jusqu'à une date récente.

Il ne se donna pas la peine de préciser pourquoi ; les femmes semblèrent comprendre d'elles-mêmes. Toutes ensemble, elles se mirent à lui vanter les mérites de l'école et de Laura. Au bout d'un certain temps, l'une d'elles l'informa qu'elle était également seule et l'invita à venir boire un café. Il eut un mouvement de recul et faillit trébucher sur un pouf qui se trouvait au milieu de la pièce. Fort heureusement, ce fut à ce moment que Laura entra dans la salle.

Mais Millie n'était nulle part. Où était passée sa nourrice ? Et surtout, pourquoi l'avait-elle laissé au milieu de cette horde de mamans mielleuses ?

— Venez vous asseoir sur le tapis, dit Laura aux enfants qui s'étaient dispersés un peu partout dans la pièce.

Comme s'ils venaient d'entendre la parole divine, ils se rassemblèrent aussitôt autour d'elle. Sans même jeter un seul regard dans sa direction, Brooke prit place sur le sol à côté de la petite fille avec qui elle avait joué dans le coin cuisine.

— C'est drôle, murmura l'une des mamans. On fait tout pour qu'ils deviennent plus indépendants, et quand ça arrive, on a du mal à l'accepter.

Il hocha la tête. Cela ne faisait que quelques jours qu'il était avec Brooke et, pourtant, il n'avait eu aucun mal à comprendre ce que cette femme voulait dire.

Laura parla du planning des journées, des différents types d'apprentissages et des événements qui ponctueraient l'année, dont un spectacle musical qui devait avoir lieu à Halloween. Il écouta tout en regardant sa fille, qui semblait boire chacune des paroles de l'institutrice.

Quand la réunion fut terminée, il ne fut donc pas surpris de voir Brooke accourir vers lui en criant :

— Papa, je veux aller à l'école !

— Alors ça t'a plu ? demanda-t-il en faisant de son mieux pour dissimuler sa légère déception.

Il était ravi qu'elle se sente à l'aise avec cette idée, mais, malgré le sentiment d'insécurité que lui donnait son nouveau statut de père, la dépendance de Brooke envers lui était la seule chose solide à laquelle il pouvait s'accrocher pour le moment.

— J'ai adoré. Et Lapin aussi, dit-elle en lui prenant

l'animal des mains pour l'embrasser longuement sur le sommet de la tête.

Ce fut à ce moment que Millie apparut dans la classe.

— Alors ? dit-elle en s'accroupissant devant Brooke pour la prendre dans ses bras. C'était cool, hein ? Je suis très fière de toi, Brookinette. Tu as été super, aujourd'hui.

Pourquoi n'avait-il pas pensé à dire ça ? Et surtout, pourquoi ne pouvait-il pas démontrer son affection aussi naturellement ? Furieux, il enfonça ses mains dans ses poches.

— Où étais-tu ? demanda-t-il, sans chercher à dissimuler son irritation. C'est quand même ton domaine, non ? Comment as-tu pu me laisser seul avec toutes ces mamans enragées ?

Elle se mit à rire gaiement.

— J'étais en train de remplir les papiers.

Au moins, elle ne l'avait pas totalement abandonné.

Laura s'approcha alors d'eux.

— Alors, Brooke, qu'est-ce que tu en as pensé ?

— Ça a l'air bien. Est-ce que j'aurai un casier à moi ?

— Et même un portemanteau, répondit la maîtresse en hochant la tête. Et si tu allais faire visiter la cantine à Lapin, pendant que je discute avec ton papa et Millie ?

La fillette hocha la tête et tourna les talons.

— Votre fille est vraiment adorable, dit Laura quand elle eut disparu.

— Mais je n'ai aucun mérite.

— Millie m'a expliqué la situation, dit-elle en souriant aimablement. Nous prendrons grand soin d'elle pendant qu'elle sera à l'école. Avez-vous des questions à me poser ?

— Eh bien…, dit-il, gêné, en se tournant vers Millie. Non, pas vraiment. Je devrais ?

Millie secoua la tête.

— Laura est là depuis plus de quinze ans. Elle a une façon de procéder vraiment géniale. Les enfants apprennent énormément de choses, mais tout se fait de façon très ludique.

— Nous aurions besoin de parents volontaires, reprit Laura. Et notamment pour le spectacle d'Halloween. Mon assistante a dû s'en aller brusquement, à cause de problèmes familiaux. Je fais passer des entretiens cette semaine, et j'aimerais vraiment trouver quelqu'un avant la reprise des cours. Mais si ce n'est pas le cas, je devrais m'appuyer sur des parents bénévoles jusqu'à ce que je trouve une personne qualifiée et compétente.

Il donna un petit coup de coude à Millie. Mais celle-ci l'ignora.

— Merci de nous avoir invités aujourd'hui, se contenta-t-elle de dire. Je crois que c'est exactement ce dont Brooke avait besoin. A très bientôt, pour la rentrée.

Elle commença à se diriger vers la sortie, mais il la retint en l'attrapant par le bras.

— Vous devriez embaucher Millie, dit-il en se tournant vers la directrice. Elle est institutrice.

— Pas certifiée, se hâta de corriger Millie, le regardant d'un air courroucé. Je n'ai pas encore passé le diplôme.

Le visage de Laura s'était illuminé.

— Mais je n'ai pas besoin de quelqu'un de certifié pour m'assister. Si vous êtes intéressée, nous pourrions en discuter.

Millie eut l'air d'hésiter.

— Je ne suis pas sûre d'avoir le temps, avec les besoins de Jake et de Brooke.

— On s'arrangera, dit-il.

Lorsqu'elle le fusilla du regard, il haussa les épaules.

— Bon… eh bien…, balbutia-t-elle en se tournant vers la directrice.

— Réfléchissez-y, reprit Laura. Et n'hésitez pas à m'appeler si vous avez des questions à me poser. J'ai déjà deux candidates, mais je ne suis pas sûre qu'elles correspondent au profil que je recherche.

Millie hocha la tête, mais ses lèvres étaient pincées. Il ne comprenait vraiment pas ce qui était en train de se passer.

Elle aurait dû être ravie de recevoir une telle proposition. Olivia n'avait cessé de lui répéter qu'elle adorait travailler avec les enfants…

Après avoir dit au revoir à Laura, ils finirent par sortir de l'école.

— Ne me refais plus jamais ça, lança-t-elle quand ils furent montés dans la voiture.

— Quoi ? demanda-t-il, complètement déconcerté. Essayer de t'aider ?

— Ce n'est pas moi qui ai besoin d'aide, répondit-elle en croisant ses bras sur sa poitrine. Ma vie me convient telle qu'elle est. Je me débrouille très bien. C'est moi qui décide de ce que j'ai envie de faire ou pas. Mais si tu veux te débarrasser de moi, tu n'as qu'à le dire.

— Ce n'est pas du tout ça ! s'exclama-t-il en levant ses deux mains devant lui. Qu'est-ce qui te fait penser… ?

— Oublie ça, l'interrompit-elle en secouant la tête.

Tout en prenant une profonde inspiration, elle ferma les yeux. Et quand elle les ouvrit à nouveau, un sourire radieux vint illuminer son visage.

— Ç'a vraiment été un immense succès. Je trouve que cette école est parfaite pour Brooke. Qui a envie de fêter ça à La vie est douce ?

— Moi ! s'écria Brooke.

— Alors allons-y, dit-elle en insérant la clé dans le contact.

Toujours aussi décontenancé, il l'attrapa par le bras.

— Qu'est-ce qu'il y a, Millie ?

— Rien, répondit-elle avec un sourire forcé sans chercher à croiser son regard. Rien. S'il te plaît, passons à autre chose.

Il prit quelques instants pour réfléchir puis hocha la tête.

— OK. Allons manger des cookies.

Manifestement soulagée, elle soupira.

Mieux valait laisser tomber, songea-t-il. Mais il y reviendrait plus tard. Car elle avait beau paraître lumineuse, il y avait en elle un côté plus sombre. Des ombres qu'elle essayait de dissimuler sans totalement y parvenir. Des ombres dont il était bien déterminé à comprendre la nature.

- 8 -

Deux jours plus tard, Jake montait les marches de la maison de Logan, qui était venu le chercher à l'hôpital.

— J'ai l'impression que ça va mieux, fit remarquer son frère en le suivant dans l'escalier.

— Un peu, répondit-il simplement, même si ce constat le ravissait.

Olivia leur ouvrit la porte.

— Content de te voir, ma chérie, dit Logan en se dépêchant d'embrasser sa femme.

Jake était vraiment heureux pour son frère. Logan avait eu énormément de mal à supporter le décès de sa sœur jumelle. Quand il avait semblé prendre une mauvaise voie, après le drame, Jake avait essayé de renouer le contact avec lui. Il avait vraiment envie de l'aider à surmonter son chagrin. Mais Logan, qui n'avait certainement pas oublié qu'il avait laissé le reste de la famille derrière lui quelques années plus tôt, l'avait rejeté. Jake s'était longtemps demandé si son petit frère réussirait à surmonter sa peine sans dommage, et il était donc ravi de le voir désormais mener une vie heureuse à Crimson.

— Je te sers quelque chose à boire ? demanda Olivia, coupant court à ses pensées. J'ai eu Millie au téléphone, tout à l'heure. Elle m'a dit qu'elle allait emmener Brooke au musée des Jouets, puisque tu avais prévu quelque chose…

Elle avait dit cela d'une voix suspicieuse, et elle n'avait pas tort d'imaginer qu'il avait des arrière-pensées. S'il avait demandé à son frère de venir le chercher à l'hôpital, c'était en réalité parce qu'il voulait parler à Olivia.

— Je voudrais savoir ce qui se passe, avec ta sœur, annonça-t-il clairement.

Il s'était dit qu'il valait mieux entrer directement dans le vif du sujet.

Mais à ces mots, sa belle-sœur afficha une mine à la fois déconcertée et inquiète.

— Pourquoi ? Qu'est-ce qui se passe ? Tu as un problème avec elle ? Elle ne s'occupe pas bien de Brooke ?

Elle prit soudain un air indigné.

— Parce que je peux t'assurer qu'elle aime déjà cette petite fille de tout son cœur ! Je l'ai vue avec elle. Je les ai rejointes au parc hier et…

— Chérie, laisse-le dire tout ce qu'il a à dire, l'interrompit doucement Logan, en dégageant une mèche de cheveux de son visage.

— Je n'ai aucun problème avec Millie, affirma Jake en secouant la tête.

Olivia, à ces mots, sembla se détendre un peu.

— Excuse-moi, reprit-elle. Je sais que c'est un peu bizarre, vu que Millie et moi ne nous connaissons en réalité que très peu, mais je me sens extrêmement protectrice à son égard. C'est ma petite sœur, tu comprends ?

— Parfaitement, répondit-il en jetant un coup d'œil en biais à son frère cadet.

— Viens t'asseoir, Jake, lui dit ce dernier, en indiquant la table de la cuisine.

Il s'exécuta.

— C'est juste que je me fais du souci pour elle, expliqua-t-il. J'ai l'impression qu'elle me cache quelque chose. Mais ça n'a rien à voir avec Brooke. Elle est géniale, avec Brooke.

— Oui, elle a un véritable don avec les enfants.

— Ce qui me ramène à mon problème. Nous sommes allés visiter l'école il y a deux jours. Et l'institutrice nous a dit qu'elle aurait besoin de quelqu'un pour l'aider quelques heures par semaine. J'ai pensé que ce serait parfait pour

Millie. Mais quand je l'ai dit à l'institutrice, Millie m'a fusillé du regard. Et elle n'a pas eu l'air intéressée par le job. Est-ce que tu sais pourquoi elle a arrêté ses études ?

Olivia secoua la tête.

— Je pensais qu'elle s'était juste lassée de la routine. Elle dit souvent qu'elle aime être libre, ne pas trop s'engager. J'imagine que c'est dû à la façon dont elle a été élevée. Sa mère était un peu bohème. Je crois que c'est ça, d'ailleurs, qui a plu à mon père, ajouta-t-elle avec un sourire amer.

— Mais Millie n'est pas sa mère, répondit-il, irrité.

— Je sais, murmura Olivia.

— Elle a beau prétendre être libre comme l'air, elle adore ordonner et planifier. Elle veut que Brooke ait des horaires réguliers, elle limite son temps d'écran, elle compte les fruits et les légumes qu'elle mange chaque jour. Elle a même rangé et classé tous les jouets que je lui avais achetés. Elle est drôle et spontanée, mais c'est aussi la personne la plus organisée que j'aie jamais rencontrée.

Il s'interrompit, secouant la tête.

— Ça ne me paraît pas logique qu'elle ait arrêté ses études, et surtout qu'elle refuse l'expérience que pourrait lui apporter cet emploi à l'école.

Quand il releva les yeux, Logan et Olivia le dévisageaient d'un œil curieux.

— C'est la première fois que je t'entends parler autant, lui dit son frère d'un air décontenancé.

— On dirait que tu es très attaché à elle, murmura sa belle-sœur.

— Elle est responsable de ma fille, répondit-il en faisant de son mieux pour dissimuler ses sentiments réels. Je l'apprécie, évidemment, sinon je ne l'aurais pas embauchée.

Comme il voyait qu'ils continuaient de le regarder curieusement, il jugea nécessaire de s'expliquer :

— Mais n'allez pas en tirer des déductions hâtives. Les grands-parents de Brooke doivent arriver la semaine prochaine. Millie pense qu'entre-temps, elle aura réussi à me transformer en père parfait. Mais elle se trompe. Avec mon histoire familiale, ajouta-t-il en se tournant vers son frère, je ne crois pas pouvoir un jour devenir un bon papa.

— C'est ce que Josh pensait aussi, lui répondit Logan. Et pourtant, il s'est très bien débrouillé avec Claire.

— Ce n'est pas la même chose, fit remarquer Jake en se redressant brusquement. Josh n'a jamais rien eu en commun avec Papa.

— Mais toi non plus !

Jake aurait voulu le croire, mais, malheureusement, il n'en était pas convaincu.

Son frère sembla comprendre la nécessité de changer de sujet :

— Josh et moi devons aller dans les montagnes, aujourd'hui, pour débroussailler le chemin qui va au ranch. Tu veux venir avec nous ?

— Je ne pense pas que je vous serai d'une grande utilité, répondit-il en levant sa main blessée devant lui.

— Ne t'inquiète pas, on te trouvera bien quelque chose à faire.

Après avoir réfléchi quelques secondes, il finit par accepter. Il n'avait pas envie d'attendre le retour de Brooke et de Millie dans la maison vide. Et puis, cela faisait des années qu'il n'avait pas passé du temps seul avec ses frères. Il craignait un peu de ne pas trop savoir quoi leur dire, mais, à bien y réfléchir, il trouverait sûrement. Il avait passé tellement de temps seul, dans sa vie… Même quand il travaillait en équipe, il se tenait toujours un peu à l'écart des autres. Mais la compagnie de sa fille et de Millie lui avait fait prendre conscience de son besoin d'attachement et de racines. Le temps était peut-être venu de renouer des liens avec ses frères ?

Logan eut l'air ravi qu'il accepte. Et Jake en fut agréablement surpris.

— Tu comptes emmener Brooke à la fête foraine, ce week-end ? lui demanda Olivia. Je tiendrai la buvette de l'office de tourisme, et Sara et Josh devraient venir m'aider. Ça serait bien si on pouvait tous se retrouver là-bas…

— La fête… comme quand on était petits ? demanda-t-il en se tournant vers son frère.

Logan acquiesça.

— C'est la trente-cinquième. Tu t'en souviens ? On devait marcher jusqu'à la ville, parce que Papa et Maman ne voulaient pas nous y emmener. Tu te débrouillais toujours pour rassembler assez d'argent pour nous offrir des hot-dogs, des barbes à papa, et même quelques tours de manège.

Il s'en souvenait très bien. Il passait tous ses étés à tondre des pelouses et à livrer des journaux pour que ses frères et sœurs puissent passer un bon moment. Ils attendaient toute l'année ce week-end, où ils pouvaient oublier les problèmes familiaux et s'amuser un peu. L'idée de revivre de tels moments lui paraissait tentante, mais, d'un autre côté, il n'avait pas envie de croiser trop de personnes appartenant à son passé.

— Je suis sûre que Brooke va adorer, dit Olivia, coupant court à ses pensées.

A ces mots, il songea à la promesse qu'il avait faite à Millie.

— Certainement, répondit-il. Je vais en parler à Millie. Mais je pense qu'on se verra là-bas.

— Papa, il faut que tu mettes la couronne.

Millie sourit en voyant l'expression horrifiée de Jake quand la fillette lui posa la guirlande de pissenlits sur le sommet de la tête.

— Toi, tu es le prince.

— Est-ce que je pourrais être le prince sans porter de fleurs dans mes cheveux ? demanda-t-il en se tournant vers Millie pour lui faire une petite grimace.

— Il faut que tu mettes la couronne, insista Brooke.

Avec la fillette, Millie venait de passer une heure dans le jardin à fabriquer un trône de pierres et des couronnes de fleurs. C'était le genre de jeu qu'elle-même avait adoré, enfant. Mais, naturellement, aucun de ses parents ne s'était jamais joint à elle dans ses aventures imaginaires. Aussi avait-elle été très surprise quand Jake, après être revenu de chez ses frères, s'était assis sur les marches de la véranda pour aider sa fille à confectionner un sceptre.

Alors qu'elle se faisait ces réflexions, il avait réajusté la couronne sur sa tête. Curieusement, les fleurs n'avaient en rien affecté l'image de virilité qui était la sienne. Par contraste, elles avaient même tendance à la rehausser.

Ils entendirent la sonnette retentir, de l'autre côté de la maison.

— Les pizzas arrivent ! s'écria Brooke.

— On n'a pas commandé de pizzas, murmura Millie. On a fait des lasagnes, après le musée. Tu te souviens ? On les a mises dans le four.

— Je vais voir qui c'est, dit-il en se levant. J'ai peut-être oublié quelque chose dans la voiture de Logan.

Millie s'allongea sur la couverture qu'elle avait étendue sur l'herbe. Elle sentait des émotions se bousculer en elle, mélange de bonheur et d'espoir qu'elle n'avait pas ressenti depuis bien longtemps. Brooke avait redonné un sens à son existence, et elle en était vraiment enchantée. Elle faisait désormais partie de la vie de cette enfant, et cette idée lui était devenue très chère. Les sentiments que lui inspirait Jake, en revanche, étaient plus compliqués. Mais elle avait l'intuition que la situation était juste. Et elle comptait bien savourer chacun des instants qu'elle allait passer à Crimson.

Elle ferma les yeux tandis que Brooke se mit à faire tomber une pluie de brins d'herbe sur elle.

— C'est une couverture magique, déclara la fillette. Quand on s'endort dessus, nos rêves deviennent réalité.

Il y avait tellement longtemps que Millie ne s'était pas laissée aller à rêver qu'elle ne trouva rien à répondre. Elle se contenta donc de savourer la chaleur du soleil du soir et l'odeur de l'herbe fraîche.

Au bout de quelques secondes, cependant, la voix de Jake mit un terme à sa rêverie.

— Brooke, tu viens ?

Sa voix semblait différente de ce qu'elle était quelques minutes plus tôt. Plus tendue et plus contrôlée.

— J'ai une amie qui voudrait faire ta connaissance.

Surprise, Millie se redressa et cligna plusieurs fois des yeux pour chasser les rêves qui avaient si rapidement envahi son esprit. Des rêves d'amour, de famille, de racines. Alors que la fillette se dirigeait vers le porche, elle se leva en époussetant les brins d'herbe restés collés à sa peau, son short en jean et son T-shirt « La vie est douce », qui lui avait été donné par Katie le matin même.

Jake finit par apparaître sous le proche, au côté d'une femme qu'elle ne reconnut pas, mais qui n'était certainement pas originaire de Crimson. Tout, en elle, de son chemisier en satin à ses stilettos en passant par sa jupe crayon, semblait annoncer qu'elle venait d'une grande ville. Millie, certes, avait grandi à Washington, mais, sans doute grâce à l'influence peu conventionnelle de sa mère, elle ne s'était jamais sentie attirée par ce genre de tenue.

Alors qu'elle réajustait son T-shirt et ramenait ses cheveux derrière ses oreilles, elle constata avec irritation que de petits brins d'herbe continuaient de tomber sur la couverture autour d'elle. Mal à l'aise, elle commença à avancer lentement vers la véranda.

— Lana, dit-il, la main posée sur le dos de la jeune femme, je te présente Millie Spencer, la nourrice de Brooke.

Comme pour la jauger, la jeune femme la regarda longuement, de haut en bas. Elle était encore plus belle de près : des pommettes hautes et des cheveux soyeux ramenés en un impeccable chignon à la base de son cou. Apercevant soudain la couronne de fleurs dans la main blessée de Jake, Millie se hâta de retirer celle qu'elle avait sur la tête.

— Comme c'est mignon..., dit la nommée Lana d'un air très légèrement ironique. Alors comme ça, tu as une fille et une nourrice.

Elle le prit par le bras et se rapprocha encore de lui.

— Décidément, nous allons avoir beaucoup de choses à nous raconter.

Là-dessus, elle lâcha le bras de Jake pour aller s'accroupir devant Brooke.

— Quel âge as-tu, ma chérie ? lui demanda-t-elle avec un sourire qui paraissait forcé.

— Quatre ans, répondit la fillette en serrant sa peluche contre elle.

— Lana et moi nous sommes rencontrés en fac de médecine, expliqua-t-il. Elle finit son internat à Crimson, et elle est vraiment brillante.

— Brillante..., répéta un peu sottement Millie. Ah oui ? Avec son apparence négligée et ses pieds nus, elle se sentait de plus en plus embarrassée. En comparaison, on aurait dit que Lana sortait tout droit d'un magazine de mode. Et puis, jamais personne ne l'avait qualifiée de « brillante », elle.

La voix de Jake coupa court à ses pensées :

— Lana a apporté à manger, dit-il en la regardant d'un air légèrement gêné.

— Mais on a fait des lasagnes, intervint Brooke. Et même que c'est moi qui ai coupé le fromage.

— Les lasagnes pourront bien attendre jusqu'à demain, n'est-ce pas, Millie ?

Millie baissa la tête, mais n'eut pas d'autre choix qu'acquiescer.

— Je ne sais pas s'il y en aura assez pour tout le monde, dit soudain Lana en faisant une petite moue. C'est du chinois. Je me suis souvenue que tu adorais le poulet *kung pao*. Tu te souviens de tous ces repas à emporter qu'on prenait le soir, après les cours ?

— Euh... oui.

— Je pensais qu'il n'y aurait que nous deux, mais naturellement nous allons manger avec ta fille, reprit Lana, en adressant un regard méprisant à Millie.

Millie n'était peut-être pas « brillante », mais elle avait très bien compris le message.

— Je vais mettre les lasagnes au frigo. Vous pouvez dîner tous les trois. J'ai bien déjeuné à midi.

— Mais tu as mangé qu'une salade, fit remarquer Brooke.

— C'était une grande salade.

Manifestement pressée d'arriver à ses fins, Lana fit claquer ses mains l'une contre l'autre.

— Parfait !

— Mais il doit bien y en avoir assez pour tout le monde. Tu es sûre, Millie ?

La voix de Jake était si douce et attentionnée qu'elle sentit sa gorge se serrer. Mais elle se hâta néanmoins d'acquiescer.

— Je vais aller ranger un peu le jardin. Brooke, tu laveras bien tes mains avant de manger, d'accord ?

— D'accord.

Après avoir jeté un bref coup d'œil dans sa direction, la fillette se précipita dans le jardin pour aller chercher la dernière couronne de pissenlits, qu'elle rapporta à Lana.

— Tu peux être la princesse du dîner, si tu veux ? lui dit-elle en souriant.

Lana prit la couronne dans ses mains comme s'il s'agissait d'un serpent venimeux.

— Merci, dit-elle d'un air crispé, presque dégoûté.

— Viens, Cookie, dit Jake en passant ses bras autour des épaules de sa fille.

Un instant plus tard, Millie se retrouva seule dans le jardin. Elle ne pouvait pas lui en vouloir, en dépit des émotions qui pesaient sur sa poitrine. Lana était une amie à lui. Une fille avec qui il avait des souvenirs en commun. Et d'ailleurs, elle était parfaitement assortie à lui : on aurait dit une femme de chirurgien. Elle avait eu beau sous-entendre qu'ils ne s'étaient pas vus depuis longtemps, Millie avait perçu de la possessivité dans ses yeux. Elle faisait partie du passé de Jake et, de toute évidence, elle avait également envie de faire partie de son avenir.

Millie, pour sa part, savait bien que sa présence n'était que temporaire. Elle était la nourrice. L'employée de maison.

Comme toujours, elle se contentait de remplir une fonction bien précise. Mais si cette position avait suffi à sa mère, elle ne l'avait jamais vraiment satisfaite. Ses désirs ne semblaient avoir aucune importance aux yeux des autres. Quand il était question de s'amuser, de se distraire, de faire une pause, c'était toujours elle qu'on venait trouver. Mais quand il était temps de passer aux choses sérieuses, on avait un peu tendance à la laisser de côté.

Il y avait des moments où Jake se disait que sa vie serait bien plus facile s'il pouvait vivre dans un endroit reculé du monde. Seul. Et, surtout, sans femme.

En tout cas, ce soir-là, il aurait vraiment voulu que ce soit le cas.

Il n'avait pas prévu que Lana Mansfield débarquerait à la maison avec un repas chinois. Il ne se souvenait d'ailleurs plus du tout de ce qu'il mangeait à la résidence universitaire, tant cette époque de sa vie était passée vite. Mais si elle prétendait qu'il aimait le poulet *kung pao*, elle avait certainement raison.

Le problème, néanmoins, n'était pas là. Sur le coup, il n'avait pas compris qu'il n'aurait jamais dû remettre au lendemain le dîner que Millie et Brooke avaient préparé ensemble.

Erreur numéro un.

D'autre part, quand Millie avait si promptement affirmé qu'elle allait les laisser seuls pour le dîner, il avait tout simplement pensé qu'elle avait envie d'un peu de temps pour elle. D'une soirée tranquille. D'une petite pause. Chose qui lui paraissait parfaitement compréhensible.

Erreur numéro deux.

Millie était restée dans sa chambre jusqu'à ce qu'ils aient fini de manger. Après quoi elle était venue chercher Brooke pour lui faire prendre son bain et la coucher. Lana lui avait clairement fait comprendre qu'elle aurait aimé rester plus longtemps, mais il savait que Brooke aurait envie qu'il lui lise une histoire. Ces moments de calme avec sa fille étaient devenus les temps forts de chacune de ses journées.

C'était au moment où il était parti pour la chambre de Brooke, après le départ de Lana, que le téléphone s'était mis à sonner. Sara l'avait aussitôt interrogé sur les lasagnes ; apparemment, c'était elle qui avait donné la recette à Millie. Et quand il lui avait expliqué pourquoi ils ne les avaient pas mangées, il y avait eu un lourd silence à l'autre bout de la ligne.

Un silence qui ne laissait rien présager de bon.

— Et moi qui pensais que tu étais le plus intelligent des trois, avait-elle fini par dire, avant de lui expliquer, avec force détails, pourquoi son comportement avait été impoli et pourquoi il avait sans doute blessé Millie.

Ce n'était pas du tout son intention, évidemment, et il se demandait comment il allait pouvoir arranger les choses.

Quelques semaines plus tôt à peine, il était encore en mesure de régler un grand nombre de problèmes physiques, notamment des problèmes de santé. Et voilà qu'à présent il se trouvait totalement impuissant…

— Excuse-moi d'avoir ruiné tes plans pour le dîner de ce soir, dit-il à Millie au moment où il la croisa devant la chambre de Brooke.

— Ce n'est pas grave. J'avais pas mal de paperasses à classer.

— Alors… ça ne t'a pas gênée de passer un peu de temps toute seule ?

Elle baissa les yeux. Mais quand elle les releva vers lui, elle lui adressa un sourire radieux.

— Au contraire. Ça m'a fait du bien.

Il fallait apparemment qu'il change de tactique.

— Je trouve que tu fais beaucoup pour Brooke.

— Mais tu me paies pour ça, répondit-elle aussitôt.

— Oui, mais tu n'es pas obligée d'être là vingt-quatre heures sur vingt-quatre. Si tu veux prendre une soirée, de temps en temps, je pourrai m'arranger.

— Avec Lana ? demanda-t-elle d'une voix glaciale.

Jamais il n'aurait dû accepter que Lana reste à dîner. Il venait tout juste de s'en rendre compte.

Erreur numéro trois.

— C'est une vieille amie. Rien de plus.

— Mais tu n'as pas à t'expliquer, tu sais ? lui dit-elle d'une voix plus dure encore.

Il passa un long moment à la regarder. Il avait envie d'arranger la situation, mais il n'avait aucune idée de la façon dont il devait s'y prendre. A son délicat parfum habituel était venue s'ajouter l'agréable odeur de l'herbe fraîchement coupée. Il aimait la voir pétillante et heureuse. Mais il la trouvait tout aussi séduisante quand elle était fâchée. Ce qui n'allait pas manquer de poser problème… Instinctivement, il retira un brin d'herbe qui était resté coincé dans ses cheveux. Elle se raidit un peu.

— Je vais me laver, dit-elle.

Et aussitôt, une image d'elle, complètement nue sous la douche, se dessina dans son esprit.

Erreur numéro quatre.

Tout en hochant la tête, il la regarda s'éloigner dans le couloir. Pour se clarifier un peu les idées, il prit une profonde inspiration avant d'entrer dans la chambre de sa fille.

Une demi-heure plus tard, il en referma doucement la porte derrière lui. Puis il tendit l'oreille. Il pouvait entendre Millie s'activer dans la cuisine. Il avait commis assez d'erreurs pour la soirée ; il fallait vraiment qu'il trouve un moyen de se rattraper.

Quand il entra dans la pièce, elle se tenait debout devant la porte ouverte du congélateur, le dos tourné.

— Tu as faim ? lui demanda-t-il.

Manifestement, elle ne l'avait pas entendu arriver : elle se retourna d'un coup vers lui en jetant dans sa direction une petite cuillère, qui termina sa course pile entre ses deux yeux, avant de s'écraser bruyamment par terre.

— Aïe ! cria-t-il en se massant le front, avant de se pencher pour ramasser la cuillère.

Mais elle s'était précipitée vers lui, et leurs deux têtes faillirent se heurter. A sa grande surprise, elle l'attrapa par les épaules et appuya son corps contre le sien, apparemment pour tâcher de le pousser vers la table de la cuisine. Complètement submergé par les délicieuses sensations que provoquaient la chaleur de son corps et l'odeur de vanille et de baies rouges qui émanait d'elle, il se laissa faire sans comprendre.

Quand elle se mit à le secouer, cependant, il s'immobilisa.

— Qu'est-ce que tu fais ? lui demanda-t-il.

— J'ai cru que tu allais t'évanouir.

— Après avoir reçu une petite cuillère dans la tête ? demanda-t-il en souriant à cette idée.

Mais elle paraissait parfaitement sérieuse.

— Combien ai-je de doigts ?

— Deux.

— Tu as mal à la tête ?

A la tête, non. Mais plus bas…

— Non, ça va. J'ai à peine eu mal. Je voulais juste ramasser la cuillère, répondit-il en levant l'objet devant elle. Excuse-moi… Je ne voulais pas te faire peur.

— Je croyais que tu étais avec Brooke.

— Elle s'est endormie.

Elle était toujours contre lui ; elle ne s'était pas éloignée. Pour essayer de prolonger le plaisir de cet instant, il essaya de rester aussi immobile que possible.

— Qu'est-ce que tu faisais, dans le congélateur ?

Tout en se mordant la lèvre inférieure, elle détourna son regard de lui.

— J'allais me chercher à manger.

— De la glace ?

Elle hocha la tête.

— Pourquoi n'as-tu pas dîné avec nous ?

— Il n'y avait pas assez à manger.

— On se serait arrangés.

Elle essaya de s'écarter de lui, mais il la retint.

— Entre mon père et ma mère, j'ai assez passé de temps

comme ça à me sentir la cinquième roue du carrosse. Je n'avais pas envie de me retrouver à nouveau dans cette position ce soir.

Elle avait parlé d'une voix si triste qu'il avait presque pu sentir en lui l'écho de sa douleur.

— Mais ce n'est rien, ne t'inquiète pas, reprit-elle. Je travaille pour toi. Nous ne sommes pas amis. Nous…

— Si, l'interrompit-il en prenant son visage entre ses mains pour la forcer à le regarder dans les yeux. Nous sommes amis, Millie. Tu es l'une des rares personnes que je considère comme une amie.

Elle serra ses lèvres pleines l'une contre l'autre.

— Avec Lana ?

— Ecoute, Lana est super.

Lentement, il rapprocha son visage du sien.

— Je suis content de l'avoir revue. Mais elle n'est pas…

Millie attendit qu'il termine sa phrase en plongeant son regard dans ses yeux bleus, qui s'étaient soudain assombris.

— Elle n'est pas quoi ?

De ses lèvres, il effleura doucement les siennes. Légèrement, très légèrement. Trop légèrement.

— Toi, murmura-t-il, et son souffle, contre sa peau, lui procura un délicieux frisson. Elle n'est pas toi.

Là-dessus, il joignit de nouveau ses lèvres aux siennes, cette fois pleinement, et elle s'abandonna à la chaleur de son corps. Ce baiser fut une véritable révélation, car il ne chercha pas à la dominer. Il la laissa au contraire mener la danse, poursuivre l'exploration à son propre rythme. Mais elle pouvait pleinement sentir le désir qu'il éprouvait, la passion qui couvait en lui.

Et elle avait envie de plus, bien plus que ce simple baiser. Pour qu'il soit encore plus près, elle passa ses bras derrière son cou et glissa sa main dans ses cheveux. Répondant aussitôt à son invitation silencieuse, il l'enveloppa totalement dans la chaleur de ses bras.

Ils restèrent longtemps ainsi, comme scellés l'un à l'autre.

— C'est tellement bon…, finit-il par murmurer.

Lentement, il traça un chemin de baisers jusqu'à son cou. Ce faisant, il avait passé sa main sous le haut de son pyjama et s'était mis à lui caresser langoureusement le bas du dos. Ivre de désir, elle se cambra instinctivement contre lui.

— Encore…, murmura-t-elle en glissant à son tour ses mains sous son T-shirt, pour caresser les muscles de son torse et de son dos.

Encore une fois, il s'empara de sa bouche avec passion. Ce fut alors qu'elle sentit ses jambes se dérober sous elle. Mais il la soutint de sa main blessée, et elle sentit le tissu rêche de l'attelle sur sa peau exposée.

Et soudain, elle eut la sensation qu'elle allait perdre le contrôle d'elle-même. Qu'elle allait se perdre dans ce moment. Qu'elle allait se perdre dans les bras de… cet homme.

A cette pensée, elle s'écarta brusquement de lui.

Pendant quelques secondes, on n'entendit rien d'autre que le murmure du congélateur et le rythme saccadé de sa respiration. Elle le regarda alors du coin de l'œil. Il avait les yeux rivés sur elle. Il paraissait calme, mais elle voyait bien que sa poitrine se soulevait et s'affaissait à un rythme irrégulier. Au moins, elle n'était pas la seule à avoir été affectée à ce point par ce baiser.

— Je ne peux pas faire ça, dit-elle d'une voix faible, en s'accrochant au plan de travail. Ce n'est pas bien.

— Je trouvais ça très bien, moi.

— Parce que c'est tout à ton avantage.

— Nous sommes amis, Millie.

— Mais pas comme ça.

Sa mère avait rencontré son père à l'époque où elle travaillait pour lui, comme secrétaire. D'après ce qu'elle avait pu comprendre de l'histoire, il était complètement tombé sous son charme, et sa mère n'avait pas cherché à repousser ses avances. Par conséquent, bien des années plus tôt, Millie s'était juré de ne jamais perdre de vue ce qu'elle était. Et de ne jamais laisser un homme lui faire oublier ce qu'elle attendait de la vie.

Elle avait toujours considéré sa mère comme une femme faible. Mais elle comprenait mieux, à présent, comment son père avait pu la séduire en une seconde et contrôler totalement sa vie pendant les vingt années qui avaient suivi. Car elle n'avait elle-même qu'une envie, en cet instant : reprendre Jake dans ses bras et ne plus jamais le laisser partir. Et peu importait qu'elle ne soit pas assez bien pour lui, ou pas assez intelligente. Elle s'en moquait éperdument.

Mais il fallait qu'elle se reprenne. Elle était au bord de l'abîme. Si elle ne reculait pas, elle se perdrait.

Elle se perdrait en lui.

Tout en se redressant, elle croisa fermement ses bras contre sa poitrine.

— Je ne peux pas faire ça… On ne peut pas faire ça.

— Quel est le problème, Millie ? demanda-t-il, les yeux rivés sur les siens. Qu'est-ce qui a bien pu t'arriver pour que tu aies aussi peur ?

Elle prit une profonde inspiration.

— Je n'ai pas peur. J'ai appelé l'école. J'ai un entretien avec Laura demain. Si on s'entend, je commencerai à la rentrée et j'aurai les mêmes horaires que Brooke. Je pourrai donc toujours m'occuper d'elle.

— Bon, très bien. Je pense que tu seras parfaite pour ce job. En tout cas, n'oublie pas ce que je t'ai dit. Je n'attends pas de toi que tu sois au service de Brooke vingt-quatre heures sur vingt-quatre. Si tu as des choses à faire ou si tu as besoin d'un peu de temps, pour un autre job ou quoi que ce soit, on peut toujours s'arranger.

— J'avais bien compris, merci.

Que pouvait-elle répondre d'autre ? « Non, pas la peine, vu que je n'ai ni vie sociale ni hobby. Les seuls moments où je me sens vraiment épanouie, c'est quand je suis avec toi et avec ta fille. Je suis un être pathétique, tu vois ? »

— On s’est tout dit ? lui demanda-t-il, coupant court à ses pensées.

— Oui, mentit-elle.

Et elle se hâta de fuir pour retrouver la sécurité de sa chambre.

- 9 -

Millie acheva de mâcher sa chips à la sauce épicée et prit une longue gorgée de margarita.

— Il n'y a rien de tel qu'une margarita pour se remonter le moral, lui dit Natalie en lui donnant un petit coup de coude dans les côtes.

— Si seulement ça pouvait être aussi facile…

Elle avait rejoint Natalie, Olivia et Katie au restaurant mexicain de la ville pour un dîner entre filles. Sara ayant dû retourner à Los Angeles pour assister à une soirée, elle était la seule absente du groupe d'amies.

Amies…

Elle se répéta mentalement le mot, savourant l'effet qu'il produisait. D'ordinaire, quand elle avait un problème, c'était seule qu'elle l'affrontait. Ou bien elle appelait sa mère. Celle-ci n'avait jamais été très douée pour écouter, mais elle avait toujours beaucoup de choses à raconter, ce qui tendait à distraire un peu Millie.

Quand Olivia lui avait téléphoné, un peu plus tôt dans la journée, elle n'avait aucune intention de lui faire part de ses problèmes, de l'arrivée imminente des grands-parents de Brooke à la suggestion peu subtile de Jake, qui lui avait plus ou moins clairement fait comprendre qu'il fallait qu'elle fasse sa vie de son côté. Mais, au bout de quelques secondes, tout était sorti d'un coup : elle avait vidé son sac. Et, à sa grande surprise, Olivia avait lancé l'idée d'un dîner entre filles…

Jake avait paru surpris qu'elle prenne sa soirée. Tout

comme elle-même avait été surprise que ces femmes qu'elle ne connaissait que si peu prennent un peu de temps pour elle.

Mais elles étaient là, et Millie se sentait si réconfortée et si touchée qu'elle en avait les larmes aux yeux.

— Trop épicé ? demanda Katie en lui adressant un regard entendu.

— Oui, ça doit être ça.

— Et si tu nous parlais du beau médecin et des soucis qu'il te cause ? demanda Natalie.

— Je n'ai pas de problème avec lui, se hâta de répondre Millie. J'aime beaucoup Brooke, et Jake se montre très coopératif.

— Tu veux dire pour un type qui n'avait jamais envisagé une seule seconde de devenir père, intervint Olivia.

— Exactement.

— Et quand il t'a embrassée…, dit Natalie.

— C'était…, commença Millie.

Mais elle se rendit soudain compte qu'elle n'avait parlé à personne de ces baisers, pas même à sa sœur. Gênée, elle mit sa main devant sa bouche.

— Il ne m'a jamais embrassée.

— Sache qu'il est parfaitement inutile de mentir à Natalie, lui dit Olivia. On dirait qu'elle peut lire dans les pensées des autres. Mais ton temps viendra, ajouta-t-elle en se tournant vers Natalie. Et nous serons là pour en témoigner.

— Oh non ! répliqua Natalie. Mon temps est venu et il est terminé. Je ne veux plus rien avoir à faire avec les hommes.

Elle se tourna vers Millie.

— Mais revenons à nos moutons.

— Ce n'était rien, vraiment…, balbutia Millie. Même pas…

— Un baiser de Jake Travers ? Rien ?

Ce fut heureusement à ce moment-là qu'on leur servit leurs plats, ce qui lui laissa le temps de réfléchir à ce qu'elle allait répondre.

— C'était très agréable, comme vous pouvez vous l'imaginer.

— Très agréable…, répéta Katie d'un air suspicieux.

Les deux autres la regardèrent en souriant.

— Mais ça ne voulait rien dire du tout, et nous nous sommes mis d'accord sur le fait que ça ne devait pas se reproduire. Je travaille pour lui. Et sa priorité doit être Brooke.

— Mais ça ne vous empêche pas d'être humains, fit Natalie en entamant sa salade.

— Non. Mais ça m'empêche de me laisser aller.

— Logan et Josh voudraient qu'il reste à Crimson, même quand il sera pleinement rétabli, dit Olivia en la regardant gentiment. Tu pourrais rester, toi aussi ?

— C'est une ville géniale, répondit-elle. Mais je ne voudrais pas m'imposer dans vos vies plus que je ne l'ai déjà fait.

— Tu ne t'imposes pas : tu es ma sœur !

— Et Jake n'est pas…

— Tu l'aimes bien ?

Olivia avait formulé sa phrase comme une question, mais Millie avait bien compris que sa sœur et ses deux amies avaient déjà deviné ses sentiments à ce sujet.

— Mais il n'est pas fait pour moi, dit-elle en s'essuyant les mains sur sa serviette. A l'hôpital, il a retrouvé une femme qui a fait ses études avec lui. J'ai l'impression qu'il y a eu quelque chose entre eux. Elle a apporté à dîner, l'autre soir.

— Ah. Une rivale, fit remarquer Natalie d'un air pensif. Comment est-elle, cette harpie qui en a après ton homme ?

A ces mots, Millie faillit s'étouffer avec son taco.

— Elle est médecin. Intelligente, belle, et complètement différente de moi. Mais ce n'est pas *mon* homme. Et ce n'est pas une rivale. Je…

— Tu sais qu'on sera toujours derrière toi, si tu as besoin de nous, dit Natalie.

Ces mots firent déferler une nouvelle vague d'émotions

en elle. Jamais personne ne l'avait soutenue pour quoi que ce soit.

— Je n'ai pas envie d'entamer une relation stable.

Olivia inclina pensivement la tête sur le côté.

— Mais si tu tombais par hasard sur la bonne personne, ce serait dommage de l'ignorer.

— Olivia a essayé d'ignorer Logan, fit remarquer Natalie.

— Quoi qu'il en soit, ajouta Katie, je trouve ça bien que Jake t'ait dans sa vie en ce moment. Je n'aurais jamais imaginé qu'il pourrait un jour devenir père. Alors, je pense que c'est important qu'il ait quelqu'un avec lui pour lui faciliter la transition.

Faciliter la transition. C'était exactement ce qu'elle était en train de faire. Rien de plus. Mais, tout en riant et en bavardant joyeusement avec ces jeunes femmes, elle finit par comprendre qu'elle avait besoin d'amis. Quand on n'a jamais connu une chose, elle ne peut nous manquer. Mais maintenant qu'elle avait fait l'expérience de la vie à Crimson, elle ne se voyait pas revenir à son existence solitaire.

Les grands-parents de Brooke arrivèrent avec deux jours d'avance. Jake était quasiment sûr qu'ils l'avaient fait exprès : ils voulaient les prendre au dépourvu, espérant sans doute les trouver dans un taudis jonché de cartons de pizzas vides et de vêtements sales.

Ce qui aurait certainement été le cas s'il n'y avait eu Millie. Il n'avait pas menti, quand il avait dit à Olivia que sa sœur était la personne la plus organisée qu'il eût jamais rencontrée. Millie avait beau se comporter parfois de façon fantasque, elle dirigeait la maison avec une discipline de fer.

Janis et John Smith parurent donc extrêmement surpris de trouver la fillette tranquillement attablée, occupée à jouer avec de la pâte à modeler. Les cheveux parfaitement nattés, le visage et les vêtements propres, elle fredonnait une chanson.

Elle prit l'arrivée de ses grands-parents avec sa spontanéité habituelle.

— Papy, Mamie, vous voulez de la pizza ? demanda-t-elle en leur présentant l'une de ses créations colorées.

D'un revers de main, Janis s'essuya les yeux.

— Oh ! ma chérie, tu m'as tellement manqué ! Viens faire un bisou à Mamie.

Tout en essuyant les paumes de ses mains, la fillette se leva et laissa ses grands-parents la prendre dans leurs bras.

Ce fut à ce moment que la porte d'entrée s'ouvrit.

— Je suis allée chercher des cookies à La vie est douce, annonça Millie, avant de s'immobiliser au milieu de la pièce.

— Les grands-parents de Brooke sont là, expliqua Jake, même si c'était parfaitement inutile.

— C'est la fée Poppins, intervint Brooke en se tournant vers ses grands-parents. C'est ma nounou. Elle est gentille et elle adore les muffins aux myrtilles.

— Une nourrice ? dit Janis en fronçant les sourcils. Est-ce vraiment nécessaire ?

— Je dois encore garder mon plâtre pendant au moins dix jours, Janis. Je ne peux pas conduire et j'ai des rendez-vous médicaux. Vous voyez une autre solution ?

— Je croyais que vous vous étiez installé ici pour être proche de votre famille. Personne ne peut vous aider ?

Il ne pouvait naturellement pas lui expliquer qu'il ne pensait pas mériter l'aide de ses frères.

— C'est une professionnelle.

— Stacy s'impliquait beaucoup dans son rôle de mère, rétorqua Janis en secouant la tête.

— Stacy voyageait beaucoup pour son travail.

— Mais elle nous avait.

— Je ne vois pas ce que…

— Stop ! s'exclama soudain Millie. Cette dispute ne nous mènera à rien.

Jake se tourna vers sa fille, qui serrait fermement sa peluche contre elle. Il savait bien ce que ce geste voulait dire.

— Vous avez raison, dit John en se tournant vers Millie.

Je suis le grand-père de Brooke, John Smith. J'imagine qu'on ne vous appelle pas toujours la fée Poppins.

— Millie Spencer.

Millie sourit. Ils échangèrent une poignée de main.

— Je suis désolée pour votre fille, dit-elle, mais je suis ravie de vous rencontrer, tous les deux. Je pense que Brooke devrait être entourée de toutes les personnes qui l'aiment.

— C'est exactement ce que je pense, dit Janis en relevant le menton. Et c'est pour cette raison que je veux qu'elle retourne à Atlanta, où elle pourra être avec sa famille.

— Mais elle a de la famille à Crimson.

— Ah oui ? Où est-elle ? Je ne la vois pas. Pourquoi est-elle élevée par une étrangère ?

Jake serra les poings.

— Elle est élevée par moi. Son père. Comme l'a voulu Stacy.

— Ma sœur est mariée au frère cadet de Jake, Logan, expliqua Millie en ramenant doucement Brooke vers la table. Je suis ici pour quelques mois, et j'ai beaucoup d'expérience avec les enfants ; c'est pour cette raison que j'ai proposé à Jake de l'aider. Sa famille participe à la vie de Brooke. Et je sais que Jake voudrait sincèrement que vous continuiez d'y participer aussi.

— C'est exact. Je pense que les choses sont déjà assez compliquées comme ça pour Brooke.

Jake prit une profonde inspiration.

— Je suis content que vous soyez là, Janis. Si nous voulons que tout marche bien, il faut absolument que nous fassions des efforts.

Janis ne parut pas convaincue, mais son mari la prit gentiment par le bras.

— Et si on allait goûter la pizza de ta petite-fille, ma chérie ?

Millie tira une chaise pour que Janis puisse s'asseoir à côté de Brooke.

— Est-ce que Mamie peut avoir un cookie ?

— Bien sûr, répondit Millie. Je vous sers quelque chose à boire ?

— Oui, un verre d'eau. Pour ma part, je fais mes cookies moi-même. Mais si ça vous fait plaisir, je vais en goûter un.

— Moi aussi, j'ai fait des cookies, Mamie. Chez Katie. Elle a une pâtisserie avec un mixeur énorme. Millie, elle fait des pancakes et du pain perdu. Et Papa, lui, il sait faire que les œufs.

Janis baissa les yeux vers la table.

— Ta maman adorait la pâte à modeler, quand elle était petite. Tu te souviens de toutes les couleurs qu'il y avait, dans la maison de Papy et Mamie ?

Elle cherchait apparemment à éviter le regard de Jake.

Au bout de quelques secondes, John lui indiqua discrètement le fond de la maison. Comprenant qu'il voulait parler seul à seul avec lui, Jake le conduisit jusqu'au bureau.

— C'est difficile, pour Janis…, annonça John une fois que la porte fut fermée.

— Ça l'est pour nous tous, répondit-il.

Vu son comportement, il avait du mal à éprouver de la compassion pour la grand-mère de Brooke.

— Cette enfant est tout ce qu'il nous reste de notre fille.

A ces mots, Jake sentit sa colère se dissiper d'un seul coup. Ces deux êtres souffraient, c'était évident. Et, d'après tout ce qu'il avait entendu dire, c'étaient des gens bien. Ils avaient dû être accablés par la mort de leur fille. Et quelques semaines plus tard, il était arrivé dans leur vie et leur avait arraché leur petite-fille…

— Je suis désolé, John. Je n'ai jamais voulu vous faire du mal, à vous et Janis, dit-il en se passant nerveusement une main dans les cheveux. J'essaie simplement de respecter la volonté de Stacy.

— Au départ, vous disiez que Brooke serait mieux avec nous, en Géorgie.

Une douleur sourde commença à se manifester dans sa poitrine.

— Je veux connaître ma fille. Même si… Même si

elle revient vivre avec vous, je voudrais continuer de faire partie de sa vie.

Le grand-père de Brooke hocha lentement la tête.

— Content de vous entendre dire ça. Je n'étais pas sûr que vous voyiez les choses de cette façon, la première fois que nous nous sommes rencontrés.

— Ça faisait beaucoup de choses à digérer, répondit Jake sans chercher à dissimuler son amertume.

— J'aimais énormément ma fille, dit John d'une voix cassée. Elle était toute notre vie. Janis et moi n'arrivons toujours pas à croire qu'elle soit partie. Mais je ne trouve pas normal qu'elle vous ait caché l'existence de Brooke. Je sais qu'elle avait ses raisons, mais ça ne paraît tout de même pas juste.

— Elle avait ses raisons, répéta Jake.

Et elle les lui avait quasiment jetées au visage, le soir où elle était venue lui parler : elle était persuadée qu'il était incapable de s'engager, de procéder aux changements qu'elle jugeait nécessaires pour qu'il devienne un véritable père de famille.

— Alors pourquoi, John ? Pourquoi est-elle venue me trouver ? Pourquoi m'a-t-elle demandé de prendre soin de Brooke, juste avant de mourir ? Qu'est-ce qui avait changé ?

— Je ne sais pas. Janis et moi avons été très surpris quand elle nous a dit qu'elle partait à votre recherche. Mais elle ne nous a rien expliqué ; elle nous a juste dit que c'était mieux pour Brooke. Elle a toujours fait passer Brooke avant tout. Comme nous, d'ailleurs. Il faut que vous compreniez que Janis ne veut que son bien.

— Le problème, c'est qu'elle ne croit pas que c'est aussi ma priorité. Alors, si je vous laisse sa garde, qu'est-ce qui va se passer ? Va-t-elle m'empêcher de participer à la vie de la petite ?

— Mais avez-vous envie d'y participer ? Et si vous reprenez votre travail, serez-vous en mesure d'y participer ? Je sais que vous faites de votre mieux, Jake, mais est-ce suffisant ?

C'était le raisonnement qu'il se tenait lui-même, à peine quelques semaines plus tôt. Son plan était de venir à Crimson, d'apprendre à connaître sa fille pour respecter la volonté de Stacy, puis de passer à autre chose. Cette attitude lui paraissait désormais froide et insensible, mais la prise de contact avec Brooke n'était à ses yeux qu'une tâche dans une longue liste. Une tâche qui lui permettrait de passer le temps pendant sa convalescence.

Mais quelque chose avait changé en lui. Les sentiments qu'il éprouvait pour sa fille l'avaient profondément transformé. Ainsi que Millie. La foi qu'elle avait en ses capacités de devenir un bon père exerçait une puissante influence sur ses intentions. Il avait envie de croire qu'elle avait raison.

— Je ne sais pas, finit-il par murmurer. En tout cas, vous ne pouvez pas me dire que c'est bien pour Brooke que son père et sa grand-mère soient fâchés. Mais Janis ne m'écoutera pas. Il faudrait donc que vous la convainquiez que nous avons besoin de paix entre nous. Pour le bien de Brooke.

John acquiesça.

— Je vais faire de mon mieux.

— Comme moi.

Et il espérait sincèrement que son « mieux » serait suffisant.

La fête foraine battait son plein quand Millie, Jake et Brooke retrouvèrent la famille de Jake. Ils étaient assis à une grande table, sous la tente où on servait à manger. Le soleil était en train de se coucher derrière les montagnes, et le ciel avait pris de douces nuances de rose. Millie était enchantée par l'ambiance.

Les gens du coin bavardaient et riaient, tandis que les touristes jouaient aux différents jeux, qui avaient pour thème, cette année, la ruée vers l'or. Serrant dans ses mains les peluches et sacs de pièces en chocolat que la fillette avait gagnés un peu plus tôt, Millie réajusta le chapeau de paille de cow-boy que Jake lui avait offert. Sur une petite estrade, un trio jouait un air de bluegrass, et un couple âgé dansait devant. Une soirée parfaite, songea-t-elle.

Ils finirent par arriver devant le groupe.

— J'adore la barbe à papa ! annonça Brooke en se léchant les doigts.

— Attends, on va te nettoyer un peu, dit Jake avant de commencer à tremper une serviette dans un verre d'eau. Mais plus de sucreries pour ce soir ; je ne veux pas que tu aies mal au ventre.

Et, à le regarder essuyer si naturellement la bouche de sa fille, Millie ne put s'empêcher de sourire. Il était tellement touchant…

— Sauf peut-être un churro, rétorqua la petite d'un air sérieux. Tonton Josh dit qu'on n'a pas vécu tant qu'on n'a pas mangé un churro. Je veux vivre, moi.

Jake se tourna vers son frère.

— J'ai toujours trouvé que c'était ce qu'il y avait de mieux à la fête, dit Josh en haussant les épaules. Et puis c'est une Travers : elle aime les sucreries.

— Vous vous souvenez de la fois où Beth a été malade en rentrant ? demanda Logan en riant. Elle, elle ne pouvait vraiment pas résister aux sucreries.

— C'est qui, Beth, Papa ? demanda Brooke en tirant sur la chemise de son père.

Soudain, tous les regards se tournèrent vers Jake.

— C'était ma sœur, ma chérie. La jumelle de tonton Logan. Mais elle est morte quand elle était au lycée. Nous avons tous été très tristes.

L'air grave, Brooke hocha la tête.

— C'est triste quand quelqu'un meurt. Mais peut-être que Tatie Beth est amie avec Maman, au ciel ?

Jake ne parut pas le moins du monde surpris par ce commentaire. Ce que Millie perçut comme une preuve des progrès qu'il avait faits dans sa relation avec Brooke.

— Je suis sûr que oui, Brookinette.

— Et si on allait les chercher, ces churros, Brooke ?

demanda soudain Logan en prenant la main d'Olivia. Moi aussi, je n'aurais rien contre un autre dessert.

— On va venir avec vous, annonça Josh en passant son bras autour de la taille de Sara. Claire est avec un groupe d'amies, et je voudrais tout de même jeter un œil sur elle.

— Pour vérifier qu'il n'y ait pas de garçons à cinquante mètres autour d'elle ? demanda Sara en riant.

— C'est ça, avoua-t-il avant de se tourner vers Millie et Jake. On revient. Vous avez besoin de quelque chose ?

Millie secoua la tête.

— Je te rapporterai un churro, promit la fillette.

Jake pointa son doigt vers ses frères.

— Un churro, et c'est fini pour la soirée.

— Tu parles comme un vrai père de famille, dit Logan en hissant Brooke sur ses épaules.

Tout sourires, Brooke leur adressa de grands signes de la main.

— J'ai passé une merveilleuse soirée, dit Millie quand ils se retrouvèrent seuls à table. Merci de m'avoir invitée.

— La fête foraine est une véritable institution, à Crimson.

Après quelques secondes de silence, Jake posa sa main sur la sienne et entrelaça ses doigts aux siens.

— Je suis content que tu sois là, Millie. Je ne pourrais pas faire ça sans toi.

Troublée, elle ne répondit pas. Elle ne voyait pas comment elle aurait pu lui parler sans révéler les sentiments qui avaient grandi en elle. Il y eut un silence gêné. Pendant ce temps, un groupe d'enfants, manifestement frères et sœurs, passa devant eux. L'aîné semblait lutter pour garder le contrôle sur les petits. Elle remarqua que Jake avait souri d'un air pensif en les regardant.

— Tu devais avoir beaucoup de responsabilités vis-à-vis de tes frères et sœurs, quand tu étais petit ? finit-elle par demander doucement.

— Il fallait bien que quelqu'un s'occupe d'eux, répondit-il sans chercher à croiser son regard. Mais j'aurais pu mieux faire.

Il essaya de retirer sa main de la sienne, mais elle resserra son étreinte.

— Josh et Logan t'adorent. Ils ne te tiennent pas pour responsable de ce que vos parents vous ont fait vivre. Vous n'étiez que des enfants.

— J'étais l'aîné.

— Mais tu étais tout de même un enfant. Tu as fait du mieux que tu as pu. Les enfants ne sont pas censés s'élever les uns les autres.

Pour essayer d'alléger un peu l'ambiance, elle serra doucement sa main et lui sourit.

— Tu as dû lire *Sa Majesté des mouches*, quand tu étais à l'école. Tu sais bien qu'il ne faut pas donner trop de responsabilités aux enfants, non ?

A son grand soulagement, il se mit à rire.

— Très juste ! Même si on ne vivait pas sur une île déserte.

Sans détacher ses doigts des siens, il leva sa main et embrassa délicatement son poignet.

— Tu me fais rire, Millie. Merci.

Captivée par ses yeux, elle se pencha vers lui. Délicatement, il écarta une mèche de son visage et laissa ses doigts s'attarder un peu sur sa joue. De petits frissons de plaisir lui parcoururent le corps.

— J'ai envie de t'embrasser, dit-il d'une voix basse et sensuelle.

Une douce chaleur s'était emparée de son corps. Mais elle s'obligea à secouer la tête.

— Pas ici. Brooke et les autres pourraient revenir d'une minute à l'autre.

L'air déçu, il soupira.

— D'accord. Mais sache tout de même que j'ai toujours envie de t'embrasser. Toujours.

Elle en avait envie, elle aussi. Tellement envie… Et s'ils allaient se cacher derrière la tente, ils pourraient peut-être…

La petite voix flûtée de Brooke se mit soudain à résonner.

— Je t'ai porté un churro !

Revenant à la réalité, Millie se hâta de lâcher la main de Jake.

— J'ai hâte de goûter ça.

Embarrassée, elle tourna son regard vers Jake, qui lui fit un clin d'œil. Et soudain, elle comprit que ses paroles étaient ambiguës. Avait-elle hâte de goûter au beignet… ou à ses lèvres ?

Elle mordit dans le *churro*, en avala une bouchée, essayant de ravaler son désir, et tous les sentiments qui l'accompagnaient. Elle n'avait pas peur d'avoir mal au ventre. C'était son cœur qui l'inquiétait.

- 10 -

Une nuit, un peu plus tard dans la semaine, Jake se réveilla le cœur battant, le corps couvert de sueur. Encore un cauchemar. Tout en s'asseyant sur le bord du lit, il se frotta les yeux et s'obligea à respirer calmement.

On lui avait prescrit des somnifères, mais il ne voulait pas en prendre, de peur que Brooke n'ait besoin de lui au milieu de la nuit. Mais force était de constater qu'il ne parvenait pas à lutter seul contre son passé.

Les rêves, heureusement, ne venaient pas toutes les nuits le hanter, mais quand ils étaient là, il en était complètement prisonnier : il revivait les dernières minutes de la vie de Stacy, le vacarme assourdissant de l'effondrement du toit, l'horrible tremblement du sol sous ses pieds.

Alors qu'il essayait de se débarrasser de ces pensées, il entendit un léger bruit de l'autre côté de la porte. Il y avait apparemment de la lumière dans le couloir. Il lui était arrivé, une fois, de réveiller Brooke en criant dans son sommeil. Si sa fille l'avait entendu, il ne voulait surtout pas qu'elle ait peur. Traînant sa jambe blessée derrière lui, il se précipita donc vers sa chambre.

Brooke, en effet, ne dormait pas. Millie était assise sur le bord de son lit et elle lui chantait une berceuse de sa voix mélodieuse.

Lorsqu'il entra, la jeune femme s'immobilisa et se mit à le regarder de haut en bas. Ce fut à ce moment qu'il se rendit compte qu'il ne portait sur lui qu'un boxer. Il s'apprêtait à ressortir pour aller mettre un pantalon quand la fillette l'interpella :

— Papa, tu as fait un mauvais rêve ?

— Oui, ma chérie, dit-il en s'approchant d'elle.

Il voulut la prendre des bras de Millie, mais Brooke les serra tous deux contre elle.

— Millie me chante une chanson pour me rendormir. Si tu veux, elle peut chanter pour toi aussi.

Ils étaient désormais tout proches les uns des autres, et il lui était quasiment impossible de ne pas toucher Millie. Il sentait la chaleur de son corps, l'odeur fleurie de son parfum, celle, plus sucrée, de son shampoing. A la lumière de la lampe de chevet de Brooke, elle était incroyablement belle.

Elle était rentrée un peu plus tôt dans la soirée, le regard brillant de joie, après une autre soirée passée avec ses amies. Et il s'était rendu compte qu'il aimait la voir ainsi. Heureuse et épanouie.

— Ton papa va te recoucher, finit par dire Millie, en se libérant de leur étreinte.

Voyant sa poitrine se soulever et s'affaisser, il se demanda si son cœur battait au même rythme frénétique que le sien.

— Je voudrais aller faire pipi, d'abord, dit Brooke.

Et là-dessus, elle partit vers le couloir, les laissant seuls dans la chambre.

Il regarda alors Millie.

Il n'aurait pas dû se sentir aussi gêné par sa présence dans la pièce. Il n'aurait pas dû la désirer comme il la désirait.

— Je viens encore de prouver que ça ne marcherait pas, finit-il par dire en se passant nerveusement la main dans les cheveux.

— De quoi parles-tu ? demanda-t-elle d'une voix anxieuse en reculant d'un pas.

Elle n'était vêtue que d'un débardeur et d'un fin pantalon de pyjama.

— Elle s'est réveillée parce que j'ai fait un cauchemar ?

Millie hocha doucement la tête.

— Elle voulait aller te voir, mais je n'étais pas sûre que ce soit une bonne idée.

— Parce que tu penses que j'aurais pu me jeter sur elle dans mon sommeil ?

— Je sais que tu ne lui aurais pas fait de mal.

— Tu ne peux pas le savoir ! Comment peux-tu le savoir ? Ma fille ne peut même pas dormir tranquille parce que je la réveille avec mes hurlements.

— Il faut du temps pour que les choses s'arrangent, Jake.

— Et si ça ne s'arrange pas ? Et si je n'y arrive pas ?

Sa voix, tremblante, se brisa, et il fut contraint de s'interrompre. C'était là sa plus grande peur : ne pas y arriver. Echouer. Il ne voulait pas décevoir Brooke, mais il avait de plus en plus l'impression d'être comme son père : incapable de faire quoi que ce soit de bien.

Le regard rivé sur le sien, elle s'approcha à nouveau de lui. Il crut qu'elle allait le contourner pour sortir, mais, à sa grande surprise, elle passa son bras autour de son cou. Puis, glissant sa main dans ses cheveux, elle attira sa tête contre la sienne. Mais elle ne l'embrassa pas. Ses lèvres, en revanche, effleurèrent la peau délicate située juste en dessous de son oreille.

— Respire, Jake…, murmura-t-elle. Respire fort.

Et il respira fort, le visage enfoui dans la douceur de ses courbes. Il inspira et expira longuement son parfum, jusqu'à ce que sa respiration s'apaise.

Pendant tout ce temps, elle le serra contre lui, et il se laissa faire. Cela faisait si longtemps qu'il avait besoin d'être réconforté qu'il se sentait tout ému… Il était seul ; il avait toujours été seul. Et soudain, ce petit bout de femme avait chassé les démons de son passé avec la lumière qui émanait d'elle. Comment avait-elle su que c'était exactement ce dont il avait besoin, alors qu'il ne l'avait pas compris lui-même ?

— Je crois en toi, dit-elle doucement. Je suis sûre que tu finiras par faire les choses comme il faut.

A ces mots, il sentit son cœur se serrer. Il avait l'habitude de faire ses preuves. Il avait accompli de véritables miracles dans des jungles reculées et des villes ravagées par les guerres. Mais jamais personne ne lui avait accordé sa foi sans rien lui demander d'autre que de rester. D'essayer, en tout cas.

Quand Brooke revint dans la chambre, elle s'écarta doucement de lui. Sa peau était encore toute chaude aux endroits où elle était restée blottie contre lui, et il ressentit la séparation de leurs deux corps comme une violente douleur.

— Bonne nuit, Brookinette, dit-elle en se penchant au-dessus de la fillette pour l'embrasser sur la tête. Faites de beaux rêves, tous les deux.

Brooke glissa sa main dans la sienne, et Millie quitta la chambre sans ajouter un mot.

Quand Millie se leva, le lendemain matin, la maison était silencieuse. Elle prit une longue douche pour essayer de se remettre de son réveil nocturne, qui l'avait laissée toute vibrante d'émotions.

Mais elle avait beau avoir envie de Jake Travers, il fallait qu'elle reste concentrée sur la tâche qui lui avait été assignée. S'il réussissait à vaincre ses doutes, il pourrait faire un merveilleux père pour Brooke. C'était pour cette raison qu'elle était ici. Et pour aucune autre.

Doucement, elle entra dans la chambre de la fillette pour la réveiller. C'était son premier jour d'école ; il fallait qu'elle commence à se préparer. Mais quand elle vit le spectacle qui s'offrait, elle resta figée sur place.

Apparemment, Jake était resté avec sa fille toute la nuit. Il était couché d'un côté du lit, complètement ramassé sur lui-même. Sa fille, pelotonnée contre sa poitrine, avait toutes les couvertures sur elle, ce qui ne faisait que souligner la présence imposante de son père. Quasiment nu.

Elle resta un long moment à regarder la cicatrice sur ses épaules, ainsi que les muscles longs et noueux de ses jambes. Mais, tout à coup, il se mit à remuer un peu. Ne voulant pas être surprise en train de le regarder de cette façon, elle sortit de la pièce.

En retournant dans la cuisine, elle songea que, s'il était resté toute la nuit avec Brooke, c'était peut-être que la confiance qu'elle avait en ses capacités de père avait fini par le toucher. Quand elle était petite, elle adorait se glisser dans le lit de sa mère, qui semblait aimer cela, elle aussi. Le dimanche matin, très souvent, elles regardaient les dessins animés ensemble, pelotonnées l'une contre l'autre. Mais quand son père venait lui rendre visite, l'accès à la chambre de sa mère lui était strictement interdit. Millie avait toujours trouvé injuste que ce soit elle qu'on chasse, alors que c'était à cause de son père que sa mère pleurait si souvent.

Quand elle eut fini de faire griller les bagels et de couper les fruits pour le petit déjeuner, Jake et Brooke vinrent s'asseoir à la table de la cuisine.

— Bonjour, les deux dormeurs, dit-elle en plaçant une assiette devant chacun.

— Coucou, Millie ! s'exclama Brooke d'une voix radieuse. Quand tu es partie, Papa m'a fait un câlin. Et après, il s'est endormi dans mon lit. Alors j'ai pris toutes les couvertures et je l'ai poussé sur le côté.

— Deux fois, ajouta-t-il.

A son grand soulagement, et à sa grande déception, il portait désormais un T-shirt, qui cachait les muscles de son torse.

— J'ai oublié Lapin ! lança soudain Brooke en se levant. Il est toujours au lit.

Quand elle eut disparu de la pièce, Jake se tourna vers Millie en lui adressant un tendre sourire.

— Merci pour hier soir. Je sais que c'est bien au-delà de ce pour quoi tu t'es engagée.

— Pas de problème, se hâta-t-elle de répondre.

Elle avait du mal à le regarder dans les yeux. Une image ne cessait de lui revenir à l'esprit : celle de son corps, quasiment nu, dans le lit, et de son visage serein dans le sommeil. Ses cheveux étaient toujours ébouriffés, et il y avait sur ses joues une ombre de barbe qui l'attirait bien plus qu'elle n'aurait dû.

— On devrait retirer le plâtre de ma cheville, aujourd'hui, annonça-t-il, manifestement inconscient du trouble qui l'agitait. Tu n'auras plus à me trimballer partout.

— Mais ça ne me gênait pas.

Pour essayer de reprendre le contrôle d'elle-même, elle se tourna vers l'évier.

Mais, manifestement, il prit cette réponse trop brève pour un signe de ressentiment vis-à-vis de ce qu'il s'était passé au cours de la nuit.

— Millie, je suis désolé pour hier. Tu m'as fait énormément de bien et je…

Sa phrase fut brutalement interrompue par le tintement de la sonnette de la porte d'entrée.

— Papy et Mamie sont là ! s'exclama joyeusement Brooke, en revenant du hall avec sa peluche.

Millie jeta un coup d'œil à l'horloge du four.

— Ce n'est pas possible. Il est à peine 8 heures. Ils avaient dit qu'ils l'emmèneraient manger une glace après l'école, mais…

Elle n'eut pas le temps de terminer sa phrase : Janis était entrée comme une furie dans la cuisine.

— J'espère qu'on ne vous dérange pas. Nous voulions voir Brooke avant son premier jour d'école.

Elle regarda Jake, les lèvres pincées.

— On dirait que vous êtes en retard. Stacy était très matinale. Elle veillait toujours à ce que Brooke soit prête à l'heure, quand elle devait se rendre quelque part.

— Mais il reste encore du temps…, balbutia Millie.

Du coin de l'œil, elle vit John adresser un regard contrit à Jake.

— Papa est fatigué parce que je l'ai poussé du lit, expliqua Brooke en souriant, avant de se rasseoir pour commencer son petit déjeuner.

— Qu'est-ce que tu faisais dans la chambre de ton papa ? demanda Janis d'une voix désapprobatrice.

— J'étais dans ma chambre. C'est Papa qui était dans mon lit.

Millie crut que Janis allait avoir une crise cardiaque. Mais, avant qu'elle ait eu le temps d'intervenir, la fillette s'était remise à parler.

— Il rêve de quand Maman est morte, et ça le réveille la nuit. Mais elle est au ciel, alors c'est bien. En tout cas, moi, je prends Papa dans mes bras pour qu'il se sente mieux. Même si là, j'ai pris toutes les couvertures.

Personne n'ayant prononcé un mot, Millie présuma qu'ils étaient tous aussi émus qu'elle par ce discours. Janis était restée figée sur place. Des larmes se mirent à couler de ses yeux.

— Je vais m'habiller, dit Brooke en terminant son bagel. Tu pourras me faire une natte, Millie ?

— Bien sûr, Brookinette, répondit-elle en débarrassant l'assiette de la fillette. Ta mamie va t'aider à choisir une tenue, et ensuite je m'occuperai de tes cheveux.

Elle posa sa main sur l'épaule de Janis.

— Vous pourriez l'aider, s'il vous plaît ?

Ce contact physique sembla sortir Janis de sa torpeur.

— Oui, bien sûr. Allez, Brooke. On y va.

— Je suis désolé, dit Jake à John quand Janis et Brooke eurent quitté la pièce. Je sais que Janis n'aime pas trop parler de Stacy.

Tout en s'essuyant le coin des yeux, John secoua la tête.

— C'est dur pour nous tous, vous savez ? J'ai laissé l'appareil-photo dans la voiture. Je vais le chercher.

Quand il eut disparu, Jake se leva de table.

— J'ai laissé leur fille unique mourir.

— Jake, murmura Millie, ce n'était pas ta faute. Tu le sais très bien. Et eux aussi.

Il se contenta de secouer la tête.

— Je vais prendre une douche, finit-il par dire. On y va à pied, hein ?

— A moins que tu n'aies trop mal à la jambe…
— Je peux y arriver, Millie.
Elle se força à sourire.
— Je n'en ai jamais douté un seul instant.

- 11 -

Millie avait beau avoir foi en lui, Jake avait assez de doutes pour deux. Et pourtant, il lui fut extrêmement douloureux de laisser Brooke à l'école.

La fillette, pour sa part, ne sembla rencontrer aucune difficulté : dès qu'elle fut dans la classe, elle se mit à bavarder gaiement avec d'autres enfants, comme si elle les connaissait depuis toujours. A la regarder, il sentit son cœur se serrer. Derrière lui, Janis reniflait bruyamment.

— C'est parfois plus difficile pour les parents que pour les enfants, dit la directrice en se tournant vers eux, tandis que les petits se rassemblaient sur le tapis.

— Ou les grands-parents, ajouta Janis en sanglotant.

John avait choisi de les attendre dehors. C'était une personne sensée.

Quant à Millie, pour qui c'était également le premier jour d'école, elle était assise dans un fauteuil, à côté du tapis. Soudain, elle se pencha un peu pour parler à l'un des petits garçons, dont elle tapota gentiment la tête. L'enfant se rapprocha d'elle, ce qui ne surprit pas Jake. Il y avait dans la présence de Millie quelque chose d'apaisant. Et l'idée de passer la matinée sans elle le rendait d'ailleurs morose.

— Est-ce que je les laisse… je veux dire… je la laisse là, comme ça ?

Laura sourit.

— C'est le principe. Ne vous inquiétez pas, docteur Travers, tout va bien se passer.

Elle se pencha un peu vers lui, avant d'ajouter, un ton en dessous :

— Pour toutes les deux.

Alors qu'une nouvelle famille entrait dans la salle, il finit par sortir à contrecœur de l'école. Janis le suivit en traînant des pieds.

— C'est une merveilleuse petite fille, dit-elle une fois qu'ils furent dans la cour.

— C'est vrai.

— Comme sa mère.

— Viens, Janis, dit John en lui tendant la main. On va la retrouver dans quelques heures.

Il se tourna vers Jake.

— Vous rentrez à pied ?

— Vous pouvez y aller. Mon frère travaille dans une maison, à quelques mètres d'ici. Je vais aller le rejoindre. C'est lui qui doit me conduire à l'hôpital ce matin.

— Mais vous auriez pu nous le demander, répliqua John d'un air de reproche.

— C'était prévu comme ça. Je vous remercie, répondit-il en faisant de son mieux pour ignorer le regard désapprobateur que Janis adressait à son mari.

Il s'attarda encore quelques minutes devant l'école. Quelques parents entrèrent et sortirent. Tous les enfants avaient l'air heureux de venir, ce qui était plutôt bon signe. Brooke allait certainement aimer cette école, elle aussi. De toute façon, elle savait s'adapter. La façon dont elle s'était attachée à lui en témoignait.

Jamais il ne se serait imaginé qu'il lui serait si difficile de se séparer d'elle. Désormais, il comprenait mieux ce qu'elle ressentait quand il partait faire ses séances de rééducation.

Tout en soupirant, il commença à s'éloigner. Et, en parcourant les rues de Crimson, il ne put s'empêcher de resonger à son enfance, à son désir de fuir cette ville. Pendant des années, Crimson et les difficultés qu'il avait connues dans son enfance avaient été intrinsèquement liés dans son esprit. Mais il se rendait compte, à présent, que la ville n'avait aucun rapport avec l'exécrable ambiance familiale qu'il avait connue. Le fait que ses deux frères paraissent si heureux ici en était d'ailleurs la preuve.

Il voyait désormais Crimson de façon plus objective : une jolie petite ville de montagne, peuplée de gens bien. Toutes les personnes qu'il avait rencontrées à l'hôpital s'étaient montrées sympathiques et encourageantes avec lui. Jamais il ne s'était trouvé confronté à la rancœur ou à la jalousie.

Quand il arriva devant la maison où son frère lui avait donné rendez-vous, il le trouva en train de décharger son camion.

— Alors, comment ça s'est passé ? lui demanda aussitôt Logan.

— Elle est comme Beth quand elle était petite : intrépide et sûre d'elle.

Avant que les mots ne sortent de sa bouche, il ne s'était pas rendu compte qu'il pensait cela de sa petite sœur. Mais à présent, il souriait en la revoyant faire les quatre cents coups avec les petits.

— Dans ce cas, tu risques d'avoir des problèmes, répondit Logan en riant.

— Je suis désolé de ne pas avoir été là pour vous, quand vous aviez besoin de moi. Je n'aurais jamais dû vous laisser seuls avec lui.

— Je ne te tiens pas pour responsable de quoi que ce soit, Jake.

Jake resongea à la colère de son frère après la mort de Beth.

— Mais fut une époque où c'était le cas.

— A cette époque, j'en voulais à la terre entière, répondit Logan en lui tendant une boîte à outils. Et surtout à moi-même. Mais j'ai fini par comprendre qu'il ne servait à rien de vivre dans le passé.

— Grâce à ta femme ?

— Entre autres.

Logan prit deux planches dans le camion et commença à se diriger vers la maison. Jake le suivit.

— Je suis fier de toi, dit-il en posant la boîte à outils dans le couloir.

Logan s'immobilisa.

— Pourquoi est-ce que tu me dis ça ?

— J'aurais dû te le dire il y a des années. Et j'aurais aimé qu'on ait des parents qui nous encouragent davantage. Je sais que Maman le faisait un peu, mais pas suffisamment. Tu ne viens pas d'un milieu facile, Logan. Et pourtant, tu t'en es bien sorti, sur le plan professionnel et personnel.

— Il était tout le temps après toi, finit par dire Logan, après quelques secondes de silence. C'étaient Josh et moi qui faisions les fous, mais c'était toujours sur toi qu'il passait ses nerfs, quand il était ivre. Je n'ai jamais compris pourquoi.

— Il voulait me briser. Il disait que je me croyais mieux que lui, parce que je travaillais bien à l'école et que j'avais un avenir prometteur. J'imagine que notre ressemblance physique ne faisait que lui rappeler la façon dont il avait lui-même gâché le sien.

— C'est injuste.

— Il n'était juste avec personne. Mais tous les trois, on s'en est bien sortis. J'aimerais pouvoir dire tous les quatre, mais…

Logan passa quelques secondes à le regarder. Puis il hocha la tête.

— A quelle heure est ton rendez-vous ?

— Dans une heure environ.

— Très bien, dit-il en lui tendant un marteau. En attendant, tu vas pouvoir m'aider.

— Tu es sûr que c'est une bonne idée ? demanda Jake en levant sa main blessée.

— J'ai confiance en toi.

Le cœur battant à tout rompre, Jake finit par prendre le marteau.

— Alors, allons-y.

*
* *

— Allez, avoue que tu aimes conduire de grosses voitures.

Millie tapota le capot de sa Coccinelle. Josh la lui avait garée devant le ranch. Elle était propre et prête à partir.

Elle savait que c'était aujourd'hui que Jake devait faire retirer son plâtre, et qu'il serait donc à même de conduire. Mais elle avait été un peu choquée de le voir derrière le volant. En le conduisant à ses rendez-vous, elle avait l'impression d'être nécessaire. Elle savait qu'il avait toujours besoin d'aide, mais, d'une certaine façon, l'équilibre des forces s'était modifié.

Quand Brooke l'avait vu devant les grilles de l'école, elle s'était jetée dans ses bras. Janis elle-même n'aurait pu nier l'indéniable affection que la fillette éprouvait pour son père. Brooke s'était d'ailleurs montrée réticente à l'idée d'aller manger une glace et voir un film avec ses grands-parents, et Jake avait eu beaucoup de mal à la laisser partir. Mais il avait fini par la serrer dans ses bras, en lui disant qu'elle allait bien s'amuser avec son papy et sa mamie. Quand ils étaient partis, John avait chuchoté un discret « merci ».

Millie était épuisée par sa première journée. Elle ne s'était engagée à travailler que deux heures par jour, mais elle avait décidé de rester jusqu'à la fin. Malgré la fatigue, elle avait eu l'impression de s'être presque aussi bien amusée que Brooke. Les enfants étaient vifs et parfois exigeants, mais elle aimait travailler avec eux. Laura Wilkes était douce et juste : elle traitait chaque enfant comme un individu à part entière. C'était exactement le genre de mentor que Millie avait toujours rêvé d'avoir.

Tout avait été tellement différent de son dernier stage, qui s'était si mal terminé… Elle était persuadée que c'était sa faute si elle avait échoué, mais les quelques heures passées au côté de Laura lui avaient redonné confiance en elle.

Après le départ de Brooke et de ses grands-parents, Jake l'avait conduite au Crimson Ranch pour récupérer sa voiture.

— J'aime regarder les gens de haut, finit-elle par répondre en souriant. Mais je n'aurais jamais d'autre amour que Bugsy.

— Bugsy ? Tu as donné un nom à ta voiture ?

— Oui, répondit-elle en déposant un baiser sur la vitre du conducteur. Avec elle, j'ai traversé deux fois le pays, et elle m'a conduite quotidiennement à deux universités différentes et à des dizaines de stages. Jusqu'à mon arrivée à Crimson, Bugsy était ma meilleure amie.

— Tu embrasses ta voiture ? dit-il d'un air perplexe. J'avoue que je ne te comprends pas très bien, fée Poppins.

— Tu n'as pas quelque chose qui t'a accompagné tout au long de tes épreuves et tribulations ?

— Non, répondit-il en secouant la tête.

— Mais maintenant, si.

Comme il prenait un air perplexe, elle se hâta de clarifier :

— Ta fille. Brooke.

— Pour le moment.

— Pour toujours, corrigea-t-elle.

Il tourna son regard vers les montagnes. Tout était encore bien vert, avec juste quelques petites taches de jaune au niveau des trembles, qui commençaient déjà à s'enflammer. Elle savait que l'automne arrivait tôt, à cette altitude. Déjà, les températures avaient commencé à baisser.

— On va se promener ? demanda-t-il, coupant court à ses pensées.

— Où ? dit-elle, très étonnée par cette proposition.

— Vers la rivière. Josh et Sara sont occupés avec leurs hôtes, et Brooke et les Smith ne seront pas rentrés du cinéma avant une heure.

— Tu vas pouvoir y arriver ? demanda-t-elle en baissant les yeux vers sa jambe blessée.

Il hocha la tête.

— Il faut que je fasse davantage d'exercice, maintenant, pour retrouver mes forces.

Elle regarda ses muscles mis à en valeur par son T-shirt ajusté et son short cargo. Elle ne voyait pas comment il aurait pu être plus fort. Son corps était tellement différent du sien… Et elle devait admettre que c'était une chose qui l'attirait.

N'aimant pas du tout le tour qu'étaient en train de prendre ses pensées, elle commença à avancer. Il ne sembla pas avoir de mal à la suivre et, bien vite, ils se mirent à marcher en rythme, côte à côte, sur le chemin qui descendait à la rivière, derrière la propriété de Josh.

Peu à peu, le bruit de l'eau devint plus fort. Elle ne s'était jamais sentie spécialement attirée par la montagne, mais force lui était de constater qu'elle appréciait de plus en plus la beauté sauvage des environs de Crimson. Un lapin passa soudain devant eux.

— On en chassait, quand on était petits.

— Vous tuiez des lapins ?

— Je n'ai jamais vraiment essayé, mais il fallait bien qu'on s'occupe. C'était Josh qui était le plus doué.

— Ne dis jamais à Brooke que tu tuais des lapins. Elle serait traumatisée à vie.

— Elle l'est déjà à cause de moi, répondit-il en ramassant un galet, avant de le lancer pour faire des ricochets sur la surface plane de l'eau.

— Tu l'as sauvée, Jake. Elle est heureuse d'être avec toi, de faire partie de ta vie.

— Je ne peux pas remplacer sa mère.

— Personne ne le pourra jamais. Mais Stacy n'est plus là. Et il faut que tu arrêtes de regretter des choses que tu ne peux pas changer.

— Bon conseil, dit-il en ramassant un autre galet. Tu as déjà fait des ricochets ?

— Euh… non.

Doucement, il lui prit la main et déposa dans sa paume le galet chauffé par le soleil.

— Tout est dans la force du poignet.

— Mmm… J'ai déjà entendu ça quelque part.

Il se mit à rire en secouant la tête.

— Essaie.

Elle se concentra quelques instants avant de lancer le galet, qui tomba bruyamment dans l'eau.

Il lui en tendit un autre, mais, cette fois-ci, il vint se placer derrière elle. Après avoir couvert sa main de la sienne, il lui montra le mouvement. Sentant son corps chaud et ferme contre le sien, Millie eut du mal à se concentrer, mais quand elle finit par lancer la pierre, celle-ci rebondit deux fois sur la surface de l'eau, avant de disparaître dans le lit de la rivière.

— J'ai réussi ! s'exclama-t-elle en se tournant vivement vers lui pour l'attraper par les bras.

— Je te trouve très douée.

Lentement, il fit glisser ses mains le long de ses bras. De petites décharges de plaisir lui parcoururent le corps.

— Pour une fois que je suis douée pour quelque chose…, dit-elle avant de passer sa langue sur ses lèvres, soudain devenue sèches.

— Mais je te trouve douée pour beaucoup de choses.

Il s'était mis à la regarder en plissant les yeux.

Lentement, elle passa ses mains autour de son cou, et rapprocha son visage du sien.

— Je n'ai jamais été réputée pour mon intelligence, dit-elle, avant de joindre ses lèvres aux siennes.

Mais il s'écarta un peu brusquement d'elle.

— Ne dis jamais ça, murmura-t-il.

Puis, tendrement, il l'embrassa sur le front.

— Tu es intelligente, spirituelle, et capable de bien plus de choses que tu ne le crois.

Elle eut du mal à reprendre son souffle, tant ses paroles l'avaient touchée. Sans le savoir, elle avait besoin de les entendre. Incapable de lui répondre, elle se contenta de joindre ses lèvres aux siennes.

Cette fois-ci, il ne s'écarta pas d'elle. Il l'embrassa même comme si sa vie en dépendait, aspirant un peu sa lèvre supérieure, traçant le contour de sa bouche du bout de sa langue. Ivre de désir, elle s'ouvrit à lui, et leur baiser devint plus profond encore, plus passionné. Les yeux fermés, elle savoura la douce proximité de leurs corps. De sa main, il lui caressait fiévreusement le dos, et sa bouche était en train de la rendre folle.

Elle ne se souvenait pas de s'être jamais sentie aussi excitée par un baiser. Et elle avait beau savoir qu'elle n'aurait pas dû, elle avait envie de plus, beaucoup plus… Elle lui avait dit qu'ils ne pouvaient pas faire ça, mais elle avait tellement envie de lui…

Soudain, un bruit de sabots de cheval se fit entendre derrière eux. Il se redressa un peu.

— On ne devrait pas…, balbutia-t-elle.

— Non, Millie. Je refuse de m'excuser et je refuse de t'entendre dire que c'était une erreur. Une chose aussi agréable ne peut pas être une erreur. J'ai envie de toi. Tu as envie de moi. Ça ne veut pas dire que je ne te respecte pas. Ecoute, je ne sais pas qui t'a mis ça dans le crâne, mais tu n'as pas le droit de te reprocher ou de me reprocher les erreurs qu'un autre a commises.

Il avait raison. Et elle le savait. Il n'était ni son père ni aucun des hommes qui avaient essayé de profiter d'elle. Ce n'était pas sa faute à lui. Mais elle ne pouvait se défaire de l'idée que c'était peut-être de la sienne.

— On ferait bien de rentrer, finit-elle par dire. Je voudrais commencer à préparer le dîner avant que Brooke rentre à la maison. Elle va être fatiguée, après cette première journée d'école et cet après-midi avec ses grands-parents.

Comme s'il voulait lui dire quelque chose, il la regarda intensément. Mais, au bout du compte, il se contenta de hocher la tête et de tourner les talons.

J'ai envie de toi. Ça ne veut pas dire que je ne te respecte pas.

Les mots résonnèrent longtemps dans son esprit tandis qu'ils remontaient le chemin. Il la respectait peut-être maintenant, mais quand il saurait la vérité…

- 12 -

Les quelques semaines qui suivirent furent les plus normales que Jake ait jamais connues dans sa vie. Et, avant son retour à Crimson, il ne s'était pas rendu compte à quel point la normalité pouvait être agréable.

Désormais débarrassé de son plâtre, il put se remettre au travail, même si sa main n'était pas totalement guérie. Suivant le conseil de Vincent, il se remit à exercer trois matinées par semaine en qualité de bénévole dans le dispensaire rattaché à l'hôpital.

Il avait travaillé dans des situations de crise pendant si longtemps qu'il en avait oublié à quel point il pouvait être réconfortant d'aider calmement des personnes dans le besoin. Ça n'était peut-être pas aussi passionnant que ce qu'il avait l'habitude de faire, mais ce changement lui allait bien. S'il avait choisi de travailler pour Médecins sans Frontières, c'était en partie parce qu'il n'aimait pas rester longtemps au même endroit. L'idée de nouer des relations à long terme, avec des personnes qui dépendraient de lui, lui paraissait particulièrement pénible. Il n'avait pas envie d'être de nouveau torturé par des remords, comme cela avait été le cas quand il avait quitté la maison familiale.

Mais son nouveau travail lui apparaissait comme un défi à relever, chaque patient étant pour lui une énigme qu'il lui fallait résoudre. Certains des cas étaient assez triviaux, mais la gratitude qu'il recevait des patients en valait vraiment la peine. Crimson était une jolie ville, mais pas aussi luxueuse que la toute proche Aspen. Et certains résidents n'avaient pas les moyens de payer les services d'un médecin. Jake était ravi de pouvoir les aider, et heureux de se sentir à nouveau protecteur. Les jours où il ne travaillait pas, il passait ses après-midi avec Millie et Brooke ou allait aider ses frères dans leur travail. Une vie normale, donc. Et agréable.

Une vie où l'idée d'aller boire une bière dans le petit pub du coin en fin de journée lui paraissait alléchante. Mais peut-être était-ce à cause de la femme qui l'accompagnait ?

— Tu n'étais pas obligé de m'emmener, lui dit soudain Millie, assise sur le siège passager.

— Non, mais j'avais envie de le faire, répondit-il en se garant.

— Je suis la nourrice de ta fille. Qu'est-ce que tes collègues de l'hôpital vont penser ?

— Que j'ai beaucoup de chance de t'avoir avec moi.

Cette remarque ne la fit pas sourire. Au contraire, les coins de sa bouche s'affaissèrent.

— Ils vont penser qu'on couche ensemble.

— Qu'est-ce que ça peut bien te faire, ce qu'ils pensent ? demanda-t-il en se tournant vers elle. Tu ne les connais même pas.

— C'est facile à dire, pour toi. Toi, tu es le grand chirurgien, le héros local. Moi, je ne suis rien.

— Pas pour moi.

Pour l'encourager à se calmer un peu, il se mit à lui masser doucement la nuque.

— Nous sommes amis. C'est juste une petite fête organisée par l'une des infirmières pour ses fiançailles. Personne ne fera attention à toi ou à moi. Détends-toi. C'est ta soirée de congé. Notre soirée à nous.

Logan et Olivia avaient invité Brooke à venir passer la nuit chez eux, et à la grande surprise de Jake sa fille avait accepté. Ses grands-parents, pour leur part, avaient paru choqués : Brooke avait toujours refusé de venir dormir dans l'appartement qu'ils avaient loué en ville. Elle voulait bien qu'ils l'emmènent au parc ou au cinéma, mais rien de plus. Jake ne comprenait pas vraiment, mais il se disait qu'elle avait sans doute peur de s'éloigner de lui. Cela dit, elle n'avait pas hésité une seconde quand son frère lui avait proposé de venir. Toute contente à l'idée de passer la soirée à faire de la pâtisserie avec Tonton Logan, elle s'était précipitée dans la maison quand il l'avait déposée.

Au départ, Jake n'avait pas envisagé d'assister à la petite fête organisée par l'infirmière. Mais il s'était vite rendu compte qu'il allait avoir beaucoup de mal à résister à la tentation, s'il passait toute la soirée seul à la maison avec Millie. Ils ne s'étaient pas embrassés depuis le baiser échangé au Crimson Ranch mais, plus le temps passait, plus il avait envie de recommencer.

Surtout maintenant.

Toutes les personnes qu'il connaissait adoraient Millie, des membres de sa famille aux parents et enfants de l'école. C'était un véritable rayon de soleil.

— Les gens de l'hôpital sont sympas, Millie, finit-il par dire. Et ce ne sont pas mes amis ; je ne travaille avec eux que depuis deux semaines.

Il se pencha vers elle.

— Mais toi, tu es mon amie. On va bien s'amuser, ce soir. Je te le promets.

Lentement, elle hocha la tête.

— Désolée, je ne sais pas ce qui m'a pris.

— Si tu peux affronter toute une armée de bambins, je ne pense pas ça devrait t'impressionner.

Alors qu'ils se dirigeaient ensemble vers le bar, il dut résister à l'envie de lui prendre la main. Il ne lui avait pas menti, en lui disant qu'elle était son amie. C'était même la meilleure amie qu'il ait jamais eue. Il avait toujours vécu seul, mais le fait de partager avec elle les hauts et les bas de la vie quotidienne avait créé entre eux une forme d'intimité qui allait bien au-delà du désir qu'il éprouvait.

Ce désir, à bien y regarder, était d'ailleurs devenu le cadet de ses soucis. Le véritable problème, c'est qu'il était en train de devenir complètement dépendant d'elle.

Comme tous les vendredis soir, le Two Moon Saloon était bondé. Les lieux n'avaient pas beaucoup changé depuis l'enfance de Jake. Des boiseries sombres, des box sur un côté et une petite piste de danse au bout. A côté, deux tables de billard. L'odeur était similaire à celle de ses souvenirs : un mélange d'alcool et de cuir. Dans son enfance, elle lui donnait envie de vomir.

Comme il était l'aîné, c'était toujours lui que leur mère envoyait chercher leur père quand il avait trop bu. Après avoir fait tout le chemin à pied — vingt bonnes minutes —, il devait persuader son père de rentrer. Il cherchait toujours à éviter le regard des autres clients ; il préférait ne pas savoir qui avait été témoin des frasques de son père.

L'odeur du bar lui rappela des souvenirs, mais ne l'écœura pas. Grâce à Millie, sans doute, qui se trouvait tout près de lui, et dont il pouvait sentir le doux parfum.

L'une des infirmières leur fit signe de s'avancer vers les deux tables proches du bar où ses collègues de l'hôpital s'étaient rassemblés. Il fit les présentations et, très vite, Millie se mit à bavarder gaiement avec plusieurs femmes. Il reconnut parmi elles Natalie Holt et se souvint qu'elles étaient amies.

Satisfait que les choses se passent bien, il prit une bière qu'on lui tendit et commença à la siroter. Il n'avait jamais été un grand buveur. C'était là une des rares choses qu'il devait à son père.

Alors qu'il prenait place près de deux autres médecins de l'hôpital, Lana Mayfield se précipita dans sa direction et vint s'asseoir sur la chaise à côté de lui.

— Alors, qu'est-ce que tu as décidé ? lui demanda-t-elle quand les deux autres se lancèrent dans un débat passionné sur le handball.

— De passer une bonne soirée, répondit-il en sachant très bien qu'il était passé à côté du sens exact de sa question.

— Allez, Jake, dit-elle en secouant la tête. Ta cheville est guérie, et apparemment tu n'auras pas de séquelles à la main. Alors, qu'est-ce que tu vas faire, maintenant ?

Elle passa sa main sur son épaule. Elle était désormais si proche de lui qu'il pouvait sentir sa poitrine contre son bras. Et l'alcool dans son souffle.

— J'aimerais faire partie de tes projets d'avenir, chuchota-t-elle.

Il serra un peu sa bouteille de bière. Il avait beau avoir envie d'aller mieux, il avait ignoré, jusqu'ici, les indices qui laissaient prévoir une guérison totale. Il préférait utiliser ses blessures comme excuse pour gagner un peu de temps avant de prendre les décisions nécessaires.

— C'est compliqué, Lana, finit-il par dire.

Du coin de l'œil, il vit que Millie l'observait tout en continuant de bavarder avec Natalie.

— Il faut que je pense à ma fille et à ce qui est le mieux pour elle.

Lana eut un air surpris. Et légèrement déçu.

— Je croyais que c'étaient ses grands-parents qui allaient s'occuper d'elle.

— On s'est mis d'accord là-dessus, oui. Mais les choses peuvent changer.

— Mais toi, tu n'as pas changé, Jake. C'est impossible. Tu es l'homme le plus déterminé que j'aie jamais rencontré. Tu as toujours su que tu voulais devenir chirurgien, et tu as tout fait pour atteindre ton objectif. Tu n'es pas du genre à te poser. Tu as besoin de pression et d'aventure pour te sentir bien.

Elle s'appuya un peu plus contre lui.

— Nous avons tous les deux besoin de ça. Nous sommes pareils, toi et moi.

Sur ce point, il n'était pas d'accord. Pour bien le lui faire comprendre, d'ailleurs, il recula sa chaise afin de s'écarter d'elle.

— Quelqu'un veut danser ? fit soudain une voix derrière lui.

Il se retourna. Natalie. Qui tenait fermement le poignet de Millie dans sa main. Sans chercher à dissimuler sa désapprobation, la jolie jeune femme regarda fixement Lana.

Millie, elle, avait la tête tournée vers la piste de danse.

— Non, merci. Je n'ai jamais été un bon danseur, même avant mon accident.

— Tu es sûr ? répondit Natalie en inclinant légèrement la tête vers Millie. Ça vaudrait peut-être le coup de réessayer ?

— Vous venez d'interrompre une conversation privée, intervint soudain Lana, qui s'était mise à fusiller du regard Millie. Une conversation sérieuse. De médecins. Qu'aucune d'entre vous ne pourrait comprendre.

Il était sur le point de répliquer, quand Natalie se pencha vers Lana.

— En tout cas, il n'y a pas besoin d'avoir fait médecine pour comprendre que tu as un balai coincé dans le…

— Viens, Natalie, l'interrompit Millie. On va danser.

Furieux, Jake serra les poings. Il savait que Millie se sentait complexée face aux gens qui avaient reçu davantage d'éducation qu'elle, et il ne pensait pas que Lana se fût montrée délibérément cruelle. Mais elle était snob. Et il se demandait comment il avait pu ignorer ce trait désagréable de caractère jusqu'ici.

Il ne savait peut-être pas bien danser, mais si cela pouvait lui permettre de se rapprocher de Millie, il allait le faire. Elle était magnifique, avec son chemisier aux couleurs pastel, sa jupe en jean courte et ses sandales lacées aux chevilles. Comme la première fois qu'il l'avait vue, sa peau brillait de mille paillettes. Il avait envie de la toucher, d'être suffisamment près d'elle pour que ses sens en soient totalement submergés.

Il était sur le point de se lever quand Lana reprit la parole.

— On dirait que ta nourrice s'est trouvé un nouveau copain.

Natalie et Millie étaient en train de danser avec un groupe d'hommes. Des touristes, à en juger par leurs vêtements. L'un d'eux était en train de faire danser Millie. Déçu, il prit une gorgée de bière et se retourna vers Lana. Mais son regard ne cessait de dériver vers Millie.

Au bout de quelques chansons, les deux femmes et le

groupe d'hommes se dirigèrent vers le bar. Le type avec qui Millie avait dansé se pencha vers elle pour lui dire quelque chose. Elle éclata de rire. Elle semblait heureuse et pleine de vie. C'était là son élément, comprit-il soudain. C'était là qu'elle aurait dû être. Et non enfermée tous les soirs à la maison, avec Brooke et lui.

Bien vite, le cercle autour d'elle s'élargit, et il se rendit compte que, si Millie était inquiète sur ses capacités à s'intégrer, c'était plutôt lui qu'on laissait de côté. Trop sérieux, trop discret. Comme toujours.

Lana, néanmoins, ne l'avait pas quitté et multipliait les allusions à leur « avenir commun ». Il commençait à en avoir assez. Pendant ce temps, Millie et les autres étaient retournés sur la piste de danse. Et il ne pouvait plus supporter de la voir s'amuser dans les bras d'un autre.

— Je vais prendre l'air, dit-il à Lana en se levant.

— Je viens avec toi, murmura-t-elle avec un sourire suggestif.

— Non merci. J'ai envie d'être seul, rétorqua-t-il.

Et, sans lui laisser le temps de protester, il tourna les talons. Mais alors qu'il se dirigeait vers la sortie, il ne put s'empêcher de jeter un coup d'œil à la piste de danse. Le brun avec qui Millie avait dansé essayait de la serrer contre lui. Jake était sur le point de partir quand il remarqua le regard désapprobateur de Millie. Tout en secouant la tête, elle essaya de s'écarter de son cavalier, mais celui-ci l'attira à nouveau contre lui et murmura quelque chose à son oreille. De nouveau, elle secoua la tête. Mais, cette fois, elle prit un air apeuré.

Alerté, il fit demi-tour et se fraya un chemin entre les danseurs. Luttant pour résister à l'envie de mettre son poing dans la figure du type, il passa son bras autour des épaules de Millie.

— Qu'est-ce qui t'arrive ? demanda l'homme.

Sans prêter attention à lui, Jake commença à s'éloigner. Elle le regarda, les yeux brillants de larmes.

— Tu n'es pas obli…

— On y va, l'interrompit-il en se dirigeant rapidement vers la sortie.

Mais l'homme le rattrapa en le tirant par le bras.

— Hé ! Elle est avec moi. Tu n'as qu'à t'en trouver une.

— Non. Elle n'est plus avec toi. Elle t'a dit non. Alors maintenant, dégage.

— Elle a dit non, répondit l'homme en regardant Millie. Mais tu sais, il y en a qui aiment bien se faire un peu malmener.

Il sentit Millie trembler sous son bras et commencer à sangloter. Furieux à l'idée que ce sale type l'ait fait pleurer, il serra les poings. Mais quand l'homme se mit à tirer Millie par le bras, il perdit complètement son sang-froid. Sans même réfléchir, il lui envoya son poing dans la figure.

Aussitôt, une violente douleur sembla éclater dans son bras. Par réflexe, il s'était servi de sa main droite. Celle qui était blessée.

L'homme recula en vacillant, puis se redressa. L'air furieux, il commença à avancer vers lui. Mais soudain, le vigile qui se tenait devant la porte d'entrée l'attrapa par les épaules.

— Allez-y, docteur Travers, lui dit-il.

Jake leva les yeux vers lui. C'était un homme qui était venu faire soigner sa mère la semaine passée au dispensaire.

— Je vais m'occuper de cette ordure, ajouta-t-il.

Après l'avoir remercié d'un signe de tête, Jake sortit avec Millie. Mais il attendit d'avoir faire quelques pas sur le trottoir pour s'écarter d'elle. Alors, tout en marmonnant tous les jurons qu'il connaissait, il essaya de fléchir ses doigts endoloris, constatant avec soulagement qu'ils n'étaient pas cassés.

— Oh non ! s'exclama-t-elle en se rapprochant aussitôt de lui. Tu l'as frappé avec ta main blessée ? Mais qu'est-ce qui t'a pris ?

Furieux, il se redressa brusquement.

— Tu avais peur. Je suis venu à ton secours.

— Mais qui t'a dit que j'avais besoin d'être secourue ?

Ses mots étaient durs, mais elle les avait prononcés d'une voix calme. Délicatement, elle prit sa main dans la sienne et la porta à ses lèvres pour en embrasser les phalanges, qui commençaient déjà à enfler. Mais, soudain, il sentit une larme couler sur ses doigts. De sa main gauche, il lui releva doucement le menton.

— Millie…

Tout en secouant la tête, elle s'essuya les yeux d'un revers de main.

— Je vais conduire, murmura-t-elle.

Ils marchèrent en silence vers la voiture. Serrant les dents, il fit de son mieux pour ignorer la douleur qui continuait de lui tenailler la main.

Quand il se fut installé sur le siège passager, il se tourna vers elle.

— Millie, regarde-moi, s'il te plaît…

Elle s'exécuta. Mais l'expression qu'elle affichait était indéchiffrable.

— Qu'est-ce qui s'est passé ?

— Tu n'aurais jamais dû faire ça. Ta main n'est pas tout à fait guérie.

Comme elle avait ignoré sa question, il insista.

— Sur la piste de danse ? Quand ce type t'a attirée vers lui… ta réaction ?

— Ce n'est rien. J'ai eu un peu peur, c'est tout. Mais j'aurais pu me débrouiller toute seule, répondit-elle.

Et là-dessus, elle se mit à se mordiller la lèvre inférieure.

Il décida de ne pas insister : la dernière chose qu'il souhaitait, c'était bien la faire pleurer de nouveau.

Le trajet se fit dans un silence total. Quand elle eut garé la voiture, elle sortit aussitôt et se dirigea presque en courant vers la maison.

Persuadé qu'elle allait se retrancher dans sa chambre, il la suivit mollement. Mais, à sa grande surprise, il la retrouva dans la cuisine. Elle avait sorti un pot de glace du congélateur. Délicatement, il prit ses mains dans les siennes. Elles étaient encore toutes froides.

— Ecoute, Millie… Tu n'avais aucune raison d'avoir l'air si effrayée. Jamais tu ne devrais avoir peur d'un homme à ce point.

A ces mots, elle se mit à battre furieusement des paupières.

— C'est ma faute, finit-elle par dire d'une voix à peine audible. Je l'ai allumé.

— Allumé ? Tu as dansé avec lui, rien de plus. Je t'ai vue, Millie.

— Mais j'ai dû lui donner des idées.

— N'importe quel homme aurait « des idées », comme tu dis, en te regardant danser, répondit-il en souriant. Mais ça ne veut pas dire qu'on doit passer à l'action. Tu mérites d'être chérie et respectée, Millie.

Se demandant ce qu'il devait ou non lui révéler, il s'interrompit. Mais comme il avait l'esprit à la fois embrumé par la douleur et enivré par son parfum, il finit par se laisser aller :

— Et j'ai très envie de te chérir et de te respecter.

Aussitôt, il vit s'allumer dans ses yeux une lueur qui était le reflet parfait de son propre désir. Il aurait aimé en tirer parti, mais il se retint. Il n'avait pas le droit de profiter d'elle, en cet instant où elle paraissait si vulnérable.

Aussi commença-t-il à s'éloigner de la tentation qu'elle représentait.

Mais, brusquement, elle se rapprocha de lui et joignit ses lèvres aux siennes. A cet instant, il cessa totalement de réfléchir. Il n'y eut plus rien d'autre qu'elle.

Il lui avait laissé le choix. Après ce qui s'était passé dans le bar, il n'avait pas cherché à faire pression sur elle. Et il avait déclaré qu'il la chérirait et la respecterait.

C'était pour cette raison, entre autres, qu'elle avait tant envie de lui.

Elle n'avait pas eu l'intention de donner de fausses idées à son cavalier. Elle avait simplement envie de danser, de se perdre dans l'instant présent pour oublier la déception qu'elle avait éprouvée en le voyant avec Lana. Mais elle savait d'expérience que certains hommes cherchaient à prendre plus qu'elle n'était disposée à donner.

Pas lui, cependant. Et, de toute façon, ç'aurait été impossible, puisqu'elle était disposée à tout lui donner. Complètement submergée par l'émotion, elle se rapprocha encore de lui.

— Millie, dit-il d'une voix rauque et sensuelle, j'ai envie de toi. Je te veux tout entière. Mais seulement si ce désir est partagé.

— J'ai envie de toi aussi, répondit-elle dans un souffle.

Tout en la regardant intensément dans les yeux, il se pencha vers elle pour l'embrasser de nouveau avec passion, avant de prendre sa main dans la sienne pour la conduire vers sa chambre.

En passant dans le couloir, elle jeta un œil à la porte ouverte de la chambre de Brooke. Voyant qu'elle hésitait, il s'immobilisa.

— Tu peux arrêter ça à n'importe quel moment, Millie. Tu n'as qu'à demander.

Mais elle avait pris sa décision. Sans répondre, elle posa ses deux mains à plat sur sa poitrine et le poussa vers sa chambre. Comme si elle ne pesait pas plus lourd qu'une plume, il la porta dans ses bras.

Alors, un sentiment de sécurité total s'empara d'elle. Elle se sentait en parfaite confiance avec lui. Et elle avait désespérément envie de lui.

Après l'avoir doucement déposée sur le lit, il s'agenouilla à côté d'elle pour défaire ses sandales. Puis il fit lentement et sensuellement glisser ses mains sur ses jambes nues, s'attardant un peu sur la peau sensible et délicate de l'arrière de ses genoux.

Ivre de désir, elle se cambra légèrement. De ses lèvres chaudes et sensuelles, il se mit à embrasser ses cuisses.

Une vague de plaisir intense déferla sur elle et, au moment où il commença à faire glisser sa jupe le long de ses jambes, elle ferma les yeux pour mieux savourer l'instant présent.

De ses mains habiles et chaudes, il retira ensuite sa petite culotte et commença à déboutonner son chemisier.

— Millie, ouvre les yeux, dit-il alors d'une voix rauque et sensuelle.

Elle prit une profonde inspiration et plongea son regard dans le sien.

— Je ne suis pas habituée à recevoir autant d'attention, murmura-t-elle.

— Tu devrais. Tu devrais être respectée, adulée. Tu es intelligente, spirituelle et belle, à l'intérieur et à l'extérieur.

Là-dessus, il finit d'ouvrir son chemisier, et elle frissonna quand elle sentit l'air frais sur la peau brûlante de son ventre.

— Tu mérites tellement plus que tu ne le penses, Millie…

Elle fut si touchée par ses paroles qu'elle ne sut que répondre. Après avoir passé quelques secondes à la regarder en souriant tendrement, il la prit dans ses bras et, tout en se remettant à l'embrasser, fit sensuellement glisser les manches de son chemisier le long de ses bras. Elle le sentait toujours sourire contre sa bouche, mais, bien vite, son baiser redevint fiévreux et fougueux.

Au bout de quelques instants, elle le sentit détacher son soutien-gorge. Instinctivement, elle le retint contre sa poitrine. Il n'y avait pas de lumière, mais des rayons de lune filtraient à travers la fenêtre. Et elle se sentait soudain exposée, vulnérable.

— Et si on fermait les stores ? demanda-t-elle.

— Surtout pas, répondit-il en caressant tendrement sa joue.

Posant ses mains à plat sur son torse, elle le poussa un peu.

— D'accord. Mais je ne veux pas être la seule à être nue.

Aussitôt, il retira son T-shirt.

De la chaleur semblait irradier de son corps, tout en muscles et en lignes dures et bien dessinées. Une fois encore, son regard s'attarda sur la cicatrice qui marquait son épaule, et qui ne manqua pas de lui rappeler ce qu'il avait enduré. Quand elle se mit à lui caresser le torse du bout des doigts, elle le sentit trembler sous sa peau. Il cherchait à se maîtriser pour elle, et elle trouvait cela vraiment touchant.

Tout en laissant tomber son soutien-gorge, elle se rapprocha de lui et blottit son corps contre le sien. Ses caresses devinrent alors possessives et brûlantes. Tandis qu'elle frissonnait de plaisir, il baissa la tête vers ses seins, dont il prit un téton dans sa bouche. S'abandonnant totalement aux voluptueuses sensations qu'il lui procurait, elle laissa sa tête retomber en arrière et glissa sa main dans ses cheveux. Et, pendant qu'ils exploraient mutuellement leurs corps, il continua de lui murmurer des mots tendres et doux.

C'était une facette de sa personnalité qu'elle ignorait jusqu'ici, mais qui lui plaisait beaucoup. Entre ses bras, il était très différent de l'homme sérieux et légèrement distant qu'elle avait appris à connaître.

De ses mains brûlantes et de ses lèvres sensuelles, il explora chaque partie de son corps. Son désir grimpa progressivement, jusqu'à atteindre des sommets qu'elle n'aurait pas crus possibles. Elle n'était pas totalement inexpérimentée. Elle avait eu deux petits amis et savait ce qu'était l'attirance sexuelle. Mais c'était là une chose entièrement différente, bien plus intense que tout ce qu'elle avait pu ressentir jusqu'ici.

Au moment où elle finit par se dire que le désir qu'elle éprouvait ne pouvait être plus intense, il prit un préservatif dans le tiroir de sa table de chevet et, après l'avoir enfilé, l'enveloppa à nouveau dans la chaleur de ses bras.

— Maintenant ? murmura-t-il.

Emerveillée par sa retenue, elle hocha la tête et s'ouvrit totalement à lui.

Elle avait adoré le sentir contre elle, mais il était plus délicieux encore de le sentir en elle. Le plaisir monta peu à peu, et elle s'accrocha à ses épaules. Elle avait beau avoir envie de se retenir comme lui, elle n'était pas du genre à faire les choses à moitié. Au moment où elle s'abandonna totalement à lui et à son plaisir, une véritable vague de volupté déferla sur elle, la plongeant dans un tourbillon de sensations aussi intenses que voluptueuses, et elle comprit, à ce moment-là, qu'elle s'était perdue en lui et qu'elle le regretterait un jour.

Mais elle aurait bien le temps d'y penser plus tard.

Blottie dans ses bras, elle sombra dans un sommeil paisible et sans rêves.

Quelques heures plus tard, il la réveilla en traçant un chemin de baisers ardent le long de son dos. Ils firent l'amour à nouveau, en prenant leur temps et en s'abandonnant à la passion qui les unissait.

Mais quand les lueurs de l'aube la réveillèrent, elle fut soudain prise de panique. Comment avait-elle pu manquer à ce point de volonté, et laisser son cœur la mener sur un chemin qu'elle regretterait d'avoir emprunté ? Il fallait qu'elle se reprenne, qu'elle mette un peu de distance physique et émotionnelle entre elle et lui. Le problème, c'est qu'elle n'avait aucune idée de la façon dont elle allait s'y prendre, vu qu'ils habitaient sous le même toit.

Elle fit mine de se lever, mais il la serra contre lui.

— Ça va ? lui demanda-t-il gentiment.

— Très bien. Mais on va être en retard pour le petit déjeuner, si on ne se dépêche pas.

Ils devaient retrouver Olivia, Logan et Brooke à La vie est douce.

— Ça ne doit rien changer, tu sais ?

Ça changeait tout.

— Je sais.

Sentant le poids des émotions peser sur sa poitrine, elle se libéra de son étreinte. Elle ne voulait pas parler maintenant : elle avait trop peur de lui révéler ses sentiments réels. Sa mère lui avait appris que, en se dévoilant à l'autre, on se mettait toujours en situation de faiblesse. Si elle gardait ses secrets pour elle, elle conserverait sa position de supériorité.

Elle ne voulait pas tomber dans le même piège que sa

mère, qui avait fini par oublier qui elle était dans le simple but de satisfaire les désirs d'un homme. C'était d'ailleurs pour cette raison que Millie n'avait jamais cherché à s'engager dans une relation stable. Elle avait trop peur de perdre le contrôle de sa vie.

Après s'être enveloppée dans le drap, elle ramassa donc ses vêtements et alla se retrancher dans la salle de bains, à l'autre bout de la maison. Sous la douche, elle espéra que la chaleur de l'eau dissiperait ses peurs et ses regrets. *Ce n'est qu'une nuit*, songea-t-elle. *Ça ne veut rien dire du tout.* Et d'ailleurs, n'était-ce pas ce qu'il lui avait fait comprendre ?

Elle était en train de se faire cette réflexion quand la porte de la douche s'ouvrit. Sous ses yeux ébahis, il entra à son tour. Elle fit un pas en arrière, mais se retrouva pressée contre le mur. Le corps de Jake, imposant, emplissait presque tout le petit espace.

— Qu'est-ce que tu fais ? demanda-t-elle en croisant ses bras sur sa poitrine.

Sans répondre, il réajusta la pomme de douche pour que l'eau continue de couler sur elle. Manifestement, il ne voulait pas qu'elle ait froid.

— Est-ce que les choses ont changé entre nous, Millie ?

Elle s'essuya le visage de la main et cligna des yeux pour mieux le voir.

— C'est toi-même qui m'as dit que non. Ecoute, il n'y a pas assez de place pour deux, ici.

Il eut un sourire espiègle.

— Moi, je trouve qu'il y a plein de place, dit-il en posant sa main sur sa poitrine nue pour toucher son cœur. J'ai dit que ça ne devait rien changer. Parce que je ne voulais pas que ça change.

Elle se concentra sur les battements de son cœur, qui s'étaient brutalement accélérés.

— C'est nouveau, pour moi, Millie. Tout ce qui s'est passé au cours de ces dernières semaines est nouveau pour moi. Je ne suis pas sûr de moi, mais, ce que je sais, c'est que je ne veux pas te faire du mal. C'est à toi de décider. Si tu veux que ce soit plus qu'une simple nuit, j'en serai ravi. Mais si tu décides de t'arrêter là, je respecterai ta décision. Ce sera ton choix.

Une fois encore, il lui permettait de conserver sa liberté intacte. Il était sincère, elle le savait, mais en plaçant cette décision entre ses mains, il venait d'achever de briser ses défenses. Elle en voulait plus, bien plus. Mais était-il prêt à le lui offrir ? Tout en prenant une profonde inspiration, elle s'apprêta à lui dire qu'ils ne pouvaient pas continuer.

Mais, soudain, la vulnérabilité qu'elle vit briller dans ses yeux la frappa. Il avait toujours la main sur sa poitrine et elle sentait son pouls, qui battait aussi vite que le sien. Manifestement, elle n'était pas la seule à avoir peur. Leurs passés et leurs blessures émotionnelles les rapprochaient l'un de l'autre. C'était un lien entre eux, voire la base de leur relation. Pour la première fois de sa vie, elle eut l'impression qu'elle pouvait être sur un pied d'égalité avec un homme. Il y avait en chacun d'eux des eaux troubles et agitées, que leur union était peut-être seule capable de clarifier et d'apaiser.

— Alors je te choisis, finit-elle par dire. Je *nous* choisis.

Il ferma les yeux quelques secondes et inspira fortement. Mais quand il rouvrit les paupières, la vulnérabilité avait disparu. Remplacée par un intense désir.

— Bon… Alors, voyons si cette douche est assez grande pour deux, dit-il en l'attirant près de lui.

- 13 -

Au cours des quelques jours qui suivirent, Jake eut bien du mal à oublier les mots de Millie.

Je nous choisis.

A quand remontait la dernière fois où quelqu'un avait choisi à sa place ? Il s'était toujours battu pour obtenir ce qu'il voulait. Des choses qui, pour la plupart, avaient trait à son travail. Mais il avait désormais d'autres occupations que son métier.

Alors qu'il était plongé dans ces réflexions, son téléphone se mit à biper dans sa poche. Encore un texto qu'il allait ignorer. Le directeur de l'organisation, ainsi que quelques-uns de ses anciens collègues, avaient cherché à le contacter au cours des semaines qui venaient de passer. Ils n'étaient jamais à cours de projets, et Jake avait toujours été le médecin le plus disposé à se déplacer en un laps de temps minimum. Toujours prêt à partir, il aimait l'aventure et les situations difficiles, qu'il considérait comme un moyen de se mettre à l'épreuve et de rester détaché sur le plan émotionnel.

Il était donc toujours surpris par la satisfaction que lui procurait la vie qu'il menait désormais. Le temps qu'il avait passé avec Millie et Brooke lui avait donné envie de poursuivre sur cette voie, et il en était venu à s'imaginer qu'il pourrait peut-être, un jour, mener une vie de famille normale.

Mais parfois, le quotidien tendait à lui prouver contraire.

Ce jour-là, il s'était rendu aux répétitions du spectacle

musical de Brooke, dont le thème était la faune et la flore de la montagne. Chaque enfant devait être déguisé en arbre, plante ou animal. Mais il avait beaucoup de peine à les différencier. Deux petits garçons approchèrent, enveloppés dans des couvertures marron et coiffés de serre-tête surmontés de ce qui ressemblait à de petites oreilles. Des ours, supposait-il.

Une voix de femme se mit soudain à résonner derrière lui.

— Les costumes sont parfaits, vous ne trouvez pas ?

Il se retourna. C'était une mère d'élève.

— Euh… oui. Très créatif.

Elle sourit.

— C'est moi qui les ai réalisés. Millie est vraiment super, avec les enfants. Brooke a beaucoup de chance de l'avoir pour nourrice.

Tout en regardant Millie essuyer les larmes d'une petite fille, il acquiesça. Laura étant absente pour la journée, la jeune femme devait s'occuper seule des répétitions. C'était pour cette raison qu'il avait accepté de l'accompagner.

Depuis la scène, Brooke lui fit un signe de la main. Elle était déguisée en…

— Elle est vraiment adorable, en renard.

En renard ? Bien sûr… Il aurait sans doute deviné tout seul.

Tenant par la main la petite fille qui avait pleuré, Millie s'approcha d'eux.

— Ce n'est pas toujours facile de penser à aller aux toilettes quand on a autant de choses à faire. Vous pouvez vous occuper des autres enfants pendant que je la change ?

Sans attendre leur réponse, elle remit un carnet entre les mains de Jake.

— Tiens, ce sont les instructions pour la pièce.

Et sans lui laisser le temps de protester, elle prit la direction des toilettes.

Complètement désemparé, il se tourna vers la jeune mère.

— Désolée, dit-elle en secouant la tête. J'étais juste

passée pour déposer le goûter de mon fils, mais il faut que j'aille chercher ma fille à la danse.

Tout en souriant, elle lui tapota doucement l'épaule.

— Ne vous inquiétez pas. Je suis sûre que ça va bien se passer.

Et tout à coup, il se retrouva seul avec une quinzaine de bambins qui le dévisageaient d'un œil curieux. Le cœur battant à tout rompre, il s'approcha d'eux. Un petit garçon mit son doigt dans son nez et une fillette commença à trembler.

— Papa, pourquoi tu as l'air fâché ? lui demanda Brooke, dont le costume de renard consistait en un sweat orange et une paire d'oreilles pointues. Tu fais peur à Helena. Et Derek, il mange ses crottes de nez, c'est dégoûtant. La maîtresse, elle lui dit toujours de…

Il l'interrompit en mettant sa main devant lui.

— OK, Brookinette. Merci de m'en avoir informé.

Brusquement, il pointa son doigt sur la petite fille qui s'était mise à trembler.

— C'est toi, Helena ? On ne pleure pas, d'accord ?

Tout en éclatant en sanglots, la petite hocha la tête.

— On ne pleure pas, j'ai dit !

— Papa, arrête de crier, dit Brooke en s'approchant de la petite. T'inquiète pas, Helena, je vais te protéger.

— La protéger de moi ? s'exclama-t-il.

Et il sentit soudain la panique monter en lui. Les papas étaient-ils vraiment censés savoir comment se comporter avec un groupe d'enfants ? N'était-ce pas plutôt le rôle des mamans ?

— Papa, il faut que tu t'occupes des crottes de nez.

Il fit de son mieux. Mais on aurait dit que le petit garçon n'avait pas mangé depuis quinze jours.

Un quart d'heure plus tard, il était en nage. Les enfants avaient complètement cessé de répéter, et ils couraient en tous sens sur la scène.

Brusquement, il essaya d'attraper l'un des garçons, mais celui-ci lui échappa. Au même instant, tous les enfants s'immobilisèrent. Millie revenait. Et, de sa voix mélodieuse, elle s'était mise à chanter. Une chanson sur des enfants qui devaient arrêter leurs jeux pour l'écouter.

A sa grande surprise, ils se mirent en rang. Tous, sans exception.

Il avait crié, supplié, essayé de marchander… mais rien n'avait fonctionné. Elle s'était contentée de chanter une petite chanson, et ils s'étaient tous immobilisés.

Elle était vraiment étonnante.

— Ça a été ? lui demanda-t-elle.

— Très bien, répondit-il en s'essuyant le front d'un revers de main.

Elle eut un sourire amusé.

— Ce n'est pas aussi facile que ça en a l'air, hein ?

— Je n'ai jamais dit que ça avait l'air facile.

Les répétitions se déroulèrent dans le calme et, quand tout fut terminé, elle lui demanda d'aider les enfants à retirer leurs costumes.

Des parents, surtout des mamans, arrivèrent alors pour venir chercher leurs enfants. Ils parurent impressionnés par le fait qu'il était resté pour aider. Mais il eut la désagréable impression de les avoir trompées. Et quand il se retrouva enfin seul avec Millie et Brooke, il se sentit soulagé.

Pendant que la fillette avait le dos tourné, Millie l'embrassa discrètement sur la joue. Ils s'étaient mis d'accord pour garder le secret de leur relation, au moins dans un premier temps. Il imaginait bien que sa fille serait ravie de considérer Millie comme sa maman de substitution. Mais il ne se sentait pas prêt à sauter le pas.

— Ça a été horrible…, murmura-t-il.

— Mais tu as réussi, répondit-elle en passant sa main dans ses cheveux.

— Réussi quoi ? J'ai fait pleurer une petite fille et j'ai regardé, impuissant, un enfant qui mangeait tout ce qui sortait de son nez.

— Derek, dit-elle aussitôt.

— J'ai complètement paniqué, Millie. J'étais responsable

de ces enfants et je n'ai pas su faire face à la situation, dit-il en secouant la tête. Janis, elle, aurait su ce qu'il fallait faire.

— Jake, répondit-elle d'une voix patiente. Tu es un papa, pas un professionnel de la garde d'enfants. Tu t'es bien débrouillé. Ils ont tous survécu.

— Encore heureux…

— Pourquoi es-tu si dur avec toi-même ? lui demanda-t-elle en tapotant gentiment son bras. Tu as bien le temps de t'habituer.

— Mais en ai-je vraiment envie ?

Il sentait son regard sur lui, mais n'avait pas le courage de l'affronter.

— Je suis chirurgien. Je peux recoudre n'importe quelle plaie. Et pourtant, l'idée de fabriquer un costume pour ma fille me terrifie.

— Tu les achèteras en ligne.

— Ce n'est pas le problème, et tu le sais très bien. J'ai envie de faire partie de la vie de Brooke. Je l'aime et je ne peux pas imaginer ma vie sans elle. Mais je reste persuadé que je ne suis pas ce qu'il y a de mieux pour elle.

— Tu es son père.

— Ça, c'est de la biologie. Mon père à moi, il ne m'a jamais rien apporté, à part des chagrins. Et si j'ai bien compris, je pourrais dire la même chose du tien. J'ai peur. Peur de lui faire plus de mal que de bien.

— Ce ne sera jamais le cas, Jake.

— Tu ne peux pas le savoir.

Tout en secouant la tête, il tourna son regard vers sa fille.

— Janis et John essaient de faire pression sur moi pour obtenir sa garde. L'association essaie de faire pression sur moi pour que je reprenne mon travail sur le terrain.

— Je croyais que ton poste à l'hôpital te plaisait.

— C'est le cas. Mais ce n'est que temporaire.

— Pas nécessairement.

— Je ne suis pas fait pour ça, murmura-t-il. Même si je sais bien que tu voudrais que je le sois.

— Moi ? demanda-t-elle en se levant. Je n'ai rien à voir avec tout ça. C'est ta fille qui a besoin de toi dans sa vie.

— Je participerai à sa vie. Mais pas de la façon dont *tu* voudrais que je le fasse.

Incapable d'affronter la déception qui devait nécessairement se lire dans son regard, il se détourna d'elle. Il l'imaginait affichant la même expression que ses frères et sa sœur le jour où il avait quitté la maison familiale. Et il ne pensait pas pouvoir le supporter une nouvelle fois.

Les dernières paroles de Jake laissèrent place au silence. Il avait sans doute raison. Mais, curieusement, elle ne voulait pas abandonner. Elle était déterminée à lui prouver qu'il pouvait très bien s'occuper de sa fille au quotidien.

Alors qu'elle réfléchissait à ce qu'elle allait lui dire, la porte de la salle de spectacle s'ouvrit sur une femme. Millie la reconnut aussitôt. Et elle crut que son cœur allait s'arrêter.

— Madame Bradley ? balbutia-t-elle en avançant d'un pas hésitant vers elle. Qu'est-ce qui vous amène à Crimson ?

— Bonjour, Millie. Comme vous n'avez pas répondu à mes appels, j'ai contacté votre sœur, qui m'a dit que je pourrais vous trouver ici.

Millie sentit l'angoisse monter en elle. Qu'avait dit Mme Bradley à Olivia ? Que lui avait-elle raconté de l'histoire ? Derrière elle, Jake se racla la gorge. Elle l'avait complètement oublié.

— Euh… oui, pardon. Je vous présente Jake Travers.

Ils échangèrent une poignée de main.

— Karen Bradley. Doyenne du département éducation de l'université de Las Clara.

— Mme Bradley était ma tutrice pendant mes études.

— Millie travaille pour moi à Crimson, expliqua-t-il en hochant la tête.

Mme Bradley prit un air surpris.

— Ah oui ? Je croyais que vous travailliez dans cette école maternelle…

Sans laisser à Millie le temps de répondre, Brooke se précipita vers eux.

— Millie, c'est la fée Poppins. Ça veut dire que c'est ma nounou. Moi, je m'appelle Brooke. Et lui, c'est mon papa. Ma maman est morte quand elle est allée le chercher. Elle est au ciel, maintenant, mais j'aimerais bien qu'elle soit toujours là.

Mme Bradley regarda Brooke dans les yeux. Spécialiste de la petite enfance, elle avait écrit de nombreux livres sur le sujet, dont beaucoup étaient utilisés comme manuels dans les universités. Millie avait toujours été très impressionnée par ses talents.

— Ça a dû être très dur pour toi, répondit-elle en s'accroupissant devant la fillette.

Tout en hochant la tête, Brooke se mit à remuer ses doigts, comme si elle cherchait à serrer sa peluche contre elle. Mais Lapin était rangé dans l'un des casiers de la classe.

— C'est bien que tu aies ton papa avec toi.

— A mon anniversaire, j'avais fait le vœu d'avoir un papa. J'avais dit à Maman que je donnerai tous mes cadeaux pour avoir un papa comme mes copines. Alors après, Maman, elle est allée le chercher. Mais il y a eu un giga tremblement de terre et elle est morte.

Millie entendit Jake reprendre bruyamment son souffle, et elle se rendit soudain compte qu'elle avait retenu le sien. Personne n'avait jamais compris pourquoi Stacy avait brusquement décidé d'aller retrouver Jake, alors qu'elle lui avait caché l'existence de Brooke pendant des années. C'était donc à la demande de la fillette… Ce qui rendait la présence de Jake dans la vie de Brooke encore plus poignante.

— Tu es une petite fille très courageuse, Brooke.

— Je peux aller chercher Lapin ? demanda celle-ci en se tournant vers Millie.

— Bien sûr.

Alors que Brooke s'éloignait, Millie la suivit des

yeux. Elle ne pouvait se résoudre à croiser le regard de Mme Bradley ou de Jake.

— Je suis désolée pour ce qui vous est arrivé, entendit-elle.

— Ce n'est pas… Nous n'étions pas… Enfin, c'est une longue histoire.

Elle sentit la main de Jake se poser sur son épaule.

— Vous vouliez peut-être discuter en privé ? demanda-t-il.

— Oui, ce serait…, commença Mme Bradley.

— Non, tu peux rester, dit Millie, exactement au même moment.

Tout en prenant une profonde inspiration, elle se força à sourire.

— Vous êtes en vacances, madame Bradley ? Je suis ravie que vous soyez venue me voir, mais je ne sais pas…

— Je suis venue vous parler de Daniel Blaine, l'interrompit-elle en tournant son regard vers Jake. Vous êtes sûre que vous ne préférez pas parler de cela en privé ?

En réalité, elle était sûre de ne pas vouloir parler de Daniel Blaine. Du tout.

— Je ne vois pas ce qu'il y a à dire de plus sur cette histoire. Il y a deux versions, c'est tout. Mais j'ai compris la leçon et…

— Deux autres femmes sont venues me voir pour me dire qu'il leur avait fait des avances tout à fait inappropriées.

— Ah…

— Des avances inappropriées ? répéta Jake d'un air sidéré, en se tournant vers Millie. Est-ce que cet homme t'a fait du mal ?

— Non, répondit-elle en secouant la tête. Ce n'est pas ce que tu crois. Je ne pense pas que…

Embarrassée, elle se tourna vers Mme Bradley, qui la regardait d'un air bienveillant et compatissant.

— Je crois que Mme Bradley et moi avons besoin de rester seules quelques instants, en effet. On se rejoint à la maison, Jake ? dit-elle en baissant les yeux.

— Tu es sûre ? Je peux appeler Olivia, si tu as besoin de soutien…

Il posa sa main sur son épaule, mais elle s'écarta de lui.

— Je suis de son côté, affirma soudain Mme Bradley.

Manifestement rassuré par ces propos, Jake les salua et quitta la salle avec Brooke. Quand il eut disparu, Millie s'effondra sur l'un des fauteuils.

— Pourquoi êtes-vous venue jusqu'ici pour me dire cela ?

— Pour plusieurs raisons, répondit Mme Bradley, qui était restée debout. Vous avez été expulsée suite à l'incident avec M. Blaine.

— Parce que personne ne m'a crue, rétorqua Millie, qui se sentit brusquement submergée par un mélange de colère et d'humiliation.

— Je vous présente toutes mes excuses, dit Mme Bradley en s'accroupissant devant elle. C'est d'abord pour cette raison que je suis venue. Et aussi parce que j'aimerais que vous acceptiez de revenir pour faire une déclaration officielle. Voire pour porter plainte.

— Revenir ? répéta Millie en relevant brusquement la tête.

Mme Bradley acquiesça.

— Nous avons besoin de vous, Millie.

Il était près de 19 heures quand Millie rentra chez Jake. Après sa conversation avec Mme Bradley, elle avait erré un moment dans les rues. Il y avait à peine quelques semaines qu'elle était à Crimson et, pourtant, elle s'y sentait chez elle. En passant dans le quartier le plus ancien, elle songea à ceux qui avaient fondé la ville. Certains étaient venus pour chercher de l'or et faire fortune, d'autres simplement pour prendre un nouveau départ.

Et elle comprenait bien pourquoi. Face à ces hautes montagnes, on se sentait à la fois stabilisé, inspiré et humble. Elle aussi aurait aimé prendre un nouveau départ ici, mais sa conversation avec Karen Bradley lui avait rappelé que ces terres n'étaient pas les siennes.

Il lui avait été si facile de laisser son passé derrière elle, de l'ignorer en faisant comme si tout allait bien. Mais au fond d'elle-même, elle savait que ce n'était pas le cas, et qu'elle ne pourrait pas avancer tant qu'elle n'aurait pas affronté ce qui lui était arrivé.

Quand elle rentra à la maison, Jake était en train de lire une histoire à Brooke.

— Qu'est-ce que tu dirais d'une petite chanson ? demanda-t-elle en entrant dans la chambre de la fillette.

— Millie ! s'exclama Brooke en ouvrant les bras.

Elle vint s'asseoir sur le lit pour lui faire un câlin.

Elle adorait cette enfant, tout comme elle adorait son père.

Cette prise de conscience, même si elle n'était pas nouvelle, lui fit l'effet d'un choc. Et elle ne put se résoudre à regarder Jake, qui s'était levé au moment où elle s'était assise.

— Bonne nuit, ma chérie, dit-il en se penchant pour caresser les cheveux de Brooke, avant de déposer un doux baiser sur son front.

Millie se souvint du jour où elle l'avait rencontré : on aurait presque dit qu'il avait peur de toucher sa fille. Il avait parcouru tellement de chemin, depuis… Il ne pouvait tout de même pas abandonner maintenant…

Quand Brooke se fut endormie, elle se rendit dans le séjour, où elle trouva Jake assis sur le canapé. La vaste pièce n'était éclairée que par une petite lampe.

— Merci de t'être occupé de tout, lui dit-elle. Je ne pensais pas rentrer si tard.

Il la regarda intensément.

— Viens, Millie.

— Je suis fatiguée. La journée a été longue, tu sais…

— Mais il faut qu'on parle de ce que cette femme t'a dit.

Elle fit de son mieux pour prendre un air aussi naturel et décontracté que possible.

— Tout va bien. C'était juste un malentendu. C'est réglé, maintenant.

— Est-ce qu'Olivia est au courant ?

— Ce n'est rien, je te dis, murmura-t-elle d'une voix qui lui parut étrange.

— Si tu refuses de m'expliquer, j'appelle ta sœur.

— Est-ce une menace ?

— Peu importe. Je veux savoir ce qui s'est passé.

Il n'abandonnerait pas, de toute évidence. Elle n'avait aucune envie d'aborder ce sujet mais, à bien y réfléchir, elle préférait le faire avec lui qu'avec sa sœur. Olivia était très protectrice, et elle ne voulait pas qu'elle se fasse de souci à son sujet.

Résignée, elle finit donc par s'asseoir à l'autre bout du canapé, aussi loin de lui que possible.

— J'ai eu quelques problèmes avec le directeur de l'école élémentaire où j'effectuais mon stage. Mais comme je te l'ai dit, c'est réglé, maintenant.

— Est-ce qu'il t'a fait du mal ? demanda-t-il d'une voix douce mais tendue.

— Non.

Elle prit une profonde inspiration.

— Enfin, pas vraiment… Au départ, il s'est montré très attentionné et très encourageant. Petit à petit, nous sommes devenus amis, et je le considérais un peu comme un mentor. Je me suis rapprochée de lui, mais il s'est trop rapproché de moi à mon goût.

— Comment ça ?

Gênée, elle baissa les yeux.

— Eh bien… il est devenu un peu trop tactile, si tu vois ce que je veux dire.

— Je ne vois pas, non. Explique.

Elle eut soudain l'impression d'être en train de subir un interrogatoire. N'appréciant pas du tout ce que la situation révélait d'elle et de ses faiblesses, elle croisa fermement ses bras sur sa poitrine.

— Il a essayé de m'embrasser et m'a fait clairement comprendre qu'il voulait passer au stade supérieur.

— Un stade qui impliquait une relation sexuelle ?

Sa franchise la fit grimacer.

— Il m'a dit que le contenu de mon rapport de stage dépendrait de la façon dont je me serais comportée.

— Harcèlement sexuel.

— On allait souvent boire un verre ensemble. Je l'aimais bien, j'avais l'impression que je pouvais lui faire confiance… Il était marié, avait des enfants et une excellente réputation. Il m'a dit que je lui avais envoyé des signaux contradictoires et que les parents d'élèves ne pourraient pas me faire confiance. Il m'a dit aussi que je ne ferais pas une bonne institutrice, parce que j'allais passer mon temps à allumer les pères des élèves, et que, par conséquent, personne n'aurait envie de me confier ses enfants.

En prononçant ces mots à haute voix, elle avait senti l'humiliation refaire surface, dans toute sa force. Ses joues étaient devenues brûlantes.

— Tu sais bien que c'est n'importe quoi…, objecta Jake.

— Oui, mais…

Elle ne put terminer sa phrase.

— Mais quoi ?

Malgré son embarras, elle s'obligea à le regarder dans les yeux.

— Mais c'est comme ça que ma mère menait sa vie. Je ne dis pas qu'elle n'était pas fidèle à mon père. Elle l'était. Mais quand elle était devant un mécanicien ou devant son propriétaire, par exemple, elle jouait toujours de son charme pour les convaincre de l'aider ou de régler ses problèmes. Ce comportement… elle en tirait une véritable fierté, et c'est l'une des rares choses qu'elle ait essayé de m'apprendre.

Elle prit une profonde inspiration, avant de poursuivre :

— Elle me disait que c'était là que résidait tout mon pouvoir… Et pourtant, je la voyais abandonner le sien chaque fois qu'elle faisait d'elle un objet pour ces hommes. Je me suis juré de ne jamais mener ma vie comme elle. Mais il y a des fois où je me dis que j'ai trop d'elle en moi, et que je ne peux pas m'en empêcher.

Bouleversée, elle se laissa tomber sur les coussins du canapé.

— C'est d'ailleurs ce que Daniel Blaine a dit aux gens de l'université. J'étais tellement gênée que je n'en avais parlé à personne. Mais comme il avait peur que je le fasse, il m'a devancée. Il est allé voir le conseil d'administration et ma tutrice, Mme Bradley, pour dire que je lui avais fait des avances. Evidemment, j'ai nié. Mais le mal était déjà fait.

— Ils l'ont cru ?

— La plupart d'entre eux. Si j'ai bien compris, Mme Bradley a eu des doutes. Mais, de toute façon, elle ne pouvait pas faire grand-chose.

— Elle aurait pu prendre ta défense.

— Elle a fait de son mieux, répondit-elle en haussant les épaules. Ils voulaient me renvoyer définitivement, mais elle s'est arrangée pour que je sois seulement mise à l'écart pendant un semestre. Alors je suis venue me réfugier ici, chez Olivia. Tu sais, je suis bien, à Crimson. Mais Mme Bradley veut que je retourne en Californie. Daniel a abordé deux autres stagiaires. Il est allé assez loin avec l'une d'elles.

Elle secoua la tête.

— S'ils m'avaient crue, rien de tout ça ne serait arrivé. Si je paraissais un peu plus sérieuse, si je n'avais pas l'air d'une fille susceptible de s'attirer ce genre d'ennuis… Bref, si je ressemblais à Olivia, les choses ne se seraient pas passées comme ça.

— Ce n'est pas ta faute, dit-il en venant s'installer à côté d'elle.

Il prit ses mains dans les siennes. Elle sentait qu'elle tremblait, mais, curieusement, elle n'était pas gênée à l'idée qu'il la sache si vulnérable.

— Tu ne peux pas t'en vouloir parce qu'un sale type a essayé de profiter de toi.

— Si je n'avais pas…

— Arrête ! Tu n'as rien à te reprocher.

Jamais elle n'avait eu autant envie que quelqu'un la serre dans ses bras. Comme s'il avait lu dans ses pensées, il la hissa sur ses genoux et, tendrement, se mit à masser les muscles de sa nuque. Dans un soupir, elle laissa doucement retomber sa tête contre son épaule. Ils restèrent ainsi pendant de longues minutes, et sa présence finit par l'apaiser totalement.

— Qu'est-ce que tu envisages de faire, maintenant ? lui demanda-t-il alors doucement.

Elle prit le temps de réfléchir avant de répondre :

— Je vais y retourner.

A ces mots, elle le sentit se crisper.

— Quand ? Et pendant combien de temps ?

— Je ne vous laisserai pas sans rien. Mme Bradley veut que je prenne l'avion la semaine prochaine pour faire une déclaration officielle. Mais ça ne prendra qu'un jour. J'ai déjà appelé Olivia : elle t'aidera pendant mon absence. J'ai pris un engagement et je me dois de l'honorer.

— Ce n'est pas ce que je voulais dire.

— J'ai fui lâchement, Jake, dit-elle en enfouissant sa tête dans son épaule. J'aurais dû me battre davantage pour leur faire comprendre que je ne mentais pas. J'aurais dû me battre davantage contre lui. Je veux devenir institutrice. Je pense que je suis douée pour ça.

— Tu ferais une excellente institutrice, Millie. C'est tout à fait évident.

— Tout comme tu ferais un merveilleux père de famille.

Il se mit à rire.

— Bel essai. Mais on ne changera pas de sujet comme ça. C'est de toi qu'il s'agit, en ce moment.

— Non, c'est de nous deux, rétorqua-t-elle en se forçant à relever la tête vers lui. On est dans la même galère.

— Une galère, carrément ?

— Tu vois très bien ce que je veux dire. On s'interroge tous les deux sur ce qu'on va faire ensuite. Toi avec Brooke, et moi pour finir mes études.

— En Californie ? demanda-t-il d'une toute petite voix.

— Pendant un temps, oui.

Il garda le silence durant un long moment, se contentant de la contempler d'une façon qui réchauffa son cœur tout entier. Elle était enveloppée dans la chaleur de ses bras, et le silence de la maison créait une sorte de cocon autour d'eux. Elle n'avait plus aucune envie de penser à son avenir et à ce qui allait se passer ou non entre eux. Elle voulait simplement être ici, maintenant, avec lui.

Sensuellement, elle passa le bout de sa langue sur ses lèvres.

— Millie, murmura-t-il, tu n'es pas obligée… Tu as eu une journée difficile.

— Mais j'ai envie de ça, murmura-t-elle contre sa bouche. J'ai envie de toi.

Sans répondre, il joignit ses lèvres aux siennes et l'embrassa avec fougue et passion, lui faisant silencieusement comprendre qu'il éprouvait la même envie. C'était tout ce qu'elle avait besoin de savoir.

Ses mains commencèrent à s'agiter fiévreusement sur sa peau, et elle sentit le désir monter en elle.

— Je te veux dans mon lit…, murmura-t-elle. Sur moi, sous moi. Je veux être tout à toi.

Sans réfléchir, elle se libéra de son étreinte pour se lever. Il eut l'air déçu, mais cette expression disparut aussitôt de son visage quand elle lui tendit la main.

Une fois arrivés dans la chambre, ils se déshabillèrent ensemble lentement, chacun explorant longuement le corps de l'autre en murmurant son désir.

Un long moment plus tard, alors qu'ils se reposaient dans les bras l'un de l'autre, elle le vit fermer doucement les paupières.

— Je vais retourner dans ma chambre, lui dit-il en l'embrassant sur le bout du nez.

Elle le serra plus fort contre lui.

— Demain matin, murmura-t-elle.

Comme il s'était un peu crispé, elle prit son visage entre ses mains.

— Tu n'as pas à te sentir gêné avec moi.

Ses traits s'adoucirent, et il l'embrassa à nouveau.

— Comment fais-tu pour toujours deviner ce que je pense ?

— Je te connais.

— Les cauchemars surviennent toujours quand je suis plongé dans un sommeil profond. Si tu es à côté de moi et que je commence à me débattre, je pourrais te faire du mal.

— Tu ne me feras pas de mal, Jake, répondit-elle en caressant doucement sa joue. Tu ne fais jamais de nuit complète. J'ai vu ton téléphone : tu fais sonner le réveil toutes les heures. Ce n'est pas sain, tu sais ?

— Quand je me réveille à intervalles réguliers, répondit-il en haussant les épaules, je ne fais pas de cauchemars. Mais c'est surtout pour Brooke que je fais ça. Je ne veux pas lui faire peur. Je sais trop ce que c'est, d'avoir peur de son père.

— Ton père était un homme horrible. Mais tu n'as rien de commun avec lui.

Tout en soupirant, il s'écarta d'elle.

— Il vaut mieux que je retourne dans ma chambre, de toute façon.

— Non, dit-elle en l'attirant de nouveau vers elle. Fais l'essai ce soir. J'ai le sommeil léger ; si tu commences à t'agiter, je m'éloignerai.

— Tu es vraiment adorable, Millie.

Il passa un long moment à la regarder comme s'il cherchait à déchiffrer une énigme. Et, soudain, dans un soupir, il se laissa tomber sur le dos et l'attira contre sa poitrine.

— Dors. Je reste avec toi.

Quelques minutes plus tard, elle entendit sa respiration devenir régulière : il avait succombé à la fatigue. Elle demeura quelques instants les yeux ouverts, à savourer la chaleur de son corps. Mais, bien vite, ses paupières se fermèrent. Et elle ne chercha pas le moins du monde à lutter.

- 14 -

Jake se réveilla, le matin, plus reposé qu'il ne s'était senti depuis des mois. Il n'avait pas quitté le lit de Millie, n'avait pas fait sonner son réveil toutes les heures, et, pourtant, il avait dormi toute la nuit, blotti contre sa chaleur douce et rassurante.

Instinctivement, il se pencha pour l'embrasser dans le cou. Tout en souriant, elle se tourna pour lui faire face. Sans ouvrir les yeux, elle passa ses bras autour de son cou pour l'embrasser avec passion. Puis ils firent de nouveau l'amour. Lentement. Tendrement.

Quand il se leva enfin, il se hâta d'aller prendre une douche. Il devait aller travailler au dispensaire ce jour-là. Après avoir discrètement embrassé Millie, il dit au revoir à sa fille.

— Pourquoi tu t'en vas, Papa ? demanda-t-elle en levant ses grands yeux bleus vers lui.

— Il faut que j'aille travailler, Brookinette. Mais je reviens très vite, je te le promets.

— Tu travailles trop, dit-elle d'une voix plaintive. Maman aussi, elle travaillait trop, et ensuite elle est morte.

Troublé, il resta quelques instants immobile.

— Je ne vais pas mourir, finit-il par répondre. Tu es allée à l'hôpital avec moi. Tu sais bien que ce n'est pas dangereux.

— Mais je ne veux pas que tu partes. J'ai peur que tu ne reviennes pas.

Déconcerté, il se tourna vers Millie, qui secoua doucement la tête. Manifestement, il allait devoir se débrouiller seul.

— Il ne m'arrivera rien, Brooke, dit-il en s'accroupissant à côté d'elle.

— Mais s'il t'arrive quand même quelque chose ?

— Il ne m'arrivera rien, je te dis.

— Mais si… ?

— Stop ! s'écria-t-il en se levant.

Le menton de la fillette, qui avait les yeux rivés sur lui, se mit à trembler. Il avait élevé la voix et, tout à coup, il avait été transporté dans sa propre enfance : petit, dans la maison familiale, il osait à peine parler, de peur de la réaction qu'il déclencherait chez son père, dont l'humeur pouvait changer à chaque instant.

— Je te promets que je vais revenir, dit-il en s'efforçant d'adopter une voix douce.

Il n'avait pas l'habitude qu'on lui demande de rendre des comptes sur ses horaires. Auparavant, il pouvait aller où il voulait quand il le voulait. Personne ne s'en souciait. Les choses étaient différentes, désormais. Il le savait, mais il avait du mal à s'adapter.

— Toi, tu vas à l'école ; moi, je vais à mon travail. Tout va bien se passer, ne t'inquiète pas.

Instinctivement, il la prit dans ses bras.

— Je t'aime, Brooke.

C'était la première fois qu'il prononçait ces mots à haute voix.

— Je t'aime aussi, Papa, répondit-elle en lui faisant un petit sourire.

Et soudain, elle se libéra de son étreinte et commença à se diriger vers sa chambre.

— Je vais m'habiller. Tu pourras me faires des tresses, Millie ?

— Bien sûr, répondit celle-ci.

Et, en suivant Brooke, elle déposa au passage un tendre baiser sur sa joue.

— Tu es un type bien, Jake.

Ragaillardi par ces mots, il partit travailler. Et quand il arriva à l'hôpital, Vincent lui demanda de bien vouloir venir dans son bureau. L'objectif, naturellement, était de lui proposer un poste permanent. Jake s'était bien douté que la chose arriverait, tôt ou tard, et il s'était demandé comment il allait réagir à l'idée de s'enraciner quelque part. Il répondit à Vincent qu'il allait réfléchir. Mais plus il songeait à la façon dont Brooke l'avait regardé quand il lui avait dit qu'il l'aimait, plus il avait envie d'accepter.

Cette enfant méritait d'être heureuse. Elle méritait qu'il s'engage auprès d'elle.

Une image se forma soudain dans son esprit. Comme une photo de famille : Millie, Brooke, lui, et peut-être un petit frère ou une petite sœur. Son cœur se mit à battre à tout rompre. Mais ce n'était pas de la panique. C'était plutôt… de l'enthousiasme.

Malheureusement, sa bonne humeur ne fut que de courte durée. Il y avait eu une explosion dans une mine d'argent au nord de la ville, et une dizaine d'hommes avaient été blessés. Bien vite, il se perdit totalement dans son travail, qui l'absorba tellement qu'il ne pensa pas une seule seconde à l'heure.

Quand il sortit enfin de l'hôpital, il se sentait complètement épuisé. Mais un nouveau flux d'adrénaline lui parcourut le corps quand il vit un camion de pompiers garé devant sa maison. Paniqué, il se précipita à l'intérieur.

Brooke fut la première à s'apercevoir de sa présence.

— Papa, tu n'es pas revenu ! cria-t-elle. Tu es parti, et on avait besoin de toi, et tu n'es pas rentré à la maison.

Les battements de son cœur s'étaient un peu apaisés quand il avait constaté que sa fille ne paraissait pas blessée.

— Excuse-moi, Brooke…

Ignorant le regard désapprobateur de Janis, il prit la fillette dans ses bras et la serra fort contre lui.

— Je suis là, maintenant. Qu'est-ce qui s'est passé ?

— La fée Poppins est restée morte pendant longtemps. J'ai saigné et ça l'a tuée.

Il crut que son cœur allait s'arrêter.

— Je vais bien, dit soudain Millie depuis le canapé, dont la vue lui était en partie dissimulée par deux pompiers. Ce n'est pas grand-chose. Désolée pour tout ce remue-ménage.

— Je suis médecin, dit-il en s'approchant. Expliquez-moi ce qui s'est passé.

— Traumatisme crânien avec plaie ouverte. Ça ne ressemble pas à une commotion cérébrale, mais on ne peut pas exclure cette possibilité.

— Je n'ai pas de commotion cérébrale, dit-elle en levant les yeux au ciel.

Il se mit aussitôt à écarter ses cheveux pour examiner sa blessure.

— Brooke a eu une égratignure, expliqua-t-elle. Je ne suis pas très à l'aise avec le sang. Je me suis évanouie, mais heureusement j'ai heurté le plan de travail, et ça m'a ralentie dans ma chute.

Elle lui adressa un léger sourire, qu'il ne lui rendit pas.

— Mais du coup, il y a eu encore plus de sang, et je me suis à nouveau évanouie.

Elle interpréta correctement le regard qu'il lui adressa, car elle se hâta d'ajouter :

— Mais ça n'a duré que quelques minutes.

— Heureusement qu'on passait par là, intervint Janis, qui s'était approchée d'eux avec Brooke. La pauvre petite était complètement terrorisée.

Il baissa les yeux vers sa fille, qui serrait sa peluche contre elle comme si sa vie en dépendait.

— Tu avais dit que tu rentrerais, Papa…

— Je suis désolée, murmura Millie.

Ce fut à ce moment-là qu'Olivia entra dans la maison comme une furie.

— Qu'est-ce qui se passe ? s'exclama-t-elle.

— Je suis désolée, répéta Millie. J'ai appelé ma sœur quand les grands-parents de Brooke sont arrivés. Tu ne répondais pas au téléphone, et j'avais besoin de… quelqu'un à mon côté.

Plongeant son regard dans le sien, il crut y lire les mots qu'elle n'avait pas prononcés : *Parce que toi, tu n'étais pas là.*

Entre-temps, Brooke s'était précipitée vers Olivia.

— Tatie Livvy, Millie a failli mourir comme Maman.

— Oh ! ma chérie, dit Olivia en la serrant dans ses bras. Mais elle va bien, maintenant, tu vois ?

La fillette hocha la tête.

— Je me suis fait mal, moi, dit-elle en relevant le menton pour lui montrer son pansement. J'ai beaucoup saigné.

— En tout cas, tu as été très courageuse, lui dit Jake, avant de baisser les yeux vers Millie. Tu vas bien ?

— Ça ira mieux quand vous arrêterez tous de tourner autour de moi, répondit-elle d'une toute petite voix.

Comme si elle se sentait coupable de quelque chose, elle paraissait gênée.

Il ne comprit pas pourquoi, mais il remercia les deux pompiers et les raccompagna jusqu'à la porte : elle n'avait pas besoin de points de suture, et il serait là pour la surveiller de près, au cas où elle présenterait des symptômes de commotion.

Quand il revint dans le séjour, Millie s'était assise sur le canapé et Brooke était blottie contre elle. Janis, qui se trouvait dans la partie cuisine, s'approcha brusquement de lui.

— Je vais ramener Brooke à la maison, dit-elle en le regardant comme si elle le mettait au défi de contester.

Ce qu'il fit, bien sûr, immédiatement :

— Je ne vois pas en quoi ça va arranger les choses.

— Vous avez vu la tête qu'elle avait, Jake ? Elle était terrorisée. Après tout ce qu'elle a enduré, elle a besoin de stabilité. Elle a besoin d'être avec des personnes qui feront passer ses besoins en priorité.

— C'est ce que je fais, Janis.

Elle secoua furieusement la tête.

— Ce n'est pas vrai. Ma fille est morte pour essayer de donner à Brooke un père. Stacy avait mis toute sa vie en suspens pour elle. Elle était complètement dévouée à sa fille. Et elle était toute seule pour l'élever.

— Ce n'est pas ma faute si elle m'a caché son existence pendant quatre ans.

— Non, répondit-elle après un moment de réflexion. Mais vous, vous avez embauché une soi-disant nourrice. Une nourrice qui s'évanouit à la vue du sang. Une nourrice que vous regardez toujours d'un air lubrique, ajouta-t-elle en plissant les yeux. Vous croyez que je n'avais pas remarqué à quoi vous jouiez, tous les deux ? Vous pensez que c'est un bon exemple, pour la petite ? En tout cas, ce n'est pas comme ça que Stacy aurait voulu qu'elle soit élevée. Elle aurait voulu que sa fille vive dans un foyer stable et tranquille.

Elle s'interrompit avant de poursuivre, d'une voix plus douce.

— Mais je sais que ce n'est pas le genre de vie de famille que vous avez vous-même connu… Je me suis renseignée sur vous en ville et…

— Vous n'avez aucun droit !

— S'il s'agit de protéger ma petite-fille, j'estime que j'ai tous les droits. Cette enfant, c'est à moi de m'en occuper. Vous dites que vous voulez ce qu'il y a de mieux pour elle. Or, John et moi pouvons lui offrir la stabilité d'un foyer. Ce qui s'est passé ce soir prouve qu'elle doit revenir avec nous.

Ce qui s'était passé ce soir-là lui prouvait surtout que sa vie était plus compliquée encore qu'il ne l'avait imaginé.

— S'il vous plaît, laissez-moi la reprendre…

La voix de Janis s'était brisée, soudain, et elle s'était mise à pleurer.

Ne sachant que faire, il soupira.

— Elle peut passer la nuit avec vous, mais je ne peux rien vous promettre de plus, pour le moment, affirma-t-il.

Ce qui n'était pas tout à fait vrai. Au fond de lui, il savait qu'il finirait par laisser Janis et John élever sa fille, parce que c'était ce qu'il y avait de mieux pour elle. Malgré tous les efforts qu'il avait accomplis, il n'arrivait toujours pas à croire qu'il puisse un jour devenir un père de famille correct. Brooke méritait tellement plus que ce qu'il était à même de lui donner…

La gorge serrée par l'émotion, il se détourna de Janis pour ne pas lui montrer que son cœur était en train de se briser.

— Brookinette, dit-il en s'approchant du canapé, mais en évitant le regard de Millie, tu vas passer la nuit chez Papy et Mamie. Tu es contente ?

La fillette secoua fermement la tête.

— Je veux rester ici, pour que tu ne partes pas et que Millie ne meure pas.

— Je vais bien, ma chérie, dit Millie en la serrant plus fort contre elle. Tu sais que je pars en Californie demain. Mais je serai de retour pour te chanter ta berceuse dès le lendemain soir.

— Papa a besoin de moi, dit Brooke, dont le regard innocent était fixé sur Millie.

— Evidemment, répondit-elle en lui souriant gentiment. Tu seras toujours là pour lui. Tout comme il sera toujours là pour toi.

En entendant ces paroles, il sentit son cœur se serrer. On aurait dit qu'elle les avait prononcées pour lui plus que pour la petite.

Tout en se redressant un peu, elle avait pris Brooke sur ses genoux.

— Mais maintenant, tu vas passer une bonne soirée chez tes grands-parents. Je suis sûre qu'ils iront chercher des beignets pour le petit déjeuner.

— Ce n'est pas une façon très saine de commencer la journée, marmonna Janis.

Millie la regarda en haussant les sourcils.

— Mais si ça te fait plaisir, on ira en chercher, évidemment, se hâta d'ajouter sa grand-mère.

Tout en passant ses bras autour des épaules de Millie, Brooke l'embrassa sur la joue.

— Je t'aime, fée Poppins.

— Je t'aime aussi, Brookinette, répondit-elle en l'aidant

à se lever. Amuse-toi bien chez Papy et Mamie. Tu me raconteras quand tu reviendras.

Après avoir acquiescé, Brooke alla embrasser Olivia et Jake.

— Je te ramènerai un beignet, Papa.

Il la serra fort contre lui. Il aurait voulu ne jamais la laisser partir. Jamais.

Quand la fillette eut disparu avec ses grands-parents, Millie dut enfoncer ses ongles dans les coussins du canapé pour s'empêcher de se rapprocher de Jake. Il avait l'air tellement malheureux et seul…

Arrête-la ! avait-elle envie de crier. *Ne la laisse pas partir !*

Ce n'était que pour une soirée. Sa réaction était très certainement exagérée, mais elle ne pouvait se défaire du sentiment que Jake avait abandonné la partie.

Il finit par se tourner vers elle. Mais il ne chercha pas à croiser son regard.

— Je vais chercher des instruments pour examiner ta blessure.

— Je vais bien, Jake, dit-elle en se tournant vers sa sœur, qui hocha la tête d'un air encourageant. Les pompiers ont dit que j'allais bien.

— Ils ont dit qu'il y avait un risque de commotion cérébrale.

— Tu sais très bien que ce n'est pas le cas.

Enfin, il la regarda dans les yeux.

— Fais-moi plaisir, Millie.

Il y avait dans sa voix une telle tendresse qu'elle en fut totalement bouleversée. Elle finit donc par hocher la tête. Et quand il eut disparu dans le couloir, elle se tourna vers Olivia.

— Je crois que je me suis mis dans un sale pétrin, lui dit-elle.

— Tu es tombée amoureuse de lui, affirma Olivia.

Millie ravala un sanglot.

— Comment ai-je pu me montrer aussi stupide ? J'ai fait exactement comme ma mère. Je suis tombée amoureuse de mon employeur. Un homme que je ne pourrai jamais avoir.

— Pourquoi pas ?

— Ecoute, Olivia, je t'ai déjà dit que je ne pouvais pas tenir en place, que je ne voulais pas m'engager. Je ne laisserai jamais un homme me dicter ce que j'ai à faire de ma vie. Comme ma mère l'a fait.

— Jake n'est pas du genre à vouloir diriger la vie de qui que ce soit.

— Mais il n'est pas non plus du genre à se poser. Et même s'il le faisait, ce serait pour Brooke. Ils ont besoin de temps, tous les deux. Et je ne veux pas m'interposer entre eux.

— Tu ne t'interposes pas, Millie. Au contraire, tu les aides à se rapprocher.

— Je ne peux pas prendre le risque de…

Elle s'interrompit. Il venait d'entrer dans la pièce.

— Je vais y aller, dit Olivia en serrant Millie contre elle. Je suis contente que tu ailles bien, et contente que tu m'aies appelée.

— Je peux rester chez toi, ce soir ? demanda Millie à sa sœur au moment où celle-ci se redressa.

Du coin de l'œil, elle vit que Jake s'était crispé. Mais elle garda son regard fixé sur Olivia.

— Bien sûr, finit par répondre sa sœur, d'un air néanmoins indécis. Comme c'est moi qui te conduis à l'aéroport demain, ce sera plus pratique. Je vais appeler Logan. Je t'attends sous la véranda.

Quand elle se retrouva seule avec Jake, Millie baissa les yeux.

— Je suis désolée. J'ai tout fichu en l'air.

— Qu'est-ce que tu racontes ?

Elle essaya de se lever, mais il l'en empêcha en posant ses mains sur ses épaules.

— Il faut que j'examine ta plaie.

— Ce n'est rien. C'est juste… le sang… Si tu savais comme je m'en veux d'avoir fait peur à Brooke !

Complètement submergée par l'émotion, elle plaça ses deux mains sur ses yeux.

— Elle a cru que j'étais morte, murmura-t-elle.

— C'était un accident.

— Un accident que j'aurais pu prévenir. Je me suis toujours évanouie à la vue du sang. Si je vous l'avais dit, à toi et à Brooke, elle n'aurait pas eu si peur.

— Comment s'est-elle égratigné le menton ?

Il s'était mis à lui masser les épaules, et elle sentait déjà ses muscles se détendre.

— Elle est tombée de son petit vélo. Elle était perturbée parce que tu étais en retard et…

— Tu insinues que c'est ma faute ?

— Ce n'est pas du tout ce que je voulais dire. Le vélo a heurté une pierre et elle est tombée sur le gravier. Au départ, j'ai pensé que ça irait, mais tu es bien placé pour savoir à quel point les petites plaies au visage peuvent saigner. Je l'ai fait rentrer dans la maison pour la soigner, et c'est là que je suis tombée dans les pommes. C'est ma faute, Jake. Uniquement ma faute.

— Ou celle du destin.

Elle laissa échapper un rire amer.

— Tu ne crois même pas ce que tu dis. Ecoute, reprit-elle en le regardant bien en face, je t'ai entendu parler à Janis.

— Elle veut ce qu'il y a de mieux pour Brooke.

— Toi aussi.

— C'est là tout le problème. Je ne suis pas ce qu'il y a de mieux pour elle. Je suis trop impliqué dans mon travail. Ce qui s'est passé aujourd'hui en est la preuve. J'aime mon métier. J'ai cru que je ne pourrais plus jamais l'exercer, mais on m'a donné une nouvelle chance de le faire et j'ai envie de la saisir.

— Tu veux dire que tu envisages de reprendre ton poste au sein de Médecins sans Frontières, c'est ça ?

Son regard devint dur.

— J'ai fait tout ce que j'ai pu, et regarde ce qui s'est passé.

— Mais c'est à cause de moi, dit-elle dans un sanglot. Tu m'avais promis…

— Je ne t'ai jamais rien promis, Millie.

Ces mots lui firent l'effet d'une gifle.

— C'est vrai, murmura-t-elle, alors qu'une douleur lancinante commençait à s'emparer de son cœur.

Des paroles de sa mère lui revinrent brusquement à l'esprit : « Les hommes ne font pas de promesses à des gens comme nous, ma chérie. Il faut prendre ce qu'on peut prendre et s'en contenter. »

Luttant pour se libérer de son étreinte, elle se leva.

— Je vais chez ma sœur.

— Tu n'es pas obligée d'y aller. Tu es bien, ici. Je ne te toucherai plus, si tu n'en as plus envie.

Mais c'était là tout le problème. Elle avait envie qu'il la touche presque autant qu'elle avait envie de vivre. Pour lui, elle se sentait prête à oublier ses rêves, à refouler tous ses besoins. Comme sa mère l'avait fait.

— Je m'en vais, Jake. Je pars demain, et quand je rentrerai, je continuerai de m'occuper de Brooke jusqu'à la fin du mois. Mais je resterai chez ma sœur.

— Non. Brooke a besoin de toi ici.

— Mais elle a davantage besoin de toi. Janis avait raison. Toi et moi ne faisons que compliquer la situation, alors que nous savons l'un comme l'autre que ça ne durera pas.

— Comment peux-tu savoir que ça ne durera pas ?

— Tu envisages de rester à Crimson ?

L'air embarrassé, il détourna son regard d'elle.

— On m'a proposé un poste permanent à l'hôpital.

Une étincelle d'espoir se ralluma dans son cœur.

— Et tu envisages d'accepter ?

Il se passa une main dans les cheveux.

— L'association m'a envoyé un nouveau contrat. Ils veulent que je me rende en Afrique, dans une zone de guerre. Je suis doué pour ce genre de médecine. Je sais que je peux changer les choses, là-bas.

Mais je voudrais que tu changes les choses ici.

— Alors, qu'est-ce que tu vas faire ?

— Je ne suis pas comme mon père, Millie. Ce n'est pas parce que Brooke vivra avec ses grands-parents que je l'ignorerai ou que je la mettrai de côté. Je ferai partie de sa vie.

Mais pas de la mienne.

— Fais ce que tu penses être le mieux, dit-elle d'une voix détachée, en contradiction totale avec les émotions qui se bousculaient en elle. Je respecterai ta décision. Respecte la mienne.

Là-dessus, elle se leva pour partir.

- 15 -

— Elle ne reviendra pas.

— Mais si ! Garde espoir.

Jake regarda son frère Logan, assis sur le banc à côté de lui. Au même moment, Brooke l'interpella. Il lui fit un signe de la main. Elle était en train de jouer dans l'aire de jeu avec une petite fille de sa classe, dont la mère agita aussi sa main dans sa direction, avant de se remettre à taper quelque chose sur son téléphone.

— Qu'est-ce qu'il y a ? Tu as peur de te faire agresser par toutes ces mamans en solo, maintenant que Millie n'est plus là pour te protéger ?

— J'ai peur de beaucoup de choses, répondit-il sur le ton de l'ironie, même si c'était totalement vrai.

— Comme tout le monde.

Surpris que son frère n'ait pas cherché à alléger l'ambiance, il se tourna vers lui pour le regarder.

— Olivia est enceinte.

La mauvaise humeur de Jake se dissipa brusquement.

— Je suis super content pour toi, dit-il en lui tapant dans le dos. Je suis sûr qu'Olivia et toi ferez de super parents.

— Si c'est une fille, nous l'appellerons Elizabeth, mais nous la surnommerons Liz. Je voulais te demander si ça ne te gênait pas…

— Pas du tout. Je suis sûr que Beth aurait été ravie.

Logan hocha la tête.

— Je suis tombé sur quelqu'un que je connaissais à l'hôpital. Il paraît qu'on t'a proposé un poste à plein temps ? On serait contents que tu restes à Crimson, Josh et moi. Ça fait trop longtemps que Papa dirige nos vies depuis sa tombe.

Jake soupira. Il n'aimait pas l'idée que son père puisse exercer une influence quelconque sur son existence actuelle.

— Janis et John parlent de repartir pour Atlanta au début du mois de novembre. Ils veulent emmener Brooke avec eux. Et l'association a besoin de moi en Afrique.

— Alors, c'est décidé ? Tu pars ? demanda Logan d'un air extrêmement déçu.

— Je veux ce qu'il y a de mieux pour elle, dit-il en relevant la tête vers les nuages qui filaient dans le ciel bleu du Colorado. Et je ne crois pas que ce soit moi, Logan. Je ne suis pas fait pour élever un enfant seul.

— Si tu restes là, tu ne seras pas seul.

— Tu sais ce que la plupart des habitants de Crimson voient quand ils me regardent ? Papa.

— C'est peut-être ce que tu vois, toi, mais pas les gens de la ville.

— Ecoute, j'ai peur qu'une part de lui ne fasse soudain surface en moi. Je ne voudrais pas que Brooke en paie le prix.

L'air attristé, Logan secoua la tête.

— J'aurais tellement aimé que les choses se passent différemment… C'était toujours sur toi qu'il passait ses nerfs.

— Je n'aurais jamais dû vous laisser avec lui derrière moi, tous les trois. J'aurais dû me battre davantage pour que mes frères et ma sœur aient une vie meilleure. Je ne l'ai pas fait. Mais je compte bien me rattraper avec ma fille.

— Et pour ça, tu vas laisser Brooke et Millie derrière toi pour reprendre le cours normal de ta vie ?

Logan paraissait désormais furieux, et Jake sentit la colère monter aussi en lui.

— Je ne suis pas responsable de la situation. J'essaie juste d'y faire face.

— Tu ne lui fais pas face ; tu envisages de fuir lâchement.

Logan s'interrompit quelques secondes, avant d'ajouter :

— Tout comme tu l'as fait quand tu as quitté Crimson la première fois.

Jake voulut intervenir, mais Logan l'en empêcha en levant la main devant lui.

— Je ne te reproche pas d'être allé à l'université, d'avoir essayé de saisir ta chance. Mais tu n'as jamais remis les pieds ici, tu n'as jamais essayé de rester en contact avec nous. Tu ne peux pas nouer de relation sérieuse en entrant et en sortant comme bon te semble de la vie des gens. Ça n'a pas marché avec nous, et ça ne marchera pas avec ta fille. Elle a besoin de bien plus que ça.

Brooke lui fit un nouveau signe de la main. Incapable de poursuivre cette conversation, Jake se leva.

— C'est tout ce que j'ai à donner, Logan.

Il alla chercher Brooke à la balançoire. Et quand il se retourna, son frère avait disparu.

Fidèle à sa parole, Millie revint, ce qui aurait dû lui faire plaisir. Mais rien n'était plus comme avant. Quand elle arrivait, le matin, elle ne le regardait jamais dans les yeux. Sans trop se soucier de lui, elle préparait les repas et s'occupait de Brooke. Et quand il ne travaillait pas, l'après-midi, elle disparaissait pour préparer le spectacle de Brooke ou son retour en Californie. Janis et John passèrent le voir, et ils se mirent d'accord pour que Brooke retourne avec eux à Atlanta.

Il éprouvait une profonde douleur dans sa poitrine chaque fois qu'il songeait qu'il allait être séparé de sa fille. Mais Janis et John lui avaient assuré que, via le téléphone et Skype, ils veilleraient à ce qu'il ne perde pas contact avec elle lors de ses déplacements. Tâchant toujours de se persuader qu'il faisait ce qui valait le mieux pour elle, il refusa le poste à l'hôpital et signa son contrat avec l'association.

Mais il ne parla pas de ses projets à Brooke. Depuis que Millie ne dormait plus à la maison, la fillette était redevenue aussi exigeante et émotive qu'au moment où elle était entrée dans sa vie. Mais il espérait qu'il s'agissait simplement de sa façon de s'adapter, et de lui faire comprendre qu'elle aimerait qu'il passe davantage de temps avec elle.

Quoi qu'il en soit, chaque fois qu'il pensait à l'avenir, il sentait son cœur se serrer. Il aimait Brooke de tout son cœur, mais il était persuadé que rester avec elle n'était pas la meilleure solution pour elle. Si tel avait été le cas, pourquoi Millie aurait-elle envisagé de partir après Halloween ?

Il lui avait dit qu'il voulait qu'elle reste, qu'il ne chercherait pas à obtenir d'elle plus qu'elle n'était disposée à lui donner. Mais manifestement, ça n'avait pas été suffisant.

Chaque fois qu'il se trouvait dans la même pièce qu'elle, il n'avait qu'une envie : la prendre dans ses bras. Et il souffrait énormément de ne pouvoir le faire. Il aurait aimé pouvoir partir avec elle et Brooke dans un lieu reculé, loin de sa famille et de la réalité. Etre avec elles sans subir les pressions du monde extérieur.

Etait-ce là une façon de fuir lâchement la réalité, comme Logan l'avait prétendu ? Peut-être. Mais il avait besoin de s'accrocher à ce rêve pour ne pas sombrer dans la folie.

Ses frères et belles-sœurs étaient sans arrêt autour de lui. Il ignorait ce que Millie avait dit à Olivia, mais il y avait toujours quelqu'un pour passer à l'improviste chez lui ou les inviter à dîner.

D'un côté, il était heureux que sa famille ait adopté Millie. De cette façon, il pouvait la voir plus souvent. Même s'il devait se contenter de la regarder rire ou bavarder gaiement à l'autre bout d'une table. Parfois, il la surprenait en train de l'observer du coin de l'œil. Mais elle se hâtait toujours de détourner son regard.

Il ne pouvait lui en vouloir, cependant. Il sentait bien qu'il était en train de détruire beaucoup de choses. Mais il ne savait pas comment s'arrêter.

Deux jours avant le spectacle d'Halloween, Josh et Logan insistèrent pour passer avec lui une soirée entre frères. A contrecœur, il accepta, après s'être assuré que Janis et John pouvaient garder Brooke pour la nuit.

Il envisageait de parler à sa fille de ses projets d'avenir le lendemain. Il avait repoussé ce moment autant qu'il l'avait pu. Mais il comptait bien lui expliquer que ce serait mieux pour elle et qu'il ferait toujours partie de sa vie. Janis et John avaient accepté qu'il en ait la garde la plus grande partie des vacances scolaires, et un mois entier au cours de l'été.

Mais il ne savait pas comment garder Millie dans sa vie. Il n'avait pu passer une seule minute avec elle depuis son retour de Californie : elle était toujours entourée par sa sœur et ses amies. Il avait la nette impression qu'elles cherchaient à la protéger de lui. Mais il ne comprenait pas pourquoi.

Après tout, c'était elle qui s'était éloignée de lui.

Fort heureusement, aucun de ses deux frères n'évoqua le sujet au cours du dîner qu'ils partagèrent au restaurant. Mais quand ils arrivèrent au Two Moon Saloon, ils se montrèrent nettement plus disposés à lui faire comprendre qu'il était en train de gâcher sa vie.

Comme s'il ne le savait pas déjà…

— Ecoutez, finit-il par dire, si je suis revenu à Crimson, ce n'est pas pour que vous me fassiez des reproches.

— Alors pourquoi es-tu revenu ? demanda Logan. Et surtout, pourquoi repartir aussi vite ?

Il prit quelques instants pour réfléchir.

— Si je suis revenu, finit-il par dire, c'est parce que j'avais peur, je l'admets. J'avais peur de mal me comporter envers Brooke. La seule figure paternelle que j'ai eue a été Papa. Et vous savez aussi bien que moi comment il était.

— Horrible, reconnut Josh.

— Mais tu pourrais très bien te servir de ça comme contre-exemple, fit remarquer Logan.

— Nous n'avons peut-être jamais été proches, mais vous êtes la seule famille que j'ai. Ça me paraissait logique d'amener Brooke ici. Au fond de moi, je savais que, si j'avais besoin d'aide, vous seriez là pour m'épauler. Et vous l'avez fait, ajouta-t-il en levant sa bouteille de bière devant eux.

— Alors pourquoi partir ?

— C'est compliqué.

— Je te trouve vraiment lâche.

Il eut envie d'envoyer son poing dans la figure de son frère. Mais avant qu'il ait eu le temps de faire quoi que ce soit, son téléphone se mit à sonner. Pensant qu'il s'agissait de Brooke, qui voulait lui souhaiter bonne nuit, il décrocha. Mais quand il entendit la voix de John, il crut que son cœur allait s'arrêter.

— Appelez la police. J'arrive, lui dit-il avant de raccrocher.

— Qu'est-ce qui se passe ? demanda Josh d'un air anxieux.

— J'ai besoin de votre aide, à tous les deux.

Sans hésiter une seule seconde, ses frères se levèrent ensemble. S'il n'avait pas eu si peur, il en aurait certainement été touché.

— C'est Brooke, dit-il d'une voix tremblante. Elle a disparu.

Millie s'arrêtait devant chaque pas de porte du côté gauche de la rue principale, tandis que sa sœur inspectait le côté droit. C'était Logan qui les avaient appelées en sortant du bar. Elle n'avait pas parlé à Jake, mais elle savait qu'il devait être terrifié.

Cela faisait des heures qu'elle se sentait elle-même complètement terrorisée. Quand sa sœur et elle avaient appris la nouvelle, elles s'étaient précipitées chez Janis et John, qui leur avaient expliqué, en pleurs, qu'ils avaient couché Brooke et que, lorsqu'ils étaient venus vérifier si elle dormait bien, une demi-heure plus tard, elle avait disparu.

Ils avaient fouillé la maison et frappé à toutes les portes du quartier. Des agents de police n'avaient pas tardé à arriver, et ils avaient commencé à mener leurs propres recherches. Des voisins s'étaient peu à peu joints à eux et, bien vite, quasiment toute la petite ville de Crimson s'était mise à patrouiller.

Jake, qui s'était également rendu chez Janis et John, avait été interrogé par la police. Quand elle l'avait vu, elle avait eu envie de se jeter dans ses bras pour s'excuser de l'avoir laissé tomber, et lui apporter le réconfort dont il semblait tant avoir besoin. Mais la seule fois où il avait tourné son regard vers elle, elle avait eu l'impression d'être transparente. De ne plus faire partie de sa vie. Néanmoins, elle avait fait de son mieux pour refouler sa douleur, afin de conserver toute son énergie pour Brooke.

Quand sa sœur et elle eurent fini d'inspecter la rue, elles se rendirent dans la maison de Jake, où le « quartier général » s'était déplacé.

Au moment où elles arrivèrent dans la cuisine, il était au téléphone. Les inspecteurs de police lui avaient demandé de rester chez lui, au cas où ils auraient de nouvelles informations à lui communiquer.

— Rien de nouveau ? leur demanda Katie Garrity, qui avait fermé sa pâtisserie pour pouvoir apporter des gâteaux et du café aux personnes parties à la recherche de la petite.

Millie secoua la tête. Jake regarda dans sa direction. Elle commença à avancer vers lui, mais elle s'arrêta brusquement. Il venait de faire tomber son téléphone, qui s'était bruyamment écrasé par terre. Il passa devant elle comme une tornade.

Décontenancée, elle se retourna. Un vieil homme se tenait sur le pas de la porte. Il portait dans ses bras Brooke, qui semblait profondément endormie.

— Je crois que c'est à vous, dit-il à Jake.

— Brooke ! s'exclama-t-il en lui prenant la petite des bras.

Il la serra fort contre lui. Ses épaules tremblaient, et des larmes coulaient sur ses joues.

Tout en continuant de respirer régulièrement et profondément, la fillette se blottit dans les bras de son père.

— Silas ? dit Olivia en s'approchant du vieil homme. Où avez-vous trouvé cette enfant ? Vous ne nous avez pas ouvert, quand nous sommes venues frapper chez vous…

— Je l'ai trouvée allongée sur ma chaise de jardin quand

je suis allé promener mon chien, il y a quelques minutes, répondit le nommé Silas en se tournant vers Jake. Je ne savais pas que vous la cherchiez, mais j'ai tout de suite su que c'était votre fille. Elle a vos yeux, les mêmes que ceux de votre père.

L'air pensif, il se frotta le menton.

— Mais évidemment, votre père n'était pas comme elle, reprit-il en posant sa main sur le bras de Jake. Toujours en train de boire et de hurler. Cette petite, elle a l'air bien. C'est plutôt à vous qu'elle ressemble.

— Merci, répondit Jake d'une voix sourde.

D'un revers de la main, il s'essuya les yeux. Olivia lui tendit un mouchoir.

Encore une fois, Millie eut envie de le prendre dans ses bras. Mais elle était comme figée sur place.

Ce fut à ce moment que Brooke releva la tête.

— Tu avais dit que tu ne partirais pas, Papa.

Il l'embrassa sur le bout du nez.

— Mais c'est toi qui es partie, Brooke. Il y a la moitié de la ville qui est partie à ta recherche.

La fillette se tourna vers sa grand-mère qui, assise à table, pleurait en silence.

— J'ai entendu Mamie dire à Papy que j'allais habiter avec eux. Ils parlaient de retourner à *Altanta*. Moi, je ne veux pas y aller, Papa, dit-elle en commençant à agiter ses petites jambes. Je veux rester avec toi. Je veux que tu restes avec moi.

— Je n'irai nulle part, répondit-il en la serrant contre lui. Et toi non plus. On reste à Crimson. Tu seras toujours ma petite fille. Il n'y a rien de plus important à mes yeux que toi. Je te demande pardon d'avoir mis tant de temps à m'en rendre compte.

Après lui avoir souri, il se tourna vers Janis et John.

— Je sais que vous adoriez votre fille et que vous adorez la mienne. Mais si Stacy m'a demandé de veiller sur Brooke, ce n'était pas sans raison. Je suis son père, et je compte bien me comporter en tant que tel. Vous faites partie de la vie de Brooke, et vous continuerez d'en faire partie. Mais c'est ma fille.

Janis se mit à sangloter bruyamment, mais elle hocha la tête. Quant à John, il leva son pouce dans la direction de Jake, avant de s'approcher pour serrer sa petite-fille dans ses bras.

Des cris de joie se firent entendre : Josh et Logan. Millie sentit des larmes couler sur ses joues. C'était ce qu'elle avait toujours voulu, depuis le départ. Jake était devenu l'homme qu'elle savait qu'il était au fond de lui, ce qu'elle trouvait d'autant plus bouleversant qu'elle avait désormais la certitude qu'elle ne ferait jamais partie de son univers.

Elle sentit alors le poids de sa solitude l'écraser. Après avoir jeté un dernier regard à Jake, entouré de sa famille et de ses amis, elle quitta discrètement la maison pour retourner chez Olivia.

The show must go on, songea Millie, le lendemain soir, en plaçant les enfants sur la scène, derrière le rideau. Et, après avoir ajusté les oreilles de renard de Brooke, elle la serra un peu plus fort que les autres dans ses bras.

— Je suis très contente que tu restes ici, Brookinette.

— Papa aussi, répondit la fillette en lui souriant. On va habiter à Crimson. Pour toujours. Tous les…

Elle s'interrompit en plaçant brusquement sa main sur sa bouche.

Millie songea qu'elle avait peur de se faire gronder par Laura, qui leur avait expressément demandé de garder le silence.

— Ne t'inquiète pas, ma chérie. Je comprends bien ce que tu ressens.

Brooke lui jeta un regard curieux, mais ne répondit pas. Elles écoutèrent en silence la directrice remercier les parents volontaires et présenter le spectacle.

Millie quitta la scène juste au moment où le rideau

s'ouvrit. Les parents regardèrent en souriant leurs enfants danser et chanter sur le thème des quatre saisons.

Brooke, très enthousiaste, se débrouilla très bien, faisant de temps en temps un petit signe de main à sa famille, assise au premier rang. Il y avait là Jake, ses frères, ses belles-sœurs et, évidemment, Janis et John. Millie avait appris par Olivia que les grands-parents de Brooke étaient amèrement déçus de ne pouvoir la garder, mais qu'ils avaient semblé comprendre la décision de Jake.

Elle tirait un peu de réconfort de la certitude que Jake ferait un excellent père de famille. Elle avait été ravie d'apprendre que Lana Manfield avait pris la place qu'il avait laissée vacante au sein de Médecins sans Frontières et avait déjà quitté la ville. Mais un jour ou l'autre, il trouverait bien une autre femme qui lui plairait, et fonderait une famille dont Brooke ferait partie intégrante. Millie n'avait pas eu son mot à dire sur sa propre éducation, mais elle était ravie d'avoir aidé une petite fille à ne pas subir le même destin qu'elle.

Quand la dernière chanson se termina, elle murmura aux enfants d'aller saluer, puis disparut à nouveau derrière le rideau.

Laura, qui était restée accroupie devant la scène pour encourager les enfants, finit par se redresser pour féliciter les petits. A nouveau, les parents applaudirent.

— Je voudrais également remercier mon assistante, Millie Spencer, d'avoir donné autant de son temps et de son énergie pour le succès de ce spectacle.

Une nouvelle salve d'applaudissements retentit, alors que Laura se tournait vers elle pour lui faire signe de la rejoindre. Millie secoua la tête, mais le public l'encouragea. Ce fut à ce moment que Brooke lui prit la main pour la conduire vers le devant de la scène.

N'ayant pas l'habitude d'être au centre de l'attention, elle se força à sourire aux parents en hochant humblement la tête.

Quand la salle finit par retrouver le silence, Laura la prit dans ses bras.

— Vous avez été une véritable bénédiction pour notre école. J'aimerais trouver un moyen de vous convaincre de rester à Crimson.

Un instant plus tard, un petit garçon s'approchait d'eux, tenant à la main un tas d'enveloppes.

— Ce sont les lettres de remerciements des élèves, expliqua Laura.

— Lis la mienne en premier ! s'exclama Brooke en lui tendant un papier.

Millie sentit le feu lui monter aux joues.

— C'est tellement gentil…, dit-elle en se tournant vers Laura. Vous n'étiez pas obligée de…

— Lis ma lettre, insista Brooke.

Emue, elle déplia le papier. En lettres majuscules enfantines et mal tracées se détachaient quatre mots : *Veux-tu nous épouser ?*

Stupéfaite, elle resta quelques instants immobile à regarder le papier. Mais au bout de quelques secondes, elle se rendit compte que Jake s'était levé. Le sourire qu'il affichait était timide. Mais infiniment doux.

Il vint la rejoindre sur la scène.

— Veux-tu nous épouser ? Ou plutôt m'épouser ?

— Papa, il faut que tu le fasses bien pour qu'elle dise oui, intervint Brooke en tirant sur son pantalon.

Comme pour se donner du courage, il inspira profondément avant de s'agenouiller. Puis il prit sa main dans la sienne et, malgré toutes les personnes qui les observaient, Millie ne put détacher son regard du sien.

— Je t'aime, Millie, dit-il distinctement. Je crois que je suis tombé amoureux de toi dès le premier jour. Tu as changé ma vie en y apportant de la joie et de la lumière, et en m'aidant à devenir cet homme que je ne pensais pas pouvoir être.

— Tu as toujours été cet homme, murmura-t-elle.

Il secoua la tête.

— C'est grâce à toi. C'est pour toi. Tu mérites beaucoup plus que tout ce que je pourrai jamais te donner. Mais s'il te plaît, Millie, laisse-moi essayer. Accepte de devenir ma femme.

Il serra la fillette contre lui.

— Nous sommes indissociables, Brooke et moi. Mais nous ne pourrons former un tout que si tu es avec nous. S'il te plaît, épouse-nous.

Stupéfaite, elle regarda le public puis les enfants qui l'observaient de la scène. Elle se sentait à sa place, ici, mais elle n'aurait jamais imaginé être aussi heureuse qu'elle l'était en cet instant.

— Tu vas dire oui ou non ? demanda l'un des petits garçons. Parce que si tu ne veux pas de lui, moi, je veux bien me marier avec toi…

Elle se mit à rire gaiement.

— Oui.

Tout sourires, Jake se leva en portant la fillette pour les prendre toutes les deux dans ses bras.

— Je t'aime. Je vous aime tous les deux. Je veux vous épouser. Vous êtes toute ma vie et vous emplissez tout mon cœur.

Alors que le public se remettait à applaudir, elle enfouit sa tête dans le cou de Jake, de peur que l'émotion ne la submerge.

Comme si elle avait compris son besoin d'intimité, Laura reprit la parole :

— Et si nous allions fêter toutes ces réussites autour des gâteaux et des boissons qui vous attendent dans l'autre salle ?

Brooke se dégagea de leur étreinte pour quitter la salle, accompagnée des autres enfants et de leurs parents.

Quand ils furent seuls, il lui releva le menton pour la regarder dans les yeux.

— Tu es sûre ? demanda-t-il. Même si je suis un parfait abruti ?

Tout en souriant, elle lui caressa doucement la joue.

— Tu n'es pas un abruti, murmura-t-elle en se hissant

sur la pointe des pieds pour l'embrasser. Je t'aime, Jake, et je veux que tu restes à mon côté.

Alors qu'il l'embrassait avec passion, elle s'abandonna totalement à la chaleur de son corps et à l'amour dont elle avait toujours rêvé.

Ce fut à ce moment que Brooke réapparut, tenant à la main une part de gâteau.

— Vous venez ou quoi ? Tonton Josh et Tonton Logan vont tout manger, si vous ne vous dépêchez pas.

— Alors allons-y, dit-il en passant ses mains dans les cheveux de sa fille.

Et ils partirent ensemble vers leur avenir radieux.

Epilogue

Un mois plus tard

— Tu es sûre que Lapin ne va pas te manquer ? demanda Millie en se penchant pour réajuster une fleur dans les cheveux de Brooke.

La fillette hocha vaillamment la tête.

— Il n'aime pas trop les mariages. Et puis il est fatigué. Il va se reposer pendant qu'on se marie.

Elle se mit à rire, avant de reprendre :

— Enfin pendant que vous vous mariez, toi et Papa.

Pendant que Brooke mettait sa peluche au lit, Millie se tourna vers sa sœur.

— Merci d'avoir tout organisé si rapidement.

— C'était un plaisir. Je suis contente pour toi, Millie.

— Mais vu ton état…

— Je me sens bien. Je n'ai plus de nausées, répondit Olivia en tapotant son ventre, qui commençait tout juste à s'arrondir. Et puis Sara et Natalie m'ont aidée. Et Katie s'est occupée du repas. Ç'a été un travail d'équipe.

Son sourire s'élargit.

— Mais heureusement que Jake et toi vouliez un petit mariage. En tout cas, tu es absolument radieuse.

Millie se regarda dans le miroir de la coiffeuse. Elle allait se marier aujourd'hui. Son cœur battait à tout rompre, mais elle avait beau essayer d'intégrer tout ce que cela pouvait signifier, elle n'y parvenait pas.

Josh et Sara ayant insisté pour que la cérémonie se déroule au Crimson Ranch, elle se trouvait dans l'une des chambres du corps de ferme. C'était Thanksgiving. Pour simplifier les choses et rassembler plus facilement leurs proches, ils avaient décidé d'organiser le mariage en ce jour de fête familiale.

Tout comme ceux de Brooke, ses cheveux étaient décorés de fleurs, et sa robe, simple, était couverte d'un léger voile de dentelle. La bague de fiançailles que Jake lui avait offerte scintillait à son doigt. Elle était ornée d'un beau diamant jaune serti de brillants. Il lui avait dit qu'il la voyait comme le symbole du soleil et des couleurs qu'elle avait ramenées dans sa vie. Chaque fois qu'elle la regardait, elle sentait son cœur se gonfler d'amour.

— C'est parce que je suis heureuse, finit-elle par répondre.

— Et ça se voit. Même ta maman l'a remarqué.

— Je n'arrive pas à croire qu'elle soit venue. Je n'aurais jamais pensé qu'elle ferait le voyage.

— Elle t'aime. Ça n'a peut-être pas été la meilleure mère du monde, mais elle t'aime.

Millie la prit tendrement dans ses bras.

— Je sais que ta mère t'aimait aussi très fort, même si elle ne pouvait pas supporter la mienne. Et je crois que Papa nous aimait toutes. A sa façon.

— Je suis contente que tu restes à Crimson, Millie. Ta place est ici. J'ai toujours rêvé d'une grande famille unie…

— Moi aussi.

— Eh bien maintenant, on en a une, dit Olivia en s'essuyant le coin des yeux.

— Ne me fais pas pleurer ! protesta Millie en riant. Ça va faire couler mon maquillage.

Ce fut à ce moment-là qu'un petit coup résonna à la porte. Un instant plus tard, Sara entrait.

— Les garçons sont prêts, annonça-t-elle avant de se tourner vers Millie. Oh ! Tu es tellement belle que j'ai envie de pleurer…

— Pas de larmes de joie avant le mariage, murmura Olivia.

— Bon, acquiesça Sara. Je leur dis que vous êtes prêtes aussi ?

Tout en inspirant profondément, Millie hocha la tête.

— Viens, on va se marier, dit Brooke en lui prenant la main.

Et, le cœur battant à tout rompre, Millie suivit cette petite fille qu'elle avait appris à aimer comme si c'était la sienne.

Jake regarda Brooke avancer dans l'allée qui avait été ménagée entre les sièges, dans le vaste séjour du Crimson Ranch. Il était près de ses deux frères. Conformément à la loi en vigueur dans le Colorado, Josh avait reçu le droit de présider la cérémonie.

Il n'y avait dans la salle que des membres de la famille et des amis proches. Ce qui n'empêcha pas sa fille de jeter des pétales de roses comme s'il s'agissait d'un mariage royal.

Il n'arrivait toujours pas à croire que, quelques mois plus tôt à peine, il ignorait encore son existence. Elle avait complètement bouleversé son univers, et l'avait amené à dépasser ses peurs et à devenir le père qu'elle méritait. Il se sentirait toujours reconnaissant vis-à-vis de Stacy de lui avoir donné la chance de faire partie de la vie de sa fille.

Olivia finit par apparaître derrière Brooke et, du coin de l'œil, il vit son frère sourire comme un bienheureux en regardant sa femme enceinte. Il était ravi que Logan ait réussi à surmonter la tristesse qu'avait engendrée en lui la mort de sa sœur, et il savait qu'il pouvait en être reconnaissant à Olivia.

Et puis Millie arriva sur le pas de la porte, et toute pensée rationnelle disparut. Tout en s'avançant vers lui, elle lui sourit timidement. Avec sa délicate robe de mariée, les fleurs qu'elle portait dans les cheveux et les paillettes qui scintillaient sur sa peau, on aurait vraiment dit une fée.

Mais c'était une personne bien réelle, et il ne parvenait pas à croire qu'elle allait devenir sa femme.

— Tu as vu, Papa ? chuchota Brooke à côté de lui. Elle a mis l'huile à paillettes. Comme la première fois qu'on l'a vue.

— Elle est belle à l'intérieur et à l'extérieur. Comme toi, Brookinette, répondit-il, sans détacher son regard de Millie.

Quand elle arriva à son niveau, il la prit par la main.

— Je t'aime chuchota-t-il. Pour toujours.

— Pour toujours, répéta-t-elle.

La cérémonie fut très personnelle. Sara et Natalie lurent un poème. Puis Jake récita les vœux qu'il avait écrits pour Millie :

— Dès le moment où je t'ai rencontrée, ma vie est devenue plus belle. Tu es spirituelle, intelligente, tendre, magnifique… Je veux passer le reste de mes jours avec toi. Je ne peux pas t'assurer qu'il n'y aura pas de moments difficiles, mais je peux te promettre que je resterai toujours à tes côtés.

Quand il eut terminé, elle avait les yeux brillants de larmes.

— Je t'aime, Jake, finit-elle par dire. J'ai passé ma vie à chercher un endroit où je me sentirais bien, un endroit où je me sentirais chez moi. Et j'ai fini par le trouver grâce à toi. Je suis bien mieux à ton côté que je ne le suis seule. Quoi qu'il puisse se passer dans l'avenir, nous serons ensemble. Pour toujours.

Là-dessus, Josh les déclara mari et femme, et ils s'étreignirent tendrement. Entourés de leurs amis et de leur famille, ils purent commencer à bâtir la vie dont ils avaient rêvé. Ensemble.

Pour toujours.

MAXINE SULLIVAN

Séduite malgré elle

Passions

HARLEQUIN

Titre original : HIGH-SOCIETY SEDUCTION

Traduction française de MARIE MOREAU

Ce roman a déjà été publié en juillet 2011

83-85, boulevard Vincent-Auriol, 75646 PARIS CEDEX 13.
Service Lectrices — Tél. : 01 45 82 47 47

www.harlequin.fr

- 1 -

— Et voici Jenna Branson, l'une de nos stylistes les plus prometteuses. Les bijoux qu'elle crée pour nous sont de pures merveilles.

Jenna entendait parfaitement le compliment de son patron mais ce n'était pas Roberto Conti qui la troublait à cet instant précis. Non, ce qui la mettait dans tous ses états, c'était Adam Roth. Adam Roth qui venait de faire son apparition à quelques pas d'elle, dans la tribune privée des Conti à l'hippodrome de Flemington. Quel choc !

Mais que pouvait-il bien faire ici ? Lui dont la famille était célèbre dans toute l'Australie, lui qui portait le nom de la fameuse marque de produits de luxe créée par son arrière-grand-père. Lui, le fils de Laura et Michael Roth qui comptaient parmi les plus dignes représentants de l'aristocratie australienne. Pourtant, malgré leur brillante réputation, Jenna n'avait aucune envie de les rencontrer, ni eux ni leurs enfants. Après ce que son frère avait subi à cause de leur fils Liam, elle ne pouvait plus éprouver le moindre respect pour eux.

En voyant Adam Roth s'asseoir en face d'elle, elle ne put réprimer un frisson d'effroi. Et son malaise ne fit que s'accroître lorsqu'elle remarqua qu'il la fixait des yeux, avec une intensité qui acheva de la déstabiliser. Sa stature imposante, son regard bleu profond et son sourire énigmatique l'empêchaient de retrouver le contrôle d'elle-même et la mettaient dans un état de fébrilité fort gênant.

— Je suis très heureux de vous rencontrer, Jenna, dit-il d'une voix profonde, infiniment sensuelle.

Il s'approcha d'elle et fit glisser son regard le long de son visage, jusqu'à ses épaules. Puis il sembla détailler lentement la robe à fleurs qu'elle portait, et qui, elle le savait, lui donnait une allure particulièrement féminine. Pourquoi avait-il fallu qu'elle choisisse celle-ci, justement pour aujourd'hui ? Si elle avait su qu'elle croiserait le chemin d'Adam Roth, elle aurait fait en sorte de se faire la plus discrète possible.

Elle s'efforça de sourire poliment, sans être certaine d'y parvenir vraiment.

— Tout le plaisir est pour moi, mentit-elle avec toute la conviction dont elle était capable.

Pourquoi avait-elle cédé à l'insistance de son patron ? Et pourquoi, au fond, aurait-elle résisté ? Roberto et son épouse, Carmen, étaient toujours si charmants avec elle... A présent, elle ne pouvait que regretter d'avoir finalement accepté leur invitation aux courses. Elle aurait été tellement mieux seule chez elle, à profiter d'un samedi bien tranquille !

— Avez-vous fait quelques paris gagnants ?

Son sourire malicieux la troubla tout autant que sa voix.

— Pas encore, répondit-elle, tout en essayant de calmer les battements effrénés de son cœur.

— Ne vous en faites pas, répliqua-t-il en fixant de nouveau sur elle son regard charmeur. La chance finira forcément par vous sourire.

L'assurance qu'il affichait commençait à l'agacer sérieusement. S'il croyait que leur rencontre allait lui porter bonheur, il tomberait bientôt de haut.

— Peut-être, se contenta-t-elle de répondre.

A cet instant, Marco Conti, le fils de son patron, revint à leur table et s'installa à côté d'elle. Il ne manquait plus que cela, songea-t-elle, de plus en plus énervée. Cela faisait des mois que Marco insistait pour l'inviter à sortir avec lui. Et maintenant, il semblait persuadé qu'il était sur le point d'arriver à ses fins. Mais il n'aurait pas pu se tromper davantage.

— Tu n'es pas venu accompagné ? s'étonna-t-il en se tournant vers Adam, après l'avoir salué.

— Non, pas aujourd'hui.

— Cela ne te ressemble pas, *amico mio*, plaisanta-t-il.

Puis il posa doucement le bras sur le dossier de la chaise de Jenna, comme s'il cherchait, mine de rien, à marquer son territoire. Exaspérée, elle dut se retenir pour ne pas lui faire une réflexion.

Mais elle surprit une lueur d'amusement dans les yeux d'Adam ; de toute évidence, lui aussi avait remarqué son geste. C'était bien la dernière chose dont elle avait envie : avoir l'air d'être la compagne de Marco ! Cela dit, elle ne voulait pas non plus donner l'impression aux hommes, et surtout pas à Adam Roth, qu'elle était disponible. Qu'on la laisse en paix, c'était tout ce qu'elle demandait.

Malheureusement, à mesure que l'après-midi avançait, elle se rendit bien compte qu'Adam profitait de chaque occasion pour l'observer en douce. Tout ce qu'elle pouvait faire, c'était se conduire comme si de rien n'était, et surtout ne pas réagir. Mais son attitude la troublait. Par chance, il ne se comportait pas du tout comme Marco, et ne faisait rien qui puisse la mettre aussi mal à l'aise. Adam Roth était un séducteur. Un séducteur élégant et subtil, au charme ravageur. A sa connaissance, une seule femme l'avait réellement conquis, et il l'avait épousée. Mais elle était décédée environ quatre ans plus tôt dans un accident de voiture. Depuis ce drame, Adam Roth ne s'était jamais affiché deux fois d'affilée avec la même femme à son bras.

Et à présent qu'elle découvrait son regard malicieux et son sourire irrésistible, elle comprenait pourquoi il faisait tourner toutes les têtes. Ce qui la sauvait, c'était de penser à son frère, Stewart. Le simple fait de savoir ce qu'il endurait à cause de la famille Roth lui permettait de garder le dessus sur Adam, même s'il l'ignorait pour l'instant. Grâce à cela, elle parvenait à garder ses distances, et à lui montrer que ce n'était pas la peine qu'il tente sa chance avec elle.

A la fin du déjeuner, elle se sentait si oppressée qu'elle éprouva l'urgence de s'absenter quelques minutes. Par chance, Marco était occupé à regarder une course, et Roberto et Carmen Conti en faisaient autant de leur côté. Profitant de ce moment, elle attrapa son sac à main, et se leva pour s'éclipser. Mais elle eut le temps de voir que quelqu'un avait remarqué son départ. Adam.

Le cœur battant, elle se précipita vers le couloir qui menait aux toilettes des dames. Sans vraiment savoir pourquoi, elle devinait qu'Adam l'avait suivie. Il allait sans doute lui proposer de sortir avec lui un soir. Mais il n'en était pas question, décida-t-elle en tendant la main vers la porte. Elle posa la main sur la poignée…

— Jenna.

Non, elle devait l'ignorer. Elle n'avait qu'à entrer, faire comme si elle ne l'avait pas entendu. Mais s'il décidait de l'attendre ici jusqu'à ce qu'elle ressorte ? Finalement, elle prit une profonde inspiration, et se retourna.

Il était juste là. Si près d'elle qu'elle sursauta en se retrouvant presque nez à nez avec lui, et manqua de chanceler. Mais c'est alors qu'elle sentit autour de ses bras la pression de ses mains puissantes qui la retenaient. L'espace d'un instant, elle oublia qui il était, et où ils se trouvaient. Elle ne voyait plus rien, n'entendait plus rien. Ni la voix tonitruante du commentateur des courses dans les haut-parleurs, ni les cris d'encouragement du public. Il n'y avait plus que lui.

Son regard se fit brûlant, et sur ses lèvres sensuelles se dessina le plus beau sourire qu'elle eût jamais vu. Un sourire qui semblait chargé de promesses.

— Je crois que vous étiez sur le point d'entrer au mauvais endroit, murmura-t-il.

Sa voix profonde lui fit l'effet d'une caresse voluptueuse, envoûtante.

— Ah… Ce ne sont pas… ?

— C'est un débarras, souligna-t-il en pointant du doigt le symbole fixé sur la porte.

— Ah, oui.

Dans sa hâte, elle n'avait pensé qu'à le fuir, et non à vérifier où elle entrait. Brusquement, elle réalisa qu'il avait toujours les mains sur elle, et elle se dégagea aussitôt. Mais il était encore bien trop près d'elle.

Il était trop tard à présent pour se reprocher d'avoir été assez idiote en se trompant de porte. Il fallait qu'elle trouve une échappatoire. Tournant légèrement la tête vers le couloir, elle chercha des yeux les toilettes des dames, prête à s'y précipiter.

Mais soudain, une pensée lui traversa l'esprit. Quelle idée stupide de vouloir s'enfuir alors qu'elle avait le frère de Liam Roth juste en face d'elle ! Et si, plutôt que de s'échapper, elle se décidait à l'affronter ? Depuis le temps qu'elle espérait une occasion de venir en aide à son frère, c'était le moment ou jamais de la saisir. Elle n'avait pas le droit d'oublier Stewart ; elle se devait de tout essayer pour le sortir du pétrin.

Elle prit une profonde inspiration. Mais au moment où elle allait parler, une jeune femme passa près d'eux, et elle dut se retenir d'aborder le sujet qui la préoccupait. Ce n'était certes pas l'endroit approprié pour avoir cette conversation avec Adam.

— Pourrais-je vous parler un moment en privé ? osa-t-elle en lui indiquant l'entrée du débarras.

— Là-dedans ? s'étonna-t-il en la scrutant avec curiosité.

— Oui.

A présent, c'était devenu un impératif. Il fallait qu'elle lui parle. Maintenant. Si elle ne sautait pas sur l'occasion, elle risquait de le regretter longtemps.

— S'il vous plaît, insista-t-elle.

Mais il ne bougea pas d'un pouce. Au lieu de cela, il la toisa avec une expression qu'elle avait du mal à définir. Etait-ce de la déception qu'elle lisait dans son regard ? Non, cela n'aurait eu aucun sens.

— Désolé, princesse, lâcha-t-il en secouant doucement la tête. Vous êtes absolument ravissante, et je dois admettre que je suis très tenté, mais je n'ai pas envie de faire ça à la va-vite dans un placard à balais. D'habitude, je commence plutôt par un verre, ou un dîner, c'est selon.

— Pardon ? sursauta-t-elle, tout en espérant avoir mal compris.

— A n'en pas douter, nombre d'hommes seraient ravis de partager une telle intimité avec vous après si peu de temps, mais, pour ma part, je considère qu'une petite note de romantisme apporte davantage de… satisfaction.

Il faisait déjà demi-tour pour s'éloigner, et tourna furtivement la tête vers elle au dernier moment.

— J'avais l'intention de vous inviter à dîner, mais…

Elle parvint à se ressaisir juste à temps, et lui posa une main sur le bras pour le retenir.

— Vous avez cru que je vous faisais une proposition *sexuelle* ? s'insurgea-t-elle, plus choquée qu'elle n'aurait su le dire. Alors là, c'est bien la dernière chose à laquelle je pensais, vous pouvez me croire.

Il baissa ostensiblement les yeux vers sa main, posée sur la manche de sa veste, puis se redressa pour lui lancer un regard de défi. Mais elle n'avait pas l'intention de se laisser impressionner. Ni de se laisser troubler par son bras puissant et viril, qu'elle sentait sous ses doigts.

— J'ai vraiment besoin de vous parler. Et j'aimerais mieux que personne ne puisse nous entendre… Mais si vous préférez, ajouta-t-elle sur le ton de la menace, nous pouvons avoir cette conversation en public.

— Etant donné que nous ne nous connaissons que depuis quelques heures, répondit-il froidement, je ne vois pas ce que vous pouvez avoir d'important à me dire.

— Eh bien, vous vous trompez, rétorqua-t-elle en resserrant la main autour de son bras.

Durant quelques secondes, il la dévisagea avec un regard interrogateur.

— Vous avez prémédité notre rencontre, c'est ça ?

— Non. Mais j'ai néanmoins une réclamation tout à fait légitime concernant votre famille.

— Ma famille ? rétorqua-t-il, sur la défensive.

— Peut-être m'accorderez-vous un moment pour que je vous explique cela.

— Entendu, accepta-t-il après une pause.

Elle lui lâcha finalement le bras, et retint un soupir de soulagement. Elle s'enjoignit de ne pas y aller trop vite mais de vaincre d'abord ses réticences pour ne pas gâcher sa chance : ce n'était que le premier pas qu'elle venait d'accomplir. Elle devrait sans aucun doute déployer toute son énergie pour le convaincre de l'aider.

Il avança pour ouvrir la porte, puis s'effaça pour la laisser entrer avant lui. A présent, il arborait une expression sérieuse, professionnelle. Toute trace d'humour ou de séduction avait disparu de son visage. Une fois dans le cagibi, il referma la porte derrière lui.

— Bien, vous pouvez parler.

Comme il se tenait devant la sortie, elle comprit qu'elle n'avait aucune possibilité de s'échapper si elle en ressentait le besoin. Elle aurait dû le laisser entrer en premier ; à présent, elle se sentait prisonnière. Seule une vitre blanche opaque laissait filtrer une faible lumière dans cette pièce exiguë. Elle ne pouvait s'en prendre qu'à elle-même ! Pourquoi diable s'était-elle mise dans une telle situation ? se demanda-t-elle en regardant Adam qui la dévisageait de toute sa hauteur.

Elle s'efforça de repenser à son frère, et aux difficultés qu'il rencontrait à cause de Liam Roth. Cela lui redonna aussitôt la force dont elle avait besoin pour formuler sa requête. Elle respira profondément, et se redressa.

— Je veux que vous rendiez à mon frère l'argent que *votre* frère, Liam, lui a volé.

Il se figea, l'air interloqué.

— Attendez un peu. Vous pourriez répéter ça lentement, s'il vous plaît ?

Cela ne faisait aucun doute, cet homme avait une parfaite

maîtrise de lui-même. A en juger par son habileté à garder son sang-froid, ce n'était certainement pas la première fois qu'il devait rendre des comptes à la place de son défunt frère. Liam Roth avait dû duper tellement de gens, pendant des années…

— Je m'attendais à ce que vous niiez les faits. Les Roth ont l'habitude de se serrer les coudes, n'est-ce pas ?

C'était ce que Stewart lui avait dit, et elle avait toutes les raisons de le croire. Les gens les plus riches, les nantis, s'en sortaient toujours ; c'était bien connu. Elle repensa à son ex-petit ami, Lewis, qui savait comment s'y prendre pour passer entre les mailles du filet. Même s'il ne jouissait pas de la même notoriété que la famille Roth, bien entendu. Pourtant, il semblait prendre pour acquis que sa fortune lui conférait tous les droits, y compris celui de la tromper sans le moindre scrupule.

— Il ne s'agit pas de nier quoi que ce soit, rétorqua-t-il sèchement en lui jetant un regard agacé. Seulement, je ne sais absolument pas de quoi vous parlez. Et d'abord, qui est votre frère ?

— Stewart Branson.

— Suis-je censé le connaître ? Ecoutez, ma chère, ajouta-t-il sans lui laisser le temps de répondre, je crois que vous vous adressez à la mauvaise personne. Ma famille n'a rien à voir dans cette histoire.

— Je sais quand même ce que m'a dit mon frère, répliqua-t-elle, vexée par sa réaction.

— J'aimerais bien savoir ce qu'il vous a raconté exactement.

Au moins, il était enfin prêt à l'écouter s'expliquer, songea-t-elle en laissant échapper un soupir.

— Il y a six semaines, j'ai vu vos parents à la télévision, à l'occasion d'un dîner auquel ils assistaient pour la fête nationale. La chaîne a diffusé à cette occasion quelques images des obsèques de Liam.

Le jeune frère d'Adam était décédé des suites d'une maladie, au début du mois de décembre.

— Continuez, lui enjoignit-il sans faire le moindre mouvement.

— Stewart était justement passé chez moi, ce jour-là. J'ai tout de suite vu qu'il allait mal. J'étais sur le point de lui demander ce qui se passait, lorsqu'il a posé les yeux sur l'écran de télévision. Sans un mot, il s'est effondré sur le canapé. Ce n'est qu'après un long moment qu'il m'a confié que votre frère lui avait menti pour le pousser à lui verser une énorme somme d'argent. Une somme qui était largement au-dessus de ses moyens.

Le simple souvenir de son frère effondré réveilla toute sa colère.

— Liam n'aurait jamais fait une chose pareille.

— Je crains que si, malheureusement, rétorqua-t-elle.

— Il avait bien assez d'argent lui-même. Je ne vois pas pourquoi il serait allé en soutirer à quelqu'un d'autre.

— Si je ne me trompe, il avait beaucoup investi dans un parc d'attractions qui n'a jamais vu le jour, fit-elle valoir.

Tous les journaux avaient parlé de ce fiasco. Elle avait retenu le nom de Liam, dont les médias avaient particulièrement parlé en raison de sa mort prématurée.

— Poursuivez.

Avait-elle enfin réussi à retenir son attention ? En tout cas, c'était ce que laissait paraître son regard, de plus en plus perçant.

Malgré la tension grandissante qui s'installait entre eux, elle fit tout son possible pour garder son sang-froid.

— Il y a à peu près deux ans, Stewart a rencontré Liam lors d'une réception, et…

— Quelle réception ? l'interrompit-il brusquement.

Décontenancée par son assurance et par l'intensité de son regard, elle avait le plus grand mal à rassembler ses idées.

— Je ne sais pas. Stewart ne l'a pas précisé.

— C'est à cette époque que mon frère a découvert qu'il était malade, murmura-t-il d'une voix sombre.

— Oui, c'est ce que j'ai appris, dit-elle avec tristesse, sans lui cacher qu'elle regrettait d'avoir à remuer tant de mauvais souvenirs. Mais il a malgré tout volé cet argent à mon frère.

— J'ai du mal à vous croire.

Mais enfin, pourquoi s'obstinait-il à nier l'évidence ? Son frère avait mal agi, elle n'avait aucune raison de lui mentir à ce sujet. Elle devait à tout prix le convaincre qu'elle disait la vérité.

— J'imagine qu'ils ont discuté de ce projet de parc d'attractions, et que Liam a assuré à Stewart que c'était un investissement sûr et rentable. Bêtement, Stewart ne s'est pas posé davantage de questions. Et il est allé jusqu'à offrir sa maison comme garantie pour obtenir un prêt de trois cent mille dollars, qu'il a versés à Liam.

— Trois cent mille dollars ? s'exclama Adam avec un rire incrédule. Et il les lui a donnés comme ça, sans rien demander de plus ?

— Stewart faisait confiance à votre frère, souffla-t-elle, amère. Liam faisait partie de la famille Roth ! Comment aurait-il pu douter de son honnêteté ? A en croire votre réputation, votre intégrité à tous est indiscutable.

— Oui, elle l'est, se défendit-il.

Elle sentit à sa réaction que ses paroles l'avaient blessé.

— Dans ce cas, où est passé l'argent de mon frère ? La construction du parc aurait dû commencer il y a six mois, mais le chantier n'a cessé de prendre du retard. Finalement, l'entreprise a fait faillite, comme vous devez le savoir.

La nouvelle avait fait la une de la presse. Tout le monde était au courant de cet échec, et Liam avait été cité à maintes reprises comme l'un des principaux investisseurs.

— Mon frère est persuadé que Liam lui a menti pour obtenir de l'argent de sa part, et je partage son avis. Ce chantier n'était qu'un prétexte. A présent, il est du devoir de votre famille de rembourser à Stewart la totalité de la somme qui lui a été dérobée.

— Où est votre frère en ce moment ? l'interrogea-t-il sur un ton tranchant.

— Il a été engagé pour travailler au Moyen-Orient. Il

est architecte. Son seul but pour l'instant est de gagner beaucoup d'argent, le plus vite possible, afin de ne pas perdre la maison dans laquelle vivent sa femme et ses enfants. Heureusement, il a pu continuer à rembourser les mensualités jusqu'à maintenant, mais… Il manque terriblement à ses deux petites filles, ajouta-t-elle, le cœur serré. Il voudrait rentrer, mais il ne le pourra que lorsqu'il aura de quoi satisfaire sa banque. Tout ce qui compte pour lui, c'est de mettre sa famille à l'abri.

Le plus dur pour elle était de ne pouvoir parler de tout cela à personne et de devoir garder cette histoire pour elle. Dans l'esprit de ses parents et de l'épouse de Stewart, il était parti à l'étranger pour pouvoir finir de payer sa maison plus tôt. La pauvre Vicki n'était pas du tout au courant qu'elle risquait de perdre bientôt la superbe maison qu'elle aimait tant.

— Pourquoi n'est-il pas venu me voir lui-même ? demanda Adam. C'est tout de même étrange qu'il vous demande de faire ça à sa place, non ?

Il exprimait sa désapprobation de façon cinglante et elle en ressentit une colère encore plus grande.

— Stewart m'a affirmé qu'il était inutile d'en parler à votre famille. Il savait que vous nieriez tout en bloc. Je vois qu'il ne s'était pas trompé.

Depuis le jour où Stewart était venu la trouver chez elle et lui avait tout raconté, elle se faisait un sang d'encre pour lui. Elle avait considéré qu'elle ne ferait qu'en rajouter à ses problèmes si elle lui confiait sa stratégie. Elle avait pris son parti de ne lui en parler qu'une fois que tout serait réglé.

— Il aurait pu faire appel à la justice pour obtenir réparation, souligna-t-il. A-t-il contacté un avocat ?

— Comment pourrait-il le faire ? Son compte en banque est vide. Et de toute façon, sa priorité était de trouver un moyen d'éviter à sa femme et à ses enfants de se retrouver à la rue. Une fois qu'il aura l'esprit plus tranquille, je ne doute pas qu'il reviendra pour porter plainte contre vous. Même si, évidemment, je doute du résultat. Votre armée d'avocats réussira très certainement à vous éviter d'avoir à payer le moindre centime.

— Je n'aime pas qu'on insulte ma famille, repartit-il en lui lançant un regard glacial.

— Quel dommage, persifla-t-elle.

Elle s'en voulut aussitôt. La méchanceté ne menait à rien, elle le savait. Pourtant, ce que le frère d'Adam avait fait à Stewart, elle ne pouvait le supporter. Quoi qu'il lui en coûte, elle se battrait pour défendre son frère.

— Qu'attendez-vous de moi au juste ?

— Que vous lui rendiez son argent, afin qu'il puisse rentrer chez lui et retrouver sa famille.

— Vous espérez que je vais verser trois cent mille dollars à votre frère sur votre simple parole ? ironisa-t-il.

— Cela nous éviterait à tous de nombreuses complications. Sans compter l'embarras que vous épargneriez à votre famille…

— N'essayez surtout pas de me faire du chantage, mademoiselle Branson, l'avertit-il sur un ton glacial.

— Ce n'est pas du chantage, répondit-elle sans se laisser déstabiliser. C'est la stricte vérité.

Même si rien de tout cela n'avait fait partie de ses projets au début, elle se sentait prête à présent à aller trouver les parents d'Adam, ou bien son grand frère, Dominic, ou encore la femme de celui-ci, Cassandra, qui était la veuve de Liam. Pourvu qu'elle n'ait pas à aller jusque-là… Plus elle y pensait, plus elle pressentait que seul Adam pourrait l'aider. Même si, à cet instant précis, il la fusillait du regard comme si elle était sa pire ennemie.

— Si vous entreprenez quoi que ce soit qui affecte mes parents, je vous assure que vous le paierez très cher.

Ses paroles n'étaient pas une vaine menace et elle frémit d'effroi. Néanmoins, elle s'efforça de tenir bon.

— Pourquoi ne pas plutôt rembourser mon frère ? Ne serait-ce pas plus simple pour tout le monde ?

— Je n'ai pas l'habitude de régler les problèmes de cette manière.

— C'est ce que je vois.

Il resta un moment silencieux, à la dévisager froidement. Puis ses yeux se firent plus doux, et sa voix soudain mielleuse.

— J'ai remarqué que Carmen et Roberto avaient une très haute opinion de vous.

Que pouvait bien annoncer ce sous-entendu ?

— Oui, ponctua-t-elle, tout en sentant qu'elle n'allait pas tarder à perdre le contrôle de la situation.

— Et vous plaisez beaucoup à Marco.

— Ce n'est pas mon problème.

— Je vois..., glissa-t-il avec un sourire plein de satisfaction. Je me demande ce que penserait Roberto s'il apprenait que l'une de ses employées profite de son hospitalité pour servir ses propres intérêts.

— Si je comprends bien, c'est à votre tour de me faire du chantage ? réagit-elle en le fusillant du regard.

— Je dis simplement que si je formule la moindre plainte à votre encontre, vous risquez fort de vous faire renvoyer, lâcha-t-il en haussant lentement les épaules. Je doute que vous retrouviez rapidement un emploi dans une entreprise aussi prestigieuse que celle-ci.

A ces mots, elle sentit sa gorge se serrer. Mais il était hors de question de le laisser entrevoir qu'il l'avait atteinte.

— Je vois où vous voulez en venir, mais cela ne change rien. Si vous ne faites pas ce qu'il faut concernant mon frère, je n'hésiterai pas à m'en prendre à vous et à votre famille.

— Eh bien, commenta-t-il avec une pointe d'admiration dans les yeux, je dois reconnaître que vous ne cédez pas facilement.

— Je n'ai même aucune intention de céder, malgré vos menaces, précisa-t-elle en se redressant de toute sa hauteur.

En remarquant le léger mouvement de ses lèvres, elle se demanda s'il était sur le point de rire. Mais fort heureusement, il garda son sérieux.

— Il me faut du temps pour mener ma propre enquête à

propos de ce que vous avancez. Ce sera pour moi la seule façon de savoir si vous mentez.

— Je ne mens pas.

— Dans ce cas, laissez-moi faire ce que j'ai à faire.

Il se tut un instant, et la regarda attentivement, comme s'il réfléchissait à quelque chose.

— En attendant le résultat de mes recherches, reprit-il, vous pourriez me rendre un service.

— Que je vous rende un service ? Moi ? s'insurgea-t-elle. Je ne vois vraiment pas ce que je pourrais faire pour vous et, surtout, je ne vois pas pourquoi je vous devrais la moindre faveur.

— Laissez-moi vous expliquer, tempéra-t-il. J'ai besoin de… d'une compagne.

Stupéfaite, elle le dévisagea pour voir s'il se moquait d'elle.

— Vous voulez faire de moi votre *maîtresse* ?

Elle avait déjà entendu parler de ce genre d'arrangements, toutefois…

— Non, je voudrais que vous acceptiez de sortir avec moi durant quelques semaines.

— Alors là, certainement pas.

— Ah, non ?

— Je ne ferai jamais ça. Je pense plutôt contacter les médias, qui se feront une joie de s'emparer de cette histoire.

— Vous prendriez un gros risque en faisant cela, Jenna. N'oubliez pas que je tiens énormément à ma famille, et vous aussi à la vôtre, apparemment. Ni vous ni moi ne voulons davantage faire souffrir ceux que nous aimons. Je me trompe ? ajouta-t-il en plissant les yeux, comme pour lire au fond de ses pensées.

— Non, dit-elle simplement, afin qu'il ne remarque pas le tremblement de sa voix.

De toute évidence, cette réponse le satisfaisait amplement.

— Dans ce cas, cessons de nous disputer, suggéra-t-il. Je vais me charger de retrouver la trace de l'argent de votre frère, mais en échange, vous devez me promettre de me consacrer du temps au cours des quelques semaines à venir.

— Pourquoi moi ?

— C'est une bonne question…

Des voix se firent entendre dans le couloir.

— Mais ce n'est pas le moment pour moi d'y répondre, acheva-t-il. Seriez-vous libre pour dîner ce soir ?

— Je crois, oui, répondit-elle en feignant la plus grande maîtrise d'elle-même.

Mais elle sentait dans sa poitrine les battements effrénés de son cœur.

— Quel enthousiasme, ironisa-t-il.

— Il faudra vous y habituer.

— Vous appellerez ce numéro, dit-il en lui tendant sa carte de visite. Et vous donnerez votre adresse. Un chauffeur viendra vous chercher à 20 heures et vous conduira chez moi.

— J'ai une voiture, merci. Et si cela ne vous dérange pas, j'aimerais mieux que nous allions au restaurant.

— Et moi, j'aimerais mieux pouvoir vous parler en privé ; dans mon appartement, je sais que personne ne nous entendra. Et puis, mon chauffeur sera libre, ajouta-t-il en saisissant la poignée de la porte. Autant profiter de ses services.

Il lui lança un dernier regard, puis sortit du cagibi en prenant soin de refermer derrière lui.

Durant de longues minutes, elle resta immobile, à essayer de retrouver son calme. Comment avait-elle bien pu en arriver là avec Adam Roth ? Sans qu'elle puisse rien y faire, il avait réussi à retourner la situation en sa faveur et, à présent, elle sentait qu'elle allait être contrainte d'accepter sa proposition ridicule. Sortir avec lui pendant plusieurs semaines ? Certes, il lui avait assuré qu'il ne cherchait pas à faire d'elle sa maîtresse. Mais pouvait-elle le croire ? Il connaissait sûrement des tas d'autres femmes qui auraient pu jouer ce rôle bien mieux qu'elle. Certaines auraient même été enchantées de lui tenir compagnie jusque dans son lit.

Alors pourquoi elle ?

A vrai dire, elle se sentait non seulement intriguée, mais aussi plutôt flattée… Cependant, elle ne pouvait pas accepter son offre. Sinon, elle se retrouverait dans une situation insensée. Elle accepterait de dîner avec lui ce soir, si c'était ce qu'il voulait. Elle irait jusqu'à écouter ce qu'il avait à dire, si c'était la seule façon pour elle de récupérer l'argent de Stewart. Mais elle ne pourrait pas faire plus que cela. C'était tout simplement impensable.

Elle baissa les yeux, et regarda la carte qu'elle tenait dans sa main. Désormais, elle serait bien obligée de faire appel au chauffeur d'Adam, puisqu'elle ne connaissait pas son adresse. Or elle ne voyait pas comment elle pourrait se la procurer d'une autre manière. Cet homme était tellement sûr de lui, c'était insupportable ! Mais elle n'avait pas le choix ; elle devait pour l'instant se plier à ses conditions.

Bien décidée à affirmer sa position à l'avenir, elle sortit dans le couloir, et se dirigea vers les tribunes. Mais elle s'arrêta brusquement. Elle n'avait pas la force de passer la moindre minute supplémentaire avec les Conti et leurs invités. Comme elle avait son sac à main avec elle, elle se rendit au bureau d'accueil pour laisser un message à son patron : elle le remerciait de son hospitalité, écrivit-elle, mais une migraine redoutable l'obligeait à rentrer chez elle. Il ne lui restait plus qu'à espérer que Roberto et Carmen comprendraient. Quant à Marco, il ne s'apercevrait sans doute même pas de son absence.

En revanche, quelque chose lui disait qu'Adam Roth ne manquerait pas, ce soir, de lui faire une remarque sur son départ précipité.

- 2 -

Lorsque Adam eut fini de se préparer, il prit sa montre sur la table de chevet et regarda l'heure en la fixant à son poignet. 19 h 30. Jenna Branson serait bientôt là.

Après leur conversation de cet après-midi, elle n'était pas réapparue dans la tribune des Conti. Mais ce n'était pas par lâcheté. Non, cette jeune femme avait du cran, elle le lui avait prouvé aujourd'hui. Sa personnalité, associée à sa beauté, faisait d'elle une femme tout à fait fascinante, avec laquelle il se réjouissait de passer du temps lors des semaines à venir. C'était du reste sa force de caractère qui lui avait donné l'idée de lui faire cette proposition. Grâce à cette stratégie, il espérait se sortir de la situation extrêmement délicate dans laquelle il se trouvait. Depuis quelque temps, l'épouse de Todd, son ami le plus proche, ne manquait pas une occasion de lui montrer qu'elle était attirée par lui, et il ne savait plus comment s'y prendre pour calmer ses ardeurs. Il n'avait qu'une seule crainte : que Chelsea en vienne à se trahir en présence de Todd. Et il ne pouvait pas laisser une telle chose se produire. Pour Todd, pour Chelsea, comme pour lui-même, ce serait un désastre.

La solution ne pouvait venir que de quelqu'un comme Jenna. Une femme qui avait du caractère, et qui ne risquait pas de s'attacher à lui. Une femme qui, d'ici un mois, se réjouirait de prendre ses distances par rapport à lui et de retourner à la vie qu'elle menait avant de le rencontrer. Il n'aurait pas pu en dire autant de celles qu'il fréquentait la plupart du temps, celles qui se jetaient dans ses bras et tentaient ensuite par tous les moyens de s'accrocher à lui.

Evidemment, toutes les femmes qu'il connaissait n'étaient pas comme cela. Il en admirait certaines, à commencer par sa belle-sœur, Cassandra, qui lui faisait tellement penser à sa mère, Laura. Elles avaient toutes les deux un cœur immense, et se donnaient sans compter pour ceux qu'elles aimaient. Elles savaient aussi se battre pour ce en quoi elles croyaient. L'une et l'autre considéraient leur famille comme leur priorité absolue et, pour cette raison notamment, il éprouvait pour elles deux un profond respect.

Pour lui aussi, la famille était ce qu'il y avait de plus important.

Et la meilleure façon de protéger la sienne était de garder un œil sur ce qui pouvait la menacer. Oui, mieux valait avoir Jenna Branson auprès de lui, songea-t-il en quittant sa chambre pour rejoindre le grand salon. Pour l'instant, la menace, c'était elle. Il ne fallait pas que, à cause d'elle et de ses soi-disant révélations concernant Liam, ses parents ne soient affectés. Ils avaient assez souffert comme ça.

D'autant qu'il devait bien admettre qu'il doutait de l'innocence de Liam. En réalité, il y avait une chance pour que toutes ces allégations soient vraies. Même si son frère lui manquait terriblement, même si rien ne pouvait justifier qu'il soit mort si jeune, il savait qu'il ne s'était pas toujours comporté avec loyauté au cours de sa vie.

Néanmoins, de là à imaginer qu'il avait volé l'argent de Stewart Branson… Jamais il n'avait été accusé de la moindre arnaque. C'est vrai, il avait essayé de trouver des investisseurs pour ce parc d'attractions, mais uniquement parce qu'il n'avait pas su voir que ce projet était voué à l'échec. Dominic et lui avaient eu beau tenter de le convaincre d'y renoncer, rien n'y avait fait. Peu de temps après, sa maladie avait été diagnostiquée, mais il n'était pas revenu sur sa décision pour autant. Heureusement, il avait tout de même divisé par deux la somme d'un demi-million de dollars qu'il avait initialement prévu d'investir.

En repensant à tout cela, il fut saisi par une idée angoissante. Et si, après tout, Liam avait réellement persuadé le frère de Jenna d'investir lui aussi dans cette affaire ? Il était tellement inconscient, parfois... Il se jura de tirer cette affaire au clair et de découvrir à tout prix la vérité. Tant qu'il n'aurait pas mené son enquête, il n'aurait pas l'esprit tranquille.

Cependant, Jenna Branson n'avait pas besoin d'être au courant de ses doutes.

A cet instant, le concierge sonna pour le prévenir qu'elle venait de monter. Sans savoir vraiment pourquoi, il ressentit une pointe d'excitation au moment de sortir sur le palier pour l'accueillir. Elle était si séduisante... Il ne doutait pas que ce serait un véritable défi pour lui de contrôler durant les prochaines semaines le désir qu'il éprouvait déjà pour elle. Un défi qu'il allait certainement s'amuser à relever.

La porte de l'ascenseur s'ouvrit, et Jenna apparut, époustouflante dans une robe noire assez courte qui découvrait ses jambes sublimes. Elle portait des escarpins à talons hauts, et le chignon qui retenait ses cheveux bruns lui laissa tout le loisir de contempler ses épaules et son cou dénudés. Ses traits étaient si fins, sa peau semblait si douce... Elle lui parut plus belle encore que cet après-midi. Une évidence s'imposa aussitôt à lui. Bien sûr, il n'avait pas l'intention de la contraindre à devenir sa maîtresse. Mais si jamais elle avait envie qu'il se passe quelque chose entre eux, il ne ferait rien pour l'en dissuader.

— Vous avez pris tout le temps nécessaire pour vous faire belle, à ce que je vois.

— Vous devriez garder vos compliments pour les vraies femmes de votre vie, Adam, répondit-elle en rougissant adorablement.

Sans qu'il sache vraiment pourquoi, le simple fait d'entendre son prénom dans sa bouche lui fit autant d'effet que son allure infiniment sexy.

— Vous n'êtes pas une vraie femme ? s'amusa-t-il en la faisant entrer chez lui.

Elle s'arrêta, et se retourna vers lui.

— Je suis votre pire cauchemar.

— C'est bien la première fois qu'une femme me dit ça ! s'esclaffa-t-il.

— Comme quoi, il faut un début à tout.

Il prit quelques secondes pour retrouver son sérieux, avant de réagir à ses paroles.

— Je suis entièrement d'accord. Et la première fois a toujours quelque chose de magique, n'est-ce pas ?

Il lui sembla lire un certain trouble dans ses yeux, mais elle se retourna aussitôt, comme pour échapper à son regard. Lorsqu'elle bougea, l'odeur exquise de son parfum lui parvint, tel un souffle sensuel. Plus encore que tout à l'heure, il sentit que sa compagnie promettait d'être excitante.

— Vous avez un superbe appartement, commenta-t-elle après un silence.

Comme elle regardait autour d'elle tout en lui tournant le dos, il l'observa à la dérobée et se fit la réflexion qu'elle avait une silhouette absolument sculpturale.

— Vous avez beaucoup de goût, ajouta-t-elle en lui lançant un regard narquois. Néanmoins, je suis surprise que vous ne vous soyez pas plus inspiré du thème des *Mille et Une Nuits*. Je pense à votre harem, bien sûr.

— Ceci est mon appartement privé, dit-il en riant. Je loge mon harem ailleurs. Ah, très bien, la taquina-t-il en la voyant retenir un sourire. Je vois que vous savez sourire.

— Je vous déconseille de vous y habituer, riposta-t-elle en reprenant un air grave. Je garde mon sourire pour les gens que j'apprécie.

— Vous devez donc m'apprécier.

Cette femme lui plaisait de plus en plus, et leur échange de reparties piquantes y ajoutait encore du piment. Sa présence lui faisait l'effet d'une véritable bouffée d'air frais.

De nouveau, elle parut sur le point de sourire, mais elle fit volte-face pour poser son sac à main sur une chaise.

Lorsqu'elle se retourna, elle arborait une expression parfaitement sérieuse.

— Si nous parlions plutôt affaires ?

— Je vous offre un verre, avant le dîner, dit-il en feignant d'ignorer sa requête. Du vin blanc ?

— Euh… Oui, merci, répondit-elle après un bref silence.

Tandis qu'il tournait le dos pour prendre la bouteille, il sentit qu'elle le suivait du regard. Il avait l'habitude de sentir le regard des femmes sur lui, mais celle-ci n'était pas comme les autres. Malgré sa froideur apparente, elle ne parvenait pas tout à fait à masquer l'attirance qu'elle éprouvait pour lui. Loin de lui déplaire, cette réserve le surprenait et l'intriguait au plus haut point.

— Venez sur la terrasse, nous pourrons profiter de la vue, suggéra-t-il en lui tendant un verre de vin.

— Ce ne sera pas très nouveau pour moi, vous savez.

Il glissa une main autour de son bras, savourant la douceur de sa peau.

— Vous verrez, ce point de vue est tout à fait unique, insista-t-il en la guidant vers la porte vitrée. Ici, ce sont les Royal Botanic Gardens, lui indiqua-t-il une fois qu'ils furent sortis.

Comme il s'approchait d'elle, elle eut un mouvement de recul. Etrangement, il trouva sa réaction charmante. Cette femme ne cessait d'attiser sa curiosité.

— Et là, vous apercevez la route des Dandenong Ranges, ajouta-t-il en faisant encore un pas vers elle.

— Arrêtez ce petit jeu, Adam.

— Quel petit jeu ? interrogea-t-il innocemment.

— Vous le savez très bien. Et je n'aime pas ça, dit-elle fermement.

Il crut percevoir un léger trouble dans sa voix, même si elle essayait de le cacher. Pourtant, elle pensait ce qu'elle disait, cela ne faisait aucun doute. De toute évidence, elle était attirée par lui comme il l'était par elle, mais elle n'avait aucune intention de céder à la tentation. A vrai dire, c'était assez nouveau pour lui. Aucune femme ne lui avait jamais opposé une telle résistance. Même Maddie…

Le simple fait de penser à elle lui serra le cœur. Maddie était partie depuis longtemps maintenant. Depuis près de cinq ans. Aujourd'hui, leur enfant aurait quatre ans. Mais il n'avait même pas eu le temps de naître, songea-t-il avec une douleur toujours vive.

Il se força à mettre de côté ces souvenirs. La vie continuait, malgré la tragédie qu'il avait traversée.

— Et si nous passions à table ? proposa-t-il à Jenna.

Chaque fois qu'il repensait à la mort de Maddie, il se sentait comme paralysé. Dans ces moments-là, il pouvait seulement s'efforcer de paraître naturel, alors qu'il éprouvait une véritable sensation de torture.

Il fit signe à Jenna de le suivre à l'intérieur, et alla chercher dans la cuisine le plat préparé par sa gouvernante. Quelques minutes plus tard, tandis qu'il revenait avec deux assiettes garnies de poulet et de salade, il avait déjà repris le contrôle de lui-même. Ils s'installèrent l'un en face de l'autre, et savourèrent leur repas. Ou plutôt, si lui se régalait, elle ne faisait que picorer.

— Vous n'aimez pas ?

— Si, c'est très bon. Ce qui ne me plaît pas, c'est d'être ici.

Cette fois, il ressentit une pointe d'irritation. Il n'allait pas tarder à se lasser de son attitude glaciale. Quand il pensait au nombre de femmes qui avaient cherché à se faire inviter à sa table…

Et dans son lit.

— Parlez-moi de votre famille, improvisa-t-il en prenant une gorgée de vin.

Elle posa alors sa fourchette dans son assiette, et lui lança un regard sévère.

— J'aimerais mieux que vous m'expliquiez pourquoi vous voulez que je… Que je sorte avec vous pendant quelque temps. Il me semble que c'est pour cela que vous m'avez fait venir ici ce soir.

— Cela m'aiderait à me faire une idée plus précise sur votre frère, insista-t-il, bien décidé à garder l'avantage.

Malgré son air contrarié, elle finit par lui répondre.

— Mes parents sont de jeunes retraités, en pleine santé. Stewart est mon seul frère. Il a cinq ans de plus que moi. Lui et sa femme, Vicki, ont deux petites filles.

Comme chaque fois qu'il entendait parler des enfants de quelqu'un d'autre, il dut faire son possible pour étouffer sa peine.

— Quel âge ont-elles ?

— Trois et cinq ans. Elles sont assez grandes pour souffrir de l'absence de leur père, lâcha-t-elle avec un regard accusateur.

— Je n'en doute pas.

Les filles de Stewart lui manquaient-elles autant qu'il leur manquait ? Peut-être ne se rendait-il pas compte de la chance qu'il avait de les avoir. S'il avait lui-même des enfants, il ne supporterait pas de les quitter, ne fût-ce qu'un mois. Il en était absolument certain.

Mais de toute façon, il n'avait pas l'intention de devenir père.

Du moins pas pour l'instant.

Le seul enfant dans son entourage proche était son adorable nièce d'un an, Nicole. C'était un amour de petite fille, et la relation qu'elle avait avec son frère était si intense qu'il savait que Dominic n'accepterait jamais d'être séparé d'elle.

C'est pourquoi lui et Cassandra avaient décidé d'emmener Nicole avec eux pour passer de longues vacances dans la propriété paradisiaque que possédait leur famille dans le Queensland. C'était en raison de l'absence de Dominic que lui devait rester en ce moment à Melbourne, au lieu de voyager comme il avait l'habitude de le faire. Son travail consistait normalement à faire le tour du pays pour vérifier le bon fonctionnement de chacune de leurs boutiques, mais son père lui avait demandé de l'aider à gérer l'entreprise familiale durant le congé de son frère aîné. Du reste, il devait reconnaître qu'il trouvait un certain plaisir à être sédentarisé pendant quelques semaines. Ces dernières années, il avait éprouvé le besoin de bouger, de quitter Melbourne à la première occasion. Mais aujourd'hui, il se demandait s'il n'était pas temps pour lui de passer à autre chose.

La sonnerie du téléphone le tira de ses pensées. Mais il ne bougea pas. Son répondeur se chargerait de prendre le message ; il n'avait aucune envie de décrocher. D'autant qu'il avait une petite idée de la personne au bout du fil…

— Vous ne répondez pas ? s'étonna Jenna.

— Non.

La sonnerie retentit une nouvelle fois.

— Ce n'est pas à cause de moi, j'espère.

— Non.

Il avait conscience d'avoir répondu d'un ton un peu brusque, mais ne parvenait pas à s'en détacher. Il en avait tellement assez de ces appels incessants ! Si seulement il pouvait mettre un terme à tout cela. D'ailleurs il l'aurait fait depuis longtemps, si…

Le répondeur se mit en marche, et une voix de femme, légèrement rauque, se fit entendre.

— Adam, c'est Chelsea. Je cherche Todd, poursuivit-elle après une longue pause. Je me disais qu'il était peut-être avec toi. Pourrais-tu me téléphoner quand tu auras ce message ? J'attends ton appel, reprit-elle dans un souffle.

Puis elle raccrocha.

Le silence se fit dans la pièce, et Jenna le regarda avec un air interloqué.

— Vous ne vouliez pas lui parler ?

— C'est à cause d'elle que j'ai besoin de sortir avec vous.

— Je ne comprends pas.

Bien, il était temps de lui expliquer pourquoi il avait besoin de son aide. Il n'était pas très enthousiaste à l'idée de parler à une inconnue de ce qui risquait de mettre en péril son amitié avec Todd, mais s'il ne faisait rien, ce serait Chelsea qui ferait voler en éclats cette amitié. Il devait tenter le tout pour le tout. De toute façon, si jamais Jenna essayait d'utiliser ces informations contre lui, il n'hésiterait pas une seconde à se venger d'elle, quitte à s'en prendre également à sa famille.

A son tour, il posa ses couverts et se redressa.

— Chelsea est la femme de mon meilleur ami, Todd. Lui et moi, nous nous connaissons depuis l'enfance. J'étais témoin à son mariage l'année dernière, et il était aussi mon témoin quand je... Quand je me suis marié.

— Je crois savoir que vous êtes veuf ?

Elle était donc au courant. Mais après tout, comment aurait-elle pu ne pas l'être ? Rien de ce qui concernait les Roth ne restait longtemps secret ; les médias aimaient trop parler d'eux.

— Oui, je suis veuf.

Il détestait ce mot. Il lui donnait l'impression d'être une victime, or ce n'était pas un rôle qui lui convenait. Oui, il avait perdu la femme qu'il aimait, et c'était une souffrance terrible. Mais il avait décidé de prendre le dessus, et de continuer à vivre malgré cette épreuve.

— Et quel est le problème avec cette Chelsea ?

— Repensez-y, dit-il en se concentrant de nouveau sur le présent. Vous n'avez rien remarqué dans le ton de sa voix ? Quelque chose d'un peu... particulier ?

— Si, évidemment. Elle est attirée par vous.

A l'entendre, c'était quelque chose de tout à fait normal, qui ne méritait pas qu'on s'y attarde.

— Elle fait tout ce qu'elle peut pour m'attirer dans son lit, expliqua-t-il afin qu'elle comprenne à quel point sa situation était inconfortable.

Elle resta silencieuse un instant, puis leva les yeux vers lui.

— Cela dure depuis combien de temps entre vous ?

— Entre nous ? Mais il n'y a rien entre nous ! Je n'ai rien fait, moi ! protesta-t-il. C'est elle qui essaie de me séduire.

— Et depuis combien de temps ? répéta-t-elle, comme si ses précisions n'avaient aucune importance.

Elle ne comprenait apparemment pas que Chelsea

était sur le point de le rendre fou. De la manière la moins plaisante qui fût.

— J'ai commencé à remarquer un changement dans son comportement il y a six semaines environ. C'est à ce moment qu'elle a essayé de se rapprocher de moi. Je n'ai absolument rien fait pour l'y encourager, et je me montre de plus en plus froid avec elle, mais cela n'a pas l'air de changer quoi que ce soit. Le pire, poursuivit-il en soupirant, c'est qu'avant cela j'avais beaucoup d'affection pour elle. Je trouvais que c'était la femme idéale pour Todd.

— Elle est séduisante ?

— Oui, très, mais c'est l'épouse de mon meilleur ami, Jenna. Et l'idée de trahir Todd ne m'enchante vraiment pas, croyez-moi.

— Ah, non ? s'étonna-t-elle. J'aurais pourtant cru…

Mais elle s'interrompit.

— Quoi ? Que j'étais le genre d'homme capable de briser un mariage sans aucun scrupule ? Merci beaucoup ! lâcha-t-il avec dégoût.

— Vous avez une réputation de séducteur, je n'y peux rien.

— Je ne m'intéresse qu'aux femmes célibataires. Je garde mes distances avec celles qui sont mariées. Voilà mes principes.

— Ils sont excellents, approuva-t-elle.

Pourtant, il ne parvint pas à savoir si elle était sincère ou si elle se moquait de lui.

— Mais Chelsea n'était peut-être pas au courant de ce détail, ajouta-t-elle.

— Elle devrait. J'y ai fait allusion plus d'une fois.

— Vous croyez peut-être l'avoir fait, mais…

— De quel côté êtes-vous, à la fin ? s'agaça-t-il.

— Je ne suis d'aucun côté, affirma-t-elle fièrement. Ni du sien, ni du vôtre évidemment.

Face à son hostilité, il dut prendre sur lui pour garder un ton calme et serein.

— Evidemment, répéta-t-il. Pour en revenir aux faits,

Chelsea n'est pas encore venue me voir pour m'annoncer clairement ce qu'elle voulait, mais je sens que cela ne va pas tarder. Je dois mettre fin à tout ça avant que les choses ne dégénèrent. Je ne voudrais pas qu'elle fasse quelque chose qu'elle finirait par regretter.

Elle acquiesça d'un hochement de tête.

— Todd est-il au courant ?

— Non, bien sûr que non ! Il serait anéanti s'il l'apprenait. Il aime passionnément sa femme. Si je lui fais part de mes soupçons, elle se contentera de nier, et j'aurai juste réussi à perdre mon meilleur ami.

L'espace d'un instant, elle parut réfléchir à ce qu'il avait dit. Et peut-être aussi à ce qu'elle allait décider de faire.

— Vous voulez donc que je me fasse passer pour votre maîtresse pendant quelques semaines ?

— Pour mon amie, rectifia-t-il. Disons, pendant un mois.

— Un mois ? s'exclama-t-elle. Il n'en est pas question. Et puis, ça ne marchera jamais. Une amie, cela ne veut rien dire. Aucune femme sensée ne pourrait entretenir une relation platonique avec vous. Chelsea le sait très bien. Elle n'y croira pas une seconde.

— Très bien, dans ce cas vous vous ferez passer pour ma maîtresse. Si elle croit que c'est sérieux entre nous, elle arrêtera peut-être son petit manège.

— Et si elle continue ?

— Alors j'aurai perdu.

Mais il n'avait pas l'habitude de perdre, et il était bien décidé à trouver une issue honorable à cette situation.

— Si elle continue à se comporter de cette façon, Todd finira tôt ou tard par se rendre compte de quelque chose. Et même en sachant que je n'y suis pour rien, il ne pourra pas s'empêcher de m'en vouloir au fond de lui. Je ne veux pas en arriver là, ajouta-t-il en se rappelant à quel point le soutien de Todd l'avait aidé après la mort de Maddie. Il a été tellement présent lorsque j'avais besoin de lui. J'aurais une bien étrange façon de le remercier si je devenais l'amant de sa femme.

Il croisa son regard, mais ni l'un ni l'autre ne détourna les yeux. Même s'il ne faisait pas volontiers des confidences, il n'avait pas honte de dire qu'il avait besoin de son ami. En perdant la femme aimée, il avait appris la valeur de certaines choses. De *ceux* qu'il aimait, corrigea-t-il intérieurement.

Jenna prit son verre pour boire une gorgée, puis regarda Adam avec attention.

— Je vais vous reposer la même question que cet après-midi : pourquoi moi ?

Il aurait été surpris qu'elle n'insiste pas sur ce point. Du reste, elle avait toutes les raisons de l'interroger.

— Vous êtes différente, répondit-il. Entre nous, je peux être certain qu'il n'y aura pas de sentiments.

Comme elle allait parler, il leva la main pour l'interrompre.

— Si ce n'est peut-être de l'antipathie de votre part, s'amusa-t-il.

— C'est juste.

Elle n'avait même pas cherché à nier et sa franchise ne put que le faire sourire.

— Et au bout des quatre semaines, nous n'aurons plus besoin de nous voir.

— Et vous n'aurez pas peur de me croiser par hasard, murmura-t-elle, presque pour elle-même.

— Ce n'est pas faux, reconnut-il.

Son regard s'était indiscutablement animé, même si elle essayait de paraître calme et froide.

— Alors si j'accepte, vous ferez ce que vous m'avez promis ?

Il s'enfonça dans son siège, puis acquiesça lentement.

— Dès que nous serons apparus au bras l'un de l'autre, c'est-à-dire vendredi soir prochain, au bal organisé par le maire. C'est là que commencera le mois que nous allons passer ensemble.

— Vendredi ? s'insurgea-t-elle en ouvrant de grands yeux. Mais nous ne sommes que samedi. Il va falloir que j'attende presque une semaine !

— Déçue ?

Elle lui lança un regard moqueur.

— Seulement parce que je voudrais que nous réglions ça au plus vite, précisa-t-elle.

— Malheureusement, vous allez devoir être patiente, dit-il avec un haussement d'épaules. Je prends l'avion demain pour Sydney ; je dois y passer trois jours pour une conférence. Je ne serai de retour que jeudi matin.

Il ne pouvait absolument pas échapper à ce rendez-vous, car c'était un moyen de se tenir au courant des nouvelles de leurs concurrents tandis que son père resterait à Melbourne pour tenir les rênes de l'entreprise. Seulement, ses parents devaient partir le jeudi après-midi pour Brisbane ; c'était donc lui qui serait chargé de représenter la famille lors du bal de vendredi soir.

— Vous ne commencerez donc pas votre enquête avant ? s'inquiéta-t-elle. J'en déduis que vous ne me faites pas confiance.

— Ne jamais faire confiance à une femme qui cherche vengeance. C'est en effet un de mes principes.

— Ne jamais faire confiance à un homme. Jamais, rétorqua-t-elle.

— Je le connais ? interrogea-t-il en devinant la raison de sa rancune.

— Je ne pense pas, répondit-elle en le dévisageant d'un œil méfiant.

Il vit passer sur son visage une expression de dépit, de tristesse presque. Quel imbécile avait bien pu la laisser tomber ? Certains hommes n'étaient manifestement pas à même d'apprécier la beauté et la sensualité de ces lèvres sublimes.

Et certains hommes aimaient vivre dangereusement.

- 3 -

Depuis six jours, Jenna ne cessait de s'interroger sur la proposition d'Adam Roth. Dans quelle galère s'était-elle embarquée ? Elle n'était pas sûre d'être capable de se prêter à la comédie qui consistait à se faire passer pour sa maîtresse pendant un mois. Ne passer presque aucun moment en privé avec lui, mais se montrer à son bras en public. Se tenir près de lui. Le toucher. Le couvrir de regards et de sourires charmeurs. Faire comme si elle était folle amoureuse de lui.

Comme si une telle chose pouvait arriver !

Et pourtant… Elle avait beau essayer de se mentir, elle devait bien admettre qu'il y avait bien quelque chose entre eux. Une petite attirance, certes, mais assez forte pour la troubler. Alors qu'elle aurait dû se concentrer sur le véritable motif qui l'avait poussée à l'aborder, elle se laissait distraire par la tension sexuelle qui s'était établie entre eux.

En tout cas, il avait tout intérêt à honorer sa part du marché. Autrement elle n'hésiterait pas une seconde à s'attaquer à lui. Il n'aurait que ce qu'il méritait, après tout. Elle était prête à contacter les médias s'il le fallait, même si elle espérait qu'elle n'aurait pas à aller jusque-là. L'idée de jouer le mauvais rôle ne l'enchantait pas le moins du monde. Celui qui était en tort, dans cette histoire, c'était Liam Roth, et elle n'avait aucune envie de le faire oublier.

Heureusement, Adam lui avait confié ses ennuis avec Chelsea et Todd. Rien ne l'avait obligé à faire cela, si ce n'était qu'il voulait à tout prix se tirer de cette situation. Elle avait donc toutes les raisons de croire qu'il tiendrait parole ; c'était maintenant la seule façon pour lui de conserver son secret. Elle était donc en position de force pour négocier.

Elle avait tout de même du mal à croire à ses scrupules concernant son meilleur ami, d'autant que, d'après lui, il n'était en rien responsable du comportement de sa femme. Mais elle se trompait peut-être sur son compte. De toute évidence, il tenait beaucoup à sa famille ; pourquoi ne ferait-il pas preuve de la même loyauté envers ses amis ? Tout ce qu'elle craignait, c'était que, pour protéger le nom de sa famille et la mémoire de son frère, il n'hésite pas à s'en prendre à sa famille à elle.

Au moins, il agissait avec elle en toute franchise, ce qui la rassurait quelque peu. Ce n'était pas comme Marco, qu'elle avait dû affronter le lundi matin au bureau. Elle l'avait croisé après avoir présenté ses excuses à Roberto pour leur avoir fait faux bond le jour où ils l'avaient invitée aux courses. Elle avait vite remarqué que son patron ne lui en tenait pas rigueur le moins du monde ; en revanche, elle avait eu le plus grand mal à convaincre son fils qu'elle était partie à cause d'un mal de tête. Marco, toujours aussi sûr de lui, était persuadé qu'elle s'était vexée en le voyant parler avec une autre femme. A l'en croire, elle n'avait agi que par pure jalousie. Quelle suffisance ! Par chance, lorsqu'il lui avait proposé de dîner avec lui vendredi soir, elle avait pu se dérober en lui annonçant qu'elle était déjà prise. D'autant que c'était vrai, et pour cela seulement elle pouvait remercier Adam Roth.

La semaine était passée si vite… Elle avait à peine eu le temps de se préparer à l'épreuve qu'elle aurait à affronter le soir même. Et désormais, il était trop tard pour cela : à 19 heures pile, la sonnette de son appartement venait de retentir. C'était certainement le chauffeur d'Adam. Elle se précipita à la porte, et regarda par le judas.

Ce n'était pas son chauffeur.

C'était Adam en personne.

Son cœur fit un bond dans sa poitrine. Machinalement,

elle posa une main sur son chignon pour s'assurer que sa coiffure était en ordre, puis elle lissa d'un geste le tissu de sa robe. Personne ne remarquerait qu'elle avait déniché sa tenue dans une boutique d'occasion, se dit-elle en se regardant une dernière fois dans le miroir de l'entrée. Après la dépense qu'elle avait faite pour s'habiller le samedi précédent, lors de sa sortie aux courses avec les Conti, elle n'avait pas eu les moyens de s'offrir une robe du soir toute neuve. Quant aux deux robes habillées qu'elle avait portées quand elle sortait avec Lewis, impossible de les mettre ce soir. L'une était faite pour l'hiver, et l'autre avait une tache de vin que le teinturier n'avait pas réussi à faire disparaître. Par chance, celle qu'elle venait d'acheter était impeccable.

Elle prit une profonde inspiration, et ouvrit la porte. Elle n'avait pas vu Adam depuis le samedi précédent, et ce soir, dans son splendide smoking, il lui apparut plus beau encore. Plus séduisant que dans son souvenir, infiniment plus sexy que sur les photos de lui qu'elle avait pu voir dans les magazines. En un mot, il était époustouflant.

Soudain, elle se rendit compte que, debout devant elle, il était en train de promener son regard le long de ses épaules et de ses bras dénudés. Puis ses yeux parcoururent lentement le drapé de mousseline bleu nuit, lui donnant la sensation d'être plus féminine et attirante que jamais. Si elle avait cherché à se faire la plus belle possible, ce n'était pas pour attirer son attention sur elle, mais plutôt pour essayer d'être crédible à son côté.

Tout en essayant de retrouver son calme intérieur, elle se retourna et fit quelques pas vers le salon.

— Je vais chercher mon sac à main, dit-elle en espérant que sa voix ne trahissait pas son agitation.

Mieux valait ne pas l'inviter à entrer ; de toute façon, elle n'en avait que pour un instant.

Mais il la suivit à l'intérieur, et referma la porte derrière lui.

— Eh bien, voici encore une première fois.

— Pardon ? sursauta-t-elle en s'efforçant d'avancer jusqu'à la table basse.

— Vous ne m'avez pas laissé l'occasion de vous complimenter sur votre allure.

— J'aurais dû ? demanda-t-elle en feignant l'indifférence.

— C'est ce que font la plupart des femmes.

— Je ne suis pas la plupart des femmes, rétorqua-t-elle en prenant son sac.

— J'ai cette impression, en effet. Mais je tiens tout de même à vous faire mes compliments, murmura-t-il après une pause. Vous êtes absolument ravissante ce soir.

Sous l'effet de son regard intense, elle sentit le rouge lui monter aux joues. Pourtant, elle savait qu'il n'agissait que par intérêt. Elle ne devait sous aucun prétexte se laisser séduire par son comportement ; sa galanterie n'était qu'un leurre.

— Merci, répondit-elle froidement.

Puis elle se dirigea vers la porte, dans l'intention d'abréger cette confrontation. Car si elle restait trop longtemps ici avec lui…

— Ce collier est-il l'une de vos créations ?

De surprise, elle s'arrêta net devant lui, et porta machinalement la main à son pendentif.

— Oui, c'est moi qui l'ai fait.

— Vous allez faire une forte impression sur Chelsea : elle a une véritable passion pour les bijoux.

— Je suis ravie que nous ayons quelque chose en commun, ironisa-t-elle. Mis à part vous, évidemment.

Il demeura de marbre, sans esquisser le moindre sourire. En revanche, son regard brûlant lui disait de s'approcher de lui.

Sans un mot, il passa la main autour de sa taille et l'attira contre lui, sans la quitter des yeux le moindre instant.

— Voici une chose qu'elle n'aura pas en commun avec vous, lui susurra-t-il.

Et il se pencha doucement vers elle.

Incapable de bouger, elle entrouvrit la bouche pour dire quelque chose. Mais il en profita pour poser ses lèvres sur les siennes, et lui offrir un long et langoureux baiser. Il était si tendre, et tellement viril à la fois… Sous le contact de sa bouche, elle sentit son cœur se mettre à battre la chamade, et ses jambes se dérober sous elle. Finalement, elle dut nouer les bras autour de son cou et s'accrocher à lui pour ne pas chanceler.

Il interrompit leur baiser et s'écarta légèrement d'elle.

— Nous devons nous habituer à nous comporter comme des amants, dit-il d'une voix rauque.

Il était évident qu'il avait gardé un total contrôle de lui-même. Manifestement, il avait apprécié cet instant, mais leur baiser ne lui avait pas fait autant d'effet qu'à elle. Jamais elle n'avait ressenti cela auparavant… Mais il ne devait surtout pas le savoir. Même s'il s'était rendu compte de quelque chose, elle ne l'admettrait jamais. C'était une question de fierté.

Tout à coup, elle retrouva son sang-froid et fit aussitôt un pas en arrière.

— Vous n'aviez pas besoin de m'embrasser pour autant. Personne ne nous observe.

— Ah ?

Une fois de plus, il prenait un malin plaisir à la taquiner. Cet homme ne cherchait qu'à obtenir ce qu'il voulait, et non à donner l'impression à qui que ce soit qu'ils formaient un couple. Toutefois, songea-t-elle, amusée, la petite tache de rouge à lèvres qu'il avait maintenant au coin de la bouche le rendrait très convaincant. Malgré la tentation, elle n'osa pas l'effacer du bout du doigt.

— Je dois reconnaître que vous embrassez bien, lâcha-t-elle en relevant fièrement la tête.

Elle n'était pas certaine de parvenir à masquer le trouble qu'elle ressentait à présent. Le moment qu'elle venait de vivre, le contact de sa langue, de ses bras puissants, n'était pas loin de lui faire perdre tous ses moyens.

— J'en suis heureux, répondit-il d'une voix pleine de satisfaction.

Mais elle refusait de se laisser impressionner.

— Vous avez beaucoup d'expérience dans ce domaine, cela ne fait aucun doute.

— J'aime faire plaisir.

— Que c'est gentil de votre part, susurra-t-elle d'une voix enjôleuse, en le contournant pour se diriger vers la porte.

Mais il se plaça devant elle, l'empêchant d'aller plus loin.

— Et vous, Jenna ?

— Quoi, moi ?

Lui demandait-il si elle aimait faire plaisir ? Et à qui donc ? A lui ?

— Avez-vous beaucoup d'expérience dans ce domaine ?

— Cela ne vous regarde pas.

Tout à coup, elle réentendit la voix de son ex-petit ami lui répétant que, parfois, elle « manquait de savoir-faire ».

— Pourquoi me posez-vous la question ? Vous trouvez que je m'y prends mal ? s'entendit-elle l'interroger.

Trop tard pour effacer ce qu'elle venait de dire, songea-t-elle, furieuse contre elle-même. Il avait réussi à la déstabiliser. Déjà, il la dévisageait avec attention comme s'il cherchait à lire ses intentions.

— Vous avez été fantastique, la rassura-t-il finalement.

— Bon, lâcha-t-elle, soulagée. Je n'aurais pas voulu que ma performance vous déçoive.

De nouveau, il la scruta, mais cette fois avec une curiosité tout à fait visible.

— Pourquoi ? Quelqu'un a-t-il déjà été… déçu par ce que vous appelez votre performance ?

— C'est une question très personnelle, protesta-t-elle.

Il plissa légèrement les yeux, comme pour lire dans ses pensées. Puis il haussa les épaules avec indifférence.

— Peu importe. Nous devrions y aller, ajouta-t-il en consultant sa montre.

Sa voix était redevenue complètement neutre. Pourtant, elle sentait qu'il l'avait comprise, bien au-delà de ce qu'elle avait voulu révéler.

Son charisme n'allait pas tarder à lui faire perdre tout contrôle d'elle-même. Il fallait maintenant qu'elle sorte de cet appartement pour échapper à la tension grandissante qui s'installait entre eux. Sans attendre, elle avança vers la porte, et tressaillit lorsqu'elle le frôla involontairement au passage, comme s'il exerçait une attraction irrésistible sur elle.

Bientôt, ils furent assis à l'arrière de la limousine. Le téléphone portable d'Adam sonna, et il lui présenta ses excuses avant de décrocher, lui expliquant qu'il devait à tout prix prendre cet appel. Ce qui ne la dérangea en rien. Au contraire, elle était soulagée de ne pas avoir à faire la conversation. Après ce baiser, elle avait bien besoin de quelques minutes pour se remettre. Comment un homme qu'elle connaissait à peine avait-il pu la mettre dans un tel état ? Si cette initiative n'avait été destinée qu'à créer une certaine intimité entre eux, cela n'avait que trop bien réussi.

Tout en essayant de chasser ce souvenir brûlant de son esprit, elle se tourna vers la fenêtre de la voiture et fit son possible pour faire abstraction de la voix et de la présence d'Adam. Au moins, si elle n'était pas là de gaieté de cœur, elle pouvait se réjouir de faire plaisir à sa famille, plaisanta-t-elle intérieurement. Au début, elle n'avait pas jugé utile de parler à ses parents ou à sa belle-sœur de sa soirée, mais ils auraient certainement fini par la voir en photo dans les magazines, en compagnie d'Adam. Voilà pourquoi elle leur avait raconté leur rencontre, et l'invitation qu'il lui avait faite pour le bal du maire. Elle trouverait plus tard les réponses aux questions qu'ils lui poseraient. Malheureusement, ce qu'ils prenaient pour un rendez-vous galant n'était qu'un écran de fumée, et elle imaginait déjà leur déception, d'ici quelques semaines, lorsque tout serait fini.

Toutefois, si elle s'était vue obligée de leur parler d'Adam, elle avait insisté auprès de ses parents et de Vicki pour qu'ils ne répètent surtout pas à Stewart ce qu'elle leur avait dit, sous le prétexte qu'il était toujours tellement protecteur avec elle. Il deviendrait fou s'il apprenait ce qu'elle faisait pour lui. Il se ferait certainement un sang d'encre en apprenant qu'elle sortait avec un homme célèbre pour accumuler les conquêtes, leur avait-elle dit. Ce qu'ils n'avaient eu aucun mal à croire, étant donné les remarques qu'il avait faites concernant Lewis…

Adam raccrocha juste au moment où ils arrivaient. Il lui fit de nouveau ses excuses, en lui adressant le plus beau sourire qu'elle eût jamais vu. Décidément, passer du temps avec lui sans succomber à son charme lui paraissait chaque minute plus difficile.

— Vos parents seront-ils là ce soir? demanda-t-elle pour masquer son trouble.

— Non, ils avaient déjà quelque chose de prévu. Je suis chargé de représenter ma famille.

— J'imagine qu'ils ne perdent pas grand-chose et qu'il n'y a pas une grande différence entre le bal du maire et un autre, dit-elle sans réfléchir.

— Ce n'est pas faux, approuva-t-il avec un léger sourire. Malheureusement, c'est pour mon oncle qu'ils se sont absentés. Il devait passer quelques examens médicaux. Mes parents sont allés à Brisbane afin de le soutenir dans cette épreuve.

— C'est très généreux de leur part, commenta-t-elle aussitôt, gênée de sa propre indélicatesse.

— La famille passe avant tout, dit-il simplement, tandis que le chauffeur s'arrêtait devant l'hôtel de ville.

Par chance, le maire et son épouse venaient d'arriver, attirant toute l'attention des journalistes et des curieux sur eux. Pendant ce temps, Adam et elle purent sortir de la voiture sans que personne ne les remarque, et ils marchèrent jusqu'à l'entrée en se fondant dans la foule.

La mairie de Melbourne était un bâtiment grand et majestueux, vieux d'une centaine d'années. Chaque fois qu'elle avait eu l'occasion d'y aller, elle était tombée en admiration devant sa beauté. Le hall carrelé de marbre, les immenses fenêtres, les lustres en cristal, le large escalier qui menait à l'étage, tout n'était que luxe et élégance. Mais ce qui retenait l'attention de tous, c'était l'orgue sculpté qui y était installé, connu pour être le plus grand de tout l'hémisphère Sud.

En entrant dans la salle de réception, elle ne put s'empêcher d'admirer la splendeur de la décoration. Tandis qu'on les menait à leur table, elle ne se lassait pas de promener son regard tout autour d'elle. Lorsqu'elle comprit à quel endroit Adam et elle seraient placés, elle sentit son cœur bondir dans sa poitrine. C'était un détail auquel elle avait omis de penser.

— Tout va bien ? lui murmura Adam à l'oreille.

— Je ne savais pas que nous serions à la table du maire, chuchota-t-elle, tout en s'efforçant de calmer sa nervosité.

— Ne vous en faites pas, tout ira bien.

— Pardon, mais je n'ai pas vraiment l'habitude de dîner dans une ambiance aussi mondaine.

— Ne vous fiez pas aux apparences, répliqua-t-il avec un sourire en coin. Ces gens sont absolument comme vous et moi.

— Permettez-moi d'en douter, glissa-t-elle en arborant un sourire de façade.

Une fois les présentations faites, elle se rendit compte que quelques sièges étaient encore vides. Le Premier ministre n'allait sans doute pas tarder à arriver ! s'amusa-t-elle intérieurement. Tout en se demandant comment elle allait surmonter cette soirée. C'était si nouveau pour elle… Même si Lewis était d'un milieu aisé, jamais il ne l'avait emmenée dans de telles réceptions.

Tandis qu'on leur servait du vin, Adam se pencha vers elle.

— Si cela peut vous aider, dit-il à mi-voix, imaginez-les en sous-vêtements. N'oubliez pas que nous sommes tous égaux.

Elle tourna légèrement la tête, et fit glisser son regard de ses lèvres sensuelles à ses yeux aussi bleus et profonds que l'océan. Non, nous ne sommes pas tous égaux, songea-t-elle, époustouflée par la beauté de cet homme.

— Seriez-vous en train de m'imaginer en sous-vêtements ? murmura-t-il, le regard brillant.

Son visage était toujours près du sien, et elle sentait son souffle contre sa peau, comme une caresse.

— Je…

— Eh, Adam, intervint une voix d'homme. Tu n'as d'yeux que pour ta cavalière, dis-moi. Si tu nous présentais ?

Ravie de cette interruption, elle leva les yeux et vit un couple qui prenait place à côté d'eux. Un très bel homme, qu'elle eut la sensation d'avoir déjà vu quelque part, et une femme superbe, blonde, qui la regardait avec curiosité. Dans ses yeux, elle eut l'impression de lire une certaine…

— Mon cher Todd, ce n'est sûrement pas toi qui vas me le reprocher, plaisanta Adam en passant une main dans le dos de Jenna.

Il s'agissait donc des fameux Todd et Chelsea. Même si Adam se montrait détendu, elle sentit son corps se raidir. C'était comme s'il cherchait à établir une soudaine distance entre Chelsea et lui. Du reste, il se garda bien de l'embrasser pour lui dire bonsoir.

Mais c'était sans compter la volonté de cette jeune femme.

— Adam, comment vas-tu ? dit-elle en se penchant vers lui pour lui faire un baiser sur la joue.

Sur la joue, mais très près de la bouche. A cet instant, elle sentit dans son dos la main d'Adam se contracter.

Il la présenta à ses amis, et elle ne tarda pas à comprendre en présence de qui elle se trouvait. Certainement pas le genre de personnes qu'elle avait l'habitude de fréquenter. Todd était le fils d'un magnat de l'immobilier, et le père de Chelsea dirigeait une multinationale. Autant dire qu'ils étaient nés l'un et l'autre avec une cuillère en argent dans la bouche.

Seigneur, dans quoi s'était-elle embarquée ? Elle savait bien que les Roth faisaient partie de l'aristocratie australienne ; elle aurait dû se douter que leurs amis appartenaient au même milieu. Maintenant, elle devait faire comme si, elle aussi, était du même monde. Allait-elle être à la hauteur ? En regardant Chelsea et la lueur de méfiance qui brillait dans ses yeux, elle décida qu'elle allait tout faire pour y parvenir.

Heureusement, elles n'étaient pas assises l'une à côté de l'autre. Mais la forme circulaire de la table les empêchait de s'éviter du regard, et Jenna devait tout faire pour ne pas se laisser décontenancer par la façon dont elle la toisait.

Durant le dîner, il leur fut difficile à tous d'entretenir une conversation générale, puisqu'ils étaient sans cesse interrompus par les convives qui venaient saluer leurs hôtes prestigieux. Néanmoins, elle dégusta les mets délicieux qui se succédaient, tout en écoutant les discours, parfois distrayants, parfois ennuyeux à mourir.

Le reste du temps, tous semblaient jouer un rôle, s'efforcer de parler avec légèreté, et faire mine de s'intéresser à chacun.

— Alors, Jenna, lui dit soudain Chelsea, vous vivez ici, à Melbourne ?

Elle venait juste de terminer son dessert, l'un des plus succulents qu'elle eût jamais mangé. Bien décidée à rester digne et à lui tenir tête, elle se prépara mentalement à affronter son interrogatoire. A l'autre bout de la pièce, des musiciens jouaient les premiers accords d'un classique de jazz.

— Je crois que c'est la première fois que nous nous voyons. Que faites-vous ?

De toute évidence, elle n'attendait pas qu'elle la renseigne sur son métier. Dans le monde de Chelsea, une femme ne travaillait pas pour gagner sa vie. Elle remplissait son temps grâce à d'autres occupations.

— Je suis styliste. Je travaille pour un bijoutier.

— Ah ? lâcha-t-elle en faisant glisser ses yeux vers son collier.

Mais contrairement à Adam, elle évita toute allusion au pendentif qu'elle portait.

— Que c'est charmant, reprit-elle. Une marque célèbre ?

— Non, vous ne devez pas connaître.

Inutile de lui dire qu'elle travaillait pour Roberto Conti. Moins Chelsea en saurait sur elle, moins elle aurait de mal à gérer la situation. D'autant que, de toute évidence, Chelsea ne prononcerait pas le moindre compliment sur son travail devant les autres.

— Mais que je suis bête, s'exclama Chelsea avec un rire forcé. Si je connaissais vos bijoux, je n'aurais pas besoin de vous demander pour qui vous travaillez, cela va de soi.

Todd se tourna vers sa femme et la regarda tendrement.

— Tu n'es pas bête, ma chérie. Tu es merveilleuse.

— Oh, Todd…, murmura-t-elle.

Mais Jenna remarqua que son regard le fuyait.

— Tu ne trouves pas que ma femme est merveilleuse, Adam ? insista Todd avec un clin d'œil complice.

Rien dans son expression ou dans son attitude ne laissait deviner qu'il avait décelé quelque chose d'anormal entre sa femme et son meilleur ami.

— Bien sûr que si, répondit Adam en souriant.

Puis il se leva et tendit la main vers Jenna.

— Pardonnez-moi, mais j'aimerais danser avec ma cavalière, dit-il avant de la mener vers le centre de la pièce.

Il l'attira alors contre lui, mais elle recula aussitôt, feignant de vouloir l'observer. En réalité, elle ne voulait pas être si près de lui. Le simple fait de sentir ses mains sur elle la faisait frissonner.

— Elle est vraiment folle de vous, Adam.

Après l'avoir tutoyé pendant le dîner pour feindre l'intimité, elle avait besoin de remettre un peu de distance entre eux.

— Merci. C'est exactement ce que je n'avais pas besoin d'entendre.

— Pardon. Mais elle est tellement mielleuse…

— Oui, et c'est tout ce que je n'aime pas. C'est pourquoi vous me plaisez tant, ajouta-t-il avec un sourire malicieux.

— Ah, vous savez parler aux femmes, plaisanta-t-elle avec un regard moqueur.

— Très bien, continuez à sourire, dit-il en riant.

— Comme ça ? demanda-t-elle en relevant bien haut les commissures des lèvres, soucieuse de convaincre leur public.

— C'est un peu trop forcé. Ayez l'air rêveuse, ce sera plus crédible.

— Vous voulez faire de moi une vraie comédienne ?

— C'est tout à fait ça.

Ils échangèrent un nouveau sourire. Plus chaleureux, cette fois. Puis il détacha ses yeux des siens, et elle eut soudain la sensation qu'il la caressait du regard, détaillant son cou, ses épaules, puis la ligne de son décolleté. Malgré elle, elle sentit son sourire se dissiper, et le feu lui monter aux joues.

— Là, c'est très convaincant, murmura-t-il. Vous avez vraiment l'air de partager un moment très, très intime avec moi.

— Pardon ? sursauta-t-elle.

— Détendez-vous, vous allez tout gâcher.

— Moi ? protesta-t-elle avec un mouvement de recul. Mais c'est vous qui jouez à je ne sais quel petit jeu.

Il pressa la main contre sa nuque, et attira sa tête dans le creux de son épaule.

— Doucement. Les gens vont croire que nous nous disputons. Faites semblant de me murmurer des choses coquines à l'oreille.

A cet instant, elle se moquait complètement de l'impression qu'ils pouvaient donner. Il était en train de profiter de la situation, c'était évident.

— Vous oubliez que ce n'est pas du tout mon genre.

— Chelsea nous observe, chuchota-t-il.

— Tant pis.

Il se tut l'espace d'une seconde, puis se pencha de nouveau vers elle.

— N'oubliez pas notre marché, mademoiselle Branson, lui rappela-t-il d'une voix suave.

La menace sous-jacente lui coupa le souffle. C'était comme s'il lui disait « pensez à Stewart ». Elle faillit à son tour lui parler de son frère à lui, Liam, mais elle se retint juste à temps. Mieux valait ne pas le pousser à bout.

Cette soirée était un bon début, elle ne devait pas gâcher ce qu'elle avait commencé.

Elle fit son possible pour retrouver son calme, et feignit de s'intéresser aux autres couples de danseurs.

— C'est beaucoup mieux comme ça, jugea-t-il après une minute ou deux.

Aussitôt, elle leva les yeux vers lui. Il était hors de question qu'il la prenne pour une petite fille soumise au moindre de ses désirs.

— Au fait, pourquoi ne m'aviez-vous pas dit qui étaient Todd et Chelsea ? Je ne m'étais pas attendue à avoir affaire à des gens aussi importants.

— Je ne vois pas ce que cela change, rétorqua-t-il avec surprise.

— Non, cela ne change rien, mentit-elle. Mais vous auriez quand même pu me prévenir.

— Vous vous en sortez très bien. Ne vous laissez pas intimider. Rappelez-vous les sous-vêtements, s'amusa-t-il en lui lançant un regard espiègle.

Elle laissa échapper un petit rire, tout en essayant de ne pas l'imaginer, lui, presque nu. Mais elle ne put s'empêcher de deviner sa silhouette virile, sa peau bronzée, son torse puissant… Sous l'effet de cette seule image, une vague brûlante la traversa.

Juste à cet instant, la musique s'arrêta, et ils retournèrent s'asseoir à table. Elle ne doutait pas que la rougeur de ses joues trahissait aux yeux des autres l'effet que lui faisait Adam, mais par chance, son attention à lui fut attirée par un autre couple qui vint lui parler.

Elle en profita pour saisir son sac à main, et s'éclipser vers les toilettes des dames. Elle avait besoin d'un moment de solitude et de répit. Devant la glace, elle se remit un peu de rouge à lèvres, et replaça quelques mèches échappées de son chignon. C'est alors que Chelsea entra dans la pièce, troublant l'instant de tranquillité qu'elle était en train de savourer.

En lui adressant un large sourire, elle vint se placer juste à côté d'elle, face au miroir.

— Adam et vous, dit-elle l'air de rien, en se recoiffant, vous êtes comme deux tourtereaux.

— Vous trouvez ? répliqua Jenna en se montrant la plus heureuse possible.

— Je dois admettre que j'ai été étonnée de vous voir avec lui.

Lentement, ses yeux glissèrent vers le reflet de Jenna, puis elle se regarda de nouveau dans la glace.

— Il sortait avec une autre femme depuis un certain temps.

A ces mots, Jenna réussit de justesse à cacher sa surprise. Adam avait également omis de mentionner ce détail avant la soirée.

— Ce sont des choses qui arrivent, répondit-elle en saisissant son sac, prête à partir.

— Depuis combien de temps le connaissez-vous ? interrogea Chelsea en sortant son poudrier.

Jusqu'où cette femme était-elle donc capable d'aller ?

— Assez longtemps, dit-elle avec un sourire complice, plein de sous-entendus.

Elle lut aussitôt la déception dans l'expression de Chelsea.

— Et vous, Chelsea, quand avez-vous rencontré Adam ?

— Il y a presque un an, dit-elle en retrouvant son sourire. Nous commençons tout juste à nous connaître vraiment.

Ses insinuations étaient on ne peut plus déconcertantes. Si Jenna avait réellement été la petite amie d'Adam, l'attitude de cette femme l'aurait mise en colère.

— Que voulez-vous dire ? questionna-t-elle froidement.

Elle ne faisait que jouer son rôle, après tout. Et elle n'avait aucune intention de laisser Chelsea se moquer d'elle avec autant d'audace.

— Euh… rien.

Elle sembla soudain désarçonnée, comme si elle n'avait pas l'habitude qu'on lui tienne tête et qu'elle ne savait pas comment gérer cette situation. Etant donné son rang social, cela ne devait en effet pas se produire bien souvent…

Chelsea saisit son sac avec précipitation, et alla s'enfermer dans l'une des cabines. Comment pouvait-elle imaginer que son comportement passait inaperçu, sinon aux yeux de son mari, au moins à ceux des autres ?

Perplexe, Jenna sortit et regagna sa table. Peu de temps après, Chelsea revint à son tour, et elle se montra plus calme durant la fin du dîner. Elle évitait de parler à Jenna, mais son regard se fixait sur Adam dès qu'elle croyait que personne ne la remarquait.

A mesure que la soirée avançait, Jenna trouvait de plus en plus épuisant d'être sans arrêt en représentation. Elle n'était pas sûre du tout que cette vie lui plairait…

— Veux-tu que nous rentrions à la maison ? lui demanda Adam à haute voix.

Sa proposition fut comme une délivrance. Mais elle savait bien qu'il voulait faire croire à tout le monde qu'ils allaient passer la nuit ensemble.

— Oh, non ! s'exclama Chelsea, sans lui laisser le temps de prendre la parole. Adam, viens donc chez nous prendre un verre. Je t'en prie.

— Oui, très bonne idée, approuva Todd. Vous devriez venir tous les deux. Ou si vous préférez, nous pouvons aller au casino.

Jenna réprima un soupir d'inquiétude. Non, elle n'en avait aucune envie. Elle voulait rentrer se coucher chez elle, et dormir. Oublier tous ces gens, au moins pour quelques heures.

— Non, merci, répondit Adam. Il est tard, et Jenna et moi avons un week-end chargé en perspective.

Il se tourna vers elle, et lui adressa un regard enamouré. Décidément, il jouait parfaitement la comédie.

— Oh, mais…, balbutia Chelsea.

— Chérie, intervint Todd en lui posant délicatement la main sur le bras. Ils ont envie d'être seuls.

— Ah…

Elle se tut, mais sa pâleur en disait long sur sa déception.

— Ne me dis pas que tu ne te rappelles plus ce que c'est ? s'amusa Todd. Ah, elles oublient si vite…, ajouta-t-il en se tournant vers eux.

Pour la première fois, Jenna eut l'impression que Todd faisait semblant. Il devait sentir que quelque chose n'allait pas, c'était certain. Elle ne savait pas encore ce qui lui faisait croire cela… Peut-être son sourire exagéré, son attitude presque trop compréhensive. Mais son regard le trahissait.

Finalement, ils se levèrent tous de table, et rejoignirent chacun leur voiture. Comme le chauffeur démarrait, Adam baissa la vitre qui les séparait de lui, et se pencha vers l'avant.

— Harry, conduisez-nous directement chez moi, s'il vous plaît.

Jenna allait intervenir, mais il lui posa la main sur le bras pour l'interrompre.

— Oui, monsieur.

Puis la vitre se referma.

— Adam, je veux rentrer chez moi, dit-elle fermement. Cela ne fait pas partie de notre marché.

— Chelsea et Todd sont derrière nous.

— Quoi ?

Elle se redressa sur son siège et se retourna. La limousine blanche, en effet, roulait derrière la leur.

— Ils nous suivent ?

— Non. La route qui les ramène chez eux passe devant chez moi. Nous n'avons pas de chance qu'ils soient partis en même temps que nous, c'est tout.

Elle profita de la lumière des réverbères pour le scruter avec attention, mais il ne semblait pas être en train de mentir.

— Dans ce cas, je prendrai un taxi en bas de chez vous.

— Vous prendrez bien un dernier verre ; ensuite, Harry vous ramènera.

— J'aimerais mieux rentrer tout de suite.

Qu'espérait-il exactement ? Elle commençait à douter de ses intentions…

— Vous avez peur de monter chez moi ? demanda-t-il en la regardant dans les yeux.

— Non.

— Vous avez peur de moi ?

— Non.

Et même si c'était vrai, elle ne l'admettrait jamais.

Il la dévisagea durant quelques secondes, mais n'insista pas davantage.

— Vous savez, Chelsea et Todd sont deux oiseaux de nuit. Ils sont peut-être en train de chercher un endroit pour finir la soirée. Je n'ai pas envie qu'ils vous voient seule dans un taxi ou dans la limousine. Oui, même avec les vitres teintées, ajouta-t-il au moment où elle ouvrait la bouche pour protester. C'est mieux si vous attendez un moment chez moi, le temps qu'ils aient quitté le quartier.

— Vous inventez votre histoire au fur et à mesure, non ?

— Non, répondit-il en riant. J'aimerais bien que ce soit le cas, mais non. Je sais que cela peut vous paraître étrange, mais, s'il vous plaît, faites-moi confiance.

Après tout, mieux valait sans doute pour eux ne pas prendre le risque d'être démasqués. Et puis, elle ne voulait pas le contrarier, de peur qu'il revienne sur sa décision et renonce à mener son enquête sur l'argent de Stewart.

En fait, elle n'avait pas vraiment le choix.

— D'accord, je vais monter prendre un verre avec vous, céda-t-elle.

— Parfait.

Ils roulèrent encore quelques minutes. En ce vendredi soir, la rue était encore animée, et il y avait beaucoup de circulation. Pourtant, elle avait la sensation d'être seule au monde avec lui. L'observant du coin de l'œil, elle détailla ses bras, ses jambes, incapable de chasser le trouble qui s'emparait d'elle.

— Chelsea m'a dit que vous sortiez avec quelqu'un, annonça-t-elle pour rompre le silence qui commençait à devenir pesant.

— C'est fini depuis plusieurs semaines, lâcha-t-il froidement.

Elle ne parvenait pas à savoir s'il lui en voulait à elle de lui en parler, ou s'il était en colère contre Chelsea. Ou encore s'il était en mauvais termes avec la femme qu'il avait fréquentée. C'était peut-être tout à la fois.

— Apparemment, Chelsea n'est pas au courant, souligna-t-elle.

— S'il n'y avait que ça…, marmonna-t-il, excédé. Chelsea s'était liée d'amitié avec Diane, la jeune femme en question. Encore aujourd'hui, Diane refuse de croire que c'est fini entre elle et moi. Malheureusement, elle raconte tout à Chelsea, sans savoir qu'elle se sert d'elle pour arriver à ses propres fins.

— Eh bien, vous avez une vie tourmentée, dites-moi !

— Mais ce n'est pas ma faute, se défendit-il. J'imagine que c'est une affaire de territoire, soupira-t-il avec résignation.

— De territoire ? Vous voulez dire que les femmes se battent pour les Roth ?

— Pour les hommes en général !

Comme ils partaient d'un même rire, un bref coup de Klaxon retentit : c'était Todd et Chelsea qui leur disaient bonsoir au moment où leurs routes se séparaient. En effet, ils venaient d'arriver devant l'immeuble d'Adam.

Une fois qu'ils furent montés au dernier étage, il l'invita à entrer.

— Installez-vous, je vais nous chercher quelque chose à boire.

Elle posa son sac et sortit sur la terrasse. Il n'était pas question qu'elle prenne trop ses aises, car elle n'avait nullement l'intention de s'éterniser.

Au bout de quelques secondes, il la rejoignit et lui offrit un brandy. En ce début d'automne, la soirée était douce, et elle sentait un vent chaud et léger lui caresser le visage. D'après ce qu'elle avait pu constater, l'appartement d'Adam occupait tout l'étage, et devait offrir de jour un panorama sur la ville entière, la baie et, au loin, les montagnes.

Déjà, la vue qu'elle avait sous les yeux était un véritable enchantement.

Heureusement, cette fois, Adam ne se tenait pas aussi près d'elle que lorsqu'elle était venue dîner chez lui. Elle se tourna vers lui, et croisa son regard brûlant. En le voyant à quelques pas d'elle, son nœud de cravate desserré, ses yeux fixés sur elle, elle sentit un frisson la traverser. Ce que cet homme pouvait être sexy…

— Cette couleur vous va à ravir, murmura-t-il.

Sans réfléchir, elle répondit ce qui lui venait à l'esprit.

— Il y a de très belles choses chez Vinnie.

— Chez Vinnie ? répéta-t-il. Je ne crois pas en avoir entendu parler.

— Certainement pas, dit-elle en riant. C'est une boutique d'occasion.

— Vous portez la robe de quelqu'un d'autre ? s'étonna-t-il en ouvrant de grands yeux.

— Evidemment, ce sont des choses qui ne se font pas dans votre monde. Mais on y trouve des articles fantastiques. Vous savez, beaucoup de gens vont chez eux. Ils s'achètent des vêtements qu'ils ne pourraient pas s'offrir autrement. Les bénéfices sont reversés à une œuvre de charité.

En voyant son regard éberlué, comme si elle venait de lui parler dans une langue étrangère, elle ne put s'empêcher de rire. Il n'avait donc aucune notion des réalités ? Il croyait sans doute que tout le monde avait sur sa table autant de caviar et de champagne qu'il souhaitait…

Tout à coup, son regard se fit plus intense, et il glissa les yeux jusqu'à ses lèvres. Son sourire se dissipa peu à peu. Puis il avança lentement vers elle, et approcha son visage du sien. Elle aurait dû faire un pas en arrière, s'écarter de lui, mais elle était comme paralysée.

Il posa alors ses lèvres contre les siennes, et resta ainsi sans bouger. C'était une sensation incroyable… Il la touchait à peine et, pourtant, elle était comme assaillie par une vague brûlante.

Finalement, il glissa la pointe de sa langue entre ses

lèvres. Incapable de résister au désir qui l'envahissait, elle le laissa faire, et répondit à son baiser, à peine, puis avec de plus en plus de fièvre. Elle ne pensait plus à rien, si ce n'était aux sensations exquises qu'elle éprouvait.

Après un long moment, il se redressa légèrement, la contemplant avec attention. Tout en reprenant son souffle, elle comprit que quelque chose de spécial s'était passé entre eux. Elle voyait dans ses yeux qu'il avait savouré ce moment tout autant qu'elle. Mais il n'était pas question d'aller plus loin avec lui.

— Je devrais vous gifler.

— Ce serait très excitant…

— Ce n'est pas parce que je ne vous ai pas giflé que je vous autorise à recommencer, le défia-t-elle.

Il soutint son regard durant plusieurs secondes, puis il esquissa un sourire.

— En d'autres termes, vous ne voulez pas devenir ma maîtresse, et je n'ai pas intérêt à insister, c'est bien ça ?

— Exactement.

— Entendu.

Mais enfin, à quoi jouait-il ?

— Vous avez l'air surprise, s'étonna-t-il.

— C'est vrai. Je ne pensais pas que vous laisseriez tomber aussi facilement.

— Qui a dit que j'avais laissé tomber ? demanda-t-il avec un grand sourire.

Mais il retrouva aussitôt son sérieux.

— Restez ici cette nuit.

— Pardon ? Mais… Je viens juste de vous dire que…

— Il est tard. Vous pourrez dormir dans la chambre d'amis.

Elle ne parvenait pas à deviner ce qu'il avait en tête.

— Adam, est-ce vraiment nécessaire ?

— Malheureusement, oui. Je viens seulement d'y penser, mais je ne serais pas étonné que Chelsea vienne demain matin pour voir si vous êtes toujours là.

— Cela porte un nom. C'est du harcèlement.

— C'est aussi ce que je ressens. Mais c'est plus subtil que cela. Chaque fois qu'elle me téléphone, elle utilise Todd comme excuse. Et ce sera la même chose si elle vient ici. Je n'ai aucune preuve à faire valoir. De toute façon, je ne veux pas en arriver là.

— Vous devriez peut-être en parler à Todd ?

Sans savoir pourquoi, elle aimait mieux ne pas lui dire qu'elle avait l'impression que Todd se rendait compte de quelque chose.

— Non, pas encore. Espérons que votre présence à mon côté lui fera reprendre ses esprits.

— Et si cela ne marche pas ?

— Je verrai ce que je ferai.

Inutile d'insister pour rentrer chez elle, ce n'était pas si important.

— J'aimerais bien aller me coucher, dit-elle en posant son verre.

— Je vais préparer votre chambre, répondit-il avec un sourire, sans cacher combien il était satisfait de sa décision.

— Merci.

Elle ne put que lui être reconnaissante de lui épargner une quelconque allusion.

— Je vous demande juste un service : juste au cas où, pourriez-vous éviter d'allumer la lumière dans votre chambre ?

— Au cas où ?

— Où Todd et Chelsea passeraient par là. Ils connaissent bien mon appartement… Seigneur ! Je déteste cette situation.

Malgré tout, elle éprouvait une certaine compassion envers lui. Même s'il avait l'habitude d'être suivi à la trace par les médias, il devait souffrir de devoir jouer la comédie devant ses amis.

C'était on ne peut plus étrange de savoir qu'une femme dormait chez lui, dans la chambre d'à côté, songea Adam en ressortant sur la terrasse après avoir quitté Jenna. Même s'il commençait à faire frais, il aimait mieux attendre un peu avant d'aller se coucher. Il s'allongea sur une chaise longue, et ne put s'empêcher d'imaginer Jenna en train d'enfiler le T-shirt qu'il lui avait prêté pour la nuit. La seule idée de cette femme sublime, nue à quelques mètres de lui, le faisait frissonner de désir.

Malgré tous ses efforts, il ne parvenait pas à penser à autre chose. Elle était tellement belle… Tout au long de la soirée, il ne s'était pas lassé une seule seconde de la contempler dans cette robe qui lui allait à ravir. Elle avait parfaitement joué son rôle, et ne s'était à aucun moment laissé impressionner par qui que ce soit. Ni par Chelsea, ni par… lui-même, devait-il s'avouer. Il y avait bien longtemps qu'il n'avait pas passé un si bon moment en compagnie d'une femme. Surtout lors d'une occasion de ce genre, où personne n'était jamais détendu.

Du reste, il ne voyait pas comment un homme pouvait être détendu en présence de Jenna. Elle éveillait en lui un tel désir… Le simple fait de l'avoir embrassée deux fois ce soir, et d'avoir dansé avec elle, ne lui donnait qu'une seule envie : recommencer, et aller plus loin avec elle.

S'il n'arrêtait pas de penser à elle, il n'arriverait jamais à s'endormir. Comment allait-il pouvoir passer toutes ces heures avec elle au cours des prochaines semaines, tout en gardant ses distances ? Une chose était sûre : son sommeil allait en pâtir. Il ne voyait pas par quel moyen il retrouverait sa sérénité alors qu'il brûlait de désir pour elle.

A moins, bien sûr, qu'elle ne change d'avis quant à la nature de leur relation…

En tout cas, personne mieux qu'elle n'aurait pu éloigner Chelsea. Les regards de celle-ci au cours de la soirée en disaient long sur l'impression que lui avait faite Jenna.

Il pouvait se féliciter de l'avoir parfaitement choisie.

- 4 -

Le lendemain matin, Jenna fut réveillée par les rayons de soleil qui entraient dans la chambre. Elle s'était déshabillée la veille au soir à la lumière des éclairages de la ville, comme le lui avait demandé Adam ; voilà pourquoi ses volets n'étaient pas fermés. Quelle étrange impression de se réveiller un samedi matin dans un lit qui n'était pas le sien…, songea-t-elle, les paupières mi-closes. Chez un homme qu'elle connaissait à peine, dont elle portait le T-shirt en ce moment même. Chez un homme avec qui elle allait avoir le plus grand mal à garder ses distances.

Elle rejeta les draps et se leva, tout en repensant au regard lourd d'Adam, hier soir, au moment où il lui avait tendu son T-shirt. Aurait-il voulu l'accompagner dans sa chambre, et lui ôter lui-même ses vêtements ? Elle-même ne pouvait pas nier que cette pensée lui avait traversé l'esprit…

Le seul souvenir de ses yeux brûlants fixés sur elle la fit frissonner.

Mais en voyant sa robe du soir posée sur une chaise, une sensation de malaise s'empara d'elle. Elle avait horreur de remettre des vêtements déjà portés la veille.

Elle alla prendre une douche, puis fit sa toilette avec les affaires propres que lui avait sorties Adam. Heureusement, elle avait un peu de maquillage dans son sac, et elle put se redonner une allure plus fraîche avant d'aller le retrouver dans le salon. S'il n'était pas là, elle lui laisserait un mot et prendrait un taxi pour rentrer. A vrai dire, c'était tout ce qu'elle pouvait espérer.

Une chose la surprenait le concernant : dans son appartement, il n'y avait aucune photo de sa femme décédée. Elle commençait à comprendre à quel point il était réservé pour tout ce qui concernait sa vie privée. Quoi de plus normal, après tout ? L'épreuve qu'il avait traversée faisait partie de son intimité. Elle se rappelait avoir entendu parler de l'accident, quelques années plus tôt. Jamais elle n'aurait imaginé rencontrer un jour Adam Roth, et encore moins se faire passer pour sa maîtresse, et dormir dans son appartement. La vie réservait décidément bien des surprises.

Pas forcément de bonnes, d'ailleurs.

Elle le trouva assis sur un tabouret de bar, devant un bol de céréales et une assiette de fruits frais tranchés. Elle fut saisie de l'envie folle de se jeter à son cou, tant il était beau et sexy… Mais elle la réprima sans merci, stupéfaite des méandres de sa propre imagination.

Il se retourna, et la toisa des pieds à la tête, avec un petit sourire en coin.

— Ah, le lendemain matin…

— Eh, oui, grimaça-t-elle en regardant sa robe.

— Et vous restez splendide, quelles que soient les circonstances.

— J'ai peur que nous ne soyons pas très frais ce matin, plaisanta-t-elle.

Il laissa échapper un rire rauque.

— Vous avez bien dormi ?

— Aussi bien que possible, répondit-elle, surprise d'avoir réussi à trouver le sommeil.

— J'espère que vous n'avez pas éprouvé le besoin de fermer votre porte à clé ?

— Non, non.

Elle avait bien envisagé ce cas de figure, mais l'avait trouvé improbable car s'il avait voulu aller plus loin, il aurait fait durer ce baiser, sur la terrasse.

Comme elle aurait voulu qu'il dure plus longtemps ! Plus jamais elle ne boirait de brandy sans repenser à cet instant, au goût de ses lèvres sur les siennes.

— Chelsea a-t-elle montré son nez, finalement ?

Elle avait toutes les raisons de le lui demander ; c'était dans cette éventualité qu'il lui avait demandé de rester.

— Non, Dieu merci. C'est bien la dernière chose dont j'aurais besoin, ajouta-t-il, le visage soudain fermé.

Puis il parut se forcer à se détendre, et lui adressa un grand sourire.

— Sinon, pour aujourd'hui… Vous avez quelque chose de prévu ?

— Ça dépend, répliqua-t-elle prudemment.

— Je dois aller aux Carlton Gardens cet après-midi, pour une exposition florale parrainée par ma famille. J'aimerais que vous veniez avec moi. Ensuite, nous pourrions faire un tour dans les jardins ; c'est une véritable splendeur.

Elle commençait à comprendre que son temps libre, ce prochain mois, allait être totalement monopolisé par Adam.

— Vous n'auriez pas pu m'en parler plus tôt ?

— Si vous ne savez pas quoi mettre, nous pouvons aller faire les boutiques.

— Ce n'est pas le problème, rétorqua-t-elle, agacée.

— Vous n'aimez pas les fleurs ?

— J'adore les fleurs, la question n'est pas là. Seulement, je n'avais pas prévu que tout cela me prendrait autant de temps.

— Il faut qu'on nous voie ensemble le plus souvent possible, voilà l'enjeu. C'est la seule façon pour nous de convaincre les gens que nous sommes un couple.

— Oui, sans doute, soupira-t-elle.

— Votre enthousiasme est toujours aussi débordant.

Préférant ignorer sa remarque, elle détourna le regard, et aperçut le magazine posé à côté de lui.

— Parlent-ils du bal d'hier soir ? questionna-t-elle, anxieuse, en le désignant d'un geste.

— Il y a quelques photos, mais aucune de nous.

— Tant mieux.

Même si ses parents et sa belle-sœur étaient au courant de son rendez-vous, elle aimait mieux éviter que des photos d'Adam et elle soient étalées dans les journaux. Ce genre de publicité ne l'intéressait pas du tout.

— J'en déduis que vous n'avez pas parlé de moi à vos parents ? dit-il sur un ton de reproche.

— Si, je l'ai fait. Mais je n'ai mentionné que le bal. Ils ne sont pas au courant des problèmes de Stewart… Mais quelle idiote, pesta-t-elle contre elle-même, consciente qu'elle lui en disait trop. Je ferais mieux de me taire.

L'espace d'un instant, son regard se fit glacial.

— N'oubliez pas que nous sommes dans le même bateau, lui rappela-t-il. Mes parents non plus ne savent pas.

— C'est vrai.

Elle n'avait aucune raison d'être aussi angoissée. C'est vrai, ils avaient le pouvoir de se faire du mal l'un à l'autre, mais paradoxalement, ils ne pouvaient compter que l'un sur l'autre pour se sortir de leurs ennuis.

Il tendit la jambe et attira un autre tabouret près de lui.

— Venez donc déjeuner, l'invita-t-il, comme pour effacer leurs préoccupations.

Comme pour lui rappeler que, pour l'instant, ils étaient seuls ici tous les deux, et qu'ils n'avaient nul besoin de jouer un rôle.

Elle le regarda, puis baissa les yeux vers le tabouret. Elle ne se sentait pas la force de s'asseoir si près de lui.

— Merci, mais je n'ai pas très faim.

— Vous ne devez pas passer la journée le ventre vide. Si vous vous évanouissez, c'est là que vous serez dans les journaux, plaisanta-t-il.

Pourtant, elle avait la forte impression qu'il savait exactement pourquoi elle ne voulait pas s'installer à côté de lui. Or elle refusait de le laisser croire qu'il l'impressionnait.

— Je vais prendre un ou deux fruits, dit-elle en prenant place sur le tabouret.

— Je vous en prie, servez-vous, lui enjoignit-il en lui tendant l'assiette de fruits.

Puis il lui versa du café dans une tasse.

— Merci. Vous avez préparé tout ça vous-même ?

Elle ne l'imaginait pas du tout installé dans sa cuisine, à éplucher et couper patiemment des fruits frais. Elle se le représentait beaucoup mieux dans une salle de réunion. Ou dans un lit, songea-t-elle en frissonnant.

— Non. C'est ma gouvernante.

Elle tenta de se concentrer sur les morceaux de mangue et de pamplemousse qu'elle piquait avec sa fourchette, mais elle ne put éviter de se demander si cette dame avait remarqué qu'elle avait dormi là cette nuit.

— Oui.

— Pardon ? sursauta-t-elle.

— Oui, elle sait que quelqu'un a passé la nuit dans la chambre d'amis, lâcha-t-il avec une expression amusée. Je lui avais laissé un mot pour qu'elle ne vous dérange pas.

Etait-ce donc si facile de lire dans ses pensées ?

— Elle a dû être surprise, contra-t-elle. J'imagine que cette chambre ne sert pas très souvent.

— Non, vous avez raison, admit-il en riant.

Durant quelques secondes, ils restèrent tous deux silencieux, le sourire aux lèvres. Puis soudain, il plongea les yeux dans les siens, lui faisant l'effet qu'il l'avait capturée.

— Où est..., balbutia-t-elle, cherchant à paraître détendue. Où est votre gouvernante maintenant ? Elle est toujours là ?

— Non, répondit-il après un silence. Elle est sortie faire des courses.

Comment ne pas tomber sous le charme de sa voix si sensuelle, de son regard intense ? Elle devait à tout prix se concentrer sur autre chose.

Ses pensées revinrent à la femme qui travaillait pour lui. Elle n'habitait sûrement pas ici ; cela n'allait pas du tout avec le style de vie d'Adam. Mais alors…

— Vous la connaissez bien ? lui demanda-t-elle. Je veux dire, si Chelsea a obtenu des renseignements de Diane, pourquoi ne le ferait-elle pas de votre gouvernante ? Elle pourrait découvrir assez facilement que nous n'avons pas passé la nuit ensemble.

— Non, c'est impossible. Sheryl travaille pour moi

depuis dix ans. Je lui fais une confiance totale, ajouta-t-il d'une voix ferme.

A force de vivre sous le feu des projecteurs, il avait certainement appris à reconnaître les gens à qui il pouvait se fier.

— Bien, j'en suis ravie.

Après le petit déjeuner, il l'avertit qu'il avait quelques coups de téléphone à passer. C'était sans doute le bon moment pour elle de partir.

— Harry viendra vous chercher chez vous à 13 heures, annonça-t-il après avoir appelé son chauffeur.

Quelques heures plus tard, elle marchait à son bras dans les allées du parc. Pour leur sortie de l'après-midi, elle avait choisi un tailleur-pantalon et un haut en lin sans manches. Une tenue élégante, mais qui ne suggérait rien d'autre qu'un rendez-vous professionnel. Car c'était bien de cela qu'il était question.

Néanmoins, elle ressentait une certaine nervosité. Elle aurait voulu que cette journée fût un samedi comme un autre, qu'elle aurait passé en jean, à se promener avec une amie. Elle aurait aussi pu en profiter pour voir sa famille.

Adam, sentant manifestement son anxiété, entreprit de la rassurer.

— Détendez-vous, murmura-t-il.

Elle respira profondément, et s'efforça d'admirer les merveilleux parterres de fleurs qui s'étendaient autour d'eux. Lorsque d'éminents invités vinrent vers eux pour les saluer, elle se rendit compte à quel point la vie était différente pour un membre de la famille Roth. A son côté, elle sentait que les gens la regardaient, lui parlaient d'une tout autre façon. Pas étonnant qu'Adam ait autant de succès auprès des femmes. Ni que Liam ait cru qu'il pouvait tout se permettre.

L'après-midi était bien avancé quand ils purent finalement s'éclipser pour aller faire un tour dans les jardins.

Heureusement, elle avait pensé à mettre des ballerines, et non des chaussures à talons. Sinon, elle aurait eu du mal à ajuster ses pas à ceux d'Adam, songea-t-elle tandis qu'ils longeaient un lac orné d'une superbe fontaine. Elle se tourna discrètement pour le regarder à la dérobée, fascinée par sa beauté et par la souplesse féline de sa démarche.

Elle détourna les yeux au moment où il surprenait son regard.

— Le temps est vraiment magnifique, improvisa-t-elle pour masquer le désir qu'elle sentait grandir chaque seconde en elle.

Elle ne devait pas se laisser troubler par le contact de sa main puissante dans son dos. Tout cela n'était que de la représentation ; elle ne devait surtout pas l'oublier.

— Vous ne regrettez pas d'être venue ? demanda-t-il en lui souriant.

— Non, reconnut-elle. C'était une journée très agréable.

Elle avait peut-être tort de l'admettre, mais le soleil la mettait de bonne humeur, et elle était lasse de jouer la comédie.

— Que diriez-vous de venir prendre un verre au casino ? lui proposa-t-il au moment où ils quittaient le jardin. Ensuite, nous pourrions aller dîner au restaurant.

C'était un programme plus que tentant, toutefois elle ne pouvait lui laisser entendre qu'elle trouvait du plaisir en sa compagnie.

— Il vaudrait mieux que je rentre, répondit-elle.

— Pourquoi ?

— J'ai besoin de me justifier ? répliqua-t-elle sans conviction.

— Oui.

Il lui adressa un merveilleux sourire, auquel elle ne put s'empêcher de répondre. Si elle continuait ainsi, cette journée risquait de prendre un tour inattendu. Elle ne devait pas s'autoriser à baisser la garde.

— C'est mieux, je vous assure, insista-t-elle en secouant doucement la tête.

— Mieux pour qui ? Si vous ne venez pas dîner avec moi, je vais passer la soirée tout seul.

Il se plaça devant elle, l'obligeant à s'arrêter.

— Je ne peux pas inviter quelqu'un d'autre ; Chelsea risque de l'apprendre.

Un enfant qui courait passa entre eux, et elle trouva cette interruption bienvenue. Elle ne tomberait pas sous son charme. Elle gardait à l'esprit que ce n'était que pour Stewart qu'elle passait du temps avec Adam. Il ne se passerait rien entre eux.

— Jenna ? insista-t-il, ignorant les promeneurs qui se pressaient autour d'eux pour gagner la sortie.

— D'accord, pourquoi pas ?

Il plissa légèrement les yeux, comme s'il devinait les doutes qui l'assaillaient. Sans lui laisser le temps d'ajouter un mot, elle fit un pas de côté et avança.

Il l'emmena au casino, où ils jouèrent à la roulette durant deux petites heures. Elle n'avait pas l'habitude de jouer, mais, à sa grande surprise, elle s'amusa beaucoup. Elle était venue ici quelques fois avec Lewis, mais elle se rappelait surtout le soir où, ayant trop bu, il avait provoqué un scandale. Avec Adam, c'était différent. Il gardait un parfait contrôle de lui-même, et se montrait content de la voir gagner. A vrai dire, c'était tout à fait nouveau pour elle.

Vers 19 heures, ils quittèrent la salle de jeux et empruntèrent le large escalier de marbre qui menait au somptueux restaurant. Comme il était encore tôt, seules quelques tables étaient occupées. Le maître d'hôtel, qui connaissait apparemment Adam, vint les accueillir avant de les emmener vers un coin tranquille de la salle, qui leur offrait une totale intimité. Elle se fit la réflexion qu'Adam avait dû amener de nombreuses femmes ici, mais elle ne se considérait pas comme l'une de ses conquêtes. Elle n'était là que pour se montrer avec lui.

Adam fit un signe amical en direction de l'une des tables, puis se tourna vers Jenna en la regardant amoureusement.

— Parfait. Maintenant, je suis certain que notre sortie parviendra aux oreilles de Chelsea.

— Formidable.

Une fois qu'ils eurent commandé, il posa les yeux sur elle et lui sourit de nouveau.

— Je suis très heureux d'avoir passé ce moment avec vous, Jenna.

— Oui, c'était une belle journée, accorda-t-elle, consciente que ses regards et ses sourires ne lui étaient pas réellement destinés.

— Je le pense vraiment, reprit-il en plongeant les yeux dans les siens.

— Attention, Adam, répondit-elle en s'efforçant de maîtriser le tremblement de sa voix. Je vous rappelle que je ne suis là que pour mon frère.

— Ah, vous avez raison de garder ça à la mémoire. C'est la meilleure des protections.

— Je n'ai aucun besoin de me protéger de vous. Je suis capable de me débrouiller toute seule.

— Ne me provoquez pas, Jenna, s'amusa-t-il.

Comme elle s'apprêtait à contre-attaquer, elle devina que c'était exactement ce qu'il attendait d'elle, et préféra renoncer.

— Je ne vous ferai pas ce plaisir, dit-elle en arborant un grand sourire, tandis que le serveur revenait avec leurs assiettes.

Après un dîner succulent, il la ramena chez elle assez tôt dans la soirée. Lorsqu'ils furent arrivés, il insista pour l'accompagner jusqu'à la porte. Elle se sentit obligée de l'inviter à boire un dernier verre, mais employa le ton le plus froid possible de façon à l'inciter à décliner son invitation.

Or il accepta.

— Vous avez un ravissant appartement.

— Merci, répondit-elle en s'efforçant de se concentrer sur la préparation du café.

Il était pourtant venu la veille, avant le bal. Mais il est vrai qu'il n'avait regardé qu'elle.

Et il l'avait embrassée…

— Il est à vous ?

Pourvu qu'il ne remarque pas la rougeur de ses joues.

— Est-ce une question bien délicate de la part d'un homme ?

— Mais je ne cherchais sans doute pas à être délicat, plaisanta-t-il.

— C'est vrai, j'ai oublié l'espace d'une seconde à qui j'étais en train de parler. Oui, il est à moi.

Inutile de lui préciser qu'elle devait faire de nombreux sacrifices pour honorer le remboursement du prêt qui lui avait permis d'en faire l'acquisition. Son salaire était plus que correct, mais les taux d'intérêt avaient augmenté récemment. Si seulement elle avait su que Stewart aurait besoin d'argent avant de verser toutes ses économies comme apport ! Elle serait restée locataire un peu plus longtemps, jusqu'à ce qu'il récupère la somme que lui devaient les Roth.

Chassant ces pensées de son esprit, elle servit le café et s'installa en face d'Adam. Il lui parla d'une décoratrice d'intérieur, qu'il avait fréquentée quelque temps. Un jour, lui raconta-t-il, elle avait entrepris de peindre sur le mur de son salon à lui de grosses marguerites orange.

— Vous n'aimiez pas ? se moqua Jenna.

— Il y a une morale à cette histoire. Ne rompez pas avec une femme tant qu'elle n'a pas achevé la décoration.

Il finit sa tasse, puis la reposa sur la table.

— Que faites-vous demain ?

— Rien du tout, répondit-elle, bien décidée à garder son dimanche pour elle. Notre représentation peut quand même faire relâche pendant une journée, j'espère ?

Son regard se fit tout à coup plus dur, et elle crut qu'il allait lui faire une réflexion désagréable.

— Adam, j'ai besoin d'un peu de temps pour moi, déclara-t-elle fermement pour lui montrer qu'elle ne changerait pas d'avis.

Il resta un moment sans réaction, puis se leva.

— D'accord, je comprends.

— C'est vrai ? s'étonna-t-elle.

— Nous avons tous besoin d'un peu de tranquillité.

Il se pencha vers elle, et lui déposa un baiser sur la joue avant de se diriger vers la porte.

— Je vous appellerai.

Sur ces mots, il sortit et referma doucement derrière lui.

— J'en suis sûre, murmura-t-elle pour elle-même, dans le silence de son appartement.

Le lundi matin suivant, Adam travaillait sur un dossier lorsque la secrétaire de Dominic lui annonça que Todd était là pour le voir.

— Merci, Janice, faites-le entrer, dit-il, non sans se demander pourquoi son ami passait à son bureau.

Todd entra en affichant un air décontracté.

— Je vois que tu remplaces toujours Dominic, fit-il observer.

— Il ne sera pas de retour avant dix jours.

Todd secoua la tête en riant.

— Ton frère ne s'est marié qu'il y a deux mois à peine, et le voilà déjà reparti en lune de miel. On dirait que tout va bien pour lui.

C'est vrai, aujourd'hui son frère aîné était heureux, même si cela avait pris du temps.

— Oui, tu as raison. Pourtant au début, entre Cassandra et lui, c'était un peu… difficile. Mais ils ont fini par comprendre qu'ils s'aimaient. Ils avaient vraiment besoin de ces vacances en famille, avec Nicole.

— Je sais bien, approuva Todd, plus sérieux. La mort de Liam a changé beaucoup de choses, pour tout le monde.

S'il savait à quel point…, songea Adam. Todd n'avait pas la moindre idée de ce qui se passait avec Stewart Branson. Mieux valait du reste que personne ne soit au courant.

— Voilà pourquoi j'aide mon père en ce moment. Lui et ma mère devraient revenir demain de Brisbane.

— Bien, j'en déduis que tu es libre le week-end prochain.

— Pourquoi ?

— Chelsea et moi, nous organisons une pendaison de crémaillère pour notre nouvelle maison de vacances, dans les Grampians. Cela nous ferait très plaisir que tu sois des nôtres. Avec Jenna, bien entendu. Chelsea insiste pour que tu l'emmènes, elle l'aime beaucoup.

— C'est vrai ? sursauta-t-il.

— Tu sais comment est Chelsea. Quand elle se prend d'affection pour quelqu'un, elle ne tolère aucun refus.

Adam manqua s'étouffer.

— Oui, je sais.

— Alors, vous viendrez, Jenna et toi ? demanda-t-il avec un grand sourire.

— Je ne suis pas sûr, dit-il, voyant aussitôt le visage de son ami s'assombrir. Jenna a peut-être prévu autre chose.

C'était davantage un prétexte pour lui ; il n'était pas certain d'avoir envie de passer tout un week-end avec Chelsea.

— Il faut vraiment que vous veniez, Adam. Je crois que Chelsea a besoin d'être entourée par ceux qui comptent pour elle, en ce moment.

— Pourquoi ?

Qu'avait-elle bien pu dire à Todd pour qu'il s'inquiète ainsi pour elle ?

— Elle n'est pas très en forme, depuis quelque temps.

— Que se passe-t-il ?

Pourvu qu'elle n'ait pas encore mis son mariage en danger…

— Elle a eu quelques… problèmes, dit-il sans plus de précisions. Des histoires de femmes, tu sais ce que c'est.

Il était aisé de deviner que ses ennuis étaient plus graves que ce qu'il voulait bien laisser paraître. Néanmoins, il n'avait pas l'impression qu'ils avaient un quelconque rapport avec lui. Dieu merci. Mais si Todd et Chelsea rencontraient réellement des problèmes de couple ? Malgré l'image idyllique qu'ils affichaient, ils traversaient peut-être une période difficile.

— J'aimerais vraiment que vous veniez, Adam, insista-t-il avec un regard triste.

Cela semblait tellement important pour lui… Il ne pouvait pas laisser tomber son ami.

— Je vais voir ce que je peux faire, conclut-il, remarquant aussitôt le soulagement de Todd.

Une fois de nouveau seul, il se rassit à son bureau et se perdit dans ses pensées. Après la mort de Maddie, Todd était venu le voir chaque jour, pour le soutenir et prendre de ses nouvelles. Pour le forcer à se lever, à s'habiller, à manger. Todd avait toujours été présent pour lui, au moment le plus difficile de sa vie. Lui seul avait réussi à le convaincre qu'il fallait continuer à vivre.

Si Todd avait des problèmes avec sa femme, il se devait d'être là pour lui. Inutile pour l'instant de parler à Jenna de leurs difficultés, sinon elle risquait de croire que leur marché pourrait prendre fin plus tôt que prévu. Or quelle que soit l'issue de la situation, concernant Chelsea aussi bien que l'argent de Stewart, il tenait à tout prix à passer un mois entier avec Jenna Branson. C'était non négociable.

— Eh bien, tu ne cesseras jamais de me surprendre, glissa Marco Conti en entrant dans le bureau de Jenna, le lundi matin.

Elle ne supportait plus ses regards lourds de sous-entendus. Comment Carmen et Roberto avaient-ils pu avoir un fils tel que lui ? Mais ils l'aimaient sûrement bien trop pour se rendre compte de ses défauts.

— Que veux-tu dire, Marco ? demanda-t-elle sans interrompre son travail.

— D'abord, tu me fais faux bond aux courses. Ensuite, j'apprends que tu es allée au bal du maire avec Adam Roth, rien que ça. Et maintenant, j'entends dire que tu l'as accompagné samedi dernier à l'exposition florale.

— Et alors ?

— On peut dire que tu caches bien ton jeu, *cara mia*.

— Marco, lâcha-t-elle en le fusillant du regard, je ne vois pas en quoi ça te regarde. Je sors avec qui je veux. Et je ne t'ai pas fait faux bond aux courses. Ce n'est pas toi qui m'avais invitée.

— Un Roth…, marmonna-t-il en essayant de cacher son air vexé. Tu aurais pu faire une plus mauvaise prise.

— Je ne suis pas sûre qu'Adam apprécierait beaucoup cette remarque.

Elle avait dit cela sans arrière-pensée, mais ses mots eurent plus d'effet qu'elle ne s'y attendait.

— Je plaisantais, Jenna, se reprit-il avec un sourire gêné. C'est tout. Tu n'as peut-être pas besoin de lui répéter ce que j'ai dit, ajouta-t-il après une pause.

Il y avait donc quelque chose, ou plutôt quelqu'un, qui intimidait Marco.

Intéressant.

Si seulement cela pouvait l'aider à le tenir à distance…

— Non, il n'a pas besoin de le savoir. Mais j'apprécierais que tu évites de rapporter au bureau tous les ragots que tu entends. Je n'ai pas envie que mes collègues changent de comportement avec moi. Je suis sûr qu'Adam sera très content s'il apprend que tu m'aides.

— Naturellement, dit-il avec sa fierté retrouvée.

Lorsqu'il quitta la pièce, elle laissa échapper un soupir de soulagement. Non seulement elle ne l'aurait plus sur le dos, mais, de surcroît, elle avait réussi à ménager son ego. Elle pouvait être fière d'elle !

Pourtant, sa satisfaction ne dura pas. Toutes ses pensées la ramenaient constamment à Adam. Elle était déjà angoissée à l'idée de son prochain rendez-vous avec lui, même si elle ne savait pas encore quand ce serait. Il ne faisait aucun doute qu'elle allait devoir l'accompagner souvent à toutes sortes de réception, dans les semaines à venir.

Le coup de téléphone de sa mère, la veille, ne l'avait nullement aidée, du reste. Elle lui avait demandé comment s'était passée sa soirée au bal du maire, et Jenna avait dû user de subterfuges inouïs pour rester la plus évasive possible.

Lorsque sa mère lui avait dit qu'elle avait pensé se rendre à l'exposition florale, Jenna reconnut qu'elle y était allée. Avec Adam. Après un silence, elle s'était empressée de rappeler à sa mère qu'il ne fallait pas en parler à Stewart.

Elle avait hâte que cette comédie prenne fin. Pourvu qu'Adam ne tarde pas à retrouver la trace de l'argent de Stewart, espéra-t-elle. Plus vite elle cesserait de voir Adam, plus ce serait facile de dire à ses parents que, en fin de compte, cela n'avait pas marché entre eux.

Ce soir-là, vers 19 h 30, tandis qu'elle passait la soirée seule chez elle, Adam lui rendit visite. Il ne l'embrassa pas cette fois, pas même sur la joue. Et pourtant, elle sentit son cœur battre la chamade à l'instant où il passa la porte de son appartement.

— Voudriez-vous sortir boire un verre quelque part ? proposa-t-il.

— Je suis obligée ? demanda-t-elle en refermant derrière lui. Pardon, se reprit-elle en réponse à son regard interrogateur. Ce n'est pas ce que je voulais dire. Seulement, je travaille beaucoup, et je n'ai pas l'habitude de sortir en semaine.

A vrai dire, elle ne sortait pas énormément, même le week-end. Elle devait être bien différente des autres amies d'Adam. De ses maîtresses.

— Ce n'est rien, dit-il en souriant de nouveau. Je n'en ai pas très envie non plus. Je me disais juste que cela pourrait vous faire plaisir.

Malgré elle, elle fut touchée de son attention. D'autant qu'il avait vraiment l'air épuisé. Il devait avoir tellement de choses à gérer en ce moment, avec l'absence de son père et de son frère. Sans compter celle de Liam. Mais elle ne devait pas y penser ; elle risquait de perdre de vue son objectif.

— Vous avez dîné ?

— Pas encore, répondit-il en desserrant légèrement son nœud de cravate.

— Moi non plus. Si vous voulez, poursuivit-elle après une hésitation, j'ai fait des spaghettis bolognaise. Ce n'est rien d'extraordinaire, mais il y en a largement pour deux.

— Cela ne vous ennuie pas ?

— Vous m'avez souvent invitée, ces derniers jours. Je vous dois bien cela.

— Je ne peux pas refuser une telle invitation, plaisanta-t-il.

Elle rit à son tour, puis se dirigea vers la cuisine.

— Vous voulez un verre de vin ?

Par chance, sa voix ne trahissait pas l'agitation qu'elle ne parvenait pas à calmer.

Il la suivit, et s'arrêta dans l'encadrement de la porte.

— Non, merci. Si je bois de l'alcool maintenant, j'ai bien peur de m'endormir. Et vous seriez obligée de me mettre au lit, ajouta-t-il d'une voix rauque.

— Pourquoi parlez-vous comme cela ? lâcha-t-elle froidement. Personne ne nous écoute.

— J'aime bien vous faire rougir.

— Je ne me laisse pas intimider aussi facilement. Si j'ai les joues rouges, c'est de colère uniquement.

Mais de toute évidence, il ne la croyait pas. A juste titre.

— J'aime savoir que je fais de l'effet à une femme… Autant qu'elle m'en fait.

— Adam…

Comment être crédible devant lui ? Elle sentait le feu lui monter aux joues.

— Et vous osez prétendre que je ne vous fais aucun effet ?

Elle lui tourna le dos, et attrapa des fourchettes et des sets de table.

— Tenez, dit-elle en les lui mettant dans les mains. Vous pouvez mettre le couvert.

Il les prit en riant et fit ce qu'elle lui disait.

Profitant de ces quelques secondes pour retrouver son sang-froid, elle finit de préparer le dîner et alla s'asseoir avec lui.

Il parla assez peu au cours du repas.

— C'était un régal, commenta-t-il finalement en reposant sa serviette à côté de lui. Je me sens apaisé quand je suis avec vous, dit-il en la regardant dans les yeux.

— Ah oui ?

— Parfois, précisa-t-il en souriant.

— Vous êtes fatigué, c'est tout.

Il acquiesça d'un signe de tête.

— J'ai quelque chose à vous dire, annonça-t-il.

Elle sentit son cœur bondir dans sa poitrine. Si seulement…

— Vous avez l'argent ?

— Non.

— Ah.

Elle aurait dû se douter que c'était un peu tôt pour cela.

— Je viens de commencer mon enquête.

Il avait donc attendu d'être sûr qu'elle viendrait au bal avec lui pour entreprendre ses recherches. Cela lui confirmait qu'il n'avait aucune confiance en elle. Mais après tout, elle non plus. Ils avaient conclu un marché, et rien d'autre.

— Dans ce cas, qu'avez-vous à me dire ?

— Todd est passé me voir au bureau aujourd'hui. Pour nous inviter à la pendaison de crémaillère qu'il organise ce week-end avec Chelsea.

— Je pense que ce sera possible, en ce qui me concerne.

— C'est pour la maison qu'ils ont achetée dans les Grampians.

— Quoi ? Mais c'est à des heures de route.

— Oui, trois heures environ. Il faudra que nous passions la nuit là-bas.

— Dans la même chambre ?

— Oui.

— Dans le même lit ?

— Probablement, oui. A moins, bien sûr, que Chelsea nous attribue une chambre avec des lits jumeaux, plaisanta-t-il. Ce serait si pénible de partager le même lit que moi ?

— Ce n'est pas la question, Adam.

— Au moins, vous ne niez pas que vous êtes attirée par moi.

— Je…

— Nous sommes tous les deux adultes, Jenna. Nous ne ferons de mal à personne si nous en venons à coucher ensemble.

— Cela ne fait pas partie de notre arrangement.

Il avait peut-être l'habitude d'avoir toutes les femmes qu'il voulait, mais il devait comprendre qu'elle ne tombait pas aussi facilement dans les bras d'un homme.

— Je viendrai ce week-end, et je dormirai dans la même chambre que vous. Mais je ne coucherai pas avec vous.

— Bon, j'aurai essayé, dit-il avec un haussement d'épaules.

Elle fut soulagée de le voir abandonner si facilement la partie… Mais tant mieux ! Elle n'avait absolument aucune raison d'être déçue, au contraire. Mais avait-il vraiment abandonné ? s'interrogea-t-elle en l'observant discrètement. Elle le découvrirait sans doute ce week-end.

— Je pourrais passer vous prendre ici samedi matin, plutôt que vendredi soir. Et nous rentrerions dimanche. Ainsi, nous n'aurions qu'une nuit à passer ensemble. Non pas que ce soit un problème pour moi, ajouta-t-il avec un sourire charmeur.

Après son départ, Jenna eut le plus grand mal à s'endormir. Elle ne pouvait s'empêcher de penser que même une nuit avec Adam Roth, ce serait trop pour elle.

Oui… Beaucoup trop.

- 5 -

A mesure qu'Adam et elle approchaient du parc national des Grampians, Jenna se sentait de plus en plus nerveuse. Elle aurait pourtant dû se réjouir de profiter d'un si beau week-end à la campagne, mais elle avait un mauvais souvenir de la soirée qu'elle avait passée avec Chelsea une semaine plus tôt. C'était épuisant de se sentir ainsi épiée.

— Je ne suis pas sûre que ce soit une si bonne idée, Adam.

— Détendez-vous.

Se détendre ? Mais comment aurait-elle pu ? Du reste, ce n'était pas seulement à cause de Chelsea qu'elle était angoissée. C'était aussi à cause de lui. Il était si séduisant dans son pantalon gris et son polo noir moulant. Aucune femme n'aurait pu être détendue, à sa place.

— Vous n'auriez pas pu dire non à Todd ? Lui dire que nous avions d'autres projets, que nous devions tous les deux travailler ?

— Vous étiez d'accord pour venir.

— Je sais, mais…

— Reconnaissez-le, Jenna.

— Oui, c'est vrai, soupira-t-elle.

Ils roulèrent encore un bon moment, puis Adam proposa de s'arrêter dans un café pour faire une pause. Ils passèrent ensuite près des anciennes mines d'or, puis traversèrent de splendides vignobles. Cette journée aurait été magnifique si elle n'avait pas eu l'estomac noué de la sorte.

Ils approchaient maintenant des monts Grampians.

Bientôt, ils s'engagèrent dans une allée de terre, qui les mena jusqu'au portail d'une immense propriété.

— C'est leur maison de vacances ? s'exclama-t-elle au moment où ils franchissaient la grille. Mais c'est un château !

— Ils reçoivent beaucoup.

— Comme pas mal de gens, souligna-t-elle en riant. Tout le monde ne peut pas s'offrir une maison comme celle-ci, loin de là.

— Je le sais, répondit-il sèchement.

— Non, je ne crois pas, le contredit-elle. Combien de propriétés possède votre famille ? Et il me semble que vous avez aussi un yacht, non ?

— Oui, le *Lady Laura*. Il porte ce nom en l'honneur de ma mère. Et c'est vrai, nous avons une maison de vacances dans le Queensland, au bord de la mer.

— Un coin paradisiaque, paraît-il. Ah, s'il pouvait en être de même pour tout le monde…, se moqua-t-elle.

Elle allait peut-être un peu trop loin, mais elle ne pouvait pas s'en empêcher.

Au moment de se garer devant la maison, il lui jeta un regard noir.

— On dirait que vous avez un problème avec les gens qui ont de l'argent.

— Quand il est gagné au détriment d'autres gens, oui.

— Je sais que vous êtes énervée, mais, s'il vous plaît, évitez les disputes en public.

— Sinon ?

— Préparez-vous aux conséquences.

— Est-ce que c'est une…

Elle fut interrompue par l'ouverture de la portière d'Adam. Puis quelqu'un passa la tête à l'intérieur de la voiture. C'était Chelsea.

— Bienvenue, Adam, dit-elle d'une voix stridente, en l'attirant à l'extérieur.

Todd vint ouvrir à Jenna.

— Oui, bienvenue en notre humble demeure, l'accueillit-il en souriant. Laissez-moi vous aider.

— Merci, Todd, répondit-elle en prenant la main qu'il lui tendait.

En se tournant vers Adam, elle vit Chelsea accrochée à son bras comme à une bouée de sauvetage. Elle était habillée comme une véritable star, au point que Jenna se demanda si elle avait bien fait d'opter pour la simplicité, ce matin, en choisissant un pantalon et un haut assortis.

— Avez-vous fait bon voyage ? lui demanda Todd.

— Oui, la route est absolument superbe.

Elle ne put se retenir de regarder Adam en coin, pour lui rappeler qu'elle n'avait pas oublié leur conversation. Il plissa légèrement les yeux, comme en signe d'avertissement.

— Tout va bien ? interrogea Chelsea, qui avait manifestement senti la tension entre eux.

— Jenna a parfois le mal des transports, prétexta Adam en s'écartant de leur hôtesse. Tu te sens mieux maintenant, ma chérie ?

Tout comme Jenna elle-même, Chelsea dut sursauter intérieurement en entendant Adam. Seigneur, s'il continuait à lui parler comme cela, elle finirait réellement par avoir la tête qui tourne.

— Un peu mieux, balbutia-t-elle.

Chelsea afficha aussitôt un sourire de façade.

— Vous voudriez peut-être vous allonger un moment avant le déjeuner, Jenna ? Vous avez quelques heures devant vous. Nous nous occuperons d'Adam, ne vous inquiétez pas.

Cela, elle n'en doutait pas une seconde.

— Oui, je veux bien, merci.

Elle avait besoin de passer un peu de temps sans lui. Sans eux.

— Vous êtes sûre que cela ne vous ennuie pas, Chelsea ?

— Mais non, bien sûr ! s'exclama-t-elle, rayonnante, en la prenant par le bras. Quelques invités sont déjà arrivés, mais ne soyez pas aussi pressée. Reposez-vous aussi longtemps que nécessaire.

Ils franchirent le seuil, et découvrirent un hall imposant. Après avoir confié Jenna aux soins de la gouvernante,

Chelsea et Todd emmenèrent Adam avec eux. Dans d'autres circonstances, elle n'aurait certainement pas apprécié qu'on se débarrasse d'elle aussi habilement. Mais à cet instant, elle fut enchantée de pouvoir profiter seule de la chambre, du petit salon et du balcon qui leur étaient réservés pour le week-end. Pendant ce temps, elle ne se montrait pas avec Adam, mais c'était tout ce qu'il méritait pour l'avoir menacée, quelques minutes plus tôt.

Ses yeux se posèrent sur le grand lit.

Le lit qu'elle allait devoir partager avec lui.

— Jenna, nous allons passer à table.

Elle ouvrit lentement les paupières, et découvrit le visage d'Adam penché à quelques centimètres du sien. L'observait-il depuis longtemps ? Son regard était si intense… Elle se redressa d'un bond.

— Vous auriez pu me laisser dormir, marmonna-t-elle, s'efforçant de paraître naturelle.

— Certainement pas. Vous avez réussi à vous défiler ce matin, mais maintenant je vous veux avec moi.

— Des ennuis avec Chelsea ? plaisanta-t-elle.

— On peut dire ça.

L'espace d'un instant, elle s'en voulut de l'avoir laissé tout seul. Elle était là pour éloigner Chelsea ; elle se devait de tenir parole.

— Quel est le programme de la journée ? interrogea-t-elle en se levant.

— Un bon déjeuner, puis un après-midi de détente au bord de la piscine.

— On ne va pas se baigner, au moins ? Je n'ai pas apporté de maillot, expliqua-t-elle, furieuse contre elle-même de ne pas y avoir pensé.

— Quelqu'un pourra sûrement vous en prêter un.

— Ce n'est pas la peine. De toute façon, je ne suis pas encore tout à fait remise de notre long trajet, persifla-t-elle.

— Dans ce cas, je ne me baignerai pas non plus. Je ne veux pas tenter Chelsea, ironisa-t-il.

Très bien, elle n'aurait pas, elle non plus, à le voir presque nu. C'était mieux pour tout le monde.

— J'arrive tout de suite, dit-elle avant de s'éclipser dans la salle de bains.

Lorsqu'elle en ressortit, il avait fini de défaire sa valise, et l'attendait assis sur le lit.

— Je peux rester comme ça ? l'interrogea-t-elle, se demandant si elle devait remettre sa veste.

— Vous êtes ravissante, répondit-il d'une voix rauque.

Puis il se leva et avança vers elle en plongeant les yeux dans les siens.

— Ne faites pas ça, l'avertit-elle en l'arrêtant d'un geste.

— Quoi donc ?

— Essayer de m'embrasser.

— Ce n'est pas ce que j'allais faire.

Il passa la main derrière son dos et la guida vers la porte.

— Sinon, nous ne sortirions jamais de cette chambre, ajouta-t-il.

Une fois dans le jardin, ils retrouvèrent six autres couples près de la piscine. Le déjeuner en plein air fut très agréable, grâce à Todd et Chelsea qui se donnaient le plus grand mal. Néanmoins, Jenna ne pouvait s'empêcher de penser que si Chelsea avait invité tant de monde, c'était pour que personne ne remarque l'attention qu'elle portait à Adam. Mais à la manière que Todd avait de regarder sa femme, il était évident qu'il s'inquiétait de son comportement. Même si, par chance, il ne semblait pas conscient qu'elle avait des vues sur Adam. Que se passait-il donc au sein de ce couple ?

Si Adam s'était montré charmant et attentionné le soir du bal, cette fois, il était beaucoup plus démonstratif. Il voulait vraiment faire croire à tout le monde qu'ils formaient un couple.

— Mon trésor, tu devrais goûter ça, murmura-t-il en

tendant vers sa bouche un morceau de saumon qu'il avait piqué avec sa fourchette.

— Non, je n'ai vraiment plus faim, répondit-elle, incapable de se résoudre à employer le même ton que lui.

— Je t'assure que c'est délicieux, ma chérie.

De toute évidence, il prenait plaisir à se venger de sa désertion de ce matin.

— Je sais, j'en ai pris un peu.

Pourquoi fallait-il que tout le monde les regarde ainsi ?

Finalement, elle entrouvrit les lèvres et croisa au même moment son regard si intense. Un regard à la fois pétillant de malice et infiniment sensuel qui la fit frissonner des pieds à la tête.

Jusqu'à la fin du repas, il poursuivit son petit jeu. Elle avait le plus grand mal à ne pas sursauter chaque fois qu'il la touchait, à ne pas rougir lorsqu'il lui disait des mots tendres. Malgré elle, elle devait reconnaître qu'elle y trouvait un certain plaisir… Jamais personne ne lui avait porté autant d'attention, même pas Lewis. Même si tout cela n'avait rien de sincère.

Dans l'après-midi, certains convives allèrent se changer pour profiter de la piscine. Chelsea, splendide dans son maillot de bain, amusa tout le monde en usant de toutes les pitreries possibles pour tenter de faire lever Adam de sa chaise longue. Mais rien n'y fit.

— Non, je me sens trop paresseux aujourd'hui. Nous sommes bien là, Jenna et moi, ajouta-t-il en lui prenant la main.

Avec un sourire, Chelsea fit mine de rendre les armes. Mais tout en elle révélait à quel point elle était contrariée. Dès qu'elle eut le dos tourné, Jenna se hâta d'enlever sa main de celle d'Adam.

Malgré son trouble, elle devait bien reconnaître qu'elle passait une excellente journée. Todd et Chelsea les recevaient comme des rois. Même Adam semblait détendu… Du moins, jusqu'au moment où Chelsea vint s'allonger sur un transat à côté de lui. Elle fit tout pour attirer son attention.

Aux yeux des autres, son attitude passait sans doute pour de la pure politesse, mais Jenna savait qu'il y avait plus.

Tout comme Adam, à en juger par son visage soudain plus fermé.

Il parut on ne peut plus soulagé lorsque tout le monde se leva pour se préparer avant le dîner. En montant avec lui dans leur chambre, elle se rendit compte qu'ils avaient un bon moment devant eux avant le dîner. Inutile d'imaginer ce que risquait de lui proposer Adam pour passer le temps…

Il se laissa tomber sur le matelas en soupirant.

— Cette femme m'épuise.

Elle songea que, depuis ce matin, il n'avait pas eu une minute de répit.

— Faites une sieste, lui suggéra-t-elle, confuse à l'idée de n'avoir pensé qu'à elle.

— Cela ne vous dérange pas ?

— Pas du tout. Je vais aller voir si je trouve un livre en bas.

— C'est impossible, intervint-il.

— Pourquoi ?

— Nous sommes censés être amants. Et je peux vous dire que si c'était le cas, je ne vous laisserais pas le temps de lire jusqu'à l'heure du dîner. Je serais déjà en train de faire l'amour avec vous.

— Bien, balbutia-t-elle. Je vais aller m'asseoir à côté. J'ai vu qu'il y avait quelques magazines.

— Vous pouvez venir vous allonger avec moi, si vous voulez, proposa-t-il avec un sourire espiègle.

— Mais je ne veux pas, protesta-t-elle en s'éloignant, les jambes légèrement tremblantes.

— Dommage.

En se retournant, elle le vit, la tête enfoncée dans l'oreiller et les yeux fermés. Il dormait déjà.

Au lieu de se rendre dans le petit salon, elle sortit sur le balcon pour admirer les montagnes que baignait la lumière de fin de journée. Le calme du lieu et la splendeur de la vue l'aidèrent à retrouver une certaine sérénité, après cette journée riche en émotions.

Peut-être était-ce dû à ce cadre enchanteur, en tout cas elle éprouva soudain le besoin de saisir un crayon et un bloc de papier. Seulement elle se rappela qu'elle n'avait pas apporté son matériel de dessin, pensant qu'elle n'aurait pas une minute à elle durant ces deux jours.

Mais n'avait-elle pas vu quelques feuilles, à côté des journaux ? Elle rentra pour vérifier, et trouva ce qu'elle espérait. Il y avait même un pot à crayons sur la table. Elle s'installa, et commença à esquisser quelques idées de bijoux.

Combien de temps resta-t-elle assise à dessiner ? Elle n'aurait su le dire.

Finalement la voix d'Adam derrière elle l'interrompit.

— Que faites-vous ?

Elle se tourna vers lui. Avec ses cheveux en désordre, il était encore mille fois plus sexy…

— J'ai eu une idée de modèle.

— Plus d'une, on dirait, commenta-t-il en jetant un œil vers la table couverte de feuilles.

— J'ai dû me laisser emporter…

— Montrez-moi.

— Ce ne sont que des ébauches.

— Cela ne fait rien, j'aimerais bien les voir.

— D'accord, accepta-t-elle sans cacher son étonnement.

Lewis, lui, ne s'était jamais intéressé à son travail.

Il se pencha au-dessus de la table, et observa longuement ses dessins sous toutes les coutures. C'était stupide, mais elle sentait qu'elle attachait de l'importance à son jugement.

— C'est formidable !

— Vous trouvez ?

— Absolument. Roberto a beaucoup de chance de vous avoir.

— Merci, s'exclama-t-elle, ravie de sa sincérité.

Elle avait sans doute tort de lui montrer à quel point son avis comptait pour elle ; du reste, elle n'était pas certaine elle-même de savoir pourquoi.

En levant les yeux vers lui, elle remarqua qu'il la fixait avec attention, comme si…

— Je vais prendre une douche, déclara-t-elle en se levant brusquement.

Il plissa les yeux, et inspira lentement.

— Toute seule, précisa-t-elle.

— J'allais juste dire que j'irais après vous.

Mais son sourire en disait long, se dit-elle en ramassant ses dessins avant de retourner dans la chambre.

La vue de la couette froissée lui procura une sensation étrange. Cette situation les forçait à partager une telle intimité ! Elle parvenait à peine à penser encore à Stewart, alors qu'il aurait dû être son unique préoccupation.

Dix minutes plus tard, lorsqu'elle sortit de la salle de bains, elle éprouvait toujours le même malaise à l'idée de partager la chambre d'un homme qu'elle ne connaissait pas. Allongé sur le lit, il leva les yeux de son journal pour la regarder. Elle portait un peignoir qui la couvrait jusqu'aux genoux, mais elle vit ses yeux s'attarder sur son visage. Elle s'était démaquillée et attaché les cheveux, et il lui sembla qu'il aimait la voir comme cela.

Evitant de croiser son regard, elle s'employa à plier ses vêtements.

— D'après ce que m'a dit Chelsea, il y aura quelques invités de marque ce soir, dit-elle pour se donner une contenance. Des notables de la région.

— Cela ne m'étonne pas, réagit-il en fermant son magazine. Chelsea et Todd aiment les mondanités.

— Heureusement que j'ai apporté un choix de tenues.

— Je suis sûr que vous avez trouvé quelque chose de bien chez… Vinnie, c'est ça ?

Elle savait qu'il s'amusait à la taquiner, mais elle refusait de sourire à ses plaisanteries. La complicité qui commençait à s'installer entre eux lui faisait peur.

— Il m'arrive de faire mes courses ailleurs, vous savez. Et j'ai toutes sortes de vêtements dans mon placard.

— Vous seriez splendide, quoi que vous portiez. Ou que vous ne portiez pas, glissa-t-il en se levant.

Elle resta immobile tandis qu'il avançait vers elle, le regard brûlant. Il s'approchait dangereusement…

Puis continua son chemin jusqu'à la salle de bains.

Comment pouvait-il jouer ainsi avec elle ? Il cherchait à instiller le doute dans son esprit, c'était évident.

Ce ne fut que lorsqu'elle entendit l'eau de la douche couler qu'elle parvint à faire un mouvement. Aussitôt, elle se précipita vers l'armoire pour s'habiller en vitesse avant qu'il ne revienne dans la chambre. Elle enfila une jupe longue noire et un chemisier de soie, puis se campa devant le miroir pour se maquiller. Enfin, elle choisit dans sa trousse à bijoux une paire de boucles d'oreilles qu'elle avait dessinées elle-même.

Elle était prête.

Prête à descendre pour le dîner, mais certainement pas à la vue qui s'offrit à elle. Adam venait de sortir de la salle de bains, torse nu, une serviette nouée autour de la taille. Gênée, elle se rendit à la hâte dans la salle de bains et referma derrière elle. Elle y resta jusqu'à ce que les battements de son cœur se soient calmés.

Lorsqu'elle ressortit, il était en train d'enfiler sa veste. Il s'habillait devant elle, exactement comme s'ils formaient un vrai couple.

Il se retourna, et fit trois pas vers elle en la dévorant des yeux.

Une fois près d'elle, il se pencha, et elle ne put qu'entrouvrir les lèvres et venir à sa rencontre. Au moment où sa langue toucha la sienne, elle manqua de chanceler de plaisir. Tandis qu'il l'embrassait langoureusement, elle sentait ses jambes trembler sous elle.

Finalement, il s'écarta légèrement.

— Laissez-moi deviner, murmura-t-elle dans un souffle. C'était pour que les gens qui sont en bas nous prennent pour des amants.

— Non, ça, c'était pour moi.

- 6 -

Debout dans le salon, Adam ne pouvait détacher les yeux de Jenna. A quelques pas de lui, elle discutait avec un groupe d'invités dont ils avaient fait la connaissance cet après-midi. Et il devinait à sa manière d'être qu'elle était consciente qu'il la regardait. Cela ne faisait plus aucun doute dans son esprit, depuis leur baiser quelques instants plus tôt : ils ne feraient pas que dormir dans la même chambre, cette nuit.

— Adam, tu ne trouves pas que William a *mille* fois raison ? s'extasia Chelsea, attirant de nouveau son attention sur leur conversation.

— Bien sûr, approuva-t-il en leur souriant à tous les deux.

Chelsea l'avait attiré loin de Jenna sous prétexte de lui présenter ce William, l'homme le plus ennuyeux qu'il eût jamais rencontré. Si ce n'était pas pour Todd, il aurait depuis longtemps perdu patience ; l'attitude de Chelsea était insupportable.

— William a une très belle collection, s'enthousiasma-t-elle.

— Ah, vraiment ?

Mais qu'avait-il à faire de sa collection de papillons ? Il avait en tête une proie bien plus passionnante que le plus beau et le plus rare d'entre eux.

A cet instant, il s'aperçut que le couple qui parlait jusqu'alors avec Jenna s'éloignait d'elle. Il s'apprêtait à la rejoindre, lorsqu'un homme, manifestement satisfait de la voir seule, le devança. En la voyant lui adresser un sublime sourire, il sentit ses doigts se crisper autour de son verre. C'était à *lui* qu'elle aurait dû sourire ainsi.

Dès qu'il put, il quitta Chelsea et William pour revenir près d'elle.

— Te voilà, ma chérie, dit-il en lui passant le bras autour de la taille.

Puis il l'attira contre lui, n'offrant à l'autre homme aucun doute sur ce qu'elle représentait pour lui.

— Je te présente Franklin, dit-elle, sans parvenir à masquer sa surprise devant son geste.

— Bonsoir, Frank.

— C'est Franklin, corrigea-t-il avec un air pincé.

— Bonsoir, Franklin. Je vois que vous avez bien profité de la compagnie de ma cavalière, commenta-t-il en souriant à Jenna.

— Nous venons juste de faire connaissance, expliqua Franklin. Veuillez m'excuser, je dois aller saluer quelqu'un que je connais, prétexta-t-il avant de s'éloigner d'un pas précipité.

— Vous étiez vraiment obligé de faire ça ? lui murmura-t-elle à l'oreille.

— De faire quoi ?

— De lui faire peur. J'avais peut-être envie de le connaître, ça ne vous est pas venu à l'esprit ?

— Certainement pas, mon trésor, s'amusa-t-il avant de porter son verre à ses lèvres.

— C'est bon, vous n'avez pas besoin de m'appeler comme cela quand personne n'entend.

— Je joue mon rôle, c'est tout, prétendit-il en serrant sa main contre sa hanche.

Elle méritait bien qu'il la taquine un peu, après le tour pendable qu'elle lui avait joué ce matin pour s'échapper. C'est vrai, il l'avait déjà fait pendant le déjeuner, en lui tendant sa fourchette. Quelle bouche irrésistible…

— Vous allez trop loin. Je parlais tranquillement avec lui, et vous vous êtes comporté comme un amant jaloux.

— C'est justement le but, non ?

— Oui, bien sûr, soupira-t-elle finalement.

Après cet épisode, il ne la quitta plus d'une semelle, parvenant même à se dérober aux multiples tentatives de Chelsea.

En fin de soirée, Chelsea et Todd raccompagnèrent ceux des invités qui ne restaient pas pour la nuit. Seuls restaient dans le salon les six couples conviés pour le week-end, et il remarqua que Jenna regardait autour d'elle avec une certaine... inquiétude. Il savait qu'elle pensait au moment où ils allaient se retrouver seuls dans leur chambre, mais si elle avait peur, ce ne pouvait être que d'elle-même. Il ne la forcerait jamais à faire quoi que ce soit.

— Ma chérie, dit-il en la prenant doucement par le bras, il est tard. Si nous montions nous coucher ?

— Oui, mais...

— Je sais combien tu aimes faire la fête, plaisanta-t-il, mais il faut que tu sois en forme demain.

Elle finit par céder et, après avoir souhaité bonne nuit à tous, ils se dirigèrent vers le grand escalier.

Il ne doutait pas que, pour lui, la nuit serait excellente.

Une fois seule dans la chambre avec Adam, Jenna fit machinalement un pas de côté lorsqu'il s'approcha d'elle.

— Vous n'aurez qu'à dormir là, lui dit-elle en lui montrant le canapé qui se trouvait près de la fenêtre.

— Non.

— Nous n'allons pas dormir ensemble.

Combien de temps allait-elle réussir à lui cacher le désir qu'elle éprouvait pour lui ? Inutile de le nier, il l'attirait depuis... depuis le jour où elle l'avait rencontré.

— Vous n'avez donc pas l'intention de dormir dans ce lit ? s'amusa-t-il.

Avec quel naturel il se mettait à dénouer sa cravate devant elle... Exactement comme si cette situation était tout à fait normale.

— Si vous étiez un vrai gentleman, vous me laisseriez le lit et vous dormiriez sur le canapé.

— Désolé, mais je tiens trop à mon confort.

Il ôta sa veste et la posa sur le dossier d'un fauteuil.

— De toute façon, le lit est bien assez grand pour nous deux.

— Ces deux pièces ne sont pas assez grandes pour nous deux.

Loin de se laisser décourager par ses mots, il s'approcha d'elle et posa les mains sur ses bras.

— Vous en avez autant envie que moi, Jenna, murmura-t-il d'une voix rauque. Je le sais. Pourquoi nous en priver ?

Il lisait en elle comme dans un livre ouvert. Mais après tout, il avait peut-être raison. Pourquoi voulait-elle à tout prix résister ? Peut-être parce qu'il avait l'air si sûr de lui. Elle refusait d'être une proie de plus à son tableau de chasse, comme elle l'avait été pour Lewis.

— Parce que je le regretterais, conclut-elle à haute voix.

— Je vais dans la salle de bains, lâcha-t-il en s'éloignant brusquement. Et ensuite, je me mettrai au lit. Vous dormirez où vous voudrez.

Il referma la porte derrière lui et la laissa seule. Elle avait bien fait, se persuada-t-elle, la gorge serrée. Au moins, elle ne serait pas qu'un numéro sur la longue liste de ses conquêtes.

Elle attrapa le dessus-de-lit et l'un des oreillers, et les posa sur le canapé. Puis elle prit son démaquillant, sa brosse à cheveux et ses vêtements pour la nuit. Dès qu'il sortit de la salle de bains, elle s'y précipita, feignant d'ignorer la vue de son torse nu sous sa chemise ouverte.

Tandis qu'elle enfilait sa chemise de nuit et sa robe de chambre de soie, elle se rendit compte que ses mains tremblaient. Elle fit sa toilette, puis s'efforça d'afficher la plus grande maîtrise d'elle-même au moment de retourner dans la chambre. Les mains croisées derrière la tête, il était allongé sur le lit, la couette remontée jusqu'à la taille. Rien d'autre ne le couvrait.

— Ne vous inquiétez pas, je porte un bas de pyjama, la rassura-t-il, sarcastique.

— Tant mieux.

— Je précise que c'est tout à fait exceptionnel. D'ordinaire, je préfère…

— Cela m'est bien égal.

L'image de son corps nu était déjà suffisamment présente dans son esprit, elle n'avait pas besoin de l'entendre prononcer ces mots.

Elle rangea ses vêtements avant de s'employer à installer son couchage de fortune. Elle sentait son regard sur elle.

— Vous ne trouvez pas ça un peu ridicule ?

— Non, se défendit-elle en plaçant l'oreiller au bout du canapé.

— Vous n'allez pas bien dormir là-dessus.

— Et je dormirai mieux avec vous ? répliqua-t-elle en étendant l'édredon.

Il la regarda en souriant, puis son expression se fit plus sérieuse.

— Ecoutez, nous pouvons mettre quelques coussins entre nous, si vous voulez.

Avait-elle bien entendu ?

— C'est vrai, vous voulez bien faire ça ?

— Oui.

— Je ne sais pas si je peux vous faire confiance, grimaça-t-elle.

— Bien s…

Il s'interrompit lorsqu'on frappa à la porte.

Ils se figèrent tous les deux.

— Adam ?

C'était la voix de Chelsea.

— Je viens m'assurer que vous avez tout ce qu'il vous faut.

L'espace d'une seconde, ils ne réagirent ni l'un ni l'autre.

— Venez vite vous allonger à côté de moi, chuchota-t-il soudain. Et enlevez votre robe de chambre.

Elle l'entendait, mais c'était comme si elle n'assimilait pas ses paroles. Se coucher avec lui ? Se déshabiller ?

— Allez, dépêchez-vous, la pressa-t-il. Ne gâchez pas tout maintenant.

Elle lâcha l'édredon et suivit ses instructions à la hâte, presque sans réfléchir. Aussitôt, il la prit dans ses bras et fit mine de la dévorer de baisers.

— Adam ? insista Chelsea derrière la porte.

— Oui, tout va bien, Chelsea, répondit-il.

Elle entrouvrit la porte et glissa la tête dans l'entrebâillement.

— Je voulais juste vérifier…

Son regard se posa sur Jenna, toujours serrée dans les bras d'Adam.

Gênée, elle essaya discrètement de se dégager de son étreinte, mais il la tint plus fermement contre lui. En réalité, elle se comportait exactement comme si Chelsea les avait interrompus…

Elle la vit rougir légèrement, avant de détourner le regard. Ses yeux s'attardèrent alors sur le canapé, et l'édredon tombé sur le sol.

— Le dessus-de-lit vous gênait ? demanda-t-elle.

— Nous avons assez chaud, expliqua Jenna.

Elle lut un rire silencieux dans les yeux d'Adam, mais il ne dit rien. Le contact de ses mains sur sa peau lui faisait l'effet d'un brasier ardent.

— Ah, d'accord, balbutia Chelsea. Eh bien, dites-moi si vous avez besoin de quelque chose.

— Nous n'y manquerons pas, répondit Adam.

Elle resta un moment là, silencieuse.

— Bonsoir, Chelsea, dit-il fermement.

— Bonsoir.

Elle referma la porte, les laissant seuls tous les deux.

Aussitôt, Jenna entreprit de s'écarter de lui, mais, une fois de plus, il la retint.

— Attendez, elle n'est pas encore partie.

Elle s'immobilisa, et tendit l'oreille.

— Vous croyez qu'elle va revenir ?

— Qui sait ?

— Nous devrions fermer à clé.

Les mains appuyées contre son torse musclé, elle sentait son souffle s'accélérer.

— Bonne idée, murmura-t-il en la regardant dans les yeux.

Mais il ne bougea pas.

— Euh…, la porte, lui rappela-t-elle.

— Jenna, tu veux vraiment dormir seule ce soir ?

Son parfum, son corps, sa peau… Chaque parcelle de son corps l'empêchait de réfléchir.

— Il faudrait…

— Il faudrait quoi ?

Lentement, il se mit à lui caresser le bras du bout des doigts.

— Ce que tu es belle…

Elle sentait son cœur battre de plus en plus fort, sa respiration se faire de plus en plus haletante.

— Arrête.

Il stoppa son geste.

— J'ai envie de te faire l'amour.

Le simple fait de l'entendre prononcer ces mots réveilla tout le désir qu'elle avait réprimé jusque-là. Si elle ne quittait pas ce lit tout de suite, elle ne répondrait plus de rien. Elle tenta de se redresser.

— Jenna ?

Sa voix suave et profonde l'empêcha d'aller plus loin. Elle agissait sur elle comme un aimant. Pourquoi se mentir ? Elle n'avait aucune envie qu'il la laisse partir.

— J'ai envie de toi, moi aussi, soupira-t-elle, incapable de résister davantage.

— Tu ne le regretteras pas ?

— Je ne le regretterai pas.

Il resta quelques secondes immobile, à la regarder.

— Ne bouge pas.

Il se leva et alla tourner la clé dans la serrure. Lorsqu'il revint vers elle, elle ne put éviter de remarquer son état d'excitation. Mais en le voyant prêt à se débarrasser de son pantalon, elle s'exclama :

— Attends !

Elle sentait qu'elle était sur le point de perdre tout contrôle de ses sens, ce qui l'angoissait quelque peu. C'était la première fois qu'une telle chose lui arrivait.

— Je fais rarement l'amour tout habillé, plaisanta-t-il.

— Je n'ai pas vraiment l'habitude de… de ce genre de choses.

En vérité, les quelques hommes avec lesquels elle avait couché étaient ses petits amis. Elle était amoureuse d'eux — du moins c'était ce qu'elle avait pensé à l'époque. Et pourtant, elle n'avait jamais éprouvé autant de désir que pour Adam, qu'elle n'aimait pas.

— Jenna, reprit-il, de nouveau sérieux. Tu as vraiment envie de moi ?

— Oh oui, Adam.

— Alors dès que tu seras prête, dit-il en éteignant la lumière, c'est toi qui m'enlèveras mon pantalon.

Il souleva le drap, et se glissa à côté d'elle.

Lorsque Adam l'attira contre lui, elle sentit tout son corps frissonner de plaisir. Maintenant qu'il avait éteint la lampe, seule la lumière de la lune qui filtrait par les fenêtres les éclairait. Ainsi ils pouvaient se regarder, mais elle espérait qu'il ne voyait pas ses prunelles briller de désir dans la nuit. S'il s'apercevait qu'elle était totalement à sa merci, il risquait de l'utiliser contre elle par la suite. C'était ce qu'elle devait à tout prix éviter.

Mais pourquoi laisser ces préoccupations lui gâcher ce moment ? A cet instant, elle sentit ses lèvres contre les siennes, et elle oublia tout. Comme il l'embrassait fiévreusement, elle répondit à son baiser, se cambrant pour sentir son corps contre elle.

Après quelques secondes, il s'écarta d'elle, leur permettant à tous les deux de reprendre leur souffle. Il fit glisser du bout des doigts la bretelle de sa chemise de nuit, avant de passer la langue sur son épaule nue. Puis il fit de même sur son autre bras, la dévorant au passage de mille baisers. Il se redressa alors, et resta un moment à la contempler.

Finalement il se pencha et l'embrassa encore et encore, lui caressant le ventre et les hanches à travers la soie. Ivre d'excitation, elle se mit à bouger au rythme de ses gestes. Elle voulait qu'il baisse sa chemise de nuit, qu'il pose les mains sur ses seins, prenne entre ses lèvres ses mamelons tendus par le plaisir. Au lieu de cela, il se mit à genoux et remonta son vêtement le long de son corps, pour le lui ôter complètement. Elle ne portait plus que sa petite culotte en dentelle. Il la caressa des yeux, s'attardant sur chaque partie de son corps. Sous son regard incandescent, elle eut la sensation qu'une vague brûlante la traversait.

Enfin, il prit ses seins dans ses mains et les caressa, non sans taquiner leur pointe du bout des pouces. Haletante, elle laissa tomber sa tête sur l'oreiller avec un gémissement de plaisir.

Puis elle ressentit l'urgence de le regarder à son tour, de le toucher. Elle voulait découvrir chaque partie de son corps, et lui donner autant de satisfaction qu'il lui en offrait. C'était plus fort que tout ce qu'elle avait connu jusqu'à présent. D'un mouvement, elle se hissa sur les genoux et se trouva face à lui.

Pour son plus grand plaisir, il la laissa prendre l'initiative. Elle promena les mains le long de son ventre, de ses bras, de son dos. Il était tellement sexy… Et il ne cachait pas le plaisir qu'il trouvait sous l'effet de ses caresses.

— Tu me surprends, murmura-t-il entre deux soupirs. Je te croyais plus timide.

— Tu t'es trompé alors, le taquina-t-elle en passant la main sur le bas de son ventre.

— Ah oui ?

Avec un regard de défi, il glissa un doigt sous sa petite culotte, entre ses cuisses. Lentement, il se mit à caresser sa chair humide, la menant tout à coup vers un plaisir encore plus intense. Elle rejeta la tête en arrière, et s'entendit soupirer de plus en plus fort.

— Non, je ne crois pas du tout m'être trompé.

Miraculeusement, elle trouva la force de se redresser. Lequel d'entre eux allait succomber le premier ? Elle, sans doute, mais après le défi qu'il venait de lui lancer, elle voulait résister le plus longtemps possible.

— Tu devrais peut-être y réfléchir à deux fois, lui susurra-t-elle en glissant à son tour la main sous la ceinture de son pantalon.

Lentement, elle le fit glisser le long de ses cuisses, jusqu'à ses genoux. A cet instant, la vue de sa virilité la fit trembler d'excitation. Elle fit remonter sa main sur sa cuisse, jusqu'à son sexe durci qu'elle prit entre ses doigts.

— Tu vois comme tu t'es trompé…

D'un geste, il la souleva et l'allongea sur le matelas.

— Eh, ce n'est pas juste ! protesta-t-elle.

— Cela m'est complètement égal.

Il se débarrassa de son pantalon, et lui ôta à la hâte sa petite culotte. Puis, s'allongeant sur elle, il l'embrassa dans le cou, sur la bouche, sur les seins. Elle sentait ses mains sur elle, lui offrant des caresses de plus en plus intimes. Folle de plaisir, elle s'entendit soupirer son nom, le supplier de continuer, d'aller plus loin encore.

— Viens, Adam, murmura-t-elle comme il se plaçait entre ses jambes.

Dans un soupir, il se pencha vers la table de nuit et prit un préservatif.

— Tu savais que j'allais coucher avec toi ?

Pourtant, elle ne parvenait pas à éprouver la moindre colère contre lui. Tout ce qu'elle voulait, c'était qu'il lui fasse l'amour.

— Je l'espérais.

Il revint se mettre tout contre elle, et la pénétra, lui procurant une véritable sensation de délivrance. Puis il se mit à aller et venir en elle, doucement, et elle bougea au même rythme que lui.

Peu à peu, ses mouvements de hanches se firent plus forts, plus rapides, les menant ensemble à l'extase. Nouant les bras autour de son dos puissant, elle plongea avec lui dans des abîmes de plaisir.

- 7 -

Le lendemain matin, en regardant Jenna endormie dans ses bras, Adam se prit à rêver de la nuit qu'il venait de passer avec elle. Déjà, il brûlait de refaire l'amour avec elle. C'était tellement nouveau pour lui. D'habitude, même s'il passait une bonne soirée avec une femme, il n'avait plus envie d'elle au moment où il se réveillait. Mais il avait la sensation qu'il ne pourrait jamais se lasser du corps de Jenna. Elle le comblait comme aucune femme ne l'avait jamais fait, si ce n'était… Maddie.

Ce n'était pas le moment de repenser à elle, se dit-il en refermant les paupières. A celle qui lui avait fait découvrir l'amour. Ce matin, il tenait Jenna entre ses bras, et il avait toutes les raisons de savourer cet instant.

Lorsqu'il rouvrit les yeux, elle était en train de le regarder.

— Tu n'es pas du matin, j'ai l'impression.

Il l'attira contre lui en riant.

— Je ne dirais pas ça.

— Tu sais de quoi je parle, dit-elle en rougissant.

— Non, montre-moi.

A la seconde où elle posa la main sur lui, il oublia tout le reste. Ils firent l'amour, passionnément, puis continuèrent sous la douche. Ce ne fut qu'une fois rassasiés qu'ils se préparèrent pour descendre.

Décidément, elle ne cessait de le surprendre. Là où d'autres femmes exigeaient des commentaires et des déclarations d'amour, elle ne manifestait rien d'autre que le plaisir de passer du temps avec lui.

En entrant dans la salle à manger, ils trouvèrent Todd et Chelsea en train de prendre leur petit déjeuner. Et une fois de plus, Jenna étonna Adam par sa discrétion. Aucun signe de triomphalisme sur son visage, sans doute par égard envers Chelsea. Une part de lui ne pouvait s'empêcher de regretter sa délicatesse : après tout, ils étaient là pour afficher leur idylle.

Mais c'était justement ce qui faisait toute la beauté de sa personnalité.

— Bonjour, les salua-t-il avec bonne humeur.

Le silence gêné qui s'ensuivit ne lui laissa aucun doute sur la tension qui régnait entre son couple d'amis.

— Bonjour, répondit Todd avec un sourire forcé. Vous avez bien dormi ?

— Très bien, et vous ?

— A merveille. Grâce au calme et à l'air pur de cet endroit, sans doute.

— Ravie pour toi, lâcha Chelsea d'une voix dure.

Adam jeta un œil vers Jenna, qui parut aussi surprise que lui.

— Chelsea…, la reprit Todd.

Elle le fusilla du regard, donnant l'impression à Adam qu'elle était sur le point de faire une scène de ménage. Mais elle parut se rappeler qu'ils n'étaient pas seuls.

— Pardon. J'ai un début de migraine, prétexta-t-elle.

Même s'il se rappelait sa conversation avec Todd sur les ennuis de Chelsea, Adam sentait que la situation était plus grave que l'un et l'autre ne voulaient bien l'admettre.

— Vous devriez peut-être aller vous reposer, suggéra Jenna avec douceur.

Mais Chelsea lui lança un regard noir.

— Non, répondit-elle avec un sourire crispé. Ça va aller.

A sa manière de toiser Jenna, il ne put s'empêcher de repenser à la veille. Etait-ce de les avoir vus au lit ensemble qui la mettait dans cet état ? Pourvu qu'il n'ait pas mis Jenna dans une situation impossible… Mais elle était assez forte pour tenir tête à Chelsea, il n'en doutait pas.

Les autres couples descendirent l'un après l'autre, et l'ambiance se détendit un peu. Chelsea prodiguait ses attentions à chacun, arborant comme toujours son sourire de façade. Mais les regards accusateurs qu'elle lançait à Todd n'échappaient pas à Adam.

— Nous avons prévu toutes sortes d'activités ce matin, annonça-t-elle. Du tennis, une promenade à cheval… Vous pouvez aussi profiter de la piscine si vous préférez. Et pour cet après-midi, j'ai organisé une visite du vignoble voisin. Vous allez adorer ! promit-elle avec un enthousiasme quelque peu exagéré.

Jenna le regarda discrètement, et il sut aussitôt à quoi elle pensait. Elle avait raison, il valait mieux partir.

— Je suis désolé, Chelsea, nous n'allons pas pouvoir rester. Jenna et moi sommes attendus à Melbourne cet après-midi, c'est un imprévu.

— Mais c'est impossible !

Quand allait-elle enfin cesser de chercher à régir son emploi du temps ? Cette femme l'étouffait.

— Je suis sûre que tu peux t'arranger, le supplia-t-elle. S'il te plaît.

Sa façon d'ignorer Jenna était si grossière qu'il eut toutes les peines du monde à se retenir de lui faire une réflexion.

— Toutes mes excuses, mentit-il.

— Mais…

Todd se leva et, d'un regard, l'encouragea à se taire.

— Que diriez-vous de nous retrouver en bas d'ici quelques minutes, pour commencer les activités ? Si vous avez besoin de tenues de sport, Chelsea a tout prévu ; vous n'avez qu'à nous demander. Préviens-moi quand vous serez prêts à partir, Jenna et toi, ajouta-t-il à l'intention d'Adam. Je viendrai vous raccompagner.

Contrairement à sa femme, il ne semblait pas leur en vouloir le moins du monde de s'en aller.

— D'accord, merci, répondit-il en se levant.

Ils remontèrent l'escalier en discutant avec un autre couple, avant de se retrouver seuls dans leur chambre.

— C’est le moment de faire notre valise, lâcha-t-il, les nerfs à vif.

— Chelsea était contrariée, souligna Jenna après quelques secondes de silence.

— C’est à cause de ce qu’elle a vu hier soir.

— Elle nous croyait déjà amants, pourtant ?

— Oui, mais le fait de nous surprendre au lit ensemble l’a forcée à voir la réalité en face.

— Je suis soulagée que nous partions, soupira-t-elle.

— Moi aussi.

En voyant ses joues rosies, ses lèvres merveilleuses, soudain il ne pensa plus à Chelsea. La présence de Jenna lui faisait tellement de bien…

— Tu as vraiment quelque chose de prévu aujourd’hui ? demanda-t-elle.

— Oui.

Il arrêta un moment de ranger ses vêtements, et se redressa pour la regarder.

— J’ai prévu de te faire l’amour tout l’après-midi.

Son regard s’illumina.

— Je vois.

Il ressentit une envie irrépressible de la prendre dans ses bras pour l’embrasser. Mais s’il commençait, il savait qu’il ne pourrait plus s’arrêter…

— Allez, s’encouragea-t-il à haute voix. Dépêchons-nous de nous préparer.

Lorsqu’ils descendirent, Todd les attendait dans l’entrée.

— Chelsea vous présente ses excuses, elle est déjà à l’écurie pour préparer les chevaux.

— Ce n’est rien, répondit Adam, soulagé. Tu la remercieras de notre part.

— J’ai passé un week-end fabuleux, compléta Jenna. Merci infiniment.

— C’était un plaisir. Et… Je suis désolé pour ce matin, reprit-il avec un regard soucieux.

— Est-ce que tout va bien, entre Chelsea et toi ? s’inquiéta Adam.

— Oui, ne fais pas attention. Elle est à bout de nerfs en ce moment.

Il se trompait peut-être, mais il sentait qu'il n'était pas la seule cause de la mauvaise humeur de Chelsea.

A cet instant, deux des invités vinrent vers eux.

— Ah, voici Adam. Il doit se souvenir, lui, s'exclama l'un d'eux. Adam, comment s'appelait cet homme que ton père avait poursuivi pour fraude ? Il y a cinq ans environ. Burke quelque chose…

Adam se figea.

— Milton Burke, répondit-il froidement.

— Ah, oui, c'est ça. Il a fait deux ans de prison, non ? Oui, ajouta-t-il sans attendre la réponse d'Adam, ce type était un as de l'arnaque. Il…

— Nous allons devoir y aller, l'interrompit Adam.

Il offrit son bras à Jenna, et ils se dirigèrent vers le perron. Leurs bagages étaient déjà dans le coffre. Ils dirent au revoir à Todd, avant de monter en voiture pour prendre la route.

— Adam… Est-ce que ça va ? lui demanda-t-elle au moment où ils quittaient la propriété.

Il lui lança un bref regard.

— Mieux que jamais, ironisa-t-il.

Ensuite il se concentra sur sa conduite, lui montrant clairement qu'il n'avait pas envie de faire la conversation. Ce n'était pas Jenna qui le mettait en colère, mais tout le reste. Le seul fait qu'on lui parle de fraude venait de lui rappeler ce qu'il y avait entre elle et lui. Stewart Branson. C'était comme une barrière entre eux deux.

La femme de Todd, le frère de Jenna.

Il aurait tant voulu qu'ils ne soient pas là pour leur compliquer l'existence.

Adam et Jenna arrivèrent à Melbourne en début d'après-midi. Jenna avait tout de suite fait le lien entre la remarque sur la fraude et le silence obstiné dans lequel Adam s'était plongé. Si elle en avait jamais douté, elle savait maintenant que les Roth ne montraient pas la moindre indulgence si on leur causait du tort.

Mais elle ne se sentait pas concernée. Cette fois-ci, c'était Stewart la victime.

Alors pourquoi cette froideur ? Son attitude la forçait à se poser mille questions sur leur relation. Peut-être avait-il des remords, à présent qu'ils revenaient à leur vie de tous les jours.

— Adam, est-ce que tu regrettes d'avoir fait l'amour avec moi ? demanda-t-elle, tandis qu'ils venaient d'entrer chez elle.

— La vie est trop courte pour avoir des regrets.

Sur ces mots, il la souleva dans ses bras et la porta jusqu'à sa chambre. Elle ne savait pas vraiment quoi penser de sa réponse, mais alors qu'il l'étendait sur son lit, elle renonça à y réfléchir maintenant.

En fin d'après-midi, il la quitta en lui promettant de lui téléphoner plus tard.

Une fois seule, elle se remit à s'interroger sur la nature de leur relation. Ensemble, ils n'avaient pas parlé de fidélité, et elle ne savait absolument pas si leur histoire allait continuer. Elle n'avait sans doute rien à attendre de lui. D'autant qu'elle le connaissait à peine. Pourquoi déciderait-il de lui être fidèle ? Inutile d'espérer une telle chose de la part d'un homme.

Pourtant, Adam n'était pas Lewis. Peut-être pouvait-elle s'autoriser à lui faire confiance. Elle savait déjà qu'il était bien plus intègre que Lewis : il avait résisté aux avances de Chelsea.

Cependant, quelque chose la gênait. Sans doute le fait de n'être que sa maîtresse, et rien d'autre. L'histoire se répétait.

Si ce n'est que, quand elle était sortie avec Lewis, c'était parce qu'elle avait des sentiments pour lui, et qu'elle croyait à un avenir avec lui. Avec Adam, il n'y avait rien de tout cela. Les circonstances faisaient que rien de sérieux ne pourrait jamais se passer entre eux.

Ce qui la forçait à se poser cette question inévitable : pourquoi avait-elle changé d'avis ? Pourquoi avait-elle couché avec lui ? En un week-end, elle avait abandonné toutes ses résolutions. Mais il avait un tel charisme, un tel charme… Comment aurait-elle pu résister ?

Toujours est-il qu'elle se trouvait, cette fois encore, engagée dans une aventure sans lendemain.

Sans doute ne lui restait-il plus qu'à profiter des moments qu'elle allait passer avec lui pendant ces quelques semaines.

Dans la soirée, Jenna entendit son téléphone sonner. Espérant que c'était Adam, elle se précipita pour répondre.

— Allô ?

Aucune réponse.

— Allô ? répéta-t-elle.

Toujours rien.

— Qui est-ce ? interrogea-t-elle, anxieuse.

Après quelques secondes, il lui sembla entendre le soupir d'une femme. Puis la ligne fut coupée.

Elle ne put réprimer un frisson de malaise au moment de raccrocher. Si son interlocuteur avait fait une erreur, il aurait parlé, ou raccroché tout de suite. Si c'était…

Chelsea !

Elle eut soudain la conviction que c'était elle. Cherchait-elle à savoir si Adam était toujours chez elle ? Peut-être avait-elle essayé d'appeler chez lui, sans avoir de réponse.

Mais comment avait-elle bien pu obtenir son numéro ? Quoique, pour une femme comme elle, ce n'était probablement pas un problème.

Aussitôt, Jenna se demanda si elle devait en parler à Adam. Si elle le faisait, elle risquait de mettre en péril son amitié avec Todd, alors que rien ne lui prouvait que c'était Chelsea qui avait appelé. Mieux valait attendre de voir comment les choses évolueraient.

Une demi-heure plus tard, son téléphone sonna de

nouveau. Elle décrocha, non sans une pointe de méfiance. Par chance, c'était sa mère.

Aussi gaie que d'habitude, elle lui parla du tournoi de tennis à venir, et se plaignit un peu de son père qui passait son temps à la maison, depuis qu'il était à la retraite. Heureusement, elle ne lui posa aucune question sur Adam. Elle lui raconta qu'elle avait vu Vicki et les enfants, sans lui cacher qu'elle s'inquiétait pour elles. Stewart leur manquait.

En l'écoutant, Jenna sentit sa propre inquiétude se réveiller. Elle souffrait de devoir cacher un secret aussi lourd à ses parents.

Le lendemain matin, au bureau, elle se surprit à regarder plusieurs fois son téléphone, pour s'assurer qu'Adam ne l'avait pas appelée. Rien. Mais, au moins, elle pouvait se réjouir que Marco n'ait pas encore fait son apparition. Elle n'aurait pas eu la force de répondre à un interrogatoire sur sa relation avec Adam.

Elle qui aimait tant son travail, elle eut toute la journée la sensation que le temps ne passait pas. Lorsqu'elle put enfin partir, elle se dépêcha de rentrer dans l'espoir de recevoir un appel d'Adam. Elle avait beau essayer de se persuader qu'elle n'aurait pas de nouvelles avant plusieurs jours, elle ne pouvait s'empêcher d'espérer. Mais il avait d'autres priorités, c'était évident. Vers 20 heures, alors qu'elle commençait à se résigner, quelqu'un sonna à sa porte.

C'était Adam.

Dès qu'elle lui ouvrit, il entra et la prit par la taille en refermant derrière lui. Il l'attira à lui sans un mot et plaqua son corps contre le sien, sans lui cacher l'intensité de son désir. C'était si bon de sentir à quel point il avait envie d'elle…

Sans relâcher son étreinte, il se retourna et la mit contre le mur, puis l'embrassa avec plus d'ardeur que jamais. Les jambes tremblantes, elle noua les bras autour de son cou pour ne pas chanceler. L'espace d'un instant, il s'écarta pour la regarder, avant de reprendre possession de ses lèvres. Elle sentit ses mains sur elle, la caresser, la déshabiller.

— Pourquoi je ne peux pas me lasser de toi ? murmura-t-il en plongeant les yeux dans les siens.

Il se pencha, et lui embrassa les seins à travers son soutien-gorge. Puis il descendit le long de son ventre, et fit glisser sa petite culotte du bout des doigts. Bientôt, sa langue ne fut plus sur son ventre, mais contre son sexe, lui offrant un plaisir infini. Elle ne tarda pas à sentir son excitation monter en elle, jusqu'à l'orgasme.

Alors il la prit dans ses bras, et la porta jusqu'au canapé. Assise, elle le regarda se déshabiller devant elle. Lorsqu'il fut complètement nu, elle tendit la main vers lui.

— Pas cette fois, intervint-il.

Il mit un préservatif avant de s'asseoir à côté d'elle. Enfin, il la fit venir sur lui, et la pénétra. Elle commença à bouger lentement au-dessus de lui. Il mit les mains sur ses hanches pour accompagner son mouvement, et la fit aller et venir de plus en plus fort. Les yeux dans les yeux, le souffle court, ils accélérèrent jusqu'à parvenir en même temps à l'orgasme.

Elle se laissa retomber contre lui, et tenta de reprendre sa respiration.

— C'est toujours comme ça ? lui murmura-t-elle à l'oreille. Non, ne réponds pas, se reprit-elle, regrettant déjà d'avoir dit ses pensées tout haut.

Evidemment, pour lui, tout cela était de la plus grande banalité.

Il lui prit le menton entre deux doigts, et la regarda avec intensité.

— Non, ce n'est pas toujours comme ça.

— Ah ?

Tout à coup son visage se ferma. Il la souleva, et se leva pour aller dans la salle de bains. Elle resta immobile, à repasser dans sa tête ce qu'il venait de dire.

Elle était partagée entre la satisfaction et la frustration. Tout aurait été tellement plus simple s'ils n'avaient pas éprouvé cette attirance mutuelle. Comment allait-elle faire pour l'oublier ? Ou plutôt, pour oublier les sensations qu'il lui avait fait découvrir ? Son cœur se serra, sans qu'elle sache réellement pourquoi. Une chose était sûre : elle ne regarderait plus jamais son canapé sans penser à l'instant qu'elle venait de vivre. Tout à coup, elle eut la sensation que tout ce qui lui rappellerait Adam ne serait que source de regrets d'ici quelques semaines. Allait-elle devoir déménager pour effacer tous ses souvenirs de lui ? se moqua-t-elle intérieurement.

— Tu as faim ? lui demanda-t-elle lorsqu'il revint dans le salon.

— Non.

— Je parle de nourriture, plaisanta-t-elle.

— Moi aussi, dit-il avec un sourire. Non, j'avais un dîner d'affaires.

— Tu as fini tôt, s'étonna-t-elle.

— J'avais envie de te voir.

Avait-il quelque chose à lui annoncer ? Peut-être avait-il du nouveau concernant Stewart. Sinon, pourquoi serait-il venu la voir après une dure journée de travail ?

— C'était important ? l'interrogea-t-elle, l'air de rien.

— Oui. J'avais besoin de te faire l'amour.

Il s'approcha d'elle et l'embrassa.

— Je dois rentrer, j'ai encore beaucoup de travail. Une réunion à préparer pour demain matin.

Malgré elle, elle fut folle de joie d'apprendre qu'il était venu pour elle. Mais elle n'avait pas le droit d'être aussi égoïste. C'était à sa famille qu'elle devait penser et, pour l'instant, elle n'avait pas résolu leurs problèmes.

Adam n'allait pas rester dormir, et c'était très bien comme cela. Chacun préservait l'espace vital de l'autre.

— Je t'appelle, dit-il en sortant.

Elle acquiesça avant de refermer la porte derrière lui. C'était donc ainsi qu'allait se passer leur relation ? Elle devait attendre qu'il lui téléphone, rester chez elle dans l'espoir qu'il passe la voir ?

Mais ce n'était pas vivre.

Et pourtant, c'est ce qui se passa les soirs suivants. Adam ne promettait jamais qu'il lui rendrait visite, mais il apparut chaque fois aux alentours de 20 heures, et ils firent l'amour. A plusieurs reprises, elle espéra qu'il passerait la nuit avec elle, mais il finissait toujours par s'en aller. Etait-ce son espace à elle qu'il préservait ?

Ou le sien à lui ?

- 8 -

Adam ne pensait pas qu'il retournerait si tôt chez Jenna, et pourtant, le jeudi suivant, il était sur le chemin de son appartement. Comme chaque soir, alors qu'il avait prévu de rentrer directement chez lui, il ne put se résoudre à se priver d'elle.

C'était comme si son corps ne pouvait pas se passer du sien. Jamais il n'avait ressenti un besoin aussi fort. Il avait toutes les peines du monde à ne pas penser à elle du matin au soir. Aujourd'hui, en pleine réunion, des images d'elle en train de soupirer entre ses bras lui étaient venues à l'esprit et, tout au long de la journée, il avait rêvé de toucher sa peau douce comme du miel. D'embrasser chaque partie de son corps.

Et c'est ce qu'il put faire enfin en arrivant chez elle. Elle était irrésistible. Lui faire l'amour était la meilleure chose au monde.

Pourtant, au moment de se rhabiller pour rentrer, il eut un pincement au cœur. Il avait envie de lui donner plus. Plus que…

— Tu serais libre pour dîner demain soir ? s'entendit-il lui demander.

— Tu es invité à une réception ? l'interrogea-t-elle en enfilant sa robe de chambre.

— Non. Juste une soirée pour nous.

— Nous deux ?

— Oui, seulement nous deux, dit-il en riant. Et les autres clients du restaurant, bien sûr.

— Donc ce ne serait pas pour Todd et Chelsea ? s'étonna-t-elle après un moment de réflexion.

— Non.

Il n'avait aucune nouvelle de ses amis depuis le week-end passé et, à vrai dire, c'était très bien ainsi.

— Avec plaisir, dit-elle en lui adressant un merveilleux sourire.

Dieu qu'elle était belle ! Dès qu'elle le regardait avec ses yeux pétillants, il mourait d'envie de la prendre dans ses bras.

— Tu apporteras tes affaires pour la nuit.

— Mes affaires ?

— Oui, pour venir dormir chez moi.

Une fois dans sa voiture, il repensa au sourire de Jenna lorsqu'il l'avait invitée à sortir en tête à tête. Avait-il fait une erreur ? Il ne fallait pas qu'elle envisage une relation sérieuse avec lui. Bientôt, tout serait fini entre eux, c'était inévitable.

Les raisons qui les avaient poussés dans les bras l'un de l'autre les empêchaient d'envisager une histoire durable.

Le lundi suivant, il devait rencontrer l'expert-comptable qu'il avait engagé pour enquêter sur l'argent de Stewart. Il savait qu'il n'avait rien trouvé pour l'instant, mais il tenait à le rencontrer en personne.

Mais que se passerait-il s'il ne retrouvait pas la trace de ces trois cent mille dollars ?

Le lendemain soir, assise au restaurant avec Adam, Jenna profitait de sa délicieuse soirée. Jusqu'au moment où Lewis Carter fit son apparition, accompagné de sa petite amie du moment.

— Jenna ? la héla-t-il en s'approchant de leur table.

— Tiens, Lewis, comment vas-tu ? demanda-t-elle, bien qu'elle s'en moquât complètement.

Son regard glissa vers Adam, et il hocha lentement la tête.

— Totalement désespéré que tu ne me rappelles pas, répondit-il, à la fois mielleux et accusateur.

Comment osait-il faire retomber la faute sur elle ? C'était tout lui ! Elle brûlait de lui rappeler tout haut que c'était lui qui l'avait trompée.

Mais elle opta pour un autre moyen de le faire enrager.

Elle posa la main sur celle d'Adam, et le regarda amoureusement.

— Maintenant, tu comprends pourquoi, dit-elle à Lewis.

— Jenna, mon amour, tu n'as pas perdu de temps.

— Tout comme toi.

— Chéri, si nous allions nous asseoir ? intervint la jeune femme qui l'accompagnait. Je meurs de faim.

— Elle a toujours beaucoup d'appétit, précisa-t-il avec un clin d'œil, avant de s'éloigner.

Elle trouva sa sortie d'une vulgarité crasse… Comment avait-elle pu perdre son temps avec lui ?

— Alors tu es sortie avec Lewis Carter, commenta Adam.

— Ne m'en parle pas. Vous vous êtes déjà rencontrés, si je comprends bien. J'ai eu l'impression qu'il te reconnaissait.

— Nous nous sommes vus quelques fois.

— Tu en as de la chance…

— Il a l'air d'apprécier ta repartie.

— C'est sans doute la seule chose qui lui plaise chez moi.

— Que s'est-il passé ? demanda-t-il avec une expression sérieuse.

Elle prit son verre de vin et but une gorgée pour se donner le temps de réfléchir à sa réponse. Après tout, pourquoi ne pas lui en parler ? Elle n'avait rien à cacher.

— J'ai rencontré Lewis un jour où, en sortant en même temps de notre place de parking, nous nous sommes télescopés. Les dégâts étaient légers, mais il a insisté pour m'inviter à boire un verre. Nous avons échangé nos coordonnées pour nos assurances respectives. Voilà comment tout a commencé.

— Vous êtes restés ensemble combien de temps ?

— A peu près six mois.

— Je suis étonné que Carter ait réussi à rester fidèle tout ce temps.

— Il n'a pas réussi. Il m'a trompée.

Il se figea, visiblement choqué, et la regarda dans les yeux.

— Jenna, je ne pourrais jamais te tromper.

— Merci, murmura-t-elle, sincèrement émue.

Sa remarque l'avait émue, même si cette promesse ne lui coûtait pas beaucoup, car, vu le peu de temps qu'ils devaient passer ensemble, il serait facile à Adam de lui rester fidèle. Néanmoins, elle savait qu'Adam n'avait rien à voir avec Lewis.

— Carter ne s'intéressait pas à tes dessins, je me trompe ?

— Comment le sais-tu ?

— Tu étais gênée de me les montrer, l'autre jour. Comme si tu t'attendais à ce que je les critique.

— Et je suis heureuse que tu ne l'aies pas fait, reconnut-elle, touchée par sa délicatesse.

Lorsqu'il posa les yeux sur elle, elle eut la sensation de fondre sous son regard.

— Si nous partions ? suggéra-t-il de sa voix profonde.

C'était tout ce qu'elle voulait. Se retrouver seule avec lui, et ne plus penser à Lewis Carter.

Il la ramena chez lui, et ils firent l'amour avec autant de passion que s'ils ne s'étaient pas vus de la semaine. Le fait d'avoir revu Lewis n'y était peut-être pas pour rien ; cela lui rappelait à quel point ce qu'elle partageait avec Adam était unique. Si son ex-petit ami savait cela, il serait fou de rage.

Le lendemain matin, il se leva d'un bond.

— Il faut que j'y aille, grommela-t-il. J'ai un rendez-vous important dans une demi-heure.

— Tu as rendez-vous ce matin ? dit-elle, à peine réveillée. Mais c'est samedi, aujourd'hui.

— Il devait avoir lieu lundi, expliqua-t-il en se dirigeant vers la salle de bains. Mais, finalement, l'homme que je dois voir aura déjà quitté Melbourne.

Il se retourna vers elle et lui adressa un sourire énigmatique.

— Tu peux rester ici ; je serai de retour d'ici deux heures.

Elle resta au lit pendant qu'il se préparait mais, dès qu'il fut parti, elle se leva pour prendre une douche.

Tandis qu'elle savourait une délicieuse tasse de café, le concierge sonna à l'Interphone pour l'avertir que la mère d'Adam était là pour le voir. Elle se figea. Adam n'avait donc pas signalé son départ à la loge… Elle ne savait absolument pas quelle attitude adopter.

Adam n'avait peut-être pas envie que sa mère fasse la connaissance de sa maîtresse. Devait-elle demander à Laura Roth de revenir plus tard, lorsqu'il serait rentré ?

Tout à coup, elle pensa à Liam.

Ce n'était sans doute pas une mauvaise idée qu'elle rencontre sa mère.

— Vous pouvez lui dire de monter, dit-elle, cédant à la curiosité.

Elle jeta un coup d'œil rapide à son reflet dans le miroir pour vérifier si elle était présentable, puis alla attendre Mme Roth sur le palier. A peine quelques secondes plus tard, les portes de l'ascenseur s'ouvrirent sur une femme belle et élégante. Jenna essaya de chasser sa timidité, et de ne pas penser aux problèmes qui la liaient à elle.

Et d'oublier qu'elle venait de passer une nuit de délices avec son fils.

— Bonjour, je suis Laura Roth, annonça-t-elle d'une voix chaleureuse.

— Bonjour, madame, répondit-elle en serrant la main fine et délicate qu'elle lui tendait. Jenna Branson.

— Appelez-moi Laura.

Elle ne voyait pas comment elle oserait se montrer aussi familière avec cette femme qu'elle connaissait à peine et qui l'impressionnait.

— Entrez, je vous en prie, l'invita-t-elle.

Elle aurait dû éprouver de l'hostilité envers cette femme,

après ce que son fils avait fait subir à sa famille. Et pourtant, elle ne lui inspirait qu'un sentiment de sympathie.

— Je ne savais pas si je devais vous proposer de monter, lui expliqua-t-elle. Comme vous le voyez, Adam est sorti. Il avait un rendez-vous d'affaires.

— Un samedi ? Ah, je ne devrais plus m'en étonner, soupira-t-elle.

A en juger par la lueur de curiosité dans ses yeux, Laura se demandait sûrement si Jenna était la petite amie de son fils. Mais, Dieu merci, elle ne lui posa aucune question.

— Si vous voulez l'attendre, il ne devrait pas tarder à rentrer.

— Non, je ne peux pas, une amie m'attend pour le déjeuner. Je voulais simplement voir Adam en passant, et lui demander s'il pouvait emmener son cousin, demain, en venant déjeuner à la maison. La voiture de Logan est au garage et, comme il habite sur le chemin d'Adam, il ne me semblait pas utile qu'il fasse appel à un chauffeur.

— Entendu, je lui transmettrai le message.

— Merci.

A cet instant, Adam fit son apparition et ne manifesta aucune contrariété à voir sa mère.

— Maman, tu aurais dû me dire que tu venais, dit-il en l'embrassant chaleureusement.

— Ne t'inquiète pas, mon chéri. Jenna s'est très bien occupée de moi.

— Ah oui ?

Il lui adressa un regard perçant qu'elle prit pour une incitation à ne pas aborder avec sa mère les questions d'argent de Stewart. Du reste, elle n'avait aucune intention de le faire, mais elle soutint son regard. Après tout, c'était sa famille à elle que ces questions mettaient en danger.

A cause de Liam.

— Je dois partir, dit Laura en regardant sa montre. J'ai rendez-vous pour déjeuner.

— Avec papa ?

— Non, avec Della, répondit-elle en marchant vers

la porte d'entrée. Jenna, ajouta-t-elle en se retournant, vous devriez venir avec Adam, demain, pour le déjeuner. Dominic et Cassandra sont rentrés, toute la famille sera là.

Discrètement, Jenna interrogea Adam du regard. Il lui fit un petit signe négatif. Non, il n'avait pas envie qu'elle vienne.

— Merci beaucoup, Laura, mais je ne voudrais pas m'imposer.

— Vous avez quelque chose de prévu ?

— Non, mais…

— Dans ce cas, j'insiste. Je vous attends demain tous les deux. Chéri, n'oublie pas de passer prendre Logan, ajouta-t-elle avant de s'en aller.

Quand ils furent seuls, Jenna se tourna vers Adam. Il ne cachait pas son mécontentement.

— Je suis désolée pour demain. Mais ne t'inquiète pas, je vais trouver une excuse que tu pourras servir à tes parents pour expliquer mon absence.

— Non.

— Mais je croyais…

— Nous irons.

C'était à n'y rien comprendre. S'il ne voulait pas qu'elle voie ses parents, pourquoi insistait-il ?

— Tu n'as pas peur que je leur parle de l'argent de mon frère ?

Après tout, ce serait le moment idéal pour elle d'en savoir un peu plus sur Liam. Cassandra serait là, et elle avait été mariée avec lui. Elle savait peut-être quelque chose.

— Non, je n'ai pas peur. Si tu faisais ça, tu pourrais le payer cher, tu as oublié ?

A ces mots, elle sentit son estomac se nouer. Il n'avait aucune confiance en elle. Comment pouvaient-ils être à la fois amants et ennemis ?

— Je sais parfaitement à quoi m'en tenir, Adam.

— C'est très bien, pour Chelsea. Si elle apprend que je t'ai présentée à mes parents, elle se dira peut-être enfin que ce qu'il y a entre nous est sérieux.

C'était donc pour cela qu'il voulait l'emmener.

— Ou alors, souligna-t-elle, elle cherchera à redoubler d'efforts, dans une tentative désespérée pour attirer ton attention. Chelsea est une femme très déterminée, tu ne devrais pas la sous-estimer.

— Je ne sous-estime aucune femme.

— Si tu le dis. Que dirais-tu si je préparais quelque chose à grignoter ?

Il hocha la tête en signe d'assentiment et elle en fut soulagée. L'atmosphère commençait à être par trop tendue. Elle se rendit dans la cuisine et improvisa un repas froid qu'ils prirent sur la terrasse.

Elle ne manqua pas de remarquer la tension croissante d'Adam, mais elle n'osa pas l'interroger. Sans qu'il se montre agressif, elle sentait bien qu'il était préoccupé.

Mieux valait qu'elle ne reste pas chez lui cet après-midi. Et lorsqu'elle prétexta qu'elle avait du travail pour lui dire qu'elle allait le laisser, elle lut un certain soulagement sur son visage. Elle feignit de ne rien remarquer. Il lui proposa d'appeler son chauffeur, mais elle préféra refuser.

— Merci, je vais prendre un taxi.

— Mais…

— C'est bon, je t'assure.

Elle avait soudain besoin de prendre des distances et de s'éloigner de lui. Son attitude la glaçait.

— D'accord, dit-il après un moment. Je viendrai te chercher demain vers midi.

— Je suis navrée si cette situation te met mal à l'aise. Je peux encore annuler, tu sais. Nous pourrions oublier Chelsea pour cette fois.

— Non, Jenna, ma mère t'a invitée. Il faut que tu viennes. Alors autant voir le côté positif des choses.

Ce n'était pas exactement la réponse qu'elle avait espérée… Comme elle se retournait pour cacher sa déception, il s'approcha d'elle, et la prit dans ses bras pour l'embrasser.

Au moins, il la désirait toujours.

Une fois installée dans le taxi, elle ne parvint pas à se

débarrasser du goût amer qu'elle avait dans la bouche. Adam l'avait choisie parce qu'il était sûr qu'elle ne s'attacherait pas à lui. Malheureusement, elle se rendait compte trop tard que c'était précisément ce qu'elle avait fait.

Debout à la fenêtre de la chambre de Liam, Adam regardait sa famille assise à table, dans le jardin. C'était si bon d'entendre de nouveau des rires résonner dans cette maison.

A voir le couple que formaient Dominic et Cassandra, il était plus qu'évident qu'ils étaient faits l'un pour l'autre. Plus personne ne pouvait en douter. Liam l'avait probablement senti, pour avoir demandé à Dominic d'être le père biologique de son bébé. Tout s'était passé si vite, le jour de l'insémination. Et pendant de longs mois, Dominic avait dû garder ce lourd secret pour lui. Heureusement, aujourd'hui, la vérité avait éclaté, et il avait pu reconnaître légalement sa fille. Si Liam les voyait maintenant, il se réjouirait pour eux, cela ne faisait aucun doute. Pour Dominic, du moins, songea Adam. Car en ce qui le concernait lui-même, il se demandait où les bêtises de son frère l'avaient mené.

— Adam, mais que fais-tu ici ?

La voix de sa mère le fit sursauter. Il se retourna.

— Rien, j'avais juste envie d'être là.

— Ton frère te manque, murmura-t-elle d'une voix douce. Comme à nous tous.

— Et toi, est-ce que ça va ? s'inquiéta-t-il. Tout est encore si récent.

— Oui, trois mois. Et c'est comme si on m'avait arraché une partie de moi. Mais je crois que je commence à faire mon deuil. J'ai tellement de raisons de me réjouir, dit-elle en souriant.

C'était vrai et, pourtant, il souffrait pour elle. Perdre un enfant…

— Et toi, mon chéri ? Cette semaine va être difficile pour toi.

— Tu n'as pas oublié, constata-t-il.

— Bien sûr que non. La mort de Maddie a été un choc très dur pour nous tous, même si notre peine n'est pas comparable à la tienne. Elle est toujours dans notre cœur, à l'heure du cinquième anniversaire de son décès, comme elle le sera dans vingt ans.

— Merci, maman.

Il ne regrettait pas de lui avoir caché une partie de la vérité ; elle aurait trop souffert si elle avait su qu'elle avait perdu un petit-enfant en même temps que sa belle-fille.

— Maintenant, tu as Jenna, dit-elle en souriant.

— Pourquoi dis-tu cela ?

— Elle me plaît. Je crois qu'elle te fait du bien.

— Pourquoi ? s'entendit-il lui demander.

— Elle est brune.

— Et alors ?

— Tu sors toujours avec des blondes, d'habitude. Je veux dire… à part Maddie.

Il se fit la réflexion qu'il n'avait pas encore pensé à cela.

— Ne donne pas trop d'importance à cette relation. Ce n'est pas sérieux, entre Jenna et moi.

— Chéri, tu…

— Maman, n'essaie pas de me marier, lâcha-t-il froidement. Je suis désolé, je ne voulais pas être brutal, se reprit-il aussitôt. Mais je n'ai pas l'intention de me remarier. En tout cas, pas avant longtemps. Ma vie me convient très bien comme elle est.

Elle resta un moment à le regarder, puis hocha lentement la tête.

— Si tu es heureux, je suis heureuse.

A cet instant, des rires montèrent de la terrasse. Il s'approcha de la fenêtre pour voir la scène qui s'avérait si drôle. Dominic jouait avec sa fille en faisant la course sur la pelouse. Un peu plus loin, Jenna riait avec Cassandra. Il sentit son cœur se serrer. Il savait qu'elle ne dirait rien à propos de l'argent, mais il comprenait à quel point ce devait être difficile pour elle. Elle voulait protéger sa famille, comme il le faisait pour la sienne. Comment ne pas l'admirer pour cela ?

— Je vais redescendre, murmura sa mère. Tu viens ?

— Je vous rejoins dans quelques minutes. Vas-y, j'arrive.

Il ne parvenait pas à détacher son regard de Jenna. Elle était tellement belle…

Ce n'était pas seulement son sourire, ou son corps sublime. Elle possédait bien plus que cela. Tout au long du déjeuner, en l'observant, il n'avait pu s'empêcher de remarquer à quel point elle semblait à l'aise au milieu de sa famille. Au début, elle lui avait paru un peu intimidée, mais à mesure qu'elle discutait avec sa mère et Cassandra, elle s'était détendue, se montrant drôle, naturelle, charmante. Elle s'intéressait à chacun, et répondait à leurs questions avec simplicité.

Pendant des années, il n'avait pensé qu'à se protéger de toute relation affective, mais, à présent, il sentait son cœur fondre dès qu'il posait les yeux sur elle.

Pourtant, même s'il l'admirait, même s'il aimait passer du temps avec elle, il ne devait jamais oublier que leur relation n'était destinée qu'à éloigner Chelsea. Le reste avait beau être très agréable, il ne devait pas y prendre goût, car bientôt il ne la verrait plus.

Du moins, s'il parvenait à aller au bout de son enquête concernant son frère. Pour l'instant, il n'avait pas la moindre trace de la somme que lui avait soi-disant volée Liam. C'était un véritable mystère, lui avait dit l'expert-comptable qu'il avait vu la veille. Mais il lui avait assuré qu'il allait poursuivre ses recherches.

Si seulement sa relation avec Jenna pouvait durer, se prit-il à rêver en descendant l'escalier. Ne serait-ce qu'un peu plus longtemps que ses aventures habituelles. Cela suffirait à le rendre heureux.

En voyant Adam sortir de la maison et revenir s'asseoir avec eux, sur la terrasse, Jenna se demanda pour la énième fois ce qu'il avait en tête. Pendant le déjeuner, il était resté assez silencieux, et elle avait surpris son regard posé sur elle à plusieurs reprises. Mais si, d'habitude, ses yeux la dévoraient, son expression était différente aujourd'hui. Et lorsqu'il était rentré sous prétexte d'aller chercher quelque chose, elle avait senti que, en réalité, il avait eu besoin d'un moment de solitude.

Un instant plus tard, elle avait vu sa mère le suivre à l'intérieur. Sans doute pour aller le chercher. Elle était revenue au bout d'une dizaine de minutes, et lui avait adressé un sourire complice. Toutefois, elle avait également perçu une certaine inquiétude dans ses yeux. A cause d'elle ? En tout cas, elle se faisait du souci pour Adam, c'était évident. Ce qui n'avait rien d'étonnant : il était tellement tendu, depuis leur arrivée chez ses parents !

Croyait-il vraiment qu'elle allait parler de Liam à Cassandra ou à Laura ? Elle souffrait de son manque de confiance, qu'elle ne s'expliquait pas car il devait bien savoir qu'elle avait autant à perdre que lui en faisant cela.

De toute façon, elle n'avait aucune raison de faire du mal à Cassandra. Aucune raison, ni aucune envie. C'était une jeune femme tellement charmante, elle n'avait certainement pas à payer pour les erreurs de celui qui avait été son mari.

Comme Adam venait se rasseoir à côté d'elle, une pensée lui traversa l'esprit. Sa mauvaise humeur n'était certainement pas due qu'à sa crainte qu'elle parle à sa famille, sinon il ne l'aurait pas laissée seule tout ce temps. Il serait resté pour la surveiller.

Il y avait autre chose. C'était sans doute le fait de la voir ici qui le gênait. Elle n'était que de passage dans sa vie, et sa place n'était pas à la table de ses parents.

Oui, tout s'expliquait. Ce matin, il ne l'avait même pas embrassée au moment où elle était montée dans sa voiture car son cousin était là. Sur le moment, elle avait pensé que c'était par pudeur.

Elle savait bien pourtant qu'il ne se laissait impressionner par personne, et certainement pas par Logan. Elle savait maintenant qu'ils avaient pour ainsi dire été élevés ensemble, et c'était un homme extrêmement agréable. Adam n'avait aucune raison d'être gêné devant lui. Il y avait forcément autre chose.

— Bien, je vous annonce que nous avons quelque chose à fêter, déclara Dominic en ouvrant une bouteille de champagne.

— Voilà qui est intéressant, commenta Michael avec un grand sourire.

— C'est bien plus qu'intéressant, papa.

— Dominic, abrège ce suspense, plaisanta Laura.

— Un peu de patience, maman.

Il remplit une flûte pour chacun, et les distribua. Puis il passa un bras autour de Cassandra et l'attira contre lui avec un grand sourire.

— Nous allons avoir un autre bébé.

Même si tout le monde semblait s'attendre à cette nouvelle, elle fut accueillie par des exclamations de joie. Jenna était touchée d'assister à cette scène de bonheur familial. Malgré les apparences, les Roth formaient une famille comme les autres, avec ses joies et ses peines. Exactement comme la sienne.

Elle se tourna vers Adam. Malgré le sourire qu'il affichait, elle le sentait toujours aussi tendu. Pourtant, sa famille comptait plus que tout pour lui. D'où pouvait venir sa tristesse dans un moment comme celui-ci ?

Quelques heures plus tard, ils montèrent en voiture pour rentrer. Adam était toujours aussi distant. Et même une fois qu'ils eurent déposé Logan, rien ne changea dans son attitude. Pourquoi cette froideur ? Rien n'avait changé entre eux, depuis la veille. En réalité, il s'était renfermé juste après la visite de sa mère. Et, à présent, c'était comme s'il s'interdisait d'être proche d'elle.

Il avait peut-être raison, après tout. Il commençait à prendre trop de place dans sa vie ; il éveillait en elle des émotions qu'elle n'avait jamais connues auparavant. Heureusement, il ne s'agissait pas d'amour, loin de là, mais elle serait soulagée le jour où cette aventure prendrait fin. Il était peut-être temps de le lui suggérer.

Quand ils furent arrivés chez elle, elle décida de se confier à lui.

— Je suis désolée, Adam. C'était peut-être une bonne idée pour décourager Chelsea, mais je n'aurais pas dû venir avec toi aujourd'hui. Tu n'avais pas envie que je sois là. Nous le savons tous les deux.

Ses mots se perdirent dans le silence.

— Ce n'est pas ça…, dit-il finalement. C'est…

— Oui ?

— Je suis préoccupé, c'est tout.

— Je peux peut-être t'aider ?

Il resta quelques secondes sans rien dire, avant de s'approcher d'elle.

— Viens là, murmura-t-il en la serrant contre lui.

— Adam, je…

Mais elle ne put achever sa phrase : il venait de plaquer ses lèvres sur les siennes.

Elle ne put résister à son étreinte, et ils firent l'amour avec la même fièvre que les jours précédents. Cependant, malgré l'intensité de leur corps à corps, il garda une certaine distance avec elle. C'était une sensation qu'elle n'avait jamais éprouvée avec lui auparavant.

Lorsqu'il se rendit dans la salle de bains, elle tenta de chasser les mille questions qui se bousculaient dans sa tête. Mais rien n'y faisait. Son esprit n'était occupé que par Adam.

Lorsqu'elle le vit revenir, une serviette nouée autour de la taille, elle remarqua aussitôt combien il était blême.

— Que se passe-t-il ? s'inquiéta-t-elle.

— Le préservatif a craqué.

— Quoi ?

— Tu as bien entendu.

— Oh, non…

Peu à peu, elle se rendit compte de ce que cela impliquait. Mais elle ne savait pas si elle était terrifiée, ou bien…

— Si ça se trouve, je suis déjà enceinte.

— Ne dis pas ça, gronda-t-il en ramassant son pantalon d'un geste brusque.

Il avait l'air furieux.

Elle se leva pour s'approcher de lui, et lui posa une main sur le bras.

— Ne t'inquiète pas, tenta-t-elle de le rassurer, malgré sa propre angoisse. Je suis sûre que ça ira.

— Ah oui, tu en es sûre ? rétorqua-t-il en la repoussant d'un geste. Et comment peux-tu en être si sûre ?

— Non, c'est vrai, je n'en sais rien. Mais ce que je sais, c'est que cela ne sert à rien de nous affoler.

Il hésita un instant.

— Tu as raison, reconnut-il.

Puis il s'habilla, manifestement décidé à rentrer chez lui sans lui donner plus d'explications. Partait-il parce qu'il le devait, ou parce qu'il ne voulait plus la voir ? Avait-il donc si peu de considération pour elle ? Il ne la considérait que comme une source de plaisirs, et la rejetait à la première complication. Elle avait beau savoir qu'il n'y avait que du désir entre eux, elle aurait voulu être en mesure de partager ses inquiétudes.

— Je t'appellerai, dit-il une fois de plus, en plaquant sur ses lèvres un baiser plein de tendresse.

Son attitude était si contradictoire…, songea-t-elle une fois seule. Elle se demanda s'il la rappellerait vraiment, cette fois. Et s'il le faisait, serait-ce parce qu'il en aurait envie, ou par crainte qu'elle ne s'en prenne à sa famille ?

Sur le chemin du retour, Adam ne parvenait pas à se débarrasser de son malaise. Pourquoi n'avait-il pas fait plus attention ? Mais il n'avait pas pensé à tout cela. Sur le moment, il avait eu tellement envie de Jenna… Dans ses bras, il avait cherché à oublier le plus funeste des anniversaires qui approchait. Cela faisait exactement cinq ans qu'il avait perdu sa femme et son bébé. En entendant son frère annoncer la grossesse de Cassandra, il avait été heureux pour eux, mais les anciennes plaies s'étaient rouvertes.

Et voilà ce qui lui tombait dessus maintenant ! Par sa faute.

Jenna était peut-être enceinte. De lui.

Il n'était pas prêt à revivre cela. Ce qu'il avait traversé, personne ne pouvait s'en remettre. Il revoyait Maddie, radieuse, lui annoncer qu'elle portait son enfant. Cela avait été la plus grande émotion de sa vie. Il aurait été tellement heureux avec elle. Avec eux.

Mais on ne leur avait pas accordé cette chance.

Au carrefour suivant, il décida d'aller les voir, là où ils reposaient à présent. Il avait besoin de leur parler.

- 9 -

Le lendemain matin, Jenna se rendit au bureau. Elle n'avait eu aucune nouvelle d'Adam. Et le soir, une fois chez elle, elle ne put s'empêcher d'espérer qu'il viendrait. Il ne vint pas. Il lui téléphona, mais leur conversation fut superficielle. Il se montrait si distant qu'elle se demanda même s'il souhaitait continuer à jouer la comédie devant Todd et Chelsea. En tout cas, une chose était certaine : entre eux, c'était bel et bien fini. L'incident de la veille avait mis un terme prématuré à leur aventure.

Mais que se passerait-il si elle était enceinte ?

Inutile de l'envisager pour l'instant, elle avait déjà suffisamment de choses à régler. Mais comment ne pas imaginer la réaction d'Adam s'il apprenait qu'il allait être père ? De toute évidence, il piquerait une colère monstrueuse. Pourtant, quelque chose lui disait qu'il n'était pas le genre d'homme à fuir ses responsabilités.

Le seul moyen de cesser d'y penser était de s'occuper le plus possible, décida-t-elle. Surtout lorsqu'elle constata qu'il ne l'appelait pas le lendemain, ni le jour suivant.

Enfin, le mercredi soir, quelqu'un sonna à sa porte. Adam ! pensa-t-elle aussitôt en courant ouvrir.

Mais elle fut déçue de voir sa belle-sœur sur le palier.

— On dirait que tu attendais quelqu'un d'autre, plaisanta Vicki. Pardon, j'aurais dû téléphoner avant de venir.

— Tu es toujours la bienvenue, Vicki. Viens, entre.

— Je ne vais pas rester longtemps, si je te dérange.

Finalement, c'était une bonne chose qu'Adam ne soit

pas là. Tout aurait été encore plus compliqué si Vicki l'avait vu chez elle.

— Non, je n'attends personne, lui assura-t-elle en lui faisant signe de s'asseoir. Où sont les filles ?

— Je les ai déposées chez leurs grands-parents.

Vicki avait été orpheline très jeune et, aujourd'hui, elle considérait les Branson comme ses parents adoptifs.

— Je leur ai dit que j'avais besoin d'aller à la bibliothèque.

— Que de mystère, plaisanta Jenna pour masquer son inquiétude.

— C'était mieux comme ça.

— Tu veux une tasse de café ?

Pourvu qu'Adam n'arrive pas… Elle n'avait pas le cœur de renvoyer Vicki.

— Non, merci, répondit sa belle-sœur en sortant une lettre de son sac. Je pensais que tu pourrais m'aider à comprendre. Ce courrier dit que nous sommes en retard pour le remboursement de notre prêt immobilier. D'après la banque, nous devons même trois cent cinquante mille dollars, alors qu'il ne nous restait plus que cinquante mille dollars à payer l'année dernière. Comment le montant a-t-il pu augmenter ? Et à ce point !

— Montre-moi, lui enjoignit Jenna, feignant de n'être au courant de rien. Oui, c'est très surprenant, conclut-elle après avoir lu le courrier.

Si seulement Stewart avait pensé à se faire envoyer les lettres de la banque… Mais il était parti dans la précipitation quand on lui avait proposé ce travail au Moyen-Orient.

— C'est sûrement une erreur, non ? l'interrogea Vicki.

— Oui, sans aucun doute, mentit-elle.

— C'est bien ce que je pensais, soupira Vicki, visiblement soulagée. Je n'ai ouvert cette lettre que ce soir, sinon j'aurais tout de suite téléphoné à la banque.

Heureusement qu'elle ne l'avait pas fait !

— En as-tu parlé à Stewart ?

— Pour le moment, il n'est joignable que par e-mail. Mais non, je ne lui ai encore rien dit. Je ne voulais pas l'inquiéter pour rien. Je n'en ai pas parlé non plus à tes parents.

— Tu as bien fait. Ce n'est pas la peine de les inquiéter.

— Le problème, c'est que je serai prise demain toute la journée ; je dois accompagner une sortie de l'école. Je n'aurai pas le temps d'appeler la banque. Tu crois que tu pourrais le faire pour moi ? lui demanda-t-elle après une hésitation.

Jenna savait bien que la banque refuserait de lui donner davantage d'informations, mais cela lui permettrait de gagner du temps.

— Bien sûr, laisse-moi la lettre. Je vais essayer d'en savoir plus ; je t'appellerai demain soir pour te tenir au courant.

Si elle arrivait à faire traîner les choses, Adam aurait peut-être le temps d'aller au bout de son enquête et de rembourser Stewart sans que Vicki n'ait rien su de la manœuvre.

— Viens dîner à la maison, lui suggéra Vicki. Les filles seront tellement contentes de te voir. Tu leur manques.

— Elles me manquent aussi.

Après le départ de sa belle-sœur, Jenna se sentit complètement désemparée. Que devait-elle faire ? Envoyer un e-mail à Stewart pour le prévenir ? Mais cela ne servirait qu'à l'inquiéter davantage pour sa famille, et il s'en voudrait de ne pas pouvoir tout expliquer à Vicki en personne.

Pourquoi avait-il fallu qu'il se laisse entraîner dans une telle galère par Liam Roth ? Il y avait bien trop de gens impliqués à présent. L'erreur de son frère risquait de causer beaucoup de souffrance autour de lui.

Une heure plus tard, après avoir tourné et retourné le problème dans sa tête, elle prit enfin une décision. Elle ne pouvait pas attendre jusqu'au lendemain pour parler à Adam. Elle avait besoin de le voir sur l'heure, de comprendre où en étaient ses recherches. Et où en était leur relation.

Elle résolut de ne pas le prévenir de sa visite chez lui,

de peur qu'il ne cherche à l'en dissuader. Ce fut seulement une fois en route qu'elle pensa qu'il ne serait peut-être pas seul. Et si elle le trouvait avec une autre femme ? Ce serait dur, mais au moins elle saurait à quoi s'en tenir avec lui.

Lorsqu'elle fut en bas de chez lui, le concierge appela Adam devant elle. Dans l'Interphone, elle entendit sa voix rauque. Elle perçut de la surprise dans sa voix quand il sut qu'elle souhaitait le voir, mais il accepta de la voir.

— Vous pouvez monter, mademoiselle Branson.

Il l'attendait sur le seuil de la porte au moment où elle sortit de l'ascenseur. En le voyant, elle sentit tout son corps trembler. Il était aussi superbe que d'habitude, mais son teint était plus pâle.

— Adam, est-ce que tu vas bien ? s'enquit-elle.

Sans la regarder dans les yeux, il se pencha et l'embrassa. Sur la joue.

— Très bien.

Il l'invita d'un geste à s'asseoir, mais elle préféra rester debout. Elle remarqua que la table était jonchée de papiers, comme s'il avait été plongé en plein travail avant son arrivée. En revanche, il n'y avait aucun signe d'une quelconque présence féminine.

— Je t'interromps en plein travail.

— Les deux dernières heures ont été plutôt… intenses, grimaça-t-il.

— Je vois. Adam, se lança-t-elle après une profonde inspiration, ma belle-sœur est venue me voir ce soir.

Elle lui expliqua la situation avec la banque.

— Je me demandais si tu avais appris quelque chose sur l'argent de Stewart ? acheva-t-elle.

— Malheureusement non, répondit-il sèchement. Mes recherches sont toujours en cours.

— Ah. Cela prend beaucoup de temps, non ?

— Ce sont des choses qui arrivent.

— Bon.

Manifestement, elle n'en saurait pas plus ce soir.

— Tu me diras si tu trouves quoi que ce soit.

— Je n'y manquerai pas.

Il se comportait comme un étranger, c'était totalement insoutenable. Il fallait qu'elle sache.

— Ecoute, Adam. Si c'est fini entre nous, s'il te plaît, dis-le-moi tout de suite.

— Qu'est-ce qui te fait penser ça ? s'exclama-t-il en sursautant.

— Peut-être l'impression que tu n'as aucune envie d'être avec moi.

Et le fait qu'il l'ait embrassée sur la joue, voulut-elle ajouter. Et sa réaction de la veille, quand il était sorti de la salle de bains.

— J'ai envie d'être avec toi, déclara-t-il.

— Vraiment ? demanda-t-elle, sceptique. Tu le caches bien.

— Comment ça ?

— La semaine dernière, tu es venu me voir tous les jours. Cette semaine, tu n'as fait que m'éviter.

— Je veux toujours être avec toi, répéta-t-il, les yeux dans les siens. Je t'assure.

— Alors pourquoi te montres-tu si distant ? l'interrogea-t-elle, sans savoir si elle était soulagée ou non de ce qu'elle entendait.

— Avec le retour de Dominic au bureau, j'ai eu énormément de travail, expliqua-t-il d'une voix fatiguée. Je dois le mettre au courant de l'avancée des dossiers. Je n'ai pas une seule soirée à moi en ce moment.

Il avait l'air sincère, et pourtant…

— Tu te rends compte que tu n'as jamais passé la nuit chez moi ?

— Et alors ?

— C'est une façon pour toi de garder tes distances, je me trompe ?

— Oui, tu te trompes. Car il t'est arrivé de dormir ici.

— Ne mélange pas tout. Oui, j'ai dormi ici, mais toi, tu n'as pas dormi chez moi.

— En quoi est-ce différent ? s'étonna-t-il en riant.

— Tu le sais très bien.

Elle tiendrait bon jusqu'à ce qu'il l'admette.

— Regarde ce que tu es en train de faire. Une fois de plus, tu essaies de ruser pour que je ne me rende pas compte que tu prends de plus en plus de distances avec moi.

— Apparemment, ça ne marche pas, plaisanta-t-il.

— Ne te moque pas de moi.

L'espace d'un instant, il la scruta avec un air interrogateur.

— Qu'est-ce que tu attends de moi, Jenna ?

— Que tu sois honnête avec moi. Rien de plus.

Il resta silencieux durant plusieurs secondes.

— Tu veux que je sois honnête ?

— Oui.

— Hier, c'était le cinquième anniversaire de la mort de ma femme, lâcha-t-il d'une traite. Voilà pourquoi j'avais besoin de solitude cette semaine.

Sous le choc, elle demeura un instant bouche bée avant de pouvoir réagir.

— Oh, Adam, je suis désolée. Je ne savais pas.

— Et je n'avais pas prévu que tu le saches.

Elle aurait eu tort de se vexer de sa réponse. Rien ne l'obligeait à lui parler d'une chose aussi personnelle.

— Je t'ai rendu ce moment encore plus difficile.

Il s'approcha d'elle et la prit dans ses bras.

— Non, murmura-t-il, le visage enfoui dans ses cheveux. J'ai beaucoup travaillé pour essayer de m'occuper l'esprit, c'est tout.

Elle ne pouvait s'empêcher de souffrir pour lui. Elle avait une telle envie de le soulager…

— Parle-moi de ta femme. Tu ne veux pas parler d'elle ? se reprit-elle en sentant son corps se raidir contre elle.

— Ce n'est pas ça. C'est juste que… Aucune femme ne m'a jamais demandé de parler d'elle avant toi.

— Je suis heureuse d'être la première.

Il serra ses mains dans les siennes avant de s'éloigner de quelques pas. Mais cette fois, elle comprenait pourquoi il le faisait.

— Par où commencer ? soupira-t-il.

— Quel genre de personne était-elle ? lui demanda-t-elle pour l'aider.

Et par curiosité.

— Elle était magnifique. Pleine de vie. Elle riait beaucoup, comme une petite fille. Elle plaisantait tout le temps.

— Tu ne devais pas t'ennuyer avec elle.

— C'est le moins qu'on puisse dire. Le jour où elle… où elle est morte, articula-t-il avec peine, il y avait des dizaines de ballons dans sa voiture. Elle devait être en train de les rapporter à la maison pour préparer une surprise. D'après la police, c'est sans doute à cause de cela qu'elle a quitté la route. Un témoin a raconté qu'il l'avait vue essayer d'en pousser un vers l'arrière juste avant l'accident. Seigneur, soupira-t-il après une pause. Ce jour semble à la fois si loin et si proche.

— Oh, Adam.

— Tu avais vraiment envie d'entendre ça ? dit-il avec un rire amer.

Cherchant un moyen de le consoler, elle avança vers lui et le serra dans ses bras de toutes ses forces.

— Oui, répondit-elle en l'embrassant. Adam, je suis de tout cœur avec toi.

— Je sais.

— J'ai très envie de toi, murmura-t-elle dans un souffle. Tu m'en veux ?

— Je crois au contraire que c'est une excellente nouvelle, approuva-t-il en la regardant dans les yeux.

Après un autre baiser, elle lui prit la main et l'attira jusqu'à sa chambre. Puis elle lui ôta ses vêtements avant de se déshabiller, et fit l'amour avec lui en lui offrant toute la tendresse dont elle était capable.

Ensuite ils s'endormirent dans les bras l'un de l'autre.

Elle se réveilla quelques heures plus tard, serrée contre lui, et se mit à réfléchir à ce qu'il lui avait raconté. Auparavant, elle n'avait jamais réellement pensé à ce qu'il avait traversé. Elle avait eu tant d'autres choses en tête…

Mais à présent, il lui semblait qu'elle le comprenait mieux. Même s'ils n'avaient aucun avenir ensemble, elle se sentait plus à l'aise, maintenant qu'elle pouvait donner un sens à certaines de ses réactions. Il avait perdu l'amour de sa vie. Aucune femme ne pourrait plus jamais avoir la même importance que Maddie dans sa vie, ni dans son cœur. Y compris elle.

A cet instant, elle éprouva le besoin de respirer un peu. Elle se glissa discrètement hors du lit et alla s'habiller dans la salle de bains. Puis elle s'en alla, préférant le laisser dormir.

Ce ne fut qu'une fois en route qu'elle se rendit compte que ni l'un ni l'autre n'avait abordé le sujet sensible qui les concernait tous les deux. La possibilité qu'elle soit enceinte. C'était comme s'il avait occulté cela de son esprit. Mais ce n'était pas surprenant, vu la période pénible qu'il traversait. Elle attendrait un peu avant de lui en parler.

En milieu de matinée, Jenna sentit que son besoin de voir Adam se faisait de plus en plus pressant. Son cœur bondit de joie lorsqu'il lui téléphona au bureau.

— Que dirais-tu d'un déjeuner aujourd'hui ? lui proposa-t-il. Tu serais libre vers midi ?

— Absolument, ce sera avec grand plaisir.

Au ton de sa voix, il semblait sincèrement heureux de la voir. Et elle pouvait en dire autant, songea-t-elle, bien décidée à profiter de chaque moment, sans se préoccuper de l'avenir.

Pourtant, elle ne put cacher sa déception lorsqu'elle entra dans le restaurant. Adam n'était pas seul à table. Todd et Chelsea étaient assis avec lui.

Dès qu'il la vit, il se leva et vint à sa rencontre.

— Désolé, murmura-t-il en lui déposant un baiser sur les lèvres. Ils étaient déjà là, je ne pouvais pas les ignorer. Tu n'as plus qu'à sourire ! s'amusa-t-il à voix basse, en la guidant vers leur table.

Elle ne put s'empêcher de se demander si Chelsea savait qu'il serait là aujourd'hui. Elle avait peut-être appelé sa secrétaire pour en être informée.

Ils l'accueillirent tous les deux avec un grand sourire, mais celui de Chelsea avait quelque chose de faux. Puis elle la toisa de la tête aux pieds avec un dédain manifeste, comme si elle désapprouvait sa tenue. De toute évidence, elle ne la trouvait pas digne d'Adam.

Pendant qu'ils parcouraient le menu, Chelsea se transforma une fois de plus en moulin à paroles. Elle riait pour un rien, et se penchait vers Adam au moindre prétexte pour lui désigner un plat ou lui demander des explications sur un autre. Puis elle appela le serveur et lui réclama un autre verre de vin, avant de vider le sien d'une traite. Todd ne disait rien, mais il paraissait de plus en plus gêné. En fin de compte, Chelsea n'avait sans doute pas prémédité cette rencontre avec Adam. Et le fait de le voir avec elle la rendait visiblement folle de rage.

C'est alors que, à l'autre bout de la salle, un bébé se mit à pleurer. Chelsea eut une réaction des plus curieuse. Elle commença par se figer, puis se tourna vers son mari en lui lançant un regard terrible. Que se passait-il donc entre eux ?

— Chelsea, s'il te plaît..., commença-t-il.

— Tais-toi, Todd ! lança-t-elle, les larmes aux yeux, en se levant d'un bond. Tais-toi !

Puis elle saisit son sac à main et s'enfuit du restaurant.

Ils restèrent tous les trois bouche bée.

Finalement, Todd se leva et les regarda, navré.

— Je dois y aller, dit-il avant de courir après sa femme.

Stupéfaite, Jenna le suivit des yeux. Puis elle se tourna vers Adam, qui avait l'air tout aussi interloqué. Comme le restaurant était bondé et bruyant à cette heure, personne n'avait apparemment remarqué ce qui venait de se passer. Au moins, ils avaient évité un scandale en public.

— Mais enfin, qu'est-ce qui leur arrive ? demanda enfin Adam.

— C'est incompréhensible...

Par la fenêtre, ils virent Chelsea héler un taxi et s'engouffrer sur la banquette arrière. Quand Todd arriva sur place, la voiture était déjà partie. Il resta quelques secondes debout sur le trottoir, impuissant, avant de revenir dans le restaurant.

— Je suis désolé que vous ayez assisté à ça, leur dit-il en s'asseyant, le regard triste.

— Que se passe-t-il, Todd ?

— Je ne voulais rien dire, mais... Il y a deux mois, poursuivit-il après une hésitation, nous avons appris que Chelsea était enceinte.

A ces mots, Jenna sentit Adam tressaillir à côté d'elle.

— Nous étions fous de joie, tous les deux. Mais... Elle a perdu le bébé. Depuis, plus rien n'est comme avant entre nous, expliqua-t-il en regardant Adam. Le fait d'entendre ce bébé pleurer a dû réveiller son chagrin.

Jenna n'osait pas imaginer ce qu'elle aurait ressenti à sa place. Elle qui était peut-être enceinte...

A sa grande surprise, Adam ne dit pas un mot. Pensait-il à la même chose qu'elle ? Ou avait-il trop de peine pour parler ?

Sans oser le regarder, elle préféra se tourner vers Todd.

— Todd, je suis tellement désolée.

— Merci. Adam, ajouta-t-il en le regardant, je ne voulais pas t'en parler. Tu comprends pourquoi.

— Oui, bien sûr, articula-t-il.

Il était si pâle... Elle était émue de voir à quel point il partageait la peine de son ami.

— Chelsea n'est plus la même depuis que c'est arrivé. Parfois, j'ai l'impression qu'elle perd la raison. Nous essayons tous les deux de sauver les apparences, mais je vois combien elle souffre.

Durant les secondes qui suivirent, personne n'eut le cœur de parler. Les deux hommes semblaient plongés dans la tristesse. Et Jenna commençait à considérer l'attitude de Chelsea sous un autre angle. Elle n'était pas du tout la femme qu'elle avait imaginée, en réalité. Avec Todd, elle allait devoir surmonter cette épreuve avant de retrouver confiance en l'avenir.

— Avez-vous essayé de lui parler ? demanda-t-elle à Todd.

— J'ai voulu le faire, mais elle se met systématiquement à pleurer. Je ne sais plus quoi faire.

— Elle a besoin de vous, Todd. Je crois que vous devriez vraiment la rejoindre.

— Elle va s'effondrer une fois de plus.

— Eh bien, laissez-la pleurer. Peut-être même que vous devriez en faire autant, suggéra-t-elle prudemment. C'est sans doute la seule façon pour vous deux de donner libre cours à votre chagrin.

Sans répondre, Todd eut l'air de réfléchir à sa suggestion.

— Jenna a raison, intervint Adam. De toute façon, il vous faudra du temps avant de pouvoir reprendre le cours normal de votre vie.

— Oui, il faut que nous essayions de nous retrouver, approuva Todd après un silence. Merci à tous les deux, dit-il en se levant, le visage soudain plein d'espoir.

Pourvu qu'ils parviennent à se remettre, songea Jenna en le regardant s'éloigner. En tout cas, il paraissait décidé à tout faire pour aider sa femme.

Elle se tourna alors vers Adam.

— Nous savons maintenant pourquoi Chelsea se comportait de manière tellement étrange.

Le cœur serré, Adam ressassait ce que venait de lui annoncer son ami. Todd et Chelsea avaient perdu un bébé, ils avaient vécu la même tragédie que lui. Et par égard pour lui, Todd avait préféré le lui cacher. Il avait voulu éviter de lui rappeler les pires souvenirs de sa vie.

Néanmoins, Todd était forcément conscient d'une chose : il avait encore sa femme pour l'aider à traverser cette épreuve.

Lui, non.

Heureusement, Todd était resté discret devant Jenna.

Personne ne savait que Maddie était enceinte. Personne, à part Todd et le personnel hospitalier. Et il lui avait promis qu'il n'en parlerait à personne, pas même à Chelsea. Adam ne pouvait que le croire ; si Chelsea avait été au courant, elle ne se serait pas conduite de façon aussi maladroite avec lui.

En pensant à leur bébé, ses pensées retournèrent vers Jenna.

Et si elle était enceinte ?

— Je me doutais bien qu'ils avaient un problème plus grave.

La voix de Jenna le ramena à la réalité.

— Tu ne m'en avais pas parlé pourtant.

— Ce n'était qu'une intuition, expliqua-t-elle avec un haussement d'épaules. Et cela n'aurait servi à rien de toute façon.

— J'ai eu la même impression que toi, le jour où Todd est venu me voir au bureau. Il m'a dit que Chelsea avait des problèmes, mais sans préciser lesquels.

— Je crois que Chelsea m'a téléphoné, un soir, déclara-t-elle en baissant les yeux. C'était après le week-end que nous avons passé chez eux.

— Quoi ?

— Quand j'ai décroché, c'était comme s'il n'y avait personne au bout du fil. Après quelques secondes de silence, elle a raccroché. Je suis persuadée que c'était Chelsea. A mon avis, elle essayait de savoir si tu étais avec moi.

— Mais enfin, pourquoi tu ne m'en as pas parlé ?

— Ce n'était pas grand-chose. Et puis, je n'étais pas sûre que c'était elle. Pauvre Chelsea…, soupira-t-elle.

— Oui.

Elle avait toutes les raisons d'avoir perdu pied, ces derniers temps.

— S'accrocher à toi était certainement une façon d'oublier son chagrin, devina-t-elle, la voix chargée de compassion. Je pense qu'elle va arrêter de te courir après maintenant, pas toi ?

— Si, je pense aussi. Mais il va falloir qu'elle continue à nous voir ensemble, le temps qu'elle se remette.

— C'est certain.

Il ne voulait pas la laisser envisager que leur relation pourrait s'arrêter plus tôt que prévu.

— De toute façon, je n'avais aucune intention de me séparer de toi pour l'instant, Jenna. Ce n'est pas seulement à cause de Chelsea. Il faut aussi que nous retrouvions l'argent de ton frère. Après tout, c'est la première raison qui nous lie l'un à l'autre.

— C'est juste, approuva-t-elle en baissant les yeux. Donc si je comprends bien, je te dois encore deux semaines, le temps que les problèmes de Stewart soient réglés.

Il se retint de lui dire qu'il ne faisait pas cela pour Stewart, mais pour la mémoire de Liam. S'il était innocent, il ferait tout pour le prouver.

— Il est temps de passer la commande, suggéra-t-il en voyant le serveur passer près d'eux.

— Je suis navrée, Adam, mais je crois que je n'ai plus très faim. J'espère que ça ne t'ennuie pas.

En vérité, lui aussi avait perdu l'appétit.

— Moi non plus, je n'ai pas faim. Viens, dit-il en se levant. Je vais te raccompagner au bureau.

En sortant du restaurant, il regarda son téléphone portable et vit que l'expert-comptable qu'il avait engagé lui avait laissé deux messages. Mais il préféra ne pas en parler à Jenna ; il attendrait pour cela d'avoir des informations sûres.

Le soir, chez Vicki, Jenna attendit que ses nièces soient couchées pour aborder le sujet du prêt immobilier. Elle avait fini par téléphoner à la banque dans l'après-midi, mais, comme elle s'y attendait, on lui avait fait savoir que ces informations étaient confidentielles, et que le client devait appeler lui-même. Lorsqu'elle avait annoncé à son interlocuteur que Vicki téléphonerait le lendemain, il lui avait répondu que le compte était au nom de Stewart, et que c'était lui qui devait contacter la banque.

— C'est vrai ? s'étonna Vicki, dépitée. Ils ne pourront rien me dire ? Mais enfin, c'est aussi ma maison !

— Oui, mais le compte n'est qu'au nom de Stewart.

— Nous n'avons jamais envisagé que cela pourrait poser un problème.

Jenna se demanda soudain si Stewart l'avait fait exprès, même s'il n'aurait pas pu deviner qu'il allait perdre tout cet argent.

— Merci pour ce que tu as fait, dit Vicki, tentant manifestement de cacher son inquiétude. C'est vraiment gentil.

— Je t'en prie. Je suis contente d'avoir pu t'aider.

— Je vais envoyer un e-mail à Stewart pour lui dire qu'il y a un problème avec la banque. Il pourra intervenir pour qu'on me donne les informations nécessaires. Quand il sera rentré, il faudra que nous fassions les démarches pour que la maison soit à notre nom à tous les deux.

— Oui, très bonne idée.

Cependant, quelque chose lui disait qu'il s'empresserait de lui téléphoner à elle dès qu'il recevrait le message de Vicki. Elle ne lui avait pas encore révélé qu'elle avait obtenu d'Adam qu'il règle cette affaire ; il allait être pris de panique à l'idée que sa femme découvre la vérité.

Il trouverait sans doute une idée pour gagner du temps. Peut-être allait-il faire croire à Vicki qu'il avait donné son nom à la banque, afin de la rassurer. Et une fois rentré en Australie, il rembourserait autant d'argent que possible. Du moins, si Adam ne le faisait pas d'ici là. Mais il était trop tôt pour lui en parler ; inutile de lui donner de faux espoirs.

Derrière l'inquiétude naturelle qu'elle éprouvait pour son frère, elle ne pouvait s'empêcher de ressentir une certaine colère à présent. Il était temps qu'il répare ses erreurs.

— Vous me dites que vous n'avez trouvé aucune trace de cet argent ?

Décidément, cette journée allait de mal en pis, songea Adam. D'abord, il y avait eu ce déjeuner avec Todd et Chelsea. Et maintenant, les nouvelles que lui rapportait l'expert-comptable. Par discrétion, il l'avait fait venir chez lui plutôt qu'au bureau.

— Non, aucune. Croyez-moi, mon équipe et moi avons suivi toutes les pistes possibles.

C'était bien ce qu'il avait envisagé.

— Stewart Branson n'a donc jamais rien versé à mon frère ?

— Non, rien du tout.

— On m'a raconté des histoires, si je comprends bien, lâcha-t-il, furieux.

Il devait se rendre à l'évidence : c'était un coup monté par Jenna et son frère. Depuis le début, il aurait dû écouter son instinct.

— On dirait bien, oui. J'ai quelques preuves plutôt accablantes.

— Des preuves ? Mais vous venez de me dire que vous n'aviez rien trouvé.

— C'est vrai. Néanmoins, j'ai découvert quelque chose de très intéressant. Cela concerne Stewart Branson…

Adam écouta ses explications jusqu'au bout, de plus en plus furieux. Et finalement, la colère valait mieux pour lui que tous les sentiments qu'il aurait pu éprouver à cet instant envers Jenna. Comment avait-il pu se laisser berner à ce point ? Mais c'était bel et bien fini. Si elle avait cru pouvoir se moquer de lui de la sorte, c'était mal le connaître. Il ne la laisserait pas faire.

- 10 -

Jenna partit assez tôt de chez Vicki, prétextant qu'elle devait travailler de très bonne heure le lendemain. Elle n'avait reçu aucun appel sur son portable, mais elle s'attendait à trouver chez elle un message d'Adam sur son répondeur. Après ce qui s'était passé au restaurant, il avait peut-être envie de parler de Todd et Chelsea.

En arrivant chez elle, elle eut la surprise de le trouver devant sa porte. Que c'était bon de le voir…

— Tu es là depuis longtemps ?

— Assez, oui, répondit-il sèchement.

Ce fut comme si elle venait de prendre une douche froide. Quelle était cette expression méfiante sur son visage ?

— Je ne savais pas que tu allais venir. J'étais sortie dîner, dit-elle avec un sourire, cherchant à détendre l'atmosphère.

— Tu pourrais peut-être ouvrir la porte ? suggéra-t-il d'une voix cinglante.

A présent, elle était certaine qu'il s'était passé quelque chose de grave, se dit-elle en tournant la clé dans la serrure. Lui en voulait-il de ne pas être restée chez elle à l'attendre ? Mais elle n'était pas là pour se tenir à sa disposition !

— Alors, quel est le problème ? l'interrogea-t-elle en posant son sac.

— C'est toi, le problème. Tu caches bien ton jeu, hein ?

Abasourdie, elle lui adressa un regard d'incompréhension.

— Mais… Mais de quoi parles-tu ?

— Quel air innocent ! ironisa-t-il. On peut dire que tu joues bien la comédie.

— Je ne comprends pas de quoi tu parles.

— Tu te rappelles ce rendez-vous que j'avais samedi matin ?

— Oui.

— C'était à propos de l'argent.

Pourquoi ne le lui avait-il pas dit sur le moment ?

— Raconte-moi.

— L'enquêteur que j'ai engagé a cherché partout, a absolument tout vérifié pour savoir si ton frère avait donné de l'argent à Liam. Jusqu'à samedi, il n'avait pas trouvé la trace de la moindre transaction, mais il a poursuivi ses recherches. Finalement, il est arrivé à la conclusion que ce versement n'avait jamais eu lieu.

— C'est impossible, balbutia-t-elle, terrassée par ce qu'elle venait d'entendre.

— Ah oui ?

— Ce n'est pas parce que vous n'avez rien trouvé qu'il ne s'est rien passé.

— Non, mais nous avons découvert quelque chose de très intéressant. Ton frère a la passion du jeu. Et il perd beaucoup d'argent.

La gorge serrée, elle fut incapable de répondre quoi que ce soit.

— Tu es surprise ? Ou surprise que je sois au courant ?

— Quoi ?

— Toi et ton frère, vous avez été démasqués, Jenna. Avoue. Ton frère a perdu son argent au casino, et vous avez monté ce plan tous les deux pour que je lui donne de l'argent, et qu'il puisse rembourser son prêt. C'était très malin. Les morts ne sont plus là pour se défendre. Liam ne peut plus parler, et moi, je ne peux pas prouver que l'argent n'a jamais changé de main. Pas encore, du moins.

Elle n'arrivait pas à croire à ce qu'elle entendait. Non seulement il accusait son frère d'avoir inventé cette histoire, mais, de surcroît, il l'accusait, elle, d'être sa complice.

— Tu n'es pas sérieux.

— Oh, si ! Très sérieux, mon trésor.

A en juger par son regard accusateur, il l'était, en effet.

— Je n'ai rien fait de tout cela, et je ne crois pas un mot de ce que tu dis sur Stewart. Tu mens pour ne pas avoir à payer.

Il prit une liasse de papiers dans la poche de sa veste et les lui tendit d'un geste brusque.

— Tout est écrit là. Lis, et tu verras.

D'une main tremblante, elle saisit les documents et les lut. Tout était là, noir sur blanc.

— Ton frère utilise un pseudonyme pour jouer de l'argent. Il a vécu comme cela sans que personne ne s'en aperçoive. Stewart Branson est blanc comme neige ; voilà pourquoi nous avons mis tant de temps à découvrir la vérité.

— Je ne peux pas le croire, déclara-t-elle tout haut.

La vérité n'arrivait pas à faire jour dans son esprit, même si elle en avait la preuve sous les yeux. C'était trop énorme.

— Bien sûr, persifla-t-il. Tu m'as sûrement réclamé plus d'argent qu'il n'en avait besoin, pour en garder un peu pour toi. Une petite aide pour l'achat de ton bel appartement.

Sous l'insulte, elle se figea. Comment osait-il ?

— J'ai fait un emprunt pour cet appartement, rétorqua-t-elle d'une voix blanche.

Elle avait travaillé dur pour se l'offrir, elle avait toujours été honnête. Il n'avait pas le droit…

— Que tu aurais bien aimé rembourser plus tôt que prévu. Allez, Jenna, reconnais-le. Je sais tout maintenant.

Mais il n'était pas question qu'elle avoue une faute qu'elle n'avait pas commise !

— Et si je te disais que je n'étais pas au courant du problème de Stewart avec le jeu ? Que je croyais qu'il me disait la vérité ?

— Je répondrais que tu mens.

— Tu as envie d'y croire, en fait.

— Non, je suis obligé d'y croire. Vous êtes de vrais escrocs. Trois cent mille dollars, tu te rends compte ?

— Si cet argent n'appartient pas à Stewart, je n'en veux pas.

— Tiens, voilà que tu as des principes maintenant ?

— Je vois que tu n'es prêt à croire que ce que tu veux. Tu dis que je t'ai menti, poursuivit-elle après une pause, mais c'est toi qui m'as menti.

— Quand ça ?

— Hier soir, lorsque je t'ai demandé si tu avais du nouveau à propos de l'argent. Tu ne m'as pas parlé de ton rendez-vous de samedi.

— Règle numéro un : ne pas dévoiler ses cartes à son adversaire.

— Parce que je suis ton adversaire désormais ?

— As-tu déjà été autre chose que cela ?

— Je te remercie, dit-elle d'une voix éteinte.

Il parut un instant se raviser, comme s'il était pris d'un doute, mais se reprit en lui lançant un regard glacial.

— Tu m'as utilisé, Jenna, accusa-t-il. Tu as essayé de me voler de l'argent pour aider ton frère, et pour t'enrichir. Alors s'il te plaît, n'essaie pas de me faire culpabiliser.

L'homme qu'elle avait en face d'elle était un étranger. Son visage était tellement dur… Elle savait qu'elle aurait beau tout essayer pour le convaincre de son innocence, rien ne le ferait changer d'avis. A ses yeux, son frère était coupable, et le resterait. Tout comme elle.

— As-tu l'intention d'en parler à la police ?

Ce n'était pas pour elle qu'elle avait peur, mais pour Stewart. S'il avait vraiment un problème avec le jeu ? Il ne lui avait pas demandé de réclamer de l'argent à Adam ; elle avait agi de son propre chef. Il ne devait pas en pâtir.

Adam lui adressa un regard triomphant. Il devait croire qu'elle commençait à avoir peur d'être punie pour ce qu'elle avait fait.

— Non, je veux épargner ma famille, répondit-il.

Elle réprima un soupir de soulagement.

— Mais j'irai voir la police si tu m'y forces, l'avertit-il. Je n'hésiterai pas. Et je conseille à ton frère de se faire aider. Il a de bien mauvaises fréquentations, et s'il ne peut pas payer ses dettes, il risque d'avoir de sérieux problèmes.

— Oh, mon Dieu…

C'était de pire en pire. Si Adam disait vrai, il se pouvait que Stewart ne soit pas loin de mettre sa vie en danger.

De nouveau, elle crut voir passer une lueur de sympathie dans son regard.

— Il a besoin d'aide, Jenna. C'est une vraie dépendance.

— Je sais.

Disait-il la vérité ? Tout cela lui semblait si irréel…

— Et toi aussi, tu en as besoin. Tu ne peux pas continuer à essayer de récupérer de l'argent par tous les moyens.

— Je voulais juste qu'on rende à Stewart ce qu'on lui avait volé.

— Oui, c'est ça, se moqua-t-il. De toute façon, je t'avais dit que j'essaierais de retrouver la trace de cet argent, pas que je le rembourserais. Je ne te dois rien.

— Et je ne te connais pas.

— Non.

Sur ce, il fit volte-face et sortit en claquant la porte.

Elle se laissa tomber sur le canapé, écrasée par le chagrin. Elle avait la sensation que son cœur était pris dans un étau. Et il n'y avait qu'une seule explication. Pour la première fois, elle osait se l'avouer.

Elle aimait Adam Roth.

Assis au volant de sa voiture, Adam était toujours sous le choc de ce qu'il avait appris. Il aurait pourtant dû savoir que Jenna était trop belle pour être vraie. Elle qui lui avait fait croire qu'elle s'inquiétait pour son frère, et pour sa famille qui risquait de se retrouver à la rue. Que de mensonges ! Tous ensemble, les Branson avaient eu l'idée de ce plan machiavélique pour lui soutirer de l'argent.

Et lui, bêtement, avait cru que Jenna ressemblait à sa mère et à Cassandra. Il l'avait prise pour une femme intègre.

Il n'aurait pas pu être plus loin de la vérité.

Mais il se promit que cela n'arriverait plus. Il ne laisserait plus jamais à une femme l'occasion de se moquer de lui. Sa vie allait reprendre son cours, et il se garderait bien d'envisager une relation sérieuse.

Il chercha à se persuader que Jenna n'avait pas plus compté que les autres. Elle n'était qu'une conquête de plus… Contrairement à ce qu'il avait fait l'erreur d'imaginer.

Combien de temps Jenna resta-t-elle assise sans bouger après le départ d'Adam ? Elle n'aurait su le dire. Et cela n'avait aucune importance. Elle ne pensait qu'à une chose : comment Adam en était-il arrivé à avoir une telle opinion d'elle ? C'était si dur à accepter !

Mais surtout, il y avait Stewart.

Elle comprenait maintenant pourquoi il avait cherché à la décourager, la première fois qu'elle lui avait suggéré de s'adresser aux Roth. Il savait qu'il n'avait rien donné du tout à Liam. Quelle aubaine pour lui que ses funérailles aient justement été retransmises le jour où il était venu la voir chez elle ! Il avait sauté sur l'occasion pour expliquer sa situation. On peut dire que lui avait parfaitement joué la comédie.

Une chose au moins la rassurait quelque peu : il avait dû utiliser l'argent de sa maison pour rembourser ses dettes de jeu, et il valait mieux cela que de mettre sa vie en danger. Ou celle de sa famille, songea-t-elle, écœurée.

Mais Adam avait raison de penser qu'il recommencerait s'il ne se faisait pas aider. Et il faudrait certainement l'y forcer. Ce n'était pas le genre d'initiative qu'il prendrait seul.

Soudain pleine de détermination, elle se leva et se dirigea vers son bureau. D'abord, elle allait envoyer à son frère un e-mail dont il se souviendrait. Elle ne lui parlerait pas de son aventure avec Adam, mais lui raconterait tout ce qui s'était passé à part cela depuis qu'elle l'avait rencontré, à l'hippodrome. Elle avait l'impression que cela remontait à des siècles en arrière…

Elle écrivit à Stewart, non sans exiger quelques explications de sa part. Puis elle se changea, se prépara une tasse de café, et attendit. Une heure plus tard, son téléphone sonna.

C'était Stewart.

— Jenna, mais qu'est-ce que tu as fait ?

Elle avait la sensation qu'il était tout près d'elle, et non à des milliers de kilomètres de là. Si seulement c'était le cas, elle aurait pu lui dire en face ce qu'elle pensait de ce qu'il avait fait !

— Moi ? Stewart, tu plaisantes ! C'est toi qui as menti, qui as triché. Pourquoi es-tu allé inventer une histoire pareille ?

Elle l'entendit lâcher un juron.

— Tout se serait très bien passé si tu n'étais pas allé voir Adam Roth. C'est réglé maintenant. J'ai gagné pas mal d'argent, et je m'apprêtais justement à faire un gros versement à la banque. A cause de toi, nous allons être accusés d'escroquerie.

C'était le monde à l'envers. Il lui faisait des reproches ? A elle ?

— Tu aurais peut-être pu penser à être honnête avec moi, pour commencer, rétorqua-t-elle.

— Et Vicki ? l'interrogea-t-il, ignorant sa remarque. Tu lui as parlé de tout ça ? C'est pour ça qu'elle a cherché à contacter la banque ?

Sa femme lui avait donc déjà écrit pour lui demander de mettre le compte à son nom aussi.

Et voilà qu'il l'accusait de tous ses maux. C'était injuste.

— La banque a envoyé un courrier parce que *tu* avais du retard dans les versements.

Il y eut un silence.

— Je ne peux pas penser à tout, tu sais.

— Tu aurais pu penser à faire envoyer ton courrier de la banque au Moyen-Orient, par exemple. Ou chez moi. Heureusement pour toi que le compte est seulement à ton nom, sinon je n'imagine pas dans quel état serait Vicki en ce moment. Mais ne t'inquiète pas, je ne lui ai rien dit. Je viens juste de l'apprendre moi-même, précisa-t-elle, encore sous le choc.

— Tu ne vas rien lui dire, hein ?

— Non. C'est toi qui vas le faire.

— Ne sois pas ridicule, Jenna. Tout est résolu maintenant. Tu m'as dit dans ton message que Roth n'allait pas porter plainte contre nous. Je vais gagner assez d'argent au cours des prochains mois pour rembourser tout ce que je dois. Vicki n'a pas besoin d'être au courant.

Elle comprenait parfaitement son point de vue : c'était si tentant de faire comme si rien ne s'était passé. Mais elle ne pouvait pas faire cela à son frère. Elle l'aimait beaucoup trop.

— Arrête de te mentir, Stewart. Tu es dépendant au jeu, et ta dépendance ne disparaîtra pas toute seule. Qui sait ce qui se passera la prochaine fois ? Tu sais ce qui arrive à ceux qui ne payent pas leurs dettes de jeu.

Il laissa échapper un rire moqueur.

— Tu as vu trop de films de gangsters.

— Ah oui, tu crois ?

Cette fois, il se tut.

— Je vais bien, Jenna, finit-il par affirmer. Fais-moi confiance.

— Je suis désolée mais je ne peux pas te faire confiance. Je ne veux pas que tu perdes ta maison, que tu perdes ta famille. Ta femme et tes filles méritent autre chose.

— Je ne peux pas lui dire, Jenna, balbutia-t-il après un long silence.

— Tu n'as pas le choix. Si tu ne lui parles pas, c'est moi qui le ferai, s'entendit-elle menacer.

— Tu ne ferais pas ça !

— Si, je le ferais.

Mais elle n'aurait sûrement pas à le faire. C'était à lui d'être franc avec sa femme.

— D'accord, tu as gagné. Fais-le.

— Quoi ?

De surprise, elle laissa presque tomber son téléphone.

— Ecoute, je suis à des milliers de kilomètres, et je n'ai pas envie de parler de tout ça à Vicki au téléphone.

Tu as raison, elle mérite mieux. Si c'est toi qui vas la voir, tu pourras répondre à ses questions, et voir comment elle prend la nouvelle. Je ne voudrais pas qu'elle fasse une bêtise.

Voilà qu'il la prenait à son propre piège. Eh bien tant pis pour lui.

— D'accord, je vais le faire. Mais seulement si tu me promets de te faire soigner dès que tu rentreras. Et je vais aussi en parler à maman et papa, ajouta-t-elle après une hésitation.

— Tu ne peux pas faire ça !

— Ils ont le droit de savoir, Stewart, insista-t-elle, bien décidée à ne pas céder. Si tu n'es pas d'accord, je te laisse te débrouiller avec eux le jour où tu seras de retour. D'ici là, Vicki sera certainement morte d'inquiétude, ou alors elle aura sauté dans un avion pour venir te dire deux mots.

— Entendu, grommela-t-il, furieux. Je ne savais pas que tu pouvais être aussi dure, sœurette.

Pas assez dure, manifestement, songea-t-elle au moment de raccrocher. Elle n'avait même pas eu le droit à un « merci ».

Le lendemain, Jenna prit une journée de congé. Puis elle demanda à Vicki de faire garder ses filles, et de la retrouver chez ses parents. Là, elle leur expliqua toute l'histoire. Bien sûr, elle évita de mentionner son aventure avec Adam, et surtout les sentiments qu'elle avait pour lui. Elle les laisserait croire plus tard que leur relation n'avait mené nulle part.

Cette conversation concernant le problème de Stewart était l'une des choses les plus difficiles qu'elle ait eu jamais à faire. Ses parents et Vicki étaient sous le choc. Néanmoins, après un moment, il fut évident qu'ils avaient l'intention de le soutenir. Ses parents offrirent de verser leurs cinquante mille dollars d'économies pour couvrir l'emprunt immobilier, mais Vicki refusa catégoriquement. Stewart devait assumer ses responsabilités, déclara-t-elle.

C'était une femme courageuse, et Jenna ne pouvait que l'admirer de garder toute sa dignité à cet instant.

Finalement, elle décida de les laisser tous les trois pour discuter. Elle avait besoin de se retrouver seule chez elle, et d'arrêter de réfléchir. Elle était épuisée.

Comme sa mère la raccompagnait à la porte d'entrée, elle se rendit compte qu'elle n'était pas dupe de la situation.

— Cet Adam Roth, lui dit-elle. On dirait que c'est un homme bien.

— C'est vrai, approuva-t-elle en essayant de cacher son émotion. Un homme très bien.

— Il ne cherche pas à te nuire à cause de ton frère, dis-moi ?

— Non, bien sûr que non, mentit-elle. Je dois y aller, j'ai du travail qui m'attend.

— Jenna ? la rappela-t-elle au moment où elle partait.

— Oui.

— Stewart a de la chance d'avoir une sœur comme toi. Merci de ce que tu fais pour lui.

— Merci, maman, murmura-t-elle en la serrant dans ses bras.

Elle se sentit réconfortée par cet échange avec sa mère, mais, en arrivant chez elle, son appartement lui parut vide et triste.

Exactement comme elle.

- 11 -

Durant les semaines qui suivirent, Adam se jeta à corps perdu dans le travail. Après ces quelques semaines passées à Melbourne pour remplacer Dominic, il était heureux de pouvoir voyager de nouveau. Il revenait de temps en temps en ville, mais restait le moins possible. Il avait besoin de s'occuper l'esprit. Par tous les moyens.

Y compris en rencontrant des femmes.

Mais il ne trouvait plus de satisfaction dans les moments qu'il passait avec elles. Il faisait semblant de s'amuser, mais, au moment de leur dire bonsoir, il n'avait aucune envie de les inviter chez lui. Aucune d'elles ne lui plaisait assez.

Contrairement à Jenna.

Mais pourquoi pensait-il à elle, alors qu'elle n'avait fait que lui mentir ? Lui mentir, pour essayer de lui soutirer de l'argent. Le seul fait de penser qu'elle aurait pu aller voir ses parents et leur dire que Liam avait volé de l'argent à son frère lui glaçait le sang.

Non, il ne pouvait pas envisager qu'elle soit enceinte de lui. Même si, pour cela, il ne pouvait pas lui en vouloir. Il ne s'agissait que d'un regrettable incident. Un incident sans conséquences, décida-t-il, incapable d'imaginer une autre possibilité.

Un jour où il était au bureau, sa secrétaire lui annonça qu'il avait de la visite. Contrarié, il vit Todd et Chelsea venir dans sa direction. Depuis la scène de Chelsea au restaurant, Todd lui avait donné des nouvelles. Ils allaient mieux tous les deux, et essayaient d'avoir un autre bébé.

Avec son ami, il avait tenté ces derniers temps de se montrer le plus naturel possible, mais, de toute évidence, il le connaissait trop pour ne pas voir que quelque chose n'allait pas. Il y avait eu l'anniversaire de la mort de Maddie et, maintenant, il ne voyait plus Jenna. Il n'avait rien expliqué à Todd à ce sujet.

— Nous passions dans le quartier, et nous avons eu envie de monter te voir, lui dit Todd, le regard un peu inquiet. Alors, comment vas-tu ?

— Je travaille beaucoup.

Il leur fit signe de s'asseoir.

— Nous venons de passer deux semaines à Paris ! s'exclama Chelsea.

Malgré ses préoccupations, Adam était heureux de voir ses amis aussi en forme. Pour la première fois depuis des mois, il adressa un sourire sincère à Chelsea.

— Tu as l'air d'aller bien.

— C'est le cas, confirma-t-elle en prenant la main de Todd dans la sienne. C'était tellement romantique... Todd sait comment faire plaisir à une femme, plaisanta-t-elle.

Ils se mirent à rire, puis Todd retrouva son sérieux.

— Et toi, est-ce que ça va ?

— Très bien.

Il était touché qu'il s'inquiète pour lui, mais il n'avait pas envie de se confier.

A cet instant, le téléphone de Todd sonna.

— Pardon, il faut que je réponde.

Il se leva et sortit dans le couloir.

— Adam, c'est un peu difficile pour moi, dit Chelsea lorsqu'il fut seul avec elle. Mais je tiens à te présenter mes excuses. Je sais que j'ai eu un comportement très gênant. Je crois que j'ai un peu perdu les pédales. J'ai perdu le bébé, et j'avais l'impression que Todd s'en moquait.

— Je comprends, ne t'inquiète pas, la rassura-t-il, d'une voix empreinte de sympathie.

— S'il te plaît, ne parle pas à Todd de mon comportement. Je te considère comme un ami, et rien d'autre. Crois-moi.

Quel soulagement…

— Je ne lui dirai rien.

Durant quelques secondes, elle le regarda avec des yeux pleins de reconnaissance.

— Todd m'a dit que tu ne voyais plus Jenna.

— Non, lâcha-t-il froidement.

— Je suis désolée. Elle avait l'air charmante.

— N'est-ce pas ?

Heureusement, le retour de Todd lui permit de changer de sujet. Le couple partit au bout de quelques minutes, après lui avoir fait promettre de venir bientôt les voir.

A peine quelques instants plus tard, sa mère entra dans son bureau. Il se demanda s'il n'y avait pas une sorte de conspiration dans l'air. Il n'avait envie de voir personne, enfin !

— Adam, tu ne réponds plus à mes appels, lui reprocha-t-elle.

— J'étais en déplacement. Papa ne te l'a pas dit ?

— Si, bien sûr. Ainsi que Dominic. Mais j'aurais bien aimé entendre ta voix.

— Maman, j'ai été très occupé.

— Oui, je sais. J'ai vu dans les journaux les femmes qui t'ont si bien occupé.

— Cela te pose un problème ?

— Qu'est-il arrivé à Jenna ? Elle était adorable.

Comment lui dire qu'elle se trompait sur toute la ligne ? C'était inutile de lui raconter cette histoire d'argent ; mieux valait essayer d'oublier.

— Ça n'a pas marché entre nous. Ce sont des choses qui arrivent. Il faut croire que nous n'étions pas compatibles.

— Oh, que si. Ce que je crois, c'est que tu as eu peur, affirma-t-elle en le regardant dans les yeux. A cause de Maddie.

Si c'est ce qu'elle croyait, il valait peut-être mieux ne pas la détromper, songea-t-il avec tristesse. Elle lui poserait moins de questions par la suite.

— Si c'est ce que tu crois…

— Tu aurais pu être heureux avec Jenna.

— Ah ?

— Je vois que tu n'as pas envie de parler, conclut-elle.

— Non, effectivement. J'ai beaucoup de travail. Je suis désolé, ajouta-t-il avec autant de douceur que possible.

— Moi aussi, Adam, répondit-elle après un silence. Je suis désolée de penser que tu finiras vieux et seul, sans personne pour t'aimer.

— Tu veux dire que toi, tu ne m'aimeras plus quand je serai vieux et seul ?

Elle l'embrassa en laissant échapper un petit rire, puis s'en alla. Le jour où il était allé déjeuner chez ses parents avec Jenna, sa mère lui avait dit qu'elle lui faisait du bien. Elle s'était trompée. Celle qui lui faisait du bien, c'était elle, Laura Roth.

Finalement, il était soulagé qu'elle soit venue lui parler. Après cela, elle ne reviendrait certainement plus sur le sujet. De toute façon, elle ne pouvait rien pour lui. C'est vrai, Jenna lui manquait, mais il apprendrait à vivre sans elle. Il avait bien appris à vivre sans Maddie, alors que Maddie avait été l'amour de sa vie.

Il avait l'impression de l'avoir définitivement chassée de sa vie, aussi fut-il sous le choc en tombant sur elle, un soir, en ville. Elle sortait du cinéma. Il venait d'assister à un dîner d'affaires, et allait traverser la route pour rejoindre son chauffeur quand elle avait surgi devant lui.

— Adam !

Il l'avait heurtée de plein fouet, et s'était empressé de la rattraper par le bras pour l'empêcher de tomber. A cet instant, il eut une sensation étrange. Il n'avait pas envie de la lâcher.

Mais il se rappela ce qu'elle lui avait fait, et ôta sa main.

— Bonjour, Jenna.

Inutile de le nier : il était ému de la revoir. La colère ne parvenait pas à prendre le dessus.

Soudain, il remarqua la présence d'une autre femme avec elle.

— Je te présente ma belle-sœur, Vicki.

Il se souvenait avoir lu dans les rapports d'enquête que la femme de Stewart s'appelait ainsi.

Il la salua d'un sourire poli, mais ne reçut en retour qu'un regard noir. Manifestement, il était *persona non grata* au sein de la famille Branson. Du reste, il n'en avait que faire. Il avait affronté des adversaires plus coriaces au cours de sa carrière.

— Tu as l'air d'aller bien, dit-il en se retournant vers Jenna.

— Toi aussi.

Mais à y regarder de plus près, il se rendit compte qu'elle avait maigri. Et qu'elle avait les yeux fatigués. Y était-il pour quelque chose ? Il ne put s'empêcher de se sentir coupable. Mais non, c'était sa faute et de celle de son frère si elle s'était attiré des ennuis. Il n'avait aucune raison de la plaindre.

Au moins, songea-t-il, si elle avait perdu du poids, c'était signe qu'elle n'était pas enceinte. Et c'était bien l'essentiel ; il n'aurait pas supporté l'idée qu'elle attende un bébé de lui, après ce qu'il était advenu de Maddie et de leur enfant.

Vicki passa un bras autour de Jenna.

— Viens, il faut y aller, dit-elle fermement.

— Comment vont Todd et Chelsea ? l'interrogea quand même Jenna.

Elle semblait sincèrement intéressée.

— Ils vont bien. Ils s'en sont sortis finalement.

— Tant mieux, je suis contente.

— Oui, moi aussi.

— Jenna, allons-y, insista Vicki.

— Oui, tu as raison.

Elles firent demi-tour et commençaient à s'éloigner.

— Comment va Stewart ? s'entendit-il demander.

Elles s'arrêtèrent net.

— Il sera de retour dans quelques semaines, répondit sèchement Vicki avant d'emmener Jenna loin de lui.

Il se retourna à son tour et traversa la rue. Il ne reverrait sans doute jamais Jenna Branson. Et c'était très bien ainsi.

Jenna n'aurait pas eu la force de conduire jusque chez Vicki ; heureusement, sa belle-sœur proposa de prendre le volant. Sa rencontre impromptue avec Adam l'avait anéantie. Le fait de le voir en face d'elle après l'avoir vu en photo dans les journaux au bras de toutes ces femmes lui avait fait l'effet d'un coup de poignard.

— Entre boire quelque chose, l'invita Vicki en se garant devant la maison.

— Non, merci. Je préfère rentrer. Je dois me lever tôt demain.

Même si elle évitait de sortir en semaine, Vicki avait insisté pour passer la soirée avec elle, sentant que sa belle-sœur avait besoin de se détendre.

— Ma chérie, je vois bien que ça ne va pas. Vraiment, tu devrais t'asseoir un peu avant de partir.

— D'accord, céda-t-elle.

Lorsqu'elles furent rentrées, la baby-sitter, qui habitait la maison d'à côté, s'en alla. Elles montèrent vérifier que les filles dormaient bien, puis s'installèrent dans le salon.

— Tu veux un verre de sherry ?

— Tu n'aurais pas plutôt de l'eau minérale ?

Elle sentait qu'elle commençait à avoir la nausée.

— Si, bien sûr. Ou je peux aussi te proposer du café, ou du chocolat chaud, ou…

— Pardon…, l'interrompit-elle en se précipitant vers la salle de bains.

Elle était malade. Au bout de quelques instants, elle se rendit compte que Vicki l'avait suivie.

— Tu es enceinte, c'est ça ?

- 12 -

— Espèce de sal… !

— Que voulez-vous, Branson ? l'interrompit Adam.

Il n'était pas d'humeur à entendre des insultes au téléphone, et encore moins venant de Stewart Branson. Lorsque sa secrétaire lui avait dit qui était en ligne, il ne s'était pas attendu à ce genre de sortie. Hier soir, il avait vu Jenna, et voilà que ce matin son frère l'appelait pour lui reprocher Dieu savait quoi.

— Ah, vous n'avez pas pu vous en empêcher, hein ? gronda la voix au bout du fil. Il vous la fallait aussi !

Adam sentit sa main se crisper sur son téléphone. Personne n'avait le droit de se mêler de sa vie privée.

— Ecoutez, je suis sur le point de partir pour l'aéroport. J'ai un avion à prendre. Nous pourrions peut-être reprendre cette conversation passionnante un autre jour.

— Ne raccrochez pas, ou je vous assure que vous pourriez le regretter.

— Je n'aime pas qu'on me menace.

— Non, vous préférez menacer les autres.

— Branson, je vous rappelle que ce n'est pas moi qui ai menti pour obtenir de l'argent.

— Cette histoire n'aurait jamais dû aller si loin. Jenna n'était pas censée…

— Essayer de m'escroquer ? Allons, allons, se moqua-t-il. Rappelez-moi qui est parti à l'étranger et a laissé sa sœur faire le sale boulot ?

— Vous n'y êtes pas du tout.

— Franchement, ça m'est bien égal. De toute façon, c'est fini.

Il n'allait pas tarder à raccrocher ; cette discussion ne menait à rien. Pourquoi cet homme cherchait-il à se justifier maintenant ?

— Je reconnais que j'ai un problème avec les jeux d'argent, se hâta-t-il de dire, comme s'il sentait qu'il n'avait plus beaucoup de temps. Et dès que je serai rentré, je ferai ce qu'il faut pour m'en débarrasser. Mais laissez Jenna en dehors de ça. Elle n'était au courant de rien. Elle voulait seulement m'aider.

Cette fois, il ne put se résoudre à raccrocher.

— Vous essayez encore de m'avoir, Branson.

Il cherchait sûrement à le convaincre de revoir Jenna, dans l'espoir de lui soutirer de l'argent. Ou de profiter de ses relations. Mais il n'allait pas se laisser berner.

— J'aimerais bien que ce ne soit que ça, gronda-t-il.

— Que voulez-vous dire ?

— Ce que j'ai fait est mal, c'est vrai, mais vous avez mis ma sœur enceinte, et vous avez fui vos responsabilités. C'est bien pire.

Adam se figea.

— Vous pouvez répéter ? bégaya-t-il, sans chercher à cacher le choc qu'il venait de recevoir.

— Jenna est enceinte. Et j'espère que vous avez l'intention de faire quelque chose.

Il parvenait à peine à respirer. Non, ce n'était pas possible. Jenna avait maigri. Et puis, elle lui en aurait parlé.

A moins que…

— Roth ? Vous m'entendez ?

— Laissez-moi m'en occuper, parvint-il à articuler.

— Vous irez voir Jenna, et vous ferez ce qu'il faut ?

— Oui.

— Bien. Personne n'est au courant, ajouta-t-il après une pause. A part ma femme et moi. Je vais vous laisser un peu de temps.

Puis il raccrocha.

Adam resta assis, stupéfait, les yeux rivés sur son téléphone. En temps normal, il n'aurait jamais admis qu'on lui raccroche au nez, ou qu'on le menace. Mais il était trop abasourdi pour réagir. Du reste, il ne pouvait pas en vouloir à Stewart Branson de vouloir défendre sa sœur.

Jenna.

Un jour, elle lui avait dit qu'elle était son pire cauchemar. Et à présent, il devait en convenir. Elle portait son bébé, et c'était une nouvelle qu'il ne pouvait pas supporter. Une chose était sûre : Stewart Branson n'allait pas apprécier l'issue de toute cette histoire.

Après avoir croisé Adam la veille, Jenna n'avait pas trouvé la force d'aller au bureau. Exténuée, elle avait téléphoné pour dire qu'elle était malade. Ce qui n'était pas mentir, d'ailleurs. Depuis quelques semaines déjà, elle se sentait différente. Et souvent, elle se réveillait le matin avec une légère nausée. Mais ce matin, son malaise était bien plus violent. Le fait d'avoir accepté l'idée qu'elle était enceinte n'y était peut-être pas pour rien.

Le mois dernier, elle avait commencé à se douter de quelque chose. Mais elle s'était refusé à faire un test de grossesse, préférant nier ce qu'elle redoutait. C'était la veille au soir, en la voyant si mal-en-point, que Vicki était elle-même descendue à la pharmacie pour en acheter un. Sa pire crainte avait été confirmée.

Elle était enceinte.

Mais était-ce réellement sa pire crainte ? Malgré toutes les complications qui se présentaient, un enfant était ce qu'elle désirait le plus au monde. L'enfant de l'homme qu'elle aimait. Lentement, elle posa une main sur son ventre. Une vie grandissait en elle, et c'était le sentiment le plus incroyable qu'elle eût jamais connu.

Néanmoins, elle savait qu'elle devait réfléchir à mille choses. Elle avait fait promettre à Vicki de ne rien dire à Adam. Il ne voulait rien avoir à faire avec elle, et son attitude de la veille n'avait fait que le lui confirmer. Bien sûr, à l'instant où il l'avait vue, ses yeux avaient brillé l'espace d'une seconde, mais son visage s'était aussitôt fermé. Il n'avait pas le moindre respect pour elle. Jamais il n'accepterait qu'elle porte son enfant.

Pourtant, elle ne pouvait oublier qu'un homme avait le droit de savoir qu'il allait être père. Elle ne se sentait pas capable de lui cacher une chose aussi importante. Et puis, s'il l'apprenait plus tard, cela ne ferait que le conforter dans l'opinion négative qu'il avait d'elle.

Mais elle avait peur d'une chose. Il avait du pouvoir, et il essaierait peut-être de lui prendre son enfant pour l'élever lui-même. Cela, elle ne pourrait pas le supporter. Comment savoir s'il était capable d'aller jusque-là ? Dans le doute, mieux valait peut-être lui cacher la vérité.

Elle n'avait aucune réponse à toutes ces questions.

La sonnette de la porte d'entrée la fit sursauter. Personne ne savait qu'elle était restée chez elle aujourd'hui, à part ses collègues de travail. Pourvu que ce ne soit pas Marco, pria-t-elle.

Non, c'était sûrement Vicki. Elle avait dû l'appeler au bureau, où on lui avait sans doute dit qu'elle était malade. Le téléphone avait sonné plusieurs fois ce matin, mais elle n'avait pas eu le courage de répondre ; sa belle-sœur s'était peut-être inquiétée, et était venue s'assurer que tout allait bien.

On sonna de nouveau, de façon plus insistante cette fois. Elle avait déjà mal à la tête, et le bruit vint lui résonner dans le crâne. Elle se dépêcha d'aller ouvrir. Vicki se faisait peut-être du souci, mais tout de même…

— Adam !

Elle dut se rattraper à la poignée de la porte pour ne pas chanceler.

Sans un mot, il passa devant elle et entra dans l'appartement. De toute évidence, il n'était pas venu en ami.

Tremblante, elle referma doucement la porte avant de se tourner vers lui. Cela faisait plus d'un mois qu'il n'était pas venu chez elle. La dernière fois, il n'avait pas caché à quel point il était en colère contre elle, et il paraissait de la même humeur aujourd'hui.

Mais dans ce cas, que faisait-il ici ?

Soudain elle se figea. Et si Vicki avait finalement décidé de tout lui raconter ? Non, elle lui avait fait la promesse de ne rien lui dire. Sa belle-sœur savait qu'elle avait besoin de temps pour réfléchir.

— Adam, pourquoi…

— Je te dois des excuses, Jenna, l'interrompit-il.

Alors ça ! C'était bien la dernière chose à laquelle elle s'était attendue.

— Ah oui ?

Il resta un moment silencieux, à la regarder.

— Tu n'as pas essayé de me tromper, à propos de l'argent. Je le sais maintenant. Je te demande pardon de t'avoir accusée à tort.

Elle aurait voulu le croire sincère, mais la dureté de son visage s'accordait mal avec ses mots.

— Comment es-tu au courant ?

— Stewart m'a dit la vérité. Il m'a téléphoné.

— Stewart ?

Si son frère avait décidé de prendre ses problèmes en main dès son retour, il n'avait en revanche pas montré la moindre intention de faire ses excuses à Adam. Mais puisqu'il avait finalement décidé de lui parler, pourquoi Adam semblait-il toujours aussi furieux contre elle ?

— Je ne comprends pas, poursuivit-elle, prise de panique. Pourquoi t'aurait-il appelé maintenant ? Cette histoire est derrière nous désormais.

— Il m'a appelé pour m'insulter.

— Parce que tu ne m'avais pas crue ?

— Oui. Et pour d'autres motifs.

— D'autres… motifs ? bégaya-t-elle.

— Tu aurais dû m'en parler, Jenna, gronda-t-il. Tu aurais dû me prévenir.

Elle sentit un frisson d'angoisse la traverser. Mais de quoi parlait-il ? Seulement de…

— Tu aurais dû me parler du bébé.

Durant plusieurs secondes, ils restèrent debout, muets, immobiles.

— Tu es au courant ? murmura-t-elle dans un souffle.

— Je suis au courant, confirma-t-il d'une voix dure. Il y a à peine une demi-heure, ton frère m'a appelé pour me dire tout le mal qu'il pensait de moi.

— Oh, Seigneur…

Machinalement, elle se dirigea lentement vers le canapé et se laissa tomber sur les coussins. Ainsi, Adam savait qu'elle portait son bébé. Il était venu lui en parler, alors qu'elle n'était pas du tout prête à avoir cette conversation avec lui. Que pouvait-elle bien lui dire ? Tout était si nouveau pour elle.

— Vicki m'avait promis de ne pas t'en parler, mais je ne pensais pas qu'elle le dirait à quelqu'un d'autre. Oh, non, soupira-t-elle tout à coup. Elle doit être en train de tout raconter à mes parents.

— Non. Stewart m'a dit que seuls lui et Vicki étaient au courant pour l'instant. Il voulait me laisser le temps de mettre les choses en ordre.

C'était la première bonne nouvelle. Du moins elle l'espérait.

— Tu n'avais pas l'intention de me le dire, c'est ça ? l'accusa-t-il.

— Je… Je ne sais pas. Je ne le sais avec certitude que depuis hier soir.

Elle lui raconta ce qui s'était passé la veille, quand elle était allée chez Vicki. Lorsqu'elle se tut, elle remarqua qu'il était blême.

— Tu n'as pas l'air ravi, commenta-t-elle.

— Pas vraiment, non.

Spontanément, elle serra les bras autour de son ventre.

— Je ne me débarrasserai pas de mon bébé, Adam. Ne me demande pas ça.

— Je n'ai jamais… Je ne pourrai jamais…

Elle parvint à se détendre quelque peu. De toute façon, s'il le lui avait demandé, elle aurait refusé d'avorter, mais elle était soulagée de ne pas l'entendre évoquer cette possibilité.

— Mais cette fois, je ne pourrai pas faire ce que je devrais faire, Jenna, lâcha-t-il froidement. J'ai des sentiments très forts pour toi, mais je ne peux pas t'épouser. Et je ne peux pas être le père de cet enfant.

— Je ne crois pas t'avoir demandé quoi que ce soit, répliqua-t-elle fièrement.

— Je sais, mais je tiens à t'assurer que je pourvoirai à tes besoins et à ceux de l'enfant. Je le reconnaîtrai légalement. Mais seulement… Je ne peux pas m'impliquer davantage dans tout ça.

— « Ça » ? Tu parles de ta propre chair, de ton propre sang, lui rappela-t-elle, outrée.

Il ferma les yeux, puis respira profondément.

— Oui, tu as raison. Ecoute, reprit-il en se passant la main sur le visage, il faut que je t'explique quelque chose. Je ne veux pas que tu croies…

Il s'interrompit un instant, et ses yeux s'emplirent de tristesse.

— Ma femme était enceinte quand elle a eu cet accident de voiture.

Elle sentit sa gorge se serrer.

— Oh, Adam, murmura-t-elle.

— Nous le savions depuis quelques semaines, expliqua-t-il, radouci, mais nous n'en avions pas parlé à la famille. Nous avions l'intention de leur dire ce soir-là, pendant la fête.

— Les ballons… Ta femme les apportait pour cette soirée.

— Nous n'avons pas eu le temps d'annoncer la nouvelle, et je ne l'ai pas fait ensuite non plus. Seul Todd le sait. C'est grâce à lui si j'ai pu peu à peu recommencer à vivre normalement. Il ne m'a jamais laissé tomber ; il venait me voir chaque jour. Je lui dois tellement…

Elle comprenait mieux à présent sa loyauté implacable envers son ami.

— Adam, si tu savais comme je suis désolée.

Elle aurait voulu se lever et le prendre dans ses bras, mais elle sentait que ce n'était pas le moment. Le fait de la savoir enceinte avait réveillé en lui de profondes blessures.

— J'aimais Maddie, et j'aimais déjà mon bébé. J'ai cru mourir en même temps qu'eux. Une partie de moi est morte, en réalité. Je ne me sens pas capable de revivre tout cela. Je te demande pardon, Jenna. Sincèrement.

Elle ne pouvait s'empêcher de souffrir pour lui. Comment imaginer ce qu'il avait pu ressentir ? Il n'avait sans doute fait que survivre depuis ce drame.

Il ne lui restait qu'une chose à faire : accepter son aide matérielle pour l'éducation de leur enfant. Mais ce qu'elle ne lui avouerait jamais, c'était l'amour qu'elle éprouvait pour lui. Ce serait trop lourd à porter. C'était un homme qui avait le sens des responsabilités, et il ne ferait que culpabiliser.

Les larmes aux yeux, elle se redressa pour se lever.

— Adam, je…

Tout à coup, elle fut prise d'un vertige. Elle avait dû se lever trop vite.

— Jenna, est-ce que ça va ?

— Je…

Elle entendit au loin la voix d'Adam, avant de tomber dans un trou noir.

— Jenna !

En la voyant vaciller, Adam se précipita vers elle pour la rattraper, et elle tomba, inconsciente, entre ses bras.

— Oh mon Dieu, s'exclama-t-il avant de l'allonger sur le canapé.

Il s'agenouilla pour lui placer un coussin sous la tête, et lui tapota doucement les joues.

— Jenna, réveille-toi.

Mais elle ne bougea pas.

Pris d'angoisse, il s'efforça de respirer calmement, puis essaya de nouveau de la ranimer.

Enfin, elle entrouvrit les paupières.

— Merci, Seigneur, soupira-t-il, soulagé. Jenna ? l'appela-t-il doucement en s'asseyant à côté d'elle.

— Que s'est-il passé ? l'interrogea-t-elle dans un souffle.

— Tu t'es évanouie.

— Evanouie ?

Elle essaya de se redresser, mais retomba en arrière.

— J'ai le vertige. J'ai mal à l'oreille. Et j'ai mal au cœur.

— Ne bouge pas, lui enjoignit-il en se levant. J'appelle le médecin.

Il courut dans la cuisine où il trouva une bassine, puis attrapa une serviette dans la salle de bains avant de retourner auprès d'elle.

Elle avait les yeux fermés à présent. D'un geste nerveux, il prit son téléphone portable dans sa poche et téléphona à son médecin. Celui-ci était en pleine consultation et ne pouvait lui parler, mais sur son insistance, il prit la communication.

Il lui expliqua ce qui venait de se passer.

— Oscar, elle est enceinte.

— Est-ce qu'elle fait une hémorragie ? A-t-elle très mal au ventre ? l'interrogea-t-il brusquement.

C'était la première chose à laquelle Adam avait pensé.

— Non, je ne crois pas. Elle a juste la tête qui tourne.

— Je vais quand même appeler une ambulance, mieux vaut être prudent. Donnez-moi l'adresse. Je vous retrouve à l'hôpital.

Adam dont les oreilles commençaient à bourdonner sous l'effet de l'angoisse s'efforça de maîtriser ses réactions.

— Adam, ça va aller, le rassura Oscar. Ce n'est sans doute rien d'autre qu'une nausée désagréable.

— J'espère que vous avez raison.

La gentillesse d'Oscar le touchait. Il était l'un des rares à savoir exactement ce qui lui était arrivé cinq ans plus tôt.

En attendant l'ambulance, il se rassit sur le canapé.

— Jenna ? murmura-t-il en lui posant la main sur le bras. Une ambulance va arriver.

Elle ouvrit les yeux et le regarda avec angoisse.

— Tu n'as pas à t'inquiéter, c'est une simple précaution. Mon médecin pense que tu n'as rien de grave.

— C'est sans doute mieux, dit-elle en posant la main sur son ventre.

Il sentit tout à coup à quel point il était fou d'inquiétude, même s'il essayait de le lui cacher. Pour le bébé, mais surtout pour elle. Tout ce qu'il voulait à cet instant, c'était qu'elle se remette.

— Adam ?

— Oui ?

— Je crois que j'ai un peu peur.

— Il ne faut pas.

Mais il se sentait si impuissant à la rassurer. Qu'aurait-il pu dire, alors qu'il était tout aussi terrorisé qu'elle ?

— Tu voudrais un verre d'eau, ou autre chose ?

— Non.

Elle avala difficilement sa salive.

— Juste toi.

— Pour ça, je dois pouvoir faire quelque chose.

Il lui prit la main et s'aperçut qu'elle était particulièrement chaude. Elle avait sûrement de la fièvre. Il ne s'agissait pas que d'une simple nausée.

— Adam, je suis désolée.

— De quoi ?

— De t'imposer ça. Mais ça va aller, je t'assure.

— J'en suis certain. Et tu n'as absolument pas à être désolée. Repose-toi, lui dit-il en lui caressant la joue. L'ambulance sera bientôt là.

Les secours ne tardèrent pas en effet, même s'il lui sembla qu'ils avaient mis des heures à arriver.

Après un premier examen, il sembla que le bébé allait bien. Mais il ne put être rassuré que lorsque Jenna fut vue par les médecins de l'hôpital. Elle avait une oreille infectée.

Ils lui donnèrent des antibiotiques qui ne présentaient pas de risque pour son bébé, et un sédatif pour la soulager de ses malaises. Même si son état n'était pas alarmant, ils décidèrent de la garder en observation pour la nuit.

— Je crois que je devrais appeler tes parents, suggéra-t-il une fois qu'elle fut installée dans sa chambre.

— Ne leur parle pas du bébé, s'exclama-t-elle. Je ne veux pas qu'ils sachent.

— Je ferai en sorte qu'ils ne l'apprennent pas, lui promit-il en serrant la main dans la sienne.

— Merci, murmura-t-elle en fermant les yeux. Vicki va peut-être leur dire, dit-elle brusquement. Dis-lui de ne pas le faire.

Puis elle s'endormit.

Il n'était pas enchanté à l'idée d'appeler ses parents, et le fait d'avoir à parler à sa belle-sœur lui donnait déjà la migraine. Il n'oubliait pas l'hostilité qu'elle avait affichée envers lui, la veille, devant le cinéma. Mais il n'avait pas le choix.

Par chance, il avait pensé à prendre les clés de Jenna avant de quitter son appartement, ainsi que son sac à main et son téléphone. Il trouverait les numéros de téléphone dans son répertoire.

La belle-sœur de Jenna se montra glaciale avec lui, mais elle lui promit de ne rien dire à ses parents.

— C'est pour Jenna que je le fais, pas pour vous, précisa-t-elle.

Elle lui proposa de les appeler, mais il lui semblait plus correct de le faire lui-même. Finalement, elle raccrocha en disant qu'elle se mettait en route pour l'hôpital.

Il téléphona ensuite aux Branson pour les avertir de l'hospitalisation de leur fille. Bien sûr, la nouvelle les inquiéta, mais il leur assura qu'elle allait bien.

Enfin, il put retourner dans sa chambre et s'asseoir à son chevet.

Une demi-heure plus tard, les parents et la belle-sœur de Jenna arrivèrent. Une fois qu'ils furent rassurés sur l'état de santé de Jenna, ils tournèrent toute leur attention vers lui. Vicki était on ne peut plus distante, mais les Branson se montrèrent très agréables, et lui exprimèrent sa reconnaissance de s'être trouvé là au bon moment pour leur fille. De toute évidence, ils mettaient l'attitude de Vicki sur le compte de ses ennuis avec Stewart.

Mais tous les trois le regardaient avec les mêmes yeux interrogateurs. Que faisait-il aujourd'hui avec Jenna ? semblaient-ils lui demander. Et il ne pouvait pas leur répondre. Apparemment, ses parents étaient au courant de leur relation, et ils le détesteraient sûrement quand ils apprendraient pour le bébé. Surtout lorsqu'ils comprendraient qu'il n'avait pas l'intention d'épouser leur fille. Lui-même se haïssait de ne pas pouvoir le faire, et il ne pouvait vraiment pas leur en vouloir.

— Je dois aller chercher les enfants, annonça Vicki au bout d'un moment.

— Oui, vas-y, lui dit Joyce Branson. Nous allons rester avec Jenna jusqu'à ce qu'elle se réveille.

— Vous pouvez partir aussi, si vous voulez, suggéra Adam d'un ton ferme. Je ne manquerai pas de vous téléphoner, ajouta-t-il en réponse à leurs regards étonnés.

— Merci Adam, répondit Joyce, mais je préfère rester auprès de ma fille.

Il détourna le regard pour ne pas leur montrer son irritation. Il voulait être avec elle. Seul avec elle. Il leur restait si peu de temps à partager…

— Mais un café ne nous ferait pas de mal, à Joyce et moi, intervint Tony Branson. Il doit y avoir une cafétéria quelque part.

Adam acquiesça d'un signe de tête reconnaissant ; il voyait bien ce que le père de Jenna cherchait à faire.

Une fois de nouveau seul avec Jenna, il sentit sa tension se relâcher. Elle dormait, et le simple fait de se tenir là, à côté d'elle, lui faisait un bien fou. Mais il savait que c'était injuste envers elle de se montrer trop présent. Bientôt, il allait devoir partir.

Pour de bon.

Cette pensée lui fit l'effet d'un coup de massue. Au moins, il savait qu'il pouvait compter sur la famille de Jenna pour bien s'occuper d'elle et du bébé. Elle était entourée de gens qui l'aimaient. Tout ce qu'il pourrait lui apporter, lui, ce serait une aide financière. Elle et leur enfant méritaient mieux qu'un homme amputé d'une partie de lui-même depuis cinq ans.

Emu aux larmes, il la regarda. Comment avait-il pu se tromper à ce point sur elle ? Elle était si paisible à cet instant, si belle. Personne n'aurait pu rester indifférent devant elle.

Il ne le pouvait pas. Ce qu'il ressentait pour elle était bien trop fort.

C'était…

C'était de l'amour.

Tout à coup, il se sentit libéré du poids qui l'étouffait depuis tant d'années. C'était comme si, en une fraction de seconde, ses blessures avaient fini par cicatriser. Grâce à l'amour qui envahissait son cœur, un amour plus intense que jamais.

Il aimait Jenna.

Il aimait leur enfant.

Il n'était pas question qu'il les abandonne.

- 13 -

Lorsque Jenna ouvrit les yeux, il faisait sombre autour d'elle. Comme elle essayait de se souvenir où elle était, elle vit Adam, assis sur une chaise à côté de son lit. Soudain, tout lui revint à la mémoire. Elle était à l'hôpital !

— Le bébé ? articula-t-elle, affolée.

— Tout va bien, s'empressa-t-il de la rassurer. Notre bébé va bien.

Elle soupira de soulagement. Puis se rendit compte de ce qu'il venait de dire. *Notre* bébé ? Son infection à l'oreille l'empêchait peut-être d'entendre correctement...

— Comment te sens-tu ? s'enquit-il.

— Un peu mieux, répondit-elle en essayant de se redresser.

— Les médicaments doivent faire leur effet.

Il lui sourit et se pencha pour l'aider à s'asseoir.

— Tu seras bientôt en pleine forme.

Il lui paraissait différent par rapport à d'habitude et, pourtant, elle n'aurait su dire pourquoi. Elle se rappela alors leur conversation, un peu plus tôt, avant qu'elle ne s'endorme. Elle fut prise de panique.

— Mes parents ? Et Vicki ? Ils sont venus ? Ils sont là ? Vicki leur a dit pour le bébé ?

Son sourire se fit encore plus doux.

— Oui, ils sont venus. Non, tes parents ne savent pas que tu es enceinte. Ce sera à toi de leur dire quand tu seras prête à le faire.

Elle fut soulagée de savoir qu'elle avait un peu de temps devant elle avant d'avoir à leur en parler.

— Ah, c'est bien.

— J'ai réussi à les convaincre de rentrer chez eux pour quelques heures. Je leur ai promis de les appeler quand tu te réveillerais.

— Merci. Tu sais, Adam, tu n'avais pas besoin de rester avec moi.

— Si, mon amour, j'en avais besoin.

Il approcha son visage du sien et l'embrassa sur le front.

— Et je veux rester avec toi jusqu'à la fin de ma vie.

— Pardon ?

Il se redressa et la regarda dans les yeux.

— Je t'aime, Jenna. Je ne te quitterai plus. Ni maintenant, ni jamais.

— Mais…

Elle prit une seconde pour assimiler ce qu'il venait de lui dire. Comment était-ce possible ?

— Et Maddie, et le bébé ?

— Ils sont en paix aujourd'hui, murmura-t-il. Et pour la première fois depuis que je les ai perdus, je suis en paix, moi aussi.

Il lui prit la main et la pressa contre ses lèvres.

— J'aurais certainement été heureux avec Maddie, mais la vie en a décidé autrement. Toi et moi, nous étions faits pour être ensemble, mon trésor.

En voyant son regard empli d'amour, elle se laissa aller à espérer.

— Tu en es sûr ?

— Je n'ai jamais été aussi sûr. Maddie était mon amour de jeunesse. Toi, tu es l'amour de ma vie.

Un frisson de bonheur la traversa.

— Oh, Adam…

— Tu m'aimes aussi, Jenna, non ?

— C'est si facile à deviner ?

Il se pencha pour poser la bouche contre la sienne.

— Ceux qui s'aiment se reconnaissent, mon ange. Veux-tu m'épouser ?

— Oui !

— Tant mieux. Ta mère est déjà en train d'organiser le mariage.

Il sourit lorsqu'elle tressaillit de surprise.

— Il fallait bien que je trouve un moyen d'éloigner tes parents. Sinon ils ne m'auraient jamais laissé seul avec toi.

— Ils sont heureux ?

— Très. Et je suis sûr qu'ils le seront encore plus en apprenant qu'ils vont devenir grands-parents.

Jenna sentit son cœur se gonfler dans sa poitrine. L'avenir lui paraissait tout à coup tellement beau !

Adam avait raison. Ils étaient faits pour être ensemble.

Epilogue

Cette année-là, de nombreux bébés fêtèrent leur premier Noël. Il y avait d'abord Eli, la deuxième fille de Cassandra et Dominic, qui avait un mois maintenant. Chelsea, elle, avait donné naissance à un petit garçon une semaine plus tôt, et Todd était le plus heureux des pères. Même Vicki et Stewart attendaient leur troisième enfant, qui devait naître dans deux mois environ.

Christian Liam Roth, le fils d'Adam et Jenna, était né le soir de Noël. Il portait le prénom de son oncle, grâce à qui ses parents s'étaient rencontrés. Laura et Michael Roth, tout comme Joyce et Tony Branson, ne faisaient rien pour cacher leur fierté.

Les médecins autorisèrent Jenna à quitter l'hôpital le lendemain pour fêter Noël chez elle. Mais Adam n'avait pas manqué d'ajouter une condition : elle avait comme obligation de ne pas commettre d'imprudence. Et il était le premier à être aux petits soins, lorsqu'ils se rendirent chez les Roth pour le déjeuner. Il avait également pensé à inviter ses parents, pour que tous ensemble ils puissent partager ce moment.

Comme elle le voyait regarder leur fils dormir, elle sourit, émue de voir qu'il était aussi attentif aujourd'hui que durant sa grossesse.

— Tu peux te détendre, maintenant, mon chéri, s'amusa-t-elle.

— Je vais essayer.

Elle se sentait nerveuse elle-même à l'idée d'être une

jeune maman. Elle savait qu'Adam ne cesserait jamais de s'inquiéter pour sa famille. Tout comme elle. A chaque instant, elle l'admirait de parvenir à donner autant d'amour, après l'épreuve qu'il avait traversée.

En regardant son fils, puis son mari, elle se sentit folle de bonheur. Jamais elle n'avait imaginé qu'elle serait aussi comblée un jour. Et c'était grâce à Adam, qui avait réussi à ouvrir de nouveau son cœur.

— Adam Roth, je t'ai déjà dit que je t'aimais plus que tout ?

Il lui sourit avec adoration.

— Je crois me souvenir que ce n'était pas exactement ce que tu disais, hier, quand tu étais en train d'accoucher.

— Il ne faut pas te fier aux apparences, dit-elle en riant. Normalement, je suis une femme très polie.

— Mon trésor, j'ai été conquis à la seconde où je t'ai vue.

Elle le regarda dans les yeux, savourant l'instant délicieux qui allait en appeler bien d'autres. L'amour avait trouvé le moyen de guérir toutes les blessures, et, maintenant, ils n'avaient plus qu'à regarder vers l'avenir.

Un avenir qui s'annonçait éclatant.

Retrouvez en juin,
dans votre collection
Passions

Le faux mariage d'un Fortune, d'Allison Leigh - N°600

SÉRIE LA SAGA DES FORTUNE TOME 6

« Il faut absolument que tu m'épouses ! » Galen croit avoir mal entendu quand Aurora McElroy se jette dans ses bras en lui faisant cette proposition qui ressemble fort à un piège : il manque un acteur pour le spectacle dans lequel elle joue la jeune mariée, et elle semble décidée à ce que Galen reprenne le rôle de son fiancé – temporairement du moins. Entre son ranch et ses bêtes, il n'a guère le temps de jouer la comédie, mais comment pourrait-il refuser une activité qui lui permet de tenir la douce Aurora chaque jour entre ses bras ?

L'amour à toute épreuve, de Barbara Dunlop

Quelle entêtée ! Troy n'a jamais rencontré une femme comme Mila Stern : il a pourtant refusé à maintes reprises de lui confier le poste d'agent de sécurité qu'elle convoite au sein de sa société, mais elle ne renonce pas ! Cependant, lorsque sa demi-sœur, une chanteuse prometteuse, est menacée par un fan mystérieux, Troy se sent fléchir : Mila serait tout indiquée pour veiller sur elle… A sa grande surprise, la ravissante jeune femme passe les épreuves de sélection avec brio et semble maîtriser toutes les techniques d'attaque et de défense. Même si elle n'utilise contre lui que la plus dangereuse de toutes : la séduction.

SÉRIE LA DYNASTIE DES MONTORO TOMES 5 ET 6

Catalina : une femme à conquérir, de Jules Bennett - N°601

Un seul baiser échangé avec Catalina, et Will se retrouve subitement plongé quatre ans en arrière… A l'époque, jeune et influençable, il n'avait pas été capable de contrer son père, qui lui avait interdit de fréquenter celle qui n'était pour lui que la fille de la bonne. Mais aujourd'hui, Will en a l'intime conviction : Catalina est la femme qu'il lui faut, la seule à pouvoir le rendre heureux ! Même si la reconquérir promet d'être une tâche ardue… Comment pourrait-elle à nouveau lui faire confiance, alors qu'il lui a autrefois brisé le cœur ? Il croit connaître la solution : une promenade d'île en île, au large des côtes d'Alma, pour parler enfin librement. Sauf qu'une tempête va faire chavirer tous ses projets…

Le parfum du scandale, de Charlene Sands

Lorsque Portia a aperçu le roi Juan Carlos pour la première fois, elle en a eu le souffle coupé. Elle qui se croyait insensible aux charmes masculins depuis sa scandaleuse liaison avec un play-boy, la voilà bouleversée par le pouvoir irrésistible que Juan Carlos exerce sur elle… Alors, comment refuser quand il requiert ses compétences d'experte en art pour l'aider à retrouver les chefs-d'œuvre perdus de la famille royale ? Pour autant, cette proximité ne signifie en rien qu'elle se laissera aller à une aventure ! Car, Portia le sait, dès que Juan Carlos apprendra son secret, il n'aura d'autre choix que de s'éloigner d'elle pour ne jamais la revoir…

Pour deux petits sourires, d'Elizabeth Lane - N°602

Dragan Markovic est le pire être sur terre ! D'abord, il a licencié Tessa pendant sa grossesse et, maintenant, il l'empêche de se rendre avec ses filles à Anchorage, où a lieu le procès qui les oppose ! Certes, il n'y peut rien si son avion a été pris dans une tempête et qu'ils ont dû atterrir en urgence en plein cœur de l'Alaska... Mais le résultat est le même : la voilà coincée avec lui dans un petit chalet. Blottie avec ses jumelles au coin du feu, Tessa ne s'attendait pas à surprendre dans le regard de l'arrogant Dragan une lueur de tendresse. Et son charme, couplé à l'aura de danger qui l'entoure, ne fait que renforcer son attirance irrésistible pour ce mystérieux ennemi...

Une nuit pour te séduire, de Karen Booth

Melanie a une mission : transformer l'image du futur P-DG de LangTel, Adam Langford. Et, pour cela, elle est bien décidée à ne pas lésiner sur les moyens : plan presse, séances photo, fiancée officielle... Tout doit être mis en œuvre pour faire oublier le scandale qui l'a frappé. En effet, aujourd'hui, c'est la réputation du cabinet de conseil en communication de Melanie qui est en jeu... Alors, tant pis si elle doit effacer de sa mémoire les souvenirs de la nuit magique qu'ils ont passée ensemble, un an plus tôt, ignorer la troublante sensualité qui émane d'Adam, et se retrousser les manches. Car, même pour le seul homme capable de faire battre son cœur, elle refuse de mettre sa carrière en péril.

Le secret des émeraudes, de Nora Roberts - N°603

SÉRIE L'HÉRITAGE DES CALHOUN TOME 4

Un adolescent rebelle et distant, dont toutes les filles raffolaient : telle est l'image que Suzanna Calhoun a gardée de Holt Bradford depuis leur unique rencontre, dix ans plus tôt. Aussi n'est-elle pas surprise de découvrir aujourd'hui devant elle un homme froid et désagréable, apparemment peu disposé à lui accorder son attention. Pourtant, Suzanna en est sûre, Holt détient la clé du mystère qui entoure le fameux collier d'émeraudes que ses sœurs et elle cherchent depuis des semaines, car elles sont persuadées qu'il est caché dans le manoir familial des Tours. Mais encore faut-il que Holt se laisse approcher, et qu'elle-même parvienne à repousser la douloureuse attirance qu'il réveille en son cœur, alors qu'elle s'est juré de ne plus jamais tomber amoureuse...

La liberté d'aimer, de Brenda Harlen

Avec son sourire incroyable, Marco Palermo est parvenu à faire battre le cœur de Jordyn. Pourtant, une relation entre eux est sans avenir, elle le sait bien. Comment pourrait-elle envisager de fréquenter un homme, alors qu'elle a perdu son fiancé dans un accident de voiture seulement trois ans plus tôt ? Non, elle préfère garder son cœur en cage pour être sûre de ne plus jamais souffrir... Mais, malgré la froideur qu'elle lui témoigne, Marco ne semble pas se résigner, et met tout en œuvre pour lui prouver qu'elle pourrait, à ses côtés, reprendre goût à la vie.

Un bébé pour Jace Compton, de Lauren Canan - N°604

Kelly Michaels, ses yeux turquoise et son sourire d'ange : voilà la raison pour laquelle Jace Compton a choisi d'acheter un ranch à Calico Springs. Sauf que, lorsqu'il la revoit, après l'année de séparation qui a suivi leur brève idylle, il n'y a plus trace de ce joli sourire : Kelly est visiblement furieuse qu'il lui ait menti sur son identité et ne l'ait jamais rappelée. Mais ce mensonge n'explique pas à lui seul sa colère. Lorsque Jace se rend chez elle, il la surprend avec un bébé de quelques mois dans les bras. Un bébé qui, selon ses calculs, est son fils...

Une nouvelle vie avec toi, de Michelle Major

Une séparation brutale, un divorce éclair... Encore ébranlée par le départ de son mari, qui l'a quittée pour une autre femme, Olivia ne souhaite désormais plus qu'une chose : noyer sa peine dans le projet de centre socioculturel dont elle a la charge et qui la passionne tant. Aussi, lorsqu'elle se trouve contrainte de fréquenter Logan Travers, l'entrepreneur qui va réaliser des travaux pour elle, se tient-elle immédiatement sur ses gardes : Logan ne respire-t-il pas la séduction et le danger ? Pourtant, très vite, Olivia se surprend à se sentir proche de lui. Si proche que, lorsqu'il se penche sur elle pour l'embrasser, elle fait taire toutes ses réticences et cède pour quelques minutes à la passion...

Composé et édité par HARLEQUIN

Achevé d'imprimer en avril 2016

CPI
BLACK PRINT

Barcelone

Dépôt légal : mai 2016

Pour l'éditeur, le principe est d'utiliser des papiers composés de fibres naturelles, renouvelables, recyclables, et fabriquées à partir de bois issus de forêts gérées selon un système d'aménagement durable. En outre, l'éditeur attend de ses fournisseurs de papier qu'ils s'inscrivent dans une démarche de certification environnementale reconnue.

Imprimé en Espagne